FANTASY

Buch

Sechzehn Jahre sind seit Duncan Taliskers Sieg über den verrückten Gott Corvus vergangen. Taliskers Stiefsohn Tristan und seine Tochter Regan ziehen als Thane in die Festungsstadt Soulis Mor, doch ihre Herrschaft ist auf eine Lüge gegründet. Regan, seit ihrer Kindheit von Vogelträumen gequält, verfällt immer mehr dem dunklen, ehrgeizigen Jahl, denn sie weiß nicht, dass er der Sohn der Göttin Phyrr und somit ihr Halbbruder ist. Derweil versucht Jahl, seine Wandlung zum Gott zu vollziehen. Dabei erweckt er zwei furchtbare Drachen, die Edinburgh und Sutra zu zerstören drohen. Die Rettung naht in letzter Sekunde, doch weder Sandro Chaplin noch Talisker können sich zur Ruhe setzen – schließlich haben sie in den magischen Pforten ihre Jugend wiedererlangt und stecken nun voller Tatendrang …

Autorin

Miller Lau ist das Pseudonym einer renommierten britischen Autorin mit schottischen Vorfahren. Sie lebt zusammen mit ihrem Partner und ihrer Tochter im britischen Lincolnshire.

Bereits erschienen:

DIE HIGHLANDER: 1. Der Rabenkönig (24165)

Weitere Bände sind in Vorbereitung.

FANTASY

Miller Lau

Die magischen Pforten

Die Highlander 2

Ins Deutsche übertragen
von Marianne Schmidt

BLANVALET

Die englische Originalausgabe erschien unter dem Titel
»Dark Thane. Book Two of the Last Clansman«
bei Earthlight, an imprint of Simon & Schuster UK Ltd, London

Umwelthinweis:
Alle bedruckten Materialien dieses Taschenbuches
sind chlorfrei und umweltschonend.

Blanvalet Taschenbücher erscheinen im Goldmann Verlag,
einem Unternehmen der Verlagsgruppe Random House GmbH.

Deutsche Erstveröffentlichung 5/2003

Umschlaggestaltung: Design Team München
Umschlagillustration: Agt. Schlück/Krasni
Satz: deutsch-türkischer fotosatz, Berlin
Druck: Elsnerdruck, Berlin
Titelnummer: 24166
Redaktion: Werner Bauer
V. B. · Herstellung: Peter Papenbrok
Printed in Germany
ISBN 3-442-24166-9
www.blanvalet-verlag.de

1 3 5 7 9 10 8 6 4 2

Widmung

Von Generation zu Generation: meiner Großmutter »Nana Peggy« – Margaret Wrightson –, deren Lebensgeschichte ich gern einmal aufschreiben möchte; meiner Mutter Elizabeth Ibister Spence (Krieger-Thane durch und durch); und meiner Tochter Tiffany Lau, die gerade achtzehn geworden ist. Ich liebe euch alle!

Prolog

Die Umgebung ist in Dunkelheit gehüllt. Der Nachthimmel hoch droben lodert von der prächtigen silbrigen Hitze der Sterne, doch ihrem Licht gelingt es nur schwerlich, die schwarzen Felsen des Berghangs zu erhellen oder bis in die Tiefen der Talsohle weit unten vorzudringen. Auf dem Bergplateau sitzen ein alter Mann und ein junges Mädchen nahe an den Flammen eines schwach glimmenden Feuers. Ein ungleiches Paar auf den ersten Blick … Der Wind fegt um sie herum und treibt die Worte des alten Mannes hinaus in die Dunkelheit, über die offene Ebene des Tales, wo sie sich verlieren, im Nichts hinter den Sternen verwehen …

»Es ist wahr, ich bin sehr, sehr alt, ja. Aber ich bin nicht unsterblich, meine Knochen schmerzen, und meine Augen sind müde wie die einer jeden uralten Kreatur. Wenn ich überhaupt etwas Besonderes bin, dann nur, weil die Götter mich einst für nützlich erachteten, dann jedoch vergaßen, ihr Spielzeug zu zerstören, als sie seiner müde wurden. Ich bin ein Seanachaidh, *so wie auch du eines Tages einer sein wirst … ist dir kalt? Hier, nimm noch eine Decke. Du wirst lernen müssen, gegen das Verlangen deines Fleisches taub zu sein, meine Kleine, aber, nun ja, das wird mit der Zeit kommen … Wenn du viel zu lernen hast, dann nur, weil ich dir so viel beibringen kann, und daran ist nichts Schlechtes zu finden. In einer anderen Nacht könnte ich dir vielleicht raten, die Kälte zu genießen, aber in dieser Nacht, nun ja … es ist ziemlich eisig, nicht wahr …?*

Wo war ich stehen geblieben? Ach ja … ich habe dich hierher gebracht, um dich in die Grundlagen des Wahrsagens einzuweihen. Es ist eine bescheidene Kunst, eine magische Entsprechung, sagen wir mal, meines Maultiers dort drüben. Doch wie ein

Maultier leistet sie gute Dienste, und im Gegensatz zu anderen, komplexeren, anspruchsvolleren Magiekünsten hat sie keine Auswirkungen. Sie bleibt rein passiv. Wie du da so zitternd sitzt, wirst du dich wohl fragen, ob der verrückte alte Mann das nicht in seiner eigenen Stube erledigen kann, wo es ein anständiges Feuer gibt. Nun ja, ja, das könnte ich wohl. Aber, Nimah, du wirst sehen, dass der ruhige Widerschein der Sterne etwas Inspirierendes hat … Wollen wir beginnen?«

Das Wasser gleicht einem silbernen Spiegel, genau wie Morias es vorausgesagt hat. Dieser singt nun leise vor sich hin, seine Augen sind halb geschlossen und spähen in den Widerschein. Nimah sitzt regungslos da und traut sich kaum zu atmen. Doch sie wird sich bald bewegen müssen, denn in ihrem Fuß kann sie bereits ein scharfes Stechen fühlen – sie hofft, dass der alte Mann nicht zornig auf sie wird. Es ist ihre erste Unterweisung, und sie möchte wirklich ein Seanachaidh *werden …*

Er beendet seinen Gesang. Dann beugt er sich erneut nach vorne und versucht, einen genaueren Blick in die Lache zu werfen, ohne sie durch seinen Schatten zu verdunkeln. »Zeig dich, Junge, Wo bist du?«, murmelt er. Wie als Antwort auf seine Ungeduld verändert sich das Spiegelbild auf dem Wasser. Der silberne Schweif einer Sternschnuppe erglüht kurz am Himmel, und die Lache fängt seinen Glanz ein. Dann nimmt ein Bild in der Lache Gestalt an, gestochen und bis in alle Einzelheiten scharf umrissen; Nimah kann einen aufgeregten Aufschrei kaum zurückhalten. Es ist ein Junge oder junger Mann, der einen mächtigen Hengst reitet, welcher viel zu groß für jemanden seiner Statur ist. Der Junge reitet schnell, reitet um sein schieres Überleben. Immer und immer wieder versucht er sich umzuwenden, doch es gelingt ihm nicht, denn er wird auf seinem Hengst ordentlich durchgerüttelt. Und es ist auch gut, dass er seine Verfolger nicht sehen kann, denn hinter dem Jungen befindet sich ein Rudel riesiger Hunde. Sie sind … übernatürlich, reichen dem Hengst bis zum Behang, ihr stahlgraues Fell ist rau und hängt mähnengleich von ihrem mäch-

tigen Brustkorb, ihre langen Läufe legen in einem Streich eine riesige Distanz zurück. Unablässig schnappen sie nach dem verängstigten Ross und seinem Reiter und knurren sie an; breite, dampfende Ströme Geifers fließen aus ihren Mäulern. Gelegentlich bestätigt ein Blitz silbernen Sternenlichts, zurückgeworfen von den Köpfen und Nacken der Tiere, Morias' Verdacht: Das Hunderudel kann nur zu einem Meister gehören. Nur ein solcher würde derartige Ungeheuer heranzüchten und sie so ausstatten, mit stählernen Beinschienen und Stacheln. Die Hunde rücken immer näher, und der Hengst gerät zunehmend in Panik; seine Augen sind groß und treten angsterfüllt hervor.

»Reite, Junge, reite!«, beschwört ihn der alte Mann. Nimah hat ihre Hand vor den Mund geschlagen, aus Angst, mit einem Aufschrei Morias in seinem Tun zu stören.

Dann verändert sich das Bild, als würde etwas Morias' Blick ablenken. Er runzelt die Stirn und hockt sich neben die Lache, wo er die geheimen Worte murmelt, die notwendig sind, um seine Vision zu erhalten. Unvermittelt bricht er ab und stöhnt laut.

Das Bild hat sich verändert, um ihm einen Blick auf das zu gestatten, was vor der haltlosen Flucht des Reiters auf diesen wartet. Vor ihm liegt, durch die Dunkelheit vor Blicken geschützt, ein tiefer Spalt. Nichts macht den Rand kenntlich, keine Bäume, keine Unterbrechung in der Moorlandschaft. Es ist wohl das Schicksal von Reiter, Hengst und Hunden, auf die darunter liegenden Felsen zu stürzen. Es scheint unvermeidlich.

Nimah schreit vor Verzweiflung auf und schlägt, ohne nachzudenken, ihre Hand in das kalte Wasser, um den Zauber zu brechen. Tränen quellen aus ihren blauen Augen, als sie zuschaut, wie sich das zerteilte Spiegelbild der Sternenlichter in der Schüssel ausbreitet. »Es – es tut mir Leid, Seanachaidh. Ich konnte es nicht länger ertragen zuzusehen. Ist es das, was ich lernen muss? Den Tod von Männern vorauszusehen, ohne in der Lage zu sein, jemandem zu Hilfe zu kommen …?« Ihre Stimme versagt, als sie in das Gesicht ihres Lehrers blickt – es ist schwer zu beurteilen, ob *der alte Mann ihr zürnt. Seine zottigen weißen Augenbrauen sind zusammengezogen, doch sein Gesichtsausdruck zeigt Geduld.*

»Nimah. Weißt du, wer das war?«

»Nein, Sir.«

»Das war Tristan Talisker, der Thane von Soulis Mor.«

»Aber ich dachte, sie hätten dort einen weiblichen Thane?« Sie schnieft und wischt sich verlegen wegen ihres Gefühlsausbruchs die Nase am Ärmel ihres Umhangs ab.

»Zwillinge. Regan und Tristan.«

»Oh, ja.« Sie denkt, er würde weitersprechen, doch sein Blick wird erneut abgelenkt und unstet. Nach einer langen Pause drängt sie ihn. »Wird er sterben?«

»Vielleicht. Aber was du im Wasser gesehen hast, passiert nicht in diesem Augenblick, Nimah – das Wasser kann die Vergangenheit und die Zukunft zeigen. Ich glaube, die Vision hat uns das Morgen gezeigt.«

»Dann können wir ihm ja helfen.« Sie strahlt, und ihre mädchenhafte Freude ist so ansteckend, dass Morias zurücklächelt, was sie mit Erleichterung zur Kenntnis nimmt.

»Möglicherweise«, antwortet er und nickt.

»Aber wir müssen ihm helfen. Er steckt in Schwierigkeiten.«

»Glaubst du, dass es das ist, was Seanachaidhs *tun, Nimah? Wir können nicht umhereilen und die Übel dieser Welt lindern, weil wir nie fertig werden würden. Wo soll das enden? Vielleicht würden wir wie die Götter werden, was?«*

»Bitte, Morias. Er sieht so jung aus …«

»Ah, nun gut, deshalb sollte man wohl nach Möglichkeit immer in die Vergangenheit blicken, wenn man beim Wahrsagen eine Vision hat …«

»Das verstehe ich nicht.«

»Tristan ist kein Junge. Er ist ein junger Mann und fast doppelt so alt wie du – sechsundzwanzig, glaube ich –, aber er ist von Geburt an missgebildet …« Morias zuckt mit den Schultern. »Er sieht jünger aus, als er ist.«

»Trotzdem scheint er mir zu jung zum Sterben«, beharrt sie.

»Schon gut, Nimah, du hast Recht. Ich wollte Tristan sowieso helfen – sein Vater, Duncan Talisker, ist ein besonderer Freund von mir … aber vielleicht sollten wir die Geschichte gemeinsam verfolgen und herausfinden, welche Umstände unseren Freund Tristan in diese furchtbare Lage gebracht haben …«

»Können wir das tun?«

»Aber ja, mein Kind. Doch vorher schüre das Feuer …«

»… Und nun, Nimah, denke daran: Was du dieses Mal im Wasser siehst, liegt in der Vergangenheit … einige Ausschnitte mögen dir seltsam erscheinen, ohne jede Verbindung zur misslichen Lage unseres Freundes, aber vertrau mir, die Schicksalsfäden eines jeden, den du sehen wirst, werden irgendwann miteinander verwoben sein. Sitze still, und sei ruhig …«

Kapitel Eins

Das »Herz« befindet sich in der High Street. Es besteht aus roten Pflastersteinen und ist von einer doppelten Reihe aus grauen Steinen gesäumt. Schon seit langer, langer Zeit befindet es sich dort; offiziell ist es als das »Herz von Midlothian« bekannt, und man sagt, es kennzeichne die genaue Mitte jener Gegend, die die Hauptstadt Schottlands beherbergt. Es gibt einen lokalen Fußballverein selbigen Namens, doch darüber hinaus scheren sich die örtlichen Anwohner kaum darum; es hat halt nichts Aufsehenerregendes und ist häufig von dichtem Schnee bedeckt.

Trotzdem gibt es eine Tradition, die mit dem »Herzen« verbunden ist, auch wenn die meisten Leute die Bedeutung dieses Brauchs längst vergessen haben. Vorbeigehende spucken es an, und man sagt, man hätte das ganze Jahr über Glück, wenn es einem gelänge, genau in die Mitte zu treffen. Einst glaubte man, Spucken könne das Böse abwenden. Das Zeichen, welches man gleichzeitig mit dem kleinen und dem Zeigefinger machte, wenn man an diesen Steinen vorüberging, ist heute nicht mehr gebräuchlich; niemand erinnert sich mehr. Das »Herz von Midlothian« markiert den Eingang zum Old Tollbooth, dem Stadtgefängnis, und ist zugleich ein Siegel, eine Art Grenzstein, Hunderte von Jahren zuvor von einem Mann gelegt, der von der Magie besessen war. Nur einige wenige Männer seines Schlages und ein geringer Teil jener Magie konnten in diesen Zeiten überleben. Nichts davon existiert nunmehr, außer vielleicht in der Erinnerung der Steine und der Geister, die in der Dunkelheit der Altstadt fortleben …

Es wurde bereits dunkel, dabei war es erst vier Uhr am Nachmittag. Nathan lehnte sich zurück gegen die kalten Steine der Kathedralenmauer und beobachtete die Menschenmengen, die geschäftig die High Street auf und ab eilten. Während er seinen schweren Wintermantel fester um seinen mageren Körper zog, damit die Kälte ihn nicht noch mehr durchdringen konnte, versuchte er einen Standort mit günstigerem Blick auf die Entgegenkommenden auszumachen.

»Du musst schon aus möglichst großer Entfernung den Augenkontakt erzwingen«, hatte ihm Daniel aufgetragen, als er ihm an diesem Morgen einige Hundert Flugblätter in die Arme gedrückt hatte. »Dann fühlen sie sich unwohl – sie müssen sich an dich wenden, um sich für ihr Weitergehen zu entschuldigen. Und das ist der Moment, in dem du zuschlägst.«

Er hatte ihn mit seinem breiten, entwaffnenden Grinsen angestrahlt und Esther zugewinkt, die lächelnd errötete. Nathan hatte ihm zur Antwort einen finsteren Blick zugeworfen und sich gesagt, dass Daniel ein Volltrottel sei, was auch der Grund dafür war, warum er ihn so wenig leiden mochte. Doch tief in ihm war er sich der Wahrheit bewusst – dass er neidisch auf den natürlichen Charme seines Freundes war.

Eine gut gekleidete Frau kam auf ihn zu; sie trug ein Geschäftskostüm und eine große, weich aussehende Handtasche. Soeben hatte sie Nathan bemerkt und wich nun sorgfältig seinem Blick aus, indem sie auf ihre Uhr blickte, als sie näher kam.

»Entschuldigen Sie, Miss …« Nathan machte einen Schritt nach vorne und streckte seine Hand mit den bunten Flugblättern aus. »Miss, haben Sie das Gefühl, dass Gott Sie verlassen hat?« Er stieß seine Worte zu schnell aus und klang verzweifelt. »Mit Verzweiflung kann man nichts verkaufen.« Wieder eine von Daniels goldenen Weisheiten. Zu seiner Überraschung blieb die Frau stehen und nahm ein Flugblatt entgegen, welches sie rasch überflog und dann zu ihm aufblickte.

»Nein«, sagte sie leise. Sie wirkte ausgesprochen ärgerlich über seine Annäherung, und ihre bleichen Gesichtszüge waren hart und wirkten angespannt. »Ich glaube nicht an Gott.« Um ihren

Worten Nachdruck zu verleihen, zerknüllte sie das Flugblatt mit ihrer lederbehandschuhten Hand zu einem festen Ball und ließ ihn wütend zu seinen Füßen fallen. »Scher dich zum Teufel«, knurrte sie. Kurz bevor sie ihm den Rücken zudrehte, warf sie ihm einen höchst feindseligen Blick zu, in dem jedoch auch ein Anflug von Humor zu ahnen war. Dann schlug sie unvermittelt gegen seinen Arm, woraufhin sich sein Stoß mit Flugblättern in die Luft erhob. Nathan beeilte sich, sie zu retten, bevor sie auf dem nassen Kopfsteinpflaster landeten.

»Du dumme Kuh«, brüllte er. »Das war ja wohl nicht nötig ... ich habe dir einen Gefallen getan. Deine Seele ist ...« Doch sie hatte bereits die Straße überquert und beglückwünschte sich ohne Zweifel dafür, dass ihr dieser Scherz eingefallen war. Nathan blickte ihr nach. »Deine Seele ist verdammt«, beendete er seinen Satz. Seine Stimme war fast zu einem Flüstern geworden, und er fragte sich, ob er dies auch mit weniger Gewissheit hätte sagen können.

»Nimm es dir nicht zu Herzen, Nathan.« Esther. Er hatte sie nicht kommen sehen, doch sie war bereits an seiner Seite und half ihm, die voll gesogenen Flugblätter zusammenzuklauben. Sie lächelte ihn aufmunternd an, was die einzige Wärmequelle in der dunkler werdenden Straße war. »Manche Leute ... sie verstehen einfach nicht, dass es um die Errettung geht. Sie fühlen sich bedroht.«

»Nein.« Er schüttelte den Kopf, und sein Gesicht war noch immer voller Zorn. »Manche Leute sind einfach dumm und oberflächlich.«

»Aber Daniel sagt ...«, setzte sie an.

»Nun, dann liegt er falsch, Esther. Gott errettete nicht jeden vor der Sintflut, nicht wahr? Und ganz bestimmt wird er es auch dann nicht tun, wenn wir diese verdammten Flugblätter verteilen. Er weiß, wann man etwas abschreiben kann. Es ist Zeitverschwendung.« Er drückte die letzten Flugblätter auf den Stapel in ihren Armen. »Daniel ist ein Dummkopf, und das werde ich ihm jetzt auch sagen.«

Sie machten sich auf den Weg die Straße zurück auf die Brücken zu; ein heftiger Wind blies ihnen vom Fuß der High Street entgegen und ließ die Menschen ihren Schritt beschleunigen und ihren Kopf gegen diesen Ansturm der Elemente beugen. Nathans dunkler Mantel fing eine Sturmbö ein und bauschte sich um seinen Körper; er legte die Stirn in Falten, seine langen Beine bewegten sich rasch, und er legte mit jedem Schritt eine beachtliche Strecke zurück. Esther sagte nichts, sondern machte doppelt so schnelle Schritte, um mit ihrem Freund mitzuhalten. Nathan wusste, was sie dachte, was sie beide dachten: Er würde nicht den Mut aufbringen, so etwas zu Daniel zu sagen.

»Es tut mir Leid, Daniel. Es tut mir wirklich Leid … Ich bin einfach durchgedreht.«

Gott, steh auf, Daniel. Steh auf …

Aber Daniel würde nicht aufstehen, da durfte Nathan sicher sein. Noch immer umklammerte er fest das warme Eisen des Schürhakens in seiner Hand und starrte auf sein Werk hinab. Auf seinem Gesicht malte sich eine merkwürdige Mischung aus Schock und Arglist. Der Sturm hatte nicht nachgelassen, und die Altstadt wurde von der Kraft des Sturms und des Regens gepeitscht. Draußen kämpften die Regenrinnen des alten Gebäudes, um die plötzlichen Sturzbäche zu bewältigen, und die Fensterrahmen klapperten, als ob irgendjemand oder irgendetwas Einlass begehrte. In der gegenüberliegenden Ecke tropfte der Regen, der durch das Dach sickerte, in einen rostigen Eisenkübel.

Aber was, wenn er doch aufwacht? Was, wenn er nicht tot, sondern nur ohnmächtig ist?

Nathan kauerte in der kalten Dunkelheit des Raumes neben dem Körper nieder und stieß ihn mit dem Schürhaken an. »Daniel«, flüsterte er flehend. Es kam keine Antwort, doch Daniels frommer Blick aus seinen blauen Augen schien voller Anklage.

Es tut mir Leid, das weißt du …

Nathan sank auf dem Boden neben seinem Opfer nieder.

Daniel hatte sein Leben verändert, »Licht in sein Leben gebracht«, wie er so gerne zu sagen pflegte. Nun schienen die Farben dieses Tages unerträglich strahlend …

Er war in den Gärten an der Princess Street gewesen. Es war Frühling und ein klarer, frischer Tag, noch immer beißend und kalt, doch die Einheimischen taten so, als wäre es bereits Sommer. Überall lagen die Menschen faul im Gras herum. Pärchen beachteten ihre kreischenden Kinder nicht und riefen sie nur zur Ordnung, wenn sie andere Sonnenanbeter wirklich belästigten. Nathan saß da und beobachtete alles, wie es seine Gewohnheit war; seine Knie bis zum Kinn hochgezogen hockte er dort wie ein hagerer schwarzer Vogel, ein lebendiger Schatten in dieser strahlenden Idylle.

Ein kleines Mädchen von ungefähr drei Jahren kam zu ihm und starrte ihn neugierig an; er erwiderte seinen durchdringenden Blick ohne ein Lächeln. Sie betrachteten sich lange gegenseitig, bevor die Mutter das Kind zurückrief. Kurz bevor es sich umdrehte, rümpfte es die Nase. »Sie stinken, Mister«, sagte es.

Nathan musste nun doch lächeln, schließlich entsprach es der Wahrheit, und etwas an seiner Dreistigkeit, mit der es die einfache Feststellung ausstieß, war einfach brillant.

Seit ein paar Wochen schon hatte er wahllos irgendwo geschlafen, und häufig hatte ihn die Wahl zwischen einer Dusche am Bahnhof von Waverly oder einem Schuss in die falsche Richtung gelockt. Er rieb sich die Augen, während er dem Mädchen zusah, wie es zu seiner Mutter zurücklief, die prompt schimpfte, weil es mit Fremden sprach. Nathans Augen waren gerötet und geschwollen, und er fragte sich, ob er sich womöglich eine Infektion eingefangen hatte.

»Guten Morgen. Sitzt hier jemand?« Eine männliche Stimme, sanft und melodisch.

Stirnrunzelnd blickte Nathan auf. Es gab kein »hier«, nur das Gras neben ihm. Die Gestalt, die zu Nathan hersah, lag im Schatten, denn sie hatte die Sonne im Rücken.

»Was auch immer du verkaufst, ich habe kein Geld«, murmelte er abweisend. »Und außerdem«, fügte er als Nachsatz hinzu, »bin ich hetero, also mach dich vom Acker.«

Der Sprecher lachte und schien keineswegs beleidigt zu sein. »Ich verkaufe nichts. Genau genommen könnte man sagen, ich verteile etwas kostenlos.« Er machte Anstalten, sich hinzusetzen, und während er dies tat, fing sein Haar einen Augenblick lang das Sonnenlicht ein und brach es, was ihm einen goldenen Heiligenschein verlieh – ein passender Vorbote für das, was noch folgen sollte.

Nein, denk nicht so was ...

Er saß nahe bei Nathan, zu nahe, denn er drang in seinen persönlichen Raum ein, weswegen Nathan sich unwohl fühlte. Doch obwohl ihm kurz der Gedanke durch den Kopf schoss, den anderen wegzuschieben, blieb er, wo er war, neben dem Fremden.

»Ich bin Daniel«, verkündete der Fremde. »Und wie heißt du?«

Nathan kniff seine verkrusteten Augenlider zusammen und betrachtete prüfend sein unschuldiges Gegenüber. »Was geht es dich denn an?«, murmelte er.

»Ich bin nur nett«, sagte Daniel und zuckte mit den Schultern. »Es ist so ein schöner Tag, findest du nicht?«

»Schön?«, höhnte Nathan; er hasste das Wort »schön«. Im Allgemeinen erregten Leute, die sagten, dass Dinge »schön« seien, bei ihm den Verdacht, es handele sich dabei um Bäume umarmende Hippies oder feine Pinkel, die sich vor der harten Realität verkrochen hatten.

»Du weißt schon, einfach nur ...« Daniel schien seine Ablehnung zu spüren. Nathan erfuhr später, dass dies eine angeborene Intuition Daniels war, die fast an ... ein Wunder grenzte.

Hör auf damit. Er war nie ein Heiliger. Niemals göttlich.

»Einfach nur ...« Daniel lehnte sich auf seine Ellbogen gestützt zurück ins Gras und lachte unsicher, »... nett.«

Nathan schürzte die Lippen und war sich nicht sicher, ob er ebenfalls lachen sollte.

»Sieh mal, ich meine es ernst«, versicherte Daniel. »Ich frage mich, ob du eine warme Mahlzeit und ein Bad brauchst. Ist nicht als Beleidigung gemeint. Ich kenne einen Ort, wo es nichts kostet.«

»Wo ist der Haken?«

»Es gibt keinen Haken. Na ja, vielleicht bitten wir dich, die Kartoffeln zu schälen oder abzuwaschen.« Daniel lächelte …

Nathan starrte mit einem dümmlichen Grinsen im Gesicht auf die Leiche hinunter.

Du warst so schlau, Danny. Die verlorenen Seelen um dich zu versammeln.

Wenn Daniel sich herabgelassen hätte, um ihm die Wahrheit zu sagen, nämlich dass er gekommen war, um seine Seele zu retten und ihm zu versichern, dass er mit all den anderen Kindern entrücken würde, sobald die Flut käme, dann hätte er gelacht oder ihn einen Spinner genannt. Nathan neigte zu gelegentlichen Gewaltausbrüchen, und an diesem Tag, der nun schon ein Jahr zurücklag, war er am Ende gewesen. Gut möglich, dass er seinen Retter angegriffen hätte.

Wie sich dann herausstellte, hatte er Daniels Leben nur für ein Jahr verschont. Daniel hatte Drogen, Koks und eine kleine Menge Gras in Nathans Zimmer gefunden, und die Auseinandersetzung, die sich daraus ergab, hatte hierher geführt …

Plötzlich, ohne Vorwarnung, rührte sich Daniel mit einer derart leichten, zittrigen Regung, dass sie Nathan in den Schatten des Raumes fast entgangen wäre. Dann bewegte er sich noch einmal, die Finger seiner linken Hand verkrampften sich leicht und öffneten sich zuckend.

Er lebte noch? Einen Moment lang durchdachte Nathan die Möglichkeiten. *Du könntest sagen, es sei ein Unfall gewesen. Du könntest sagen, dass du einige Augenblicke vom Teufel besessen warst. Daniel würde das gefallen, könnte er dich doch so vor allen Leuten exorzieren. Noch mehr Ruhm für ihn, die große Hoffnung. Mehr Macht. Mehr Liebe ...*

»Nein«, sagte er laut in die Dunkelheit. Seine Stimme war weich und leise, seine dunklen Augen rund. »Dieses Mal nicht, Danny. Diesmal bin ich dran.«

Er hob den Schürhaken hoch über seinen Kopf und schlug drei weitere Male zu. Nach dem dritten Hieb war Daniel, sein goldener Freund, charismatischer Prophet, Gründer der Kinder der Flut, nicht mehr zu erkennen. Eine Hälfte seines Kopfes war eine breiige Masse, und es schien, als ob dieses schöne klassische Gesicht zerlegt worden wäre. Ein ruhiges blaues Auge starrte leblos aus der unzerstörten Gesichtshälfte, auch der schelmisch geschürzte Mund war noch immer zu erkennen. Überall war Blut, doch Nathan schien unbeeindruckt von der warmen Anschuldigung; er sank auf den Boden und legte sich neben seinen Freund, den Schürhaken noch immer in seinen Armen wiegend. Dann starrte er in die reglose, schöne Seite von Daniels Gesicht und schien zu lauschen.

»Nein, nein, Daniel, verstehst du denn nicht?«, flüsterte er. »Das ist dein Werk. Du hast mich dazu gebracht, das zu tun.« Er lachte leise. Ein stockender, brüchiger Laut. Als die Kirchenglocken der Altstadt Mitternacht schlugen, schlief er ein.

»Aber Morias, ich verstehe das nicht. Wer sind diese Leute? Warum tragen sie so seltsame Kleidung?«

»Ruhig, meine Kleine, ich weiß es doch selbst noch nicht. Aber das Wasser trügt einen niemals. Lass uns zusammen hineinblicken ... Ah, sieh, diese Leute könntest du wieder erkennen – dort sind sie.«

Strahlendes Sonnenlicht verlieh der Wiese einen warmen Schein. Rings um die Stelle, wo er saß, schwirrten und tanzten die Abendmotten und winzige Pollen hingen in der windstillen Luft.

Es war spät im Sommer und das Tal von Mirranon stand in voller Pracht, durchzogen von einem Teppich aus Wildblüten und erfüllt von dem süßen Gesang der Feldlerchen, deren Nester im hohen Gras verborgen waren. Tristan schenkte dem allen keine Beachtung; er weinte. Nur wenige Schritte entfernt zermalmte sein Pony, das ihn gerade zuvor abgeworfen hatte, unbeteiligt einen Grashalm, als wäre es völlig schuldlos an seiner Misere. Von nun an hasste er Pferde, entschied er. Ungezogene, wankelmütige Tiere. Leute, die von ihrer Erhabenheit sprachen, hatten nichts als ... Pferdemist im Kopf. Er fuhr fort, heftig und laut zu schluchzen, auch wenn ihm vage klar war, dass ihm mehr als alles andere der Schreck in den Gliedern saß. Tristan bekam nur schwer Luft, und es fühlte sich an, als ob etwas seinen Brustkorb umklammert hielt. Tief im Innern wusste er, dass es vermutlich nicht die Schuld des Pferdes war; es war wohl mehr dem zuzuschreiben, was Vater seine »Beeinträchtigung« nannte. Seine Beine würden trotz der ständigen Übungen stets schwach bleiben, und es gelang ihm wohl niemals, so hart zuzupacken, wie es nötig war, um ein Pony unter Kontrolle zu halten, von einem ausgewachsenen Pferd ganz zu schweigen. Seine Eltern waren dagegen gewesen, dass er überhaupt reiten lernte, doch Regan hatte sie davon überzeugt, ihm ein kleines Reittier zu kaufen, denn sie wusste, wie wichtig ihm seine Unabhängigkeit war ... Er hörte auf zu weinen und wischte sich sein Gesicht mit der Rückseite seines Ärmels trocken, als ihn der Klang eines näher kommenden Pferdes erreichte.

»Regan!« Er erhob sich und winkte, wobei er versuchte, möglichst lässig zu wirken. Sie ritt sicher und schnell wie immer; ihr rotes Kleid und ihre langen schwarzen Haare wehten hinter ihr her. Dort, dort näherte sich das Bild von Erhabenheit, das Leute meinten, wenn sie auf solch poetische Weise von Pferd und Reiter sprachen.

»Tris, was ist passiert?« Mühelos zügelte sie ihr Pferd und sprang leichtfüßig zu Boden.

»Mir fehlt nichts«, sagte er achselzuckend, während er sich mühte aufzustehen. »Wirklich.«

»Lügner«, sagte sie trocken. Sie runzelte die Stirn, als sie durch das hohe Gras zu ihm herüberstakste, wobei sie ihr langes Reitkleid hob, um nicht zu stolpern. »Ich habe dich von der Spitze des Hügels dort drüben fallen sehen. Das sah übel aus.« Sie blieb vor ihm stehen und nahm sein Gesicht in die Hände, hob dann sein Kinn, um den Riss an seiner Schläfe, der recht heftig blutete, besser in Augenschein nehmen zu können. »Setz dich hin, Tris«, befahl sie ihm etwas liebevoller. »Ich kann nichts tun, solange du hin und her schwankst.«

Sie ließen sich beide nieder, und ohne viel zu sagen, säuberte Regan die Wunde. Sie war nicht so tief, wie Regan auf den ersten Blick befürchtet hatte, doch Tristan würde lange Zeit eine winzige Narbe als Erinnerung an diesen Tag zurückbehalten.

»Vater hat Recht«, gab er schließlich zu. »Ich kann nicht reiten.« Heiße Tränen der Enttäuschung stiegen in seinen Augen auf, doch Regan versuchte, sie nicht zu beachten. »Ich kann nichts. Ich bin nutzlos ... ein nutzloser Krüppel.«

Regan packte ihn an den Schultern und schüttelte ihn sanft. »Das hat Vater niemals gesagt, Tris. Das würde er niemals sagen.«

Tristan war leicht erstaunt darüber, wie Regan ihren Vater verteidigte; es schien ihm, dass sowohl Regan als auch Talisker einen Wesenszug gemeinsam hatten, den man im besten Fall als Charakterstärke bezeichnen konnte, im schlechtesten Fall jedoch als reine Sturheit. Regan fuhr fort, während sie den Saum ihres Kleides gegen seine Schläfe presste. Es war nicht zu leugnen, dass ihre nächsten Worte einen neidvollen Unterton hatten. »Er ist ein guter Mann, und er liebt dich, auch wenn er Schwierigkeiten damit hat, seine Gefühle zu zeigen. Aber er kann sich auch irren. Denk daran, wie stolz du ihn machen wirst, wenn du ihm beweist, dass du Pip reiten kannst.«

Tris betrachtete einen Augenblick lang ihr Gesicht, und sein jungenhafter Geist versuchte herauszufinden, was ihm an ihrem

Tonfall Sorge bereitete. »Er liebt dich auch, Ree«, murmelte er. Als Antwort lächelte sie, sagte jedoch nichts, sodass er das Thema wechselte. »Wer hat sich überhaupt einen derart kindischen Namen für mein Pony ausgedacht?«, beklagte er sich. »Würdest du jemanden respektieren, der dich Pip getauft hat?«

Regan grinste. Sie hatte ein wunderschönes Lächeln, das ihre dunklen, angespannt wirkenden Gesichtszüge veränderte, und am strahlendsten schien es, wenn sie etwas im Schilde führte. »Ma hat ihn so getauft, wir können ihn also auf keinen Fall ändern.« Sie spähten beide hinüber zu dem recht schmutzig wirkenden grauen Pony, das zufrieden darin vertieft war, die niedrigen Äste des nahe stehenden Baumes zu kappen. »Wir könnten ... ach nein«, Regan brach ab, »schon gut.«

»Was? Was wolltest du sagen?« Tristan war stets bereit, jede Idee der Schwester zu unterstützen.

»Nun ja, wir könnten ihm einen Geheimnamen geben. Einen, den nur du und ich – und das Pferd – kennen. Einen angemesseneren.« Sie wirkte todernst und warf dem unglücklichen Tier einen finsteren Blick zu. »Ich glaube, dein Pony ist ein großes Pferd, das in dem Körper eines kleinen Pferdes gefangen ist.«

»Du meinst, genau wie ich?«, bemerkte Tristan sanft.

Regan errötete und schien leicht nervös, denn sie hatte mit ihrer Bemerkung nicht so unvorsichtig sein wollen.

»Ja, in gewisser Weise schon«, sagte sie, als sie sich wieder gesammelt hatte. »Es ist willensstark und verlangt, dass man ihm Respekt entgegenbringt. Außerdem ist es offenbar überdurchschnittlich intelligent ...«

»O ja«, fiel Tristan begeistert ein.

»... es würde auch so viel ansprechender aussehen, wenn es von Zeit zu Zeit gestriegelt würde.«

Tris kicherte, seine Schmerzen waren vergessen. »Also, wie können wir es nennen?«, fragte er.

Regan streckte ihre Hand aus und half ihrem Bruder aufzustehen. »Lass uns doch rübergehen und es fragen.«

»Es fragen?«

Sie gingen zu Pip hinüber. Regan fing ihn mit Leichtigkeit ein, denn die Abendsonne machte ihn fügsam; sie legte ihren Arm über seinen Widerrist und hielt ihn fest.

»Und jetzt, Tris, sieh ihm in die Augen ...«

»Warum denn das?«, beschwerte sich Tristan, denn er fühlte sich gehemmt.

»Tu es einfach«, befahl sie nachdrücklich. »So ist es gut. Jetzt sieh ihm weiter in die Augen, und frag dich selbst – wie möchte es heißen?«

»Also gut ...« Tristan starrte in die sanften braunen Augen des Pferdes. Regan hatte Recht, dies war ein großes Pferd in einem kleinen Körper; wenn man es recht betrachtete, schien sein Gesicht ernst und nachdenklich. Tristan ließ einen Augenblick lang seinen Gedanken freien Lauf; wie wäre Pip, wenn er als größere Rasse geboren worden wäre?

»Und?« Regan wurde ungeduldig.

»Majestät«, sagte er lächelnd.

»Bist du sicher?« Einen Moment lang sah sie aus, als würde sie ihn auslachen wolle und Tristan ließ sich verunsichern.

»Ich – ich ...«

»Nein, das ist gut, wirklich«, sagte sie und nickte. »Dann solltest du ihm das besser mitteilen, oder?«

Tristan streckte die Hand aus und streichelte die samtigen Nüstern seines Ponys. Er sah dem Tier fest in die Augen und sagte sanft: »Also dann. Du und ich, wir beide fangen noch mal von vorne an, Pip. Ich weiß ... ich weiß, es ist schwer, klein und plump zu sein. Die Leute respektieren dich nicht so, wie sie es bei einem geschmeidigen Pferd tun würden ...« Seine Stimme wurde beinahe zu einem Flüstern, als er von plötzlichen Gefühlen überwältigt wurde. »Aber ich kenne dich, Pip. Ich kann dein großes Herz sehen, sehe, wie schlau du bist. Du bist etwas Besonderes für mich, denn ich weiß, dass du der König der Pferde sein könntest. Deshalb werde ich dich von heute an nur noch ›Majestät‹

nennen, wenn wir allein sind. Denn wir beide wissen, wie es hier drin aussieht, nicht wahr?« Er berührte leicht seine Brust und küsste dann die frisch getaufte Majestät auf die Nüstern. Er sah nicht, wie Regan hastig ihre Tränen wegwischte, denn er war von dem Gedanken des Geheimnisses gänzlich gefangen genommen.

Im Schritttempo ritten sie durch die sonnenbeschienenen Wiesen nach Hause, und Tristan glaubte, tatsächlich eine Veränderung an seinem Pony zu spüren. Jahre später als Erwachsener sollte er darüber lächeln und bei der Erinnerung daran den Kopf schütteln, doch damals hatte Regan ihrem Bruder ein wertvolles Geschenk gemacht. Während des Ritts warf Tristan seiner Schwester einen Blick zu; ihr Gesicht war ernst, und sie sah müde aus.

»Ree, träumst du noch immer von den Vögeln?« Sie nickte. »Du musst jemandem davon erzählen, Ree. Es kann nicht gut für dich sein, so viel Schlaf zu verlieren.«

»Ich glaube, dagegen kann man nichts machen, Tris. Wie dem auch sei, ich habe dir doch gesagt – das wird schon wieder …«

Tristan lächelte und lenkte seine Aufmerksamkeit zurück auf seine Majestät. Er war erfreut darüber, dass seine Schwester keinem außer ihm ihr Geheimnis anvertrauen würde.

»Jahre später, in einem Anfall von grausamem Zorn, ließ sie das alte Tier schlachten, um Tristan dafür zu bestrafen, dass er sich ihr widersetzt hatte. Sie waren damals zehn Jahre alt, Nimah, nicht viel jünger als du. Sechs Jahre später, kurz vor ihrer Volljährigkeit, sollte sich alles verändern. Doch selbst damals, als sie an eben jenem Tag nach Hause ritten, brauten sich im Norden dunkle Wolken zusammen. Ein anderes Kind – ein intelligentes, eigenwilliges Kind – sehnte sich danach, erwachsen zu werden … sieh nur, dort sitzt es in unserem Spiegel; ganz in Gedanken versunken ist es, nicht wahr? Nun, warum nicht …«

Jahl liebte die Geräusche des Meeres; das Brechen der Brandung und das Kreischen der Seevögel vermischten sich zu einer unablässigen chaotischen Musik. Er saß auf einem Felsvorsprung und ließ die Füße in eine Wasserlache baumeln, während er wie gebannt hinaus zu den Brechern blickte – etwas Unerklärliches hatte in jenem Augenblick seine junge Seele berührt, als die Welle ihren Höhepunkt erreicht hatte, um dann in sich zusammenzufallen. Er fühlte die kalte Gischt auf seinem Gesicht, und die salzigen Finger des Windes, die ihm das Haar zerzausten, ließen ihn fast vergessen, dass wieder einmal seine Mutter über ihn erbost und er wütend auf sie war.

Anders als die meisten Zehnjährigen verfügte Jahl über eine angeborene Erkenntnisfähigkeit, die ihn verstehen ließ, dass seine Mutter nicht grundsätzlich allmächtig war – und das war wirklich die Ironie des Schicksals, denn seine Mutter, die Lady Phyrr, war in Wahrheit eine Göttin. Sie hatte ihn dabei ertappt, wie er einen Zauberspruch – eine Beschwörung – übte, und sie war erzürnt. Dabei war es ihm fast gelungen, und er war sich sicher, dass er etwas in der Dunkelheit flackern und sich bewegen gesehen hatte, bevor sie hereingeplatzt war und einen lästigen Bannspruch gekreischt hatte.

»Willst du dich umbringen?«, fauchte sie. »Du bist sterblich, du dummes Kind …«

»Wie soll ich etwas lernen, wenn du mich nicht unterrichtest, Phyrr?«, beschwerte er sich. »Wie soll ich meine Fähigkeiten entwickeln?«

Sie hatte ausgeholt und schlug ihn, ein stechender Hieb gegen seinen Kopf. »Du wirst diese Fähigkeiten nicht ausbilden, Jahl«, wetterte sie. »Darüber haben wir schon unzählige Male gesprochen. Du bist ein ganz normaler kleiner Junge.«

»Wie kann ich ein normaler Junge sein? Das ist das Dümmste, das ich je gehört habe«, schrie er trotzig zurück, bevor er vor Wut weinend aus dem Zimmer rannte.

Nun, hier am Ufer, während der Wind seine schmerzende Wange kühlte, dachte er mit Befriedigung darüber nach, dass sie nicht hatte leugnen können, wer von ihnen beiden Recht hatte.

Jahl hatte keine Freunde, sie lebten von der Welt abgeschnitten am nördlichsten Zipfel Sutras, von Osten und Westen her durch das grausame Nordmeer begrenzt, in dem oft hinter den Brechern Eisschollen und Eisberge durch das graue, sturmgepeitschte Wasser trieben. Er wusste, dass Phyrr darüber nachgedacht hatte, ihn bald fortzuschicken, ja dass sie im Grunde bereute, es nicht schon getan zu haben, als er noch ein Baby war … Jahl glaubte, sie würde diesen Einfall vielleicht noch einmal überdenken, wenn er ihr beweisen könnte, dass er ebenso über magische Fähigkeiten verfügte wie sie selbst – sie würde eingestehen müssen, dass er einige gottgleiche Fertigkeiten besaß und aus diesem Grunde weder wie ein normaler kleiner Junge behandelt noch für einen gehalten werden sollte.

Urplötzlich begann es zu regnen, ein heftiger Platzregen peitschte nieder und wurde vom Meer her landeinwärts getrieben. Jahl seufzte und bedeckte seinen Kopf mit der herabhängenden Kapuze des Reitumhangs, den er trug. Er wollte nicht hineingehen, noch nicht jedenfalls, denn tatsächlich wollte er es am liebsten noch einmal versuchen. Er ließ seinen Blick schweifen und bemerkte einen klaffenden Spalt am nahe gelegenen Hang; während der Flut würde dieses Loch von den tosenden Wellen angefüllt sein, die in die Höhle hineindrängen und hoch oben aus der Spitze der Klippen herausschießen würden wie die Wasserfontäne aus einem großen Walfisch. Nun jedoch würde es als dumpfes Schlupfloch taugen und vielleicht genügend Dunkelheit bieten, um mit seiner Arbeit fortzufahren. Jahl griff seine Schuhe von einem benachbarten Felsen und rannte zum Eingang der Höhle; seine bloßen Füße patschten durch die Lachen und Pfützen, und seine Eile rührte eher von einer wollüstigen Vorfreude her als von dem Wunsch, dem Regenguss zu entfliehen. Wie jeder Zehnjährige machte er sich über die Konsequenzen seines Handelns keinerlei Gedanken, und alles, was zählte, waren die Aufregung und der Wille, seine Aufgabe erfolgreich zu beenden. Mit einer Sorglosigkeit, die sein Vorhaben Lügen strafte, sprang er von Pfütze zu Pfütze. Jeder zufällige Beobachter hätte ihn für einen normalen kleinen Jungen gehalten – doch Jahl hatte sich auf den Weg gemacht, einen Dämon zu beschwören.

Am Anfang lief alles gut. In einer ruhigeren, dunkleren Ecke der Höhle, die selbst während der Flut nur selten vom Licht oder den Wellen erreicht wurde, zeichnete Jahl die Symbole, die er gelernt hatte, mit einem Stock in den Sand. Er hatte die kindliche Schrift eines kleinen Jungen, noch nicht ausgeprägt und nicht vom Charakter des Urhebers gekennzeichnet. Der Sand war trocken, deshalb grub er seine Zehen in die kalte, grobe Oberfläche, wobei er versuchte, sich nicht davon ablenken zu lassen, dass sich die Körner schmerzhaft in seine klammen Füße bohrten. Er fragte sich kurz, ob es vielleicht zu dunkel sei, denn was wäre, wenn er einen Dämon erschaffen würde, der schwarz wie die Dunkelheit war und nichts zu ihm sagen würde? Dann würde er möglicherweise niemals erfahren, dass es ihm geglückt war …

Als er jedoch alle Symbole vollendet hatte, begannen diese aus den Tiefen des Sandbodens heraus zu glühen, als seien sie aus kräftigem Feuer geschaffen. Ihr Licht erhellte die steinernen Wände der Höhle mit einem weichen orangefarbenen Glühen. Einen anderen Jungen hätte dies vielleicht nervös werden lassen und ihn dazu veranlasst, innezuhalten und mit sich selbst zu hadern, nicht jedoch Jahl. Mit einer Eigensinnigkeit, die er von seiner Mutter geerbt hatte, fuhr er fort. Mit weit gespreizten Beinen und fest in den Boden gegrabenen Füßen stand er dort und stimmte den beschwörenden Gesang an, von dem er glaubte, er würde zwanzig Minuten in Anspruch nehmen.

Er irrte sich. Sein letzter Versuch – der von seiner Mutter vereitelt worden war – war nicht gänzlich erfolglos gewesen. Tatsächlich war ein Dämon erweckt und aus den tiefsten Löchern der Finsternis gezogen worden; diese Beschwörung, wie eigentlich jede Beschwörung, bedeutete Schmerz für eine solche Kreatur, auch wenn sie stets gezwungen war zu gehorchen. Was die

Sache noch verschlimmerte, war die Tatsache, dass bei jenem vorangegangenen Versuch der Dämon nicht eingesetzt und dann wieder in die Vergessenheit entlassen worden war, sondern dass er dank Phyrrs Einschreiten viele schmerzerfüllte Stunden in einem Zwischenstadium hatte verharren müssen. Um es kurz zu machen: Als der Dämon erschien, war er sehr, sehr böse ...

Phyrr rannte bereits den sturmgepeitschten Strand entlang, als die ersten, noch kaum vernehmbaren jungenhaften Schreie aus der Höhle ertönten. Auch wenn die Sturzbäche ihren Blickwinkel einschränkten, konnte sie doch die flackernden Lichter erkennen, die aus dem Eingang der Höhle drangen. Sie erkannte diese Energieentladung als eine Herausforderung, die selbst für sie außerordentlich schwer zu bändigen sein würde. Zuerst fluchte sie laut, verstummte dann jedoch, um sich ihren Atem zum Rennen aufzusparen. Als sie die Höhle betrat, erwartete sie ein Anblick, der die schrecklichsten Albträume einer jeden Mutter noch übertraf.

Der Dämon hatte Gestalt angenommen und schlug nach seinem Beschwörer; und der Schrei, mit dem Jahl sich selbst beglückwünschen wollte, wurde in seiner jungen Kehle erstickt, als eine schwarze, klauenhafte Hand von der Größe seines ganzen mageren Körpers nach vorne schoss, ihn packte und ihn nahe an ein Gesicht riss, dessen Zähne und Augen gelb leuchteten und aus dem ein Atem quoll, der wie die Höllenschlunde stank, aus denen der Dämon stammte. In diesem Moment begann Jahl zu schreien, denn er war sich sicher, dass ihm die Kreatur schlicht den Kopf abbeißen wollte. Die Wahrheit war weitaus schlimmer – diese Kreatur tötete durch Einverleibung. Nach einem flüchtigen Blick auf seinen jungen Peiniger presste der Dämon Jahl gegen den Rumpf seines halb konturenlosen, lederartigen Körpers. Wieder schrie Jahl und verlor das Bewusstsein, als er das Brennen der Berührung zwischen ihm und dem Dämon spürte. Während er ohnmächtig wurde, fielen ihm die fehlenden Worte ein, um den Dämon zu binden, doch es war zu spät.

»Setz ihn augenblicklich ab!« Phyrrs Stimme hallte in der Höhle wider, und in ihr schwang der Klang mütterlichen Zorns mit – so elementar wie die umgebenden Felsen. »Setz ihn ab, du Bastard von einer Kreatur«, kreischte sie. Sie konnte das Biest nicht töten, denn sie befürchtete, dabei Jahl zu verletzen, doch sie begann, Worte zu sprechen, die Jahl nicht gelernt hatte: die der Eindämmung und der Unterwerfung. Phyrr stieß sie aus ihrer Kehle hervor, so schnell sie sie auszusprechen wagte, ohne sie zu verschlucken, doch ihre Verzweiflung war augenfällig. Jahl wurde von der schwarzen Masse des Dämons aufgesogen – sein Kopf baumelte leblos von seinen Schultern –, und sie befürchtete, ihn bereits verloren zu haben. Eine Ewigkeit schien vergangen zu sein, bis die letzten Worte verklungen waren und der Dämon ihrem Willen unterworfen war. Wäre ihr Sohn tot, dachte sie, würde sie das Biest hier in dieser Welt gefangen halten und als Rache für seine ewigen Höllenqualen sorgen.

»Beweg dich nicht«, befahl sie. Der Dämon gehorchte, auch wenn das dem Vorgang des Einverleibens, welcher willenlos vollzogen wurde, kein Ende bereitete. Alles, was von Jahl zu sehen war, waren sein Kopf und sein Gesicht; seine Augen waren geschlossen. Phyrr ging hinüber zu dem Dämon, der bewegungsunfähig war, und berührte Jahls Schläfen. Sie konnte das winzige Flattern seines hartnäckigen Herzschlags fühlen. Nun befand sie sich in einem Zwiespalt – es war nur ein Zauber bekannt, der den Körper des Jungen von dem des Biestes trennen konnte; sie musste sein Gesicht mit Abwehr- und Schutzsymbolen bedecken, doch solchermaßen gekennzeichnet würde die Magie des Chaos sein Leben lang von Jahl angezogen werden. Wenn sie ihm nicht alles, was sie über das Chaos wusste, beibringen würde, wäre die Wahrscheinlichkeit, dass er auch nur seinen elften Geburtstag erlebte, verschwindend gering. Sie seufzte, löste ihren Dolch von ihrer Hüfte und zog eine Phiole mit blauem Puder hervor, die sie in weiser Voraussicht mitgebracht hatte. Langsam begann sie damit, das schöne Gesicht des Jungen zu verletzen und zu zerschneiden, schüttete den Puder heraus und murmelte andere Worte als zuvor. Phyrr konnte nicht heilen – ihr eigenes zerstörtes Auge war der Beweis dafür –, doch zumindest würde ihr einfacher Spruch seine Schmerzen lindern.

»Und so erfüllte sich unabsichtlich Jahls Herzenswunsch: Das Wissen, nach dem er strebte, musste nun zu seinem eigenen Schutz rasch erworben werden. Und während die Lady Phyrr weinte und schnitt und den Puder verschüttete, war sie sich im Klaren, dass man sehr vorsichtig sein muss mit dem, was man sich wünscht …«

Heute war es schmerzhaft. Gelegentlich taten Tristans verdrehte Glieder ihm weh, als hätten sie die plötzliche Eingebung, dass sie in Wahrheit in die falsche Richtung gebogen seien. Besonders quälte ihn sein Nacken; dumpfe Schmerzen krochen seine Wirbelsäule hinunter, und er konnte nichts dagegen tun, als sich in eine Decke zu wickeln und sich warm zu halten. Sein Vater war draußen in der Scheune, und Regan, nun, wer wusste schon, wo sie steckte. Regan gehorchte ihren eigenen Gesetzen und verschwand manchmal tagelang, um schließlich reuelos zurückzukehren. Talisker sagte nur wenig dazu, doch Tristan wusste, dass er sich um seine unberechenbare Tochter sorgte. Regan hätte seinen Nöten leicht ein Ende bereiten können, denn meistens war sie nur auf der Farm ihrer Freundin Morag auf der anderen Seite des Tals, doch sie entschied sich dafür, ihm nichts über ihren Aufenthalt zu sagen, denn das war Teil ihres Spiels.

Vielleicht war seine Behinderung der Grund dafür, dass Tristan ein guter Beobachter der Menschen geworden war. Er wusste, dass Regan und sein Vater seit dem Tod von Una, seiner Mutter, ein schmerzhaftes Kräftemessen veranstalteten. Keiner der beiden war sich dessen wirklich bewusst, doch sie begegneten sich abweisend und kühl und verbrachten ihr tägliches Leben, als ob sie sich nur die Zeit vertreiben würden. Niemand sprach über

Una, und Tristan, der inmitten dieser eiskalten Trauer und Wut lebte, vermisste sie verzweifelt.

Er hielt an einem Fenster Ausschau und wartete auf Regans Rückkehr, als er einen Reiter den Hügel erklimmen sah. Er erkannte sofort, dass es nicht seine Schwester war, denn der Reiter, offenbar ein Mann, saß tiefer zurückgelehnt im Sattel als eine Frau und trug einen schwarzen Reitumhang über einem dunkelgrünen Plaid. Die Gestalt ritt schnell, und als sie näher heran war, wurde die Kapuze des Umhangs vom Wind zurückgeworfen. Obwohl Tristan allein im Haus war, stieß er einen Freudenschrei aus. Er schenkte dem Schmerz in seinen Beinen keinerlei Beachtung, sondern rannte in Richtung des Stalls.

»Vater, Vater, komm schnell! Es ist Onkel Sandro! Der *Seanachaidh* kommt!«

Talisker eilte aus der Scheune und hatte ein seltenes Lächeln im Gesicht, das ihn so jung wirken ließ, wie Tristan es lange nicht mehr gesehen hatte. Sie standen nebeneinander und blickten dem näher kommenden Reiter entgegen. Tristan hüpfte auf und ab und winkte seinem Onkel zu.

Sandro saß ab und umarmte Talisker herzlich, ehe er sich Tris zuwandte. »Tristan … hey, du bist gewachsen!« Er zerzauste Tris liebevoll das Haar. »Ob ich dir wohl eine Geschichte mitgebracht habe?«, fragte er lächelnd. Doch Tris sah, dass ihn eine ernste Angelegenheit hergeführt hatte, denn hinter seinem Lächeln versteckte sich eine düstere Besorgnis. »Tris, ich muss mit deinem Vater sprechen. Wärst du so nett, Jagger für mich in den Stall zu bringen und zu füttern?« Aus irgendeinem Grund brach Talisker in Gelächter aus, als er den Namen von Sandros Pferd hörte, dabei erschien er Tristan völlig passend. Jagger war ein stämmiges Tier, mehr als mannshoch und tiefschwarz.

»Oh, Tris hat eine besondere Beziehung zu Pferden«, sagte Talisker und nickte. »Er kommt mit jedem Tier zurecht.«

Tristan glühte vor Stolz über die Bemerkung seines Vaters und machte sich auf den Weg, Jagger in den Stall zu führen, während er leise mit ihm sprach.

Er verstand nicht wirklich, was es mit dem *Seanachaidh* und seinem Vater auf sich hatte. Als er klein war, hatte ihm seine Mutter erzählt, sie seien besondere Männer, die aus einer anderen Welt stammten und gekommen waren, um in Ruannoch Were und Soulis Mor zu kämpfen. Auch wenn sie damals sehr ernst geklungen hatte, war sich Tristan sicher gewesen, dass dies eine Geschichte sei, die dem *Seanachaidh* Ehre machen würde und dazu dienen sollte, einen Sohn mit dem Heldenmut seines Vaters in der Schlacht zu beeindrucken. Er wusste wohl, dass beide Männer Kriegsveteranen waren, auch wenn sein Vater niemals darüber sprach – es war ihm auch bewusst, dass er damals in Soulis Mor zur Welt gekommen war und mit seinen Eltern in das Tal gezogen war, als er nur wenige Monate alt war. Irgendetwas war sonderbar an Onkel Sandro; seine Haut hatte einen schönen goldenen Farbton, doch sie war heller als die der Sidhe … Vielleicht kam er wirklich aus einem weit südlich lebenden Clan oder vielleicht sogar von jenseits des Meeres. Was auch immer es war, etwas war ungewöhnlich an dem *Seanachaidh*, was dazu führte, dass seine Besuche jedes Mal etwas Besonderes und Aufregendes waren. Tris machte sich an die Arbeit, Jagger abzureiben; dabei fiel ihm auf, dass er Gesprächsfetzen aus der Unterhaltung der beiden Männer hören konnte, die noch immer vor der Scheune standen.

»Das kann nicht dein Ernst sein, Sandro.« Die Stimme seines Vaters war ungläubig. »Er ist doch noch ein Kind.«

»Komm schon, Duncan«, tadelte ihn Sandro sanft, »die Dinge liegen hier anders, das weißt du. Mit vierzehn wird man bereits für einen Erwachsenen gehalten – man ist alt genug, um in der Schlacht zu sterben.« Tristan hielt den Atem an, denn er befürchtete, jedes Geräusch könnte sein Lauschen verraten oder die Antwort seines Vaters übertönen.

»Erinnere mich nicht daran«, antwortete Talisker grimmig. »Auch ich habe sie sterben sehen, das waren in der Tat noch Kinder. Aber Tristan ... du weißt doch, er ist anders ... ich hatte vor, ihn bei mir zu behalten.«

»Lass uns hineingehen«, sagte Sandro leise. »Wir sollten etwas trinken und uns dabei unterhalten, was meinst du? Ich habe Briefe von Isbister mitgebracht ...«

»Ja, ich brauche etwas zu trinken. Es tut mir Leid, Sandro, das passiert, wenn man in der Wildnis lebt, ich habe keine Manieren mehr. Komm mit ...«

Ihre Stimmen wurden leiser, als sie zurück zum Haus gingen. Tristan, der normalerweise höchst erfreut gewesen wäre, ein solch erstaunliches Tier wie Jagger zu striegeln, fuhr mechanisch mit seiner Aufgabe fort, doch seine Gedanken rasten. Der *Seanachaidh* war gekommen, um seine Zukunft zu besprechen!

Er ging nicht zurück ins Haus, nachdem er Jagger gestriegelt hatte, denn so gerne er auch Genaueres gewusst hätte, so spürte er doch, dass Vater Zeit benötigte, um die Dinge mit Sandro durchzusprechen – vielleicht wollte der *Seanachaidh* ja einen Lehrling ... manchmal nahmen sie einen Schüler in die Lehre, hatte er gehört ... doch selbst wenn – die Leute würden ihn bei Festen oder Feierlichkeiten nicht dabeihaben wollen. Die, die ihn kannten, hatten ihn angenommen und lieben gelernt, doch Tristan stand mit beiden Beinen im Leben, und ihm war klar, dass eine allgemeine Anerkennung für ihn undenkbar war. Es begann zu nieseln, deshalb suchte Tris im Eingang des Stalls Unterschlupf, wo er geistesabwesend dem empörten Chor der Vögel lauschte.

»Was tust du denn hier draußen im Regen? Du weißt doch, dass dir das Schmerzen bringt, Trissy.« Es war Regan, die den Weg hinter dem Stall heraufgekommen war und die er nicht hatte kommen hören, weil er so in Gedanken versunken war. Er erzählte ihr von Sandro, während sie ihr Pony in den Stall führte und ihm seine Decke überwarf. Als er ihr berichtete, was er erlauscht hatte, hielt sie mitten in der Bewegung inne.

»Sie beraten also über deine Zukunft. Und du steckst hier draußen. Warum?«

»Ich ... ich warte bloß. Ich wollte ihnen Zeit lassen ...«, erklärte er.

Sie nahm seine Hand und blickte ihm in die Augen. »Du hast jedes Recht der Welt, deine eigenen Entscheidungen zu treffen, Tris«, sagte sie ernst. »Lass uns hineingehen.«

Sie betraten das Haus, wo ihnen augenblicklich Wärme entgegenschlug. Sowohl Talisker als auch Sandro drehten sich um und sahen Tristan an. Sandro begrüßte Regan nicht sogleich, warf ihr jedoch ein angespanntes, etwas abweisendes Lächeln zu. Regan – die fast immer im Mittelpunkt der Aufmerksamkeit stand – fühlte sich dadurch beleidigt.

»Was ist hier los, Vater?«, fragte sie und drückte Tristan fest die Hand.

»Kommt her, ihr beiden, und setzt euch«, antwortete Talisker seufzend.

»Es gibt einige Dinge, die ihr eigentlich schon vor langer Zeit hättet erfahren sollen. Und nun zwingen mich die Umstände dazu, euch davon zu berichten. Es tut mir Leid, wenn das jetzt ein bisschen plötzlich kommt.« Tristan ließ sich neben seinem Vater nieder, Regan neben Sandro. Beide sahen Talisker erwartungsvoll an, der leise stöhnte. »Ich wünschte, eure Mutter wäre hier ... sie war immer gut in diesen Dingen ...«

»Welchen Dingen?«, wollte Regan wissen.

Talisker schien seine Kraft zusammenzunehmen. »Es geht um dich, Tris. Wir ... Una und ich ... wir sind nicht deine wirklichen Eltern. Wir haben dich adoptiert. Una war bei deiner Geburt Hebamme, und deine Mutter verstarb im Kindbett. Dein Vater ...« Er brach ab und war nicht in der Lage, seinem Sohn die schmerzhafte Wahrheit zu sagen. Sandro nahm einen tiefen Schluck von seinem Bier und fuhr fort.

»Dein Vater war kein guter Mann, Tristan. Er hatte kein Verständnis für deine körperlichen Schwierigkeiten und hat dich bei deiner Geburt verstoßen. Una hat deiner leiblichen Mutter kurz vor ihrem Tod versprochen, auf dich Acht zu geben, und das hat sie auch getan. Sie hat dich hierher gebracht und es dir so ermöglicht, mit ihr und Duncan zusammenzuleben.«

Es herrschte lange Zeit Schweigen, während Tristan die Neuigkeiten verdaute. Nur das leise Knistern des Feuers und das leichte Prasseln des Regens auf dem Dach des Hauses waren zu hören. Regan griff über den Tisch und nahm die Hand ihres Bruders. »Das ist egal, Tris«, sagte sie leise, »wir sind deine Familie. Ma hat dich geliebt, das ist es, was zählt.« Tris antwortete nicht, doch der Schein des Feuers brach sich in ungeweinten Tränen in seinen Augen. Regan drehte sich zu ihrem Vater um. »Warum erzählst du ihm das jetzt?«, zürnte sie. »Was macht das denn für einen Unterschied? Du hättest es einfach auf sich beruhen lassen sollen.«

Gewöhnlich war es nicht leicht, Talisker aufzubringen, doch als er seine Tochter anschaute, erblasste Sandro, denn er bemerkte ein Flackern in diesen blauen Augen, das er seit vielen Jahren nicht mehr gesehen hatte. »Glaubst du, ich würde euch beiden dies ohne jeden Grund eröffnen? Du denkst immer das Schlechteste, Ree, nicht wahr? Du hast nie aufgehört zu glauben, ich …«

»Da ist noch mehr, nicht wahr?«, fragte sie gepresst, von Taliskers Zorn aus dem Gleichgewicht gebracht.

»Ja. Tristans Vater gestand Isbister, Thane von Soulis Mor, vor fünf Jahren auf seinem Totenbett, dass er seinen Sohn verstoßen hatte.«

»Aber warum sollte sie …«, setzte Regan an.

»Weil Tristans Mutter die jüngere Schwester des Thane war und der Thane nie geheiratet oder Kinder geboren hat. Tris ist – von Geburt an – der Thronfolger von Soulis Mor.«

Sowohl Regan als auch Tristan hielten die Luft an und starrten ungläubig von einem zum anderen.

Regan war die Erste, die ein breites Lächeln aufsetzte. »Mein Bruder wird also der Thane von Soulis Mor werden«, sagte sie grinsend.

»Nein.« Talisker schüttelte den Kopf. »Dein Bruder ist bereits der Thane von Soulis Mor. Isbister ist vor zwei Wochen verstorben.«

Es herrschte wiederum verdutztes Schweigen, dann sprach Tristan. Seine Stimme zitterte, und er war sichtlich um Fassung bemüht; für Duncan und Sandro klang seine Stimme in den Mauern des ruhigen Zimmers schmerzhaft jung. »Was wird jetzt geschehen, Vater?«

»Nun ja, Sandro ist hergeritten, um uns so schnell wie möglich mitzuteilen, dass Isbister von uns gegangen ist. Sie hat Anweisungen hinterlassen, dass du ihr Nachfolger sein sollst, deshalb werden sie eine Eskorte hierher schicken, die dich nach Soulis Mor bringen wird, sobald die Beerdigung vorüber ist. Die anderen Thane kommen zu der Zeremonie und werden dann auch zu deiner Krönung bleiben.« Talisker schluckte schwer, denn seine Gefühle drohten ihn zu überwältigen. »Du musst ziehen und Thane werden, Tristan. Es scheint, dass dies dein Geburtsrecht ist.«

»Aber Vater, du wirst doch mitkommen, nicht wahr?« Es war in Tristans Stimme zu hören, dass er Taliskers Antwort gespürt hatte, noch bevor seine Frage richtig ausgesprochen war. Talisker erhob sich und ging hinüber zum Feuer; er lehnte sich gegen den Sturz, starrte in die Flammen und sagte nichts.

»Nein, Tristan. Dein Vater wird nicht mitkommen«, antwortete Sandro an seiner statt. »Schreckliche Dinge sind in Soulis Mor geschehen, sind uns und allen Kriegern in der letzten Schlacht zugestoßen …«

»Aber du bist dorthin zurückgekehrt«, bemerkte Regan stirnrunzelnd. »Andere Krieger müssen in der Stadt geblieben sein …«

»Ich werde nicht dorthin zurückkehren, Regan«, sagte Talisker.

Augenblicklich verlor Regan die Beherrschung, sprang von ihrem Stuhl auf und warf ihn hinter sich zu Boden. »Tristan könnte dort alles Mögliche zustoßen«, rief sie anklagend. »Vielleicht wollen die Leute dort nicht, dass er Thane wird. Er könnte getötet werden. Willst du ihn einfach seinem Schicksal überlassen? Was würde Mutter dazu sagen – deine geliebte Una –, wenn sie wüsste, dass du ein Feigling bist?« Ohne eine Antwort abzuwarten, rannte sie zur Tür, drehte sich jedoch, kurz bevor sie die Stube verließ, noch einmal um, ihr Gesicht eine zornige Maske. Tränen liefen ihr die Wangen hinab, doch sie schien sie nicht zu bemerken. »Du Feigling«, schrie sie, knallte die Tür zu und rannte hinaus in den Regen.

»Regan, warte!« Sandro erhob sich, um ihr nachzulaufen, doch Talisker hielt ihn zurück.

»Lass sie gehen, Sandro. Schließlich hat sie Recht.«

»Nein, sie hat nicht Recht. Für dich war es schlimmer – du konntest die Seelen sehen. Wir müssen ihr das klarmachen. Und was hatte das mit ihrer Mutter zu bedeuten? Seit wann ist sie denn so ...«

»Feindselig? Schon seit einer ganzen Weile. Es hat schon begonnen, bevor Una starb. Tut mir Leid, Tristan.« Talisker kam zum Tisch zurück und klopfte seinem Sohn auf die Schulter. »Ich habe es versucht ... wirklich versucht, doch deine Schwester ... irgendetwas nagt an diesem Mädchen, doch sie will nicht, dass ich ihr helfe.«

Tristan nickte, antwortete jedoch zunächst nicht. Er griff nach dem Bierkrug, schenkte seinem Vater nach, nahm dann einen weiteren Lederbecher aus dem Regal und goss sich selber einen Schluck ein. Schweigend sahen Talisker und Sandro ihm zu; Tristan hatte bislang keinen Tropfen Alkohol angerührt, doch dies schien ein guter Zeitpunkt, um damit zu beginnen. Schließlich warf er den beiden Männern ein wehmütiges, schwaches Lächeln zu.

»Erzähl mir davon, Vater«, sagte er leise. »Alles über die Schlacht, warum es für dich schlimmer als für die anderen Krieger war, über meine Mutter und über Soulis Mor. Wenn ich von hier fortmuss, um dort zu herrschen … dann muss ich einfach alles wissen.«

Kapitel Zwei

»… und so weinte sie bereits, als der schwarze Regen niederging. Sie weinte, weil ihr Daddy sie verlassen hatte und die Ratten kommen würden. Als sich die erste weiche Bedrohung gegen ihre Wange presste, glaubte sie zu wissen, dass eine Ratte auf ihrer Schulter saß, die sich anschickte, sich einen Weg durch ihre Haare zu bahnen und ihr das tränennasse Gesicht zu zerkratzen. Doch sie irrte sich. Als sie die Augen öffnete und den Regen sah, keuchte sie laut. Er fiel aus der Ebene noch oberhalb der schwertgleichen Strahlen, die den Abendhimmel zerteilten, drang durch die Risse des uralten Mauerwerks und sickerte durch die gleißende Luftschicht gleich einem lautlosen, schillernden Sturm. Keine Ratten. Auch kein Regen, zumindest kein Wasser; sie streckte die Hand aus und fing einen der ebenholzschwarzen Tropfen, doch er war nicht nass, nur etwas kalt; eine Feder …

Weitere Federn und noch mehr Federn, und ein Geräusch, ein furchtbares, nervenzerreibendes Gezänk. Der Klang, der das Getreidelager erfüllte, entsprang dem Chaos in seiner reinsten Form, und auch wenn ihr Schluchzen erst Augenblicke zuvor versiegt war, brach Regan erneut in ein dünnes, kindhaftes Angstgeschrei aus. Sie stand auf, rannte hinüber zur Tür und hämmerte jämmerlich gegen die unnachgiebige Eichentür.

»Helft mir!«, schluchzte sie. »Hier ist irgendetwas …«

Doch dann kamen sie, bereits der Schlag ihrer Flügel klang wie das Echo ihrer Schreie: ein hoher, dünner Laut. Sie blickte zurück und sah ihre ausgestreckten Klauen und die scharfe Grausamkeit ihrer riesigen gebogenen Schnäbel.

»Daddy … Daddy!«, schrie sie. Etwas glitt über ihren Hinterkopf hinweg und riss ein großes Haarbüschel mit sich. Die Vögel kreischten zurück, verhöhnten sie. Sie wirbelte herum und schlug wirkungslos mit den Armen um sich, doch sie packten den dünnen Ärmelstoff, zerrissen ihn und zerkratzten das zarte, junge Fleisch.

Regan fiel zu Boden, fuchtelte mit den Armen und strampelte mit den Beinen. Sie schrie noch immer, doch die Krähen schienen sich nicht darum zu kümmern, sie waren jetzt auf ihrem Rücken; Regan konnte die leichten Berührungen ihrer kräftigen Klauen spüren und hörte ihre Geräusche – sie alle –, den nervenzerreibenden, krächzenden Schrecken. Sie hassen sich sogar gegenseitig, dachte sie; selbst inmitten ihrer Angst sah sie dies in aller Klarheit. »Hasserfüllte, hasserfüllte Kreaturen …« Sie schrie immer weiter und schlug um sich.

»Regan! Oh, ihr Götter, Regan …«

Dort waren plötzlich Licht und andere Geräusche, ein seltsamer, heftiger, dumpfer Klang, als würden die Vögel mit irgendetwas fortgeschlagen. Dann wurde sie in eine Decke gewickelt, und jemand schloss sie in starke, schützende Arme. Daddy. Er war endlich gekommen …

»Das ist furchtbar, Seanachaidh *…«*

»Ich weiß, Nimah. Aber dies ist sowohl eine Kindheitserinnerung als auch ein Traum, der Regan verfolgt. Manchmal können unsere Träume die Macht haben, uns zu prägen, wenn wir ihnen solchen Einfluss zugestehen …«

Es war vier Tage später, als sie kamen, um Tristan zu holen. Sandro war im Morgengrauen aufgestanden und hatte nach den Reitern Ausschau gehalten. Im Haus saßen Regan, Tristan und Talisker und aßen in dumpfem Schweigen ihr Frühstück. Sie hatten schon vorher Abschied genommen, und nun war mit dem Warten der schlimmste Teil angebrochen. Sandro schien sich sicher, dass heute der Tag der Abreise gekommen war, dabei standen die Vorzeichen schlecht. Tristan war am Tag zuvor ausgeglitten, und seine Beine schmerzten, weshalb er wie ein alter Mann lahmte. Bekleidet war er mit seinem besten weißen Lederwams, trug das extra für ihn gekürzte Plaid, das Una für ihn angefertigt hatte, und dazu seine Lieblingsschuhe aus weichem Leder. Er sah gepflegt und sauber aus, doch Talisker wusste, dies bedeutete nicht unbedingt, dass man seinen Sohn anerkannte. Sandro war sich nicht sicher, ob Isbister die Versammlung der Thane auf Tristans Verfassung vorbereitet hatte, und er wusste von früher, wie abergläubisch die Fine sein konnten.

»Sie kommen.« Sandro sah zur Tür herein. Ohne zu wissen, warum, ging Talisker zur Feuerstelle, nahm sein Schwert von der Wand und gürtete es sich um die Hüfte; nach so langer Zeit hing es schwer und wirkte unnatürlich an seiner Seite, doch er fühlte sich besser, wenn er es bei sich führte.

»Bleibt im Haus, bis wir euch herausrufen«, befahl er den Kindern. Regan und Tristan sahen besorgt aus, doch sie nickten beide.

Draußen wartete Sandro, der ebenso wachsam war. Er hatte sein Schwert nicht gezogen, doch wie Talisker nestelte er am Griff, und sein Blick war starr auf den Horizont gerichtet. Ohne ein Wort zu wechseln, nahmen sie zu beiden Seiten des Eingangs ihren Platz ein, als wären sie Wachposten.

Es waren an die zwanzig Reiter; man konnte den Klang der Hufe ihrer Pferde bereits hören, obwohl sie sich noch in einiger Entfernung befanden. Sie wirbelten eine rote Staubwolke auf, so trocken war der Schmutz des Weges.

»Es könnte sein, dass ich einige von ihnen kenne, Duncan«, bemerkte Sandro, und seine Stimme war angespannt und leise. »Lass mich das Gespräch führen.«

Talisker nickte und betrachtete grimmig die näher kommenden Reiter. Er war nicht der Meinung, dass er einen von ihnen wieder erkennen würde, doch der Reiter an der Spitze fiel sofort ins Auge: ein älterer Mann mit einem langen, blassen Gesicht und aschfahlem Haar – er trug ein silbernes Kettenhemd, und die Wintersonne ließ einen silbrig blitzenden Reif um seinen Kopf aufleuchten. Es schien, als sei er ein Thane, doch Talisker konnte sich nicht entsinnen, von wo. Unmittelbar hinter dem vermeintlichen Thane – etwas abseits von den restlichen Reitern – ritten zwei weitere Männer mit dünnen, silbrigen Diademen; sie wirkten jünger und irgendwie weniger auffällig, auch wenn ihre Umhänge und Pferde ebenso prächtig wie die ihres Anführers waren. Mit dem Schock der Erkenntnis bemerkte Talisker, dass ihm der eine der beiden vertraut vorkam. Er beugte sich zu Sandro hinüber, ließ seinen Blick jedoch unvermindert auf dem Mann ruhen.

»Ist das …?«

»Ja, das ist Eion. Er muss Ulla repräsentieren«, antwortete Sandro.

Die Reitergruppe machte vor dem Haus Halt, und einen Moment lang sprach niemand. Der Anführer betrachtete Sandro und Talisker schweigend, bevor er das Wort an sie richtete. Er hatte wohl bemerkt, dass sie beide Waffen trugen.

»Seid gegrüßt«, sagte er schließlich recht barsch. »Ich bin Thane Huw von den Südlichen Clans. Dies ist Thane Lachlan und dies Thane Eion, stellvertretend für die Lady Ulla. Ich erkenne euch, *Seanachaidh,* und so glaube ich, Ihr wisst um unseren Auftrag. Wir sind gekommen, um den Jungen Tristan zu holen und ihn für die Krönungsfeierlichkeiten nach Soulis Mor zu bringen.« Huw zögerte und legte die Stirn in Falten. »Er befindet sich doch hier, nicht wahr?«

»Ja«, versicherte ihm Sandro, »er ist hier. Dies ist Duncan Talisker, Tristans Ziehvater …« Als Taliskers Name fiel, begannen die Krieger im Gefolge untereinander zu wispern, offensichtlich davon beeindruckt, Talisker leibhaftig zu sehen, dessen Name unter den Fine zur Legende geworden war. Huw hob gebieterisch die Hand, um sie zum Schweigen zu bringen.

»Wir möchten uns versichern, dass für das Wohlergehen des Jungen Sorge getragen wird«, fuhr Sandro vorsichtig fort.

»Ich verstehe nicht«, sagte Huw stirnrunzelnd. »Warum sollte das nötig sein? Er ist der Erbe von Soulis Mor, warum sollte ihm etwas zustoßen?«

»Gibt es denn sonst niemanden, der Ansprüche erhebt?«

»Nun, einen weiteren. Ein Cousin der Lady Isbister – aber Tristan steht in direkter Erbfolge. Stellt Ihr die Loyalität dieser Begleitung in Frage?«

»Nein, nein«, versicherte Sandro ihm. »Es ist nur so, dass Tristan … nicht so stark ist … körperlich.«

Huws Augen verengten sich leicht und verliehen seinen Gesichtszügen einen ungewollt verschlagenen Ausdruck. »Was meint Ihr, *Seanachaidh*?«

Talisker trat nach vorne. »Er meint, was er sagt. Bevor ich meinen Sohn in Eure Hände übergebe, muss ich wissen, dass er in Sicherheit ist.«

»Talisker«, Eion trieb sein Pferd an, bis es neben Huw zu stehen kam. »Du kennst mich. Du hast mit mir Seite an Seite in Ruannoch Were gekämpft. Ich habe deinen Sohn niemals zu Gesicht bekommen, doch ich werde dir mit Freuden zusichern, dir zu Ehren für seinen Schutz zu sorgen. Ich gebe dir mein Wort, dass ihm kein Leid zustoßen wird. Bis zu seiner Krönung werde ich an seiner Seite bleiben.«

»Nun gut, Eion.« Talisker streckte den Arm empor und schüttelte Eion herzlich die Hand. »Meinen Dank.« Er drehte sich zum Türeingang. »Tristan, komm jetzt heraus.«

Es herrschte ein langer Augenblick des Schweigens, und die Reiter schienen den Atem anzuhalten, als sie die Türöffnung beobachteten. Talisker wusste, dass Tristan auf dem Weg war, doch weil er lahmte, schien eine Ewigkeit zu vergehen. Huw runzelte die Stirn und hob gerade zu sprechen an, als Tris erschien und in das strahlende Sonnenlicht blinzelte.

»Ist das ein Scherz?«, knurrte Huw und ließ seine Hand auf den Schwertknauf sinken.

Tris war nun sechzehn Jahre alt, doch nur etwa viereinhalb Fuß groß; seine kurzen Beine waren leicht nach außen gebogen, als sollten sie den anscheinend oberlastigen Rumpf ausgleichen. Sein Brustkorb war so breit, wie er gewesen wäre, wenn er eine normale Größe erreicht hätte, doch am schlimmsten und für Tristan am schwierigsten war die Tatsache, dass es den Anschein hatte, als habe er überhaupt keinen Hals; sein übergroßer Kopf saß schief unmittelbar auf seinen breiten Schultern und zwang ihn dazu, leicht gebückt auf einer Seite zu stehen, um seinen Blickwinkel gerade zu rücken. Tristan sprach klar und deutlich, was Taliskers schmerzendes Herz mit Mitleid und Liebe erfüllte. »Seht Ihr mich lachen, Sir?«

Huw antwortete nicht, und so fuhr Tristan fort. »Mein Name ist Tristan Talisker. Mir wurde berichtet, dass meine Mutter, die im Kindbett verstorben ist, die jüngere Schwester des letzten Thane war. Ich werde nach Soulis Mor kommen, da es mein Geburtsrecht ist.« Es herrschte verblüfftes Schweigen, das nur durch ein Husten unterbrochen wurde, mit dem jemand ein Lachen zu überspielen versuchte. Huws Pferd tänzelte unruhig, und Tristan, der nach vorne getreten war, als er sprach, streckte die Hand aus, um es zu beruhigen. »Ihr habt Euer Pferd überanstrengt, Thane Huw«, bemerkte er fast gedankenverloren. »Ihr müsst ihm Ruhe gönnen und ihm viel frisches Wasser geben.« Er starrte dem Tier fest in die Augen, als er dies sagte, und legte die Stirn in Falten. »Er ist in Gefahr.«

»In was für einer Gefahr?«

»Sein Herz verursacht ihm Beschwerden«, antwortete Tristan. »Könnt Ihr sehen, wie er bei jedem zweiten Atemzug noch einmal nach Luft schnappt?« Huw sagte nichts und schien nicht zugeben zu wollen, dass Tristan Recht hatte, denn sein Pferd hatte ihm schon die ganze letzte Stunde über Sorgen bereitet.

Sandro trat nach vorne. »Bitte, es steht Euch allen frei, Eure Pferde zu tränken. Der Trog ist dort drüben bei der Scheune.«

»Ja, ich werde derweil meine Sachen packen«, sagte Tristan zustimmend. Niemand rührte sich.

»Gibt es ein Problem?«, fragte Sandro und klang völlig unbeteiligt.

»Ihr werdet das Problem sicherlich sehen«, knurrte Huw. »Es tut mir Leid. Ich möchte keinen beleidigen, aber wir können keinesfalls diesen ... diesen ... Jungen mit uns nehmen.«

Taliskers Hand fuhr zum Schwert. »Haltet Eure Zunge im Zaum, Huw«, sagte er warnend. »Thane hin oder her ...«

»Wollt Ihr mir drohen?« Huw schien sich nicht sicher, wie er darauf reagieren sollte, auch wenn einige der Reiter bereits ebenfalls nach ihren Waffen gegriffen hatten.

»Ich würde von diesem Pferd absitzen, wenn ich an Eurer Stelle wäre.« Eine junge weibliche Stimme drang von der Scheune her über den Hof. »Wenn mein Bruder sagt, dass es sterben könnte, so ist es gewiss.«

Regan kam auf Sandros schwarzem Hengst Jagger aus dem Stall geritten. Sie trug ihr rotes Kleid und einen aufgebauschten Reitumhang, den Talisker als Unas erkannte. Ihr langes schwarzes Haar hatte sie zurückgebunden und es geschickt mit einem silbernen Ring gebändigt, welcher jenen ähnelte, die die Thane trugen. Als sie sich ihrem Vater und den anderen Reitern näherte, fiel ihm zudem auf, dass sie ein Schwert trug, von dem er wusste, dass es seit einiger Zeit in der Werkstatt gelegen hatte und vor sich hin gerostet war. Es war nun keineswegs mehr rostig; Regan oder Tristan musste Stunden damit zugebracht haben, es zu säubern und die stumpfe Klinge zu schärfen. Hatten sie das letzte Nacht geplant, fragte er sich?

Als Regan bei Tristan ankam, beugte sie sich vor und griff nach seinem Arm, um ihn vor sich in den Sattel zu heben. Talisker und Sandro tauschten besorgte Blicke.

»Mein Name ist Regan«, sagte sie und ließ einen gebieterischen Blick über die versammelte Reiterschar gleiten. »Und ich bin Tristans Zwillingsschwester.«

»Zwillinge?«, wiederholte Huw ungläubig. »Niemand hat einen Zwilling erwähnt. Ihr … Ihr seht gar nicht aus wie ein Zwilling.«

»Ich bin sicher, Ihr wisst, dass Zwillinge nicht immer gleich aussehen, Thane Huw. Ich glaube auch, dass mein leiblicher Vater nicht die Art von Mann war, die sich um Töchter schert«, sagte sie würdevoll. »Una, meine Ziehmutter, glaubte, es sei am besten, uns zusammen großzuziehen.«

»Aber ihr wusstet doch, dass eine Frau gleichermaßen die Erbin von Soulis Mor werden könnte.« Huw warf Talisker und Sandro einen stirnrunzelnden Blick zu. »Warum wurde uns das nicht mitgeteilt?«

»Ist das wahr, Talisker?«, fragte Eion.

Talisker war bestürzt. Ihm war klar, was Regan vorhatte, und doch schmerzte sein Herz, als sie ihre Eltern verleugnete – in diesem Augenblick ähnelte sie mehr denn jemals zuvor ihrer Mutter. Und doch saß er in dieser Situation in der Falle; er konnte sie vor all diesen Leuten nicht der Lüge bezichtigen. Deshalb zögerte er lange, bevor er antwortete, denn es war ihm bewusst, dass Regans Feststellung, sollte sie als falsch erkannt werden, als Verrat angesehen werden würde – sie könnte festgenommen werden … oder Schlimmeres. »Ja … ja, es stimmt«, sagte er endlich. »Ich hätte es Euch ja unverzüglich wissen lassen, doch Isbisters Brief erwähnte nur Tris, was auch Sinn macht, denn ihrem Vater, Alistaire, wurde nie von Regan berichtet.«

»Das ist mein Pferd«, flüsterte Sandro drängend. »Sie kann nicht mein Pferd nehmen.«

»Wir müssen dies überdenken«, sagte Huw nickend. »Wir werden unseren Pferden etwas Ruhe gönnen, wenn wir noch immer Euer Einverständnis dafür haben.«

»Selbstverständlich«, stimmte Talisker zu.

Die Reiter machten sich auf den Weg zum Stall und saßen ab; die Anführer unter ihnen steckten die Köpfe zusammen und warfen neugierige Blicke zurück zu Tris und Regan. Talisker hob den Blick zu seiner Tochter; sie beobachtete die Gruppe und schien ein Lachen zu unterdrücken; ein leichtes Lächeln umspielte ihre Lippen und verlieh ihr jenen schelmischen Ausdruck, der Talisker aus ihren Kindertagen bestens vertraut war. Es dämmerte ihm, dass Regan vermutlich nicht ganz uneigennützig gehandelt hatte – ihr kindliches Verlangen, unablässig im Mittelpunkt der Aufmerksamkeit zu stehen, mochte ihre Handlungen ebenso beeinflusst haben wie die Sorge um ihren Bruder. Er erstickte diesen Gedanken, sobald er in ihm aufgestiegen war, und schämte sich wegen seines harten Urteils über sie.

»Ree«, drängte er leise. »Weißt du, was du da tust? Das hier ist kein Spiel.«

Ihr Lächeln verschwand. »Du hast sie gesehen, Vater. Sie wollten Tris nicht mitnehmen. Vielleicht hätten sie ihm sogar etwas angetan. Vielleicht hätte er die Reise nicht überlebt …«

»Aber Eion gab mir sein Wort.«

»Er scheint ein guter Mann zu sein, Vater. Aber er gehört nicht zur Familie.«

Er seufzte und erkannte unwillig, dass ihre Bedenken einen Sinn ergaben. Es schien, als würde er beide Kinder verlieren, doch wenigstens hätten sie sich gegenseitig.

»Kommst du damit klar, Tris?«

»Oh, ja«, sagte Tris lächelnd. »Wenn Ree mitkommt, wird es noch lustiger.«

»Lustig …«, wiederholte Talisker düster. »Soulis Mor zu regieren wird nicht … ach, was soll's …« Er gab es auf, wandte sich um und setzte sich niedergeschlagen zurück in den Türeingang.

Sandro kam herüber und klopfte ihm auf die Schulter.

»Es ist sinnvoll, Duncan. Wenn die Thane dies akzeptieren, scheinen die Kinder die Lösung gefunden zu haben.«

»Ich weiß. Es ist nur … ich nehme an, ich habe nicht damit gerechnet, dass sie so plötzlich und so Aufsehen erregend in die Welt ziehen«, sagte er und zuckte mit den Schultern.

»Ich werde sie begleiten«, sagte Sandro lächelnd und spähte hinüber zu Regan und Tristan, die die Reitergruppe aufmerksam beobachteten. Regan saß kerzengerade und hatte ihre Arme schützend um die Schultern ihres Bruders geschlungen. »Ich weiß, dass Regan ihr Erscheinungsbild im Moment höchst wichtig ist, aber ich hätte wirklich gerne mein Pferd zurück.«

Endlich verabschiedeten sie sich, denn Huw hatte beschlossen, beide Kinder mit sich zu nehmen und die Entscheidung aufzusparen, bis sie vor dem Rat der Thane die Angelegenheiten zur Sprache bringen könnten. Tristan war erfreut, dass Regan mit ihnen reiten würde, doch ergriff er die Gelegenheit, und bevor sie fortritten, sattelte er auf Pip/Majestät um. Als die Reiter den Hügel erklommen, beobachtete Talisker, wie sie sich abwehrbereit um Regan scharten, die sich ohne Schwierigkeiten in ihre Rolle eingefunden zu haben schien. Tristan trottete etwas hinterher, auf der einen Seite begleitet von Eion, auf der anderen von Sandro, der freundlich mit ihnen beiden plauderte. Als sie den Hügel bezwungen hatten, hielt Tristan an, drehte sich um und winkte seinem Vater zu, doch Regan zügelte ihr Pferd nicht. Talisker winkte und lächelte, bis sein Sohn außer Sichtweite war.

Eine Woche nachdem sich Tristan und Regan auf den Weg nach Soulis Mor gemacht hatten, schien es, als würde der Regen nie mehr versiegen. Talisker glitt lustlos in den Sattel und starrte auf die düsteren Umrisse des Gebäudes, das einst sein Heim gewesen war. Sein Glück und seine Liebe – nach der er allem Anschein nach sein Leben lang gesucht hatte – schienen auf diesem engen Raum zum Ausdruck gekommen zu sein, nur um nach so kurzer Zeit von diesem kalten Winter überwältigt zu werden. Sie hatte diesen Winter eingeläutet – Regan, seine eigene Tochter. Es war ihm, als hörte er ihre Stimme, eine kindliche Stimme, zitternd im Wind.

»Es hat ein Unglück gegeben, Vater …«

Er hatte in ihre Augen geblickt und das Flackern von etwas Verstörendem, Verächtlichem gesehen. Und da wusste er es; unwillentlich drängte sich die Erkenntnis in seine Seele und ließ sich nicht mehr leugnen, nicht einmal, als er seine Kinder tröstete. Ein Gedanke, der darum kämpfte, eine Gestalt anzunehmen, führte ein selbstständiges, wurmgleiches Eigenleben. Und schließlich, in der trostlosen Dunkelheit seiner ersten Nacht im Witwerbett, schrie der Gedanke in seinem Schädel, verlangte, dass Talisker sein Dasein anerkannte: *... aber du hättest sie retten können, Regan. Du hättest deine Mutter retten können ...*

Nachdem er erst einmal seinen Weg gebahnt hatte, ließ sich der Gedanke nicht mehr abschütteln. Una starb im Sommer, und nun würde es ohne sie keinen weiteren Sommer mehr geben.

Talisker trieb sein Pferd an und schleuderte die flammende Fackel, die er trug, durch den Eingang ins Haus. Im Innern fingen die sorgfältig übereinander gestapelten Möbel und das Bettzeug augenblicklich Feuer und ließen das Gebäude nach außen hin in gespenstischer orangefarbener Wärme erglühen. Das Pferd scheute unruhig, denn es spürte die Hitze, die in dem Zimmer aufkam und durch die Tür nach draußen wehte, doch Talisker konnte sich lange Zeit nicht losreißen und betrachtete schweigend die Zerstörung. Vielleicht war es der Widerschein der Flammen, doch der Ausdruck auf seinem Gesicht war unergründlich; es lag Trauer in ihm und Sehnsucht, doch auch Zorn. Schließlich drehte er sich vom Haus weg und trieb sein Pferd auf den dunklen Saum des Waldes zu. Gerade als er den Hügel erklommen hatte und an der Stelle angelangt war, nach der der Anblick seines Hauses für alle Zeit verloren sein würde, riss er die Zügel herum, sodass sein Pferd fast das Gleichgewicht verloren hätte. Er hielt inne, um noch einen letzten Blick zurückzuwerfen, und er konnte hören, wie das tragende Dachgebälk zusammenbrach und Aschewolken und Funken in den nächtlichen Himmel stoben, die unmittelbar danach vom Regen gelöscht wurden, als seien sie nichts als ein rasch vergängliches Feuerwerk. Einen Augenblick lang malte sich Trauer auf Taliskers Gesicht; er hatte keine Tränen mehr und brauchte auch keine, aber seine Augen warfen das tosende Feuer zurück. Seine Lippen bewegten sich, doch der geflüsterte Klang seiner Worte wurde vom Sturm fortgetragen.

»Lebe wohl, Una … ich …« Es schien nicht nötig, weiterzusprechen. Er war sich sicher, sie wusste es.

Den ersten Anblick von Soulis Mor würden weder Regan noch Tristan je vergessen. Die Vorstellung, irgendjemand könnte diese ausgedehnte Festungsstadt beherrschen, war fast lachhaft. So uralt war das riesige Bauwerk, dass niemand wusste, wer es errichtet hatte – nicht einmal der *Seanachaidh*, der die mündliche Überlieferung der Geschichte der Fine bewahrte. Es erstreckte sich über fünf Meilen des zerklüfteten Tals zwischen den Blauen Bergen als westlicher und der Bergkette von Ruamorr als östlicher Begrenzung. Im Winter wurde das Basaltgestein schwarz vom Eisüberzug und war schneebedeckt, was ihm einen grimmigen, bedrohlichen Anschein verlieh. Doch nun, im Frühsommer, schienen die Steine weicher durch die Wärme des Sonnenscheins und durch das Gelb und das Blau der Wildblumen, die die davor liegende Ebene besprenkelten.

»Seht nur!« Tristan schrie auf und wies aufgeregt voraus. »Ich habe noch nie solch große Bussarde gesehen.«

Eion belächelte seine Begeisterung – es hatte nicht lange gedauert, Tristan ins Herz zu schließen; sein warmherziger Witz und sein umgängliches Wesen hatten in den wenigen letzten Tagen die meisten Reiter der Eskorte für ihn eingenommen. Er bemerkte, dass selbst der schweigsame Thane Huw nach und nach angesichts Tristans Aufregung und Freude weniger abwehrend erschien. Tristan hatte die Gabe, anderen Leuten, die sich mit ihm unterhielten, das Gefühl zu vermitteln, es gäbe nichts Interessanteres als sie in der Welt; er ließ nie in seiner Aufmerksamkeit nach, er hörte tatsächlich zu, achtete auf das, was sein Gesprächspartner ihm mitteilte, und wartete nicht nur darauf, selber sprechen zu können, wie es die meisten Leute taten.

In der Nacht zuvor hatte Tris Huw nach seinen Ländereien im Süden befragt – er hatte sich erkundigt, ob es wahr sei, dass die Vögel dort wunderschön gefärbt seien und die Sonne den ganzen Tag schiene. Huw schien über Tristans Frage ernsthaft nachzusinnen – ihm wurde bewusst, dass der junge Mann niemals über die Ausläufer des Berges hinausgekommen war.

»Nein, das entspricht nicht ganz der Wahrheit, aber es ist deutlich wärmer dort. Lachlans Königreich liegt näher an Ruannoch Were – vielleicht hundertfünfzig Meilen südwestlich. Meine eigenen Ländereien befinden sich viel weiter südlich, und von meiner Feste Karmala Sev aus kann ich den Ozean überblicken, bis dorthin, wo die Welt vom Nebel verschlungen wird. Schon einige Male zuvor habe ich eine Reise in diese nördlichen Länder unternommen – für mich sind es fast vierhundert Meilen, und es dauert je nach Wetterlage bis zu einigen Wochen. O ja, und wir haben die besten Pferde der Welt …«

»Tatsächlich?« Tristan sah fasziniert aus. »Ich muss eines Tages nach Karmala Sev kommen.«

»O nein, verschwendet Eure Zeit nicht, junger Mann.« Lachlan war zum Feuer herüberkommen, um der Unterhaltung zu lauschen. »Jeder weiß, dass die besten Pferde in Sutra aus Durghanti stammen – *meinem* Königreich.« Die beiden Thane lachten gutmütig, doch Tristan ließ sich nicht ködern, sondern drehte sich um und blickte zu der Stelle zurück, wo die Pferde über Nacht angebunden waren. Nach kurzer Bedenkzeit wandte er sich wieder an die beiden Thane.

»Macht Ihr Euch über mich lustig, Sirs?«, fragte er. »Es scheint mir, dass Eure beiden Pferde von gleicher Abstammung sind. Tatsächlich würde ich sogar sagen, wenn sie keiner Züchtung entstammten, sondern wild lebend wären, würden sie zur selben Herde gehören.«

Huw konnte sein Erstaunen über Tristans kluge Schlussfolgerungen kaum verbergen. »Tatsächlich«, sagte er und nickte. »Ihr liegt richtig. Zwischen unseren beiden Königreichen klafft ein mächtiger Einschnitt – ein Riss im Land.« Zur Verdeutlichung zeichnete er eine Linie auf den Boden. »Wir nennen dies die Schlucht von Cerne, sie weist viel, dunkle Höhlen auf, hat eine Länge von fast hundert Meilen und ist über eine Meile tief – und dort leben die wilden Pferde. Nur einmal im Jahr fangen wir so viele ein, wie wir benötigen.«

Tristan nickte ernst und versuchte, sich die Ausmaße eines solchen Ortes vorzustellen. Während des Gesprächs hatten sich Sandro, Eion und Regan zu ihnen gesellt, und nun ergriff Sandro das Wort. »Dort lebt auch der Bär-Clan der Sidhe, Tris. Das ist der größte Sidhe-Clan überhaupt und sowohl Huws als auch Lachlans Volk zur Treue verpflichtet.«

»Nun, so sollte es zumindest sein«, sagte Lachlan. »In Wahrheit bekommen wir sie aber nur selten zu Gesicht, dennoch sind sie sehr nützlich für uns; sie überbringen Nachrichten zwischen unseren beiden Städten – ein Bär kann viele Tage lang schnell und unermüdlich reisen – und kennen die Schlucht besser als jeder Fine. Wir durchqueren sie nur selten, und auch diesmal verabredeten Huw und ich, uns in Ruannoch Were zu treffen, als wir die Nachricht von Isbisters Verscheiden erhielten. Ich bin zum ersten Mal so weit nördlich ...« Er schauderte. »Ist es hier immer so kalt?«

Tristan lachte frei heraus. »Das ist fast schon sommerlich! Am Ende des Jahres nach Samhain wird es noch weit kälter. Dann wird es schneien.«

»Schneien«, wiederholte Lachlan düster. Er erzitterte noch einmal so demonstrativ, dass Tristan schon wieder lachen musste. Selbst Huw lächelte leicht, doch als sein Blick auf Tristan ruhen blieb, wurde er besorgt. Es würde große Stärke erfordern, Soulis Mor, das größte Herrschaftsgebiet in Sutra, zu regieren ...

Regan hatte während der Reise nur wenig gesprochen, und im Stillen fürchteten Eion und Sandro, dass sie sich zu wenig darum bemühte, die Zuneigung der Thane zu gewinnen. Stattdessen schien sie kühl und abweisend. Eion, der in die Lüge der Zwillings-Thane nicht eingeweiht war, mochte sie instinktiv nicht, doch Sandro wusste, dass ihr langsam das ganze Ausmaß ihres Unternehmens zu dämmern begann; Regan hatte Angst.

Sandro war in den frühen Morgenstunden aufgewacht; abgesehen von den Wachposten schliefen die meisten des Gefolges noch. Seine Blase war unangenehm voll, und so verließ er den Schutz seines Zeltes, um sich zu erleichtern. Als er am Feuer vorüberging, bemerkte er Regan; sie saß dort und starrte in die Glut, eine Decke um die Schultern gewickelt. Gedankenverloren umklammerte sie einen Zinnbecher, als ob sie davon gestärkt würde, auch wenn der Inhalt bestenfalls lauwarm sein konnte. Sandro griff eine Decke und ging zu der Stelle hinüber, wo sie saß – Regan blickte nicht auf, gab nicht einmal zu erkennen, ob sie ihn hatte kommen hören.

»Kannst wohl nicht schlafen, was?«, murmelte er. Sie antwortete nicht. Er seufzte und ließ sich neben ihr nieder. Dann starrte auch er ins Feuer und nahm die gleiche Haltung wie Regan ein. »Ich finde das ganz schön mutig von dir, Regan«, sagte er.

Daraufhin hob sie den Blick zu ihm; ihre Gesichtszüge – leichenblass im kalten Schein des Mondes – waren vor Müdigkeit und Anspannung verzerrt, ihre Augen glichen tiefen, hohlen Teichen. Einen Augenblick lang lag etwas Gequältes in ihren Zügen, das von einem älteren Wissen kündete, welches eine Sechzehnjährige sich genau genommen noch nicht angeeignet haben konnte. »Ich kann nicht schlafen, Onkel Sandro«, sagte sie. »Ich habe immer diese Träume …«

»Oh.« Er richtete sich auf. »Wie lange denn schon?«

»Schon sehr lange«, sagte sie verzweifelt. »Es gab einen Vorfall, als ich sechs war – ich wurde im Getreidespeicher eingeschlossen –, aber eigentlich waren sie schon immer da.«

»Sie?«

»Die Vögel.«

»Vögel«, wiederholte er. Seine Augen verengten sich. »Raben?«
»Vielleicht auch Krähen …«
»Willst Du mir davon erzählen? Die Einzelheiten – manchmal hilft das.«
Sie schüttelte kläglich den Kopf. »Ich kann nicht … ich … Onkel Sandro …« Regan schien das Thema wechseln zu wollen. »Hast du schon mal etwas getan und nicht gewusst, dass du das vorhattest – oder sagen wolltest –, bevor die Worte herauskamen?«
»Ich glaube, das war vielleicht früher einmal so – als ich noch jünger war.«
»So war es … natürlich, da war das Schwert … ich dachte, Tris könnte es vielleicht gebrauchen. Doch dann … es war, als ob etwas in mir erwachen würde. Als ich sagte …«, sie blickte sich um, »du weißt schon …«
»War es wie eine andere Stimme, Regan?«, fragte er stirnrunzelnd.
»Nein. O nein.« Sie klang bestimmt.
»Dann ist es vielleicht einfach dein Schicksal. Vielleicht hast du etwas davon erkannt, als es sich vor dir ausbreitete, etwas, das noch vor dir liegt.«
Regan nickte und sah erfreut über Sandros vage Erklärung aus. »Ja …«, sie nippte an ihrem kalten Gerstenschleim, »das könnte sein. Ich wollte auf Tris Acht geben – du glaubst mir doch, oder?«
»Warum sollte ich dir nicht glauben?«
Sie zuckte mit den Schultern. »Ich vermute, Vater denkt, ich wäre nur eigennützig gewesen und wollte die Aufmerksamkeit auf mich lenken – aber das stimmt nicht …«
»Er hat sich bloß um euch beide Sorgen gemacht, Regan. Du solltest versuchen, ein wenig Schlaf zu finden. Morgen kommen wir an …«
»Ich … ich habe Angst davor, zu schlafen. Dieser Traum und …«
»Was?«
»Ich weiß nicht.« Sie wirkte so verwirrt; die selbstbewusste

junge Frau, die hervorgeritten gekommen war, um zu behaupten, sie sei Tristans Zwillingsschwester, war für einen Augenblick verschwunden, versteckt hinter einer dunklen, namenlosen Wolke.

»Hier.« Sandro griff in seine Tasche und zog etwas Rundes von der Größe seiner Handfläche hervor. »Nimm das, Regan – die Sidhe sagen, es würde einem Mut und Kraft verleihen.«

Der Gegenstand glitzerte silbrig im Mondlicht.

»Was ist das?«, fragte sie. »Silber?«

»Nein. Es ist eine besondere Art von Stein, welcher Glanzeisenerz genannt wird – doch die Sidhe bezeichnen ihn als Mondstein – und du kannst sicherlich sehen, warum …«

Einen Moment lang starrte sie auf den Stein, dann wandte sie ihren Blick unter zusammengezogenen Augenbrauen Sandro zu. »Du scheinst mich noch immer für ein Kind zu halten, *Seanachaidh*, wenn du glaubst, ein Stein könnte mich von meinen Fieberträumen heilen. Willst du vielleicht auch noch in meinem Nachtlager nach Ungeheuern suchen?« Sie seufzte. »Du hast Recht, ich sollte etwas Schlaf bekommen.«

Sandro war von ihrer zynischen Antwort überrascht, jedoch fest entschlossen, es sich nicht anmerken zu lassen. »Ich werde neben deinem Bett wachen, Regan – es ist ein Segen, einen *Seanachaidh* in der Nähe zu haben.« Er lächelte und versuchte, ihr Mut zu machen. »Ich werde deine Träume einfangen und sie in die Geschichten eines *Seanachaidh* verwandeln … Mach dir nicht solche Sorgen – ich bin sicher, du und Tris werdet Soulis Mor lieben. Und die Stadt wird euch lieben.« Sie lächelte ihm müde zu, als sie zurück zu ihrem kleinen Zelt ging, und da war er wieder für einen Moment lang sichtbar: der gequälte Ausdruck. Sandro stellte sich die unvermeidliche Frage, was es nur genau sei, wovon sie träumte. Wie versprochen blieb er wach und lag in eine Decke eingehüllt in ihrem Zelteingang – und mit einiger Genugtuung bemerkte er, dass sie im Schlaf den Mondstein fest in ihrer Hand eingeschlossen hielt.

Nun, am folgenden Morgen, gab es keinerlei Anzeichen mehr

von Regans nächtlichen Ängsten, aber dunkle Ringe lagen unter ihren Augen …

»Das sind keine Bussarde, Tris«, erklärte Eion. »Das sind Sidhe-Adler. Obgleich der Stamm, der mit Soulis Mor verbunden ist, der des Luchses ist, sind viele zur Ernennung des neuen Thane gekommen.«

Regan war hinzugetreten, um die Vögel zu beobachten, und schirmte ihre Augen gegen die beißende Sonne ab. »Was kümmert sie denn, wer als neuer Thane ausgerufen wird?«, fragte sie stirnrunzelnd. »Ohne Zweifel haben doch nur die Sidhe Stimmrecht.«

Eion hob die Augenbrauen, sagte jedoch nichts. Sandro hingegen war nicht nachsichtig mit Regan. »Du musst noch viel lernen, Ree. Hier ist es anders als in den Städten. Die Fine und die Sidhe sind stolz auf ihre Verbindung. Die Adler fliegen dort, um Tristan in der Stadt willkommen zu heißen.«

Regan schien das als Beleidigung aufzufassen, auch wenn niemand in der Stadt damit rechnen konnte, dass zwei mögliche Thane nach Soulis Mor reisten. Sie trieb ihr Pferd an, ritt auf dem engen Pfad nahe an Sandro heran und flüsterte ihm zu: »*Seanachaidh*, mir wäre es sehr lieb, wenn du mich von nun an nicht mehr so nennen würdest.«

»Wie b…« Sandro war kurz davor, in Gelächter auszubrechen, sah dann jedoch den ernsten Ausdruck auf Regans Gesicht. »Ich verstehe, Regan«, sagte er und nickte. Er drehte sich augenrollend zu Tris um, der zu kichern begann. Regan sagte nichts, sondern ritt weiter voran, bis sie an der Spitze der Reiter neben Huw anlangte.

»Wollen wir uns auf den Weg machen?«, fragte sie freundlich. »Es scheint, als ob Soulis Mor ein kleiner Schock bevorstünde.«

Die Thane benötigten fast eine Woche, um ihre Entscheidung zu treffen: Tristan und Regan sollten gemeinsam herrschen. Während dieser Zeit wurden Tristan und Regan von den Lairds des Isbister-Clans ausgefragt, und auch die Würdenträger der Fine statteten ihnen einen Besuch ab. Vor ihrer Krönung war es den beiden nicht erlaubt, ihre Räumlichkeiten in den oberen Geschossen des Burgkomplexes zu verlassen. Da änderte es wenig, dass ihre Wohnstätte luxuriös war, mit dicken, wärmenden Wandteppichen behängt und mit Böden, die man mit süß duftenden Kräutern bestreut hatte. Auch war sie viel größer als das winzige Haus, das sie erst vor so kurzer Zeit verlassen hatten, und sowohl Tris wie auch Regan schwelgten im neu erlangten Überfluss, schliefen in riesigen, weichen Betten und aßen, was immer sie wollten, zu jeder erdenklichen Zeit.

Am zweiten Tag vertrödelte Tris seine Zeit im größten der Wohnzimmer und übte eine neue Melodie auf seiner abgenutzten Harfe, als Regan aus ihrem Schlafgemach kam.

»Sieh mal, Tris, wer bin ich?« Sie kicherte atemlos, bewegte sich langsam und balancierte vier Kissen auf ihrem Kopf, die gefährlich schwankten. Tris verstand sofort, was das zu bedeuten hatte, sprang auf und versank in einer gespielten Verbeugung.

»Nun, Milady, in solch ruhmvoller Pose könnt Ihr nur der Thane von Soulis Mor sein.« Er ließ seinen Blick durch den Raum gleiten, bis er schließlich an einer Schale mit Äpfeln und Feigen hängen blieb. »Ah«, spottete er, »aber ist denn Milady auch der Aufgabe gewachsen, für alle Früchte des Königreiches verantwortlich zu zeichnen?«

»Wie bitte?«

Tris griff eine Hand voll von den Früchten und begann mit ihnen zu jonglieren, bis Regan näher kam. Dann kletterte er auf einen Stuhl und bemühte sich, sie auf den Kissen auf ihrem Kopf aufzutürmen. »Tris, du Spinner«, sagte sie lachend. »Sie werden alle runterfal…«

»Nein, nein, warte.« Tris beendete rasch sein Vorhaben, ihr eine seltsame kleine Krone zu verschaffen, und legte zum Abschluss einen Arm voll Blumen auf die Spitze, welche er aus der Vase in der Mitte des Tisches entwendet hatte.

»Tris, sie tropfen auf mein Kleid«, beklagte sich Regan, doch sie lachte noch immer, auch wenn sie dabei versuchte, den Kopf still zu halten.

»Lauf mal«, schlug er kichernd vor. »Zeig mal, wie ein wirklicher Thane läuft.«

Ohne nach unten zu blicken, schürzte Regan ihren Rock und ging langsam auf den Eingang der Wohnstätte zu.

Sie gab ihr Bestes, um feierlich zu wirken, kicherte jedoch genau wie Tris, als die Blumen niederregneten. Nachdem sie die Tür erreicht hatte, drehte sie sich rasch um, doch es gelang ihr, den größten Teil ihrer Krone an Ort und Stelle zu halten.

»Bravo, bravo!« Tris hüpfte auf dem Stuhl auf und ab und klatschte übertrieben in die Hände. Ohne Vorwarnung öffnete sich die Tür und ließ Regan einen Satz nach vorne machen. Alles kugelte ihr vom Kopf und landete auf einem Haufen auf dem Boden – Regans Gesicht hatte einen urkomischen Ausdruck, so als hätte sie die seltsame Bürde auf ihrem Kopf vergessen gehabt. Tris und sie brachen beide in lautes Gelächter aus und würdigten ihren Besucher keines Blickes. Es war eine recht betagte Dienerin, die damit beauftragt war, sich um sie zu kümmern. Die alte Frau sah keineswegs erfreut aus und starrte die beiden an, als seien sie verrückt geworden.

»Der *Seanachaidh* Sandro Chaplin lässt mich ausrichten, er werde in etwa einer halben Stunde heraufkommen, Miss«, wandte sie sich mit einem gepressten, verärgerten Tonfall in der Stimme an Regan. »Ich werde das hier nur noch eben aufräumen.«

»Lasst das«, sagte Regan scharf; ihr Lächeln war augenblicklich verschwunden. »Verschwindet.« Die alte Frau sagte nichts und verließ mit einer Verbeugung den Raum.

»Du warst ein wenig ruppig zu ihr, Ree«, sagte Tris lächelnd.

»Ruppig? Ruppig? Ich werde ihr Feuer unterm Hintern machen, wenn ich erst mal Thane bin«, sagte Regan wutschnaubend. »Mal sehen, ob sie dann ein Fünkchen Humor in sich entdeckt, wenn sie bis ans Ende ihrer Tage Töpfe schrubbt.« Sie stampfte mit dem Fuß auf. »Ich werde das nicht dulden, Tris.«

Tris war noch immer in guter Stimmung und fragte verschmitzt: »Wie bitte? Dann muss wohl jeder über all deine Witze lachen, was? Erzähl besser nicht den mit dem Schäfer und der Schäferin – sonst musst du nachher noch die ganze Stadt köpfen lassen.« Ein Kopfkissen kam durch den Raum geflogen und klatschte ihm mitten ins Gesicht, doch es wurde von Gelächter begleitet.

In diesen frühen Tagen gelang es Tris, ihr mit einem Lachen aus den meisten Situationen herauszuhelfen.

»Regan lag stets mit den Sidhe in Streitigkeiten. Sie mochte sie nicht und zeigte das auch deutlich. Es fing an mit dem Denkmal in den Nördlichen Ebenen – den Badlands, wie die meisten Leute sie noch immer bezeichneten –, welche vor ihrem Tod von Isbister verwaltet worden waren. Es gehörte zu ihren ersten Pflichten als Thane, das endgültige Werk zu enthüllen. Die riesige Platte aus Silber und Granitgestein wurde eine Meile nördlich der Stadt errichtet, sodass sie als Wegmarkierung am Horizont das Schlachtfeld der letzten Auseinandersetzung in Soulis Mor kennzeichnete, bei der Tausende Krieger gefallen waren. Tristan und Regan waren sich des Heldenstatus bewusst, den ihr ›Ziehvater‹ in diesem Streit innehatte, und beide freuten sich auf ihre Aufgabe, sodass der Tag höchst vergnügt begann.«

Regan hatte riesige neue Gemächer in den Außenmauern der Burgfestung bezogen, und Tristan, der sich einsam und verunsichert in den eigentlichen Räumlichkeiten fühlte, nachdem seine Schwester umgesiedelt war, richtete sich in einigen Räumlichkeiten in den unteren Geschossen ein. Regan hatte dagegen protestiert und erklärt, dies würde nicht seinem neuen Status entsprechen, doch Tristan hatte nur mit den Schultern gezuckt und war dessen ungeachtet umgezogen. Er hatte ihr nicht gesagt, dass ihm die langen Treppenfluchten hinauf in die oberen Etagen Schmerzen in seinen Beinen bereiteten und quälende Stiche bis zu seinen

Hüften ausstrahlten, wann immer er zu viele Stufen stieg. In früheren Tagen hätte Regan das erkannt, ohne dass Tristan sie ausdrücklich darauf hätte hinweisen müssen, aber schließlich hatte sie nun genug mit sich selbst zu tun.

Rückblickend erkannte er es als Fehler, sich solchermaßen abzusondern, doch war es ein Fehler, der aus rein pragmatischen Gründen begangen worden war.

Am Morgen der Denkmalsenthüllung mühte er sich damit ab, die Stufen zu erklimmen – an manchen Tagen fiel es ihm noch schwerer als an anderen –, und er hatte auf der Hälfte der zweiten Treppe Halt gemacht, um wieder zu Atem zu kommen. Er hörte ein Geräusch hinter sich und drehte sich herum, um, wie er glaubte, einem besorgten Diener zu versichern, dass alles mit ihm in Ordnung sei. Tris stieß einen kurzen Überraschungsschrei aus und griff nach dem Geländer, in dem irrigen Glauben, die eiserne Treppenstange könnte ihm Schutz gewähren. Ein großer brauner Bär – der erste Sidhe-Bär, den Tris aus der Nähe zu sehen bekam – trottete gemächlich hinter ihm die Treppe herauf und füllte dabei fast die gesamte Breite der Stufen aus; anders als für Tris schien das für ihn keinerlei Anstrengung zu bedeuten, und er bewegte sich in einem gleichmäßigen Rhythmus, während sein großer, fast quadratischer Kopf dabei von einer Seite zur anderen schaukelte. Als das Tier Tristan näher gekommen war, musterten seine dunkelbraunen Augen ihn eingehend, dann hielt der Bär inne und beugte sich leicht nach vorne, um Tris einzuladen, auf seinen Rücken zu klettern. Einen Augenblick lang traute sich Tris kaum, sich zu bewegen, denn er war sich nicht sicher, ob er die Geste nicht vielleicht missdeutet hatte. Der Bär blickte ihn von der Seite an und brummte ungeduldig, sodass Tris die breiten Schultern des Tieres erklomm und sich behutsam an seinen Genickfalten festklammerte, als es seinen mühelosen Aufstieg fortsetzte. Er bemerkte, dass das Tier recht alt sein musste; der honigbraune Pelz, der angenehm moschusartig duftete, war von silbrig grauen Strähnen durchzogen. Zudem trug der Bär nur wenig Schmuck – lediglich ein silberner Ohrring mit einer großen Feder war an seinem rechten Ohr befestigt. Er und Regan hatten bislang noch keinen der Alten der Sidhe-Stämme getroffen und es schien ihm eine seltsame Einführung, die Treppe auf dem Rücken des mächtigen Tieres hinaufzusteigen.

Als sie den Kopf der Treppe erreicht hatten, bemerkte Tristan, dass Regan in der Tür stand und ihnen entgegenblickte. Tris stieg ab, und der Bär erhob sich auf seine Hinterpfoten – er reichte mindestens sieben Fuß in die Höhe – und neigte den Kopf. Tristan erwiderte den zeremoniellen Gruß, während Regan einen Schritt nach vorne trat und einen etwas unsicheren kurzen Knicks machte.

»Willkommen, Sir«, sagte sie mit einem Nicken.

Sandro trat aus dem Vorzimmer des Raumes, denn er war neugierig, was sich im Treppenflur abspielte. »Markomete! Du alter … Bär, du!«, sagte er strahlend. »Ich habe dich nicht zu dieser Zeit erwartet!«

Der Bär ließ sich wieder auf alle vier Pfoten nieder und brummte Sandro etwas zu, dann wurde die Gestalt von einem grünen Glühen eingehüllt, so gleißend, dass die Beobachtenden den Blick abwenden mussten. Einige Momente lang war der Bär in dem Schein nicht auszumachen, doch dann, als das Licht schwächer wurde und verglühte, war die Gestalt eines großen, stattlichen Mannes zu sehen. Er trug einen Umhang aus farbenprächtigen Federn und weiche lederne Kleidung; ein Wams und weite Beinkleider. Sein langes, graues Haar war mit winzigen, dünnen Plättchen und weiteren Federn geschmückt, und – was Tristan am meisten faszinierte – er war barfuß und hatte seine Zehen mit silbernen Ringen geschmückt.

»*Seanachaidh*«, sprach er mit einem Lächeln Sandro an. Seine Zähne waren verblüffend weiß im Gegensatz zu der warmen goldenen Farbe seiner Haut. »Es ist eine lange Zeit vergangen, seitdem du unsere Hallen zuletzt beehrt hast. Sparst du dir deine Geschichten für den Winter auf?« Er nickte Tristan und Regan zu. »Ich bin Markomete, einer der Alten der Sidhe-Bären, die zu den Südlichen Clans der Sidhe gehören. Ihr müsst der junge Thane Tristan und ihr die Lady Regan sein. Vergebt meine unangekündigte Ankunft, doch auch ich bin ein Vertreter im Rat von Tema, und sie verlangten, dass ich komme.«

Regan runzelte die Stirn. »Entschuldigt, Sir, doch warum genau seid ihr angereist?«

»Um die endgültige Ausführung des Denkmals zu begutachten, Lady.«

»Ich verstehe«, sagte sie hochmütig. »Würdet Ihr uns einen Moment entschuldigen, Markomete? Sandro, ich muss mit dir sprechen.«

Kaum dass sie die Tür hinter sich geschlossen hatten, drehte Regan sich zu dem verdutzten *Seanachaidh* um. »Ich weiß, für mich ist das alles neu, *Seanachaidh*, doch ist mir hier irgendetwas entgangen?«

»Ich verstehe dich nicht, Regan. Hat er etwas Falsches gesagt?«

»Was hat das Denkmal mit den Sidhe zu tun? Ist es so üblich, dass sie sich in die Angelegenheiten der Fine einmischen?«

»Ah, verstehe«, sagte Sandro nickend. »Vielleicht wird alles verständlicher, wenn wir das Denkmal sehen, Lady Regan.« Regans Falten in der Stirn vertieften sich, und ihr Mund wurde zu einer dünnen Linie, was ihr nicht sehr gut zu Gesicht stand, wie Sandro abwesend dachte.

»Behandle mich nicht so herablassend, Onkel Sandro. Erkläre es mir jetzt.«

»Regan ... Lady Regan ...«, Sandro war verwirrt. »Das ist nichts, worüber man sich Sorgen machen müsste. Es sind auch Vertreter eines jeden Sidhe-Stammes auf dem Denkmal zu finden. Der Rat von Tema will vermutlich sicherstellen, dass jeder angemessen dargestellt ist.«

»Aber weshalb?«, drängte sie. »Warum sind sie überhaupt auf dem Denkmal verewigt?«

Sandro seufzte. »Weil ohne die Hilfe der Sidhe Braznnair niemals rechtzeitig für die letzte Auseinandersetzung nach Norden gelangt wäre. Außerdem haben sie in beiden entscheidenden Schlachten Seite an Seite mit uns gekämpft – und viele sind neben uns gefallen.«

Regan lief tief in Gedanken vor ihm auf und ab. »Wer hat eine Gestaltung genehmigt, welche die Sidhe mit einschließt, *Seanachaidh*?«

»Isbister.« Sandro bewegte sich unruhig, denn er spürte, dass sich Ärger zusammenbraute.

»Regan.« Tristan war eingetreten. »Was ist los? Wir können Markomete nicht einfach warten lassen, das ist sehr unhöflich. Wir sollten schon längst dort sein.« Sandro warf Tris einen warnenden Blick zu.

»Was gibt es denn?«, fragte er stirnrunzelnd.

»Lady Regan glaubt, es könnte ein Problem mit der Gestaltung des Denkmals geben«, sagte Sandro so taktvoll wie möglich.

»Wie kann sie das denn wissen? Wir haben es doch noch nicht einmal gesehen«, antwortete Tris leicht ungehalten. »Sandro, wir sollen aus irgendeinem Grund jemanden auf dem Dach treffen?«

Sandro nickte. »Das werden Druvien und sein Tross sein; sie hatten die Aufgabe, den Rat von Tema von dem Tag deiner Krönung zu informieren. Wollen wir los, Regan?« Regan nickte, sagte jedoch nichts.

Wenn sie richtig darüber nachgedacht hätte, hätte sie es wissen müssen – warum sonst sollten sie sich auf den Zinnen treffen? Seit ihrer Ankunft in der Stadt waren Regan und Tris keinem der Sidhe-Adler vorgestellt worden, doch nun flogen drei von ihnen auf sie zu …

»O nein! Sie hat doch bestimmt Angst, oder, Seanachaidh*?«*

»Hör auf dazwischenzureden, Nimah … sieh einfach zu …«

Auf den Zinnen hatte sich eine kleine Menschenmenge versammelt; Thane Lachlan – der bis zur Krönung bleiben wollte –, eine Reihe Lairds aus Soulis Mor, deren Namen sie noch nicht kannten, Markomete sowie zwei weitere Sidhe, die aussahen, als entstammten sie demselben Clan. Regan stand in vorderster Reihe, Markomete und Tris direkt hinter ihr. Ein frischer Wind war von Süden heraufgezogen und fand sein Echo in einer angespannten Ängstlichkeit, die Regans Magen fest im Griff hielt, seitdem sie die drei Sidhe-Adler erblickt hatte. Als sie näher kamen, erinnerte sich Tristan, der von ihrem majestätischen Flug in den Bann geschlagen war, an Regans Furcht vor Vögeln und trat einen Schritt nach vorne, um ihr etwas Beruhigendes zuzuflüstern. Doch sie hielt abwehrend die Hand in die Höhe. »Mir geht es gut, Tris«, murmelte sie.

Doch es ging ihr keineswegs gut, und eigentlich war genau das Gegenteil der Fall; kalte, Schwindel erregende Angst ergriff ihren Körper, ihre Brust wurde eng, und ihr Atem ging flach: Trotz der Kälte des Windhauchs begann Regan zu schwitzen. Die Vögel kamen immer näher, und ihr Anführer, ein riesiger Adler, dessen Gefieder beinahe schwarz war, hatte den Blick aus seinen schwefelgelben Augen auf Regan gerichtet. Als sie auf der Krenelierung der Zinnen landeten, verursachte der Aufwind ihrer Schwingen eine Bö, die über den Zinnenkranz fegte und das Begrüßungskomitee zwang, ihre Umhänge und Plaids zu umklammern. Sehr zu Regans Erleichterung nahmen die Adler zu beiden Seiten augenblicklich ihre Sidhe-Gestalt an, doch ihr Anführer – Druvien – betrachtete Regan eingehend, und sie fragte sich, ob er ihre Angst spüren konnte. Sie hatte allerdings das Gefühl, dass es ihr gelungen war, ruhig zu erscheinen, obwohl sie im Inneren erzitterte. Ihr Haar war vom Wind, den die Sidhe verursacht hatten, zerzaust und hing ihr ins Gesicht, doch sie bemerkte es kaum, denn ihr Blick und der Druviens verschmolzen; es schien ihr eine Ewigkeit zu vergehen, ehe sich einer der beiden wieder rührte.

»Willkommen«, stieß sie endlich hervor. »Prinz Druvien.«

Sie neigte den Kopf. Tris konnte von seinem Standpunkt aus sehen, dass alle Farbe aus dem Gesicht seiner Schwester gewichen war. Er zupfte Sandro am Arm. »*Seanachaidh*«, flüsterte er, »Regan kann nicht …«

Bevor er seinen Satz beenden konnte, hatte die Pattsituation zwischen Regan und Druvien ein Ende gefunden. Der große Adler öffnete seinen riesigen gelben Schnabel und stieß einen schrillen Schrei aus – der unbeabsichtigt Regan die Kontrolle verlieren ließ. Dem neuen Thane von Soulis Mor entfuhr ein leiserer Laut, ein unfreiwilliger Angstschrei – dann fiel Regan in Ohnmacht. Auf den Zinnen herrschte ein heilloses Durcheinander, denn jeder eilte zu Regans Hilfe herbei. Sie war jedoch nur einige Sekunden lang ohne Besinnung, und nachdem sie wieder zu sich gekommen war, war ihre Angst Beschämung und schließlich Wut gewichen.

»Verschwindet«, fuhr sie Sandro und Markomete an, die ihr zu helfen versuchten. »Mir geht es gut. Hört auf, so einen Wirbel zu veranstalten …« Vor Zorn hatte sie die Lippen fest aufeinander gepresst – Tristan hatte das Gefühl, sie glaubte aus irgendeinem Grund, Druvien habe sie vorsätzlich verschrecken wollen. Während sich alle um sie scharten, hatte Druvien seine menschliche Gestalt angenommen und eilte mit dem Ausdruck äußerster Verwirrung zu ihr hinüber.

»Es tut mir Leid … es tut mir so Leid, Lady Regan. Ich wollte Euch nicht ängstigen …« Er beugte sich nieder und reichte ihr seine Hand, um ihr aufzuhelfen, doch sie beachtete diese Geste nicht, sondern löste sich von Sandro, auf den sie gefallen war, als sie ohnmächtig wurde. Als sie zu Druvien aufblickte, entdeckte sie einen winzigen Moment lang ein belustigtes Zwinkern in seinen Augen, welches er sofort verscheuchte.

»Mir geht es gut«, sagte sie verunsichert. »Ich habe vergessen zu frühstücken und nun ist mir etwas schwindelig geworden, das ist alles.« Druvien nickte und bot ihr seinen Arm an. »Erlaubt mir, Euch zur Entschuldigung auf dem Weg zu den Ställen begleiten zu dürfen, Lady Regan«, sagte er. Sie starrte auf seinen ausgestreckten Arm, und eine Sekunde lang zeichnete sich ein wachsamer und angewiderter Ausdruck auf ihrem Gesicht ab. Doch dann tat sie es Druvien gleich und verbarg ihre Gefühle, indem sie sich unterhakte und ihm gestattete, den Turm gemeinsam mit ihr hinabzusteigen. Ihr Blick war jedoch nicht unbemerkt geblieben, und Regans Reaktion auf die Sidhe-Adler – die von dem früheren Thane Isbister so geliebt worden waren – wurde als das schlechteste denkbare Omen gewertet.

»Lasst uns endlich das Denkmal ansehen, was meint Ihr?«, fragte sie lächelnd. Nur Tristan bemerkte, dass das unterkühlte Hochziehen der Mundwinkel alles andere als ein Lächeln war.

Es war wunderschön. Im morgendlichen Sonnenlicht glänzte und erstrahlte das Denkmal mit seinen silbernen Einlegearbeiten im roten Granitgestein, das acht Monate gebraucht hatte, um in die Stadt geschafft zu werden. Es ragte bald zwanzig Fuß in die Höhe, und erst an diesem Morgen hatten es die Steinmetze und Silberschmiede aus seiner liegenden Position befreit und aufgerichtet, was eine gehörige Portion Manneskraft erfordert hatte. Dementsprechend war der Hof voller Menschen, die begierig darauf hofften, das Denkmal zu Gesicht zu bekommen oder einen ersten Blick auf Tristan und Regan erhaschen zu können.

Inmitten des Gewühls war ein kleiner Bereich mit einem Seil für die Besucherschaft der Würdenträger abgetrennt worden, und noch immer eilten Frauen herum, um so viel Staub und Schmutz zu beseitigen wie nur möglich. In der Mitte erhob sich der Obelisk wie ein schweigender Wächter, der eine beruhigende Ausstrahlung hatte. Tristan und Regan erreichten den Hof zu Pferd und wurden von jener Gruppe begleitet, die bei dem Vorfall auf den Zinnen anwesend gewesen war.

Niemand hatte Regans Reaktion erahnen können. Alles in allem kostete es Regan nur zwei Minuten, das wunderbare, volkstümliche Denkmal in Augenschein zu nehmen. Ohne abzuwarten, bis sie den Handwerkern und den Frauen vorgestellt worden war, saß sie ab und lief zum Obelisken hinüber; Tristan hingegen blieb auf seinem Pony sitzen und gab sich alle Mühe, ruhig zu wirken, auch wenn es für ihn noch immer ungewohnt war, im Mittelpunkt der öffentlichen Aufmerksamkeit zu stehen. Er ritt zum Fuß des Denkmals und bewunderte die Schönheit der Meißelarbeit.

Die Silberschmiede hatten die Schlacht um Soulis Mor auf stilisierte Weise als ruhmreichen Akt abgebildet. Jeder, der dort gewesen war – und viele von ihnen waren heute anwesend –, hätte der Menschenmenge sagen können, dass die wahren Kämpfe keineswegs so verlaufen waren, es weit häufiger so gewesen war, dass die Männer keines rühmlichen Todes gestorben waren, sondern eines verfluchten, begleitet von schrecklichen Schmerzen. Die Kunstfertigkeit der jungen Silberschmiede war jedoch offensichtlich und bewies die Verklärung, mit der die neue Generation der Fine ihre Vorväter betrachtete. Über dem Abbild des Schlachtfeldes kreisten Sidhe-Adler an einem Himmel, an dem zwei Sonnen schienen, und zwischen den Kriegern befanden sich Sidhe-Bären und -Luchse.

Auch Sandro und Markomete waren nach vorne getreten, um die Einlegearbeit zu begutachten; sie standen schweigend da, jeder tief in Gedanken des Leids und der Erinnerung versunken. Druvien war etwas zurückgeblieben und beobachtete Regan nachdenklich. Tristan dachte, es müsse großartig sein, Frauen und Männer gekannt zu haben wie solche, die an jenem Tag gefallen waren. Er wünschte, sein Vater wäre anwesend, um das Denkmal zu sehen; schließlich war es auch ihm gewidmet. Es war wunder…

»Nein, so kann das nicht bleiben«, fauchte Regan. Sie wandte sich an den Meister der Silberschmiede, der mit stolzgeschwellter Brust neben ihr stand. »Ihr da, Ihr habt die Abbildung zu verändern. Ich werde Euch Anweisungen zukommen lassen.« Als sie zurück zu ihrem Pferd stapfte und in einer fließenden Bewegung aufsaß, erhob sich ein Murmeln in der Menschenmenge, die begriffen hatte, dass ihr Thane das Denkmal abgelehnt hatte. Regan riss die Zügel herum und ritt aus dem Hof hinaus.

»Regan?« Tristan war sich nicht sicher, ob er verstanden hatte, was vorgefallen war, und blickte wild um sich, denn ohne seine Schwester war es um seine Gelassenheit angesichts der Menschenmenge geschehen.

»Mit ihr ist alles in Ordnung, Tris«, sagte Sandro. Er hatte sich neben Tristans Pony gedrängt, denn ihm war aufgefallen, dass dieser die Nerven zu verlieren drohte. Er führte das Pony zurück zur Einfriedung, sodass er sein eigenes Reittier besteigen konnte. Sein eigener Gesichtsausdruck verriet jedoch seinen stillen Zorn. »Ich wünschte, dein Vater wäre hier, Tris«, murmelte er leise. »Dieses Mädchen braucht eine gehörige Tracht Prügel.« Im Stillen stimmte Tristan Sandro voll und ganz zu, doch er widersprach, denn seine Loyalität seiner Schwester gegenüber war ungebrochen.

»Sie ist nicht mehr nur ein Mädchen, Sandro. Sie ist jetzt Thane, dein Thane.« Sie waren an der Einfriedung angelangt, und Sandro war auf seinem Pferd aufgesessen, sodass er sich viel höher als Tristan befand. Er lächelte leicht, denn er verstand den Zwiespalt des Jungen.

»Es tut mir Leid, Tristan. Ich weiß, sie ist deine Schwester, aber …« Er zuckte mit den Achseln. »Schau dich um, Tristan. Das ist ein schlechter Beginn.«

Tristan sah sich im Hof um; die Menschen standen in kleinen Grüppchen beisammen und sprachen über das kurze Erscheinen des Thane. Die Handwerker, die ihres kurzen Augenblicks des Ruhms beraubt worden waren, standen neben dem Obelisken. Einige stritten offenbar darüber, welcher Teil es war, der Regans Missfallen erregt hatte, andere schienen wie betäubt. Eine Frau war sichtlich den Tränen nah.

»… und überhaupt, ich bin ein freier Mann.«

»Wie bitte?«

»*Seanachaidh* sind freie Männer.« Sandro wirkte verbissen, als sie den Hof verließen. »Bei allem Respekt, Tristan, aber weder du noch Regan werdet jemals mein Thane sein. Ich bin hier wegen deines Vaters.« Augenblicklich sah Tristan niedergeschlagen aus, und Sandro lachte auf. »Natürlich auch deinetwegen. Ich habe versprochen, zu bleiben, bis du dich eingelebt hast.«

Markomete trieb sein Pferd an und schloss zu ihnen auf. »Bei den Zähnen Salkits«, fluchte er. »Was ist hier los, *Seanachaidh*? Ihr entschuldigt, Thane Tristan, aber alle hier sind verwirrt.«

»Wir werden es früh genug herausfinden, Markomete«, antwortete Tristan in dumpfem Tonfall. »Doch ich fürchte, es wird Euch nicht gefallen.«

»Was zum Teufel ist los, Ree? Versuchst du, jeden hier in Soulis Mor gegen dich aufzubringen?« Tristan war erbost, und sein Zorn war umso schlimmer, weil er so selten aufflackerte. Sogar Regan erblasste leicht, so ungewohnt war es für sie, dass ihr liebenswürdiger Bruder Groll gegen sie hegte. »Hast du diese Leute gesehen – diese armen Handwerker? Sandro sagt, sie haben über ein Jahr an diesem Denkmal gearbeitet … wie konntest du nur … du hast uns unsensibel und achtlos erscheinen lassen … und verdammt dumm.«

Doch Regan zeigte sich unnachgiebig, sie wirbelte zu ihrem Bruder herum und versetzte ihm einen schmerzhaften Schlag auf die Wange. Sandro, dessen Anwesenheit als einzige im Raum geduldet worden war, stieß einen überraschten Schrei aus. »Hör mir zu!« Regan tobte. »Wenn wir hier Thane sein wollen, müssen wir ihnen von Anfang an unmissverständlich klarmachen, dass mit uns nicht zu spaßen ist. Dieses Denkmal muss verändert werden …«

»Es sind die Tiere, nicht wahr, die Sidhe-Adler?«, fragte Tris herausfordernd. Er hielt seine Hand an die Wange, als fürchte er, sie könnte ihn erneut schlagen. Aber er wollte die Wahrheit von ihr hören.

Regan hatte immerhin den Anstand, unangenehm berührt auszuschauen. »Nein, nein ... nicht wirklich. Ich misstraue nur der Art und Weise, wie die Sidhe so sehr ...«

»Teil des Lebens in Sutra sind?«, mischte sich Sandro ein, doch er hielt seine Stimme gesenkt und ohne Anklage. Es war offensichtlich für ihn, dass Regan ausgelaugt war; ihre Augen waren glasig, und er wusste aus Erfahrung, dass sie verängstigt war. Er würde wenig erreichen, wenn er ihr nun weiter zusetzte. »Das liegt daran, dass sie ein Teil des Lebens hier sind, Lady Regan. Wie ich schon auf dem Weg hierher gesagt habe: Du musst noch viel lernen. Aber mach dir keine Sorgen, ich glaube nicht, dass der Schaden nicht mehr wieder gutzumachen ist ...«

Sie starrte Sandro an und war sich sehr wohl bewusst, dass er versuchte, sie zu beruhigen. »Ich gehe zu Bett«, sagte sie bestimmt.

»Aber Ree, Lachlan gibt heute Abend uns zu Ehren ein Bankett«, sagte Tristan stirnrunzelnd. »Es wäre unhöflich ...«

Sie hob die Augenbrauen. »Ich bin Thane, Tristan. Ich kann unhöflich sein, wenn ich möchte. Sag Lachlan, ich hätte Kopfschmerzen. Und jetzt verschwindet. Ihr beide.«

Einen Augenblick lang starrte Tristan sie an, als traute er seinen Ohren nicht – das war weit schlimmer als der Hieb. Sandro schüttelte traurig den Kopf. »Komm schon, Tris«, sagte er leise und legte den Arm um dessen Schultern. »Regan ist müde ...« Er drängte Tristan aus dem Raum und sie schlossen so leise die Tür, als befände sich ein Sterbenskranker dahinter. Kaum dass sie draußen waren, kniete Sandro vor Tris nieder und sah ihm in die Augen. »Hör mir zu, Tristan«, sagte er. »Du kannst dich von ihr nicht so durch die Gegend stoßen lassen. Verstehst du mich? Du musst morgen früh mit ihr sprechen, wenn sie sich beruhigt hat ...«

»Sie ist nur müde, *Seanachaidh*. Die Vögel machen ihr Angst, auch wenn sie es nicht zugeben will. Sie wird sich schon wieder fangen.« Aber der Ausdruck auf Tristans Gesicht verriet, dass er niemanden zu überzeugen vermochte – sich selbst am wenigsten.

Kapitel Drei

»Sieh nur, das Bild verblasst ... schnell Mädchen, du musst das Wasser wieder aufrühren ... sanft, sanft, ja, sehr gut, Nimah. Jetzt kann ich auch sehen, warum dich das Land erwählt hat ... Dort, dort ist es wieder ...

Ja, Regan und Tristan haben oft gestritten, doch während der ersten fünf Jahre unter der Herrschaft der Zwillings-Thane liefen die Dinge in Soulis Mor in recht ruhigen Bahnen. Das soll nicht heißen, dass Regan sich um die Gunst der Sidhe bemühte, sondern vielmehr, dass sie solche Angelegenheiten Tristan überließ. Auf ihre Art ergänzten sich Bruder und Schwester, doch auch wenn Regan als stark empfunden und Tristan für schwach gehalten wurde, konnte niemand von sich behaupten, er würde Regan als Thane lieben. Isbister hatte das Herz der Menschen gewonnen, doch Regan blieb stets gebieterisch und reserviert. Tristan hingegen begegnete man mit großer Zuneigung, auch wenn er sich traurig eingestehen musste – feinfühlig, wie er war –, dass es das gleiche Wohlwollen war, welches man Kindern entgegenbrachte. Er spürte also, dass ihn niemand wirklich respektierte ...

Vielleicht ist das immer so bei Herrschern: Sie sind niemals mit dem zufrieden, was ihnen ihre Untergebenen entgegenbringen ... aber wie auch immer, ich schweife ab. Sieh wieder zurück ins Wasser, meine Kleine ... ich will versuchen, dich zum Wendepunkt in der Geschichte zu leiten. Schau, dort ...«

Regan war auf einem Ausritt. Sie wollte gern für sich sein, doch das war nicht gestattet. Es gab störende Regeln, die besagten, dass der Thane in Begleitung sein musste – sie nahm an, falls sie einen Unfall hätte –, doch es blieb ein Ärgernis. Zwischen Regan und dem Begleittross hatte sich so etwas wie ein Spiel entwickelt, bei dem sie den anderen stets entwischte; sie konnte jeden abhängen. Häufig versteckte sie sich in einer Baumgruppe und sah ihnen zu, wie sie an ihr vorüberritten. Dann lachte sie sich ins Fäustchen, merkte sich jedoch gut die Namen derer, die sie in ihrer schlechten Stimmung verfluchten. Nach den ersten paar Malen hatte ihre Begleitung die Strategie verändert und führte einen ausgezeichneten Reiter mit sich – gewöhnlich einen Stallgehilfen oder Jäger –, dessen Aufgabe es war, mit dem Thane mitzuhalten, der Nachhut jedoch Bericht zu erstatten, falls sie zu weit zurückgefallen waren. Natürlich gab Regan vor, nichts dergleichen bemerkt zu haben, doch wusste sie, dass es zu einer Frage der Ehre unter den Stallburschen geworden war. Nur bei zwei Gelegenheiten war es den Reitern gelungen, mit ihr mitzuhalten, und auch wenn sie Gleichmut vortäuschte, machte sie es sich dennoch zur Aufgabe herauszufinden, wer diese Reiter waren, um sie zu befördern. Sie sagte sich, dass es von ihrer Seite aus reiner Pragmatismus war, doch in Wahrheit schmeichelte dieses Spiel ihrer Eitelkeit.

Heute jedoch hatte das Spiel den Reiz des Neuen verloren. Der Reiter, den der Tross ausgewählt hatte, war zu gut, als dass er sich einfach abschütteln ließ. Zudem regnete es; ein feiner Nieselschauer fegte über die Bergausläufer von Ruamorr, machte die Felsen schwarz und rutschig und wirbelte den lehmigen Geruch der Erde auf. Sie konnte unter diesen Bedingungen nicht schneller als im leichten Galopp reiten, und selbst das nur auf geradem Weg. Auch war sie höher hinaus gekommen, als sie vorgehabt hatte, und der Weg unter ihr verlor sich, was ihren Wallach in ein Schritttempo zwang, denn das Gelände war zu uneben geworden. Regan dachte daran, so bald wie möglich umzuschwenken, damit ihre Verfolger sie auch dann nicht sehen konnten und weiter auf der Suche nach ihr umherirrten, während sie längst nach Soulis Mor zurückgekehrt war, um Honigmet zu trinken. Sie lächelte niederträchtig und wendete ihr Pferd. Gerade wollte sie den Pfad verlassen, als ihr ein Gedanke kam – sie hatte inzwischen seit fast einer Stunde nichts mehr von den Reitern gehört oder gesehen. Sie runzelte die Stirn, denn es war ungewöhnlich, dass sie sie bereits vor einer Weile verloren haben musste, ohne es jedoch zu bemerken ... Derart war sie in Gedanken versunken, dass sie vergaß, ihr Pferd zu lenken; das unselige Tier kam aus dem Tritt, stolperte und warf seine Reiterin aus dem Sattel.

Regan landete unglücklich – ein hervorstehender Fels traf sie genau unter dem Brustkorb und presste die Luft aus ihren Lungen; instinktiv hatte sie die Arme ausgestreckt, um ihren Sturz abzufedern, und schrie nun auf, als Schmerzen ihren rechten Arm emporschossen. Sie war benommen und atemlos, als sie sich umwandte und laut fluchend nach ihrem Pferd Ausschau hielt. Und da sah sie zum ersten Mal den Puma. Es gab viele solcher Kreaturen in Ruamorr, denn Soulis Mor gehörte zum Bereich ihres westlichen Gebiets. Dieses Tier hier war groß und sah hungrig aus; sein lohfarbenes Fell glänzte matt. Regan wusste, es war unwahrscheinlich, dass das Tier einen Menschen angriff, doch dieses sah ausgehungert genug aus, um es zu versuchen, falls es ihre Verletzung witterte, die sie zu einer einfachen Beute machte.

»Verschwinde!«, brüllte sie. »Hau ab ...« Sie hob einen großen Stein vom Boden auf und warf ihn nach dem Puma, der sich zwar duckte, sich jedoch nicht zur Flucht umwandte, wie sie gehofft hatte. Stattdessen schritt er langsam auf und ab und ließ dabei seinen Blick eindringlich auf Regan ruhen.

Sie sorgte sich nun ernsthaft und blickte zur Linken, wo sich in etwa vierzig Fuß Entfernung ihr Pferd befand, doch sie wusste, dass keine Möglichkeit bestand, es zu sich zurückzulocken, solange sich der Puma dort befand. Sie sammelte all ihre Kräfte zusammen und versuchte aufzustehen; der Schmerz durchströmte erneut ihren Arm, denn sie musste für einen kurzen Augenblick ihr ganzes Körpergewicht auf ihn stützen. Sie bemühte sich, sich hochzustemmen, glitt jedoch auf der rutschigen Oberfläche der Felsen aus. Regan fluchte und schwitzte und wollte es gerade noch einmal probieren, als sie hörte, dass sich ein Reiter näherte.

Zunächst glaubte sie, es wäre ihr berittener Begleiter, doch dann bemerkte sie, dass das Geräusch von einer Stelle weiter oben auf dem kaum noch auszumachenden Pfad kam. Das Pferd hatte es nicht eilig, doch es beschleunigte seinen Schritt, bevor es in Sichtweite kam, wahrscheinlich weil sein Reiter Regans herrenloses Pferd erblickt hatte.

»Hallo«, rief sie. »Ich bin hier drüben …«

Der Reiter erschien auf der Bildfläche. Es war ein Mann, der mit einer tiefroten Tunika bekleidet war und mit Hosen, die einer in Sutra unbekannten Mode folgten; er hatte schwarze Haare, die er streng nach hinten gebunden hatte. Braune Augen mit schweren Lidern flackerten, als er seinen Blick über den Pfad schweifen ließ, um die Lage einzuschätzen. Am auffälligsten an ihm war jedoch die Linie mit blauen Symbolen auf seiner rechten Gesichtshälfte, die den Bogen seiner hohen Wangenknochen betonte. Der Fremde sprach Regan zunächst nicht an, sondern beobachtete aufmerksam den Puma, der eine tiefe, sprungbereite Haltung angenommen hatte und ihn anknurrte. Der Mann hob seine dünnen Augenbrauen und sprach leise mit dem Tier, so ruhig, dass Regan sich nicht sicher war, was er sagte. Der Puma stieß einen kehligen Laut aus – der überraschenderweise wie eine Beschwerde klang –, erhob sich dann und trottete, ohne sich umzublicken, davon.

»Danke sehr«, sagte Regan lächelnd. »Wirklich, das war nicht nötig … ich meine, dort hinter mir ist ein Reiter, aber …«

Der Mann warf einen eindringlichen Blick den Pfad hinunter, doch es war noch immer kein Reiter in Sicht. Schließlich saß er ab und ging zu Regan hinüber. Während er dies tat, wurde es Regan etwas unbehaglich zu Mute; vielleicht war ihr Helfer alles andere als ein Retter. Sie bemerkte, dass er an seiner Seite einen langen Dolch mit gebogener Klinge trug. Er sprach sie noch immer nicht an, doch war sein Auftreten auch nicht offensichtlich feindselig. Als er sie erreicht hatte, beugte er sich nieder und ergriff ihren Arm.

»Ahh«, schrie sie auf. Er nickte nur als Antwort, was sie verärgerte. »Also, egal, wer Ihr seid ... *ahh*!« Während sie sprach, hatte der Fremde in einer unvermuteten Bewegung an ihrem Arm gezogen und ihn gedreht. Als der flammende Schmerz verebbte, bebte Regan einen Augenblick lang vor Zorn. »Ihr dummer ... *oh*.« Sie bewegte noch einmal ihren Arm, beugte die Finger und rieb ihren Unterarm, doch der Schmerz war verschwunden.

»Er war verrenkt«, sagte der Fremde ruhig, mit der melodischsten Stimme, die Regan je vernommen hatte. Er warf ihr ein kurzes, aufmunterndes Lächeln zu. »Lasst mich mal den anderen sehen.« Zögernd streckte sie ihm den anderen Arm entgegen und wappnete sich gegen seine plötzlichen Heilversuche. Doch ihr linker Arm wies lediglich ein verstauchtes Handgelenk auf. »Alles in Ordnung«, sagte ihr Helfer, nachdem er einige Zeit lang die Knochen abgetastet hatte. »Wir sollten nach Hause gehen. Lebt Ihr hier irgendwo in der Gegend?«

»In Soulis Mor«, antwortete sie und war im Stillen belustigt darüber, dass er keine Ahnung hatte, wer sie war. »Ich bin ...«

»Thane Regan ... Milady ...« Der vermisste Reiter kam endlich den Pfad herauf, und Regan verspürte einen kurzen Stich der Enttäuschung, dass sie und ihr fremder Erretter keine Gelegenheit mehr hatten, noch mehr Zeit allein zu verbringen.

»Tretet zurück.« Der Reiter deutete die Situation falsch und zog sein Schwert. »Nein«, befahl Regan. »Steckt es zurück. Dieser Mann ist ein Freund. Mein Pferd hat mich abgeworfen, und ich wurde um ein Haar von einer Wildkatze angegriffen. Er wird mit uns nach Soulis Mor zurückkehren und mit uns speisen. Geht und sucht mein Pferd«, sagte sie finster. »Es ist in diese Richtung verschwunden.«

»Also, habt ihr mich zum Abendessen eingeladen oder mir zu kommen befohlen?«, fragte der Fremde. Er half ihr beim Aufstehen, hielt dabei jedoch ihre Hand Sekunden länger als unbedingt notwendig, bevor er sie wieder losließ.

»Nun ja, ich ...«, Regan war durcheinander. »Was wäre Euch lieber?«

»Ich bin kein Untertan, Lady«, erwiderte er ernst. »Doch ich wäre geehrt, wenn Ihr mich fragen würdet.«

»Nun gut. Wollt Ihr mit mir zu Abend speisen?«

Er zögerte. Einen Augenblick lang hatte Regan das entmutigende Gefühl, er würde Nein sagen – doch dann lächelte er und neigte den Kopf. »Mit Vergnügen«, sagte er.

Der Reiter kehrte mit Regans Pferd zurück, und sie machten sich auf den langen Rückritt in die Stadt. »Wie heißt ihr, Sir?«, fragte sie.

»Jahl.«

Das Pumaweibchen sah ihnen nach, ihr Schwanz zuckte aufgeregt. Das Tier wusste nicht, warum der Mann ihm aufgetragen hatte, die Frau zu bedrohen – viel zu fressen hatte sie ja nicht auf den Knochen –, doch hoffte es, sich auf sein Wort verlassen zu können: Er hatte versprochen, das drei Monate alte Junge weit oben in den Bergen unversehrt freizulassen.

»Und so trafen sie sich. Ganz harmlos, nicht wahr? Das war der Beginn von Jahls vier Jahre in Anspruch nehmendem Aufstieg zur Macht. Während des ersten Jahres schien er wenig zu tun, und seine Anwesenheit in der Stadt blieb unbemerkt; im Nachhinein jedoch ist deutlich, dass dies die wichtigste Zeit war, um die Bande zwischen ihm und Regan zu knüpfen. Jahl hatte einen langen Atem, auch wenn ich in Wahrheit bezweifle, dass ihm von Beginn an klar war, was er zu erreichen hoffte – vielleicht spürte er, dass die eigentliche Belohnung die Macht war, die er über Regan und damit über Soulis Mor erlangte – doch das allein sollte nicht ausreichen, um ihn zu befriedigen …

Regan war von ihrem neuen Begleiter fasziniert, dessen Status sie ihren wechselnden Launen anglich – zuzeiten war er ihr Leibarzt, ihr Sekretär, ihr Berater, ihr Vertrauter … Niemand konnte sie davon abbringen – nicht einmal Tristan, der Jahl instinktiv ablehnte. Manche haben vermutet, dass Jahls wachsender Ein-

fluss auf Regans Gefühle durch Kräuter und Zaubertränke erwirkt wurde. Ich selbst bezweifle das, auch wenn er auf seine Art ein machtvoller Magier ist. Doch wie vielen mächtigen Männern ist eine gewisse Anziehungskraft seiner Natur eigen. Sein Einfluss war weitaus schlichter … versteh mich nicht falsch, Nimah, ich spreche nicht von körperlicher Liebe, bemerkenswerterweise haben Jahl und Regan meines Wissens und meinen Quellen zufolge niemals etwas miteinander gehabt … nein, er ist klug genug zu wissen, dass ein solches Maß an Intimität Regans idealisierten Blick auf ihn zerstört hätte. Es gibt andere Möglichkeiten, an Einfluss auf andere Menschen zu gewinnen … und manche von ihnen sind besonders unschön …«

Es war einer seiner Tricks. Wenn sie gewusst hätte, wie oft er ihn anwandte, wäre sie erbost gewesen. Jahl konnte Regans Gesicht nachahmen, die Art, wie sie ihre kräftigen, dunklen Augenbrauen zusammenzog und ihren sinnlichen, verzogenen Mund zu einer festen, schmalen Linie zusammenpresste. Er kicherte leise und ging durch die eisig kalten Räume zu ihrem Schlafgemach. Überall um ihn herum war die Festung von Soulis Mor geradezu schmerzhaft still, Frost kletterte die Wände empor, und ein schwacher, weißer Nebel wallte über die steinernen Fußböden.

Jahl hatte die Burg »gestohlen«, sie in der Zeit eingefroren. Er lief an Clansmännern und Bediensteten gleichermaßen vorüber, deren Körper versteinert waren, nun, da ihre Zeit stillstand. Als er die Große Halle durchquerte, wo einige betrunkene Nachtschwärmer übrig geblieben waren, entwand er einem jungen Mann, welcher jongliert hatte, um ein Mädchen zu beeindrucken, einen farbenfrohen Ball und warf ihn zu Boden. Wenn die Zeit wieder ihren Lauf nahm, würden dem Jüngling alle Bälle entgleiten, weil seine Hände aus dem Rhythmus gerieten und in die Luft greifen würden, wo ein Ball hätte sein sollen.

Niemand ahnte etwas von Jahls häufigen Eskapaden, doch in der Stadt waren Gerüchte aufgekommen über einen Geist, der unter ihnen wandelte. Die Menschen berichteten von einem Kälteschauer, der sie plötzlich überkam, oder einem unerwarteten Windzug, der ihre Haare zerzauste und die Kleidung bauschte. Jahl war immer bemüht, ungläubig dreinzuschauen, wenn er solchen »Unsinn« hörte, doch es belustigte ihn ungemein. Voller Vorfreude erklomm er die Stufen zu Regans Räumen – nicht, dass sie ihn würde sehen können, denn sie sollte ebenfalls eingefroren sein; er würde sie in schlafender Pose vorfinden. Jahl hatte den Augenblick mit typischer Sorgfalt ausgewählt. Selbstsicher öffnete er die schwere Tür, trat ein und verspürte die gewohnte aufgeregte Anspannung.

Sie war nicht allein! Jahl konnte seinen Schreck nicht verbergen und fluchte laut. Regan lag eingerollt in der warmen Umarmung eines schönen jungen Mannes – ihr Liebhaber hatte im Moment des Zeitanhaltens offenbar nicht geschlafen, sondern hatte dort gelegen und sie mit einem entrückten Ausdruck auf dem Gesicht betrachtet.

Jahl näherte sich den Schatten des Himmelbetts und starrte den jungen Mann an. Einen kurzen Moment lang erkannte er ihn nicht, doch dann fiel ihm ein, wer er war. Fraser, der Sohn von Regans wichtigstem Minister. Regan selbst hatte Fraser einmal als »hirnlos« bezeichnet, doch offensichtlich hatte diese Beschreibung keinerlei Bedeutung für ihr Liebesleben. Sie war schlecht damit beraten, den Jüngling in ihr Bett zu lassen. Jahl setzte sich, und auch er ließ einige Minuten lang den Blick auf Regans Gesicht ruhen, wobei er unwillentlich den Ausdruck auf Frasers Gesicht spiegelte. Dann streckte er die Hand aus und berührte sie, ließ seine Finger über den weichen Bogen ihrer Wange gleiten bis zu ihrem Nacken und der etwas kühleren Erhebung ihres Schlüsselbeins. Er hielt inne, als seine Finger leicht ihre Brüste streiften, und genoss ihre Verletzlichkeit; Regan, sein Thane, seine Königin … nur seine.

Jahls Blick wanderte flüchtig zurück zu Fraser, und ein plötzlicher Gedanke stieg in ihm hoch; seine Mundwinkel zuckten, als ein boshaftes, tödliches Grinsen über seine Züge huschte. Dann suchte er mit den Augen den Raum ab, bis er fand, wonach er gesucht hatte: Regans persönliches Speisemesser. Es lag noch immer auf dem Tisch. Jahl machte einen raschen Satz, griff das Messer und stieß es mit einer geschmeidigen Bewegung in Frasers Nacken. Natürlich konnte der Jüngling nicht sterben, er konnte in seinem versteinerten Zustand nicht einmal bluten, aber es würde ein interessanter Tod werden, der wahrhaft unmittelbar eintreten würde. Und wenn Regan aufwachte, würde sie Hilfe brauchen – seine Hilfe.

Jahl bückte sich und küsste ihre kalten Lippen. Bald würde sie ihm gehören. Es wäre ein Leichtes gewesen, sie mit Gewalt zu nehmen, sie zu unterwerfen und über Soulis Mor zu herrschen, indem er ihren Willen brach, doch im Augenblick machte dieses Spiel weit mehr Vergnügen. Seine Finger spielten mit der gekräuselten Schleife ihres Mieders, doch dann ließ er sie fallen.

»Später, Lady«, murmelte er. Er drehte sich um und kehrte in seine eigenen Räume zurück.

»Jahl. Jahl, wacht auf. Bitte wacht auf.«

»Was ist denn l…? Ich komme. Nur einen Augenblick.« Jahl saß in seinem Sessel und starrte regungslos zur Tür. Bedächtig nahm er einen tiefen Zug seines Getränks, erhob sich leicht seufzend und zerzauste seine Haare, damit es den Anschein hatte, er habe fest geschlafen.

»Jahl …«

»Thane Regan? Seid Ihr es?« Geräuschlos lief er zur Tür und presste sein Gesicht gegen das Holz. So stand er dort und lauschte dem Anflug von Panik in ihrem Atem, dem leichten Stocken in ihrer Stimme. Endlich stieß er die Tür auf und blinzelte in das Licht des Kerzenleuchters draußen. Er nickte kaum merklich und zog seinen Umhang um sich. »Majestät«, sagte er und lächelte entgegenkommend. »Zu Euren Diensten, bei Tag und bei

Nacht.« Die Anspielung war überdeutlich, doch Regan starrte ihn lediglich an, ihre Augen waren angsterfüllt.

»Er ist tot, Jahl. Fraser ist tot.«

»Fraser?«

»Der Laird von Brodeen. Sohn meines Premierministers.«

»Aber ich verstehe nicht ...«

»In meinem Bett«, fauchte sie. »Er war mein ... mein Geliebter. Er liegt in meinem Bett, Jahl, mit meinem Messer im Hals.« Sie begann zu zittern, als ihr Reaktionsvermögen zurückkehrte. »Seht nur, seht!« Sie öffnete ihren Umhang, um ihm ihr blutbesudeltes Nachthemd zu zeigen. Jahl antwortete nicht sofort, seine Augen verrieten keinerlei Anzeichen eines Schocks. »Wir müssen schnell handeln«, sagte er. »Wir müssen ...« Er stockte und schien über etwas nachzusinnen, seufzte dann jedoch und sagte: »Wir müssen die Leiche fortschaffen.«

Selbst in ihrer besorgten Verfassung bemerkte Regan seine unerschütterliche Ruhe. »Werdet Ihr mich denn gar nicht fragen, ob ich ihn getötet habe?«, flüsterte sie.

»Das geht mich nichts an, Regan.« Er hielt ihrem Blick so sicher stand, als versuche er sie zu beruhigen, doch die beiläufige Nennung ihres Namens entging beiden Seiten nicht.

»Ich kann nicht – ich kann dorthin nicht zurückkehren, Jahl.« Regan ließ sich schwer auf seinen Stuhl sinken und bedeckte ihre Augen mit zitternden Fingern.

»Regan. Regan, sieh mich an.« Er löste ihre Hand von ihrem Gesicht, langsam und sanft. »Du musst nicht in deine Gemächer zurückkehren, bevor ich mich der Situation angenommen habe.« Er sank vor ihr auf den Boden und hielt noch immer ihre Hand. Er machte eine Bewegung, um ihr die Haare aus dem Gesicht zu streichen, wo sie an eingetrockneten Blutresten auf ihrer Wange geklebt hatten. Sie schreckte unwillkürlich zurück, und auch wenn Jahl vorgab, es nicht bemerkt zu haben, verspürte er doch einen merkwürdigen Stich, der irgendwo zwischen Zorn und Enttäuschung lag. Er beachtete ihn jedoch nicht, sondern lächelte beruhigend, wobei er sich fragte, warum sie die Wahrheit nicht in seinen Augen lesen konnte. »Du wartest hier. Ich kümmere mich um alles. Sollte er nicht sowieso bald nach Hause abreisen?«

Sie nickte stumpfsinnig. »Morgen.«

Er erhob sich und schickte sich an, den Raum zu verlassen, hielt dann aber noch einmal inne und blickte zurück auf ihre niedergeschlagene Gestalt. Es würde alles zunichte machen, wenn sie ihren Mut zusammennähme und Alarm schlagen würde …

»Eure Hoheit?«

Sie erhob ihr bleiches, blutbeflecktes Gesicht, und als sie sprach, war ihre Stimme bleiern. Jahl fragte sich, ob er sich möglicherweise getäuscht hatte und ob sie den unglücklichen Fraser tatsächlich geliebt haben könnte.

»Was gibt es?«

»Sieh hier.« Er streckte ihr aus dem Türrahmen, wo er stand, die Hände entgegen, und als er die Faust öffnete, erschien aus dem Nichts ein strahlendes Licht, das durch das Zimmer auf sie zuschwebte. Als es kurz vor ihrem Gesicht angelangt war, machte es Halt und begann zu wachsen und eine silbrig weiße Gestalt anzunehmen.

»Jahl«, stieß sie atemlos hervor. Langsam formte sich aus dem Licht eine Rose, und sie streckte die Hand aus, als wolle sie sie berühren. Staunen zeichnete sich auf ihrem Gesicht ab wie bei einem entzückten Kind. Das Licht bewegte sich ein wenig, sodass es gerade noch außerhalb ihrer Reichweite war; es begann sich erneut zu verändern und sich auf ähnliche Art und Weise wie die Sidhe zu drehen und zu verwandeln. Dieses Mal wurde aus dem Licht ein winziger Drache; seine Miniaturflügel flatterten in der unbewegten Luft des Raumes.

Jahl beobachtete Regan lange Zeit dabei, wie ihre Gesichtszüge sich entspannten. Die Spuren des Schocks, die sie noch einige Momente zuvor gekennzeichnet hatten, lösten sich aus ihren Augenbrauen und Schultern. Und auf diese Entspannung folgte die Müdigkeit; sie rieb sich die Augen.

»Ich hatte keine Ahnung, dass du solche Dinge hervorbringen kannst«, murmelte sie.

»Nur ein kleiner Trick, den ich irgendwo aufgeschnappt habe ... das wird dich unterhalten, bis ich zurückkomme.« Jahl drehte sich um und wollte gehen.

»Jahl? Beherrschst du noch andere Formen der Magie?«

Er warf ihr ein Lächeln zu; sein Gesichtsausdruck und seine Haltung zeugten von Zurückhaltung. »Nun ja, ich habe wohl nur wenig Talent, denn ich habe ein Jahr gebraucht, um dies hier zu erlernen.«

»Oh.« Regan hatte sich in die Plüschkissen des Sessels sinken lassen und kämpfte gegen die Erschöpfung. »Ich weiß nicht, wie ich dir danken soll, Jahl.«

Er trat nach draußen in den Treppenschacht der Festungsstadt, welche er erneut mit einem Fingerschnipsen aus der Zeit gelöst hatte, während sie sprachen. »Mir wird schon etwas einfallen«, murmelte er.

»Und ihm fiel tatsächlich etwas ein. Denn in dieser Stunde wurde die Saat der Verpflichtung gepflanzt. Und es schien, dass das Schicksal auf der Seite von Jahl war: Lange Zeit wurde Fraser nicht vermisst – vielleicht sechs Monate lang –, weil man in Soulis Mor annahm, er wäre wie geplant in Richtung der familieneigenen Provinzen von Brodeen abgereist, während diejenigen, die ihn zu Hause erwarteten, glaubten, er wäre am Hofe aufgehalten worden ...

Zu Beginn versuchte Tristan, seine Abneigung gegenüber Regans Begleiter, so gut es ging, zu unterdrücken. Er glaubte, er täte dies aus den richtigen Gründen, und hielt Regan für stark genug, ihre eigenen Entscheidungen zu treffen, doch während der nächsten Jahre konnte Jahls Einfluss nicht unbemerkt bleiben. Wie du siehst, liegt die Ironie darin, dass Jahl anders als andere Manipulatoren nicht versuchte, durch Regans Charakterschwäche aufzusteigen, sondern vielmehr durch ihre Stärke. Er erkannte den hartnäckigen Funken von Unabhängigkeit und Starrsinn in ihr – Qualitäten, die bewundernswert sein können, wenn sie weise genutzt werden – und er führte ihre Hand als Gesetzgeber in Soulis Mor, sprach redegewandt mit ihr über Politik, Grenzverträge und Handel, doch vor allem über die Sidhe. Nur im Umgang mit den Sidhe entdeckte Jahl Anzeichen von Schwäche an ihr; er spürte Regans Furcht … und er machte sie sich für bittere und unheilvolle Zwecke zu Nutze …«

Inzwischen erhob sich das Denkmal seit fast acht Jahren am nördlichen Horizont. Es war noch immer wunderschön; die Handwerker hatten sich mit den *Seanachaidh* und den Schamanen der Sidhe beraten, wie der Monolith am günstigsten zu platzieren sei, und nun fing er am Mittag die Sonne ein und sandte strahlende, glitzernde Speere von der versilberten Oberfläche aus. Am Ende, noch immer während ihrer frühen Tage der Herrschaft und mit einem Mangel an Selbstvertrauen, der nun undenkbar wäre, hatte Regan eingelenkt und das Denkmal so errichten lassen, wie Isbister es vorgesehen hatte: Es war meilenweit der einzige Orientierungspunkt in den Nördlichen Ebenen …

… Abgesehen von einem riesigen Krater im Boden, den Tristan an diesem Morgen ungefähr zwei Meilen weiter in Nordrichtung vom Denkmal aus entdeckt hatte: Die Umrisse waren von den höchsten Türmen der Stadt nicht auszumachen. Tristan war allein ausgeritten – etwas, das ihm im Gegensatz zu seiner Schwester gestattet war. Es hing von seiner Stimmung ab, ob ihn diese Tatsache, die ein untrügliches, wenngleich unausgesprochenes Zeichen für seinen geringer geachteten Status war, in höchstem Maße verärgerte oder überhaupt nicht kümmerte. Der heutige Tag – ein warmer Herbsttag, der gar nicht zu der Jahreszeit kurz vor Samhain passen wollte – war ein Überhaupt-nicht-Tag. Tristan wusste, dass seine nicht vorhandene Begleitung als ein Zeichen von Respektlosigkeit des Hofes ihm gegenüber gewertet werden könnte, doch zumindest verschaffte es ihm genügend Zeit, um allein seinen Gedanken nachhängen zu können. Er hatte gerade über Regan und Jahl nachgesonnen, oder vielmehr sich ihretwegen gesorgt, als er den Krater entdeckte. An dessen Rand machte sein Pferd unvermittelt Halt und riss ihn aus seinen Grübeleien. Er war tief versunken gewesen und sein Blick deshalb etwas unscharf, denn der weiche Rhythmus der Gangart seines Pferdes und der warme Schein der Sonne hatten ihn schläfrig gemacht. Tristan ahnte sofort die Geschichte des Kraters, denn er hatte es sich zur Aufgabe gemacht, alles über die Schlachten zu erfahren, in denen sein Vater und Sandro eine so herausragende Rolle gespielt hatten. Dies war der Krater, den Corvus verursacht hatte, als er sich aus dem Zauberspruch, der ihn gebunden hatte, erlöste und hier landete, inmitten seiner Armee von Corrannyeid. Tristan war hocherfreut, einen so wichtigen Kampfschauplatz entdeckt zu haben, und trieb sein scheuendes Pferd vorwärts, um über den Abgrund zum Boden des Kraters blicken zu können.

Die Luft war windstill, und kein Laut war zu hören, als er sich langsam an den Abstieg machte; ein unsichtbarer Schild schien den Krater dort zu bedecken, wo eigentlich Erde sein sollte, und von ihm prallten alle Klänge ab. Auch die Sonne schien nicht weiter als einige Fuß weit einfallen zu wollen, und Tris wurde von kalten Schatten empfangen. Als er sich dem Grund näherte, wo wilde Büsche und Bäume gewuchert waren, hörte er das erste Geräusch: den schrillen, heiseren Ruf eines Vogels – keines Raben, sondern einer Krähe. Der Schrei wurde von einigen weiteren erwidert, und schon bald schallte dem Eindringling ein empörtes Gekrächze entgegen.

Anders als Regan fürchtete sich Tristan nicht vor Vögeln, doch etwas an den abwehrenden Schreien der Krähen in der sonst lautlosen Umgebung war zermürbend. Allmählich begann er im Nacken zu schwitzen, und Furcht hielt seinen Magen umklammert.

Er versuchte, sich selbst Mut zuzusprechen, und führte sein Pferd zum anderen Ende des Unterholzes in der Hoffnung, dass die Krähen nicht gerade eine späte Brut von Eiern beschützten, was sie dazu veranlassen könnte, ihn anzugreifen. Das Gestrüpp war jedoch ohnehin zu dicht, als dass er hätte eindringen können, und so bewegte er sich langsam herum und spähte hinein, ob er die Überreste eines Gebäudes ausmachen könnte. Doch soweit er es beurteilen konnte, war dort nichts. Er kämpfte gegen die Enttäuschung an und wollte sich gerade umdrehen, denn er sagte sich, je eher er die Krähen wieder hinter sich zurücklassen würde, umso besser wäre es. Plötzlich aber glaubte er, in dem Unterholz eine Bewegung auszumachen, etwas ebenfalls Schwarzes, das sich in dem gleichen ruckhaften Schattentanz der Krähen bewegte, doch größer war …

Tristan saß ab und kroch in das Gehölz hinein, machte sich jedoch darauf gefasst, sich bei einem plötzlichen Angriff der Krähen schnellstens zurückzuziehen. Am Rande des Buschwerks konnte er auf dem trockenen Erdboden etwas glitzern sehen – aus der Entfernung sah es aus wie Gold. Er ließ sich auf Hände und Knie nieder und bahnte sich seinen Weg voran, wobei er leise fluchte, denn Brombeersträucher und Geißblattreben rissen an seiner Kleidung. Kaum, dass er nahe genug gekommen war, streckte er die Hand aus und schloss die Finger um seine Beute.

In diesem Augenblick brach ein Getöse in dem Unterholz aus. Die Krähen schrien und schimpften, und schwarze Flügel schlugen erbost zwischen den Bäumen, die sich durch den Luftzug bogen und beugten. Tristan wartete nicht ab, ob sie ihn angreifen würden, sondern rannte zu seinem Pferd zurück, ohne sich den Gegenstand, den er fest in der Hand eingeschlossen hielt, noch einmal anzuschauen. Das Tier schnaubte und geriet in Panik, weil die Krähen ein solches Geschrei angestimmt hatten. Tristan wusste, dass es vergebens gewesen wäre, mit dem Pferd den Hügel hinaufreiten zu wollen, und so griff er die Zügel und begann zu rennen. Das Pferd jedoch hatte anderes im Sinn und stemmte die Hufe in den Boden. Tris warf einen Blick zurück ins Dickicht: Die Krähen kamen näher und lenkten ihren trägen Gleitflug in seine Richtung.

»Komm schon, verdammt noch mal!« Er zerrte an den Zügeln des störrischen Pferdes, und dieses Mal setzte sich das Tier in Bewegung. Tristan kämpfte sich den Hügel empor, doch seine kurzen Beine trugen ihn zu langsam. Die erste der Krähen hackte nach ihm und packte seine Haare, was ihn wütend aufschreien ließ. Er versuchte, sie mit seiner freien Hand abzuschütteln; sie hatte keinen ernsten Schaden angerichtet, doch seine Kopfhaut schmerzte dort, wo er ein Haarbüschel eingebüßt hatte. Als er im Sonnenlicht am oberen Ende des Kraters angelangt war, durchströmte ihn Erleichterung, und als er den Kraterrand bezwungen hatte, blickte er sich um: Die Krähen waren zurückgefallen, denn vermutlich widerstrebte es ihnen, ihre Nester zu verlassen, und es schien, als seien sie wieder vom Schatten verschluckt worden. Sein Atem wurde langsam ruhiger, und Tristan lächelte erfreut; dann öffnete er die Faust und besah sich seine Beute zum ersten Mal.

Es war ein Knochen, in Gold eingefasst und mit etwas übersät, das ihm wie wertvolle Diamanten vorkam; eine goldene Kette durchzog die hohle Mitte und machte so aus dem seltsamen Gegenstand ein horizontal verlaufendes Halsband. Trotzdem blieb es unverkennbar ein Knochen. An dem einen Ende, wo die dünne Goldschicht abgenutzt oder vielleicht auch von den Krähen zerstört worden war, blitzte Elfenbeinweiß hervor. Wer ein solches Ding hier verloren oder vielleicht auch an diesem Ort zurückgelassen haben könnte, blieb ein Rätsel, doch ohne zu zögern, entschied sich Tris, was er mit der Halskette tun wollte: Er würde sie Regan schenken.

Sie hatten in der Nacht zuvor erneut wegen Jahl gestritten, und Tristan hatte seine Schwester gedrängt, die Motive ihres Vertrauten genauer zu untersuchen. Tris hatte Gerüchte vernommen, die ihn tief besorgten. Sie betrafen eine Siedlung der Sidhe-Luchse, die auf Regans Befehl hin weiter nach Osten verlagert werden sollte. Die Sidhe-Luchse waren Soulis Mor angeschlossen, und diese Verlegung – angeblich zu ihrem eigenen Besten – würde bedeuten, dass die nächste Sidhe-Siedlung nun über fünfzig Meilen entfernt liegen würde, was es ihren Alten praktisch unmöglich machen würde, in irgendeiner Form am Stadtleben teilzuhaben ... Dies kümmerte Regan nicht, die sich nur wenig bemüht hatte, ihre Ablehnung aller Sidhe zu verbergen, doch die einfachen Leute von Soulis Mor würden ihre Sidhe vermissen, denen sie abergläubisch und stolz gegenüberstanden wie Glücksbringern. Tristan war kein Staatsmann, doch er hatte Gespür genug zu wissen, dass Regans Herrschaft im Desaster enden würde, wenn sie die Gefühle ihres Volkes missachtete.

Er war inzwischen fast wieder an den Stadtmauern angelangt und ritt auf die äußersten Westtore zu, als er etwas bemerkte, das ihm offenbar zunächst auf seinem Ritt um die Stadt verborgen geblieben war. Verkümmerte Büsche waren über die Ebene versprenkelt und gaben ihr einen wüstengleichen Anschein. Vielleicht war dies der Grund dafür, warum ihm die naturbraune Färbung des Adlers nicht aufgefallen war. Zwischen dem niedrigen Gewirr der Büsche lag der Leichnam eines Sidhe-Adlers. Tristan ritt näher, um sich einen Eindruck zu verschaffen, und er sah, dass der Adler offenbar schon eine ganze Weile tot war, denn sein Körper schien ausgetrocknet und eingeschrumpft. Der Grund für seinen Tod lag auf der Hand: Ein Wurfspeer steckte in seinem Nacken.

Tris bemerkte die Farbe der Federn, die um die riesigen Klauen des Tieres gebunden waren; es hatte den Anschein, als sei es einer von Druviens Kriegern gewesen. Wer könnte so etwas tun, fragte sich Tristan und besah sich den Speer, doch er barg keinen Hinweis auf die Identität des Mörders. Im Geiste notierte er sich, dass er Druvien benachrichtigen müsse, und ritt weiter in Richtung der Stadt. Die stille Erkenntnis der Wahrheit nagte an seinen Eingeweiden, und er schluckte schwer.

»Hat er ihr die Halskette gegeben, mein Lehrer?«

»Oh, ja. Tristan ist ein Meister der Verleugnung. Er kann nicht anders. Er sieht in jedem das Gute. Doch nur eine Woche später sah er, wie Jahl den verfluchten Gegenstand trug. Natürlich war er erzürnt und stellte Regan zur Rede, warum sie sein Geschenk fortgegeben habe. Sie gab eine merkwürdige Antwort. ›Weil er sagte, er brauche es‹, meinte sie. Als Tristan sie drängte, ihm das zu erklären, tat sie die Angelegenheit mit einem Lachen ab. ›Es hat ihm so gut gefallen, Tris, er schien wie hypnotisiert davon. Es tut mir Leid, dass ich das sage, aber mich hat es nicht besonders angesprochen, und so gab ich es ihm …«

Und dort hätten die Dinge ein Ende finden können; Jahls und Regans Schreckensherrschaft hätte sich ohne jenes letzte Teil des Puzzles langsamer und bedächtiger entwickeln können – und endlich musste auch Tristan der Wahrheit ins Auge blicken …«

Es würde bald schneien, das konnte Tristan reißender als sonst in seinen Knochen spüren, während er die Stufen zu Regans Wohnräumen langsam wie ein alter Mann hinaufstieg. Er haderte nicht länger mit seinen verkümmerten Beinen, doch der bittere Stich, der ihn manchmal durchzog, ließ sich nicht verleugnen, ebenso wenig, wie es ihm gelang, die gelegentlich auftauchenden Dienstboten nicht zu beachten. Sie blieben respektvoll hinter ihm zurück, bis er sie fortjagte, dann äfften sie seinen komischen Wackelgang nach, was ihn trotz allem selbst zum Lachen brachte.

Als er die Tür zum Vorzimmer von Regans Wohnbereich im Turm erreichte, hielt er inne, um zu Atem zu kommen. Er sah sich um, bevor er mit seinen Dehnübungen begann. Sein Dienstmädchen Grace hatte ihm gezeigt, wie er die schmerzenden Sehnen und Muskeln strecken solle, doch dies war nichts, was er vor den Augen anderer würde tun wollen; von Grace verrichtet, wirkten die Lockerungen jedes Mal wie ein eleganter, langsamer Tanz, doch nicht bei ihm. Als er seinen Blick zum Türeingang schweifen ließ, bewegte sich dort etwas, das er zunächst für ein Lumpenbündel gehalten hatte, welches an der Türschwelle fallen gelassen worden war, doch es war eine junge Frau von ungefähr achtzehn bis zwanzig Sommern. Sie hatte ungewöhnlich graue Augen und die Gesichtszüge des Bär-Clans der Sidhe.

»Hallo«, sagte er lächelnd und nickte. Sie knurrte ihn bedrohlich an. Er versuchte es noch einmal. »Was tust du denn hier? Das sind die Räumlichkeiten des Thane Regan – die Hausangestellten werden dich hinauswerfen ...«

»Das können sie nicht«, antwortete sie. Tristan erwartete eine Erklärung, doch es folgte nichts.

»Nun, und warum nicht?« Er versuchte, nicht wütend oder verärgert zu klingen, denn vielleicht wusste das Mädchen nicht, wer er war. Sie starrte ihn mit einem festen, würdevollen Blick an, der ihn an seine Schwester erinnerte.

»Es ist ein uraltes Recht«, erklärte sie. »Ich befinde mich in einem Hungerstreik gegen den Thane – im Grunde genommen gegen beide Thane«, fügte sie im scharfen Ton hinzu.

»Oh!« Tristan hatte noch nie etwas von diesem Recht gehört. Er ging hinüber zum Eingang und setzte sich neben das Mädchen, das ziemlich erstaunt wirkte. »Also, und wie funktioniert das?«

»Macht Ihr Euch über mich lustig?« Wutentbrannt hatte sie die Stirn in Falten gelegt.

»Nein, nein, wirklich ...«

Kühl verengte sie ihre Augen. »Ich faste hier auf der Türschwelle des Thane, bis sie mich entweder anhört oder bis ich sterbe.«

»Bis du stirbst?«

»Ja.«

»Aber du bist doch noch so jung. Was für ein Grund kann es wert sein, dafür zu sterben?«

Sie wandte sich um, als befürchte sie, jemand könnte an der Tür lauschen, und senkte dann die Stimme. »Eure Schwester und ihr Ratgeber morden die Sidhe.«

»Was? Nein, wirklich, da musst du etwas Falsches gehört haben.«

Das Mädchen starrte ihn kalt an, und es lag eine Mischung aus Verachtung und Mitleid in ihrem Blick. »Denkt Ihr, ich wäre hier, wenn ich nur den geringsten Zweifel hätte?«, fragte sie.

»Nein. Aber deine Informationen könnten falsch sein.« Doch während er sprach, stieg unweigerlich das Bild eines getöteten Sidhe-Adlers in ihm hoch.

»Viele werden vermisst«, sagte sie. »Sie sind verschwunden. Mein Bruder ist seit drei Monden nicht zurückgekehrt.«

Er seufzte und wusste nichts, was er darauf hätte sagen können.

»Sieh …«

»Marila.«

»… Marila. Auch ich bin Thane. Ich habe deine Klage gehört und werde mit meiner Schwester sprechen – ich bin sicher, dass sich alles als Missverständnis herausstellen wird –, du musst mit deinem Fasten nicht fortfahren. Wie lange bist du denn schon hier? Ich komme wegen meiner Beine nicht sehr häufig her, um Regan zu besuchen und …«

»Sir, ich kann sehen, dass Ihr ein freundlicher, besonnener Mann seid, aber … ich möchte Euch nicht zu nahe treten, aber … ich muss mit Thane Regan sprechen. Sie weiß, dass meine Vorwürfe berechtigt sind. Ich bin schon seit bald einer Woche hier.«

»Seit einer Woche? Aber dann muss sie an dir vorübergekommen sein!«

»Ja, Sir, ist sie auch. Und ich werde hier warten, bis sie mich zur Kenntnis nimmt.«

Tristan erhob sich. »Das ist empörend«, tobte er. »Ich werde sie jetzt sofort zur Rede stellen. Geh nicht fort, Marila.«

»Das habe ich nicht vor, Sir.«

Tristan schlug die Tür zu Regans Gemach auf. »Was geht hier vor sich, Regan?«, verlangte er zu wissen. Regan, die sich von ihrem Dienstmädchen die Haare bürsten ließ, sprang auf, als die Tür gegen die Wand krachte. »Lass uns allein«, sagte sie leise zu ihrer Zofe. »Wovon sprichst du, Tristan?«

»Die Sidhe«, sagte er stirnrunzelnd. »Was geschieht mit den Sidhe?«

Einen Augenblick lang fuhr sie damit fort, ihre Haare zu bürsten, auch wenn ihre Bewegugen etwas abwesend zu sein schienen. »Nun, ich habe sie aus der Stadt verbannt, wenn es das ist, was du meinst …«

»Was? Nein … Ich …« Tristan war verwirrt. »Was solltest du für eine Veranlassung dazu haben, Ree?«

»Ich wollte es so«, antwortete sie leichthin. »Tris, tu nicht so, als würdest du bemerken, was in der Stadt geschieht – du hast keinerlei Vorstellung. Die Sidhe waren einfach schon zu lange an der Führung von Soulis Mor beteiligt.« Sie machte eine vage Handbewegung. »Ich werde sie irgendwann schon wieder zurückkommen lassen«, sagte sie. »Es soll vor allem eine Geste sein.«

»Tötest du sie, Regan?«

»Wie bitte?« Sie erschien zutiefst geschockt. »Nein … wer sagt so etwas? War es dieses Mädchen? Das dort draußen?«

»Dann hast du mit ihr gesprochen?«

»Nein, aber ich nehme an, sie hat eine Beschwerde vorzubringen. Ich werde demnächst mit ihr sprechen. Es macht auch keinen Sinn, es ihr zu leicht zu machen, nicht wahr? Wenn sie ein törichtes und dramatisches Exempel statuieren will, habe ich nichts dagegen einzuwenden …« Sie lächelte, und ihr grausamer Humor kam zum Vorschein. »Ich werde sie nicht verhungern lassen, das verspreche ich.«

Und das tat sie auch nicht.

»Tristan, Tristan, wacht auf.« Grace schüttelte ihn eindringlich. Er streckte die Hand aus, um sie zu sich zu ziehen. »Nein, nein, hört auf damit. Es gibt etwas, das ich Euch mitteilen muss ...« Der drängende Ton ihrer Stimme fand den Weg in sein schläfriges Gehirn. Tristan war nie ein Morgenmensch gewesen.

»Was gibt es denn?« Er setzte sich auf und rieb sich die Augen.

»Es ist Regan, sie hat etwas Grauenvolles getan.« Grace sah bestürzt aus, und sie hatte tatsächlich geweint. »Ich ging in die Küche hinunter, um Euer Frühstückstablett zu holen, und einer der Küchenjungen hat es mir gesagt ... Regan hat Leute wegen Verrats gehängt.«

»Nein.«

Grace nickte traurig. »Ich bin nicht sicher, wie viele, wahrscheinlich zehn ...«

Tristan war bereits aufgesprungen und kleidete sich an; seine gewöhnlich sanften Gesichtszüge waren dunkel und grimmig.

»Wann?«, wollte er wissen.

»Im Morgengrauen. Drüben auf dem östlichen Marktplatz.«

»Sidhe oder Fine?« Er zog sich nun die Schuhe an.

»Ich weiß es nicht.«

»Bleibe du hier, Grace. Das kann Ärger geben ...« Er packte sie an den Schultern und blickte ihr ins verängstigte Gesicht.

»Nein, wartet, Tristan. Hört mir zu. Ihr könnt damit nicht allein fertig werden. Ihr braucht Hilfe. Nehmt wenigstens einige Krieger mit ...« Er schien sie nicht zu hören, sein Gesicht war vor Zorn wie versteinert. »Bitte, Tristan, hört mir zu, hört mir zu ...«, bat sie.

»Ja, ich höre dir zu, Grace«, sagte er nickend.

»Versprecht nur, dass Ihr nichts überstürzt.« Sie erhob sich von der Stelle auf der Bettkante, wo sie gesessen hatte. Grace war kein großes Mädchen, doch trotzdem musste sie zu Tristan hinabblicken – gewöhnlich störte ihn das nicht, es gehörte einfach zu seinem Leben – doch an diesem Morgen war es wie ein Schlag ins Gesicht. Er war in dieser Stadt ohne Einfluss; Regan hatte ihn wirkungsvoll ausgegrenzt. Es gab in der Tat nur wenig, was er tun konnte. Er war verkrüppelt und machtlos.

»Das kann nicht so weitergehen, Grace«, murmelte er.
»Ich weiß.«

Es regnete heftig; auf dem Marktplatz erwarteten ihn zehn Leichname. Eine Dunstglocke aus geradezu körperlich spürbarer Trauer und Ungläubigkeit hing in der Luft – der Markplatz war verlassen, denn die Menschen waren entweder wegen des Wetters oder wegen des Anblicks der ermordeten Frauen und Männer geflohen. Tristan war bis auf die Knochen durchnässt, seine Kleidung klebte auf seiner eiskalten Haut, und er presste den Kiefer zusammen, damit seine Zähne aufhörten zu klappern. Er trieb sein Pferd im Schritttempo an den Galgen entlang und zwang sich, direkt in die blau angeschwollenen Gesichter von Regans und Jahls ersten öffentlichen Opfern zu blicken.

Der östliche Marktplatz lag von allen am weitesten entfernt, und so hatte Regan die Galgen errichten lassen, ohne zu viel Aufsehen im Hauptinnenhof zu erregen – doch sie konnte nicht wirklich gehofft haben, die Hinrichtungen im Geheimen vollziehen zu können. Die meisten waren Fine, doch am Ende der Reihe hingen drei junge Sidhe. Ihm entfuhr ein Schrei des Schreckens und der Trauer, als er ganz am Ende Marila erkannte, deren wunderschöne graue Augen gnädigerweise von ihrem Haarschleier verborgen wurden. »Sir, ich kann sehen, dass Ihr ein freundlicher und besonnener Mann seid«, hatte sie gesagt. Tristan hätte nun beinahe aufgelacht bei der bitteren Ironie, die in ihrer Bemerkung lag. Was sie tatsächlich gemeint hatte, war »Ihr seid nutzlos«. Und sie hatte Recht behalten …

Ein kalter Wind trieb den Regen stärker über den leeren Marktplatz, was ein Geräusch wie ein zischendes Stöhnen hervorbrachte. Tristan saß noch immer auf seinem Pferd und starrte die Leichen an; seine Tränen blieben unbemerkt und bedeutungslos. Schließlich zog er seinen Dolch hervor, ritt ganz nah an Marilas toten Körper heran und schnitt ihn los. Es war harte Arbeit, denn seine Hände waren von der Kälte taub, und das Seil und sein

Messer waren schlüpfrig, doch endlich fiel der Leichnam zu Boden und landete lieblos im Schlamm. Tristan hielt nicht inne, sondern ritt weiter zur nächsten Leiche, einem jungen Sidhe-Krieger, und dann zu einem alten Mann. Als er beim Vierten angekommen war, war er vor Kälte, Schock und Wut gefühllos geworden. Er hörte ein Geräusch hinter sich, drehte sich um und sah eine kleine Menschenmenge hinter sich, die den Marktplatz betreten hatte, um dem seltsamen Treiben ihres nutzlosen Thane zuzusehen.

»Helft mir«, stammelte er durch seine Tränen. Für lange Augenblicke bewegte sich niemand; sie starrten ihn neugierig an, als spräche er eine seltsame Sprache. »Helft mir«, wiederholte er. Noch immer rührte sich keiner. Sie standen eng aneinander gedrängt mit Augen, die rund vor Schreck und Traurigkeit waren.

»Ihr habt den Thane gehört, helft ihm.« Graces scharfer Tonfall durchbrach die merkwürdig lähmende Stimmung. Sie war mit drei Kriegern im Schlepptau auf den Marktplatz geritten, und sie waren gekommen, um Tristan zu helfen. Während sie die Opfer losschnitten, drängten die Gaffer zu den Galgen und gruppierten sich traurig um die befreiten Leichname. Es war Tristan nicht in den Sinn gekommen, dass es sich bei ihnen vielleicht um Angehörige der Verstorbenen handeln könnte. Das leise Schluchzen einer Frau wurde über den Marktplatz getragen. Tristan sank über dem Sattelknauf zusammen, sein Geist war völlig leer. Er fühlte, wie jemand eine Decke um seine Schultern legte, schüttelte sie jedoch ab – warum sollte er sich trösten lassen, dachte er.

»Kommt schon, Tristan«, hörte er Graces Stimme, und jemand begann damit, sein Pferd vom Marktplatz zu führen. Er setzte sich kerzengerade auf.

»Nein, wartet!« Er drehte sich im Sattel herum, damit er die trauernden Menschen ansehen konnte. »Ich bin … Ich bin …«

»Lasst uns gehen, Sir.« Dieses Mal war es eine männliche Stimme, und Tris drehte sich zurück, um dem Krieger ins Gesicht zu blicken, der ihm Anweisungen erteilen wollte. »Ich denke, wir sollten gehen«, sagte der Mann bestimmt. Tristan nickte ermattet als Zustimmung und ließ zu, dass man ihn vom Marktplatz führte.

An diesem Tag sprach er nicht mit Regan. Es war zwischen ihnen nicht ungewöhnlich, dass sie sich im Laufe eines Tages nicht sahen, und Tristan brachte es nicht über sich, sie aufzusuchen. Am späten Nachmittag, als der Schock nachgelassen hatte, hatte er sich selbst gezwungen, einigen schmerzhaften Wahrheiten, die seine Schwester betrafen, ins Auge zu blicken. Er wollte noch immer glauben, dass die Dinge ohne Jahls Einfluss anders verlaufen wären, doch die Tatsache war nicht zu leugnen, dass Regan nicht in der Lage war zu herrschen. Es war keineswegs so, als wäre sie der erste Thane in der Geschichte gewesen, der Gefangene hinrichten ließ, doch nach den Informationen, die er zusammengetragen hatte, wurden diese Menschen lediglich dafür getötet, dass sie in der Öffentlichkeit über Regan geklagt hatten oder Isbister in warmer Erinnerung hielten. Niemand von ihnen hatte irgendeinen Einfluss bei Hof – es waren einfache, gewöhnliche Menschen.

Tristan musste sich außerdem eingestehen, dass Regan vier Sidhe, von denen er bis jetzt wusste, ermordet hatte – den Sidhe-Adler und die gehängten Opfer – und dass Marila vermutlich mit dem Rest ebenfalls Recht gehabt hatte.

Und noch etwas anderes war ihm heute Morgen klar geworden, etwas, das er in den Augen der Familien der Opfer gelesen hatte: Er war in jeder Hinsicht schwach. Sein Volk kannte ihn nicht, ebenso wie umgekehrt. Er hatte keine Verbündete in Soulis Mor und begriff nun, dass er sich zwar immer der Zuneigung des Volkes sicher geglaubt hatte, dies jedoch nicht das Gleiche war, wie auf ihren Respekt zählen zu können. Zusammengefasst bedeutete dies, dass er Hilfe brauchte.

Gegen Abend verließ ein Reiter die Stadt in Richtung Ruannoch Were, der Stadt des Thane Ulla, Heimat von Druvien und seinen Kriegern und den Sidhe-Prinzen Tecumseh und Tenskwa.

Der Reiter trug einen Brief bei sich; ein Flehen um Hilfe von Tristan an beide Sidhe- und Fine-Herrscher. Ulla würde die Nachricht weiter nach Süden nach Durghanti und Karmala Sev leiten, so sie denn ihre Hilfe zusagen würde. Regan sollte auf Geheiß der Thane und des Rats von Tema hin festgenommen werden, Jahl sollte als gefährlich eingestuft und notfalls getötet werden …

Es dauerte fast eine Woche, bis eine Antwort vom Thane Ulla kam; während dieser Zeit lag Tristan danieder und verließ kaum einmal seine Gemächer. Regan schickte eine Dienerin, die sich nach seinem Gesundheitszustand erkundigen sollte, und er sagte ihr, er litte unter der Kälte und Atembeschwerden, die ihn häufig im späten Herbst heimsuchten. Regan musste erfahren haben, was sich an den Galgen abgespielt hatte, doch sie schien sich ebenso wie er vor einer unvermeidlichen Konfrontation zu scheuen und hielt sich von ihm fern.

»Und nun, Nimah, sind wir fast im Hier und Jetzt angelangt. Sieh, das Licht der Morgendämmerung kriecht über den Boden des Tals. Morgen ist Heute geworden, und Tristan wird nur zu bald meine Hilfe benötigen. Ich muss fort …«

»Aber mein Lehrer, ich verstehe das nicht. Wenn sie doch kommen, um Regan zu verhaften, warum rennt Tristan denn dann davon? Und warum wird er verfolgt?«

»Du musst weiter beobachten, meine Kleine, sieh hin … oh, vielleicht solltest du noch etwas erfahren, was uns das Wasser nicht gezeigt hat. Tristan hat die Halskette zurückgestohlen.«

»Aber warum? Es ist doch nur eine Halskette, oder?«

»Genau das denkt Tristan auch, Nimah. Und deswegen war es auch eine wahrlich kleinliche Tat, die aus Zorn und Eifersucht geboren wurde – aber wir müssen dem armen Tristan vergeben; er kämpft so darum, alles zu bewältigen. Als die Antwort vom Thane Ulla kam, war der Plan besiegelt … Und ich muss fort und meine Rolle darin spielen. Pass auf dich auf, meine Kleine. Du kannst mit dem Wahrsagen im Haus fortfahren, wenn du möch-

test – halte nach mir Ausschau und wünsche mir alles Glück der Welt, denn ich werde es brauchen. Ich verspreche dir, dass ich zurückkehren werde, wenn ich kann …«

Kapitel Vier

»Regan, wach auf.«

Regan erwachte mit einem Ruck – sie hatte wieder von Federn geträumt, von schwarzen Federn und …

Sie blinzelte. »Jahl? Was machst du denn hier? Was ist los …«

»Keine Zeit für Erklärungen.« Er warf ihr ein Kleid und den Reitumhang aufs Bett. Auf seinem Gesicht malte sich stiller Zorn, und er lief unruhig vor dem Fußende ihres Bettes auf und ab. »Zieh dich an.«

»Wie bitte?« Regan war entsetzt, dass er solchermaßen seine Manieren vergaß; er, der normalerweise eine höchst verschlossene Persönlichkeit war, schien nun kurz vor einem Wutausbruch. »Nein, nicht bevor du mir nicht erzählt hast, was passiert ist.«

Er machte Halt und sah sie stirnrunzelnd an, als wäre sie ein dummes oder widerspenstiges Kind. »Nun gut«, sagte er langsam. »Es sind Leute auf dem Weg hierher, die kommen, um dich zu töten. Reicht das erst mal?«

»Wie bitte? Da muss ein Irrtum vorliegen.«

»Das ist kein Irrtum. Nun zieh endlich deine Kleider an. Wir müssen fort.«

»Fort? Aber wohin denn?« Mühsam kletterte sie aus dem Bett und zog sich an, denn Jahls eindringliche Stimme bahnte sich allmählich den Weg durch die letzten Überreste ihrer Schläfrigkeit. »Ich werde nicht aus der Stadt fortrennen, wenn es das ist, was du vorhast. Dies ist *meine* Stadt …«

»Deine und die deines Bruders.« Er spuckte die Worte aus, als handele es sich um eine Verwünschung.

»Tris – was hat Tris damit zu tun?« Ein plötzlicher Angstschauder breitete sich in ihrer Magengrube aus. »Geht es ihm gut?«

»O ja, es geht ihm sehr gut, da bin ich mir sicher«, höhnte Jahl. »Wenn man bedenkt, dass er dich gegenüber den anderen Thane verraten hat. In diesem Augenblick reitet eine Abordnung in Richtung Soulis Mor, um dich zu beseitigen.«

»Das hat Tris getan?«, fragte sie ungläubig. »Nein, das würde er nicht … Ich habe nichts getan. Ist es wegen der Gehängten?«

»Können wir das bitte auf dem Weg besprechen?« Kaum hatte sie ihren Umhang übergeworfen, legte Jahl seine Arme um ihre Taille und steuerte sie zur Tür.

»Aber wohin sollen wir gehen?«, beharrte sie.

Jahl griff eine Laterne, die er auf dem Regal bei der Tür abgesetzt hatte, als er in ihr Schlafgemach gestürmt war. »Wir können nicht zulassen, dass sie die Stadt erreichen, Regan. Und bis das alles vorbei ist, ist der sicherste Platz für dich an meiner Seite.« Sie waren fast an der Tür angelangt, als er plötzlich Halt machte und sich zu ihr umdrehte. »Du vertraust mir doch, oder etwa nicht?«, fragte er stirnrunzelnd.

»Natürlich.«

»Gut, dann können wir … später mit Tris reden.«

In gestrecktem Galopp ritten sie über die Ebenen auf Or Coille zu. Es war stockdunkel. Regans Welt schrumpfte zusammen auf einen Schwindel erregenden Wirbel aus Kälte und Dampf, den sie und ihr Reittier in die nächtliche Luft ausstießen. Sie saß tief vorne über den Hals ihres Pferdes gebeugt; der Begeisterungstaumel der Jagd hatte von ihr Besitz ergriffen, ihr Herz pochte, und sie war sich bewusst, dass ihr Pferd unter ihr zusammenbrechen könnte, doch sie vermochte nur zu denken: »Tristan hat mich verraten … Tristan hat mich verraten …« Sie war sich bewusst, dass Jahl neben ihr war und seine eigene große weiße Stute ritt, doch war sie leicht verwundert, weil er keine Eskorte mitgenommen hatte.

Als sie am Rande von Or Coille angelangt waren, zügelte sie ihr Pferd und ließ Jahl voranreiten, denn er war langsamer geworden und schien nun mit Bedacht den Weg auszuwählen. Er wies auf einen niedrigen Steilabbruch, der weniger stark von Bäumen bewachsen war. »Hier können wir warten«, sagte er. »Von hier aus sollten wir sie kommen sehen.«

»Aber Jahl, wie viele werden es sein? Wie sollen wir sie davon abhalten, die Stadt zu erreichen?« Entweder hörte er sie nicht, oder er zog es vor, sie nicht zu beachten. Schweigend ritt er voran.

Sie mussten nicht lange warten.

»Sieh mal«, hauchte Regan. Eine kleine Gruppe von ungefähr fünfzehn Reitern kam rasch auf dem Waldweg herangeritten, der eine Biegung in Richtung des Steilabbruchs machte. Sie erkannte nur einige der Reiter; Druvien, vier weitere Sidhe-Adler und Eion, der Abgesandte von Lady Ulla. Er war inzwischen in die Jahre gekommen, fast genauso alt wie ihr Vater, dachte sie. Ebenfalls dabei waren zwei Lairds, die sie zuletzt bei ihrer Krönung gesehen hatte und welche aus den südlichen Reichen des Thane Lachlan stammten. Diese beiden beunruhigten sie, denn die Verschwörung, die sie ihres Amtes entheben sollte, war weit vorgedrungen … »Jahl, was wollen wir tun?«, flüsterte sie.

Und wieder antwortete er ihr nicht auf ihre Frage. »Bleib hier«, sagte er. »Was auch immer geschieht, du musst hinter mir bleiben. Hast du das verstanden?«

»Ja, aber …«

»Regan.«

»Ja.«

Jahl trat vor die Reiter auf den Pfad; der Abstand zwischen ihnen wurde rasch kleiner. Regan konnte in der körnigen Dunkelheit der Nacht nichts deutlich erkennen, doch einige Augenblicke später flammte plötzlich ein weißes Licht auf und erhellte die Szenerie, dann entzündete sich ein weiteres. Die Reiter griffen hart in die Zügel, und ihre Pferde wieherten ängstlich. Jahl trat zwischen die beiden Lichter und stand nun vor der Gruppe. Während dieser ganzen Zeit glaubte Regan ernsthaft, Jahl wolle lediglich mit ihnen sprechen. Dumm, so dumm …

»Gentlemen«, sagte er.

»Das ist er!«, schrie Druvien. »Das ist er – Jahl!«

Wegen der flackernden, grellen Lichter kämpfte er darum, sein Pferd wieder unter Kontrolle zu bringen, und so dauerte es einige Augenblicke, bis er mit Verzögerung sein Schwert ziehen konnte. Die anderen Reiter taten es ihm nach und zückten, ohne auf eine Erklärung von Jahl zu warten, die Waffen.

Jahl schnippte mit den Fingern.

Sie kamen aus dem weißen Licht! Das war die einzige Erklärung, die Regans verwirrtes Hirn zulassen wollte. Dämonen, Kreaturen, schwarze, schleichende Schatten. Sie traten aus dem Lichtschein auf die Reiter zu, und sie waren ebenso groß wie die Männer auf ihren Rössern. Die Reiter verfluchten die übernatürlichen Geschöpfe voller Furcht und Zorn und begannen von Grauen erfüllt mit ihren Schwertern nach ihnen zu schlagen. Ihre Waffen wurden ihnen, ohne Schaden angerichtet zu haben, aus den Händen gerissen, und es gab ein kaltes, metallisches Klirren, als sie zu Boden fielen.

Druvien starb als Erster. Er wurde von seinem Pferd gezerrt, dann verdreht und von mächtigen Klauen zerrissen, die sich um seine Hüften klammerten und seine Wirbelsäule zerbrachen wie einen Schössling. Druvien schrie noch in Todesangst, bis das Dämonentier seinen zerborstenen Körper zu Boden schleuderte und ihn in der Eile, ein nächstes Opfer zu ergreifen, niedertrampelte. Die Kreaturen waren seelenlose Mörder. Nun schrien auch die anderen Reiter und ihr Geschrei und die Flüche, die die Luft erfüllten, waren furchtbar und erschreckend.

Sie konnte es nicht glauben. Warum hatte er sie nicht gewarnt? Doch andererseits, was hätte sie darauf geantwortet? Regan sah voll hysterischer Ungläubigkeit zu, wie die Dämonentiere im wahrsten Sinne des Wortes die Gruppe in Stücke rissen, und ein Schrei des Abscheus steckte in ihrer Kehle. Sie erkannte Eion, der als einziger Mann noch beritten war und der voller Verzweiflung um sich schlug, da er von allen Seiten bedrängt wurde – flüchtig erinnerte sie sich daran, wie freundlich er zu ihr und Tristan gewesen war.

»Nein!«, schrie sie, und bevor sie einen klaren Gedanken gefasst hatte, stürmte sie aus ihrem Versteck, zog das Kurzschwert, das sie umgebunden trug, und näherte sich von hinten der Kreatur zu Eions Linken; sie spießte sie auf, noch bevor das Biest ihre Anwesenheit auch nur spüren konnte.

»Regan?« Eion war verblüfft und verwirrt, hatte jedoch keine Gelegenheit, die Situation zu erfassen, denn schon war ein zweites Dämonentier bei ihm und riss an dem verängstigten Pferd, damit es seinen Reiter abwarf.

»Regan!« Jahl schrie voller Zorn, konnte sie jedoch nicht erreichen, ohne sich seinen Weg durch die Kreaturen bahnen zu müssen.

Sie war ebenso wehrlos wie die anderen, auch wenn sie noch immer fest entschlossen ihre Klinge umklammerte und nach ihren Angreifern schlug. Wie Fleisch gewordene Schatten waren sie, abgesehen von ihren Augen, die grausam im Licht funkelten. Auch wenn ihr Schwert ihnen Schmerzen zu bereiten schien, glitt es doch, ohne einen eigentlichen Schaden anzurichten, durch ihr Schattenfleisch. Sie war so mit dem Biest vor ihr beschäftigt, dass sie das andere zu ihrer Linken nicht bemerkte, welches gerade einen Sidhe niedergemetzelt hatte. Es packte sie an der Kehle und hob sie in die Luft – sie konnte spüren, wie ihre Lungen vor Anstrengung brannten, doch sie schrie erneut. »Flieht, Eion! Verschwindet von hier …«

Einen Moment lang herrschten Schwärze und Verwirrung. Das Biest hatte sie unvermittelt fallen lassen. Sie bemerkte, dass alle verschwunden waren – alle Dämonentiere waren fort. Sie setzte sich auf und blickte sich um. Die Abgesandten waren getötet worden, grausam von diesem Abschaum abgeschlachtet worden. Heißes Blut und Eingeweide waren überall. *Ein Fressen für die Krähen,* dachte sie. Wenigstens gab es keine Spur von Eion. Sie zog ihre Knie bis zum Kinn hoch und begann zu weinen.

Doch dieser Luxus sollte ihr nicht lange gewährt werden. Jemand packte sie grob an den Haaren und riss sie auf die Füße.

»Du dummes Weib!« Es war Jahl, und er zitterte vor Wut. »Du dummes, dummes ...«

Das wollte sie sich nicht sagen lassen. »Ich bin dumm?«, brüllte sie ihm ins Gesicht, ohne ihre Tränen und den Schweiß zu beachten. »Was zur Hölle war das? Du hast sie ermordet ... du Bastard – du Bastard!« Sie rannte einige Schritte auf die Stelle zu, wohin er sich zurückgezogen hatte, und versetzte ihm einen Stoß vor die Brust. Jahl taumelte und hätte fast das Gleichgewicht verloren – sein Gesicht war verzerrt vor Wut.

»Was glaubst du, was ich vorhatte? Mit ihnen zu reden? Sie waren gekommen, um dich umzubringen, Regan ...« Sein Atem wurde etwas ruhiger, und er näherte sich ihr. »Das konnte ich nicht zulassen.« Er senkte die Stimme, als wolle er ihr etwas Vertrauliches mitteilen. »Ich konnte es nicht zulassen, dass sie dich töten, Ree.«

Sie blieb unversöhnlich. »Nenn mich nicht so – nenn mich niemals wieder so«, schrie sie. »Nein, bleib fort von mir. Fass mich nicht an ...«

Sie lief von der Lichtung, ohne genau zu wissen, was sie nun vorhatte. Dann hielt sie inne. »Sieh sie dir an, Jahl. Sieh, was du ihnen angetan hast ...« Ihre Stimme war brüchig von den überwältigenden Gefühlen, und ein tiefer Seufzer stieg aus ihrer Brust hoch. Sie bedeckte ihren Mund, als hoffte sie, so ihre Gefühle vor einem Ausbruch zu bewahren. Jahl war auf der Hut, kam ihr aber langsam entgegen. Nun, da er sich wieder beruhigt hatte, war sein Gesichtsausdruck sorgenerfüllt. Er machte einige Fuß vor ihr Halt – außerhalb der Reichweite ihres Schwertes – und fiel am Rande des blutgetränkten Bodens auf die Knie.

Lange Zeit war von keinem der beiden etwas zu hören, als ob Regans Schock eine körperliche Gewalt ausübte. Dann war das leise Zischen einer Klinge zu hören, die gezogen wurde. Jahl blieb keine Zeit zu reagieren, denn als Regan sich umwandte, hielt sie ein Kurzschwert in der rechten, eine lederne Schwertscheide in ihrer linken Hand – sie hatte die Waffe einem Leichnam entwendet. Sie warf die Scheide beiseite, sprang zu Jahl hinüber und richtete die Schwertspitze auf seine Kehle; trotz ihrer Furcht war ihre Hand völlig ruhig. »Nenne mir einen guten Grund, warum ich dich nicht töten sollte, Jahl«, fauchte sie. »Lady«, sagte er. »Ich bin dein Diener. Ich habe getan, was ich tun musste, um dich zu beschützen. Es tut mir Leid.« Seine Stimme war leise, doch fest. »Und ich bereue es auch, dass ich die Kontrolle verloren habe ...« Regan drückte in einer kaum merklichen Bewegung gegen die Klinge, und eine Knospe dunklen Blutes spross aus Jahls Kehle.

»Mir ist jetzt klar, dass du stets deine eigenen Pläne hattest, Jahl. Ich bin für dich nur der Zugang zur Macht, nicht wahr? Bedenke deine Antwort gut!«, fügte sie scharf hinzu, ohne seine Erwiderung abzuwarten.

»Es ist wahr, dass ich ehrgeizig bin, Thane Regan, doch nie auf deine Kosten.« Der Druck der Klinge ließ nicht nach, und trotz der beißenden Kälte der Nacht schwitzte Jahl unmäßig – ein glitzernder Schweißbach rann von seiner Stirn aus die Wange herunter, und Regan dachte unbeeindruckt bei sich, dass diese Spur das einer Träne Ähnlichste war, was ihr Vertrauter jemals vergießen würde.

»Wenn wir nach Soulis Mor zurückkehren, packst du deine Habseligkeiten und verschwindest. Sollte ich dich nach heute jemals wieder sehen, werde ich dich hinrichten lassen.« Sie ließ die Spitze der Klinge sinken und warf schließlich die Waffe in einer Geste fort, die eine Mischung aus Erschöpfung und Selbstekel war. »Du hast mich gelehrt, wie leicht dies zu arrangieren ist.«

Ohne eine weitere Bemerkung schritt sie davon und suchte nach dem nächsten Pferd, welches nicht in Panik geraten, sondern stattdessen in der Nähe der Lichtung geblieben war. Jahl erhob sich langsam, seine Gesichtszüge waren eine unbewegliche Maske. Regan ritt zu ihm und führte ein Pferd mit sich, dessen Zügel sie vor ihm fallen ließ. Sie wartete nicht ab, bis er aufgesessen war, sondern wandte sich um und lenkte ihr Pferd in Richtung Stadt. Doch als würde sie sich plötzlich anders besinnen, machte sie Halt und blickte zu ihm zurück. »Und, Jahl …«, sagte sie.

»Ja?«

»Sollte meinem Bruder etwas zugestoßen sein, werde ich dich eigenhändig töten.«

Als die Glocken dreimal schlugen, war Tristan noch immer wach. Er starrte die Halskette an; etwas an ihr war zweifelsohne merkwürdig. Nun schon zum zweiten Mal hatte er geglaubt, er habe eine grüne Ranke wie eine biegsame Weinrebe aus Licht sich um die Kette winden sehen, während er sie dort auf dem Nachttisch betrachtete – doch sobald er blinzelte, war der Schein vergangen. Und doch war dies nicht der Grund für seine Schlaflosigkeit. Morgen würden die Reiter aus Ruannoch Were eintreffen, und mit dieser Unterstützung würde er Regan gegenübertreten, um sie möglicherweise von ihrer besessenen Herrschaft abzubringen. Er seufzte schwer, und sein Herz war wund vor Sorgen, doch er wusste, dass ihm nichts anderes übrig geblieben war, als die anderen Thane mit hineinzuziehen …

Die Tür zu seinem Schlafgemach wurde aufgestoßen. Ein Mann stand im Eingang, schwer nach Luft ringend. Tristan blinzelte, denn das Licht der Eingangshalle schien im Rücken der Gestalt, und zunächst konnte er die Gesichtszüge des Mannes nicht ausmachen.

»Tristan«, japste der Fremde.

»Eion?«

»Ihr müsst fliehen, Tristan«, stieß Eion atemlos hervor. »Wir sind in einen Hinterhalt geraten ... und Jahl hat keine Gefangenen genommen.«

»Was ist mit Ree?«

»Sie ist wohlauf. Ich weiß nicht, was ich von ihr denken soll – aber, Tristan, Jahl ist der Todbringer. Geht jetzt ... Es gibt Freunde in der Stadt, die Euch einige Zeit lang verbergen können. Ich werde nach Ruannoch Were zurückkehren und die südlichen Clans warnen.«

Tristan verlor keine Zeit. Innerhalb einer Stunde ritt er gen Osten zum äußersten Ende von Or Coille. Er war völlig allein, und niemand in Soulis Mor wusste, dass er fort war. Nicht einmal Grace – auch wenn es ihn traurig stimmte, konnte er sie nicht in Gefahr bringen, indem er von ihr Abschied nahm. Nach der anfänglichen Flucht über die offenen Ebenen zügelte er sein Pferd schließlich und schlug ein Schritttempo an, das ihm erlaubte nachzusinnen, wo er vor Verfolgung sicher sein würde. Nach einer weiteren Stunde, als die ersten schwachen Strahlen der Morgendämmerung den östlichen Himmel erhellten, hörte er einen schallenden Ruf in der Entfernung, der ihm einen Schauer über den Rücken jagte. Jahl war nach Soulis Mor zurückgekehrt und hatte seine Hunde freigelassen.

»Wir arbeiten im Dunkeln – wir tun, was wir können – wir geben, was wir haben. Unser Zweifel ist unsere Leidenschaft, und unsere Leidenschaft ist unsere Aufgabe. Der Rest ist der Wahnsinn der Kunst.«

Henry James.

Beatrice starrte das Zitat in dem kleinen Erbauungsbuch an und war zunächst außerstande zu sagen, was an ihm sie ansprach. Es passte nicht recht zur Jahreszeit, dass es sich im Garten wie Frühling anfühlte, und so saß Beatrice unter dem gewundenen Efeu der Laube und versuchte, den Hauch der winterlichen Kälte zu ignorieren, ebenso wie die Verkehrsgeräusche, die ohne Unterlass ihre Idylle Lügen straften. Vielleicht war es der Teil, der davon sprach, dass der Zweifel eine Leidenschaft sei. Das Zitat könnte vor allem für forensische Wissenschaftler verfasst worden sein. Die reinste Form des Zweifels war etwas, das Wissenschaftler als ihren ständigen Begleiter und Freund anerkannten; doch in letzter Zeit hatte sich dieser Freund gegen Beatrice gewandt und war zu einer Schlange im Nest geworden.

Sie hatte gerade über den Tod ihrer Freunde nachgesonnen, wie sie es oft zu dieser Zeit im Jahr tat. Zwei Jahre zuvor hatte sie sich in einem ausgebrannten Keller zu überzeugen versucht, dass sie von ihr gegangen waren. Sie war sich so sicher gewesen, besonders nachdem sie mit den fünf Untersuchungsbeamten gesprochen hatte, die betont hatten, das Feuer in der Mitte des Raumes sei in der Tat heißer und intensiver gewesen als das in einem Krematorium. So hatte Bea es auch in ihrem Bericht festgehalten – lediglich die Fakten, denn sie war gut in ihrem Job; die Beste genau genommen. Doch dann, als sie die Trauer um Sandro und Duncan eingeholt hatte, war sie im Geiste viele Male zum Schauplatz dort im Keller zurückgekehrt. Sie hatte immer wieder die Fotos untersucht und auf die verkohlten schwarzen Umrisse dort auf dem Boden gestarrt auf der Suche nach irgendetwas, das nahe legen würde, dass sie wahrhaftig dort gewesen waren. Es gab keine Spur von der grauen, leicht schmierigen Asche, die ein verbrannter Leichnam übrig lässt; nicht ein Knochen hatte die Feuersbrunst überstanden. Schließlich überfielen sie Zweifel in ihrer unwissenschaftlichen, verstohlenen Form. Was wäre, wenn – und sie traute sich kaum, dies zu denken, nicht einmal insgeheim –, was wäre, wenn Sandro und Duncan dem Feuer entkommen waren? Wo zum Teufel sollten sie dann stecken? Warum sollten sie nicht aus ihrem Versteck kommen? Sie seufzte und blätterte müßig durch die Seiten ihres Buches. Aus dem Inneren des Hauses tönte laute Opernmusik, eine niederdrückende Arie. Seit sie ihre Verlobung mit Miles gelöst hatte, weil sie immer tiefer und tiefer in einer Depression versank, deren Ursache er sich nicht erklären konnte, hatte sie sich nach Kräften bemüht, ihrer Liebe zur Oper treu zu bleiben, doch wenn sie ehrlich zu sich selbst war, war diese Liebe zur selben Zeit wie ihr kleiner Bariton aus ihrem Leben geschieden. Inzwischen verärgerten und verstimmten sie all die kleinen Eigentümlichkeiten dieser Kunstform; große, vollbusige Frauen, die vorgaben, an Verzehrung zu sterben, das Nichterkennen von Schauspielern, die sich als ihre eigenen Diener verkleideten. Es war alles so verlogen, und obwohl sie früher eben diese Verlogenheit als akzeptabel, ja sogar als liebenswert empfunden hatte, konnte sie sich nun nicht mehr länger blind stellen. Das gehörte auf einer tieferen Ebene zu ihren Zweifeln.

Da war noch etwas anderes. Etwas, das ihre Zweifel nährte. Als sie durch das unordentliche Wohnzimmer ging, um eine etwas erheiterndere CD auszuwählen, wanderten ihre Augen fast unwillkürlich zu einer Schublade in ihrem Kleiderschrank: Dort verwahrte sie es. Einen Schlüssel, wie sie annahm, doch einen, der vermutlich den Zugang zu einer der undenkbarsten Geschichten überhaupt öffnen würde. Sie stellte die Musik aus und öffnete die Schublade mit fast ehrfürchtiger Sorgfalt. Im Inneren befand sich ein kleines hölzernes Schmuckkästchen, das sie herausnahm und auf ihrem Esstisch absetzte. Sie hielt den Atem an und öffnete es, so wie sie es immer tat. Ein dumpfes grünes Glühen drang aus dem Behältnis und erwärmte sanft das Zedernholz im Inneren, welches seinen Holzduft absonderte. Vorsichtig entnahm sie ein kleines Plastiksäckchen mit einer Probe aus ihrem Labor und hielt es in das Licht des Fensters. Es enthielt drei lange Strähnen, die große Ähnlichkeit mit rauem Haar hatten. Bea wusste allerdings, dass kein Mensch oder Tier dieser Welt solches Haar hatte. Da durfte sie absolut sicher sein, denn sie hatte jeden denkbaren Ursprung verfolgt. Darüber hinaus verschwanden die haarähnlichen Strähnen und sonderten ein grünes Licht ab, wenn sie aus der Hülle genommen und unter ein Mikroskop gelegt wurden.

Am Anfang waren es einmal ungefähr zwanzig solcher Strähnen gewesen, Überbleibsel einer Mordszene, die mit Duncan Talisker in Verbindung gebracht wurde. Es schien, als sei Duncan das Verbindungsglied und der Grund für das mentale Jucken, das Bea durch Kratzen nicht lindern konnte. Es mochte stimmen, dass er und Sandro verschwunden waren; verschwunden, nicht jedoch tot. Und was Bea in den Händen hielt, war der Beweis dafür. Denn Beatrice glaubte, sie hatten einen Hinweis hinterlassen, der nicht aus dieser Welt stammte, sondern irgendwie magisch war.

Verdammt, dachte sie grimmig, *jetzt ist das Wort draußen. Jetzt ist es offiziell, ich verliere den Verstand. Ich brauche einen Drink*.

Am frühen Abend, als die Pendler nach Hause eilten, war der Verkehrslärm von der High Street unerträglich.

In dem engen Haus, das der Treffpunkt der Kinder der Flut war und sich in der Upper Bow Street befand, lief Nathan auf und ab und starrte auf ein zerknülltes Stück Papier, das mit seiner eigenen spinnenwebartigen Handschrift bedeckt war. Gelegentlich prüfte er auf der großen Taschenuhr, die er trug, die Zeit und fuhr dann fort, umherzuwandern und erneut seine Notizen zu lesen. Geistesabwesend winkte er mit der Hand durch die Luft, als übe er für ein Theaterstück, dann seufzte er und fuhr sich mit einer gewohnheitsmäßigen, nervösen Bewegung durch die Haare.

»Was tust du da, Nathan?« Ein Hauch frischer Luft vom Hof draußen kündigte Esthers Ankunft an, und schon stand sie im Türeingang und sah auf ihre eigentümliche Art, die Nathan insgeheim so liebte, atemlos und zerbrechlich aus. Sie war mit dem wollenen, zerlumpten grauen Kittel bekleidet, den die Frauen der Kinder der Flut trugen, doch das schien die darunter verborgenen festen Kurven ihres jungen Körpers nur noch zu betonen. Sobald er sie anblickte, fühlte er, wie sein Mund trocken wurde; er war immer etwas nervös, wenn er mit Esther sprach, doch heute würde sie ihn wie alle anderen Kinder ebenfalls verdammen, falls er nicht vorsichtig war. Er zwang sich zu einem Lächeln – keinem gewöhnlichen oder sogar fröhlichen Lächeln, sondern einem strahlenden Lächeln; eines, das im Kontext ihres Treffens geradezu als entrückt bezeichnet werden konnte. Nathan hatte sowohl das Lächeln als auch seinen folgenden Auftritt während des gesamten letzten Tages vor dem gelbstichigen Spiegel in Daniels Zimmer geübt.

»Esther.« Er machte einen Schritt nach vorn, zeigte noch immer sein Strahlen und nahm ihre Hände in seine. »Esther, ich muss dir etwas Wundervolles sagen. Etwas wirklich Wunderbares. Aber ich muss warten, bis ihr alle versammelt seid. Es wäre nicht fair, es nur dir mitzuteilen, so gerne ich das auch tun würde.« Esthers Blick aus ihren braunen Augen traf den seinen, und eine flüchtige Sekunde lang schien sie verunsichert. »Ist bei dir alles in Ordnung, Nathan? Du wirkst so … verändert.«

»Wirklich?«, flüsterte er und schaute sie an. »Mir geht es gut, wirklich. Mehr als gut. Setz dich doch hier vorne hin.« Er zog sie in den Versammlungsraum, wo er die alten hölzernen Stühle sorgfältig zu einem Halbkreis angeordnet hatte, der nun der schmucklosen Kanzel zugewandt war. Nathan war so angespannt, dass ihm die Kanzel wie ein riesenhaftes Nest voller Zweige erschien, aus dem er entweder wie ein ruhmreicher, phönixgleicher Vogel oder als Kuckuck hervorgehen würde.

»Wo ist Daniel?«, fragte Esther stirnrunzelnd.

»D-Daniel?« Es war das erste Mal, dass ihn jemand direkt darauf ansprach, und Nathan versteifte sich. »Er wird nicht kommen. Meine Neuigkeiten …« Er beschäftigte sich damit, einen der Stühle etwas weiter nach vorne zu ziehen. »… meine Neuigkeiten hängen mit Daniel zusammen.«

»Oh, dann weißt du, wo er steckt? Es ist nur so, dass ihn schon seit einigen Tagen keiner mehr gesehen hat.« Sie sah aufgewühlt aus, und ihr offensichtliches Interesse an Daniel verärgerte Nathan. Er klopfte ihr leicht auf die Schulter.

»Niemand muss sich wegen Daniel Sorgen machen.« Er versuchte, noch einmal sein Lächeln hervorzuzaubern, doch selbst er fand es nicht überzeugend.

Als die restlichen fünfunddreißig Kinder der Flut ankamen, regnete es draußen, und ein schwacher modriger Geruch stieg aus ihrer klammen Kleidung auf, während sie freundlich miteinander plauderten. Nathan bemerkte erfreut, dass die Stimmung offenbar nicht angespannt war, denn sie nahmen an, es wäre ein gewöhnliches Gebetstreffen. Als endlich alle versammelt waren, schloss der letzte Ankömmling die Tür, und die kalte, eichenbraune Stille senkte sich über den alten Raum. Nathan erhob sich in der Kanzel, sein Herz raste.

»Kinder …«, setzte er an.

»Wo ist Daniel?«, rief ein anderer. »Ihm geht es doch gut, oder? Ich frage nur, weil ich ihn seit dem Wochenende nicht mehr gesehen habe …« Ein Gemurmel schwoll an, als die Menschen untereinander zu vergleichen begannen, wann sie ihrem Vorsteher zum letzten Mal begegnet waren. Nathan fühlte, wie ihm die Kontrolle über die Versammlung zu entgleiten drohte, noch ehe er überhaupt begonnen hatte.

»Bitte hört doch zu …«, rief er und kämpfte seine Wut und seine Panik nieder.

»Hört zu. Ihr sollt alle zuhören.« Esthers klare, honigsüße Stimme ertönte. »Nathan hat etwas Wichtiges zu verkünden. Wegen Daniel.« Nach einigen »Shhhhs« verebbte das Stimmengewir und alle Augen waren wieder auf Nathan gerichtet, der Esther nervös anlächelte.

»Danke, Schwester«, sagte er und nickte ihr zu. »Ich bin gekommen, um von dem aufregendsten Ereignis in unserem Leben Zeugnis abzulegen. Wir, die Kinder, müssen uns nun auf das Ende aller Tage vorbereiten. Ich weiß dies, weil Daniel es mir offenbart hat …« Er machte eine Pause und ließ seinen Blick über seine Zuhörerschaft schweifen. »…. einige Momente, bevor er entrückte.«

Lange Zeit herrschte ein verblüfftes Schweigen, dann brach das reinste Chaos aus. Nathan sah zu und wartete. Er wusste, sobald alle Rufe der Verwunderung verklungen waren, würden schwerwiegende Fragen gestellt werden. Die Kinder der Flut glaubten an die Entrückung, wie so viele andere christliche Gruppen ebenfalls; der Glaube besagte, dass diejenigen, die ihr Leben Christus gewidmet hatten, am Tag des Jüngsten Gerichts entrücken würden. Die Entrückung lasse die physische Gestalt einfach verschwinden, der Geist der Person jedoch steige in den Himmel auf, um sich mit Gott zu vereinigen. Es würde keine Rolle spielen, wo man sich befand, wenn man entrückte, ob man ein Auto fuhr, im Supermarkt einkaufte oder im Flugzeug reiste, man würde einfach verschwinden. Das Chaos, das entstehen würde, wenn Tausende von Menschen einfach verschwänden, war ein viel diskutiertes Thema bei denen, die daran glaubten.

Nathan glaubte nichts davon, doch seiner Ansicht nach war es diese essenzielle Macht der Entrückung, die bewirkte, dass sich die Gläubigen bemühten, andere von ihrer Ansicht zu überzeugen, denn nicht einmal diejenigen, an denen ihr Herz hing, würden verschont bleiben, wenn sie nicht ebenfalls ihr Leben Jesus Christus widmeten. In just diesem Augenblick galt seine Sorge der Annahme, dass sie alle zugleich gehen würden, und er wusste, die Frage würde kommen …

»Das ist nicht … nicht möglich.« Jemand erhob sich am hinteren Ende der Versammlung. Es war Gordon, bekannt als LearnToFly – Der-das-Fliegen-lernt. Einige der Kinder wählten solche Namen, wenn sie in die Gruppe aufgenommen wurden. Er war einer von Daniels glühendsten Bewunderern, ein großer, schlaksiger Jugendlicher, der hinter flaschendicken Brillengläsern heftig zu zwinkern begann, wenn er, wie jetzt, aufgeregt war. »Wir gehen alle zu-zusammen, zur s-selben Zeit. Niemand hat jemals gesagt …«

»LearnToFly!« Nathan lächelte sein Opfer ermutigend an. Er wusste, dass ihn der Jugendliche nicht mochte, weil er so viel Zeit mit Daniel verbracht hatte, und ihm war auch klar, dass es eine Dummheit wäre, LearnToFly zu unterschätzen. Unter dem unbeholfenen, stotternden Äußeren lauerte ein messerscharfer Verstand. »Ich weiß. Das ist genau das, was auch ich gedacht habe. Und wirklich, als Daniel mir davon erzählte – er wusste, dass es kommen würde –, glaubte ich ihm ebenfalls nicht. Doch dann sah ich es. Ich war dort.« Er presste die Hände vor seine Augen, als laufe er Gefahr, von seinen Gefühlen übermannt zu werden. »Gott rief Daniel, und Daniel ging guten Willens, wie es auch Elias tat. Er fuhr gen Himmel in einem goldenen Licht. Es war – es war wunderschön.« Er hielt inne, und Tränen stiegen in seinen Augen auf. »Wir wussten doch alle, dass Daniel etwas Besonderes war, nicht wahr? Er wurde geliebt.« Einige der Kinder nickten zustimmend, denn es entsprach der Wahrheit; Daniel war außergewöhnlich gewesen. Es war ersichtlich, warum Gott ihn erwählt hatte, um ihn auf diese Weise auszuzeichnen.

»Aber …« LearnToFly wollte widersprechen, wurde jedoch übertönt.

»Lass Nathan sprechen …«

»Er muss Zeugnis ablegen …«

»Lass ihn zu Wort kommen …«

Nathan kämpfte damit, ein triumphierendes Lächeln zu bezwingen, das über sein Gesicht huschen wollte. Sie waren alle so … formbar.

»Hat er etwas gesagt, Nathan? Hat er uns eine Nachricht hinterlassen?« Esthers Stimme schallte aus der vorderen Reihe der Menschenmenge. Er blickte zu der Stelle hinunter, wo sie saß; sie starrte zu ihm herauf, ihre braunen Augen glitzerten leidenschaftlich, ihre Lippen waren leicht geöffnet. Einen Moment lang war er in Bann geschlagen, von seiner eigenen Macht berauscht, und er wusste in diesem Moment, dass Esther ihm gehören würde.

»Nun, ja …«

»Sag es uns, Nathan«, rief jemand.

»Er sagte, dass er uns alle liebe und ...«

»Was?«

»Ich – ich ... ihr werdet denken, dass ich unwürdig bin ...« Er legte erneut die Hände vor die Augen und zählte die Sekunden, um es dramatischer wirken zu lassen.

»Was hat er gesagt?«

»Er sagte, ich müsse dabei helfen, euch alle bis zum Ende der Tage zu führen. Ich müsse mich den Alten anschließen und meinen Namen ändern, um die neuen Zeiten anzuerkennen, in denen wir nun leben. Ich werde von nun an Knox genannt werden, denn ich stamme von dem großen John Knox ab, und ich muss predigen und den Glauben verbreiten, so wie er es getan hat ... bis zum Zeitpunkt der Entrückung, der bald kommen wird.«

LearnToFly setzte erneut zu einer Entgegnung an. »Aber Nathan, du b-bist erst seit einem Jahr b-bei uns. Da gibt es s-sicherlich stärkere K-Kandidaten. Es d-dürfen doch nur vier Alte sein.«

Nathan lächelte wohlmeinend. »Macht uns denn die Zeit würdiger, LearnToFly? Daniel kannte meine Stärke, sollten wir seine Weisheit anzweifeln, wenn er solchermaßen von Gott erwählt wurde?«

»Nathan ... Knox hat Recht.« Joshua. InGodsGrace – In-Gottes-Gnaden –, einer der besagten Alten, erhob sich. Im Alter von zweiunddreißig Jahren war er in der Tat eines der älteren Mitglieder der Kinder der Flut, und seine Intelligenz und sein schnelles Urteilsvermögen bei Auseinandersetzungen hatten ihm großen Respekt eingebracht. »Wenn Daniel von uns gegangen ist, müssen wir weitermachen, wie er es gewünscht hat. Knox muss als ein Alter zählen.«

»Aber w-woher wissen wir das?« LearnToFly wimmerte beinahe. »W-Warum hat er uns nicht davon berichtet?« Seine Worte wurde im aufgeregten Stimmengewirr erstickt, als die Kinder sich staunend über die Ereignisse austauschten. Nathan/Knox ließ sie einige Minuten lang fortfahren; sein Gesicht war eine sorgfältig gewählte, arglose Maske; er gestatte sich ein kurzes Lächeln in Richtung Esther, die in unverhohlenem Erstaunen zu ihm emporblickte. Schließlich hob er die Hände, und zu seiner Freude verstummten die Kinder.

»Kinder. Ihr Auserwählten Gottes. Wir müssen in dieser Sache um Führung beten. Gott … und Daniel werden uns erhören.« Knox neigte den Kopf, und sechsunddreißig Anhänger senkten den ihren ebenfalls; ein Meer von brauner und blonder Unterwerfung. »Lasst uns beten.«

Während die meisten Kinder aus dem Versammlungsraum strömten, gab Knox vor, beschäftigt zu sein, indem er seine Gebetszettel zusammensuchte und Stühle beiseite rückte. Er hatte die Augen niedergeschlagen, konnte jedoch sehen, wie LearnToFly etwas mit einigen Freunden besprach.

»LearnToFly«, rief er hinüber. »Kann ich dich kurz sprechen?« LearnToFly kam finsteren Blickes zu ihm. Die leicht gebückte Haltung verringerte nicht den Eindruck eines großen, hässlichen Vogels, ähnlich einem Geier. Der frisch umgetaufte Knox lächelte strahlend. »Ich brauche deine Hilfe, LearnToFly. Du hast Recht, ich bin noch nicht so lange bei den Kindern wie einige der anderen und will deshalb nicht unbeabsichtigt etwas tun, das sich gegen unsere Glaubensdoktrin richtet. Würdest du vielleicht so nett sein, mein Ratgeber zu werden?« Er beugte sich konspirativ vor. »Vor allem möchte ich nicht die Schwestern verletzen. Ich weiß, dass ihre Rolle so wichtig ist.«

Einen Moment lang schien LearnToFly unsicher und sah Knox mit abschätzendem Blick an, dann nickte er trübsinnig. »Nun gut, N-Nath… ich meine, Knox. Ich halte das für eine gute Idee … sehr scharfsinnig von dir, daran zu denken.«

Knox nickte ernst. »Gott liebt unsere Demut, nicht wahr, LearnToFly? Ich werde in einigen Tagen an dem Treffen der Alten teilnehmen – ich hatte bereits einmal die Gelegenheit, mit ihnen zu beten und zu meditieren –, um über die Zukunft der Kinder zu sprechen, über unsere Verantwortung, nun, wo wir uns der Zeit der Entrückung nähern. Vielleicht könntest du dich mit mir vor dem Treffen in der ›Arche‹ zusammensetzen, damit wir unter vier Augen meine Vorstellungen besprechen können, bevor ich sie ihnen präsentiere.«

»O ja.« LearnToFly glühte förmlich vor Freude und Selbstzufriedenheit. »Ich bin sicher, das wäre sehr hilfreich. Du weißt, dass ich nicht in der ›Arche‹ lebe, nicht wahr? Aber ich werde dafür natürlich extra kommen …«

»LearnToFly, ich denke, du solltest in Betracht ziehen, dort einzuziehen. Schließlich willst du doch in diesen Zeiten nichts verpassen. Wenn uns die Entrückung zuteil wird, wird es ein doppelter Segen sein, unter Freunden und gleichgesinnten Anbetern zu sein.«

Hinter seinen dicken Brillengläsern sahen die grauen Augen von LearnToFly ernst aus. »Ja, ich bin mir sicher, dass du Recht hast, aber … da gibt es noch Mutter, und …«

»Dann denk doch einfach mal darüber nach.« Knox klopfte ihm auf die Schulter, bevor er sich Esther zuwandte.

»Ja, ja, das werde ich tun.« LearnToFly nickte und lächelte zum ersten Mal demjenigen warm zu, den er stets für seinen Rivalen gehalten hatte. Knox sah ihm nach, wie er davonging und dabei beinahe einige Stühle umriss. Er winkte geistesabwesend. »Ich werde dich anrufen, dann können wir etwas ausmachen …«

»Das war so nett von dir, Nathan.« Esther stand neben ihm und lächelte, zum Teil wegen der Ungeschicklichkeit von LearnToFly, zum Teil aber auch Knox geradewegs ins Gesicht. Sie stand so nah, dass Knox den warmen Apfelgeruch ihres Haars riechen konnte. Er senkte die Wimpern, lächelte zurück, und ihre Blicke verschmolzen voller Wärme.

»Knox«, berichtigte er sie sanft.

»Entschuldige, Knox«, sagte sie und errötete in einem entzückenden Rosa über der Strenge ihres grauen Kleides.

»Ist schon gut«, murmelte er. »Und ich war nicht nett. Ich bin sicher, LearnToFly wird sich als höchst nützlich erweisen.« Das war eines der wenigen Dinge, die sein Bastard von einem Vater ihm beigebracht hatte: *»Halte deine Freunde in deiner Nähe, aber deine Feinde noch näher.«*

In dieser Nacht, eingehüllt von der Wärme in Daniels altem Zimmer, träumte Knox von seinem Freund …

»Nathan, Nathan? Wo bist du?« Daniel kommt vor einem flackernden Hintergrund aus Gold und Grün auf ihn zu. Er trägt seinen grauen Umhang, den er stets bei der Predigt vor den Kindern angelegt hat, doch sein Gesicht ist entstellt und blutig, eines seiner blauen Augen nicht mehr in seiner Höhle; es ruht obszön auf seinem Wangenknochen. Daniel scheint jedoch keine Schmerzen zu haben, denn er lächelt sein wohlwollendes Lächeln.

»Ich bin hier, Daniel.« Knox hört seine eigene Stimme durch den Raum zwischen ihnen schweben und fragt sich im Stillen, ob er vielleicht laut in die Leere des Raumes gesprochen hat. »Ich bin hier … aber du solltest mich jetzt nicht mehr so nennen. Ich habe einen anderen Namen erwählt …«

Daniel hält an, offenbar nur einige Schritte von ihm entfernt. »Ich weiß – Knox. Nach dem *John Knox, nehme ich an. Er war ein großer, gebildeter Mann. Ich glaube kaum, dass du seinem Andenken besondere Ehre machen wirst.« Er hält inne und scheint sich zum ersten Mal seiner Verletzungen bewusst zu werden. Mit dem Zeigefinger fährt er an sein Gesicht, greift nach dem Augapfel und legt in zurück in die leere Augenhöhle – Knox spürt, wie sich sein Magen umdreht –, und während er dies tut, verschwinden all die anderen Spuren des Angriffs, der Daniel getötet hat, bis er wieder so aussieht wie zu Lebzeiten: wunderschön.*

»Hast du mich deshalb getötet, Knox?«

»Was?« Die Frage erwischt Knox auf dem falschen Fuß. Es scheint, als könne Daniel seine Gedanken lesen, kaum dass er sie gefasst hat.

»Weil du mich begehrst? Zerstörst du immer alles, was du bewunderst?« Hinter Daniel verschwimmen die Farben der Kulis-

se, als sei ein Wind darüber hinweggeweht; sie verdunkeln sich, werden tiefer. Liegt es daran, dass Daniel wütend ist?

»Begehren …? Nein, sei nicht albern …«

Daniels Stimme schneidet Knox das Wort ab; sie ist lauter, kräftiger. »Warum dann? Warum hast du das getan, Knox?« Der Wind, der durch den Raum hinter Daniel bläst, ändert plötzlich die Richtung, und ein Eissturm bricht über Knox herein, der das Blut in seinen Adern gefrieren lässt. Statt ihn jedoch einzuschüchtern, stärkt der Wind seinen Entschluss. Er hebt sein Gesicht, um sich Daniels Anklagen zu stellen, und ist sich sicher, dass er fühlen kann, wie sich Eiskristalle auf seinen Wangen bilden und unter seinen Augen hängen wie reuelose, unvergossene Tränen.

»Sieh mal, ich bin einfach durchgedreht. Ich wollte dich nicht umbringen … ich habe das alles nie geglaubt, aber es war schön hier, Essen, ein warmes Bett … und auch die Leute sind wirklich in Ordnung – manchmal vielleicht etwas frömmelnd, aber …« Er zuckt mit den Achseln. »Dich haben sie jedenfalls alle geliebt, du blasierter Kerl. Alle, Esther, sogar ich selbst …«

Der Wind lässt nach. Daniel sieht betrübt aus. Er setzt sich, und hinter ihm nähert sich die Farbkulisse, um ihn zu verschlucken.

Knox fühlt, wie ihm wärmer wird und das Eis von seinem Gesicht zu tauen beginnt, als würde er tatsächlich weinen. Eilig wischt er das Wasser fort und spürt, wie seine Finger – die seines physischen, träumenden Körpers – sein Gesicht berühren. Er will nicht, dass Daniel denkt, es tue ihm Leid oder er wolle ihn zurückhaben. »Das war doch eh nur alles einer deiner Egotrips«, setzt er verärgert an.

»Das ist nicht wahr!« Daniel sieht schockiert aus. Er lehnt sich leicht in seinem sonderbaren Stuhl vor. »Aber Knox, denk an all die guten Dinge, die wir erreicht haben …«

»Nichts als Lügen«, zürnt er. »Wie kannst du allen Ernstes daran glauben, dass wir alle einfach verschwinden werden, wie du sagst? Und man muss auch nicht vorgeben, der neue Messias zu sein, wenn man Gutes erreichen will …«

»Und du glaubst also nicht daran, hast aber bessere Motive, oder wie?« Es herrscht ein kurzes Schweigen, als Knox darüber nachdenkt. »Nathan … Knox. Du bist jetzt einer der Alten. Eine machtvolle Position bei den Kindern.« Daniel lacht beinahe wegen der darin verborgenen Ironie, sieht dann jedoch wieder ernst aus. »Was willst du als Nächstes tun?«

»Das ist gar kein Traum, oder? Kein wirklicher Traum …« Knox ist plötzlich verwirrt; er blickt wild um sich und fühlt wieder das eisige Ziehen des Windes.

»Antworte mir. Was willst du als Nächstes tun?« Er kann Daniel nicht mehr sehen. Die Farben haben ihn verschluckt, nur noch seine Stimme ist zu hören.

»Ich – ich werde nicht … Warum sollte ich mich dir gegenüber rechtfertigen, du verfluchter Sankt Lügner! Du hast mich benutzt und den Rest von ihnen, nur um dein eigenes Ego zu befriedigen. Du hast mich benutzt, und ich … habe dich geliebt.«

Er erwachte, kaum dass die Worte seine Lippen verlassen hatten – der Übergang zwischen seinem Traum und der kalten Dunkelheit des Zimmers war ruckartig. Das Fenster stand offen, und ein leichter Nieselregen wehte herein; die weichen Tropfen glitzerten silbrig und fingen kurz das Licht des Vollmonds ein.

»Nein.« Knox sprach mit fester Stimme und nachdrücklich in die Schatten. »So nicht, Daniel. So war es nicht.« Ihm war übel, und er hatte schon den ganzen Tag gegen diese Empfindung angekämpft; die anwachsende Leere zwischen seinen Rippen verursachte ein Gefühl, als habe ihn jemand dorthin getreten.

Unruhig ging er hinüber zum Fenster und starrte kurz auf die dunklen Umrisse im Garten. Die »Arche« – wie Daniel sie so großspurig getauft hatte – war in einem heruntergekommenen Zustand, als Daniel und seine ersten Anhänger eingezogen waren, was inzwischen über zwei Jahre zurücklag. Objektiv betrachtet waren die Kinder Hausbesetzer, doch das schien niemanden zu stören. Niemand wusste, und niemand fragte, was dem eigentlichen Besitzer zugestoßen war, wahrscheinlich, weil er ein

Einsiedler gewesen war. Das Haus war ein gutes Stück von der Straße zurückgesetzt und von ausgedehnten Gärten umgeben; riesige Bäume waren rings um den Rasen gepflanzt und in der Vergangenheit in Form gestutzt worden, meist zu Tieren und Vögeln. Die Umrisse der vernachlässigten Baumgestalten ließen sich noch immer erkennen; im strahlenden Licht des Mondes erschienen sie unwirklich oder wie aus einem Traum, und es umgab sie ein Hauch von Traurigkeit. Knox rieb seinen Magen und stöhnte leise; er beobachtete den Regen und die Bäume, und sein Geist versuchte, das Gefühl des Traumes erneut heraufzubeschwören.

»Es war doch ein Traum«, murmelte er. Trotz der Dinge, die er Daniel gesagt hatte, entglitten ihm nun die Traumbilder und wurden weniger real als die schwarze Dichte der Eibenzweige. Doch ihn beschäftigte noch etwas anderes aus seinem Traum als das verwirrte Eingeständnis seiner Liebe zu Daniel. Daniel hatte sich mitteilen können und war real gewesen, wo auch immer er gewesen sein mochte, und das war es, was Knox erst einmal verarbeiten musste.

»Was willst du als Nächstes tun?«

Genau. Er hatte die Kinder jetzt fast so weit. Er war in der Position, möglicherweise sehr mächtig zu werden. Esther war nur eine Frage der Zeit und ein verlockender Aufschub. Nur wie sollte es jetzt weitergehen? Am sinnvollsten erschien es ihm, Daniels Leiche zu beseitigen.

Inzwischen war eine Woche vergangen, und die Leiche stank. Es war ihm klar gewesen, dass das passieren würde, doch das machte es auch nicht leichter. Der Leichnam war in so viele Laken gewickelt, wie er hatte finden können, und zuletzt in einen Duschvorhang verpackt, denn der furchtbare Gedanke, es könnte etwas durchsickern, hatte ihn im Geiste verfolgt. Das Bündel war im großen, begehbaren Schrank in Daniels Zimmer in der »Arche« versteckt. Glücklicherweise war Knox hellsichtig genug gewesen, den toten Körper flach auf den Boden zu legen, denn er war mittlerweile völlig steif und schwer. In den ersten Tagen vermied er es, einen Blick auf das Bündel zu werfen, denn er war sich seiner eigenen Pläne keineswegs sicher, doch nun, wo er offiziell in Daniels altes Zimmer im obersten Geschoss bei den anderen Alten gezogen war, musste er sich des Problems annehmen. Vielleicht würden seine Träume aufhören, wenn er die Leiche losgeworden war. Und wenn die Träume aussetzten, würde er vielleicht endlich genug Selbstbeherrschung aufbringen, um über Esther nachzudenken.

Knox hatte sich schließlich einen Plan zurechtgelegt. Es gab keine Möglichkeit, die Leiche ungesehen auf dem Grund und Boden der »Arche« zu beseitigen, denn die meisten Kinder lebten in dem alten Haus, und mit seinem neu erlangten Ansehen konnte er sich nicht unbemerkt unter ihnen bewegen. Also hatte er sich entschlossen, die Leiche zum Versammlungshaus im West Bow zu schaffen, denn die Luft dort im Keller war bemerkenswert trocken, und er hatte die vage Vorstellung, dass die Leiche in der eisigen Luft dehydrieren oder sogar mumifizieren könnte.

Es gab dort auch einen uralten Ofen, der seit Jahren nicht mehr genutzt worden war, und vielleicht, wenn er sich dazu überwinden könnte, würde er in dem Ding Feuer machen und die Leiche verbrennen. Er hatte keine Vorstellung davon, wie heiß der Ofen dafür sein müsste – ziemlich heiß, nahm er an –, doch dann kam ihm eine andere Idee, die er in die Tat umsetzte. Knox' Blick fiel auf den großen Teppich in der Mitte des Raumes; er war aus schwerer Wolle mit einem dicken Rücken aus Juteleinen, und Knox liebäugelte mit dem Gedanken, dass eine darin verborgene Leiche unauffindbar wäre, sobald man den Teppich erst einmal aufgerollt hätte. Seine Lippen kräuselten sich zu einem dünnen Lächeln. »Der Herr wird's schon richten«, dachte er voller Ironie. Hektisch begann er, die Möbel vom Teppich zu schieben, wobei er einige Stühle umwarf und Kleidungsstücke im Zimmer verstreute. Als es an der Tür klopfte, erstarrte er.

»Wer ist da?«

»Knox, ich bin's – LearnToFly.«

»Warte einen Augenblick, LearnToFly.« Sein Blick zuckte rasch durchs Zimmer; die Möbel lagen wie zufällig im Zimmer verteilt, doch was viel schlimmer war, war die Tatsache, dass Daniels verhüllter Leichnam auf dem Boden vor dem Schrank lag. »Scheiße-Scheiße-Scheiße.« Er drängte die Leiche zurück in den Schrank, knallte die Tür zu und riss dann die Fenster auf, ungeachtet der Tatsache, dass es draußen in Strömen regnete. »Ich komme gleich ...«, rief er und machte einen kurzen, halbherzigen Versuch, die Möbel wieder zurechtzurücken, gab es dann jedoch auf. Er war zu aufgewühlt, um Ordnung zu schaffen, und so öffnete er LearnToFly die Tür. »LearnToFly, schön, dich zu sehen, ich würde dich ja hereinbitten, aber ich stecke hier ziemlich im Chaos.« Er hielt die Tür offen, um die Früchte seiner Arbeit vorzuzeigen.

»Oh.« Die Augen von LearnToFly weiteten sich; das war Daniels Zimmer gewesen, wie konnte Knox es ohne Anlass verändern? Knox, der seinen Gesichtsausdruck gesehen hatte, lächelte beruhigend. »Mach dir keine Sorgen, ich räume alles wieder zurück. Es ist nur der Teppich ... der Teppich ... auf diesem Teppich stand Daniel, als es geschah. Du weißt schon, als er entrückte, als er auffuhr – es scheint da verschiedene Vorstellungen zu geben. Wie auch immer, ich dachte, es ist für uns alle inspirierend, wenn wir ihn in unserem Gebetsraum hätten. Was meinst du?«

»Das ist eine großartige Idee, Knox.« LearnToFly strahlte. »Aber er sieht schwer aus, warum soll ich dir nicht beim Aufrollen zur Hand gehen?« LearnToFly trat ins Zimmer. »G-Gütiger Gott, was ist denn das für ein Gestank?«

»Ich weiß, schrecklich, nicht wahr? Ich fürchte, die alten Kanalisationsrohre sind verstopft«, antwortete Knox achselzuckend. »Weißt du, was mir eine große Hilfe wäre, LearnToFly? Du könntest zu Matt gehen und ihn fragen, ob er mir den Mini-Van leiht. Wenn du ihn einfach zum Vordereingang fahren würdest, wäre es leichter, den Teppich einzuladen.«

»Ja, geht in Ordnung.« LearnToFly nickte und lechzte danach, dem Gestank zu entkommen. »Ich bin in einer M-Minute wieder zurück.«

Kaum war LearnToFly verschwunden, schwirrte Knox im Raum umher, als sei er besessen. Als Erstes klemmte er einen Stuhl unter die Türklinke, denn keine der Türen in der »Arche« verfügte über ein Schloss; dann zerrte er die Leiche aus dem Schrank und begann damit, sie in den Teppich einzurollen. »Tut mir Leid, Danny, alter Kumpel«, murmelte er. »Vielleicht hättest du Buddhist werden sollen.«

LearnToFly kam zurück, als Knox gerade mit dem Verpacken fertig geworden war; glücklicherweise hatte er Recht gehabt, und es war unmöglich zu erahnen, dass etwas in den schweren Lagen des Teppichs verborgen war.

»Hier, lass mich das eine E-Ende nehmen.«

»Hmm, ja, in Ordnung. Pass auf, wenn wir dies hier in den Van verfrachtet haben, könntest du mir dann noch einen Gefallen tun, LearnToFly? Ich muss noch die Haushaltsbücher der ›Arche‹ überprüfen – denn ich muss ja vor dem Treffen auf dem Laufenden sein. Kannst du alles für mich zusammensuchen, während ich unterwegs bin, dann schaue ich bei dir vorbei, wenn ich wieder da bin?«

Sie waren jetzt auf der Treppe, und Knox behielt ängstlich den Teppich im Auge, als erwarte er, Daniel könnte ihn sogar nun noch entlarven. Fast erahnte er einen Arm, der an der Seite aus dem Teppich schnellte; vom Verstand her wusste er, dass dies unmöglich war, denn Daniels Hülle war fest gewickelt und mit fast einer ganzen Rolle braunen Klebebands gesichert. Doch trotzdem schwitzte er nicht nur von der Anstrengung.

»Aber du wirst am West Bow Hilfe brauchen«, wandte LearnToFly ein.

»Nein, nein, das wird schon gehen. Ich kann mit dem Van direkt bis zu den Doppeltüren vorfahren und ihn dann einfach reinziehen. Kein Problem.« Knox lächelte strahlend. »Ich bin ungefähr gegen vier wieder hier, in Ordnung?«

Mit so wenig offensichtlicher Eile, wie er ertragen konnte, fuhr er in der vom Regen verdunkelten Straße an und beobachtete im Rückspiegel, wie das Bild von LearnToFly kleiner wurde. Er lauschte dem gleich bleibenden, rhythmischen Quietschen der Scheibenwischer; sein Blick verhärtete sich und wurde ruhig und leer. Er würde sich selbst dafür belohnen, wenn dies alles vorüber wäre, beschloss er. Wenn Daniel erst mal an seinem neuen Ort des Friedens untergebracht war, würde er sich einen Schuss genehmigen, oder vielleicht, vielleicht sollte er darauf setzen, auf natürlichem Wege high zu werden – durch Esther. Vielleicht würde er sich heute Nacht um Esther kümmern.

Es war seltsam, denn er musste gar nicht in diese Richtung fahren, und doch fuhr er am Ende die Princess Street entlang, vorbei an den Gärten, wo er und Daniel sich kennen gelernt hatten. Als er an der vierten Ampelkreuzung anhielt, ruhte sein teilnahmsloser Blick an genau jenem Ort, an dem sie sich getroffen hatten, und ein kurzes Lächeln huschte über sein Gesicht. »Ich vermisse dich, Danny«, flüsterte er. Die Ampel wurde grün, und der Fahrer vor ihm fuhr nicht schnell genug an, sodass Knox auf die Hupe drückte. »Komm schon, du alter Bastard«, brüllte er, »wach auf!« Er sah noch einmal zurück, als er weiterfuhr, und lachte dann still in sich hinein. »Ja, ich vermisse dich, Danny, alter Junge. Aber ich komme schon darüber hinweg.«

Kapitel Fünf

»Lauf, Tristan! Lauf!« Die Hunde hatten sie fast eingeholt. Morias machte neben einem Baum Halt, sein Atem ging stoßweise, seine gealterten Gesichtszüge waren blass und von lockigem weißem Haar eingerahmt, das ihm nun vom Regen im Gesicht klebte. Tristan machte sich Sorgen wegen des alten Mannes.

»Ich kann nicht ohne dich gehen, Morias«, protestierte er.

»Aber du musst, Junge. Ich werde nachkommen, sobald ich kann. Gib Acht auf dich. Warte einfach auf mich. Die Welt auf der anderen Seite ist ein gefährlicher Ort.« Tristan warf einen zweifelnden Blick den Hügel hinab zur Lichtung; einst hatte sich dort ein Kreis aus aufgerichteten Steinen befunden, welcher die unvermittelt einsetzende Baumgrenze säumte, doch nun standen lediglich drei der Steine aufrecht, die anderen lagen umgeworfen und waren von Dornenbüschen überwuchert, als hätte ein riesenhaftes Kind sie als Bauklötze verwendet. Manche der Steine waren zerbrochen, einer war zu Bruchstein zerfallen. Aber Morias hatte ihm heute Morgen, als sie sich dort trafen, versichert, dass noch genug Magie dem uralten Kreis innewohnte, um Tristan außer Reichweite zu schaffen; weit fort von den Hunden und von Regans und Jahls Niedertracht.

»Was, wenn es nicht …«

»Geh einfach!«, fuhr ihn Morias ungeduldig an. »Ich werde sie, so lange ich kann, aufhalten.«

Tristan rannte; seine Beine trugen ihn nur langsam voran, doch er war noch nie um sein Leben gerannt. Er bewegte sich, so rasch er konnte, und brach jeder Vorsicht ungeachtet durch das Grün. Seine Füße verfingen sich in einer Dornenranke, und er fiel kopfüber den Hügel hinunter, der durch den unablässigen Regen rutschig und schlammig geworden war. Büsche und Bäume flogen in einem grünen Wirbel an ihm vorbei, während Tristan, so gut es ihm möglich war, sein Gesicht vor den peitschenden Ranken schützte, die ihn ritzen und zerkratzen wollten.

Kaum dass sich seine Abwärtsbewegung verlangsamt hatte, rappelte er sich wieder auf und rannte, ohne sich umzublicken, den Rest des Weges in den Steinkreis. Er rang schwer um Luft, und sein Atem ging nur stoßweise. Als er den Steinkreis erreicht hatte, erwartete er, dass unmittelbar etwas geschehen würde, doch es tat sich nichts. Hektisch rannte er in die Mitte der Lichtung und sah zu der Stelle zurück, an der er Morias verlassen hatte, doch da war keine Spur des alten Mannes mehr. »Morias?«, schrie er, und die Panik ließ seine Eingeweide sich zusammenziehen. »Wo bist du?«

Ein Hund schoss den Hügel hinunter; knurrend und geifernd kam er in mächtigen Sprüngen näher, denn das Unterholz behinderte ihn kaum. Ein weiterer durchbrach die Deckung am Kopf der Anhöhe, dann wieder einer. Es gab immer noch kein Zeichen von Morias.

»Morias! Es passiert nichts!«, schrie Tris. Er zog sein Schwert und stand breitbeinig da, um für den Angriff gewappnet zu sein. Tausende von Nesseln hatten ihn zerkratzt und zerstochen, und irgendwo in seinem Gesicht kitzelte ihn die Hitze eines Blutstropfens, der sich seine warme Spur über die kühle Nässe seiner Haut bahnte. Tris konnte seinen eigenen Herzschlag in den Ohren hämmern hören und wusste, dass er nur wenig Überlebenschancen gegen die Hunde hatte.

Als der Leithund den Hügel zur Hälfte hinabgeprescht war, entflammte plötzlich ein weißes Flackern, das augenscheinlich den Zweigen einer nahe gelegenen Erle entstammte. Der Hund fiel zu Boden und stieß einen Laut aus, der halb einem Schrei, halb einem Heulen ähnelte. Tris spähte durch die Zweige, doch sollte Morias dort sein, war er irgendwie unsichtbar. Auch der zweite Hund fiel der weißen Flamme zum Opfer, doch ein dritter und vierter waren bereits zur Hälfte den Hügel hinuntergekommen, und lange Zeit gab es kein Zeichen von Morias. Vielleicht war seine Magie begrenzt, und er hatte bereits alles getan, was in seinen Möglichkeiten stand. Die Hunde waren jetzt noch näher und hatten ihn beinahe erreicht; Tristan stieß einen sinnlosen Verzweiflungsschrei aus; seine Beine waren bleiern und schwer und im Boden verwurzelt. Beide Hunde sprangen im selben Augenblick; ihre Mäuler standen offen, und sie zogen Schlieren von Geifer hinter sich her; ihre riesigen Pfoten – die Krallen geschärft und in Silber eingefasst – waren auf eine eher katzengleiche Art denn hundeähnlich ausgebreitet. Tristan schrie wie von Sinnen, als sie plötzlich erstarrten – mitten in ihrem Sprung, mitten in der Luft.

Ihm blieb jedoch nicht viel Zeit, sich darüber zu wundern. Tristans Welt war dunkler geworden; der Raum zwischen den Steinen wurde finsterer, schwärzer. Tris konnte hinter dem äußersten Stein nichts erkennen; er war von der ruhigen Schwärze eingehüllt und glaubte zudem, aus großer Entfernung ein Winseln zu hören, als die Hunde ihre Beute aus den Augen verloren. Es schien, als könne er den dunklen Raum durchqueren, wenn er wollte, doch das schien wenig Sinn zu machen, denn es gab keinerlei Orientierungspunkte. »Morias?«, hörte er sich selbst flüstern. »Ist sie das? Ist das die andere Welt?«

Er bekam keine Antwort, und der Klang seiner Stimme verebbte in der Entfernung, ohne von irgendwoher zurückgeworfen zu werden. Während er sich umsah, bemerkte Tris, dass er noch immer sein Schwert umklammert hielt; er steckte die Waffe in die Scheide und versuchte, sich mit dem Ärmel seines Wamses das Blut aus dem Gesicht zu wischen, wobei er leise aufstöhnte. Es schien, dass er sich an der Schulter verletzt hatte, vermutlich, als er an einem Baumstumpf vorbeigeschrammt war, und er bewegte seinen Arm zur Probe einige Male vor und zurück. Tris war im Grunde weder mutig noch abenteuerlustig, und so entschied er sich, seine Kräfte zu schonen, und ließ sich auf dem Boden nieder; schließlich hatte ihm Morias aufgetragen, er solle warten. Die Schrammen und Stiche, die er sich während des Fallens zugezogen hatte, brannten, doch so langsam fühlte er sich ganz einfach nur müde und sehr einsam. Gerade als ihm auffiel, dass er Gefahr lief, hier auf dem Boden einzuschlafen, erregte eine Bewegung in den Augenwinkeln seine Aufmerksamkeit.

Zunächst schien es, als bahne sich ein merkwürdiger Wurm seinen Weg durch ein Loch im Stoff der Dunkelheit. Der »Wurm« selbst bestand aus körnigen, finsteren Schatten, dunkel auf dunkel, und nur die Bewegung des Dings bewirkte, dass Tris es überhaupt bemerkte. Als die Erscheinung größer wurde, breitete sie sich fächerförmig aus wie die Schale eines Apfels und nahm die Gestalt einer Rose an. Sie wuchs immer weiter; die dunkle Schwärze verlor sich an den Rändern. Tris konnte erkennen, wie sich etwas in der körnigen Fläche formte, doch seine Augen waren so angestrengt, dass er das Bild nicht zu deuten vermochte. Er stand auf und ging zu der Stelle, wo das Ding in der Luft hing. Dort bemerkte er zweierlei: Zum einen befand sich etwas Rotes und Glänzendes in dem Gebilde, und zum Zweiten blies kalte, frische Luft auf ihn zu. Er streckte instinktiv die Hand vor sich aus und drängte sich in das Bild; plötzlich war er sich sicher, dass er in ihm war. Dieser Übergang wurde von keinem bestimmten Gefühl begleitet, nur von der Gewissheit, dass er sich jetzt eher *in* etwas denn *zwischen* etwas befand. Als er sich umwandte, um den Weg entlang zurückzublicken, den er gekommen war, starrte er, wie um dieses Empfinden zu bestätigen, in eine natürliche, körnige Dunkelheit, an die sich seine Augen gewöhnen konnten.

Er sah sich noch ein wenig um und war sich nun sicher, angekommen zu sein. Dafür, dass es sich um eine andere Welt handelte, erschien sie ihm zu Beginn nicht besonders aufregend; er befand sich in einem kleinen, klammen Raum und konnte von irgendwoher ein tropfendes Geräusch hören. Außerdem gab es keine Fenster, vielleicht war er in einem Verlies? Er bückte sich und hob den roten, glänzenden Gegenstand auf, den er neugierig anstarrte. Irgendwann einmal war es ein roter Metallzylinder gewesen, doch jemand hatte ihn zerdrückt und in der Mitte gebogen. Tris schnüffelte vorsichtig daran – das Ding roch nach Bier! Minderwertiger als das eigene Gebräu seines Vaters, doch zweifelsohne Bier. Als sich seine Augen vollständig an die Dunkelheit gewöhnt hatten, bemerkte er, dass noch ein weiterer metallischer Gegenstand neben der Stelle lag, die der Türeingang zu sein schien. Ohne die zweite Büchse aufzuheben, öffnete er die Tür. Helleres Licht flutete herein, doch noch immer kein Tageslicht. Tris hielt an seiner Vermutung fest, bei diesem Ort handele es sich um ein Verlies – doch was für eine Art von Verlies sollte das sein, so ganz ohne Wärter?

Langsam und vorsichtig schritt er den Korridor entlang, wobei er gelegentlich Spuren der roten Metallgegenstände fand, die den Anschein erweckten, sie würden irgendwohin führen. Der Korridor wand sich recht steil empor, und in Tris' ohnehin schon ermüdeten Beinen begann sich der dumpfe Schmerz zu regen, der ihm sagte, dass er in dieser Nacht nur wenig Schlaf bekommen würde. Doch Tris ignorierte dieses Ziehen, denn er war ja daran gewöhnt. Während sich der Gang nach oben schlängelte, veränderte sich die Qualität des Lichts. Endlich konnte Tris die Details an den Wänden zu beiden Seiten ausmachen; es waren Häuser, oder besser: Es waren einmal Häuser gewesen. Ähnlich einigen Teilen von Soulis Mor waren die Häuser aus dunklen Steinen errichtet. Sie schienen unglaublich hoch, ihr Eingang enorm – Tris dachte einen Augenblick darüber nach, ob die Menschen in dieser Welt Riesen sein mochten. Auch die Fenster waren breit, schienen jedoch keine Läden zu haben, und es war schwer, zu sehen, wie sie den Wind und den Regen draußen hielten. Er blickte empor und schien die Antwort gefunden zu haben, denn es gab eine Art Dach über dem Haus …

»Hey du, Kleiner.« Wie um seine Ängste zu bestätigen, schlurfte ein riesiger Mann aus einem Hauseingang zu seiner Rechten. Tris glaubte, es müsse sich um eine Wache handeln: Auch wenn es den Anschein hatte, dass alle Häuser verlassen und heruntergekommen waren, hatten sie augenscheinlich einen Wachposten zurückgelassen. Der Mann trug den längsten, wildesten roten Bart, den Tris jemals zu sehen bekommen hatte, und hatte winzige braune Augen, die in seinem roten Gesicht wie Stecknadeln wirkten; er hielt eine weitere der roten Büchsen in der Hand. »Was treibst du denn hier so ganz allein, Kleiner, wo issen deine Ma?« Der Mann schwankte leicht, als er dies sagte, und Tris begriff, dass er betrunken war – »wie der sprichwörtliche«, würde sein Vater sagen, auch wenn Tris keine Ahnung hatte, was das bedeutete. Er wollte gerade auf die Frage des Mannes antworten, als sein Gegenüber sich zu ihm herunterbeugte, ihn aus der Nähe betrachtete und ihm seinen übel riechenden Atem ins Gesicht blies.

»Sieh mal da, bist ja gar kein kleiner Bursche, was? Bist einer von diesen, wie heißense noch mal? Ein Gnom, nee, warte, nee, Zwerg. Genau, das isses, 'n Zwerg.« Er schien mit seinen Schlussfolgerungen recht zufrieden zu sein, auch wenn der Beweis just vor seinen Augen stand. »Sag mal, haste 'n bisschen Kleingeld, kleiner Mann?«

Tris warf heimlich einen Blick zum Ende des Korridors; er konnte nun ganz deutlich einen braunen Türeingang sehen; um den Rahmen herum war strahlend weißes Licht zu erkennen: Tageslicht. Er straffte sein Kinn und versuchte, den trotzigen Ausdruck nachzuahmen, den er so oft auf Regans Gesicht gesehen hatte.

»Mein Name ist Tristan, Thane von Soulis Mor. Ihr habt kein Recht, mich in diesen Verliesen gefangen zu halten.«

Der Mann runzelte die Stirn und war offensichtlich besorgt, wie Tristan annahm. Dann streckte er unvermutet den Arm aus, packte Tris an der Kehle und drückte ihn an die Wand, wobei er ihn von den Füßen hob. »Zur Hölle mit dir, Freundchen«, knurrte er.

»Was ...« Tris setzte eben an, weiter zu protestieren, und trat schwach mit den Füßen, als er bemerkte, dass der Mann die Kette anstarrte, die noch immer um seinen Hals hing. »Nein, nicht anfassen ...«

»Ist das etwa reines Gold?« Sein Angreifer streckte die Hand aus, riss ihm den Schmuck mühelos vom Hals und beugte sich gierig darüber. Dabei lockerte er seinen Griff um Tristans Hals, und dieser nutzte sofort die Gelegenheit, ihm gegen das Schienbein zu treten.

»Gebt es mir zurück«, verlangte er. »Gebt es mir wieder.« Er versuchte, die Halskette dem Mann aus der Hand zu reißen, doch natürlich war sein Gegenüber zu groß und hielt sie einfach über seinen Kopf.

»Und schon verschwinden wir; deine Halskette und ich werden uns jetzt 'nen kräftigen Schluck genehmigen.«

Tris wusste nicht, wovon er sprach, erkannte jedoch, dass die Situation verzweifelt war. Er hatte so viel erlitten und war so weit gerannt, und nun dies ... dies ... war unerträglich.

Er trat einen Schritt zurück und zog sein Schwert. »Gebt es mir auf der Stelle zurück«, stieß er so drohend wie möglich aus. Ungläubig starrte der Mann auf das drei Fuß hohe Silberschwert; winzige Strahlen Tageslicht fielen durch den Türrahmen und tanzten auf der Klinge.

»Hey, Moment mal, kleiner Mann. Hab nur 'nen Spaß gemacht«, würgte er hervor. »Kannst das Ding jetzt wegstecken. Hier, hier haste deine Kette wieder, in Ordnung? Nichts für ungut!«

Tris nahm die Halskette entgegen und steckte sie in seine Hemdtasche. Dann zog er sich zu der braunen Tür zurück, und der Gefängniswärter, der inzwischen begriffen hatte, dass die Gefahr vorüber war, ließ sich wie gewohnt am Eingang nieder und griff erneut nach seiner Büchse. »Ah, gut, und mach die verdammte Tür hinter dir zu«, knurrte er. »Es ist lausig kalt hier unten.«

Tris stieß die braune Tür auf und kletterte draußen die Treppe hinauf. Als er oben angekommen war, hielt er inne und rang nach Luft. Es schien, als sei seine neue Welt ein einziges Tollhaus.

Edinburgh badete im verhältnismäßig warmen Herbstsonnenschein; das Kopfsteinpflaster der High Street glitzerte wie die matten Metallschuppen einer riesigen Schlange, die sich über eine Meile weit ausstreckte. Die Luft war völlig windstill, was ungewöhnlich für die Stadt war; die Geräusche schienen fast erstickt und unter dem Dunstschleier gefangen. Tristans Kopf schwirrte beim Anblick der Gebäude und mehr noch wegen des Verkehrs.

Autos, Busse und Taxis vollführten ihren zäh fließenden Tanz über das Kopfsteinpflaster, und die Taxifahrer fuhren jedem Fahrzeug, das unglücklich genug war, ihnen in die Quere zu kommen, bis zur Stoßstange auf. Tristan überquerte den großen Hof, in dem er sich wieder gefunden hatte, und stand am Fuße einer Statue; dort sah er sich einige Augenblicke lang um. Auf der anderen Straßenseite befand sich ein besonders beeindruckendes Gebäude, ein Tempel, wie er annahm, das beinahe so hoch wie die Mauern von Soulis Mor und aus demselben dunklen Stein gehauen war. Als das Licht wechselte, war Tristan vom satten Blau und Rot der Buntglasfenster verzaubert. Er setzte sich in Bewegung, denn er wollte die Straße überqueren, um das Gebäude ausgiebiger zu bewundern, doch plötzlich durchschnitt ein erschreckendes Geräusch die Luft; er hatte so etwas noch nie zuvor gehört, ein brüllendes, dröhnendes Geräusch, als wäre ein großes Tier aus dem Boden gesprossen. Mit einem Angstschrei rannte Tristan auf die Straße und wurde sofort kopfüber von einem Auto erfasst.

Beatrice arbeitete nicht mehr. Sie war nicht mehr im Dienst, hatte sie entschieden, sondern tat lediglich Stirling einen Gefallen und würde danach gleich wieder nach Hause gehen. Es gab genug zu tun, das war immer so in der Pathologie. Und ausgerechnet jetzt waren drei ihrer Exkollegen wegen Grippe krankgeschrieben, und Stirling – sein gutes Herz sei gesegnet – war ziemlich verzweifelt. Nur das konnte der Grund dafür gewesen sein, sie anzurufen, das wusste Beatrice. Gerüchte über ihre verdächtigen Trinkgewohnheiten waren durchgesickert, denn ein Pathologe mit zitternden Händen war für niemanden gut. Es stellte sich jedoch heraus, dass Stirling diesmal lediglich jemanden benötigte, der einige sterbliche Überreste aus dem Leichenschauhaus in die St. Mary's Street begleiten sollte, was nicht gerade weit war. Doch wie immer bei solchen Prozeduren brauchte man eine Unterschrift und jemanden, der alles beaufsichtigte. Um sich die Zeit zu verkürzen, während sie darauf wartete, dass der Papierkram erledigt würde, lutschte sie Minzbonbons und tat so, als würde sie eine zerfledderte Ausgabe des Hallo-Magazins lesen, das die Hochzeit eines Lords und einer Lady von-und-zu feierte; die Zeitung war so alt, dass die zwei inzwischen schon wieder geschieden waren.

»Hi, Beatrice, ich habe gleich gedacht, dass du es bist. Was machst du denn hier?« Sie blickte auf und sah Cal Baxter vor sich stehen, Sergeant Baxter. Sie lächelte und erinnerte sich mit Schrecken daran, dass sie kein Make-up trug und ihr Haar schlichtweg eine Katastrophe sein musste.

»Ach, Cal, du kennst mich doch, ich hänge einfach gerne zwischen all den toten Körpern rum«, scherzte sie schwach. »In Wahrheit hat mich Stirling gebeten, einige Leichen zurück in die St. Mary's Street zu begleiten. Wie geht's dir?«

»Alles beim Alten.« Er setzte sich neben sie, und Beatrice rutschte leicht nervös herum, denn sie versuchte sich dunkel zu erinnern, ob sie an diesem Morgen ihre Haare gebürstet hatte – sie war in solcher Eile aufgebrochen –, doch dann fiel ihr ein, dass sie glücklicherweise daran gedacht hatte.

»Das ist jedenfalls eine komische Angelegenheit«, sagte Cal stirnrunzelnd. »Dieser Winzling, ich meine, dieser richtige Winzling, fast ein Zwerg, so muss man ihn wohl bezeichnen, obwohl ich nicht weiß, ob das politically correct ist … Egal, er wurde jedenfalls auf der High Street von einem Auto erfasst. Augenzeugen sagen, er habe sich so durch einen Presslufthammer erschrecken lassen, dass er geradewegs in den Verkehr gelaufen ist. Junge, du solltest mal sehen, was der bei sich hatte …«

»Was denn?«

»Willst du's mal sehen?«

»Ja, ich glaube nicht, dass mein Papierkram hier so schnell erledigt sein wird.« Bea warf dem Schalterbeamten einen Blick zu – er bewegte sich mit der gelassenen Effizienz von jemandem, dem das Dringlichkeitsgen aus der DNA entfernt worden ist.

»Nimm dir Kaffee mit. Er liegt oben auf Station drei.«

Bea war hocherfreut, ihren Dienst für kurze Zeit unterbrechen zu können, und so folgte sie dem jungen Polizisten den Flur entlang, wobei sie versuchte, nicht über das ganze Gesicht zu strahlen. Cal Baxter war beim letzten Kollegenabend, den sie mitgemacht hatte, von der weiblichen Belegschaft und den Polizeibeamtinnen in Ladyfield zum tollsten Hecht der Wache erkoren worden. Cal wäre vermutlich scharlachrot angelaufen, wenn er dies gewusst hätte, denn das war ein Teil seines Zaubers.

Sie stiegen plaudernd die Treppe hinauf und tauschten Stationstratsch aus, auch wenn sie die Tatsache außer Acht ließen, dass Beatrices ausgedehnte Krankschreibung die hauptsächliche Zielscheibe der Gerüchte war; dann bogen sie in einen kleinen Seitenraum ein. »Da sind wir.« Cal zog eine lange Kartonschachtel hervor. »Was hältst du davon?«

»Wow!«

In der Kiste lag ein Silberschwert; Bea nahm an, dass es eine Sonderanfertigung war, wenn der Besitzer so klein war, wie Cal sagte; sein Knauf enthielt einen großen purpurnen Edelstein; eine silbrige Filigranarbeit wand sich um den Stichbogen und endete am Schwertschaft.

»Es ist wunderschön«, staunte Bea. »Glaubst du, es ist echt?« Während sie fragte, presste sie einen Finger auf die Schwertspitze, und halb erwartete sie, dass die Klinge zerfiel wie ein Theaterdolch. »Au, also scharf ist es jedenfalls.« Auf dem Boden der Kiste lagen ebenfalls einige zerknüllte Kleidungsstücke, ein raues Baumwollhemd und eine Hose. Die Stiefel waren interessant, offenbar handgefertigt aus weichem Leder, praktisch und so genäht, dass man leicht in den absatzlosen Schuh schlüpfen konnte. Als sie die Schuhe in der Hand hielt, sie drehte und eingehend betrachtete, erregte noch etwas anderes ihre Aufmerksamkeit. Ganz in der Ecke der Schachtel glühte etwas grün. Sie nahm es heraus. Es war eine Halskette an einem Lederband. Der amulett-hafte Teil der Kette war in Gold getaucht und mit etwas bestückt, das wie wertvolle Edelsteine aussah. Doch Bea wusste sofort, was es war; ein Mittelhandknochen, der Oberknochen des Fingergelenks einer linken Männerhand. Eines großen Mannes mit geschmeidigen Fingern, wenn sie sich nicht irrte. Trotz der eingefassten Edelsteine gab es keinen Grund, warum der Gegenstand grün glühen sollte; die Edelsteine mochten Diamanten oder Rubine sein, doch von Smaragden war keine Spur.

»Es ist eine Schande, dass dieses Zeug aufbewahrt werden muss und darauf wartet, ob es jemand für sich beansprucht«, murmelte sie. »Ich würde es zu gerne untersuchen.«

»O nein, es kommt nicht zur Aufbewahrung«, sagte Cal stirnrunzelnd. »Der Besitzer kann es wiederhaben, wenn er entlassen wird – auch wenn ich mir bei dem Schwert nicht so sicher bin …«

»Er lebt?«

»Ja. Er ist zwar im Moment ohnmächtig, aber lebendig.«

Ohne zu wissen, warum, sprach sie die nächsten Worte aus, ehe sie darüber nachgedacht hatte.

»Kann ich ihn sehen?«

Tristan war noch immer ohnmächtig, als Beatrice und Cal in das Zimmer im Seitenflügel eintraten. Er wirkte auf den ersten Blick kindlich und schutzbedürftig, und erst als Beas Blick auf seinen breiten Brustkorb fiel, bemerkte sie, dass er irgendwie anders aussah. Auf der rechten Seite seines Gesichts waren schwere Prellungen von seinem Unfall zu sehen, und sein rechter Arm war geschient. »Armes Kind«, murmelte Cal.

Eine Krankenschwester, die gerade Tristans Bett in Ordnung brachte, sah zu ihnen beiden auf. »Er ist kein Kind mehr«, berichtigte sie. »Wir schätzen ihn auf ungefähr fünfundzwanzig.«

»Tatsächlich?« Bea starrte Tristan an, dessen Züge im Schlaf entspannt waren; sein Gesicht sah immer noch aus wie das eines kleinen Jungen.

»Sind Sie demnach keine Familienangehörigen?«, fragte die Schwester stirnrunzelnd.

Cal zog seinen Ausweis. »Polizei, Miss. Wir würden gerne mit ihm sprechen, wenn er wieder zu sich kommt.«

»Ich fürchte, das kann noch eine Weile dauern.«

»Er liegt doch aber nicht im Koma, oder?«, fragte Bea.

»Nein, nein, er ist nur ohnmächtig. Das ist oft der Weg des Körpers, mit dem Schock zurechtzukommen.«

Bea lächelte und nickte; sie hätte der Schwester sagen können, dass sie Pathologin war und vermutlich mehr über die chemischen Reaktionen des Körpers auf einen Schock erzählen könnte, als die Schwester jemals wissen würde, doch sie tat es nicht. »Wir könnten eine Weile warten, vielleicht dauert es ja nicht lange«, sagte sie zu Cal. »Meine Patienten werden mir wohl nicht weglaufen.«

Cal zuckte mit den Schultern. »In Ordnung. Dann werde ich noch einen Kaffee holen.«

»Danke, Süßer.«

Cal und die Schwester verließen gemeinsam das Zimmer, und so blieb Bea allein zurück, um über den schlafenden Tristan zu wachen. Kaum waren sie aus dem Raum gegangen, nahm sie die Halskette aus ihrer Manteltasche und presste sie ihm in die Hand. Sie konnte nicht sagen, warum sie dies tat, es schien einfach das Richtige zu sein. Und schon formte sich in Beas Hinterkopf eine Verbindung zwischen Tris, der Halskette und dem merkwürdigen Beweisstück in ihrem Haus. Doch sie konnte sie noch nicht in Worte fassen, im Moment war es nichts als ein bohrendes Gefühl, die Erkenntnis, dass hier etwas nicht stimmte.

»Hier, bitte schön.« Cal kam herein und reichte ihr einen frischen Becher Kaffee. Als sie ihn entgegennahm, zitterten ihre Hände heftig, und sie umklammerte den Plastikbecher mit beiden Händen, um ihn still zu halten. Cal blickte verlegen zur Seite und kämpfte gegen einen verurteilenden, ärgerlichen Ausdruck, der über sein Gesicht huschen wollte.

»Cal, es ist nicht so, wie du denkst«, sagte Bea leise.

»Ist schon gut, Bea. Du musst dich mir gegenüber nicht rechtfertigen.«

»Das weiß ich. Aber vielleicht kannst du das auch bei einigen anderen Menschen klarstellen.« *Menschen, von denen ich glaubte, sie seien meine Freunde*, dachte sie wütend. »Ich bin nicht betrunken, Cal.« Sie blickte auf ihre Hände, als ob sie sie verraten hätten. »Das ist nicht der Grund, warum ich zittere. Ich leide unter einem Tremor.«

Cal sagte einen Moment lang nichts, denn er musste diese Information verdauen.

»Ein Tremor? Es ist doch nicht –«

»Parkinson? Sie wissen es noch nicht. Ich habe demnächst noch einige Tests vor mir.«

Cal setzte sich ans Fußende des Bettes, beugte sich vor und rieb ihr Knie, als wolle er sagen, das alles gut werde. »Es tut mir so Leid, Bea. Warum hast du denn auf dem Revier nichts gesagt?«

Sie lächelte dünn. »Du meinst, nachdem sie mich völlig aufgelöst in der Toilette gefunden haben an dem Tag, als ich zu den Tests musste? Die Leute ziehen ihre eigenen Schlussfolgerungen, Cal, aber letztendlich geht es sie verdammt noch mal überhaupt nichts an. Stirling weiß Bescheid.« Cal sah starr auf seine Füße und war erneut aus vielerlei Gründen beschämt.

Vom Bett her kam ein erstickter Schrei. Sie waren so in das Drama an ihrem Arbeitsplatz versunken gewesen, dass sie ihren Schützling ganz vergessen hatten. Tristan war erwacht.

Tristan schrie und strampelte. Er hatte keine Vorstellung davon, wo er sein mochte, doch sie hatten ihm sein Schwert und seine Kleidung abgenommen. Quer über sein Gesicht lief ein seltsamer glänzender Schlauch, der in seine Nase mündete; Gott allein wusste, was für eine Art der Folter sie damit für ihn ersonnen hatten. Sein Arm steckte in einer weißen Hülle und schmerzte ihn reißender als seine gewöhnlichen Leiden.

»Beruhige dich. Beruhige dich.« Gerade als er aus dem Bett

springen wollte, setzte sich eine Frau auf die Kante. Sie brachte ihr Gesicht ganz nah an seines und umfasste ihn sachte an den Schultern; sie hatte ein freundliches Gesicht mit rundlichen Gesichtszügen und wunderschönen grünen Augen. Auch sah sie weise und mitleidig aus – und sie roch gut. »Komm schon«, sagte sie leise. »Beruhige dich.« Er verstand sie leichter als den Gefängniswärter – langsam kam die Erinnerung wieder: die neue Welt, das große, dunkle Gebäude mit den schönen Fenstern … »Ich heiße Beatrice.« Bea lächelte, als sie spürte, wie die Anspannung ein wenig aus seinen Schultern wich. »Wie ist dein Name?«

Er sah sie finster an, denn er hasste es, wenn die Leute ihm wie einem Kind begegneten; er missverstand Beas Versuch, ihn zu beruhigen, und fühlte sich stattdessen herablassend behandelt. »Tristan«, antwortete er. »Ich bin ein Thane. Ihr könnt mich jetzt loslassen.«

Bea ließ von ihm ab, langsam, als fürchtete sie, ihn gleich wieder packen zu müssen. »In Ordnung, Tristan …«

»Nun sieh mal, wer ist denn da aufgewacht?« Die Schwester war zurückgekehrt, weil sie den Tumult gehört hatte. »Ich hole die Bereitschaft, damit sie Sie noch mal anschaut, bevor Sie nach Hause gehen können. Nichts gebrochen, nur ein Haarriss im Arm. Aber das wird keine langwierige Geschichte. Sie sind ein kleiner Glückspilz.« Sie lächelte strahlend, und Tristans Miene verdüsterte sich noch mehr. Sie schien seinen Zorn jedoch nicht zu bemerken und verließ den Raum.

»Was meint sie mit Bereitschaft?«, fragte er Bea.

»Nur einen Arzt, Tristan. Sie müssen dich noch einmal durchchecken, bevor sie dich nach Hause entlassen können.«

»Nach Hause«, wiederholte er ziemlich mutlos.

»Tristan, ich heiße Cal. Ich bin Polizeibeamter.« Cal erhob sich und wollte Tristan die Hand schütteln. Tris schien das völlig übereilt, doch er ergriff die dargebotene Hand, da es offenbar der hiesigen Sitte entsprach.

»Wissen Sie nicht, wo Sie hingehen sollen? Ich kann Ihnen eine

Herberge empfehlen. Wissen Sie, wir müssen mit Ihnen noch über Ihren Unfall sprechen und auch darüber, warum Sie ein Schwert mit sich führen. Das – das ist hier eigentlich nicht erlaubt.« Er lächelt etwas entschuldigend.

»Habt Ihr meine Sachen? Ich will sie wiederhaben.« Tris versuchte sein Bestes, die Situation im Griff zu behalten, aber es war offensichtlich, wie nahe er den Tränen war.

»Cal, kann ich dich mal kurz sprechen?« Bea zeigte zum Flur.

»Ich will meine Sachen«, brauste Tris auf.

Bea und Cal gingen nach draußen. »Sieh mal, Cal, lass mich ihn zu mir nach Hause bringen. Bei mir steht ein Zimmer leer, und er ist augenscheinlich überanstrengt.«

»Bea, er ist kein streunendes Tier«, warf Cal ein. »Ich weiß, er ist missgestaltet, doch wir haben ihn aufgegriffen, während er eine tödliche Waffe trug. Wir wissen nicht, in welcher geistigen Verfassung er sich befindet.«

»Er braucht Hilfe, Cal.«

Cal seufzte. »Ja, ich weiß.«

Drei Stunden später erreichten Bea und Tris ihr Haus in Colinton. Es hatte Bea einiges an Überredungskünsten abverlangt, ehe Tris in ihr Auto gestiegen war, und als er einmal im Inneren war, saß er dort vor Angst zitternd wegen des ungewohnten Gefühls, gefahren zu werden – und auch wegen des Anblicks der vorbeiziehenden Stadt. Er hatte die ganze Zeit über kaum gesprochen, sich jedoch im Rücksitz geduckt, als sie an der Baustelle in der Nähe der Morningside vorbeifuhren. Bea beobachtete ihn im Rückspiegel, wie er sich etwas verlegen wieder aufrichtete.

»Ist es das, was dir Angst … was dir den Schock versetzt hat, Tristan? Es tut dir nichts.« Sie standen parallel zur Baustelle, während sie darauf warteten, dass die Ampel umschaltete. »Es macht einen schrecklichen Lärm, nicht wahr?«, fragte sie lächelnd. »Aber siehst du den Mann dort hinten, der das Ding hält? Er ist dafür verantwortlich. Er kann es an- und ausschalten, wann er möchte.« Sie fuhren an, und Tris hielt den Blick starr auf die Straßenarbeiter gerichtet, als fürchtete er, sie könnten ihn verfolgen.

»Ich mag diesen Ort nicht«, murmelte er.

»Welchen denn, mein Auto?«, fragte Bea leichthin.

»Diese Welt. Ich mag sie nicht.«

Bea antwortete nichts darauf, doch ihre Nackenhaare richteten sich auf, als habe sie etwas erschreckt.

Tristan war still, als sie das Haus betraten. Bea zeigte ihm das leer stehende Zimmer und werkelte dann in der Küche herum, um ihn eine Weile zum Eingewöhnen allein zu lassen. Vielleicht würde er herüberkommen und ein wenig fernsehen, dachte sie. Sie fütterte ihre Katze Ziggy, blieb jedoch mit halbem Ohr im Wohnzimmer.

»Na, Zig, sieht aus, als hätten wir einen Hausgast, was?« Sie schüttete den Dosenfisch in Zigs Fressnapf, und die Katze schnurrte zum Dank laut, kaum dass sie den Kopf zum Fressen gebeugt hatte. Es erstaunte Bea immer wieder, dass Katzen gleichzeitig fressen und schnurren können. Sie streichelte ihren orange getigerten Rücken, als ihr Blick zu der Ginflasche im Regal wanderte – Bombay Saphir –, wenn sie schon ein Schluckspecht war, wie manche zu glauben schienen, dann wenigstens kein gewöhnlicher. Sie goss sich so viel ein, wie im Pub einem Doppelten entsprach, und füllte dann das hohe Glas mit Tonic auf. Währenddessen hörte sie eine Bewegung im Wohnzimmer. »Also, was denkst du über mein bescheidenes …« Sie hielt inne.

Tris stand in der Mitte der Stube und starrte auf etwas, das er vom Kaminsims genommen hatte. Sein Gesichtsausdruck spiegelte eine Mischung aus Horror, Verwirrung und Ehrfurcht wider, und seine Fingerknöchel waren ganz weiß, weil er die filigranen Ränder des Bilderrahmens so fest umklammerte.

»Was ist denn los?«, flüsterte sie.

»Beatrice.« Er blickte auf; alle Farbe war aus seinem Gesicht gewichen, und er streckte ihr anklagend das Bild entgegen. »Wie kommst du denn zu einem Bild meines Vaters?«

Kapitel Sechs

Jahl zweifelte nicht häufig an sich selbst; genau genommen konnte nur eine Frau in der ganzen Welt solch eine Empfindung hervorrufen, und diese blickte ihn nun an; oder besser: ein Abbild von ihr sah nach ihm.

»Was meinst du mit fort? Wohin sollte er gegangen sein?« Das Bild der großen, schönen Frau flackerte leicht, als die Göttin Phyrr ihren Fokus verlor. Es war ein schneller, schmutziger Zauber, der aus den fernen Nordländern mit Hilfe des Blutes einer unglückseligen Hure als Leiter heraufbeschworen worden war. Jahls Blick flackerte zur alabasterweißen Leiche auf dem Boden, aus der das Bild seiner Mutter aufstieg wie der Geist der Seele des Mädchens – abgesehen von der Tatsache, dass dem Mädchen niemals solche Erhabenheit und angeborene Schlechtigkeit innewohnen könnte. Er seufzte; es war nicht so, als ob er Reue oder Mitleid mit der jungen Frau empfand, auch wenn sie einige Male sein Bett gewärmt hatte, während er sich in den oberen Räumen des Bordells versteckt hielt; doch er hasste einfach die Verschwendung. Phyrr hätte dies mit Leichtigkeit von ihrer Seite aus ohne solche Hilfe vollbringen können – immerhin war sie eine Göttin –, aber nein, sie überließ es stets ihm, alles zu arrangieren. Sie hatte gesagt, sie wolle schon sehr bald kommen, sobald Jahl seine Stellung in Soulis Mor gefestigt habe, doch nun schien sie sich Zeit lassen zu wollen. Vielleicht vermisste sie ihn gar nicht wirklich, möglicherweise hatte sie aber auch – und Jahl fühlte, wie ihm bei seinem nächsten Gedanken die Brust eng wurde – einen neuen Geliebten.

Und nun gab es erneut Schwierigkeiten mit Regan. Jahl war

zuversichtlich, dass sie sich wieder beruhigen und Vernunft annehmen würde, und so hatte er einfach seine recht zwielichtige Adresse bezogen, um ihr einige Wochen lang aus dem Weg zu gehen. Er zog den Umhang fester um sich und schauderte leicht vor Kälte; das Mädchen war gekommen, um das Feuer zu entzünden, und es war eine Fehlplanung seinerseits gewesen, sie zu töten, bevor sie ihre Aufgabe erledigt hatte.

»Ist es denn wichtig, wohin er verschwunden ist? Ich bin froh, dass ich das kleine Zwergrindvieh los bin«, sagte er achselzuckend. »Seine Schwester Regan ist weit angenehmer. Etwas ist an diesem Mädchen ... sie hat so gute Anlagen ...«

Phyrr sah ihn kühl an, und für den Bruchteil einer Sekunde glaubte Jahl so etwas wie Furcht in den Zügen seiner Mutter zu erkennen. »Vielleicht ist er losgezogen, um seinen Vater zu suchen«, sagte sie schlicht.

»Talisker? Und wenn schon. Der muss inzwischen ein alter Mann sein. Wen kümmert das schon?« Jahl spähte genauer in das verschwimmende Abbild. »Gibt es da etwas, das ich nicht weiß?«

»Nein«, besänftigte ihn Phyrr. »Nein. Hast du Alessandro Chaplin in letzter Zeit gesehen?«

»Wen?«

»Den *Seanachaidh*. Nimm ihn fest, und foltere ihn, wenn er sich in Soulis Mor aufhält. Er wird wissen, wohin Tristan verschwunden ist. Gibt es sonst noch etwas, das du mir mitteilen willst?«

Jahl zögerte kurz. Er wollte nicht, dass Phyrr von seiner Jagd nach der Halskette erfuhr, bis er sich entschieden hatte, wie er weiter vorgehen wollte. Doch er wäre ein Narr, wäre ihm nicht klar gewesen, dass sie jeden seiner Schritte beobachtete. »Nein, nichts Wichtiges, Phyrr«, sagte er lächelnd.

Das Zimmer wurde plötzlich wärmer, und ein blaues Feuer entzündete sich aus dem Nichts in der großen Feuerstelle. Phyrr warf ein bedrohliches Lächeln zurück.

»Dann komm her, mein Junge.«

Phyrr breitete die Arme aus und entkleidete sich durch Magie; ihre nackte Gestalt flackerte in dem blauen Licht, ihre langen dunklen Haare wehten um ihre Schultern und ihre Brüste, als würde sie im Äther schwimmen. Jahl ließ seinen Umhang zu Boden fallen; auch wenn er jetzt gänzlich nackt war, fror er nun nicht mehr; seine Erregung war offensichtlich. Er machte einen Schritt nach vorne, um vom Feuer umschlungen zu werden, sein Atem wurde schneller, und sein Herzschlag toste wie der Ozean in seinen Ohren. Sobald sie zusammen waren, legte sich Jahl auf dem Teppich neben der Feuerstelle nieder, seine Augen waren geschlossen, und er stieß in ihre Wärme; seine glückseligen Seufzer verschmolzen mit dem schwachen Knistern des Feuers. Er wusste, dass er vorsichtig sein musste; er als Geliebter musste Zeh an Zeh mit der Leiche liegen, durch die sie zu ihm gekommen war, oder er würde sich ganz allein wieder finden. Mit seinem linken Fuß tastete er und berührte den kalten Knöchel des toten Mädchens. Über ihm bewegte sich Phyrrs Gesicht wie in einem Traum, und ihre Stimme wehte wie eine Brise durch sein Bewusstsein.

»Du solltest nicht bei deiner Mutter liegen, Jahl.« Sie beugte sich nieder und küsste ihn lange und fest, sehr fest, und er schrie auf, als ein warmer Blutstropfen von seinen Lippen über seine Wange lief. Er hörte sie lachen, ihr böses, schamloses Lachen, und dann explodierte seine Welt …

Regan wusste, was die Leute redeten. Auch wenn sie es ihr natürlich nicht offen ins Gesicht sagten, kannte sie die Gerüchte, sie habe Tristan ermordet. Sie sah die Anschuldigungen in den Augen der Bediensteten und Höflinge mit ihren Verbeugungen und der Kratzfüßigkeit, die dem neuerlich beängstigenden Thane die Stiefel leckten. Doch niemand würde sie öffentlich bezichtigen, und auch wenn ihnen das ihr Leben retten mochte, ärgerte es Regan ungemein. Niemand sprach von Tristan, es sei denn, sie ließ seinen Namen fallen, und innerhalb kürzester Zeit – in nur wenigen Tagen – war es fast, als habe es ihn nie gegeben. Perverserweise pflegte ihn Regan gegenüber ihrer Dienerschaft zu erwähnen und beobachtete, wie ihre Gesichter daraufhin einen verschlossenen Ausdruck annahmen; es war eine Art der geistigen Folter, mit der sie sich selbst bestrafte.

Seit dem Massaker an den Abgesandten waren fast zwei Wochen vergangen, und niemand konnte Tristan finden; sein Verschwinden lag ihr schwer auf der Seele; sie fand keinen Schlaf, bis das erste Licht der Dämmerung den Himmel berührte, und sie aß nur wenig. Jeden Tag ritt sie stundenlang aus und kehrte blass und kalt vor Erschöpfung zurück. Sie sagte sich selbst, sie würde nach ihm suchen, als hätte er einfach vor der Stadt sein Lager aufgeschlagen und niemandem etwas davon gesagt, doch wusste sie, dass die Suchtrupps, die sie ausgeschickt hatte, ihn längst gefunden hätten, wenn dies der Fall gewesen wäre.

Natürlich gab es noch andere Sorgen; Reiter waren aus Ruannoch Were eingetroffen, die in Erfahrung bringen wollten, was mit der Abordnung geschehen war, die sie ausgesandt hatten und von der sie keinerlei Nachricht mehr erhalten hatten. Regan gab vor, völlig unbeteiligt zu sein, und hatte eine Nachricht an Ulla geschickt, dass die Angelegenheit bereits verfolgt würde – sie vertraute ihr in ihrem Brief an, dass sie sich um den geistigen Zustand Tristans sorgte, denn schließlich sei er verkrüppelt und leide häufig unter einem heftigen Fieber, das ihn gelegentlich ins Delirium brachte. Ihr war zugute zu halten, dass sie Tränen vergoss, während sie dies schrieb. In Wahrheit war ihr klar, dass sie nur Zeit schindete – Ulla würde eine Nachricht an Huw und Lachlan schicken, und sollte noch mehr geschehen, das ihre Verbündeten in Alarmbereitschaft versetzte, würden diese beim nächsten Mal vielleicht offener versuchen, sie abzusetzen. Sie versteckte sich, genau wie Jahl …

Sie hatte sich angekleidet, um erneut auszureiten, obwohl es draußen heftig regnete. Ihre Zofe, Alyss, konnte ihre Missbilligung nicht verstecken, ihr Mund war zu einem dünnen Strich zusammengepresst, doch sie sagte nichts, und so schickte Regan sie fort, um sich ihr Haar selbst zu flechten. Als es etwas ungeduldig an ihrer Tür klopfte, glaubte sie, es sei Alyss, die zurückgekommen war, um sie zu bitten, nicht auszureiten.

»Ja, komm herein, Alyss.« Sie sah nicht auf. »Ich weiß, was du sagen willst, aber ich muss einfach nach draußen, ich … oh.« Es war Jahl. Er stand in der Tür und betrachtete sie nachdenklich. Vor Überraschung blieb Regan am Rand der kleinen Schale mit den Haarnadeln hängen und riss sie scheppernd zu Boden.

»Verschwinde!« Der Ruf hatte sich ihrer Kehle entrungen, noch bevor sie überhaupt wusste, was sie sagen wollte.

»Regan, ich …«

»Verschwinde!« Dieses Mal schrie sie und warf dabei heftig ihre hölzerne Haarbürste nach ihm. Jahl konnte von Glück sagen, dass das Geschoss den Türrahmen und nicht seinen Kopf traf. »Ich sagte, du sollst verschwinden. Was tust du überhaupt hier? Alyss, Alyss, ruf die Wach…« Sie rannte durchs Zimmer und griff nach dem Dolch neben ihrem Bett, als ihre Rufe erstickt wurden. Jahl packte sie am Arm und legte ihr eine Hand über den Mund.

»Hör mir zu, Regan. Hör mir zu!« Sein Tonfall war gleichzeitig flehentlich und wütend. »Du hast mir befohlen zu gehen, und ich bin gegangen. Ich habe nach Tristan gesucht.« Seine Bemerkung hatte den gewünschten Effekt, denn Regans Augen weiteten sich überrascht, und Jahl wagte es, seine Hand von ihrem Mund zu nehmen. Als er sie losgelassen hatte, zeigte Regan ihm unverhohlen den Dolch, den sie ergriffen hatte.

»Sprich«, sagte sie kühl. »Du hast eine Minute Zeit.«

Jahl ließ sich nicht durcheinander bringen, sondern setzte sich stattdessen in ihren Stuhl und streckte genüsslich seine Beine aus. »Ich fühle mich schuldig«, setzte er an.

»Ach, *ich bitte dich*. Du hast dich in deinem ganzen Leben noch nicht schuldig … »

»Bitte, Regan. Du hast mir nur eine Minute zugestanden. Tristan ist wegen der Ereignisse in jener Nacht fortgelaufen, und daran bin ich zum Teil schuldig – deshalb habe ich meine Hunde ausgeschickt.«

Regans Gesichtsausdruck veränderte sich leicht, als sie an Jahls geliebte Hunde dachte. Tristan war sich sicher gewesen, dass sie ihre Beute einfach in Stücke rissen, und auch sie musste zugeben, dass sie grausam genug aussahen. Es mochte Tristan verängstigen, von ihnen verfolgt zu werden, doch immerhin hatte er auch genug Scherereien verursacht. In der Vergangenheit hatte Jahl ihnen versichert, dass sie darauf abgerichtet seien, ihre Opfer einzukesseln, sie jedoch nicht zu verletzen. »Haben sie – haben sie ... etwas gefunden?«

»Zunächst nicht. Tristan ist erstaunlich gerissen und darin geübt, seinen Geruch zu verwischen – ich vermute außerdem, dass er einen Führer der Sidhe bei sich hatte, wahrscheinlich einen Sidhe-Bären ...«

Regan nickte. Es machte Sinn, dass ein Sidhe Tris bei seiner Flucht geholfen hatte.

»Endlich bin ich ihm auf die Spur gekommen.«

»Wo befindet er sich?«

»In Ruannoch Were – jedenfalls war er dort noch vor einigen Tagen ...«

Sie runzelte die Stirn. »Das ist aber seltsam. Thane Ulla hat nichts davon in ihrem Brief erwähnt ...«

»Oh, er ist in Verkleidung unterwegs.« Regans Blick wurde finsterer. Wenn sie ehrlich war, dann war sie beinahe froh, Jahl zu sehen, doch nicht froh genug, um es nicht zu bemerken, wenn sie angelogen wurde. »Wirklich, Regan. Sieh mal, er hat mir einen Brief für dich mitgegeben.« Jahl griff in die Falten seines Umhangs und brachte ein kleines, reichlich zerknittertes Pergament zum Vorschein.

Regan riss es ihm aus der Hand, als er es glatt strich. Halb erwartete Regan, eine gut gemachte Fälschung zu Gesicht zu bekommen, doch vertraute sie darauf, eine solche auszumachen, denn Tristans Handschrift hatte einige typische Charakteristika. Und tatsächlich war Jahl zu schlau, einen so leicht zu durchschauenden Versuch zu unternehmen – auf dem Pergament befand sich ein Zauberspruch, der Wirkung zeigte, sobald Regan zu lesen begann; sie würde sehen, was sie sehen wollte. Das Pergament schien mit Tristans ziemlich unsteter Handschrift bedeckt zu sein. Regan drehte Jahl den Rücken zu, während sie las, sodass er nicht sehen konnte, wie sich ihre Gefühle auf ihrem Gesicht abzeichneten.

Liebe Ree,
es tut mir Leid, dass ich fortgelaufen bin – ich weiß, dass dies etwas ist, das du niemals tun würdest, doch ich bin nicht wie du, und das ist das Problem. Vielleicht habe ich überreagiert, als ich Kontakt zu Thane Ulla aufnahm, vielleicht hattest du Recht, als du den Aufwieglern in Soulis Mor Einhalt gebieten wolltest – ich weiß es nicht. Ich weiß jedoch, dass du sehr gut in der Lage bist, Soulis Mor ohne mich zu regieren; die Götter wissen, dass du das schon seit Jahren tust! Bitte versuche nicht, mich zu finden, ich reise unerkannt, und Thane Ulla weiß nicht, dass ich in ihrer Stadt bin …

Regan warf einen Blick zurück zu Jahl, als sie diese Bestätigung las, und er lächelte ihr zu.

Ree, erinnerst du dich daran, wie ich einmal sagte, ich wolle nach Karmala Sev reisen, um die wilden Pferdeherden zu sehen? Nun, bald werde ich das tun, und dann – wer weiß? Sei nicht böse auf mich, Schwester. Ich verspreche dir, ich werde schon bald nach Soulis Mor zurückkehren, doch nur als Besucher. Du warst schon immer der alleinige Thane.
Mit all meiner Liebe,
Tris.

»Den Göttern sei Dank, dass er in Sicherheit ist«, hauchte sie.

»Allerdings.«

»Ich danke dir, Jahl.«

Er erhob sich, als ob er sie verlassen wolle. »Ich dachte nur, du solltest es wissen«, sagte er. »Ich bin von Ruannoch Were, so schnell ich konnte, zurückgeeilt, doch es war schwer, dich zu Gesicht zu bekommen ... Alsdann ...«

Fast hätte Regan in sich hineingelacht; ihr Zorn wich der Erleichterung über die Nachrichten. Sie erkannte, dass Jahl auf ein Zeichen der Vergebung für seine ungeheuerliche Tat vor zwei Wochen hoffte. Und tatsächlich hatte sie während dieser letzten Wochen einige grundlegende Überlegungen angestellt: Es schien, als sei Jahl in der Lage, starke Magie anzuwenden – er hatte seine Macht auch auf sie wirken lassen –, und wie abscheulich sein Verbrechen auch gewesen sein mochte, so hatte er es doch zu ihren Gunsten begangen: um sie zu *beschützen*. Er manipulierte und war stark, schlau und tapfer; der beste von allen denkbaren Verbündeten und der schlimmste von allen möglichen Feinden. Sie konnte die Schreie der sterbenden Männer nicht vergessen. Die schwarzen Dämonen, die Jahl heraufbeschworen hatte, suchten sie noch immer in ihren Träumen heim, und doch ...

Und doch glaubte sie, sie könnte ihn lenken. Er war ihr Diener.

»Jahl.« Sie hatte gewartet, bis er an der Tür war. »Du kannst bleiben. Aber du solltest wissen, das dies deine letzte Chance ist.«

»Dein Vater? Das kann nicht sein, Tristan. Vielleicht sehen sich die beiden einfach nur ähnl...«

»Duncan Talisker.« Tris streckte ihr das Bild wieder entgegen, als wolle er ihren Zweifeln die Stirn bieten. »Er sieht jung aus auf diesem Foto, aber er ist es, nicht wahr? Und der *Seanachaidh* Chaplin ... und du.«

Beatrice sank schwer auf ihren Stuhl und nahm einen tiefen Zug von ihrem Drink, denn ihr Mund war wie ausgetrocknet.

»Setz dich, Tristan«, sagte sie leise. »Es gibt da einiges, was ich wissen muss.« Tristan ließ sich auf dem großen gelben Sofa ihr gegenüber nieder, seine Stirn noch immer in Falten gelegt; Bea betrachtete sein Gesicht eingehend; es schien, als hätte sie sich geirrt, wenn sie Tristan als kindlich eingeschätzt hatte. Sein Gesichtsausdruck und seine Haltung, als er sich setzte und ihre Fragen erwartete, waren die eines jungen Mannes, doch er erinnerte sie auf keinen Fall an Talisker. Wäre Tristan »normal« gewesen, hätte man ihn als gut aussehenden Mann bezeichnet; in seinen großen braunen Augen lag das unzweifelhafte Glitzern eines hellen Geistes, seine Züge und sein Mund waren weich und freundlich, was ihm den jugendlichen Anschein verlieh. Sie nahm einen weiteren großen Schluck und fragte sich, wo sie anfangen sollte. »Sie leben also noch?« Sie fühlte, wie ihre Kehle eng wurde, als sie diese Frage stellte, denn die Gefühle hatten sie ohne Vorwarnung überwältigt.

»Leben? Natürlich leben sie noch. Jedenfalls war der *Seanachaidh* noch in Soulis Mor, als ich fortgegangen bin.« Er zuckte mit den Schultern. »Ich habe meinen Vater nun schon seit Jahren nicht mehr gesehen, denn er möchte nicht in die Stadt kommen … Sandro war der Letzte, der ihn gesehen hat. Ich und meine Schwester …«

»Schwester? Talisker hat zwei Kinder? Wie kann das möglich sein?«

»Nun ja, ich bin adoptiert«, teilte Tristan mit, als ob dies weiterhelfen würde.

»Bist du sicher, dass wir von der gleichen Person sprechen? Talisker ist ungefähr … er müsste jetzt ungefähr vierunddreißig sein, und es dürfte kaum möglich sein, dass er Kinder gezeugt hat in den letzten … Wie alt bist du, Tristan?«

»Fünfundzwanzig. Aber mein Vater ist fast sechzig.«

Es herrschte ein langes Schweigen, während Bea die Mitteilung verarbeitete. Es ging einfach nicht auf. Selbst wenn Talisker einen sonderbaren Doppelgänger hätte, dann wäre das Alter noch immer nicht übereinstimmend, und Tristan kannte Sandro ebenfalls. Ihr Kopf begann vom Gin zu schwirren, doch sie wusste, dass es auch dann keinen Sinn machen würde, wenn sie stocknüchtern wäre.

»Kannst du mich zu ihnen bringen, Tristan? Wir sind alte Freunde.« Sie lächelte traurig beim Gedanken an Sandro, doch Tristan schüttelte den Kopf.

»Es tut mir Leid, Beatrice, aber ich fürchte, ich bin hier gefangen, bis Morias kommt, um mich zu holen.«

»Hier?«

»In dieser Welt. Wie auch immer sie genannt wird. Sandro und mein Vater sind in meiner Welt, in Sutra. Ich bin durch Magie hierher gekommen und ... was? Habe ich was Komisches gesagt?«

Beatrice lachte. »Nein, nein, Tristan. Nicht wirklich komisch«, sagte sie lächelnd. »Es ist nur so, dass ich mich mit dem Wort ›Magie‹ in letzter Zeit selbst aufziehe.«

»Das verstehe ich nicht.«

»Manchmal – in letzter Zeit – glaube ich, dass ich verrückt werde – denn ich habe etwas Magisches gesehen und ...«

Tristan sah verwirrt aus. »Warum sollte das bedeuten, dass du verrückt wirst?«

Beatrice schluckte den Rest ihres Drinks; der scharfe, medizinische Gingeschmack setzte ihre Synapsen unter Strom und ließ ihre Augen warm werden und brennen. Sie knallte das Glas auf den Tisch und zog ein Päckchen Zigaretten aus ihrer Hemdtasche. »Weil es in dieser Welt keine Magie gibt, mein Herz. Überhaupt keine.«

Eine Welt weiter beschäftigte die Frage nach Magie noch einen anderen. Sandro war sich sicher, dass er sterben würde, und aus irgendeinem Grund bewirkte diese Gewissheit, dass er sich an die Zeit erinnerte, als er selbst die magischen Geschicke gelenkt hatte. Er hatte die Ahnenreihe der Clans gesprochen und überlebt, hauptsächlich dank der Hilfe von Ulla, die nun der Thane von Ruannoch Were war. Durch seine aufgeschlagenen und blutenden Lippen stieß er einen Seufzer aus, und der Luftzug stach und schmerzte wie Nadelstiche. Zu einem anderen Zeitpunkt hätte allein dieser Schmerz ausgereicht, um Sandro aufschreien zu lassen, doch nun, im großen Zusammenhang betrachtet, eingewoben in seinen Schmerzteppich, schien er keinerlei Bedeutung mehr zu haben. Er hatte gebrochene Knochen, von denen er nicht einmal den Namen kannte; das gehörte wohl zur Handschrift seines Folterers, wie er annahm, der sich nicht die großen Knochen vornahm, zunächst nicht; zuerst kamen all die kleinen, winzigen Verbindungsknochen – Finger, Zehen, Knöchel, Handgelenke –, bis jede Bewegung einem höllischen Feuer glich. Während der letzten zwei Stunden hatte sich Sandro nicht viel gerührt. Sandro sorgte sich gar nicht so sehr um seine Knochen – er warf seinem Peiniger einen Blick durch den Raum zu, ein Ochse von Mann mit den Fingern eines Chirurgen –, schließlich heilten Knochen wieder, nicht wahr? Mit Sicherheit blutete er innerlich, denn er hatte eine große Menge fadenartiges, breiiges Blut gehustet. Wie wichtig war es, ihn am Leben zu erhalten, fragte er sich? Konnte sich der Folterknecht einen tödlichen Irrtum erlauben? Er rührte sich leicht in seinen Ketten und versuchte, die Welle von blutrotem Schwindel auszublenden, die durch sein Bewusstsein spülte; wenigstens lag er nun auf dem Boden, seit seine Knöchel zerschlagen waren … Fast lachte er darüber, dass er dies als einen Segen bezeichnete; sein Geist war jetzt verwirrt … ja, einst hatte er selbst Magie gewirkt, ganz auf sich selbst gestellt, nicht wie diese andere Geschichte, als er und Duncan und Malk zu dem Einen Großen Ganzen verschmolzen … Malk. Er hatte schon so lange nicht mehr an ihn gedacht; Malk. Selbst nun, als sein geschundener Körper den Kampf aufzugeben begann, vermochte der Gedanke an den wilden, gerissenen Highlander sein Herz zu erwärmen und die traurige Andeutung eines Lächelns auf seine Lippen zu zaubern.

Ein Geräusch an der Tür erregte seine Aufmerksamkeit und er blinzelte durch den geschwollenen Schlitz seiner Augenlider hinüber. Der Folterknecht kam herüber, ein unpassendes Lächeln im Gesicht; er hielt etwas vor sich, sorgfältig von seinem Körper weggestreckt: Es war ein glühender Schürhaken. Sandro war sich nicht sicher, ob er laut aufgestöhnt hatte oder nicht; es war eher ein tiefes Echo seiner Verzweiflung, das aus seinem zerborstenen Körper aufstieg. Und dann, als er die Nachbilder des Schürhakens durch die Dunkelheit des Raumes winken sah, schien es ihm unwirklich, dass sein Peiniger riesige Fausthandschuhe trug, um seine eigene Haut zu schützen. Sein Geist driftete davon, doch dann fühlte er, wie sich seine Brust anspannte, als ein hysterisches Lachen ihn zerriss. Gleichzeitig gehorchte sein Körper seinen eigenen Gesetzen und wand sich in den Ketten. Er öffnete den Mund, um zu fragen »Wer hat dies gestattet?«, doch stattdessen stieß er einen blubbernden Schrei aus, der von einem weiteren Schwall Blut begleitet wurde.

Das Brandeisen war nun vor seinem Gesicht. Er konnte die Hitze riechen, seinen eigenen Schweiß und Urin, er konnte fühlen, wie die oberste Schicht seiner Haut versengt wurde, auch wenn das Eisen sie noch gar nicht berührt hatte. Seine Augen. Er war auf seine Augen aus. Er konnte es nicht aushalten, zu schreien – es waren Höllenqualen –, doch er konnte seine Schreie auch nicht zurückhalten. Es war zu spät, um für Wunder und Magie zu beten, zu spät. Er zwang sich, die Augen zu schließen, und hörte nicht auf zu schreien, und sein ganzes Wesen bestand nur noch aus diesem Klang.

Es gab einen dumpfen Knall und dann nichts. Die Hitze vor seinem Gesicht war verschwunden, und ein kühlerer Luftzug spielte auf seiner geschundenen Haut. Doch Sandro wollte die Augen nicht öffnen, denn er war sich nicht sicher, ob sein Folterer nicht klug genug war, seine Spielchen mit ihm zu treiben und in sicherer Entfernung darauf zu warten, ihm das Eisen in die Augen zu stechen …

»Sandro, Sandro, kannst du mich hören?« Jemand schlug ihm

ins Gesicht, was nach seinen vorherigen Erfahrungen eine geradezu milde Behandlung war. Er kannte diese Stimme von irgendwoher, öffnete seine Augen jedoch noch immer nicht und dachte von weit her, dass ihm alles gleich sei. Eine trostlose Dunkelheit wuchs in ihm, trug Knospen wie eine todringende Blume; es gab keinen Schmerz in seinem grauen Rückzugsort, und er fühlte, wie er auf eine friedliche Erlösung zuschwebte.

»Ich glaube, wir kommen zu spät. Er ist tot.« Die zweite Stimme unterschied sich von der ersten, war warm, wenn auch mit harten Untertönen. Der Sprecher kümmerte sich nicht darum. Sandro ebenfalls nicht.

»Nein, lass mich sehen.« Die erste Stimme war wieder zu hören. Er ließ sich schwerelos in das Grau gleiten. Er kannte … er kannte die Stimme … »Sandro. Ich weiß, dass du mich hören kannst.« Jemand strich ihm die Haare aus der Stirn. »Ich weiß, dass du diesen Schmerz nicht willst. Wo ist dein Stein? Dein Stein macht dich zum *Seanachaidh*, erinnerst du dich?«

Erinnern?

Stein?

Steinerne Träume. So hatte Talisker sie genannt, Talisker und …? Etwas Kaltes und Hartes wurde ihm in die Handfläche gedrückt. Ein einfacher Stein, der Stein, der vor all diesen Jahren sein verborgenes Talent, ein *Seanachaidh* zu werden, wachgerufen hatte. Und der ihm gegeben worden war von …

Sandro öffnete die Augen, um in das Gesicht seines alten Freundes zu blicken. Er war sich nicht sicher, ob er weinte, er war sich überhaupt nichts sicher außer dem blassblauen Blick und dem Widerschein von Trauer und Schmerz, den er in ihm sah.

»Morias«, flüsterte er. »Hilf mir.«

All die Dinge, die Sandro in Schlachten erlebt, und die Götter und Magie, die er zu sehen bekommen hatte, hatten nie Eingang in seine Träume gefunden. Doch dieses Mal litt sein Körper so stark, dass seine Träume einen unbarmherzigen Hintergrund für die Stunden seiner Heilung abgaben. Er sah Regan als kleines Mädchen, er tanzte mit ihr so, wie sie es getan hatten, als sie sieben Jahre alt gewesen war: Ihre winzigen Füße standen auf seinen eigenen, und er tanzte Walzer durch den Raum. Sie lachte und lachte, und ihre Augen waren rund vor mädchenhaftem Vergnügen. Er konnte auch Una im Hintergrund lachen hören ... aber dann veränderte sich Regan; blauschwarze Federn sprossen aus ihrem Körper und ihrem Gesicht, und auch ihre langen dunklen Haare wurden zu einem Gefieder. Doch Regan tanzte weiter und schien die Veränderung, die über sie hinwegfegte, nicht zu bemerken. Schließlich tanzte er mit einem großen schwarzen Vogel, dessen scharfer Schnabel wie eine Schwertspitze gegen seine Brust gedrückt war. Dann tanzten sie nicht mehr; Sandro konnte der Umklammerung der Kreatur nicht entkommen und kämpfte und wand sich im Schlaf. »Lass mich los ...«

»*Seanachaidh*, Ihr müsst jetzt aufwachen.« Die Stimme klang besorgt. »*Seanachaidh*.«

Sandro öffnete die Augen. Der erste Eindruck, der sich ihm aufdrängte, war der, dass sein Körper schmerzte. Er wurde jedoch nicht mehr von reißender Pein geschüttelt. Als wolle er sich dies selbst beweisen, bewegte er leicht die Füße; sie fühlten sich empfindlich und wund an, doch das war alles. Das Zweite, was er bemerkte, war, dass er sich in der Hütte eines Sidhe befand; er wusste dies, da er einige Zeit unter den Sidhe gelebt hatte, und auch wenn ihre runden, niedrigen Konstruktionen nicht so langlebig wie die Steinbauten der Fine waren, waren sie doch stets warm und rochen nach Rauch und Kräutern aus ihren Feuern. Er lag auf einem Bett aus geschmeidigen Tierhäuten, das sich himmlisch süß und weich anfühlte. Er seufzte das zufriedene Seufzen eines genesenden Invaliden und schloss wieder seine Augen.

»*Seanachaidh*, Ihr seid wach?«

Unwillig öffnete Sandro wieder die Augen und konzentrierte sich auf den verschlafenen Blick des Sprechers. Es war ein Sidhe, wie er erwartet hatte, nur dass er kein Totemzeichen um den Hals trug, das seine Zugehörigkeit hätte verraten können. Er trug einen silbergrauen Umhang und große Adlerfedern in seinem Haar … tatsächlich groß genug, als dass es Sidhe-Adlerfedern sein könnten. Auch wenn sein Gesicht einige Besorgnis zeigte, waren seine Gesichtszüge scharf: eine gebogene Nase, dünne Lippen und, für einen Sidhe höchst erstaunlich, blassblaue Augen. Sandro hatte schon immer geglaubt, dass er den Stamm und die Tierzugehörigkeit eines Sidhe sogleich bestimmen könne, wenn er einen der ihren sah. Bei diesem Sidhe dort gab kaum Zweifel, und die Erkenntnis beunruhigte ihn.

»Wolf-Clan?«, murmelte er. Der Clan der Wölfe hatte den Rat der Sidhe während der Zeit der Kämpfe mit Corvus verlassen. Sie waren Ausgestoßene, seitdem sie das Schicksal sowohl der Sidhe als auch der Fine durch ihr selbstsüchtiges Verhalten gefährdet hatten. Doch für die Wölfe spielte es kaum eine Rolle, wessen Unabhängigkeit und Stolz sie in diese Umstände gebracht hatten, denn sie waren schon immer Wanderer gewesen, die kein Heim und keine Feuerstelle kannten. Man hatte ihnen noch nie vertrauen können, und die Sidhe wie die Fine mieden sie.

Im Blick des Beobachters flackerte Belustigung auf, als er Sandros Gedanken erriet. Er neigte kurz den Kopf und berührte mit der Hand sein Herz. »Eskarius Vermesh«, sagte er.

»Eskarius?«, fragte Sandro stirnrunzelnd. »Eskarius ist tot.«

»Er war mein Vater.«

»Aha.« Sandro wusste nicht, was er sagen sollte. Eskarius der Ältere hatte versucht, sich Braznnair anzueignen – er hatte versucht, ihn für den Wolf-Clan zu stehlen, und währenddessen Deme getötet –, nur um dann seinerseits von Makhpiyaluta umgebracht zu werden. Er war ein Verräter. »Wo ist Morias?«, flüsterte er schließlich. »Ich habe ihn gesehen, oder nicht?«

Eskarius nickte feierlich. »Ja. Er hat Euch mit mächtigen Zaubersprüchen geheilt, denn Ihr wart so gut wie tot, als wir Euch fanden. Er ist jetzt sehr erschöpft und ruht.«

»Ja, ich … habt Ihr den Folterknecht getötet?«

»Das war nötig, ja.«

Sandro fühlte kein Mitleid wegen dieser Tat. »Ich danke Euch«, sagte er. Er versank wieder in Schlaf und träumte von seinem Peiniger, der von großen grauen Wölfen zerrissen wurde. Es hätte ein Albtraum sein sollen, doch schließlich waren die Narben der Folter nicht nur oberflächlicher Natur.

Als er wieder aufwachte, fühlte sich Sandro besser als noch während seiner Träume. Sogar der dumpfe Schmerz seiner heilenden Knochen war fast verebbt. Beim bloßen Gedanken daran, dass er noch am Leben war, schoss ein Kraftstrom durch ihn hindurch, sodass er sich aufsetzte und sich mit milder Neugier in der Hütte umsah. Nie zuvor war er in der Hütte eines Wolfes gewesen; als *Seanachaidh* trug er nicht oft Geschichten vor den Sidhe vor, die an ihren eigenen Mythen festhielten und von den Kreaturen Lysmairs, ihres uralten Heimatlandes, berichteten. Aus Höflichkeit jedoch wurde Sandro von Zeit zu Zeit an ihre Lagerfeuer eingeladen und mit größtem Respekt behandelt, wenn er dort war. Er wusste von diesen Besuchen, dass seit der Schlacht um Soulis Mor vor fünfundzwanzig Jahren keine Geschichte mehr erzählt wurde, die den Wolf-Clan betraf, und der Ruf der Wölfe, weise, schnell und zäh zu sein, war für immer ausgelöscht. In all dieser Zeit war niemand mehr in ihren Hütten zu Gast gewesen.

Zunächst schien das Gebäude, in dem Sandro sich befand, lediglich dämmriger als andere, die er gesehen hatte. Einige Augenblicke lang konnte Sandro sich nicht erklären, warum, doch dann begriff er, dass die Wolfshütte in die Erde gegraben war, sodass von außen nur der Rauch des Feuers zu sehen war, der aus dem Loch in der Mitte aufstieg. Nun schien ein Streifen nebligen Tageslichtes durch die Öffnung, und träge Rauchschwaden des vergehenden Feuers stiegen in den Himmel auf. Er konnte von draußen Vogelgezwitscher hören und dachte, dass es wahrscheinlich früher Morgen war, auch wenn es sich nur schwer beurteilen ließ, wie lange er ohnmächtig gewesen sein mochte. Versuchsweise wickelte er sich eine der großen Tierhäute um die Schultern, um die Kälte zu bekämpfen; und so machte er sich auf den Weg zum Eingang, um nach Morias zu suchen, als Eskarius hereinkam, in der Hand eine Schüssel mit einer dampfenden Flüssigkeit.

»Ich muss mit Morias sprechen«, setzte Sandro an. »Ich muss wissen, was hier passiert, Eskarius.«

»Zuerst müsst Ihr etwas essen.« Dies schien ein Befehl, und da Sandro sich hungrig und leicht zittrig fühlte, nahm er die Schüssel entgegen, die mit dünnem Haferschleim gefüllt war, und begann, die warme Flüssigkeit zu schlürfen.

»Ich kann essen und dabei laufen«, knurrte er ungnädig.

Eskarius sagte nichts, schlug jedoch das Fell beiseite, das den Eingang verhing.

Draußen war die Landschaft in dickem Schnee versunken, und einen Augenblick lang war Sandro vom grellen Weiß geblendet. Er trug noch immer die zerrissenen Überreste seines Umhangs und seines Hemds unter der geliehenen Tierhaut, und als nun die frische, kühle Luft seinen Körper umhüllte, fiel ihm auf, dass die Kleidungsstücke vom getrockneten Blut und Schweiß auf seinem Körper klebten. Er griff nach unten, wusch sich mit einer Hand voll Schnee das Gesicht und genoss das prickelnde Gefühl auf seiner Haut. Die Behausung war in einer kleinen Waldlichtung verborgen, wo die Bäume, meist Birken und Holunder, dünn und unbelaubt waren; die Sonne stand hoch am Himmel und brachte nur wenig Schatten im weißen und braunen Waldteppich hervor. Wintervögel riefen von Zeit zu Zeit und verliehen der Szenerie einen Anschein von Verlassenheit.

Ein Stück weit von Sandro und Eskarius entfernt standen ein scheckiges Pferd und ein schmutziges weißes Maultier, die in trauter Zweisamkeit von einem Heuhaufen fraßen, den jemand für sie aufgeschüttet hatte. Sandro lächelte und erkannte augenblicklich Morias' Fortbewegungsmittel; er fragte sich, ob das Maultier tatsächlich dasselbe sein mochte wie jenes, das sein betagter Mentor Jahre zuvor benutzt hatte.

»Wo ist …?«

Eskarius wies unmittelbar geradeaus, und mit freudiger Erregung erblickte Sandro Morias. Der alte Mann saß auf einem Baumstumpf in der Mitte der Lichtung, völlig regungslos und eins mit seiner Umgebung. So sehr passte er sich dem Umfeld an, dass Sandro ihn zunächst überhaupt nicht bemerkt hatte. Als sich ihre Blicke kreuzten, lächelte Morias und erhob sich, wozu er seinen Stock benötigte, auf den er sich schwer stützte. Sandro eilte hinüber und umschlang seinen Lehrmeister in einer bärenhaften Umarmung; er war erschrocken darüber, wie leicht und zerbrechlich er sich in seinen Armen anfühlte. »Morias.« Die Gefühle drohten ihn zu überwältigen. »Es scheint, als würde ich dir mein Leben verdanken.«

»*Seanachaidh*«, sagte der alte Mann ernst. »Die Schwierigkeiten, in die du geraten bist …« Sie setzten sich gemeinsam hin, und Sandro fiel auf, dass Morias ihn eindringlich beobachtete. »Wie fühlst du dich?«, fragte Morias.

»Ich fühle mich … in Ordnung. Gut. Ein paar leichte Schmerzen, doch nichts Schlimmeres.« Er grinste, doch Morias erwiderte sein Lächeln nicht, sondern nickte nur. »Was ist los, Morias?«

»Sandro, ich konnte dich nicht vollständig heilen. Deine Verletzungen waren zu schwer …«

»Aber ich fühle mich …«

»Das ist nur eine Illusion.«

Sandro runzelte die Stirn. »Morias, ich verstehe nicht, was du mir sagen willst.«

Als Antwort hob Morias seine Hand und öffnete sie mit der Handfläche nach oben gerichtet. In der Mitte lag ein kleiner roter Edelstein, der strahlend pulsierte und einen roten Schein auf den Schnee warf. »Magie ist eine großartige Sache, Alessandro, das weißt du, doch sie kann die Natur nicht bezwingen. Dieser Stein schließt für diesen Augenblick deine Qualen und Verletzung ein, aber …«

»Aber was?«

Morias seufzte. »Schließlich musst du sie doch wieder auf dich nehmen. Ich habe dir nur einen Aufschub beschert.«

»Nein!« Sandro war entsetzt. Sein Geist würde nicht einmal die Erinnerung an den Schmerz, den er erleiden musste, gestatten. Er streckte die Hand aus, um den Stein von Morias entgegenzunehmen, doch Morias umschloss ihn mit einem Ruck.

»Berühre ihn nicht«, warnte er. »Sonst wird der Zauber durchbrochen.«

»Aber warum kann der Spruch nicht für immer wirken?«, fragte Sandro stirnrunzelnd. »Warum kann man den Stein nicht einfach fortwerfen?«

»Das würde nicht funktionieren. Die Magie würde lediglich zu einem zufälligen Zeitpunkt entweichen, und du würdest auf diese Weise plötzlich von deinen Todesqualen erfüllt sein.« Einen Augenblick lang herrschte Schweigen, das von dem klagenden Ruf eines Brachvogels durchbrochen wurde. Als Sandro das nächste Mal sprach, war seine Stimme belegt vor Angst. »Du sagst mir, dass ich ein toter Mann bin, Morias. Dass ich einen grauenhaften, schmerzvollen Tod erleiden werde.«

»Das war die einzige Möglichkeit, Alessandro.«

»Nein, das war es nicht. Warum hast du mich nicht einfach gehen lassen? Das wäre gütiger gewesen.«

»Ich weiß. Aber Sandro … du wirst gebraucht. Große Gefahr kommt auf uns zu, und unzählige Tausende könnten sterben …«

Sandro setzte eine bittere Miene auf. »Fragst du da nicht den Falschen? Das ist doch wohl Taliskers Angelegenheit.«

»Hast du denn nichts aus dem letzten Mal gelernt?« Morias sah aufgewühlt, fast erbost aus. »Du und Talisker, ihr werdet beide benötigt. Ihr beide zusammen gleicht die Kräfte aus.«

»Nein, das tun wir nicht«, erwiderte Sandro mutlos. »Wir haben unser halbes Leben damit zugebracht, uns gegenseitig zu verletzen, erinnerst du dich nicht mehr? Wo liegt darin das Gleichgewicht? Und wir brauchen Malk, der uns zusammenbringt. Er ist jetzt fort. Und ich weiß nicht mal, wo Duncan steckt.«

»Aber ich weiß es. Deshalb habe ich Eskarius um Hilfe gebeten, damit er dich führt. Ich vermute, dass Talisker nach Süden durch die Blauen Berge reist. Du könntest also in zehn Tagen auf ihn stoßen. Zu dieser Jahreszeit sind die Pässe gefährlich und manchmal unpassierbar. Es wird ungefähr zehn Tage dauern, ihn einzuholen, und weitere zehn, um hierher zurückzukehren.«

»Halt, halt, ich komme nicht mehr hinterher. Warum sollte ich Duncan brauchen? Warum glaubst du überhaupt, dass er kommen wird?«

Morias schien plötzlich in sich zusammenzusinken; er stützte seine Stirn auf das Holz seines Stocks, seine bleichen Gesichtszüge entglitten ihm und wurden zu einer erschöpften Maske. »Weil ich ein dummer alter Mann bin, Sandro, und ich habe mit den besten Absichten etwas Törichtes getan. Ich habe Tristan vor Jahl beschützt – der für uns alle eine Bedrohung darstellt – und ihn außerhalb seiner Reichweite in eine andere Welt geschickt.«

Sandros Gesichtsausdruck verriet, dass er sofort begriff, was sich alles hinter Morias' Problem verbarg. »Edinburgh?«, flüsterte er. »Du hast Tris nach Edinburgh geschickt? Er wird dort niemals durchkommen.«

Morias schloss die Augen, als könne er die Vorstellung von Tristans Situation nicht ertragen. »Ich weiß«, murmelte er. »Es sollte nur vorübergehend sein. Doch nun hat er sich vom Tor entfernt ...« Sandro stöhnte laut, und Morias öffnete die Augen – der Moment seiner Schwäche ging vorüber – und hielt seinen festen, unnachgiebigen Blick auf Sandro gerichtet.

»Ich brauche dich und Duncan, damit ihr ihn zurückholt, Sandro. Ihr müsst in eure eigene Welt zurückkehren.«

Tristan schlief, als Cal an diesem Abend vorbeikam. Bea strich sich unsicher durchs Haar, als sie sich darauf vorbereitete, die Tür zu öffnen; dann jedoch riss sie sich zusammen und sagte sich, dass dies eh vergebliche Liebesmüh sei. Es schien fast lächerlich, dass Cal irgendein Interesse an ihr haben könnte, denn er hatte auf der Wache freie Auswahl. Doch trotzdem konnte sie den schwachen Schauer nicht unterdrücken, als sie durch den Türspion an ihrer Vordertür sah und entdeckte, dass er eine Flasche Wein mitgebracht hatte.

»Hallo, Bea«, begrüßte er sie lächelnd, als sie die Tür öffnete. »Ich habe mich gefragt, wie es deinem Patienten geht.«

Na ja, er denkt, dass sein Vater Duncan Talisker ist, der inzwischen sechzig ist und in einer anderen Welt lebt, dachte sie trocken. »Dem geht's gut«, sagte sie laut. »Ich glaube, er ist einfach allgemein erschöpft.«

»Keine große Überraschung.« Cal ging hinüber ins Wohnzimmer. »Ich hoffe, du hast nichts dagegen …«, sagte er und zeigte ihr die Flasche Wein.

»Nein, überhaupt nicht. Tatsächlich sollte ich das als eine Art Vertrauensbeweis werten«, sagte sie lächelnd. »Ich hole Gläser und einen Korkenzieher.« Sie kehrte mit einem Tablett mit Weingläsern und einer Tüte Tortilla-Chips zurück, und sie setzten sich, um gemeinsam den Wein zu genießen.

»Ich nehme an, er ist im Bett?« Cal nickte zum Gästezimmer hinüber.

»O nein, ich habe ihn in die Stadt geschickt.« Sie beobachtete, wie sich sein Gesicht veränderte, und kicherte leicht. »Natürlich liegt er im Bett. Wie sieht es mit seinem Schwert aus? Kann er es wiederbekommen?«

Cal zuckte mit den Achseln. »Stirling hat angeregt, dass du mal vorbeikommen könntest, um einige Tests durchzuführen, wo du doch eine solch starke persönliche Anteilnahme an dem Fall gezeigt hast. Wenn keine Blutspuren zu finden sind, können wir wohl davon ausgehen, dass es nur dekorativen Zwecken gedient hat … die Art von Kram, den sich die Leute über den Kamin hängen …« Er biss laut krachend und geistesabwesend in seine Chips und häufte dann noch weitere in seine Hand. Beas Gefühle für ihn wurden noch wärmer, denn sie genoss die Tatsache, dass er sich in ihrer Gegenwart so entspannt geben konnte.

»Du meinst eine Nachbildung oder so etwas?«

»Ja, so etwas in der Art. Einige der Geschäfte in der High Street verkaufen solchen Kram ...«

»Du glaubst nicht daran, oder?«

»Sag du es mir. Du bist die Expertin.«

»Warte mal. Ist das Stirlings verstohlene Art, mich wieder zur Arbeit zu locken?« Beas Empörung war nur vorgespielt. Sie ahmte Stirlings tiefen, sonoren Tonfall nach. »Wenn du schon mal hier bist, Bea, würde es dir etwas ausmachen, deinen Expertenblick mal auf die Leiche im Untersuchungsraum drei zu werfen? Meine Liebe, du könntest auch gleich den Bericht fertig machen, ja?«

Cal grinste, als er geräuschvoll in den nächsten Chip biss. »So, er nennt dich also meine Liebe?«

Sie schnaubte verächtlich. »Denk nicht mal daran. Ich und Stirling kennen uns schon sehr lange, aber ...«

»Ich mache doch bloß Spaß ... die meisten auf der Wache haben immer gesagt, dass du und Alessandro ein perfektes Paar wäret.«

»S-Sandro? Nein. Wir sind eine Zeit lang ausgegangen, doch daraus ist nichts geworden. Er ist nie darüber hinweggekommen, auf welche Art er seine Frau verloren hat.«

»Ja, Diane, so hieß sie doch? Schrecklich. Ich war an dem Tag in Ladyfield, als er ausgerastet ist. Ich persönlich habe ihn immer gemocht, aber einige sagen ...«

»Er war ein guter Mann, Cal.« Unerwartet traten ihr Tränen in die Augen. *War ein guter Mann ... daran liegt es*, sagte sie sich selbst. Sie redeten über Sandro, als wäre er tot. »Er ist ein guter Mann«, berichtigte sie sich selbst.

»Es tut mir Leid, Bea. Ich wollte dich nicht traurig machen.« Cal stellte sein Weinglas ab und streichelte ihr etwas linkisch die Hand. »Aber du kannst doch nicht immer noch glauben, dass er noch am Leben ist, oder? Es sind über zwei Jahre vergangen, seitdem er und Duncan verschwunden sind.«

»Es gibt viele Gründe, warum Menschen verschwinden«, sagte sie schniefend, zog überdeutlich ihre Hand weg und schloss sie um ihr Weinglas.

»Ja, sicherlich. Und wenn man ein Massenmörder ist, hat man auch guten Grund dazu. Aber Sandro doch nicht. Talisker war der, der einen Grund gehabt hat.«

Bea seufzte schwer. »Sieh mal, das ist nicht böse gemeint, Cal, aber du hast mit dem Fall nichts zu tun gehabt und bist deshalb auch nicht mit allen Fakten vertraut. Am Ende gab es Beweise genug, die auf Thomas Willis hinwiesen … und zwar überzeugender als auf Talisker. Zumindest genug, um dessen vorhergegangene Verurteilung rechtsungültig werden zu lassen.«

»Wenn er noch gesessen hätte«, sagte Cal nickend. »Wer ist überhaupt Thomas Willis?«

Bea war plötzlich erschöpft und schüttelte den Kopf. »Das ist jetzt egal … es ist egal.«

Es herrschte lange Zeit Schweigen; der Abend war näher gerückt, während sie gemeinsam Wein getrunken hatten, und das Wohnzimmer wurde nur von dem Licht des Kamins und vom Licht, das aus der Küche hereinfiel, erleuchtet. Bea machte sich in Gedanken eine Notiz, dass sie aufstehen und eine Lampe anmachen wollte, doch irgendwie fühlte sie sich außerstande, sich zu bewegen. Von seinem Stuhl aus betrachtete Cal das Foto auf ihrem Flügel und runzelte im Dämmerlicht die Stirn.

»Wer ist denn das kleine Mädchen dort?«, fragte er fröhlich.

Bea lächelte fast bitter über die Ironie, die darin lag. Sie begriff, dass Cal höflich sein wollte und recht offensichtlich versuchte, das Thema zu wechseln. »Das ist Effie Morgan. Die Tochter von Shula Morgan. Ich bin ihre Patentante. Manchmal wohnt sie in den Ferien hier bei mir …«

Auf Cals Gesicht spiegelte sich das langsame Begreifen ab. »Shula Morgan? Ist das nicht …?«

»Ja. Das letzte Opfer. Sie war eine Schulfreundin von mir und auch eine Exfreundin von Duncan.«

»Aber er …«

»Nein. Er hätte ihr niemals etwas getan.«

»Aha. Weißt du, vielleicht sollte ich jetzt gehen.« Er erhob sich unvermittelt und klopfte sich die Chilikrümel von der Segeltuchhose. »Ich … ähem … ich scheine einfach … nun ja …«

»Ins Fettnäpfchen getreten zu sein, so sagt man, glaube ich«, sagte Bea sanft.

Er sah ihr in das vom Feuer erleuchtete Gesicht; der Nachhall der Tragödie, die den kleinen Freundeskreis ereilt hatte, schien sich in ihren Zügen abzuzeichnen. Doch er sah auch die seltsame Weisheit, die solche Ereignisse häufig den Menschen bescheren; ein Annehmen, eine Weigerung, sich unterkriegen zu lassen. Sie war ihm wegen seiner Unbeholfenheit nicht böse, nur tieftraurig, und nun vermochte Cal auch zu verstehen, warum Bea bei der Arbeit nachgelassen hatte und warum ihre viel diskutierte Beziehung zu einem mittlerweile berühmten Operntenor einfach im Sande verlaufen war.

»Gott, es tut mir Leid, Bea.«

»Um Himmels willen, hör auf, dich zu entschuldigen, Cal. Geh nicht. Komm schon, gieß mir noch ein Glas Wein ein.« Sie lächelte warm, und die selbstbewusste, etwas barsche Frau, die sie gewesen war und die viele ihrer Kollegen bewundert hatten, kam wieder zum Vorschein. »Ich schlage dir was vor«, sagte sie, und ihre Augen zwinkerten unheilvoll. »Lass uns bis zum Morgengrauen trinken und reden. Vielleicht können wir ein bisschen neuen Klatsch und Tratsch auf der Wache säen.«

»In Ordnung«, lachte er. »Sollen wir noch mal nach Tristan sehen, bevor wir zu betrunken sind?«

»Ja.«

Sie gingen leise zur Tür des Schlafzimmer und Beas Herz setzte einen Schlag lang aus, als sie bemerkte, dass Tristan nicht in seinem Bett lag. Gerade als sie etwas sagen wollte, packte Cal sie am Ärmel und wies auf den Boden. Tristan hatte sich auf dem Bettvorleger eingerollt, tief schlafend, und hatte die Arme fest um die keineswegs protestierende Katze geschlungen.

»Scheint, als wäre das Bett zu weich gewesen«, sagte Cal grinsend.

Bea nippte an ihrem Wein und lächelte ebenfalls. Vielleicht würde sie am nächsten Tag die Tests am Schwert durchführen. Sie sah Cal an und fragte sich, was er ihr antworten würde, wenn sie ihm sagte, sie sei sich sicher, Blut an der Klinge zu finden, weil Tristan um sein Leben gelaufen war.

Kapitel Sieben

Während der vergangenen Jahre hatte Talisker häufig von Una geträumt. Er erwachte in den dunkelsten Stunden der Nacht aus solchen Träumen, und die Erkenntnis, dass sie tot war, kroch unmittelbar über ihn hinweg und umfing ihn wie eine bedrückende Hülle. Trotzdem hatte der Schmerz des Verlustes immer mehr nachgelassen, sodass er manchmal einige Tage lang überhaupt nicht an sie dachte und dann von einem unbestimmten dumpfen Schuldgefühl ereilt wurde, wenn er begriff, dass er sie fast hätte gehen lassen. In einer Welt ohne Fotografie war die Erinnerung, oder besser deren Verlust, im Laufe der Jahre zur stillen Mörderin der Trauer geworden. Das sanfte Abtragen von Unas Bild, ihres Gesichts und ihrer Stimme linderte den Schmerz, ersetzte ihn jedoch durch das bittersüße Wissen, etwas Einmaliges im Leben verloren zu haben.

Gelegentlich kam es vor, dass ein erinnertes Gefühl gegen solch gnädiges Vergessen aufbegehrte. Talisker konnte beispielsweise durch den Wald reiten und ein bestimmtes Kraut oder eine Blume riechen oder einen Vogel sehen, den sie gemocht hatte, und schon hörte er ihre Stimme so deutlich, als wäre es gestern gewesen. Natürlich gab er vor, nichts zu hören; er stählte sein Herz und ritt weiter, lenkte sich selbst durch die Jagd ab oder beobachtete das Wetter. Es war gar nicht so, dass er sich an seine verlorene Liebe nicht erinnern wollte, sondern vielmehr so, dass er nach ihrem Tod seinen Schmerz begraben hatte und sich selbst in die Erziehung seiner Kinder gewissermaßen hineingestürzt hatte. Doch in der Einsamkeit der Berge gab es nichts, das seine überwältigende Trauer hätte lindern können. Nach etwa einer Woche wurde ihm bewusst, dass man in der anderen Welt wohl gesagt hätte, er habe einen Zusammenbruch erlitten; in Sutra akzeptierte man einfach, dass er für eine Zeit den Verstand verloren hatte.

Doch dieses Mal war es anders als in seinen Träumen. Dieses Mal war so real, als stünde sie vor ihm. Wäre Morias aufgetaucht und hätte ihm erklärt, er habe einen Weg gefunden, um sie zu ihm zurückzubringen, dann hätte Talisker ihm geglaubt. Er saß auf den Stufen der winzigen Hütte, die er gebaut hatte und die nur einen einzigen Raum hatte, und betrachtete den nächtlichen Himmel; in der Nacht zuvor hatte es einen Meteorregen gegeben, und er hoffte auf ein weiteres Schauspiel – die Sterne zu beobachten war zu einer seiner Leidenschaften geworden, und er hielt die Einzelheiten und Zeichnungen in einem Skizzenbuch fest, dessen Seiten mit seiner winzigen, spinnwebartigen Handschrift gefüllt waren, deren Zeilen zum Seitenende hin immer enger zusammenrückten. Neben ihm auf den Stufen saß ein kleiner grauer Luchs; es war kein Sidhe-Luchs, sondern ein einheimisches Waldtier, das sich oft näherte, um mit Talisker die Zeit zu verbringen und seine Nahrung zu teilen. Manchmal steuerte er einen Hasen für den Topf bei, dann wieder verschwand er für eine Weile. Wie alle Katzen bestimmte er die Freundschaft, doch das kam Talisker gelegen, und wenn seine Gefährtin zurückkehrte, genoss er die stille Wegbegleitung. Er nannte das Luchsweibchen Prinzessin (ihm war klar, dass das keineswegs einfallsreich war) – und er erwartete nicht, dass sie kommen würde, wenn er sie riefe.

Heute war der Himmel tintenblau; Talisker starrte angestrengt in den silbrigen Schimmer der Sterne und fragte sich, ob wirklich ein Hauch von Vorahnung in der Luft lag oder ob das Gefühl von ihm ausging. Der Himmel hatte kein Zeitgefühl, oder doch? Dort oben gab es keine »letzte Nacht«, überlegte er, eigentlich überhaupt keine Nacht, deshalb …

»Duncan?«

Es war sie. Una. Sie stand am Fuße der Stufen auf dem schmalen Weg. In der Dunkelheit konnte er ihre Gesichtszüge nicht erkennen, doch er war sich sicher – genauso wie er wusste, dass sie ihr grünes Kleid trug und das Plaid ihrer Familie um die Schultern gewunden hatte, auch wenn die Farben ebenfalls matte Grauschleier in der Dämmerung waren.

»Una?« Das Wort, das sich seiner Kehle entrang, war ein erstickter Laut. Im selben Augenblick, in dem er dies sagte, fiel ihm auf, dass er ihren Namen schon seit vielen Jahren nicht mehr laut ausgesprochen hatte. »Was …?«

Er wollte aufstehen und zu ihr hinübereilen, doch sie bedeutete ihm innezuhalten.

»Nein, steh nicht auf. Du kannst mich nicht berühren, mein Geliebter. Ich bin nur ein Schatten, und ich lebe hier geborgte Zeit. Wenn du versuchst, mich zu berühren, wird der Zauber durchbrochen.«

»Dann komm doch wenigstens näher, Una«, flehte Talisker, »sodass ich dich sehen kann. Komm her, und setz dich auf die Stufen. Ich schwöre, dass ich dich nicht berühren werde.«

Sie kam herüber, um sich neben ihn zu setzen, und er beobachtete jede ihrer Bewegungen, sog die Details in sich auf; jeder dieser undenkbaren Augenblicke dehnte sich in die Unendlichkeit aus. Als sie näher rückte, roch er ihren vertrauten hölzernen Geruch, und ein Gefühl von tiefer Ruhe umfing ihn wie eine wärmende Decke. Sie sah zu ihm hoch, wie er auf der obersten Stufe saß, und er konnte erkennen, dass sie geweint hatte, denn ihre Tränen hatten schimmernde Spuren auf ihrer bleichen Haut hinterlassen. Ungeachtet seines Versprechens, noch bevor er wusste, was er tat, streckte er die Hand nach ihr aus, und sie zuckte zurück.

»Es tut mir Leid«, stöhnte er. »Una, ich würde meine Seele verkaufen, nur um …«

»Ich weiß, Duncan. Aber hör mir zu, denn uns bleibt nur wenig Zeit. Unsere Kinder sind in Gefahr, in großer Gefahr.«

Er runzelte die Stirn. Während der vergangenen Wochen hatte er nur wenig an Regan und Tris gedacht und sie in ihrer Position als gemeinsame Thane sicher in Soulis Mor geglaubt. Und dieser Moment, dieses Zusammentreffen, warum sollte es sie zum Thema haben? Er schüttelte den Kopf.

»Es geht ihnen gut, Una. Wie sollte es auch anders sein? Sie bekleiden das höchste Amt in Sutra. Niemand würde sich trauen, sie in Gefahr zu bringen – es wäre schon Hochverrat, nur davon zu sprechen.«

»Nein. Wie kannst du nur, Duncan? Wie kannst du so blind sein, was die beiden betrifft? Du hast keine Vorstellung, was in Soulis Mor vor sich geht, nicht wahr?«

Er war verstört von ihren anklagenden Worten. »Also gut. Sollte etwas wirklich schief laufen, dann wüssten die Sidhe schon, wo sie mich finden können, und Sandro oder Eion hätten mir eine Nachricht überbracht. Ich – ich kann nicht nach Soulis Mor ziehen, das weißt du.«

»Ja. Und ich verstehe deinen Schmerz und deine Abneigung dagegen, diesen Ort noch einmal zu besuchen«, sagte sie und nickte ernst. »Aber es hat sich viel verändert, Duncan. Tsanuk, einer der Alten des Luchs-Clans, ist tot, ermordet auf einen Befehl hin, der von Regan unterzeichnet worden ist. Sein Sohn, Demukwa, hat seinen Clan nach Süden geführt, um Regans Verfolgung zu entkommen.«

»Nein.« Entsetzt starrte er die Erscheinung seiner Frau an. »Das ist ein Trick, nicht wahr? Du kannst nicht wirklich Una sein. Wer schickt dich, um mich zu quälen?«

Sie erhob sich und warf sich das Plaid um die Schultern, was einen warmen Luftzug hervorbrachte, der erneut ihren süßen Geruch zu ihm herüberwehte. Ihr Gesicht war gerötet und zornig.

»Glaubst du vielleicht, für mich bedeutet dies weniger Schmerz als für dich?«, fragte sie grimmig. »Glaubst du, meine Seele ruht in Frieden? Sie ist von meinem Fleisch und Blut und von deinem, mein Ehemann, doch dieses Blut ist beschmutzt. Sie steht unter dem Einfluss von jemandem, der vorgibt, sie zu lieben, und diese Person hat das Schlechteste in ihr zum Vorschein gebracht.« Una schluckte und versuchte, die erneut aufsteigenden Tränen zu unterdrücken. »Ich fürchte, das Schlechteste an ihr ist das pure Böse.«

Aus irgendeinem Grund ließen Unas Wut und Empörung Talisker glauben, dass es sich tatsächlich um den Geist Unas handelte. Zu Lebzeiten war sie schnell mit einer Verteidigung ihrer Kinder bei der Hand gewesen; es schien, dass sich das nach ihrem Tod nicht geändert hatte. »Wer ist dieser Mann?«, fragte Talisker zweifelnd. »Es sieht Ree gar nicht ähnlich, nicht ihrem eigenen Kopf zu folgen.«

»Sein Name ist Jahl. Er ist Regans Vertrauter. Das ist alles, was ich weiß.« Sie zuckte hilflos mit den Schultern, und Talisker hatte das Gefühl, es würde ihm das Herz brechen, sie so mutlos zu sehen.

»Du hast Recht, Una … auch wenn das bedeutet …« Er hielt inne, als ob er sich in Gedanken verlieren würden und Una beobachtete ihn eindringlich, denn sie wusste, er sann über etwas nach, das für Talisker fast unvorstellbar war: Er musste zurück nach Soulis Mor. »Ich muss etwas tun, bevor es zu spät ist«, murmelte er. Seine Stimme war leise, als wollten die Worte nur widerwillig über die Lippen. Er erhob sich und fuhr sich mit dem Finger durch das Haar, als ob er aus einem tiefen Schlaf erwachte; seine Gesichtszüge wirkten im kühlen Mondlicht aschfahl – beinahe ebenso gespenstisch wie Una selbst.

»Ich würde sagen, es ist schon zu spät«, antwortete Una, die Talisker nicht weiter mit seiner Vergangenheit konfrontieren wollte. »Aber Tristan ist das weitaus dringendere Problem. Ich – ich …« Sie begann zu schniefen und kämpfte gegen die Schluchzer an, die ihren zarten Körper schüttelten. »Ich fürchte, er könnte schon tot sein, aber seine Seele ist nicht da …«

»Seine Seele ist nicht da? Was soll das bedeuten, Una?«

»Ich weiß nicht. Ich weiß nur, dass ich ihn nicht sehen kann, weder hier in Sutra noch in Lord Cernunnos Reich. Ich dachte zuerst, ich würde mich irren, und wartete in der Nähe der Leere, um nach ihm Ausschau zu halten, falls er sie durchqueren würde, doch er kam nicht. Duncan, ich weiß, dass sie gekämpft haben, bevor er Soulis Mor verließ. Ich konnte ihre Trennung spüren, aber sie würde ihn doch nicht … sie würde ihn doch nicht töten?«

Taliskers Gesichtszüge verhärteten sich, als all die Jahre der Unruhe wegen seiner Tochter wieder in ihm hochstiegen. Und doch war alles, woran er in diesem Augenblick denken konnte, seine Freude, als er sie zum ersten Mal in den Armen hielt. Er seufzte. »Ich weiß es nicht, Una. Ich hatte immer das Gefühl … ich habe sie immer für deinen Tod verantwortlich gemacht.«

»Laste es nicht ihr an, Duncan. Sie war nur ein kleines Mädchen und gewiss nicht schuld. Sie hielt meinen Arm, so lange sie konnte.« Una wich seinem Blick aus.

»Aber sie hätte doch mehr tun können, oder etwa nicht? Sie hätte irgendetwas anderes tun können.«

»… vielleicht … aber sie ist in Panik geraten.«

»Mögen die Götter dich segnen, Una, du liebst sie selbst jetzt noch immer.«

Una lächelte zitternd. »Ich bin ihre Mutter.«

»Aber wie soll ich auf Tris Acht geben? Wenn sie ihm tatsächlich etwas angetan hat, werde ich …«

»Ich habe nur wenige Antworten, Duncan. Aber du musst ihnen beiden helfen. Regan könnte vielleicht wissen, was ihrem Bruder zugestoßen ist, auch wenn ich nicht sicher bin, ob sie es zugeben würde. Jeden Tag wird Jahls Einfluss mächtiger. Ich wünschte, ich könnte euch allen helfen. Sei gewiss, dass ich euch zusehen werde … aber ich muss jetzt gehen.«

»Nein. Bitte geh nicht.«

»Das ist sehr anstrengend für mich.«

»Bleib einfach hier sitzen ... du musst nichts mehr sagen ... nur ... bitte, Una.«

Sie lächelte warm, und neue Tränen stiegen in ihren Augen auf. Talisker wusste, dass diese Tränen nur ihm und ihr galten, nicht ihren Kindern. »Ich liebe dich, Una ... ich vermisse dich so sehr ...«, sagte er rau; seine Kehle verengte sich durch die Macht der Gefühle, die ihn zu überwältigen drohten.

»Ich weiß, mein Ehemann. Eines Tages werden wir wieder beisammen sein. Doch für heute lass uns gemeinsam die Sterne betrachten.«

Sie saßen schweigend zusammen; der Meteorschauer zeigte sich wieder, und der silberne Luchs schlüpfte zwischen sie und rollte sich auf den Stufen ein. Talisker betrachtete erst Una und folgte dann ihrem Blick in den strahlenden Nachthimmel. Eine kaum merkliche Brise strich über sein Gesicht und liebkoste seine Haare; ein Gefühl von tiefer Ruhe und Zufriedenheit erfüllte sein gesamtes Wesen, als wäre etwas in ihm, das er gar nicht zerbrochen gewusst hatte, geheilt und wieder eins geworden.

»Una, ich ...«

Doch sie war fort.

Die fallenden Sterne spiegelten die silbrigen Spuren seiner Tränen wider, dennoch lächelte Talisker.

Tage später näherte sich Talisker der Festungsstadt Soulis Mor, um nach Antworten zu suchen; sie hatte sich in den Jahren, seitdem Talisker sie zuletzt gesehen hatte, kaum verändert. Die schwarzen Steine trotzten der Bitterkeit der Jahreszeiten im Norden, ohne Schaden davonzutragen. Als er auf der Ebene Rast machte, bevor er zu den Toren ritt, bemerkte Talisker, dass die Zerstörung aus der Schlacht um die Stadt noch zu erkennen war, wenn man genau hinschaute; helleres, weniger kunstfertiges Mauerwerk umschloss streckenweise den Turm, wo die Feuer gewütet hatten. Nach der Überlieferung der Fine wusste niemand, wer Soulis Mor erbaut hatte. Die Festungsstadt, die zwischen den Schultern zweier Berggebiete hockte, hatte eine ganz eigene Ausstrahlung, und die Fine, die sie bewohnten – früher vom Clan Isbisters, heute von Tristans und Regans –, begegneten der Stadt mit großem Respekt und mit Ehrfurcht.

Für Talisker bedeutete Soulis Mor nur eins: Angst. Während der Schlacht war Taliskers empathisches Vermögen unerwünscht verstärkt worden. Er hatte die Seelen der gefallenen Krieger sehen können, die noch immer in Todesqualen und trostloser Verzweiflung schrien, wenn ihre Leichen längst tot auf dem Feld lagen. Corvus' Dunkelheit hielt Sutra im Griff, und so war der Tod keine Erlösung; die Anhäufung von gepeinigten Seelen veränderte die bereits höllengleiche Szenerie in etwas, das Taliskers Geist um nichts in der Welt erinnern oder wieder aufleben lassen wollte. Seit die Kinder in der Stadt lebten, hatte er sie niemals besucht. Bis jetzt.

Am Ende ritt er doch durch die Talsenke auf die großen Tore zu; im gestreckten Galopp, damit ihn nicht in letzter Sekunde der Mut verließ. Sein Pferd – eine große, rötlich grau gescheckte Stute, die an das flache Land nicht gewöhnt war – spürte seine Verunsicherung, und als sie sich der Stadt näherten, hatte er Schwierigkeiten, sie im Zaum zu halten. Mittlerweile ähnelte ihr Ritt einer Hals-über-Kopf-Jagd, bei der die Stute mit dem Kopf schlug, schnaubte und ihn abzuwerfen drohte. Sein Herz raste, und alles in ihm schrie, er solle umkehren, während er gleichzeitig darum kämpfte, mit leicht zittriger Stimme sein Pferd zu beruhigen. Doch er machte vor den Toren Halt und zwang sich, die Wache anzusprechen.

»Sagt Regan, ich wünsche sie zu sehen«, trug er ihm auf. Seine Stute stieg und tänzelte einmal im Kreis, doch er riss ihren Kopf herum und warf dem Mann einen festen, starren Blick zu. Einen Moment lang sah die Wache verunsichert aus, zog sich dann jedoch ins Wachhäuschen zurück. Als er zurückkehrte, war ein älterer Mann, vermutlich ein dienstälterer Wachposten, bei ihm.

»Wer seid Ihr, dass Ihr eine Audienz beim Thane verlangt?«, fragte der Mann barsch. Die jüngere Wache hatte ihm augenscheinlich von Taliskers offensichtlichem Mangel an Respekt berichtet.

»Duncan Talisker. Sagt ihr, ihr Vater ist hier.«

Sie ließ ihn über eine Stunde warten. Talisker saß in einem Vorraum und harrte darauf, hineingebeten zu werden, um sie zu sehen. Nach zehn Minuten war ihm klar, dass sie ihm eine deutliche Botschaft übermittelte: Ihr Vater zu sein brachte ihm in Soulis Mor wenig bis gar keinen Respekt ein. Nur wenige Menschen kamen am Eingang zu dem kleinen Zimmer vorbei, doch Talisker war sich sicher, dass sie sein Warten zur Kenntnis nahmen. Neuigkeiten verbreiteten sich immer schnell in der Stadt, aber die Nachricht, wie Regan ihren Vater zu behandeln beliebte – ob geringschätzig oder auf andere Weise –, griff wie ein Lauffeuer um sich. Nach einer halben Stunde war er wutentbrannt; nachdem sie ihn eine weitere halbe Stunde hatte schmoren lassen, entschied er endlich, dass er genug hatte. Er erhob sich plötzlich und platzte durch die Doppeltüren in Regans Zimmer.

»Regan. Was zur Hölle geht hier vor?«

Sie saß an einem großen Schreibtisch, auf dem Papiere verstreut lagen, und war anscheinend in ein Schriftstück vertieft. Einen Augenblick lang beachtete sie sein plötzliches Eindringen überhaupt nicht, und als sie den Blick hob, tat sie, als hätte sie ihn erst gestern zuletzt gesehen. Es war dieselbe Regan, dasselbe süße, bleiche Gesicht, dieselben dunklen Haare und der durchdringende Blick. Er hatte erwartet, sie habe sich vielleicht verändert, doch sie sah noch immer aus wie Ree, sein Mädchen. Erst als sie zu sprechen anhob, wurden die Abweichungen in ihrem Charakter und ihrer Haltung offensichtlich; es war wie ein beißender Schlag ins Gesicht.

»Vater. Solch eine glückliche Vereinigung nach all diesen Jahren.«

Sie erhob sich und bedeutete ihm, auf der anderen Seite des Schreibtisches Platz zu nehmen. »Du musst müde von der Reise sein. Setz dich, und ich werde dir etwas warmen Wein bringen.«

»Nein. Ich möchte nichts trinken.«

»Was willst du dann?«

»Ich will wissen, was hier vor sich geht, Ree – Regan. Ich habe einiges über deine Herrschaft hier gehört, was mir nicht gefällt.«

Sie hob die Augenbrauen, als ob solch eine Anschuldigung völlig überraschend für sie käme. »Von wem? Wer sollte so etwas behaupten?«

»Nun ja ...« Talisker war sich nicht sicher, was er ihr sagen sollte. »Es ist doch gleich, wer es war, nicht wahr? Ich mache mir wegen dir und Tris Sorgen.«

Als der Name ihres Bruders fiel, erbleichte Regan und sah zur Seite. »Weißt du, wo Tristan ist?«, fragte Talisker.

Sie schüttelte mit ausdrucksloser Miene den Kopf. »Er ist fortgegangen«, sagte sie. »Eines Nachts ist er einfach verschwunden. Wir hatten einen Streit.«

»Wegen Jahl?«

Sie starrte ihren Vater an, als sei sie über seine simple Feststellung erstaunt.

»Was weißt du über Jahl?«

»Nicht viel«, sagte er kühl. »Warum klärst du mich nicht auf?«

»Wir sind nur Freunde.« Sie sah inzwischen ausgesprochen unbehaglich aus.

»Ich habe nie etwas anderes behauptet.« Er seufzte. »Regan, muss ich dich erinnern, warum du hierher kamst? Um auf Tris aufzupassen. Wir wissen beide, dass Tris hier der Thane ist. Wir dachten, was wir taten, sei das Beste, aber ...«

»Diese Behauptung könnte in diesen Gegenden als Hochverrat gewertet werden.« Die schmeichelnde Stimme kam von jemandem, der im Eingang stand, doch Talisker kämpfte seinen ersten Impuls hinüberzusehen nieder und drehte sich nicht um.

»Ich habe mit meiner Tochter gesprochen«, antwortete er,

während er noch immer Regan ansah. »Sie weiß, wovon ich spreche. Auch sie ist hier Thane und muss entscheiden, ob das, was ich sage, Hochverrat bedeutet.«

Talisker nestelte am Griff seines Dolchs; etwas war an dem Sprecher, das ihm die Haare im Nacken zu Berge stehen ließ, auch wenn er ihn gar nicht gesehen hatte. Er wusste sofort, dass es Jahl war, und als dieser in sein Sichtfeld trat, schien es ihm aus unerfindlichen Gründen, als hätten sie sich schon häufig zuvor gesehen.

Für die Verhältnisse in Sutra war Jahl groß, ungefähr sechs Fuß hoch, und so dünn, dass er fast ausgezehrt wirkte. Trotzdem hatte er ein Gesicht, das, wie Talisker wusste, ein schönes Antlitz genannt werden konnte, mit elfenbeinfarbener Haut und dunklen Augen unter schweren Lidern. Hoch auf einem Wangenknochen hatte er eine seltsame Linie mit Symbolen in die Haut tätowiert. Er trug Schmuck, doch keine Waffen, nicht einmal ein Dolch war zu sehen; Talisker wusste instinktiv, dass das wenige, was er über diesen Mann gehört hatte, wahr sein musste. Doch wie konnte Regan so blind sein? Er suchte in dem Gesicht seiner Tochter nach einer Antwort, doch wo er halb erwartet hatte, Furcht und Zeichen von Nötigung zu entdecken, fand er nichts. In ihrem Blick lag haltloses Vertrauen. Was auch immer ihre Beziehung ausmachte, es schien, dass Jahl klug genug gewesen war, Regan nicht zu unterschätzen; er hatte sich Zeit gelassen und auf ganz besondere Weise ihr Herz gewonnen. Jahl war genauso schlau, wie er gefährlich war.

»Ihr liegt damit natürlich genau richtig.« Jahl trat hinter Regans Stuhl mit der hohen Rückenlehne und ließ seinen Arm besitz ergreifend auf der Lehne ruhen. »Aber soweit ich weiß, Duncan, habt Ihr neun, bald zehn Jahre gebraucht, um dieses Anliegen vorzubringen ...«

Talisker wartete nicht, bis er weitersprach. »Tretet Ihr häufig einfach ein und unterbrecht die Unterhaltungen des Thane? Ich wünsche allein mit meiner Tochter zu sprechen.« Er sah Regan scharf an; ihre gesamte Haltung hatte sich in den wenigen Sekunden, in denen Jahl so nahe bei ihr stand, verändert. Sie lehnte sich ganz leicht in die Richtung, in der er stand, bis ihr Arm den seinen fast berührte, und eine sanfte Röte zeichnete sich auf ihren Wangen ab. Sie berührte Jahl am Arm.

»Bleib, Jahl«, murmelte sie. »Vater, es gibt wenig zu sagen. Ich weiß nicht, wo sich Tris jetzt befindet, aber ich kann dir versichern, dass er durch mich keinen Schaden erlitten hat. Während seiner Abwesenheit muss ich Soulis Mor so führen, wie ich es für richtig halte. Ich bin hier der Thane.« Sie warf ihm einen kühlen Blick zu, doch seltsamerweise erreichte sie damit nur, dass er sich an sie als kleines Mädchen erinnerte – Regan war in ihren jungen Jahren für ihren schmollenden Blick, wenn sie sich ärgerte, berüchtigt gewesen.

»Ich habe nicht einen einzigen Augenblick lang angenommen, dass du Tristan etwas angetan haben könntest, Ree.« Er erhob sich und wollte gehen, denn er war traurig wegen ihres abweisenden Verhaltens. Im Stillen hatte er erwartet, dass sie ihn auffordern würde, zu bleiben und einige Zeit mit ihr zu verbringen. »Wenn du mich brauchst, dann lass mir durch Sandro eine Nachricht zukommen …«

»Sandro?« Sie warf Jahl einen Blick zu. »Sandro war schon seit geraumer Zeit nicht mehr in Soulis Mor. Niemand hat ihn gesehen, nicht einmal die Sidhe.« Es war klar, was in ihrer Auskunft mitschwang; wenn die Sidhe nichts über den Aufenthaltsort des *Seanachaidh* wussten, war anzunehmen, dass er tot war.

»Oh. Dann lass es mich auf andere Weise wissen … wenn du mich brauchst …« Er warf Jahl einen finsteren Blick zu. »Und nun zu Euch. Wenn Ihr meiner Tochter etwas zu Leide tut …«

Jahls Augen verengten sich, doch sein Tonfall blieb bemüht leichthin. »Also wirklich, Ihr droht mir, Duncan?«, spottete er.

»Du kannst mich Talisker nennen. Ganz recht, Jahl. Sollte meiner Tochter irgendetwas zustoßen, werde ich dich töten.«

Jahl rührte sich nicht und antwortete auch nichts, doch einen

Augenblick lang entglitt ihm die Maske lächelnden Entgegenkommens, die er für Regan aufgesetzt hatte. Er erwiderte Taliskers wütenden, finsteren Blick mit einem unbestimmten Ausdruck langsamer, brodelnder Intelligenz in den Augen. Dann lächelte er wieder und küsste Regan leicht auf den Hinterkopf, seinen Blick noch immer mit dem Taliskers verschränkt.

»Mach dir keine Sorgen, ich werde schon auf sie aufpassen«, sagte er grinsend.

»Auf Wiedersehen, Ree«, knurrte Talisker rau. Er wandte sich um und fühlte einen Schmerz, der ihn ohne Vorwarnung ereilt hatte. All die Jahre hatte er geglaubt, dass Tris und Regan … eins wären. Es war ihm gar nicht in den Sinn gekommen, beider Erwachsenwerden könnte bedeuten, dass sie ihm in jeder Beziehung entglitten. Ihm war nach Weinen zu Mute, doch wusste er nicht, worum er weinen sollte. Gerade als er die große Treppe hinabstieg, hörte er Regans Stimme noch einmal.

»Vater.« Er beachtete sie nicht. Sie hatte Recht, es gab nichts mehr zu sagen.

»Vater?« Fast war er auf dem Treppenabsatz angelangt. Er würde Soulis Mor verlassen und niemals mehr zurückkommen.

»Vater. Warte … warte … ich – ich befehle es dir.« Ihre Stimme klang jetzt näher. Kam sie ihm nach? Er beschleunigte seinen Schritt.

»D-Daddy …« Er hielt inne.

Sie stand am Kopfe der Treppe. Eine wunderschöne junge Frau, in Scharlachrot gekleidet, die Gift und feurige Unabhängigkeit ausstrahlte. Talisker fühlte brennenden Stolz aufsteigen. Er wusste, dass sie ihn niemals umarmen würde, das wäre einfach nicht Regans Art, doch sie wollte etwas sagen und konnte ihn nicht einfach so ziehen lassen. Für diesen winzigen Teil ihres Selbst war er unendlich dankbar. Er ging ihr nicht entgegen, sondern wartete auf das, was sie zu sagen hatte.

»Da- danke, dass du gekommen bist. Ich weiß, wie viel es dich gekostet hat, Soulis Mor noch einmal zu betreten.«

Er nickte. »Ree ... er ist Gift. Du musst ihn loswerden.«

Sie schüttelte den Kopf, und ihr Widerstand sprach Bände. »Du kennst ihn nicht, Vater. Er ... er kümmert sich um mich, passt auf mich auf. Es ist schwer, Thane zu sein ... es macht einsam.«

»Aber Ree ...« Er brach ab, denn er wusste von früher, dass seine Worte vergebens waren. »Schon gut ...«

»Wirst du nach Tris suchen?«

»Ja.«

Sie nickte und sah den Tränen sehr nah aus. »Ich hoffe, du findest ihn. Bring ihn nach Hause.«

»Das werde ich. Versprich mir, dass du nach mir schickst, wenn du mich brauchst.«

Sie lächelte. »Mir geht es gut, wirklich, aber wenn es dich glücklich macht, dann verspreche ich es.«

»Gut. Und pass auf dich auf.«

»Ja, auf Wiedersehen.« Als er ging, sah sie ihm nach, bis der Treppenabsatz ihn verschluckte. Reglos stand sie da und war wie gefangen genommen. Jahl kam und stellte sich hinter sie, ohne sie jedoch zu berühren.

»Das ist also dein Vater«, sagte er gedankenverloren. »Ich habe gehört, er sei ein großer Held gewesen.«

»Ja. Wie war dein Vater, Jahl?«

»Ich weiß es nicht. Doch meine Mutter spricht mit wenig Achtung von ihm.«

Eskarius verfluchte den Sturm. In seiner Wolfsgestalt, Vermesh, konnte er sich einfach in den Schnee eingraben und darauf warten, dass das Schneegestöber nachließ, doch sein Begleiter war weitaus verletzlicher. Er hatte schon immer gewusst, dass die Fine schwach und abhängig von niederen Tieren als Nahrung und Arbeitskraft waren; von Vieh, dem nicht einmal die Ehre der Jagd zuteil geworden war, bevor es sterben musste, und von gewöhnlichen, dummen Schafen, die es einfach geschehen ließen, dass ihnen das Fell heruntergerissen und ihre Nachkommen getötet wurden. Eskarius konnte es nicht verstehen, was die Fine für eine Freude aus ihrem Leben zogen. Es gab nur wenige Clansmänner, für die er Respekt aufbrachte oder die er leiden mochte. Und doch war dieser *Seanachaidh*, Alessandro Chaplin, einer von diesen wenigen. Er warf einen Blick zurück auf Sandro, der sich vorsichtig seinen Weg über die schneebedeckten Felsen bahnte wie ein alter, schwerfälliger Bär. Eskarius wusste, dass er recht betagt war – fast sechzig Sommer –, alt genug, um in seiner Hütte vor dem Feuer zu bleiben, alt genug, um in Ehren gehalten zu werden. Sandros lange dunkle Haare waren von silbrigen Strähnen durchzogen, und er trug einen kurzen grauen Bart, doch als sie während der letzten Tage miteinander gesprochen und sich besser kennen gelernt hatten, hatte Eskarius die Schnelligkeit in seinen Augen und die ruhige Sicherheit seiner Stimme bemerkt. Außerdem hatte Morias Eskarius von der misslichen Lage des *Seanachaidh* berichtet, die von der wahren Natur seiner »Heilung« herrührte.

»Gib gut auf ihn Acht, Eskarius. Ich fürchte, dass im Laufe der Tage die Last seines eigenen Schicksals ihn niederdrücken könnte«, hatte der alte Mann warnend gesagt. Eskarius wusste, dass das Wissen um den eigenen Tod und die Art des Sterbens etwas war, was die meisten Männer oder Sidhe nicht leicht ertragen konnten; die Überlieferungen der Sidhe berichteten von solchen Vorkommnissen, und es waren niemals fröhliche Geschichten, denn der Tod konnte nicht betrogen oder verleugnet werden. Als *Seanachaidh* musste Alessandro ähnlich verstörende Geschichten kennen.

Sandro ließ sich jedenfalls offensichtlich von dem Wissen niederdrücken, das er auf seinen Schultern trug; er vertraute sich Eskarius nicht an, und auch als seine Stimmung immer bedrückter wurde, je mehr sich das Wetter verschlechterte und ihre Reise erschwerte, brachte er das Thema kaum zur Sprache. Eskarius kam dies sonderbar vor, denn er trug den Stein, der Sandros Tod einschloss, in seinem Talisman um den Hals. Morias hatte entschieden, sie sollten ihn für den Fall mit sich führen, dass ihm etwas zustieß, bevor sie heimkehrten, und so kam es, dass, wann immer Sandro Eskarius anblickte, auf eine gewisse Weise der Tod zurückstarrte. Gewöhnlich lächelte er und machte Scherze, was ihn in Eskarius' Augen zu einem starken und weisen Mann von großer Rechtschaffenheit machte.

Am vierten Tag ihrer Reise war der *Seanachaidh* still und, wie es schien, den meisten Teil des Tages tief in Gedanken versunken. Als sie ihr Nachtlager bereiteten – Eskarius, um warm zu bleiben, in Wolfsgestalt –, begann Sandro leise zu sprechen. So leise, dass Eskarius Vermesh fast glaubte, er würde mit sich selbst reden. Der graubraune Wolf, der ungefähr menschengroß war, betrachtete den *Seanachaidh* über das Feuer hinweg mit ernsten gelben Augen.

»Ich erzähle Euch diese Geschichte, Eskarius Vermesh vom Clan der Wölfe, damit, wenn der Tod mich ereilt, Ihr diese Geschichte auf welche Weise auch immer zu den Fine zurückbringen könnt. Sie handelt vom Vergeben:

Einst lebten zwei Freunde, Arun und Dairmud. Sie waren sich nicht so ähnlich, wie sich Freunde meistens gleichen; den anderen ihres Clans schien es, als hätten sie überhaupt keine Gemeinsamkeiten. Doch allen zum Trotz waren sie Kameraden. Als sie aufwuchsen, wurden beide groß und stark und waren viel bewundert von den Frauen ihres Clans. Arun wurde Soldat, Dairmud ein Jäger.

Sie wuchsen jedoch in dunklen Zeiten auf, und ihre Wege trennten sich. Die Jahre vergingen, und Arun wurde der Anführer eines Kriegerregiments, ein respektierter Gesetzesgeber. Eines Tages wurde ihm ein Gefangener vorgeführt, und Arun sah mit Schrecken, dass es sein Freund Dairmud war. Dairmud war einer entsetzlichen Sache angeklagt: des Mordes. Man sagte, er sei von einem Dämon besessen, der um sich schlug und tötete und der aus Dairmud ein versklavtes Tier machte. Arun verbrachte viele

Stunden damit, seinen alten Freund zu befragen. Es schien ihm, dass sein Geist die Fakten deuten konnte und dass Dairmud die Tat begangen hatte, denn … alle Beweise sprachen dafür – doch sein Herz sagte ihm, dass dies nicht wahr sein konnte. Als er seinem Freund in die Augen blickte, wusste er es.

Doch Arun hörte nicht auf die Stimme seines Herzens, sondern schenkte nur seinem Geist Glauben, seinem Verstand. Ein schweres Unrecht geschah, und Arun war sich in seinen kühlen Überlegungen so sicher, dass er nichts tat, um es aufzuhalten. Dairmud wurde für viele Jahre fortgeschickt, um in den Minen von Assikla zu arbeiten. Die Jahre vergingen, und Arun dachte häufig an seinen Freund, dachte jedoch nie daran, ihn eines Tages wieder zu sehen. Doch dann geschah ein kleines Wunder; Dairmud, der aus den Minen entlassen worden war, schloss sich Aruns Regiment an. Sie zogen gemeinsam in den Krieg und kämpften Seite an Seite, auch wenn sie die Bitterkeit zwischen ihnen nicht überwinden konnten. Dann, eines Tages, kam etwas ans Licht, das Arun die Gewissheit im Geist und im Herzen verschaffte, dass Dairmud zu Unrecht angeklagt worden war. Doch hier zeigt sich, was für eine seltsame Angelegenheit das Vergeben ist: Dairmud vergab seinem Freund – er konnte sehen, dass Arun dem gefolgt war, was er in seinem Wunsch nach Gerechtigkeit für die Wahrheit gehalten hatte –, doch Arun konnte sich selbst nicht verzeihen. Niemals. Er suchte niemals wieder nach Liebe, weil er glaubte, der Liebe unwürdig zu sein. Er wanderte durch das Land wie eine verlorene Seele und erwartete lediglich sein Schicksal …

Und so scheint es, dass man nicht nur verzeihen muss, damit das Herz heilen kann. Vergebung muss auch mit Freuden angenommen werden …«

Einige Momente lang herrschte Schweigen, während Eskarius Vermesh darüber nachdachte; der Blick des Wolfs ruhte auf Sandros Gesicht und beobachtete die Reaktionen des *Seanachaidh*. Eskarius wusste, wie die meisten Geschichten der Fine aufgebaut waren, und es schien ihm, als sei diese anders; wo waren der Glanz und die Magie? Eskarius nahm seine Sidhe-Gestalt an, um mit Sandro sprechen zu können, beugte sich über das Feuer und sprach leise, aber ernst.

»Eure Geschichte hat keinen Schluss, *Seanachaidh*. Was ist aus Arun geworden?«

Aus irgendeinem Grund sah Sandro leicht erstaunt aus. »Ich nehme an, die Geschichte ist unvollendet«, sagte er sanft. »Man könnte sagen, ich erprobe sie an Euch.«

»Hmm. Das erfordert Arbeit«, antwortete Eskarius freimütig. Er dachte einige Zeit lang nach; sein Kopf war zur Seite geneigt, als lausche er auf etwas. Sandro schürte das Feuer und versuchte, noch etwas Leben aus den wenigen Ästen zu locken, die sie gefunden hatten.

»Ihr wisst natürlich, dass Eure Geschichte ein wenig brüchig ist«, sagte er schließlich. »Verzeihen hat nur dann solche Macht, wenn es für den Menschen oder den Sidhe wichtig ist, Vergebung zu erlangen.«

Sandro wollte gerade antworten, als ihm klar wurde, dass Eskarius der Geschichte eine völlig andere Bedeutung verlieh.

»Sprecht Ihr vom Wolf-Clan der Sidhe?«, fragte er.

»Vielleicht. Uns kümmert Vergebung nicht«, sagte Eskarius achselzuckend. »Auch wenn das keinen Unterschied macht, denn sie wird uns von der Sidhe-Bevölkerung nicht gewährt werden. Wir bleiben allein. Für immer.«

Sandro nickte in die Dunkelheit. »Dann ist dies vermutlich das Ende für Arun. Vielleicht ist es nicht das Schlechteste, mit Stolz und Würde allein zu ziehen.«

Und nun, Tage später, konnten sie von großem Glück sagen, in dem eisig kalten Schneesturm überhaupt vorwärts zu kommen. Der Pass war rutschig; eine sich verändernde Landschaft, deren schwarz glänzende Platten sich fast oder gänzlich ohne Grund gegeneinander verschoben. Sandro war bereits dreimal zu Boden gefallen und bewegte sich nun langsamer, zum Teil aus Vorsicht, doch auch, wie Eskarius vermutete, um einige Verletzungen an seinen erst kürzlich verheilten Knochen zu pflegen. Der Schneefall wurde heftiger, bis sie kaum noch etwas vor sich erkennen konnten.

»Eskarius Vermesh«, rief Sandro nach vorne zum Wolf. »Wir sollten irgendwo anhalten. Es hat keinen Sinn mehr.«

Eskarius Vermesh stimmte zu und warf einen Blick zu Sandro zurück, dessen Gestalt im Schnee wankte und nur unscharf zu erkennen war. Er spürte, dass da etwas vor ihm auf dem Weg war, eine kleine Blase der Ruhe im Sturm, und wenn schon nicht Wärme, dann wenigstens ein Nachlassen des eisigen Ansturms. Sie war nur durch ein Zusammenspiel seiner geschärften Sinne zu erkennen, ein blasser orangefarbener Umriss vor dem trostlosen Hintergrund.

»Ja …« Er drehte sich zu Sandro zurück, um ihm von seiner Entdeckung zu berichten. Doch mit Schrecken bemerkte er, dass der *Seanachaidh* ohne ein Geräusch verschwunden war. »*Sandro*?« Es war ein rhetorischer Gedanke, denn er wusste, dass Sandro die Gedankensprache der Sidhe nicht verstehen konnte. Sein Aufschrei war jedoch instinktiv gewesen. Er begann, den Geruch den Weg zurück zu verfolgen, den sie gerade gekommen waren, und versuchte, die Stelle ausfindig zu machen, an der sich sein eigener unverwechselbarer Geruch mit der leichteren Note des *Seanachaidh* vermischte. Als er die Stelle erreicht hatte, hielt er verwundert inne; es gab dort kein Loch in der Felsdecke, wie er es eigentlich erwartet hatte, aber einen nassen Abdruck, wo noch Sekunden zuvor ein Fels gewesen war, und eine Spur im Schnee, als wäre der Stein zu einem tödlichen Schlitten geworden. Eskarius stöhnte laut auf, was zu einer Art Winseln in seiner Kehle wurde, während seine scharfen Augen dem Weg den Hügel hinab bis zu einer Klippe folgten; es hatte den Anschein, dass der *Seanachaidh* in den Tod gerutscht war. Doch der Wolf versuchte zu erkennen, ob noch eine schwache Hoffnung geblieben sei. Sehr vorsichtig suchte er sich seinen Weg durch das Gesteinsgeröll, damit ihn nicht das gleiche Schicksal ereilte wie seinen Begleiter; sein Gang ähnelte mehr dem eines Fuchses als den weit greifenden Sprüngen eines Wolfes. Der Gebirgsrand war kaum auszumachen gegen die ausgewaschene Farbe des Himmels, und Eskarius näherte sich vorsichtig und mit tastenden Vorderpfoten dem Abgrund. Als er den Abhang erreicht hatte, spähte er in den Spalt hinunter; in seinem Kopf schwirrte es Schwindel erregend, als seine Sinne das Schneetreiben zu durchdringen versuchten. Es war unmöglich, mit den Augen etwas zu erkennen, doch etwas Warmes war dort, auf einem schmalen Absatz nicht weit unten in der Wand des Spaltes – es könnte sich als Bussard- oder Adlernest entpuppen, in dem sich die Jungen befanden, doch Eskarius gestattete sich den Gedanken, dass es sich auch genauso gut um Sandro handeln könnte. Ohne zu wissen, warum, ließ sich Eskarius Vermesh am Rande des schneebedeckten Plateaus nieder, warf seinen Kopf zurück und setzte zu einem markerschütternden Heulen an. Der Klang breitete sich durch die Gebirgskette der Blauen Berge aus.

So weit war die Wildnis, durch die sie reisten, dass Eskarius Vermesh höchst erstaunt gewesen wäre, hätte er gewusst, dass jemand seinen Schrei gehört hatte. Tatsächlich befand sich Talisker nur etwa eine Meile entfernt und war auf dem Heimweg nach seiner vergeblichen Suche nach Antworten in Soulis Mor. Er hielt einen Augenblick inne, um dem Heulen des Tieres zu lauschen, und vermutete zu Recht, dass dort Reisende in Not geraten waren. Er warf einen Blick hinauf in den dunkler werdenden Himmel und fluchte laut, bevor er sich im Laufschritt wieder in Gang setzte.

»*Seanachaidh*, *Seanachaidh* … Seid Ihr da? Könnt Ihr mich hören?« Eskarius hatte seine Sidhe-Gestalt angenommen und lag flach auf dem Boden, um über den Abgrund zum Felsabsatz zu spähen. Er war sich jetzt sicher, dass der nur undeutlich auszumachende graubraune Haufen auf dem Vorsprung Sandro war, denn einige Momente zuvor hatte er ein Stöhnen gehört.

»Keine Angst, *Seanachaidh*«, rief Eskarius. »Salkit wacht über den Himmel der Berge …« Er blickte wild um sich, denn er hoffte, einen Weg ausmachen zu können, auf dem er zu Sandro hinabsteigen konnte, doch er wusste, dass es keinen gab. Es war ihm klar, dass wahrscheinlich seine einzige Hoffnung ein Sidhe-Adler war – und es war recht unwahrscheinlich, dass ein solcher den Ruf eines Wolfes erhören würde. Seine Stimme wurde fast zu einem Flüstern, als er der Aussichtslosigkeit der Situation ins Auge blicken musste. »Wenn der Tag Eures Todes heute gekommen sein sollte, dann werde ich Eure Geschichte vom Vergeben zu den Fine zurückbringen, wie ich es versprochen habe.«

»Ich hoffe, dass das nicht nötig sein wird«, sagte eine Stimme hinter ihm. Eskarius richtete sich auf und wandte sich um. Ein großer Mann stand dort, auf einen dünnen Holzstab gestützt. Sein langes, glattes Haar war blassrot und von grauen Strähnen durchzogen, und er hatte ein schmales, kantiges Gesicht, das keinem Fine, den Eskarius jemals gesehen hatte, ähnlich war, sowie blaue Augen, die genauso intensiv wie seine eigenen leuchteten. Der Fremde trug für die Berge geeignete Kleidung und ein Bündel auf dem Rücken.

»Duncan Talisker?«, fragte Eskarius stirnrunzelnd.

»Ja, Wolf. Wo ist er?«, fragte Talisker barsch. Eskarius nickte zum Rand des Felsspalts, woraufhin sich Talisker auf Händen und Knien fortbewegte, wie es zuvor auch Eskarius getan hatte, als er sich dem Abgrund näherte. Talisker nutzte den Stab, den er bei sich getragen hatte, um den Schnee vom Lagergang zu wischen und so den darunter liegenden schwarzen Felsen freizulegen. Dann öffnete er sein Bündel und entnahm ihm ein langes Seil.

»Sandro«, schrie er hinunter. »Kannst du mich hören? Ich bin's, Duncan.« Zunächst kam keine Antwort, und Talisker legte die Hand über seine Augen, als wolle er seine Gefühle vor Eskarius verbergen. »Komm schon, Sandro, komm schon …«, murmelte er.

»Duncan?« Sandros Stimme war dünn und schwach und einer fiebrigen Umnachtung nahe. Er gab ein Geräusch von sich, das irgendwo zwischen Lachen und Schluchzen lag. »Of all the gin joints in all the woild …«

»Was hat er gesagt?«, fragte Eskarius stirnrunzelnd. Aus irgendeinem Grund lächelte Talisker jetzt. Er schenkte Eskarius' Verwirrung keinerlei Beachtung, sondern beugte sich weiter über den Abgrund. »Ja, Sandro … Du hast es für sie gespielt, jetzt spiel es für mich …«

Sie sind verrückt, dachte Eskarius entschlossen. Oder dies war ein seltsames Ritual der Fine, das er bislang nicht gekannt hatte.

»Spiel's noch einmal, Sam«, kam die schwache Antwort aus dem Spalt. Die Bemerkung wurde von einem dünnen Gelächter begleitet. Talisker wandte sich zu Eskarius um und gab ihm das eine Ende des Seils.

»Nehmt das hier, Wolf. Wickelt es um den vorstehenden Felsen dort drüben, der wie ein Vogel geformt ist.«

Eskarius beäugte Talisker finster. »Mein Name ist Eskarius«, sagte er. Talisker antwortete nicht, und so griff er nach dem Tauende und ging zum Stein hinüber. »Was ist an diesem hier auszusetzen?«, fragte er, als er bei der ersten Felsnase angelangt war.

»Vertraut mir, Wolf, dieser Fels gibt nicht genug Halt«, rief Talisker zurück.

Leise fluchend befestigte Eskarius das Seil, wie es ihm aufgetragen worden war.

»Sandro, ich werfe jetzt ein Seil hinunter. Kannst du es um dich selbst wickeln?«

»Ja, ich glaube schon.«

Für Sandro war es offensichtlich mit großen Schmerzen verbunden, als sie ihn hinaufzogen. Erst als der *Seanachaidh* als zusammengekrümmter Haufen im Schnee lag, ließ Talisker das Seil los, stieß einen Freudenschrei aus und rannte zu seinem Freund hinüber, wo er auf dem Boden neben ihm niederkniete und ihn mit einer bärengleichen Umarmung umschlang. Seit fast zehn Jahren sahen die beiden sich nun wieder – zum ersten Mal, seitdem Sandro die beiden Kinder nach Soulis Mor begleitet hatte –, doch das Band zwischen ihnen war in dieser Zeit nicht brüchig geworden. Eskarius beobachtete sie; er kannte die Teile ihrer gemeinsamen Geschichte, die Sutra betrafen, so wie alle jungen Krieger der Fine und viele der Sidhe, und auch wenn dieses erste Treffen mit Talisker etwas angespannt war, empfand er es fast als Auszeichnung, beim Wiedersehen zweier so bedeutender Männer anwesend zu sein. Doch der Schnee setzte zu einem neuerlichen Angriff auf die Bergregion an, und Taliskers und Sandros aufgeregte Stimmen wurden von den Elementen gedämpft und über die Einsamkeit der Bergrücken davongetragen.

»… Sieh mal einer an. Meine Güte, dein Bart …«

»… Woher wusstest du …«

»… Ich wusste nicht …«

»Aber wir haben nach dir gesucht. Morias …«

»Du lieber Himmel, Morias. Lebt er noch?«

Eskarius seufzte und lehnte sich zurück gegen die Felsnase. Schnee oder nicht, er glaubte, noch ein wenig warten zu können.

Sie fanden Unterschlupf in einer flachen Höhle am Ende des Passes, von der Talisker wusste. Eskarius hatte wenig gesagt, doch er half dem *Seanachaidh* dabei, hinter Talisker herzulaufen, während dieser einen sicheren Weg zwischen den gleitenden Felsen suchte. Die Höhle war wenig mehr als eine Ausbuchtung in der Felsoberfläche, doch sie bot recht wirksamen Schutz vor dem Schneesturm. Talisker zog Kerzen und etwas zum Anzünden aus seinem Bündel, und nach einer Mahlzeit aus getrocknetem Hasendörrfleisch und Kräutertee richteten sie sich für die Nacht ein.

»*Seanachaidh*, du schienst keine Angst zu verspüren, als wir dich vom Felsvorsprung hochzogen«, bemerkte Eskarius. Er hatte seit diesem Vorfall darüber nachgedacht – Talisker und Sandro hatten kaum über die Angelegenheit gesprochen, und doch musste ihnen beiden klar sein, wenn Talisker nicht gekommen wäre …

Sandro lächelte leicht, und sein Gesicht, welches das schwache Licht des Feuers widerspiegelte, sah müde, doch entspannt aus. Er berührte seine Kehle, um die Stelle anzudeuten, an der Eskarius seinen Talisman trug, den zeitweiligen Aufbewahrungsort seines Todessteines.

»Heute, Eskarius, habe ich begriffen, dass es ganz gelegentlich von Vorteil sein kann, die Umstände des eigenen Todes zu kennen.«

»Worum geht es?«, fragte Talisker und nahm einen Schluck Tee.

Sandro erklärte in Kürze Morias' verpatzten Versuch, ihn zu retten. Er wählte seine Worte sorgfältig und erwähnte lediglich Jahls Namen in Zusammenhang mit seiner kürzlich erlittenen Folter. Es schien irgendwie unpassend, Talisker zu diesem Zeitpunkt mit dem Wissen zu belasten, dass Regan den Befehl unterschrieben haben musste. Talisker hörte zu, nickte und unterbrach Sandro nur durch den Einwurf: »Himmel, Sandro, was hast du erleiden müssen …« Als Sandro seine Erzählung über den Stein beendet hatte, öffnete Eskarius seinen Talisman, nahm den Stein heraus und zeigte ihn Talisker; er lag warm in seiner Handfläche und strahlte noch immer das gleiche weiche purpurne Licht aus.

»Ich glaube, du solltest ihn nehmen, Duncan Talisker«, sagte er feierlich.

»O nein.« Talisker hob in abwehrender Geste die Hände in die Luft. »Das kann ich nicht. Das ist zu viel … Verantwortung.«

»Aber du verstehst nicht. Ich kann ihn nicht in meinem Beutel behalten. Er gehört mir nicht.«

»Eskarius hat Recht, Duncan. Nur Gegenstände, die ihm und dem Wolf-Clan heilig sind, sollten sich dort befinden. Es war eine

Gefälligkeit von ihm, ihn zu tragen. Ich wäre jedenfalls … geehrt, wenn du ihn nehmen würdest«, sagte Sandro nickend.

Talisker nahm den Stein von Eskarius entgegen und besah ihn sich von nahem. »Selbst als die Dinge zwischen uns zum Schlimmsten standen, hätte ich dir niemals so etwas gewünscht«, sagte er leise.

»Ich weiß.«

»Sag mir eins«, sagte Talisker, während er den Stein in ein Tuch wickelte und in seine Hüfttasche steckte. »Warum hat Morias deine kümmerliche Seele schon wieder gerettet? Hat es etwas mit Tristan zu tun?«

»Woher weißt du …«

»Ich weiß nur, dass er verschwunden ist«, sagte Talisker. »Oder genauer gesagt, seine Seele ist verschwunden, wenn das irgendeinen Sinn ergibt. Sie kann weder hier noch in der Leere oder … im Leben danach gesehen werden.« Er begegnete Sandros und Eskarius' angespanntem Gesichtsausdruck. »Ihr wisst, wo er ist, nicht wahr?«

Sandro nickte. »Ja, das wissen wir.«

Kapitel Acht

Manchmal hatte er das Gefühl, dass die Stadt wahrlich lebendig war; er konnte es tatsächlich spüren. Vielleicht würde die Stadt die kommende Apokalypse überdauern, und ihre stillen Straßen würden erleichtert das Sterben der vielen Reizstoffe feiern, die sie seit den Jahren ihrer Erbauung verunreinigt hatten. Knox stellte sich kurz die leere Fläche der Altstadt vor, in der nur er zwischen den schwarzen Steinen und Gassen entlangschritt. Er würde in der St.-Giles-Kathedrale einkehren – nein, vielleicht würde er sich entschließen, dort zu leben – immerhin gab es niemanden mehr, der ihn davon abbringen konnte –, vielleicht würde er in den Taufstein pissen und die selbstherrlichen gläsernen Heiligen in ihren süßlichen Farben zerschlagen. Nur er wäre noch übrig – niemand, um ihn davon abzuhalten …

Was dachte er da? Es war schließlich eine Lüge. Er hatte sie sich ausgedacht. Oder besser: Er hatte Dannys Lüge gestohlen und sie in etwas noch weitaus Spektakuläreres umgewandelt. Das Ende der Welt … jawohl. Das Weltenende naht … so bereut, ihr traurigen Bastarde … Nur dass dieses Ende gar nicht nah war (was auch immer mit »nah« gemeint war und früher oder später würden es die Kinder bemerken, wenn nichts passierte. Knox lächelte kurz in sich hinein; ein Ausbruch seines seltsamen Humors, der für eine winzige Sekunde seine Augen erreicht hatte. In der Zwischenzeit galt es, Spaß zu haben – Spaß an seinem Unterfangen, die Kinder zu manipulieren – ihre neue, weitaus radikalere Lebensführung zu beeinflussen, und weiteres Vergnügen daran, die übrigen Alten der Kinder zu unterlaufen.

Inzwischen waren nur noch drei der ursprünglich vier Alten übrig. Ein kleines Päckchen Kokain, unter dem Kopfkissen Joshuas platziert, hatte für sein Abfallen von Gottes Gnaden gesorgt. Er war der Stärkste gewesen und hatte als Erster gehen müssen. Als er die »Arche« mit seinen Besitztümern verließ, hatte er einen Blick zurückgeworfen und Knox gesehen, der ihm von den Bleiglasfenstern des Zimmers aus nachblickte, in dem die Alten ihre Treffen abhielten. Knox war so geistesgegenwärtig, ernst und betrübt auszusehen, bevor er sich in seinem Raum einschloss, um die Drogen zu beseitigen.

Und dann war da noch Esther. Sie widerstand ihm noch immer und spielte ein Spiel mit ihm, in dem eine gewisse Unvermeidlichkeit lag. Es war ihm seit Tagen nicht gelungen, sie allein anzutreffen, doch er hatte bemerkt, wie sie ihn anlächelte, wenn sie glaubte, er würde es nicht sehen. Es war jedoch nicht so leicht, wie er es sich ausgemalt hatte, denn Esther erwartete offensichtlich, dass er den ersten Schritt unternahm, und Knox hatte herzlich wenig Erfahrung mit Frauen. Er wusste nicht, was als Nächstes folgen müsste. Um bei ihr von A nach D zu kommen, musste er B und C bewältigen; das Problem war nur, dass er keine Vorstellung hatte, was dies bedeuten könnte. Er wollte bald mit ihr sprechen; er hatte den Putzplan in der »Arche« bereits so gedreht, dass sie am nächsten Tag seine Zimmer reinigen würde. Schon bald wäre der Apfelgeruch ihres Haares auf seinem Kissen, und er würde seinen Kopf darin versenken und ihn wie eine warme Absolution einatmen.

Beatrice verstaute das Schwert in dem großen Matchbeutel, den sie bei sich trug, um die Waffe zu verbergen.

»Danke, Paula«, sagte sie lächelnd. »Ich wollte das nur von dir abklären lassen …«

»Kein Problem, Bea«, antwortete Paula Wrightson nickend. »Es ist zweifellos so interessant, wie du sagst; das Handwerk und die Gestaltung stimmen mit der frühen La-Tène-Periode überein. Der Hersteller hat erstaunlich gute Arbeit geleistet – die Gravuren am Griff und am Schaft entsprechen der besonderen Feinheit der Periode –, doch ich bin ziemlich sicher, wenn wir es sorgfältig datieren müssten und dafür das Metall untersuchen würden, fänden wir heraus, dass es nur vielleicht zwanzig Jahre alt ist. Ich würde sagen, es ist eine Fälschung. Eine verdammt gute, aber …« Sie zuckte mit den Schultern und nahm einen Schluck aus ihrem Becher mit kaltem Kaffee. Bea sah sich in dem kleinen, voll gestopften Büro um, in dem jeder noch so kleine Platz an der Wand mit Zeichnungen, Karten und Fotos bestückt war, die weit weniger grausig waren als die, mit denen Bea sich beschäftigen musste.

»Kelten sind wirklich dein Fachgebiet …«, murmelte sie.

Paula sah scharf über die Ränder ihrer Brille zu Bea hinüber, die auf der Kante des Schreibtischs hockte.

»Was ist los, Bea? Gibt es sonst noch etwas?«

»Eigentlich nicht, nur … ach, nichts.« Bea rutschte etwas unbehaglich hin und her. Sie kannte Paula seit Jahren; sie hatten sich an der Universität kennen gelernt, als sich ihre Stundenpläne zufällig im Bereich der Archäologie überschnitten – für Paula war dies eine Leidenschaft, die ihr Leben wurde, die sie in dieses winzige Büro im Museum verschlagen hatte und ihr den klingenden Titel des Kurators für Alte Schottische Geschichte eingebracht hatte – für Bea war das Fach eine Art Abwechslung, die sie in dem bestätigte, was sie bereits vermutet hatte; sie bevorzugte die erst kürzlich verstorbenen Leichen, sodass die Umstände ihres Ablebens für die Welt noch von Bedeutung waren. »Nun ja, da ist noch dies hier«, sagte sie schließlich seufzend. »Sag mir, was du davon hältst.«

Sie legte Tristans Halskette vor Paula auf den Schreibtisch und fühlte einen Anflug von Schuldbewusstsein – sie hatte sie an sich genommen, während Tristan schlief, und hoffte nun, sie zurücklegen zu können, bevor er ihre Abwesenheit bemerkte.

»Du meine Güte. Wo hast du denn das her?« Paula senkte den Kopf, um den Gegenstand von nahem anstarren zu können, und ihre dunklen Haare lagen in einem kleinen Kreis auf dem Schreibtisch auf. Ohne aufzublicken, machte sie die Lampe an und rückte sie tiefer.

»Derselbe Ort«, sagte Bea ausgesucht unverbindlich und zuckte mit den Schultern.

»Ich bin mir nicht sicher, ob es dieselbe Periode wie das Schwert sein soll«, sann Paula. »Du weißt ja sicher, dass dies ein Fingerknochen ist?«

»Ja, schon ...«

»Die Goldarbeit ist ganz exquisit, und ich bin ziemlich sicher, dass die Edelsteine echt sind. Es erinnert mich mehr an etwas Abessinisches oder sogar Ägyptisches. Kann ich es behalten und mich mit meinen Kollegen besprechen?«

Bea fühlte, wie in ihrer Magengrube ein seltsamer Anflug von Panik aufstieg. »Nein, ich fürchte nicht.« Sie versuchte, unbeschwert zu klingen. »Es ist ein Beweisstück.«

»Aha.« Mit einem Stirnrunzeln blickte Paula auf. »Nun ja, Bea, wenn es geht, würde ich das Stück gerne noch einmal zu sehen bekommen. Wenn dies in einer Grabstätte oder einem Grabhügel gefunden wurde, dann könnte es von größter Bedeutung sein. Wer auch immer diese Person war …«

»Es war ein Mann«, unterbrach Bea.

»… er muss wirklich mächtig gewesen sein. Ein König … vermutlich jemand, von dem man glaubte, dass er über gottgleiche Kräfte verfüge …«

Bea hielt Paulas Blick stand und nahm die Halskette wieder an sich in der plötzlichen Sorge, ihre Freundin könnte darauf bestehen, dass das Artefakt ein herrenloser Schatzfund oder Ähnliches sei. Sie konnte sich ihre eigenen ängstlichen Gefühle bezüglich Paulas Untersuchungen nicht erklären, denn schließlich hatte sie die Nachforschungen selbst in Gang gesetzt, doch nun schien es, als käme ihre Freundin ihrem Geheimnis zu nahe.

»Okay, nochmals vielen Dank, ich muss gehen, Schätzchen«, sagte sie und lächelte etwas unsicher.

»In Ordnung. Ansonsten alles klar bei dir, Bea?«

»Ja. Ich glaube sogar, dass ich bald wieder arbeiten gehen werde, vielleicht schon in den nächsten Wochen.« Sie ging zu Tür.

»Das ist großartig«, strahlte Paula. »Wirklich toll. Hör mal, ich ruf dich an – wir müssen uns so bald wie möglich zu einem Frauenabend treffen. Übrigens hat sich meine Mutter nach dir erkundigt.«

»Wirklich? Nett von ihr. Bestell ihr liebe Grüße. Ich ruf dich an …«

Paula sah ihr einige Momente lang nach. »Schön und gut«, murmelte sie. »Ach ja, Bea«, rief sie. »Ich würde an deiner Stelle den Nebeneingang benutzen …«

Bea hatte nicht gehört, was Paula sagte. Sie lief durch die luftige weiße Herrlichkeit der Haupthalle der Galerie; ihre Absätze klapperten auf dem harten Marmorboden. Ohne jeglichen Zweifel war ihre Reaktion kindisch gewesen, deshalb würde sie

Paula später anrufen und sich entschuldigen. Hoch über ihr prasselte gedämpft der Regen auf das gläserne Dach des Museums, und der Klang hallte in dem darunter liegenden Raum wider wie ein verebbendes Seufzen. Auch Bea holte schwer Luft und beruhigte mit diesem Geräusch ihre Gedanken, als sie durch die Haupteingangstüren vorbei am ernsten Blick zweier riesiger Bronzebuddhas trat. Sie warf kaum einen Blick nach rechts, wo die neue Evolutionsgalerie angesiedelt war, und die Erkenntnis, dass diese an jenem Morgen eröffnet worden war, drang ihr ebenfalls nicht ins Bewusstsein. Sie dachte noch immer über Paula und die Situation mit Tristan nach, als sie die schwere Drehtür öffnete und sich draußen mit einem Menschenauflauf konfrontiert sah.

Am Fuß der langen Treppe standen Polizeiautos und Mannschaftswagen in einer langen Reihe. Eine große Gruppe von Leuten schien sich vom Platzregen nicht stören zu lassen, sondern schrie Slogans und winkte mit Plakaten. Es waren Kreationisten – auf den Spruchbändern, die mittlerweile vom Regen verwischt waren, waren Dinge wie »Glauben: das einzige fehlende Glied!« und »Gott erschuf Darwin!« zu lesen. Es hatte den Anschein, als ob sich der Protest bei der Eröffnung des Evolutionsflügels zu einer erbitterten Schlacht ausweiten würde; der Gruppe war es gelungen, den Bürgermeister, der die Ausstellung eröffnet hatte, zu umringen. Jemand hatte leuchtend rote und gelbe Farbe geworfen – vermutlich auf den Bürgermeister, doch die Farbe hatte sich weiter als vorgesehen verteilt, und fast jeder im inneren Kreis der Auseinandersetzung war nun von leuchtenden Spritzern wild übersät. Bea beobachtete die Gesichter der jungen Demonstranten; ihre Züge waren verzerrt von religiösem Eifer, der in Aggression umgeschlagen war. Die Würdenträger und Journalisten, die im Kreis der Aufrührer feststeckten, schienen weniger an Gesprächen interessiert, sondern kämpften blindlings gegen die Protestierenden. Eine Kamera kam durch die Luft geflogen und zerschellte auf den Stufen, wo Bea stand; sie glaubte das Fluchen des Fotografen aus dem allgemeinen Stimmengewirr herauszuhören.

Als sie die Treppe hinabstieg und sich dabei ganz rechts hielt, um dem Konflikt aus dem Weg zu gehen, bemerkte Bea einen jungen Mann, der den Sockel einer Statue von Robert the Bruce erklommen hatte; er trug schlichte schwarze Kleidung, und seine ausgemergelte, kantige Gestalt verlieh ihm den Anschein eines großen Vogels, eines Kranichs vielleicht. Er hatte seinen rechten Arm um das Bein vom Pferd von Robert the Bruce geschlungen und hing an der Seite seines Aussichtspostens, von dem aus er in die Menschenmenge schrie. Bea schien es, als sei der Jugendliche irgendwie der Anführer der Demonstranten, doch anders als seine Schützlinge zeigte er eine Miene reinster Freude, während er den Fortgang der Geschehnisse beobachtete. Sein jungenhaftes, Unheil verkündendes Grinsen war ansteckend, und Bea fühlte sich versucht, in seine Richtung zurückzulächeln. Als er zu ihr herübersah, wandte Bea den Blick ab und strauchelte im selben Augenblick auf der Treppe, sodass sie die letzten drei oder vier Stufen hinunterfiel. Die Farben der absurden Szene verschwammen während ihres Sturzes um sie herum, und als sie zum Stillstand kam und aufblickte, war er da und beugte sich über sie.

»Sind Sie in Ordnung?«, fragte er anscheinend tief besorgt. Er sah durch einen dünnen, nassen Vorhang schwarzer Haare zu ihr hinunter, und als er sie zurückwarf und hinter seine Ohren strich, bemerkte Bea das silberne Blitzen eines Ohrrings.

»Mir geht es – mir geht es gut. Wirklich.« Sie rappelte sich auf und zischte durch die Zähne, als sie bemerkte, dass sie sich die Hände ziemlich schlimm aufgeschrammt hatte.

»Hier …«, sagte er eilfertig. »Ich helfe Ihnen …« Er beugte sich zu ihr und packte sie und ihre Habseligkeiten in einer fließenden Bewegung. Ohne Kommentar, doch ein trockenes Lächeln unterdrückend, reichte er ihr einen ihrer Schuhe, der auf der Treppe zurückgeblieben war.

Bea stand leicht zittrig auf und wusste, dass ihr Gesicht vor

Scham brannte. Sie hatte sich ihre Strumpfhosen aufgerissen, und ihre Knie bluteten, weswegen sich ihre Beine seltsam heiß und kalt zugleich anfühlten, als sich das warme Blut mit dem kalten Regenwasser vermischte. Um von ihrer Mitleid erregenden Situation abzulenken, nickte sie in Richtung der Menschenmenge. »Sind Sie für diese Ansammlung verantwortlich?«, fragte sie.

Er grinste und streckte seine Hand aus. »Knox«, sagte er und warf ihr einen tiefen Blick zu. »Nur Gott kann sie wirklich lenken, doch ja, von Zeit zu Zeit hören sie tatsächlich auf mich.«

Bea schüttelte seine Hand, nannte jedoch nicht ihren Namen; vielleicht lag es nur an ihrem Sturz, doch irgendetwas an dem Jugendlichen gefiel ihr nicht. »Ich muss gehen«, sagte sie und wandte sich um. »Ich werde ein Taxi nehmen ... Danke, Knox.«

Er nickte, doch sein Lächeln wurde schwächer, als er ihr beim Weggehen hinterherblickte.

»Kommen Sie uns doch mal besuchen, Bea«, rief er. »Auch Ihnen kann die Entrückung zuteil werden ... *Seid geduldig und standfest, denn die Ankunft des Herrn steht kurz bevor.*«

Obwohl sie sich noch immer benommen fühlte, beschleunigte sie ihren Schritt und eilte auf die Kreuzung zu, wo sie, wie sie wusste, ein Taxi anhalten konnte. Kurz vor der Ecke machte sie Halt; er hatte ihren Namen genannt! Woher wusste er ... Sie drehte sich um, doch er stand nicht mehr am Fuße der Treppe.

Sie war schon fast zu Hause, als sie zwei Dinge bemerkte: zum einen stand ihr Name auf ihrer Schlüsselkette, und vermutlich hatte er ihn gelesen, als er ihre Tasche aufhob. Und dann fiel ihr auf, dass Tristans Halskette verschwunden war.

Zu Morias zurückzukehren war verhältnismäßig leicht nach dem anfänglichen Zwischenfall mit dem Sturz von der Klippe. Trotzdem hatte Talisker das Gefühl, er sei um hundert Jahre gealtert, als sie endlich ihren alten Mentor wieder gefunden hatten. Am dritten Tag, in den Ausläufern von Cairn Dubh, trafen die Reisenden auf eine verlassene Sidhe-Siedlung. Es gab keinerlei Anzeichen für das, was sie erwarten mochte, denn Sidhe-Siedlungen fügten sich immer nahtlos in die Umgebung ein, und diese war keine Ausnahme. Doch Eskarius, der in seiner Wolfsgestalt reiste, machte unvermittelt Halt und witterte in der Luft. Sandro, der nur schwer den Weg fand, hielt ebenfalls plötzlich an.

»Was ist los, Eskarius?« Talisker drehte sich stirnrunzelnd um, als er bemerkte, dass die beiden anderen stehen geblieben waren. Der Sidhe-Wolf, der wusste, dass Talisker die Gedankensprache der Sidhe verstehen konnte, schickte seine Stimme direkt in Taliskers Geist, was sich wie ein klares, kühles Echo anhörte. *»Ich kann Tod riechen, Duncan Talisker. Viel Blut …«*

»Er sagt, er könne Blut riechen«, erklärte Duncan Sandro. Die beiden Männer warteten und beobachteten Eskarius, wie er sich an der Baumgrenze entlangbewegte und in geduckter Haltung mit aufgestellten Nackenhaaren vorwärts robbte. Es hatte den größten Teil des Tages über geschneit, und über dem Waldland lag gedämpfte Stille. Talisker zog einen Dolch von seiner Hüfte und folgte dem Wolf.

»Komm schon …«

Nichts durchbrach das Schweigen, als sie erst mal in der Umgrenzung der Siedlung standen; all die größeren Häuser aus Holz und Torf und die kleineren Schutzhütten waren niedergebrannt, und nur stützende Baumstämme und einige skelettartige Überreste waren noch zu erkennen. Einige Habseligkeiten waren über den Boden verstreut und von einem leichten Schneeschleier bedeckt. Talisker suchte in den Gebäuden herum und hob Dinge an in der vagen Vorstellung, es könnte sich vielleicht jemand darunter verbergen.

»Es ist vor über einer Woche geschehen«, sagte er, als er sich umdrehte und sah, dass Eskarius ihn beobachtete. *»Seht Ihr dort? Das Unkraut beginnt schon in den Überresten der Hütten zu wuchern.«* Der Wolf nickte in Richtung des nächsten Gebäu-

des. *»Diese Pflanze braucht nur einen Tag, um dort zu gedeihen, wo der Boden warm ist. Seht nur, wie hoch sie schon steht.«*

»Es gibt keine Leichen. Diese Leute sind geflohen, um am Leben zu bleiben«, murmelte Talisker als Antwort.

»Sie waren vom Luchs-Clan.«

»Dann war dies ihr Heimatland ...«

»Talisker! Eskarius! Hier drüben ...« Etwas in Sandros Stimme bewirkte, dass sowohl der Wolf als auch der Mensch augenblicklich losrannten.

Auf einer Lichtung hinter dem Hauptteil der Siedlung lagen die Leichen – Krieger und Luchse. Der eisige Schnee hatte sie so erhalten, wie sie gefallen waren; dann hatte weiterer Schnee sie bedeckt, sodass die Lichtung auf den ersten Blick den Anschein hatte, von sanften Hügeln in der Form von Menschen und Tieren übersät zu sein. Fast absurd schön glühte der Schnee in einem verwaschenen Rosa von den Flecken der darunter liegenden Schicht. Schweigend ging Talisker zwischen den Leichen umher und machte nur Halt, um den gnädigen weißen Schleier von ihren Gesichtern zu wischen. Es waren bis auf eine Ausnahme männliche Gesichter; die Frauen und Kinder waren geflohen, während die Männer versucht hatten, gegen etwas anzukämpfen, das offenbar seinerseits keinerlei Verluste erlitten hatte.

»Was kann das gewesen sein, Sandro?«, flüsterte Duncan. »Haben sie keinen einzigen ihrer Angreifer getötet?«

Sandro räusperte sich und kämpfte den Impuls nieder, ebenfalls zu flüstern. »Ich weiß es nicht, Duncan, aber einige von ihnen haben schwere Verbrennungen.«

»Ja.« Taliskers Gesichtsausdruck war trostlos. Er hatte eine junge Frau gefunden; sie lag neben einem jungen Mann, und die weichen, weißen Umrisse ihrer ausgestreckten Hand waren unerträglich. Am Rande der Lichtung saß Eskarius Vermesh lange Zeit reglos da, und sein scheckiger grauer Kopf war voller Trauer gesenkt. Dann hob er seine Schnauze und heulte in die näher kriechende Dunkelheit der Nacht.

Erst als sie ihr Lager in einiger Entfernung von der Lichtung aufgeschlagen hatten, fand Sandro die Leiche von einem der Angreifer. Sandro war zurückgekehrt, um zwischen den Leichen herumzugehen; Eskarius empfand das als höchst verwunderlich, denn er konnte den Wunsch des *Seanachaidh*, Zeit mit den Toten verbringen zu wollen, nicht verstehen. Talisker jedoch hatte Sandros Finger spielen sehen und mit einem kurzen Schreck der Erkenntnis begriffen, dass sein alter Freund nach all diesen Jahren noch immer seinen Rosenkranz bei sich trug. Er wollte für ihre Seelen beten, auch wenn sie eine Welt von seiner Gottesvorstellung entfernt waren. Nachdem Sandro gegangen war, sprachen Talisker und Eskarius – in diesem Moment in seiner Sidhe-Gestalt – nur wenig miteinander, bis das Schweigen zwischen ihnen unbehaglich wurde. Ohne Sandro als Vermittler konnte Talisker seine Gefühle gegenüber dem Wolf-Clan der Sidhe nicht verbergen. Als er schließlich das Hasenfleisch vom Feuer holte, begann Eskarius zu sprechen. Seine Stimme war so leise und klang so gedämpft in der nächtlichen Luft, dass Talisker zunächst fast glaubte, er habe sich die Worte des Sidhe nur eingebildet.

»Er war ein großer Mann, ein großer Sidhe …«

»Wie bitte?«

»Mein Vater. Man kommt nicht umhin, an ihn zu denken, wenn man an den Wolf-Clan der Sidhe denkt – nicht wahr, Duncan Talisker?«

Talisker blickte nickend in das Licht des Feuers als Zeichen seiner Zustimmung.

»Der Wolf-Clan hat niemals ihn oder sein Angedenken missbilligt, nicht wahr?«

»Nein. Er wird von uns in Ehren gehalten.«

»Er hat meine Freundin Deme getötet und Prinz Makhpiyaluta tödlich verwundet.«

»Makhpiyaluta? Der Graue Geisterjäger? Er hat viele Frauen umgebracht. Hat er dir von seinen Streichen erzählt? Von den

Frauen, die er getötet hat?« Eskarius klang verächtlich. »*Er* war der Verräter an den Sidhe, nicht mein Vater.«

Taliskers Augen verengten sich, und sein Blick im Schein des Feuers wurde härter. Es stimmte, dass er seit der Zeit in Soulis Mor einige sonderbare Geschichten über Makhpiyaluta gehört hatte, doch obwohl er und der Prinz sich nicht nahe gestanden hatten, war Talisker in seiner Todesstunde bei ihm gewesen und erfuhr durch seinen Geist die Gewissheit, dass die »Heimat« des Sidhe-Volks keine Legende war. Makhpiyaluta war ein Werkzeug gewesen in dem letzten Versuch, die Fine vor Corvus zu retten. Er hatte jenen heiligen Stein zu den Fine gebracht, den die Sidhe Braznnair nannten.

»Er glaubte, er handele ehrenvoll. Das weißt du.«

»Ebenso mein Vater«, beharrte Eskarius halsstarrig. »Und ...« Der Sidhe-Wolf wurde unterbrochen, als Sandro durch das Buschgestrüpp zwischen ihrem Lager und der Lichtung brach. In seiner Eile rutschte er aus und strauchelte durch den Schnee.

»Kommt schnell«, japste er. »Kommt und seht.«

Talisker erhob sich und zog sein Schwert, da er die Panik seines Freundes spüren konnte. Sandro fiel das Atmen schwer, und so hatte er sich nach vorne gebeugt. Große Schwaden warmen Atems strömten wie Rauch in die eisige Nacht. Talisker klopfte ihm auf den Rücken. »Ruhig, Sandro, mach den Mund zu, und atme durch die Nase«, murmelte er. »Komm schon.« Er warf einen Blick hinüber zu Eskarius, der seine Wolfsgestalt annahm. »Eskarius denkt sonst noch, wir wären zu alt.«

Sandro stöhnte. »Ich *weiß*, dass ich verdammt zu alt bin. Warte, bis du das siehst, Duncan ...«

Sie griffen eine Fackel von der Umgrenzung ihres Lagers und bahnten sich ihren Weg zurück durch die Büsche, wobei die Spur, die Sandro in seiner Panik hinterlassen hatte, leicht zu verfolgen war. Schließlich kamen sie bei Sandros Fund ganz am Rande der Lichtung, fast vollständig vom Unterholz verborgen, an.

»Was zur Hölle ist das?«, fragte Talisker atemlos.

Auf den ersten Blick erschien die Kreatur wie ein riesiges Insekt; ihr Gesicht war zwar aus schwarzem Chitin, hatte jedoch menschliche Züge; sie hatte lange, struppige Haare und trug einen goldenen Reif um den Kopf. Der Rest des Körpers war noch seltsamer: Das Wesen hatte sechs insektenartige Beine und machte den Eindruck, als könne es entweder auf allen sechsen rennen oder sich wie ein Skorpion aufrichten, indem es den Oberkörper anhob. Es hatte riesige, durchscheinende Flügel, die bei diesem Individuum schwere Schäden davongetragen hatten, und perverserweise steckte der Oberkörper in einer dunklen Metallrüstung. Einer der Arme hielt noch immer einen eisernen Langspeer.

»Kannst du dir vorstellen, was diese Flügel beim Fliegen für einen Lärm machen müssen?«, fragte Sandro schaudernd. Talisker sagte nichts, entfernte jedoch den Reif vom Kopf der Kreatur und sah ihn sich genau im Licht der Fackeln an.

»Gold«, murmelte er. »Und es ist mit Inschriften übersät ... sieh nur.«

Als Sandro sich den Reif besah, versteifte sich Eskarius plötzlich.

»Wartet. Seid still. Dort ist irgendetwas.«

Talisker legte den Finger an die Lippen und machte Sandro ein Zeichen zu schweigen.

»Zu Eurer Linken, Talisker. Ungefähr fünf Schritt ...«

Talisker schoss ohne Warnung nach vorne, es gab einen plötzlichen Schrei, und krachende Geräusche drangen aus den Büschen. Sandro und Eskarius, die etwas länger länger gebraucht hatten, um Taliskers Vorstoß in die Dunkelheit zu folgen, fanden ihn rittlings auf der Brust seines Gegners sitzend, bereit, jeden Augenblick zuzustoßen.

»Warte, Duncan!«, brüllte Sandro. »Das ist nur ein Junge ...«

Talisker hielt mitten in der Bewegung inne und begriff, dass seine Furcht vor der unnatürlich aussehenden Kreatur zum Teil für seinen überstürzten Angriff verantwortlich war. Er senkte seine Waffe zwar nicht weiter, zog den Burschen jedoch am Kragen seines Wamses näher. Der Junge sagte nichts, doch Talisker wusste, dass er verängstigt war, als er den kaum zu vernehmenden Klang eines halb erstickten Schreis hörte.

»Luchs-Clan.«

»Ich weiß.«

Der Junge hatte ähnliche Gesichtszüge wie Deme; seine Haut und sein Haar waren von einem weichen, satten Gold. Er war für die Schlacht gekleidet und hatte eine blauschwarze Linie von Holzkohle oder Farbe über Nase und Wangen – er war etwa vierzehn Jahre alt.

Talisker lockerte seinen Griff und ließ den Jungen sanft zurück in den Schnee gleiten.

»Er sagt, er suche nach der Leiche seines Vaters«, übermittelte Eskarius in Gedanken an Talisker.

»Verdammt noch mal, Wolf«, brauste Talisker auf. »Warte einfach … Wie heißt du, mein Junge?«

»Zelzi«, antwortete der Knabe mürrisch. Er blickte Eskarius finster an, und der Wolf starrte, ohne zu blinzeln, zurück.

»Komm schon, Zelzi, ich bin mir sicher, du möchtest etwas Warmes zu trinken am Feuer haben. Vielleicht kannst du uns dann auch erzählen, was hier geschehen ist«, sagte Sandro ruhig. Er streckte seine Hand aus, um dem Jungen hochzuhelfen, und auch Talisker stand etwas schuldbewusst lächelnd auf.

»Ich habe dich doch nicht verletzt, Zelzi, oder?«

»Nein.« Zelzi versteifte trotzig sein Kinn, auch wenn ein dünnes Blutrinnsal von seiner Oberlippe tropfte. Er wischte es mit dem Handrücken fort.

»Warum sollte ich Euch irgendetwas erzählen, wenn Ihr in der Begleitung von Wölfen reist?« Sie machten sich auf den Weg zurück zum Feuer, wobei Sandro sorgfältig darauf achtete, dass er sich zwischen Zelzi und dessen Sicht auf die Kreatur befand.

»Du hast Recht, du musst uns überhaupt nichts erzählen«, sagte Sandro und nickte langsam, als würde er darüber nachdenken.

»Aber ich bin ein *Seanachaidh* – Alessandro Chaplin –, und vielleicht würden es die Seelen der Luchs-Krieger wünschen, dass die Welt erfährt, wie tapfer sie gestorben sind.« Er legte einen Arm um Zelzis Schultern, zum Teil, um ihn zu trösten, zum Teil jedoch auch, um ihn vorwärts zu schieben, denn die Schritte des Jungen wurden bleischwer, als sie die Lichtung überquerten. »Vielleicht würde es ihren Seelen helfen, Ruhe zu finden«, fügte er hinzu.

Als Zelzi erst einmal mit einem Trank aus warmem Tee und Honig vor dem Feuer saß, versuchte Sandro, weitere Einzelheiten des Massakers aus ihm herauszulocken. Talisker und Eskarius sprachen nur wenig, denn der Junge misstraute ihnen offenbar und warf ihnen dunkle Blicke zu, während er seinen Tee schlürfte.

»Es ist nett von Euch, *Seanachaidh*, dass Ihr anbietet, die Geschichte vom Luchs-Clan weiterzutragen, doch sie würden Euch dafür nicht dankbar sein. Es war nichts Ehrenvolles an der Art, wie sie starben …«

»Wir haben eine der Kreaturen gefunden, Zelzi. Weißt du, was das ist?«

Zelzi schüttelte müde den Kopf. »Sie kommen in der Dunkelheit. Die Haut verbrennt, wenn sie mit ihnen in Berührung kommt. Flammen … Flammen schlagen aus den Leuten. Aber das ist nicht die Weise, auf die sie töten … ihr Schwanzteil … peitscht in Schulterhöhe über ihre Köpfe … und tötet mit einem stechenden Hieb.«

»Wie ein Skorpion?«

»Ja.«

»Aber warum sollten sie eine Siedlung der Sidhe angreifen? Was haben sie gesucht?«, überlegte Sandro.

»Unsere war nicht die erste Siedlung, die von den Kreaturen angegriffen wurde – wir haben sie Naba Scoor getauft, das bedeutet Mensch-Skorpion –, auch wenn wir ihren richtigen Namen nicht kennen. Die Scoor haben bis jetzt schon drei Siedlungen zerstört – zwei der Luchse und eine des Adler-Clans.« Zelzi sah den Tränen nahe aus, seine gespielte Tapferkeit verließ ihn, als die Müdigkeit von seinem jungen Gesicht Besitz ergriff. »Aber jeder weiß, woher sie kamen. Sie hat sie geschickt.«

»Sie?« Talisker beugte sich vor; sein Herz pochte plötzlich äußerst heftig in seiner Brust, denn er wusste, was er jetzt hören würde – und glaubte, es nicht ertragen zu können.

»Thane Regan, ihr Name sei verflucht.«

»Nein …« Taliskers entsetztes Flüstern wurde wie ein gequältes Seufzen in die eiskalte Luft getragen. »Nein, das muss ein Irrtum sein.« Er ließ sich zurückfallen und landete schwer auf dem Boden.

Sandro streckte die Hand aus und berührte die Schulter seines Freundes in einer stummen Geste des Mitgefühls. »Wie kannst du da so sicher sein, Zelzi? Warum sagen die Sidhe so etwas?«

»Sie hasst uns. Und ihr verfluchter Geliebter hasst uns ebenfalls«, antwortete er. Sein Blick wanderte langsam von Talisker zu Sandro, denn er konnte die Spannung spüren; dann blickte er unmittelbar Eskarius an. Talisker war sich nicht sicher, ob die beiden Sidhe ihn ausschlossen, während sie telepathisch kommunizierten.

»Und wer seid Ihr?«, fragte er schließlich. »Hat sie Euch geschickt, um sicherzugehen, dass die Arbeit erledigt worden ist?« Er erhob sich, warf die Decke zurück und zog einen kleinen Dolch vom Gürtel. Niemand rührte sich, doch Talisker blickte dem Jungen fest in die Augen.

»Sie hat uns nicht geschickt, Zelzi. Aber ich bin Duncan Talisker – ihr Vater. Regan würde so etwas niemals tun.«

Zelzi entwich ein langer Zischlaut. »Ihr Vater?« Er kam um das Feuer herum zu der Stelle, an der Duncan saß – selbst im Sitzen erreichte Talisker fast die Höhe des kleinen Jungen –, und einen Augenblick lang hatte es den Anschein, er würde die Klinge heben und zustechen. Sandros Hand fuhr unhörbar an seine eigene Waffe, auch wenn er sich nicht sicher war, ob er es über sich bringen würde, den Jungen zu erstechen. Die Entscheidung wurde ihm jedoch aus der Hand genommen, als Zelzi mit aller Kraft Talisker ins Gesicht spuckte.

»Duncan Talisker. Die Götter mögen Euch verfluchen und Euch vergeben. Ihr habt ein Monster gezeugt.« Zelzi schlug seine Decke um sich und rannte außer Sichtweite.

»Nein, Zelzi, warte«, rief Sandro. Doch es war sinnlos, denn der Junge verschwand in den Schatten des Waldes, und kein Geräusch verriet seinen Weg. Eskarius verwandelte sich in seine Sidhe-Gestalt und lief zum Saum der Lichtung.

»Lasst ihn ziehen, *Seanachaidh*. Er wird sicherlich überleben«, sagte er. »Hier bleibt nichts mehr für ihn zu tun.«

Talisker war reglos beim Feuer sitzen geblieben und starrte mit leerem Gesichtsausdruck vor sich hin. »Mein Gott, Sandro«, murmelte er. »Kann es denn wahr sein? Ich habe sie erst vor einigen Tagen gesehen, und sie schien wie immer, genau wie …«

Sandro sagte einen Moment lang nichts, reichte Talisker jedoch ein Tuch, mit dem er sich das Gesicht abwischen konnte. »Ich weiß es nicht, Duncan«, seufzte er. »Ich habe einiges gehört … nur Gerüchte …«

»Es stimmt.« Eskarius war zum Feuer zurückgekehrt. »Seit nunmehr fast zwei Jahren verfolgt sie die Sidhe. In der letzten Zeit ist sie dreister geworden, grausamer …«

»Aber diese Kreaturen«, wandte Talisker ein. »Wie sollte sie diese heraufbeschwören? Sie verfügt über keinerlei Magie. Sie ist nur ein Mädchen …« Seine Stimme verebbte, denn seine Ungläubigkeit ließ ihn den Faden verlieren.

»Sie braucht keine Magie, Duncan Talisker.« Eskarius' Tonfall barg keine Spur einer Rüge, und Talisker war ziemlich dankbar dafür. »Es ist Jahl, ihr Geliebter. Niemand weiß, woher er kommt, aber seine Dunkelheit breitet sich schweigend über das Land, während er mit Regan spielt und um sie buhlt.«

»Nein«, stöhnte Talisker. »Nein …« Er beugte sich vor und vergrub seinen Kopf in den Händen.

»Duncan. Bist du in Ordnung?« Sandro kauerte sich nieder und versuchte, dem gebrochenen Mann Trost zu spenden. Eskarius wandte durch Taliskers offensichtliche Schwäche beschämt den Kopf ab. Als Talisker wieder aufsah, war sein gezeichnetes Gesicht nass von Tränen, und sein Blick ruhte im Licht der Flammen. »Ich erinnere mich, wie sie tanzte, Sandro«, flüsterte er. »Wie sie tanzte und lachte. Sie war immer so voller Lebensfreude, nicht wahr? Mein Mädchen …«

»Auch ich erinnere mich«, antwortete Sandro leise. »Doch Duncan, sie ist jetzt eine Frau.«

»Ich weiß. Ich bin zu ihr gefahren, weil ich sie sehen und sie nach Tris fragen wollte. Jahl war dort, doch sie schien trotz allem stark. Sie liebt Jahl, Sandro, aber ich glaube nicht, dass sie sich vor ihm fürchtet. Vielleicht weiß sie nichts von den Scoor.«

»Vielleicht will sie einfach nichts wissen.«

»Wenn das zutrifft, Sandro, dann kostet ihr Leugnen Leben. Und wenn es nicht stimmt, dann trägt sie für die Morde die Verantwortung.«

Talisker stand noch immer unter Schock, als sie Morias fanden. Der alte Mann hatte sich auf den Weg zu ihnen zurück gemacht, und sie stießen einige Tage später fast unerwartet auf ihn. Er wanderte über das schneebedeckte Moorland und führte dabei sein Maultier. Er trug einen Umhang aus Vogelfedern über seinem schäbigen Gewand, und der Wind, der über das Moor fegte, zerrte an seiner Kleidung und seinem widerspenstigen Bart.

»Ah, da seid ihr ja«, sagte er strahlend, als hätten sie sich erst gestern zum letzten Mal gesehen. »Talisker, du siehst schrecklich aus. Ich wusste, dass du ihn finden würdest, Sandro.« Er nickte Sandro und Eskarius zu. »Dann lasst uns losziehen.«

»Wohin genau wollen wir denn?«, fragte Sandro.

»Erkennst du die Gegend nicht wieder? Dies ist das westliche Grenzland von Or Coille, gleich dort drüben. Wir sind auf dem Weg zurück durch den Wald in Richtung des Lichts des Himmels.

Passend, nicht wahr? Schließlich ist das der Ort, durch den du einst kamst.«

Die Reisenden schlossen sich Morias an und liefen auf die Baumgrenze zu. Talisker bewegte sich wie ein Schlafwandler; seit dem Abend in der Siedlung der Sidhe hatte er ununterbrochen über seine Kinder nachgedacht, und seine Gedanken schwirrten von den Vorwürfen, die er sich machte. Welcher Vater kehrte seinen Kindern auf diese Art den Rücken zu, wie er es getan hatte – aus dem einzigen Grund, weil sie an einem Ort lebten, den zu besuchen er nicht über sich bringen konnte? So zermarterte er sich den Kopf. Konnte es noch andere Gründe geben? Regan war immer anders gewesen, mutwillig, Tristan dagegen glich ihm selbst. Doch was konnte in den vergangenen neun Jahren geschehen sein, das sie so weit gebracht hatte? Das Regan in etwas verwandelt hatte, das er nicht wieder erkannte ... Wenn nur ... Wenn nur ...

»Morias!« Er streckte den Arm aus und ergriff Morias' Umhang etwas ruppiger, als er es vorgehabt hatte. Der alte Mann wurde ziemlich heftig herumgewirbelt; sein Gesichtsausdruck war zwar verwundert, zeigte aber keine Anzeichen, dass er vor seinem alten Verbündeten Angst hätte.

»Was ist denn los, Duncan?« Sandro und Eskarius machten in einiger Entfernung Halt; Eskarius behielt Morias etwas besorgt im Auge. Talisker ließ den Federumhang nicht los, sondern zog Morias näher.

»Sag es mir. Sag mir, was du weißt.«

Morias runzelte die Stirn. »Du drohst mir doch nicht etwa, Duncan?«, fragte er sanft.

»Duncan?« Wie immer eilte Sandro zu Morias' Verteidigung heran, doch Talisker bedeutete ihm zurückzubleiben.

»Nein, ich drohe dir nicht, alter Mann«, knurrte er. Er lockerte seinen Griff jedoch nicht, sondern schüttelte Morias leicht. »Ich brauche nur einfach Antworten. Was ist mit meinen Kindern geschehen? Woher kommt dieser Jahl? Wer ist er?«

Morias erbleichte sichtlich, sodass Talisker ihn erneut schüttelte. »Sieh doch, ich weiß, dass du etwas vor mir verbirgst. Schließlich kennen dich die Götter – also sag mir, was …«

»Lass mich los.« Morias Stimmung schlug unvermittelt um, seine blassblauen Augen nahmen einen scharfen Ausdruck an, seine Fassade gleichgültigen Wohlwollens entglitt ihm. Talisker bemerkte plötzlich, dass er den alten Mann buchstäblich von den Füßen gehoben hatte, und tat eilig, wie ihm geheißen worden war. Dann trat er einige Schritte zurück. Morias blickte missbilligend und strich seine zerzausten Federn glatt. Als er schließlich zu sprechen anhob, beobachtete er Taliskers Reaktion eingehend.

»Ich glaube, Jahl ist der Sohn von Phyrr. Auch wenn …« Er hielt Taliskers Blick gebannt. »Ich bin mir nicht sicher, wer ein solches Kind gezeugt haben könnte. Es muss ein Sterblicher gewesen sein – sie wäre nicht in der Lage, einen solchen Akt der Schöpfung selbst zu vollziehen.«

Taliskers Gesichtsausdruck zeugte von schierem Entsetzen. »Schlimmer kann es nicht mehr kommen, nicht wahr?«, murmelte er. Er wandte den Blick ab, denn er war außerstande, Morias in die Augen zu schauen. Vor der Schlacht in Soulis Mor hatte Phyrr Talisker ausfindig gemacht und ihn verführt; er hatte nie verstehen können, warum – Phyrr war übermütig und spielte damals ein Spiel, dessen Regeln er nicht beherrschte. Er sah zurück zu Morias und wusste, auch wenn dieser es schon geahnt hatte, würde sein Gesichtsausdruck dem alten Mann alles verraten, was er wissen musste, um dessen Vermutung zu bestätigen.

Morias trat vor und berührte Talisker sanft an der Schulter, dann drehte er ihn von den fragenden Blicken Sandros und Eskarius' fort. »Talisker«, sagte er vorsichtig, »ich glaube, du hast einen weiteren Sohn.«

Knox versuchte, aus seinen Träumen zu erwachen. Heute Nacht wollte er diese Träume nicht, doch ein Teil von ihm wusste, dass Daniel kommen würde …

Ein plötzlicher Ruck von Empfindungen, und dann ist er da. Auf dem Gras. Daniel sitzt neben ihm. Wie beim ersten Mal. Die Sonne scheint, doch das Licht ist Furcht einflößend und kränklich gelb und wirft einen gespenstischen, unnatürlichen Schatten.

»Hast du darüber nachgedacht?«, fragt Daniel.

»Wie bitte?«

»Was ich dich gefragt habe. Was wirst du tun?«

»Weiß ich noch nicht so richtig … Ich lebe von einem Tag zum nächsten.«

Daniel lehnt sich im Gras zurück und legt seinen Kopf in den Nacken, als ob er die ungesunden gelben Strahlen aufsaugen möchte.

»Du weißt überhaupt nicht viel, nicht wahr?«, fragt er munter.

»Was meinst du damit?«

»Nathan. Deine Macht und deine Position in dieser religiösen Gemeinschaft wächst – ich nehme an, du willst es bis zu einem Ende bringen. Ohne mich sind sie führerlos, und das wissen sie. Die Alten sind nicht in der Lage, lange Zeit harmonisch miteinander auszukommen. Aber nicht genug, dass du nicht an Gott glaubst, du weißt auch nichts über die Zeit der Großen Trübsal oder die Entrückung – hast du in letzter Zeit unsere Bibel gelesen? Nein. Hast du in letzter Zeit gebetet? Nein. Was willst du also tun, nun, da die Welt zu zerfallen beginnt?«

»Aber die Welt wird nicht zerfallen, Danny. Du hast dir das ausgedacht, schon vergessen?«

»Habe ich das?« Daniel beginnt heiser zu lachen, als ob Knox etwas unglaublich Komisches gesagt hätte. Das Geräusch klingt flach, gefangen im luftleeren Raum des Traumes, und Knox fühlt, wie seine Brust eng wird, als Panik von ihm Besitz ergreift.

»Du hast es erfunden, du Lügner. Du bist sowieso nicht real. Verschwinde. Verpiss dich …« Er fühlt, wie er tritt und sich windet, doch der Knox im Traum kann sich nicht bewegen. »Hör auf damit. Hör auf zu lachen, du Bastard.«

Recht unvermittelt hält Daniel inne und zieht Knox zu sich heran, sodass sie verschlungen wie Geliebte auf dem Rasen liegen. Einen Augenblick lang glaubt Knox, dass Daniel ihn küssen wird, und er versucht, sich zu lösen, wirft seinen Kopf in den Nacken, spannt jeden Muskel an. »Nein, nein …«, keucht er. Doch als sein gesamter Sichtbereich von Daniels wunderschönem Gesicht ausgefüllt ist und seine Lippen sich teilen, zum Kuss bereit, entströmt ein strahlendes Licht aus seinem Mund und taucht Knox in sengendes Feuer. Er spürt keinen Schmerz, nur goldene, verzehrende Wonne.

»Kennst du mich, Nathan?« Daniels Stimme scheint von einem Ort hinter dem Licht zu kommen, doch Knox kann nichts außer der gleißenden Helligkeit ausmachen. »Ich bin der Erste und der Letzte …«

»Ich – ich weiß nicht, was du …«

»Du hast mich getötet.« Die Stimme ist ruhig und nicht anklagend. »Nun musst du die Vorkehrungen treffen.«

»Vorkehrungen?«

»Erkennst du es denn nicht? Es ist alles wahr, Knox. Das Ende aller Tage … Es wird tatsächlich kommen …«

»Es wird kommen …« Mit diesen Worten auf den Lippen erwachte Knox schweißgebadet und in seine Laken verknäult. Er wiederholte die Worte, wog sie ab, versuchte, dem, was Daniel gesagt hatte, einen Sinn zu verleihen. Daniel … war Daniel am Ende ein Engel? Die Realität nahm wieder Gestalt an, und er konnte den dunklen Schatten seines Spiegelbildes im langen, schmalen Schrankspiegel am Ende seines Bettes erkennen.

»Ein Engel?« Er grinste etwas beschämt in die Dunkelheit. »Ein verfluchter Engel?« Er lachte leise und kramte in seiner Nachttischschublade nach seinem Tabak. »Ja, tatsächlich.«

»Es wird kommen …« Die letzten Überreste des Traumes krochen spinnengleich durch sein Gehirn und verhöhnten seinen vertrauensseligen Pragmatismus, als er eine der selbst gedrehten Zigaretten anzündete, die er früher am Abend vorbereitet hatte. Mit einem weichen Zischen flackerte sein Feuerzeug in der Dunkel-

heit des Zimmers auf, warf einen zuckenden Schatten und erhellte so sein Spiegelbild, als ob er noch immer ungläubig in das Licht in seinem Traum starrte. Aus irgendeinem Grund erschienen sein breites Bett und der große Raum mit seiner hohen Decke plötzlich hohl und leer. Knox nestelte an den zerwühlten Laken und stülpte sich eine der Decken wie ein weites Zelt um seinen Kopf und die Schultern. Er nahm an, dass Daniel auf eine gewisse Weise Recht hatte – ob das Ende nun nahte oder nicht, in jedem Fall sollte Knox sich darauf vorbereiten. Dies zu tun setzte allerdings einiges Wissen über diese Problematik voraus. Er seufzte und ließ seinen Blick durch den dunklen Raum schweifen auf der Suche nach einer Bibel, doch es war keine zu finden. Er war jedoch fest entschlossen, weitere Nachforschungen anzustellen, und so drückte er seine Zigarette aus und tappte, lediglich mit dem umgehängten Laken bekleidet, zur Tür; er würde unten weitersuchen; irgendwo in der »Arche« musste es doch eine Bibel geben.

»Was fällt dir eigentlich ein!« Regan kochte vor Wut. »Tristan liebte dieses Mädchen …«

Jahl grinste. »Ja. Recht häufig, wie man mir sagte.«

»Das ist nicht komisch, Jahl. Was wird er sagen, wenn er wiederkommt und sie in diesem Zustand vorfindet?« Regan warf einen Blick durch das dämmrige Verlies. Auf einer schmalen Pritsche lag eine ohnmächtige junge Frau; ihr Name war Grace, und sie war entblößt und ausgepeitscht worden, bis kaum mehr ein Fünkchen Leben in ihrem jungen Körper verblieben war. Jahl hatte sich in der vergangenen Nacht mit ihr vergnügt, und Regans Zorn rührte zum Teil von ihrem Wissen, dass seine sadistischen Ausbrüche gewöhnlich mit Liebesspielen begannen. »Dieses Mal bist du zu weit gegangen«, zürnte sie. »Ich sollte dich dafür auspeitschen lassen.« Sie drehte sich um und stürmte aus dem Zimmer.

»In der Tat.« Etwas Schneidendes in seinem Tonfall ließ sie innehalten. »Möchtest du wissen, warum ich sie geschlagen habe, Thane Regan?«

»Warum?«, fragte sie kühl.

»Sie hat mir ihr Geheimnis verraten. Als Frau wirst du mir sicherlich zustimmen, dass es höchst unklug ist, einem neuen Liebhaber all seine Geheimnisse anzuvertrauen …« Jahl begann, heiter durch den Raum zu streifen, und machte dann Rast, um darauf zu warten, von ihr befragt zu werden.

»Was war ihr Geheimnis, Jahl?«

»Etwas, das ich während des Treffens mit deinem Vater hätte erraten können. Du weißt, Grace ist hier in Soulis Mor geboren worden. Ihre Mutter war während der Schlacht um Soulis Mor im Turm, und rate, wer bei ihrer Entbindung geholfen hat? Ja, deine Ziehmutter Una Talisker. Graces Mutter erzählte ihr, dass deine angebliche Mutter Brigid in Wahrheit keine Zwillings-Thane gebar. Nur einen Jungen, der grässlich entstellt, doch nichtsdestoweniger einziger Erbe von Soulis Mor war. Interessanterweise vertraute Una Graces Mutter an, dass sie selbst zu dieser Zeit schwanger war. Graces Mutter wusste nicht, was Una zur Welt brachte, doch … ich nehme an, dass es ein Mädchen war. Erbe von überhaupt nichts.« Jahl blieb stehen und lächelte Regan entwaffnend an.

Regans Gesicht war weiß vor Furcht oder Zorn geworden – Jahl kümmerte es nur wenig, was es war –, und sie stand kerzengerade dort, als hätte sie jemand an einen Pfosten gebunden. In der Kammer herrschte für lange Augenblicke Schweigen, doch Jahl, der ein ausgefuchster Meister in solchen Spielen war, wartete geduldig darauf, dass Regan zu sprechen ansetzte.

»Solche Lügen sind Verrat«, sagte sie schließlich. Ihre Stimme war vollkommen beherrscht. »Ich bin mir sicher, dass du ihr die Zunge herausgeschnitten hast, bevor du sie auspeitschtest.«

Kapitel Neun

Das Licht des Himmels reflektierte das bleierne Winterlicht; seine Oberfläche schimmerte wie ein leicht verschmutzter Spiegel. Zu dieser Jahreszeit schien sich der umliegende Wald der riesigen Wasserfläche anzunähern; seine roten Blätter verrotteten an den Ufern und legten über den reglosen Loch eine träge, brütende Stille. An den Uferrändern verwahrten halb überschwemmte Eisschollen das Geheimnis des Wassers, als erwarteten sie den Frühling, und unterdrückten den Klang der Wellen unter ihrer eisigen Decke. Abgesehen vom entfernten Ruf eines Brachvogels drang kein Vogelschrei aus dem Wald. Talisker und Sandro erinnerten sich gut an die düstere Stille; beide Männer standen dort und starrten, jeder seinen eigenen Gedanken nachhängend, in die Mitte des Lochs. Schließlich stieß Sandro einen langen Seufzer aus, als ob er ins Hier und Jetzt zurückgekehrt wäre.

»Danke, Duncan«, sagte er.

»Wofür?« Talisker schaute noch immer in die Ferne, unfähig oder unwillig, sich vom Nachhall der Vergangenheit zu lösen.

»Dass du mich rausgefischt hast«, sagte Sandro grinsend.

»Ach, das war nicht mein Verdienst. Eher das von Malky ...«

»Nenn mich einen Spielverderber«, antwortete Sandro, »aber ich hab's nicht eilig, da wieder hineinzusteigen. Beim letzten Mal war ich betrunken, und das Wasser war nicht gefroren.«

»Das wird auch nicht nötig sein, *Seanachaidh*.«

Beide Männer wandten sich um und sahen Morias an. Er stand neben dem größten Fels in einem Kreis aus vielen umgestürzten Steinen; den Fir Chrieg, den Hinterhältigen Männern. Dies war der Steinkreis, aus dem Sandro mehr als fünfundzwanzig Jahre zuvor die Seelen der Fine-Helden wieder erweckt hatte. Die Steine waren von Nesseln und Dornensträuchern überwuchert, und Morias hatte Eskarius bereits an die Arbeit geschickt, einen Weg ins Innere des Kreises zu bahnen.

»Wie meinst du das, Morias? Wie du schon gesagt hast, ist dies der Weg, den wir kamen.«

»Ja, aber dieses Mal ist das nicht notwendig. Der Kreis war damals magisch versiegelt, um die Fir Chrieg zu binden. Dieses Mal können wir einfach die Steine nutzen.« Er wies auf die zerfallenen Überreste, während er sprach.

Sowohl Duncan als auch Sandro sahen wenig überzeugt aus; die Steine waren zu der Zeit von Sandros Eingreifen nach außen umgefallen und die meisten dabei zerbrochen. Morias' Bezeichnung »Kreis« schien heillos übertrieben. Morias schüttelte den Kopf ob ihrer Reaktionen, wandte sich um und machte sich an seinem Maultier zu schaffen.

»Ihr könnt Eskarius zur Hand gehen, wenn ihr wollt«, rief er über seine Schulter zurück. »Bis heute Abend müssen wir fertig sein. Ach übrigens, es gibt etwas, das ihr wissen solltet. Die Zeit vergeht in eurer Welt anders als in dieser. Wenn ihr zurückkommt, wird es nicht lange her sein, dass ihr sie verlassen habt – ihr wisst schon, was ich meine.«

Er machte eine abwesende Geste und begann damit, sein Maultier mit einer Hand voll Gras abzureiben.

»Wie lange?«, wollte Talisker wissen. Er ging zu Morias hinüber und starrte ihn an, verärgert über die Angewohnheit des alten Barden, solche Informationen auf einer »Was-ihr-noch-wissen-solltet«-Ebene mitzuteilen.

»Ja, wie lange, Morias? Das wäre hilfreich für uns zu wissen. Wir sind nicht im Guten verschwunden.« Sandro, etwas nachsichtiger mit seinem alten Mentor, versuchte wie immer zwischen den beiden zu vermitteln.

Morias zuckte mit den Schultern. »Ungefähr zwei Jahre.«

»Zwei Jahre!«, ächzte Sandro.

»Das war's dann wohl«, stöhnte Talisker. »Ich kann nicht gehen. Wahrscheinlich werde ich noch immer wegen Mordes gesucht.«

Morias hielt inne und erwiderte Taliskers Blick. »Muss ich dich daran erinnern, dass wir nach Tristan suchen?«, fragte er grimmig. »Er könnte in Schwierigkeiten stecken.«

»Und wessen Fehler ist das?«, zürnte Talisker. »Du hast ihn dorthin geschickt, allein. Er könnte inzwischen tot sein, du verdammter …«

»Ich hatte keine Wahl. Es war damals eine Entscheidung zwischen Leben und Tod.«

»Duncan.« Sandro packte Duncan an der Schulter und trat zwischen die beiden. »Das führt doch zu nichts.« Talisker sagte nichts, schüttelte jedoch die Hand seines Freundes ab und ging zurück zum Ufer.

»Was meinst du, fängt er sich wieder?«, murmelte Morias.

»Das hängt davon ab. Gibt es noch etwas, das du bislang zu erwähnen vergessen hast?«

Morias wandte den Blick ab und gab vor, beschäftigt zu sein.

»Morias?«

»Nichts, das ich mit Sicherheit sagen kann, Alessandro«, gab der Mann grollend zu. »Nur dass ich nicht weiß, wie sich dieser Übergang auf eure Körper auswirken wird.«

Sandro seufzte. »Wir sind nicht mehr so jung, wie wir mal waren.« Er blickte zurück zu Talisker, der nachdenklich am Wasser stand. »Sei nicht so streng mit ihm, Morias. Noch vor einer Woche war er in seiner kleinen Hütte und hat mit der Natur gesprochen, oder was auch immer er die letzten neun Jahre lang gemacht hat.«

»Nicht ich bin streng mit ihm, Sandro.«

Sie setzten ihre Vorbereitungen fort, bis der Abend hereinbrach.

Knox hatte einen schlechten Tag gehabt, einen wirklich schlechten Tag. Zunächst war das Treffen mit den Alten ein Desaster gewesen, denn die verbleibenden Alten (alle in den Zwanzigern) waren irgendwie … anders, als er zu Beginn seines Aufstiegs erwartet hatte. Sie sprachen über die Demonstration im Museum, als wäre sie ein kompletter Fehlschlag gewesen. Knox, der noch immer auf den rechten Augenblick wartete und seine Stellung abzuschätzen versuchte, sagte nur wenig, auch wenn er im Geiste gegen ihre Schwäche aufbegehrte. Doch immerhin hatten sie einen festen Glauben – jedenfalls hatte es den Anschein –, und was Knox betraf, verlieh ihnen das einen unschätzbaren Vorteil. Manchmal, in seinen schwächeren Augenblicken, wünschte er sich, er wäre gläubig, sehnte sich danach, es nicht vorspielen zu müssen, denn ... denn Daniel hatte ihm die erste wahre Freundlichkeit entgegengebracht, die ihm je zuteil geworden war. Und bei den Kindern zu leben war warm und angenehm und so viel besser, als allein zu sein.

Nach der Versammlung wollte er sich für eine Stunde hinlegen, zum Teil, weil er Kopfschmerzen hatte, doch hauptsächlich, weil er sich selbst bemitleidete. Als er durch den Haupteingang der »Arche« ging, bemerkte er ein Mädchen von ungefähr sechzehn Jahren, das unsicher in der Halle herumschlenderte. Sie war blond und sehr hübsch; ihre blauen Augen schossen unruhig umher, als hätte es sie allen Mut gekostet, hereinzukommen.

»Kann ich Ihnen helfen, Miss?«, fragte Knox.

»Das hoffe ich.« Ihre Stimme war hoch und zitterte leicht. »Ich suche nach meinem Bruder.«

Kaum dass sie dies gesagt hatte, wusste er es bereits. Er wusste, wer sie war. Während sie sprach, konnte er einen rauschenden Klang hören, als das Blut rascher durch seine Ohren zu strömen begann.

»Wer ist Ihr Bruder? Vielleicht kann ich ihn für Sie holen.«

»Daniel Reilly.«

»Oh. Daniel.«

»Kennen Sie ihn? Ist er hier? Wir machen uns Sorgen um ihn. Er hat sich schon seit Monaten nicht mehr gemeldet, und das sieht Danny gar nicht ähnlich.«

»Sie müssen Rachel sein. Daniel sprach häufig von Ihnen.«

»Er sprach – Präteritum?«

»Ich fürchte, er ist jetzt nicht mehr hier, Rachel. Daniel hat uns im Oktober verlassen.«

»Ich dachte – ich dachte, er hatte vor, hier zu bleiben ...« Ihr Blick wanderte durch die Halle und registrierte das dunkle, beeindruckende Holzhandwerk, das einst vornehm ausgesehen hatte, nun jedoch verrottete. »Er war gern hier; er hat wirklich an das geglaubt, was er tat. Hat er gesagt, wohin er gehen wollte?«

»Nein, nicht genau. Oder warten Sie ...« Ein Hoffnungsschimmer glomm in Rachels Augen auf. »... Wir haben über Missionarstätigkeiten gesprochen, nur wir beide. Sie wissen schon, Länder der Dritten Welt. Daniel war es so wichtig, seine Botschaft auch dort zu verbreiten. Vielleicht nimmt er zu Ihnen Kontakt auf, wenn er sich eingelebt hat, falls er ausgewandert ist.«

»Nun gut.« Sie klang enttäuscht. »Ich weiß nicht, wie meine Mutter dies aufnehmen wird. Bitte, hier ist unsere Nummer.« Sie reichte Knox eine Karte. »Wenn er sich meldet, könnten Sie uns Bescheid geben?«

»Natürlich.«

Sie wandte sich zum Gehen um, und dabei fing sich das Licht, welches durch die Glaseinsätze der Tür fiel, in ihrem blonden Haar und verlieh ihr einen Heiligenschein, durch den sie wie ein Engel aussah, genau wie Daniel.

»K-Keine Sorge, Rachel.« Er versuchte, ermutigend zu lächeln, doch der Anblick Rachels als ein Engel hatte ihn durcheinander gebracht. »Es wird ihm schon gut gehen. Er verrichtet Gottes Taten.«

Sie lächelte leicht, erwiderte jedoch nichts, als sie ging. Sie konnte ihre Enttäuschung nicht verbergen, und in ihren Augen glitzerten Tränen.

Sie war schon lange weg, da stand Knox immer noch dort und starrte minutenlang die Eingangstür an, von der Vorstellung gefangen genommen, dass alle in Daniels Familie Engel wären und dass sie vielleicht kämen, um sich an ihm zu rächen. Ihm entfuhr ein Laut, irgendetwas zwischen einem Seufzen und einem Lachen, und er schlug seine Hand vor den Mund, als wolle er Heiterkeit leugnen.

»Warum hast du ihr das gesagt?« Es war Esther. Sie hatte ihn beobachtet.

Knox kämpfte darum, unbeeindruckt zu wirken. »Meinst du, sie hätte es mir geglaubt, wenn ich ihr die Wahrheit gesagt hätte?«

Esther zuckte mit den Achseln. »Wohl kaum ...« Doch in ihren dunklen Augen lag etwas Anklagendes.

»Stimmt etwas nicht, Esther?«, fragte Knox stirnrunzelnd.

»Kann ich dich mal unter vier Augen sprechen, Knox? In deinem Zimmer?«

Kaum waren sie in seinem Zimmer, brach Esther zusammen. Tränenüberströmt sagte sie ihm, sie würde es nicht länger aushalten; sie habe sich bereits nach Hilfe umgesehen. Zunächst war er verwundert und verstand sie nicht recht, bis sie ihren Ärmel hochkrempelte und ihm die Einstichstellen auf ihrem Unterarm zeigte. Auch jetzt noch war Knox Drogen gegenüber nicht abgeneigt, doch er hatte es nie über sich gebracht, sich selbst einen Schuss zu setzen. Die roten Narben auf Esthers porzellanweißer Haut trafen ihn unerwartet. Doch noch schlimmer war, dass er sich immer vorgestellt hatte, sie sei so selbstbeherrscht. Nun schien es, als sei sie ihm ähnlicher, als er geahnt hatte; schwach und selbstzerstörerisch. Drogen waren unter den Kindern streng verboten, und Knox wusste, dass Esther seinen Tadel erwartete.

»Warum, glaubst du, bist du deprimiert, Esther?«, fragte er sanft.

»Ich vermisse Daniel. Ich vermisse ihn wirklich, Knox ...«

»Noch immer?«

»Wir-wir waren Geliebte. Wie konnte er einfach gehen, ohne mir etwas zu sagen?«

Daniel, dachte Knox bitter, warum musste es Daniel sein? Ich bin froh, dass ich dich getötet habe, du Bastard. Du wirst sie nie wieder bekommen.

»Ich kann es nicht glauben, dass er fort ist, Knox …«, schniefte sie.

»Gott hat ihn zu sich geholt, Esther. Er hat für ihn gearbeitet, um … sag mal, woher bekommst du den Stoff?«

»Ein-einfach von der Straße.«

»Das ist nicht sicher, Esther. Es kann alles Mögliche untergemischt sein. Ich werde dir helfen, in Ordnung? So lange, wie du brauchst, um alles zu verarbeiten, komm zu mir. Ich werde dir etwas besorgen, was sauber ist.«

Sie starrte ihn einen Augenblick lang ungläubig an. »W-Was? Methadon?«

»Ähm …ja, wenn es geht.«

Sie schniefte und riss sich zusammen, auch wenn sie noch immer entspannt wirkte in seinen Armen. »Das glaube ich nicht«, sagte sie und lächelte zitternd. »Ich dachte, du würdest mich rauswerfen. Daniel hätte das getan. Er war nicht so, wie ich gedacht hatte …. Es scheint mir, dass er nur aus Bequemlichkeit verschwunden ist. Vielleicht hatte er einfach nicht den Mumm, mit mir Schluss zu machen.«

»Nein, Esther, nein. Das darfst du nicht denken. Ich war dabei, erinnerst du dich? Ich habe ihn gesehen.«

Nachdem sie gegangen war, saß er auf der Bettkante; in seinem Kopf drehte sich alles, sein Hemd und seine Hände rochen nach ihrem Parfum. Dann betrank er sich.

Knox mochte eigentlich gar keinen Whisky, doch da Monate seit Daniels Verschwinden vergangen waren, befand sich nichts anderes mehr in dessen Versteck. Knox hatte sich durch den Gin und den Brandy durchgearbeitet – sogar durch den Jack Daniel's –, doch der Whisky war bis zum Schluss übrig geblieben. Er fragte sich, was sie wohl dazu gesagt hätten, wenn sie wüssten, dass ihr gelobter Heiliger ein so wohl sortiertes Sufflager unterhielt. Vom Whisky fühlte er sich wie ein Kind, seine Augen stachen und seine Kehle brannte, wenn er ihn trank; doch alles, wonach er sich nun sehnte, war der Trost des Alkohols und das sanfte Verschwimmen der Realität, das die Trunkenheit mit sich brachte.

Überall um seinen Stuhl verteilt lagen vereinzelte Blätter auf dem Boden wie Konfetti. Er hatte wieder in seiner Bibel gelesen, während er trank; jetzt wusste er alles über die Apostelgeschichte, die Thessalonicher, die Offenbarung und all die ausgewählten Passagen, in denen das Ende aller Tage und die Wiederkehr prophezeit wurden. Er riss jede Seite heraus, nachdem er sie beendet hatte, nur um sich selbst zu beweisen, dass er sie gelesen hatte, und er fühlte sich zunehmend befriedigt, während das Muster auf dem Teppich verschwand. Der Tag mündete in den Abend, und der Abend wurde dunkler, doch Knox las weiter, denn jedes Mal, wenn er innehielt, dachte er an sie, und das schmerzte ihn. Er hatte das angenehm betrunkene Stadium gegen halb neun überwunden und nun drehte sich der Raum, und ihm war übel. Ein leises Klopfen an der Tür war zu hören.

»Knox? Bist du da?« Es war die Stimme von LearnToFly.

»Weh dir, LearnToFly«, flüsterte Knox, noch immer im Bann der Offenbarung.

»Knox?«

Er erhob sich, und weitere herausgetrennte Seiten lösten sich von seinem Körper, einige wenige klebten an seiner Kleidung. Es amüsierte ihn in höchstem Maße, »mit dem Wort Gottes« bekleidet zu sein. Er schwankte zur Tür, um sie zu öffnen, und kämpfte dabei um Ruhe oder wenigstens um den leisesten Anschein von Nüchternheit.

»LearnToFly«, lächelte er. »Was kann ich für dich tun?« Es hatte wenig Sinn, begriff er, denn LearnToFly konnte vermutlich den Alkohol riechen.

»Kommst du mit zu den Abendgebeten, Knox?«

LearnToFly hielt seinen Tonfall möglichst neutral, doch er konnte die Tatsache nicht verbergen, dass er den Whisky riechen konnte, auch wenn er versuchte, seinen Kopf so zu recken, dass er über Knox hinweg ins Zimmer sehen konnte.

»Ah.«

»LookingUp – Schau-auf – schlug vor, du könntest heute Abend den Segen lesen.«

»Ich sage dir was, LearnToFly ... warum erledigst du das nicht? Ich fühle mich nicht sehr wohl. Ich wäre dir wirklich sehr dankbar. Hier.« Er griff wahllos nach einer der Seiten, die ihm irgendwie am Hemd kleben geblieben waren, und reichte sie LearnToFly. »Das wird dich inspirieren.«

LearnToFly runzelte die Stirn, sah dann jedoch auf die Seite. »Ah, Apostel 2:42, Der Zug der Gläubigen ... g-gute Wahl, Knox.«

»Ja, nun ...«

»Bist du s-sicher, dass du mich das tun lassen möchtest?«

Knox streckte den Arm aus, um LearnToFly auf die Schulter zu klopfen, bemerkte dann jedoch, dass dabei sowohl er als auch sein alkoholisierter Atem näher kommen würden. Er nickte bestätigend.

»Du machst das schon, LearnToFly ... im Ernst, ich vertraue dir da voll und ganz.«

»Danke, Knox.« LearnToFly strahlte. »D-Das bedeutet mir eine Menge.« Er lief langsam den Korridor entlang, den Blick fest auf die Seite gerichtet, die Knox ihm gereicht hatte.

»G-Gute Nacht ...«

»Gute Nacht.«

Als er die Tür geschlossen hatte, überfiel Knox eine Welle von Übelkeit; der nervöse Energieschub, der dazu gedient hatte, LearnToFly gegenüber nüchtern zu wirken, war verflogen, und er beugte sich vor, weil er glaubte, sich übergeben zu müssen. Als nichts geschah, richtete er sich wieder auf und lachte leise in sich hinein. Er taumelte zurück zu seinem Stuhl, sackte nach vorne über den Schreibtisch und griff nach dem Whisky, doch seine Hand schloss sich um etwas Kaltes und Scharfes.

»Messer«, sagte er in den leeren Raum. »Hey, Esther, sieh dir das an ...« Seine Stimme brach ab, während er das Messer anstarrte. Er hatte den ganzen Tag lang über Esther nachgedacht, auf eine unbewusste Art und Weise, die wie ein scharfer Schmerz in seinem Hinterkopf kreiste, sogar während er las. Sie zu halten, während sie um Daniel weinte … das war bitter. Was würde sie über ihren Tröster denken, wenn sie es wüsste? Und was würde sie sagen, wenn sie ahnte, dass sein Angebot, ihr zu helfen, von der Tatsache herrührte, dass er hier die Möglichkeit witterte, sie zu kontrollieren? Sie wäre abgestoßen. Weil Knox wusste, dass seine Sehnsucht nach Esther keine strahlende, glänzende Angelegenheit war; es war keine Liebe, es war auf keinerlei Weise schön. Etwas an Esther sprach den dunkelsten Teil von Knox' Wesen an, den feigen, verängstigten Teil seines Ichs, den niemand lieben konnte, nicht einmal er selbst. Ihre Hilflosigkeit, als er sie in den Armen hielt, hatte nur bewirkt, dass es ihn erregte, was wiederum das stetige Feuer seines Abscheus vor sich selbst nährte.

Mit seiner rechten Hand tastete er nach dem Whiskyglas und hielt seinen Blick starr auf das Messer gerichtet, als befürchtete er, dass der völlig seelenlose Gegenstand plötzlich zum Leben erwachte. Dieses Mal stach der Whisky nicht in seinen Augen; er kippte, ohne mit der Wimper zu zucken, das Glas hinunter und wischte sich mit der Rückseite seines Armes den Mund ab. Unvermittelt durchzuckte ihn ein Gedanke, als er das sanfte Prickeln des Alkohols auf seiner Haut spürte. Sie würde es nicht tun, oder? Sie würde ihn nicht rügen, auch wenn er es verdiente, bestraft zu werden. Bestraft für alles, selbst für die Dinge, von denen sie nichts wusste, für Daniel, für die Lügen, selbst die, die er ererbt hatte …

Ohne auch nur innezuhalten, um seine betrunkenen Tagträumereien zu analysieren, griff er nach dem Messer und zog es plötzlich über seinen Armrücken. Keinen Laut gab er von sich, nicht den geringsten Schmerzensschrei; er spürte keinen Schmerz, nur den seltsamsten, schärfsten Adrenalinfluss. Knox starrte auf den perlenden Blutstrom, der aus dem schmalen Schnitt sickerte. Warum floss es nicht richtig? Er stieß noch einmal zu, stärker als vorher, und dieses Mal strömte das Blut ungehindert; drängte hervor und schien – in der Finsternis des Raumes seiner roten Farbe beraubt – lediglich eine dunkle Flüssigkeit zu sein. Erneut stach Knox zu, doch inzwischen war das Adrenalin verebbt, und ein heißer Schmerz durchfuhr ihn unerwartet.

»Ahh.« Die Veräußerung seines Schmerzes traf ihn ebenso unvermutet wie der Schmerz selbst und er sog die Luft ein, als wolle er den Laut zurückholen. Dann warf er den Stuhl zurück, eilte zum Fenster, stieß es weit auf und hielt seinen Arm nach draußen in die kalte Luft. Es regnete; das Geräusch hatte sich ihm ins Bewusstsein gegraben, und der Instinkt war der gleiche, der einen eine Verbrennung unter fließendes Wasser halten lässt. Der Regen prasselte auf das alte Haus und wurde durch das offene Fenster hereingeblasen. Er durchnässte Knox' weißes Hemd und klebte ihm seine Haare auf Stirn und Wangen. Alles erschien ihm zu langsam; er beobachtete, wie das kalte Wasser das Blut abwusch, und das Gefühl auf seinem Arm glich einem kalten Feuer. Regentropfen flogen sanft auf sein Gesicht und seine Brust zu und hinterließen Spuren von Licht wie winzige silbrige Kometen. Sein Mund war geöffnet, als ob er noch immer seinen Schmerz herausschreien würde, obgleich ihm nun kein Laut mehr entfuhr, und er warf seinen Kopf zurück, als die kalte Nässe in seinen Mund und Hals eindrang und ihm Empfindungen bescherte, die ihn gleichermaßen erfrischten und verbrannten. Als Knox im Windzug schwankte, hatte er für einige Augenblicke das Schwindel erregende Gefühl zu fliegen.

»Sprich mit mir.«

Zuerst glaubte er, die Stimme sei in seinem Kopf, denn er verfügte noch über ein Fünkchen Selbstbeherrschung, welches ihn daran erinnerte, dass er betrunken, verletzt und wohl imstande sei, sich solche Dinge einzubilden. Er griff ein Handtuch vom Bettende, das er um seinen Arm schlang, ungeachtet der Tatsache, dass er völlig durchnässt war. So stand er einige Momente lang tropfend und keuchend und lauschte, ob die Stimme noch einmal zu hören wäre. Nichts. Er stürzte einen weiteren Drink hinunter und redete sich selbst zu: »Weh! Weh, oh großes … großes …«

»Sprich mit mir. Ich weiß, dass du da bist.«

Vielleicht hätte er es noch länger geleugnet, wenn er nüchtern gewesen wäre. Knox blickte sich in Raum um und suchte nach jemandem, der sich in den Schatten verborgen hielt, doch er konnte niemanden ausmachen. Er hob erneut sein Glas, nun blutverschmiert und mit Fingerabdrücken übersät, doch als er es an seinen Mund führte, begannen seine Hand und sein Arm heftig zu zittern; er umfasste das Glas mit beiden Händen und führte es wie ein ertrinkender Mann an die Lippen. Doch gerade als er einen Schluck wollte, sah er es. An seinem Bettpfosten hing die Halskette, die er dieser Frau, Beatrice, gestohlen hatte. Er hatte sie einfach aus einer Laune heraus mitgehen lassen – es hatte den Anschein, als wäre sie wertvoll genug, um jenen Luxus zu finanzieren, den Knox sich nicht häufig genug leisten konnte, als dass es zu einer Sucht werden könnte – wenn er den Schmuck verkaufen würde, könnte es ihn möglicherweise für bis zu einem Jahr mit Kokain versorgen …

Nun glühte das Ding in einer schwachen grünlichen Farbe. Als er darauf zu taumelte, dachte Knox entfernt darüber nach, dass vielleicht einer der eingelassenen Edelsteine das Licht von seiner Nachttischlampe einfing, doch fast augenblicklich verwarf er diese Idee wieder; das Glühen breitete sich gleichmäßig von dem Stein aus, wie eine neblige Himmelskugel, und aus den Rändern der Kugel sprossen bewegliche Lichtranken, die auf der Suche zu sein schienen. Knox machte am Ende des Bettes Halt.

»Hast du – hast du etwas gesagt?« Er fühlte sich dumm, sogar lächerlich, als er diese Frage laut stellte. Vielleicht versuchten einige der Kinder, ihm einen Streich zu spielen, vielleicht wollten sie, dass er verrückt wurde … vielleicht wussten sie alles über Dan …

»Ja. Ich habe mit dir gesprochen. Wie heißt du?«

»Knox.« Knox' Hirn war benebelt, und alles drehte sich von Alkohol und Adrenalin, das von den Schnitten in seinem Arm aufstieg. Er war völlig benommen, sich aber andererseits sicher, richtig gehört zu haben. Er war noch immer versunken in die apokalyptischen Visionen der Offenbarung – von denen er damals nicht ein einziges Wort geglaubt hatte –, und er war sich sicher, dass die Stimme nur einen einzigen Ursprung gehabt haben konnte. Er sank am Fuße seines Bettes auf die Knie und bemerkte, dass das Messer, welches er gegen sein eigenes Fleisch gerichtet hatte, als unangemessene Strafe erachtet worden war. Die göttliche Gerechtigkeit war real.

»Bist du …? Bist du Gott?«

»Gott?« Die Stimme schien das für eine abwegige Frage zu halten. Es gab eine kurze Pause, während der Knox sich ausmalte, wie er für seine Unverschämtheit niedergestreckt werden würde. Endlich, nach einer scheinbaren Ewigkeit, kam die Antwort.

»Ja.«

»Es tut mir Leid. Es tut mir wirklich alles so Leid. Ich meine, ich bereue meine Sünden …«, Knox geriet durcheinander. »Die Sache mit Danny, ich meine, nun ja, du siehst es ja, du weißt, wie er war, ein f-falscher Prophet, und er führte deine Kinder ins …«

»Ja, ja …« Die Stimme klang abweisend. *»Steh vom Boden auf. Ich verlange nicht von dir zu kriechen. Komm näher.«*

Knox tat, was ihm aufgetragen worden war, setzte sich auf die Bettkante und rutschte dann zum Kopf hoch, bis er bei den Kissen angelangt war und das grüne Licht anstarrte.

»K-Kannst du mich sehen?«, fragte er nervös.

»Ja.«

Ohne Vorwarnung veränderte sich das grüne Glühen, Lichtranken streckten sich und suchten nach Knox' Gesicht. Er wand sich, als sie nach seiner Wange fassten, auch wenn die Berührung nicht allzu unangenehm war; warm, aber scharf, ungefähr wie die Schnitte auf seinem Arm.

»*Halt still*«, warnte die Stimme. »*Ich versuche nur zu erkennen, wie es in deinem Herzen und in deinem Geist aussieht. Ah …*« Einige Sekunden lang herrschte Schweigen, und Knox spürte eine seltsame Ruhe, als sich die grünen Ranken regten und rührten und sein nasses, blutiges Gesicht in ihrem Glühen badeten.

»*Das verstehe ich nicht*«, sagte die Stimme schließlich. »*Wo bist du, Nathan Troy?*«

»Du kennst meinen wirklichen … natürlich kennst du ihn. Wo? Edinburgh. Schottland.«

»*… natürlich. Aber das spielt keine Rolle. Hör mir zu, Nathan. Wenn du aufwachst, wird dein erster Impuls sein, mich zu verleugnen. Tu das nicht. Warte auf meine Anweisungen. Hast du mich verstanden?*«

»Ja.«

»*Dies soll dazu dienen, dich daran zu erinnern.*« Plötzlich flackerte das Licht, und obgleich Knox versuchte wegzusehen, war es ihm nicht möglich. Ein scharfer Geruch von brennendem Fleisch stieg auf, und Knox schlug vornüber aufs Bett. Dann gab es nichts mehr außer der seligen Dunkelheit, die er den ganzen Abend lang so ersehnt hatte.

Jahl warf sich aufs Bett. Es war eine anstrengende Nacht gewesen, und wenn er Recht hatte, dann war sie noch nicht vorüber. Im Lichte der neuen Informationen, die er erlangt hatte – die er aus dem verschrobenen Geist dieses Fremden, Knox, gesogen hatte –, gab es noch einiges vor dem Morgengrauen zu überdenken. Seine Mutter wäre ob der Doppelbödigkeit seines neuen Planes stolz auf ihn gewesen, abgesehen von der Tatsache, dass er sie mit einbezog und sie ihn wohl ohne Mitleid getötet hätte, hätte sie davon gewusst. Er dachte darüber nach, sich ein Weilchen zum Schlafen niederzulegen, bevor er Soulis Mor wieder der Zeit übergeben würde, doch es schien eine Verschwendung seiner Mittel, und so war er drauf und dran, die Erstarrung zu beenden.

Er hatte die Hände schon erhoben, um den Zauber zu wirken, als ein früherer, geringerer Spruch seine Wirkung zu entfalten begann.

In der Ecke, in der Nähe der dunklen Fläche des Fensters, hing ein Netz, gewoben aus purem Licht. Keine Spinne lebte dort; Jahl hatte das komplizierte Gitterwerk selbst gesponnen, und es war ein reines Abbild des Netzes, das er über die nördlichen Gebiete von Sutra gelegt hatte. Doch wie eine gewöhnliche Spinnenfalle bewegte und vibrierte auch seine eigene Kreation als Antwort, nicht auf eine Fliege, sondern auf Magie. Jahl durchquerte den Raum und betrachtete nachdenklich die kaum merkliche Bewegung der Fäden, die gerade jetzt zunahm, da die Magie stärker wurde. Wenn sein Orientierungssinn ihn nicht täuschte, dann häufte sich Magie an und sammelte sich an den Ufern des Lichts des Himmels.

»Komm schon, können wir endlich los?«, stöhnte Talisker. »Wie lange denn noch, Morias?«

Morias sah von der Stelle des Feuers auf, an der er kauerte. Es schien Talisker, als hätte er in der letzten Stunde nichts weiter getan, als dort zu hocken, zu murmeln und gelegentlich Kräuter in die Flammen zu werfen. Sandro bewegte sich unruhig, denn ein Sturm zog auf; die Wolken, vom gleißenden Licht des Vollmonds erleuchtet, hasteten über den Himmel zur östlichen Seite des Lochs, wo sich eine riesige Wolkenbank auftürmte. Während der letzten Stunde hatte sich die Luft merklich verändert; war sie vorher feucht und voller Schnee gewesen, hatte sie nun eine unnatürlich trockene Qualität angenommen, und Sandro hatte den Eindruck, er könne den Windzug fast schon schmecken. Eskarius schien von allen am heftigsten unter der Atmosphäre zu leiden; er hatte seine Sidhe-Gestalt angenommen und saß zusammengekauert und schweigend am Feuer; seine wachen Sinne wurden offensichtlich stark beansprucht.

Nun, wo er wieder einmal hier war, neben den Steinen, schien es Sandro gar nicht so lange her, dass er das *Ur Siol* gesprochen hatte: der einzige magische Akt, den er je vollbracht hatte und der ihn beinahe seine Seele gekostet hätte. Natürlich waren inzwischen mehr als fünfundzwanzig Jahre vergangen; er rieb beinahe liebevoll am rauen Granit der umgestürzten Steine, die einen der Fir Chrieg gefangen gehalten hatten. Wenn er sich richtig erinnerte, dann war dies Kentigerns Stein.

»Es ist keine leichte Aufgabe, Duncan«, murmelte Morias. »Die Steine sind nun schwach. Ich habe einen stärkeren Eingang für Tristan benutzt. So. Wir sind fertig.«

Talisker sah auf die Fläche zwischen den Steinen. »Es sieht ...«

»Genau wie vorher aus, ich weiß«, sagte Morias schnippisch und ungeduldig. »Ich werde nie verstehen, warum die Menschen immer Blitze und Donnerschläge bei ihrer Magie haben müssen ...«

Sandro lachte nervös, und Talisker warf ihm einen Blick zu.

»Denkt daran«, warnte Morias. »Ihr müsst so schnell wie möglich hierher zurückkehren, sonst kann es sein, dass hier Monate ins Land gehen. Jahl ...«, er warf Talisker einen Blick zu, »und Regan können während dieser Zeit viel Unheil anrichten. Mögen die Götter geben, dass ihr Tristan schnell findet.«

»Vielleicht kannst du mal ein Wörtchen mit ihnen reden, Morias.« Taliskers Bemerkung fiel etwas schärfer aus, als er es beabsichtigt hatte. »Tut mir Leid«, murmelte er. »Ich bin etwas angespannt.« Morias nahm seine Entschuldigung mit einem Nicken an und überging den Ausspruch. »Ich werde wohl fort sein, wenn ihr zurückkehrt. Ich werde dorthin gehen, wo ich in der jetzigen Situation am hilfreichsten bin. Aber Eskarius hat eingewilligt, hier zu warten.«

»Danke dir, Wol... Eskarius.« Talisker lächelte angespannt. Sie wandten sich zum Aufbruch um.

»Warte. Dort kommt etwas!« Eskarius wies über den Loch. Der Sturm brach los, und ein zischendes Segel aus Regen peitschte über das Wasser auf sie zu. Einen Moment lang konnte Talisker nichts als die graue Sturmfront sehen, doch dann erhellte ein Blitz die Szene: Fünf Kreaturen flogen an den Ausläufern des Sturms. Talisker fühlte Übelkeit aus seinem Magen hochsteigen, als er sein Schwert zog, denn es waren so viele Jahre seit seinem letzten Kampf vergangen. Doch ein Adrenalinstoß erinnerte ihn daran, dass er eine Schlacht überleben könne.

»Naba Scoor«, zischte Eskarius. Aus den Augenwinkeln bemerkte Talisker, wie der Sidhe seine Wolfsgestalt annahm, Vermesh.

»Ihr müsst gehen«, drängte Morias. »Wartet nicht auf uns. Wir werden …«

»Seid nicht albern«, brauste Talisker auf.

Die Scoor griffen vom Himmel aus an; mit einem plötzlichen, schlingernden Schub wurde Talisker nach vorne zu Boden geworfen, als der Anführer der fünf mit einer Art Speer über seinen Rücken harkte. Er rollte sich schnell im nassen Gras herum und erhob sich fluchend mit dem Mund voller Regenwasser. Der Scoor war mit einem leichten Schlag seiner schuppigen Flügel wieder zurück in den Himmel aufgestiegen, und als Talisker taumelnd auf die Füße kam, sauste er zurück, um seinen Vorteil auszubauen. Talisker schlug mit mehr Glück als Berechnung um sich, und es gelang ihm, zwei der insektenartig dünnen Beine der Kreatur abzuhacken. Der Scoor schien keinen Schmerz zu verspüren, sondern blickte stattdessen wie unbeteiligt hinunter auf seine abgetrennten Glieder, die sich im Gras wanden und zuckten. Talisker war sich Sandros Schreien und des Knurrens von Eskarius Vermesh bewusst, hatte jedoch keine Gelegenheit mehr, auf die missliche Lage seiner Freunde zu reagieren, denn schon griff ihn von oben der Scoor erneut an und stach nach ihm mit seinem mit Widerhaken bewehrten Speer.

»Runter, Talisker!«, bellte Morias. Ohne Zögern, lediglich dem Befehl gehorchend, tauchte Talisker zu einer Seite weg, gerade in dem Augenblick, als ein gleißender Strahl weißen Lichts den

Scoor in der Mitte seines eisernen Brustpanzers traf. Was immer das Licht gelenkt hatte, es war stark; es durchdrang die Rüstung, trat auf der gegenüberliegenden Seite wieder aus und pfählte die Kreatur für die Sekunden, die sie zum Sterben brauchte. Talisker blickte sich verwirrt um und sah Morias, der sich hinter einem der Steine duckte; seine Hände glühten noch immer vom Wirken der Magie – was auch immer es gewesen sein mochte, das er in Richtung des Biests geschleudert hatte.

»Steh da nicht einfach so herum, hol Sandro«, brüllte Morias über das Getöse. Ohne abzuwarten, ob Talisker seinen Anweisungen Folge leistete, wandte Morias seine Aufmerksamkeit Eskarius Vermesh zu, der sich in Schwierigkeiten befand. Zwei weitere Scoor kreisten außerhalb der Reichweite über seinem Kopf und schienen siegesgewiss. Talisker rannte auf Sandro zu, der von seinem Gegner zurückgedrängt wurde, welcher zwar immerhin gelandet war, ihn nun jedoch angriff; Sandro hatte Recht gehabt, das Geräusch der Schwingen der Kreatur war ein Übelkeit erregendes, schneidendes Gejammer, welches sogar durch das Peitschen des mittlerweile sintflutartigen Regens toste. Die Bewegungen der Flügel trugen den Scoor vorwärts, als würde er noch immer über das Gras fliegen, und als er sich näherte, öffnete der Scoor seinen sonderbaren Mund und stieß einen entsetzlichen scharfen Schrei aus, der so fremdartig und beängstigend war, dass Talisker das Gefühl hatte, seine Eingeweide würden zu Wasser.

»Sandro!« Talisker stand neben seinem Freund und war bereit, ihm im Kampf gegen die Kreatur zur Seite zu stehen. »Wir müssen los. Morias kann … komm schon …« Als der Scoor sie erreicht hatte, sprangen sowohl Talisker als auch Sandro unvermutet zur Seite, als ob einer die Gedanken des anderen gelesen hätte: Dies war wohl jene seltsame Gleichzeitigkeit, die nur Kampfsituationen so häufig hervorbringen. Der eigene Vorwärtsdrall des Scoor trug ihn weiter, und noch bevor er Zeit hatte, sich wieder umzudrehen, griffen ihn Talisker und Sandro im Rücken an und hieben in das harte Chitin seiner Flügel. Taliskers Schwert zerstörte einen Flügel vollständig, und Sandro ließ den anderen nur noch an einem Faden hängend zurück, aus dem Ichor tropfte. Der Scoor schrie und wand sich, doch die zwei Männer warteten nicht ab, um ihm den letzten tödlichen Hieb zu versetzen, sondern rannten zu den Steinen zurück. Während sie rannten, schien die Szene zu einem Furcht einflößenden Tableau zu verschwimmen. Morias schlug gerade auf einen Scoor ein, der Eskarius Vermesh angriff; die Kreatur klammerte sich an den Rücken des Wolfes, und Morias befürchtete, den Falschen zu töten. Eskarius richtete sich auf, knurrte und heulte, bis der Scoor den Halt verlor und abgeworfen wurde, wobei er große Stücke aus dem Pelz des Wolfes riss. Als der Scoor herunterfiel, schlug Morias unmittelbar zu, und die Szene wurde vom gleißenden Blitz seiner Magie erhellt, welcher von Millionen von Regentropfen eingefangen und gebrochen wurde. Der Scoor, den sie verwundet hatten, war zu Boden gefallen: Seine insektenartigen Glieder zuckten und verkrampften sich, während er starb. Die zwei weiteren, die als Reserve über ihnen gekreist waren, schossen sofort herunter und verfolgten in raschem Flug Talisker und Sandro. Eskarius, von seinem Angreifer befreit, rannte, um die beiden Männer einzuholen.

»Viel Glück, Duncan Talisker.«

Talisker hatte zu wenig Zeit oder zu wenig Atem, um zu antworten.

Es war nicht wie damals. Hätte Morias Zeit gehabt, hätte er Sandro und Talisker die Wirkung der Tore, oder besser gesagt der magischen Pforten, erklären können. Vielleicht hatte er geglaubt, es wäre besser, wenn die beiden nichts wussten. Vor fünfundzwanzig Jahren waren die beiden durchs Wasser übergetreten und unterhalb der Oberfläche des Lichts des Himmels angekommen. Dieses Mal rannten sie durchs Feuer. Als sie in den Steinkreis stürmten, streckte Sandro die Hand aus und umfasste Duncans

Handgelenk; Morias hatte sie warnend ermahnt, beieinander zu bleiben. Beide blieben wie erstarrt stehen, als sich vor ihnen wie aus dem Nichts eine Flammenwand erhob. Talisker blickte zurück; er konnte die Umgebung außerhalb des Kreises als ein eisiges, verschwommenes Bild ausmachen. Die zwei verbliebenen Scoor verharrten vor dem Ring, als seien sie bereit, in den Steinkreis vorzustoßen. Er blickte zurück in die Flammen, die geräuschlos loderten, ohne fühlbare Hitze abzusondern.

»Ich nehme an, wir laufen weiter.« Sandros Stimme schien von weit her zu kommen, auch wenn Talisker ihn die Worte formen sehen konnte, und sie erreichten sein Gehirn wie ein körperloses Echo. Er hielt sein Schwert vor sich ausgestreckt, als könnte es von irgendeinem Nutzen sein.

»Lauf weiter«, tönte Sandros Stimme erneut. »Morias sagte …«

Dann umgibt ihn die strahlende Helligkeit der Flammen, und es beginnt zu brennen.

»Lauf weiter. Halt nicht an …«

Es brennt, doch es brennt auch wieder nicht. Seine Kleidung fängt nicht Feuer. Er kann sich selbst sehen, wie er durch das Feuer rennt, kann seine Beine und sein Schwert erkennen. Und er kann einen Laut hören. Er gleicht dem Geräusch, das seine rennenden Füße machen sollten. Oder vielleicht ist es auch sein Herzschlag. Das ist schlimm. Er will nicht seinen eigenen Herzschlag hören. Er hofft, dass es seine Füße sind …

Das Brennen ist wie … es ist nicht so, wie er es sich vorgestellt hat. Es ist kein Schmerz, auch wenn er weiß, dass es so sein sollte. Es gleicht mehr einem Schmelzen, Auflösen, Nichts-Zurücklassen. Er lauscht wieder auf seine Füße oder seinen Herzschlag. Hofft, dass er sich noch immer bewegt. Er kann nicht sagen …

»Sandro …« Er ruft nach ihm. Versucht, sich nach seinem Freund umzusehen. Er hat jetzt Angst. Er kann etwas hinter den Flammen sehen, und das ist die Dunkelheit. Er erinnert sich an

die Leere. Erinnert sich daran, dass jedes Mal, wenn er die Dunkelheit durchquerte …

… er starb.

»Lauf weiter.«

Wer sagte das? Denkt er lediglich?

Ich will nicht sterben …

Schon wieder.

Dann waren die Flammen verschwunden. Die Dunkelheit war vorüber. Ersetzt von einer Finsternis, die vollkommen natürlich war.

»Ohh, verdammt. Warum kann es nicht mal leicht gehen?« Sandros Stimme klang fremd und flach zwischen den Mauern des kleinen, dunklen Raums. Er stieß ein klägliches Lachen aus. »Wie war es für dich, Duncan?«

Talisker setzte sich auf und rieb sich das Gesicht, welches sich noch immer seltsam anfühlte, denn es war heiß und prickelte; er tat es jedoch als Einbildung ab. »Ich hoffe, Tris weiß das zu schätzen«, murmelte er. »Glaubst du, wir sind im Hof, Sandro?«

»Ich nehme es an. Glaube kaum, dass es in Edinburgh noch andere magische Pforten gibt …«

»Natürlich nicht, schließlich hat uns ja Morias alles erzählt …« Taliskers Reise hatte ihn nicht in besonders strahlende Laune versetzt.

»Komm schon.« Sandro erhob sich und war eine diesige Silhouette, denn Taliskers Augen mussten sich erst an die Dunkelheit gewöhnen. »Lass uns mal in Richtung frische Luft gehen, in Ordnung? Ich habe das Gefühl, als hätte mich jemand durch den Fleischwolf gedreht.«

Auch Talisker erhob sich und folgte Sandro, ohne ein Wort zu verlieren, durch den dunklen Umriss der Tür. Sandro plauderte weiter, denn seine Nerven schienen nach dem Übergang tatsächlich völlig blankzuliegen.

»Weißt du, was ich jetzt tun werde? Ich trinke erst mal einen

Espresso«, sinnierte er. »Habe ja schon seit Jahren keinen Kaffee mehr getrunken. Aber nicht nur so 'n winziges Tässchen, sondern einen richtig großen Becher. Oje, wahrscheinlich werde ich dann ein ganzes Jahr lang nicht schlafen können …«

»Ist das alles?« Sie waren jetzt in einen langen Korridor eingebogen, von dem Talisker sicher glaubte, dass er sich an ihn erinnerte. Die ersten schwachen grauen Strahlen vom Tageslicht tröpfelten herein. »Ich gehe in einen Pub«, verkündete er lächelnd. Er fühlte sich bereits etwas besser, und die Erkenntnis, dass sie sich tatsächlich in Edinburgh befanden, stimmte ihn unerwartet froh.

»O ja, und was willst du als Geld anbieten?«, fragte Sandro tadelnd.

»Himmel, musst du immer alles verderben?« Er blickte nach vorne, denn sie waren an einer weiteren Tür angelangt, die Sandro aufschlug. Schwaches Tageslicht flutete herein. Genug, um sich gegenseitig zu erkennen.

»O mein Gott.«

»Du lieber Himmel.«

Beide Männer starrten sich völlig ungläubig ins Gesicht. Sandro streckte die Hand aus und berührte Taliskers Haut.

»Au«, beschwerte sich Talisker. »Immer noch wund.« Dann breitete sich ein Grinsen auf seinem Gesicht aus. »War schon immer ein verdammt gut aussehender Teufel, was?«

Sandro stieß einen Freudenschrei aus; sie umarmten sich ungestüm, drehten sich und tanzten in der kalten, freudlosen Umgebung von Mary King's Hof.

Die Jahre waren wie weggewischt. Duncan und Sandro waren wieder junge Männer.

»Wach auf, Knox.«

»Was …?«

»Wach auf. Du erinnerst dich doch noch, nicht wahr?«

Der Morgen war angebrochen. Schwaches Sonnenlicht drang durch die Zwischenräume der schweren, den Raum ansonsten völlig verdunkelnden Rollos. Knox setzte sich auf und blickte verblüfft um sich, während vage Erinnerungen an die Nacht zuvor über ihn hereinbrachen. Das Zimmer stank nach Schweiß, schalem Whisky und noch etwas anderem … Blut. Ein glühender Schmerz stieg von seinem Arm auf, und im selben Augenblick erinnerte er sich an das Messer und die Schnitte. Er stieß ein leises Stöhnen aus und hielt seinen Blick starr auf die rot befleckten Bettlaken gerichtet, die er um sich gewickelt hatte. Sein Kopf schmerzte. Sein Kopf schmerzte wirklich … als ob … Er griff nach oben und befühlte seine Stirn: Sie fühlte sich klamm und klebrig an. In der Mitte erhob sich sanft eine Beule. Knox strampelte sich aus den Laken frei und ging zum Spiegel hinüber, um seine sonderbare Verletzung zu untersuchen.

»Knox!« Nichts an dieser Stimme entsprang seiner Einbildung. Sie war nicht nur in seinem Kopf, sondern im Zimmer. Wie eine normale Stimme, nur dass keiner … Unmittelbar traf ihn die Erinnerung, und Knox ließ sich schwer auf das Fußende seines Bettes sinken, während er die Halskette mit neuerlichem Unglauben anstarrte.

»Ja, Herr«, flüsterte er. »Ich bin hier.«

»Gut. Es gibt etwas, das ich von dir verlange, Knox. Als ein Zeichen für deine Eignung, die Kinder anzuführen … meine Kinder.«

»Ist es wahr, Herr?« Knox rieb sich die Augen, als versuche er noch immer, aus einem Traum zu erwachen. »Hast du vor, das Ende der Welt einzuläuten?«

»Nicht ganz. Nur für die, die mir missfallen. Du hast doch deine Heilige Schrift gelesen, nicht wahr?«

»Ja – ich – aber … warum denn ich?« Knox sammelte sich etwas. Er blickte die Halskette stirnrunzelnd an, als ob er einem Gegner gegenüberstehe.

»Du hättest Daniel haben können. Daniel war besser als ich. Er war gläubig, das weiß ich jetzt. Ich dachte, er würde uns etwas vormachen. Doch Daniel meinte es ernst. Ich – aber ich …«

»Du meinst es nicht ernst? Aber es kann ›ernst‹ für dich werden, Knox. Bald kommt die Zeit der Großen Trübsal. Erfülle diese Aufgabe für mich – beweis mir, dass du würdig bist und …«

»Nein.« Knox erhob sich. »Ich glaube dir nicht. Du könntest ein Dämon sein … ein – ein falscher Prophet. Ja.« Ihm war schwindlig, und er fühlte sich benommen, denn die Nacht zuvor forderte ihren Tribut. Seine Beine zitterten.

Die Stimme hielt nur für einige Sekunden inne, bevor sie fast so fortfuhr, als ob er nicht gesprochen hätte.

»… und ich werde dich belohnen. Ich werde dich reich belohnen. Du hättest doch gerne Macht, nicht wahr? Macht, um Gutes zu tun, natürlich.« Etwas im Tonfall der Stimme brachte es für Knox deutlich zum Ausdruck, dass sie – er – wusste, dass gute Taten auf der persönlichen Rangliste von Knox nicht sehr weit oben standen. Doch er schien sich daran nicht zu stören. Vielleicht war schließlich doch etwas daran, dass Gott jemanden erwählen würde, der nicht ohne Fehler war. Im Grunde ein Sünder.

»In Ordnung …« Er rührte sich, und eine Schweißspur lief seinen Rücken hinunter.

»Sieh, Knox. Sieh dir das Bild an, das ich dir zeigen werde. Du kannst deine Augen schließen, wenn das hilft. Hier. Dieses Wesen ist für mich verloren. Von mir abgefallen. Du musst es finden.«

Knox schloss die Augen, wie ihm geheißen worden war, und ein Bild stieg in seinem Geiste auf; das Bild war körnig, vielleicht auch etwas verzerrt. Dann bemerkte er, dass das Bild gar nicht gestaucht war; es war ein Junge oder ein junger Mann, dessen Körper grausam verdreht war und dessen Nacken in einem schiefen Winkel stand, was ihm das Aussehen eines Buckligen verlieh. Er trug auch seltsame Kleidung und einen goldenen Reifen um den Kopf. »Ist das – ist das der Antichrist?«, flüsterte Knox.

»Schon möglich.«

»Schon möglich?« Knox hatte irgendwie erwartet, dass Gott entschiedener wäre.

Gott seufzte, beachtete Knox' Zweifel jedoch auch dieses Mal überhaupt nicht. *»Du wirst Hilfe brauchen, um ihn zu finden. Leg die Halskette um.«*

Sie liefen hinaus in die Nachmittagssonne auf die Royal Mile und standen lange Minuten dort; ihre Sinne schwirrten wegen des Lärms und des Chaos der Stadt. Wenn Morias Recht hatte, waren erst zwei Jahre vergangen, und tatsächlich sah die Umgebung auch fast so aus, wie sie sie in Erinnerung hatten. Die Royal Mile, auch bekannt als High Street, war die Haupttouristenstraße in Edinburgh. Am oberen Ende hockte das Gebäude von Edinburgh Castle auf dem Basaltgestein eines erloschenen Vulkans, am anderen Ende der steilen, sich windenden Straße befanden sich Holyrood Palace und das Gebiet des Queen's Park. Dazwischen lagen Geschäfte, Cafés, Pubs und alles an schottischer Geschichte, was das Herz des Besuchers begehrte. Diese Geschichte war dort wirklich greifbar, eingesogen in den uralten Steinen, auch wenn viele Besucher nichts anderes taten, als eine Dose mit Shortbread zu kaufen und Geld in die Schachtel des unvermeidlichen Dudelsackspielers zu werfen. Sandro und Talisker hatten beide bis zu einem gewissen Grad die Stadt vermisst; was Talisker anbelangte, hatten die Jahre mit Una in Sutra die Bitterkeit, die er mit der Stadt verband, gemindert, und so sah er nun die große Kunstfertigkeit der St.-Giles-Kathedrale wie mit neuen Augen.

»Also, was glaubst du, wie alt wir jetzt sind?«, überlegte Sandro, der etwas gehemmt an seinen Haaren nestelte.

Talisker lächelte fast liebevoll in sich hinein, denn die Erinnerung an Sandros Eitelkeit stieg plötzlich wieder in ihm auf. Sie war etwas, das der Sizilianer in Sutra scheinbar abgelegt hatte, doch es dämmerte Duncan, dass eine Woche zurück in der Stadt ausreichen würde, um aus Sandro wieder einen wählerischen Typen zu machen.

»Na ja, ich schätze, ich bin vierunddreißig, du wärst demzufolge jetzt sechsunddreißig. Dann passt es mit dem Alter, in dem wir waren, als wir fortgingen.«

Sandro zuckte mit den Schultern. »Das macht Sinn«, stimmte er zu. »Auch wenn ich mich wieder wie achtzehn fühle.« Er grinste breit, und Duncan wurde bleich, denn es war nicht das Lächeln von Alessandro, dem *Seanachaidh*, sondern von Alessandro Chaplin, dem Polizisten; es war genauso weiß und wölfisch wie das Grinsen von Eskarius, doch darüber hinaus arrogant, eitel und gerissen. Nach all diesen Jahren hatte er die Stadt immer noch im Blut.

»Was ist los?«, fragte Chaplin stirnrunzelnd.

»Nichts. Was machen wir denn jetzt? Sicherlich ist Tristan nicht weit gegangen ... es sei denn, er hätte keine andere Wahl gehabt ...«

»Wir brauchen Hilfe, Duncan«, sagte Sandro nickend.

»Aber wir kennen niemanden, der uns helfen könnte. Sandro, wir können uns deinen Kumpels von der Polizei nicht nähern. Wie wollen wir unsere Abwesenheit erklären? Wir wissen nicht mal, ob sie den Mordfall schon zu den Akten gelegt haben und ...«

»Hey, Mister.« Zwei junge Burschen von etwa zehn oder elf Jahren schlenderten zu der Stelle herüber, wo die beiden Männer standen. Sie waren mit weiten Shorts, T-Shirts und Turnschuhen bekleidet. Es schien Talisker, dass die Kinder der »richtigen« Welt so frisch geschrubbt, fast chemisch gereinigt aussahen.

»... mein Kumpel sagt, Ihr Schwert sei aus Plastik.« Der größere Junge nickte mit dem Kopf in Richtung von Taliskers lederner Schwertscheide, und Talisker fluchte innerlich, denn er begriff, dass er und Sandro zu wenig Aufwand betrieben hatten, um sich auf ihre Ankunft vorzubereiten.

»Stimmt das, Mister?«, fragte der jüngere Bursche. »Kann ich es mal anfassen?«

Sandro machte einen Schritt nach vorne, um eine ungeschickte Antwort Taliskers zu verhindern – er hatte nie gut mit Kindern umgehen können.

»Wie heißt du denn, mein Kleiner?«

»Peter … Pete.«

»Sieh mal, Peter, mein Kumpel hier und ich treten in einer Show im Schloss auf. Wenn ihr unsere Waffen sehen wollt, dann muss eure Mum mit euch in die Show kommen.« Er machte eine übertriebene Verbeugung, von der er glaubte, dass sie eines Schauspielers würdig sei. Pete zog die Stirn kraus.

»Siehste, hab dir doch gleich gesagt, dass sie aus Plastik sind«, sagte sein Freund störrisch.

»Komm schon, lass uns mal versuchen, die Soldaten am Schloss zum Lachen zu bringen …« Er zog Pete am Ärmel, doch der Junge schien nicht gehen zu wollen. Talisker unterdrückte ein Lächeln; er konnte sich daran erinnern, wie er als Kind versucht hatte, die Wachen am Schloss dazu zu bringen, eine Miene zu verziehen. Ihnen war es nicht gestattet, sich zu bewegen oder zu sprechen, was sie während der Schulzeit zur geeigneten Zielscheibe von Scherzen für jedes gelangweilte Kind im Umkreis von Meilen machte.

»Die sind gar nicht aus Plastik, stimmt's?« Klein Pete schien die Frage nach ihren Waffen ziemlich persönlich zu nehmen. Talisker blickte sich um und zog sein Schwert dann ein Stückchen aus der Scheide. Das Sonnenlicht blitzte ziemlich beeindruckend auf der Klinge.

»Sieh nur, Thomas, sieh doch …«

»Menschenskind …«

»Ich kann's hier leider nicht ganz rausziehen, Jungs.« Er warf Sandro einen Blick zu und lächelte leicht. »Sonst kommt die Polizei und nimmt mich fest.«

»Schon klar, Mister.«

»Kommt ihr denn, um uns im Schloss zu sehen?«

»Ja, in Ordnung.« Die Jungen wandten sich zum Gehen um und schienen zufrieden damit, wenigstens einen Blick auf das Schwert erhascht zu haben. Duncan und Sandro sahen ihnen leicht amüsiert nach. In diesem Alter waren auch sie unzertrennliche Freunde gewesen, vielleicht hatten sie auch an dem Tag zusammengesteckt, als sie die Wachen zum Lachen gebracht hatten – keiner von beiden konnte sich daran erinnern, auch wenn es wahrscheinlich erschien –, und inzwischen hatten sie ein ganzes Leben geteilt und die Hälfte der Erfahrungen. Sandro sah zu Talisker hinüber, und seine Augen verweilten nur kurz auf dem Talisman, den Talisker um den Hals trug; der Blick war unergründlich.

»Bea wird uns helfen«, sagte er. »Sie war vermutlich meine engste Freundin, nachdem Diane verstorben ist. Sie hatte wirklich was für mich übrig …« Wieder lächelte er, als er plötzlich über die Möglichkeit eines Flirts nachdachte.

»Aber sie ist ebenfalls bei der Polizei«, wandte Talisker ein.

»Sie ist zuallererst eine Freundin, da bin ich mir sicher.«

»Hoffen wir mal, was?«

»Komm schon.«

»Wohin denn?«

»Nun ja, sie lebt in Colinton. Das liegt ungefähr fünf Meilen in diese Richtung.« Sandro nickte. »Ich nehme mal stark an, du hast nicht die letzten fünfundzwanzig Jahre lang das Busgeld in deiner Tasche aufbewahrt.«

Tief in den Gemäuern von Mary King's Hof wird die dumpfige Luft trockener, schneidender. In dem Raum, in dem Duncan und Sandro angelangt waren, entzünden sich aus dem Nichts Flammen, die lautlos brennen und flackernde Schatten auf die alten Steinwände werfen. Inmitten der Flammen erscheinen zwei Gestalten. Es scheint, dass sie nicht rennen, sondern fliegen, und während die Figuren größer werden, erfüllt ein Laut wie surrende Pestilenz die stillen unterirdischen Straßen.

Kapitel Zehn

Es war früh am Abend, als sie bei Beatrices kleinem Landhäuschen ankamen. Weil es fast Winter war, verdunkelte sich der Himmel bereits gegen vier Uhr, und der schwache Hauch von Frost lag in der Luft. Talisker war dankbar, dass die Dunkelheit sie einhüllte, denn seine und Sandros Kleidung hatte mehr und mehr Aufmerksamkeit auf sich gezogen, je weiter sie sich vom Stadtkern entfernten. Während sie sich in der Altstadt aufhielten, nahmen die Leute an, sie seien Teil einer Show, doch als sie in den Vororten ankamen, sahen die Menschen zweimal hin, wenn sie sie erblickten. Zum Glück besänftigte die Dämmerung die Neugier der Passanten – vielleicht war es aber auch der kühle Ausdruck, mit dem Talisker ihnen begegnete, sobald sie sich ihnen nähern wollten.

Colinton war einer der besseren Vororte von Edinburgh. Noch immer hatte es den störrischen Charme aller Dörfer, die sich nur widerwillig von der sich ausbreitenden Stadt hatten schlucken lassen. Es gab nur wenige Geschäfte, und die Häuser nisteten still in der hügeligen Landschaft des Flusstales, welches an die Pentland-Hügel angrenzte. Einigen Häusern haftete der vergehende Glanz der viktorianischen feinen Gesellschaft an, und man konnte sich leicht vorstellen, dass zu der Zeit ihrer Erbauung der unverstellte Blick auf die dahinter liegenden Hügel wahrlich beruhigend gewesen sein musste. Doch mittlerweile reflektierte der nächtliche Himmel das orangefarbene Wolframglühen der städtischen Umgehungsstraße, und das unablässige Summen des Verkehrs in mittlerer Entfernung genügte, um die Anwohner daran zu erinnern, dass ihre Behausung aus einer überkommenen Zeit stammte. Es war jedoch trotzdem angenehm und für die Verhältnisse eines Städters leise. Der beruhigende Geruch von Holzrauch aus Hunderten von Holzöfen schwebte durch die windstille Luft.

»Ich glaube, es ist das Haus dort an der Ecke.« Sandro wies voraus. »Ich glaube mich daran zu erinnern, dass ihr Garten an die Straße grenzte. Ich meine … ich habe ihr dabei geholfen, die Laube aufzustellen.« Er zuckte mit den Schultern. »Ich könnte mich aber auch irren. Geht's dir gut, Duncan?«

Talisker hatte Halt gemacht und starrte stirnrunzelnd um sich. Seine in Sutra erworbenen Instinkte hatten ihn veranlasst, seine Hand an sein Schwert sinken zu lassen. Dies war Sandro nicht entgangen.

»Erinnerst du dich … erinnerst du dich an meine Visionen, Sandro?«

»Deine Visionen? O ja.«

»Etwas stimmt hier nicht. Hier ist irgendetwas.«

»Was denn? Ein Dämon?« Auch Sandro ließ seinen Blick schweifen, denn Taliskers Stimmung machte ihn nervös. Es gab nichts Ungewöhnliches zu sehen. In einiger Entfernung bellte ein Hund, und der Laut wehte über die Nachbarschaft wie die normalste Sache der Welt. »Komm schon, Duncan. Gott weiß, was ich ihr sagen soll«, sagte er lachend, auch wenn sein Ton etwas scharf war.

»Geh vor.«

Sandro öffnete das Gartentor und ging den Pfad hinauf; seine Füße zertrampelten und zerdrückten die duftenden Kräuter, die Bea dort gepflanzt hatte. Der besänftigende Geruch von Kamille und Zitrone entströmte in die kalte Luft. Er atmete tief ein und versuchte, sich zu sammeln. »Los geht's«, murmelte er. Während er sprach, sah er zurück und bemerkte, dass Talisker mit gezücktem Schwert hinter ihm den Weg hochkam. »Du meine Güte, Duncan«, zischte er. »Das wird sie wohl kaum beruhigen.«

Er blieb stehen. Die Vordertür war offen. »Sieh nur«, hauchte er.

Talisker nickte, um ihm zu bedeuten, er solle eintreten. »Aber was, wenn sie nicht mehr hier lebt?«, flüsterte Sandro. »Schon gut, schon gut, ich gehe ja … Bea?«

Das Erste, was ihm klar wurde, war, dass Bea hier noch immer wohnte: Sogar im Dämmerlicht erkannte er ihr übliches Durcheinander. Im Grunde verrieten es ihm seine Sinne, schon bevor sein Gehirn aufholte: Beas Geruch strömte durch das Haus; eine über fünfundzwanzig Jahre alte Erinnerung – der Geruch nach Orangenblüten.

»Bea? Bist du hier?« Sandro drängte ins Wohnzimmer, das abgesehen vom Licht des Feuers im Dunkeln lag. Als sich seine Augen an das Dämmerlicht gewöhnt hatten und die Umrisse der Möbel und des Klaviers ausmachten, auf dem Bea so gerne gespielt hatte, erkannte Sandro, dass der Raum verwüstet worden war; zerbrochenes Glas lag über den Boden verteilt, und Erde aus einem zerschmetterten Blumentopf bedeckte den Teppich und häufte sich dort zu einem chaotischen Fleck, wo ihn offenbar jemand hingeschleudert hatte. Duncan knipste das Licht an und lief hinüber zum gegenüberliegenden Fenster; seine Füße knirschten auf dem Glas.

»Sieh dir das an, Sandro.« Er befühlte eine Kerbe im Wandgips. »Jemand hat hier drin ein Schwert benutzt.«

Sandro erwiderte nichts, denn er starrte in verzweifeltem Unglauben auf etwas, das er auf dem Teppich neben dem Sofa gefunden hatte.

»Was? Was ist das?«, fragte Talisker stirnrunzelnd. Er lief zu ihm, um ebenfalls zu schauen.

»Du meine Güte«, keuchte er. Es war der untere Teil eines vorderen Gliedes einer riesigen, insektengleichen Kreatur, den jemand am Gelenk abgehackt hatte und der nun von einer kleinen Pfütze blauen Ichors umgeben war. Talisker wusste aus bester Erfahrung, dass die Kreatur, von der die Gliedmaße stammte, keinerlei Beeinträchtigungen verspüren würde.

»Scoor? Hier? Nein, sicher …«

Aus dem Schlafzimmer drang ein Geräusch, und beide Männer hasteten zur Tür; ihre Herzen pochten, und ihre Köpfe schwirrten von der unglaublichen Frage, die ihr Fund aufgeworfen hatte. Talisker schaltete das Licht an, doch man konnte nichts sehen: Das Zimmer war von dem Chaos, das das Wohnzimmer verwüstet hatte, verschont geblieben. Ein kaum hörbares Geräusch drang aus dem Inneren des alten Kiefernschrankes an der gegenüberliegenden Wand. Sandro schlich hinüber und riss mit einer plötzlichen Bewegung die Tür auf. Es gab einen kurzen Aufschrei und dann, während sich Sandro zu Boden warf, einen lauten Knall. Talisker stand wie angewurzelt, seine Hand war noch immer auf dem Lichtschalter, als jemand aus dem Schrank taumelte und noch immer mit einer Pistole auf sie zielte.

»Bea! Bea, wir sind es!« Er wusste, dass er mit ihr sprach, doch nach dem Schuss klingelten seine Ohren ebenso wie vermutlich die ihren. Beas Mund stand offen, als ob sie noch immer schreien oder nach Luft schnappen würde, doch es ließ sich kein Geräusch über dem seltsamen Surren in ihrem Kopf ausmachen. Talisker ging auf sie zu und winkte hektisch mit den Armen, um zu signalisieren »Bitte nicht schießen«. Sie war hysterisch und schüttelte wild ihre Waffe. Ihre normalerweise adrette, aber strenge Frisur klebte von den Tränen an ihrem Gesicht.

»Bea, nicht … nimm die Waffe runter.« Er formte die Worte und konnte sich inzwischen fast wieder selbst hören, doch er war sich ziemlich sicher, dass es ihm da besser ging als ihr. Gerade als sie die Pistole direkt auf Talisker richtete, zog Sandro die Füße unter ihr weg, indem er ihre Knie umfasste; mit einem Aufschrei fiel sie zu Boden und ließ dabei die Pistole fallen. Sandro fing Bea auf und schüttelte sie an den Schultern. »Bea, sieh mich an. Sieh mich an …«

Talisker konnte nur Sandros Stimme hören, doch angesichts von Beas Staunen war offensichtlich, dass sie plötzlich begriffen hatte, wer sie da schüttelte. Ihre grünen Augen weiteten sich in einer Mischung aus Erleichterung und Ungläubigkeit.

»S-Sandro?« Er konnte sie jetzt verstehen, ihre Stimme zitterte, als sie die Hand ausstreckte und Sandros Gesicht berührte. »Nein … das kann nicht …« Sandro schien unerwartet bewegt von dieser Wiedervereinigung, und seine Augen glänzten von Tränen, als er lächelte und ihr zunickte.

»Du lebst«, stellte sie fest. »Ich wusste es. Ich habe es immer gewusst …«

»Bea.«

Sie sah zu der Stelle zurück, an der Talisker etwas linkisch stand, und setzte ein strahlendes Lächeln auf.

»Duncan.«

Sandro half ihr auf; lange stand sie dort und ließ den Blick von einem zum anderen schweifen, als könnte sie nicht glauben, was sie sah. »O Gott«, flüsterte sie. »O Gott.« Sie umarmte Sandro fest, vergrub ihr Gesicht an seiner Brust, und ihre Schultern zitterten, als ob sie schluchzen würde. Sandro sah zu Duncan hinüber und lächelte fast entschuldigend, umarmte sie dann seinerseits und gab leise besänftigende Geräusche von sich. Plötzlich löste sie sich mit einem Seufzen und drehte sich um, um mit Talisker zu sprechen.

»Duncan. Es tut mir Leid. Sie h-haben Tristan mitgenommen.«

»Tristan? Tristan war hier?«

»Ich habe für ihn gesorgt …«

»Wer sind ›sie‹?«

»Sie … weißt du es denn nicht? Knox – er heißt Knox und … weißt du denn nicht, was diese … Dinger waren?«

»Ja, aber …«

»O Himmel. Wir müssen weg. Wir können hier nicht bleiben.«

»Es ist schon gut, Bea. Wir sind bewaffnet.«

»Nein, nein, du verstehst nicht. Ich habe die Polizei gerufen. Callum – du erinnerst dich doch noch an Callum? Sie werden gleich kommen.«

Talisker und Sandro wechselten höchst besorgte Blicke.

»Du hast Recht, Bea, wir müssen gehen«, stimmte Sandro zu. »Wie lange ist es her, dass du sie gerufen hast?«

»Nicht lange, vielleicht fünf Minuten.« Bea beruhigte sich langsam, ihr Atem wurde wieder normal, und sie griff einen

Kopfkissenbezug vom Bett, um sich ihre Augen damit zu wischen, was einen langen schwarzen Streifen Wimperntusche hinterließ.

»Bitte verschwindet nicht wieder.«

»Bea, wir können die Dinge nicht erklären«, sagte Sandro ernst. »Vertraue mir, keiner würde uns glauben.«

»Ich würde dir glauben, mein Süßer.« Sie lächelte ironisch und griff nach einem Päckchen Zigaretten vom Nachttisch. »Ich habe diese Dinger gesehen. Und mit Tristan gesprochen. Was ich gemeint habe, war – lasst uns zusammen gehen. Dann können wir sprechen. Los, kommt.« Mit bemerkenswerter Selbstbeherrschung lief sie zurück ins Wohnzimmer und nahm ihre Autoschlüssel vom Regal.

»Vielleicht sollten wir ...« Talisker deutete auf die Verwüstung.

»Keine Zeit«, seufzte sie. »Aber vielleicht sollten wir dieses Ding besser loswerden.«

Sandro hob das Glied des Scoor auf, das extrem leicht in seiner Hand lag. Einige Sekunden lang blickte er sich um, dann warf er es hastig ins Feuer. Mit einem kurzen zischenden Geräusch verbrannte das Glied in einer leuchtenden schwefelgelben Flamme.

»Jawohl«, murmelte Bea. Geistesabwesend strich sie sich übers Haar, denn sie hatte bemerkt, in welchem Zustand es sich befand. Als sie die Vordertür erreichten, ergriff Sandro ihre Hand.

»Bea«, sagte er sanft. »Geht es dir gut? Kannst du denn fahren?«

Ihr Kinn zitterte leicht, als sie Angst und Emotionen niederkämpfte. »Ich könnte jetzt eine Flasche Gin köpfen«, gab sie zu. Sie blickte in ihre besorgten Gesichter und lächelte leicht. »Es tut so gut, euch beide zu sehen. So gut.«

Tristan fror. In den Dachzimmern in der »Arche« gab es nur herzlich wenig Wärme. Knox war irgendwann eingefallen, ihm eine Decke zu bringen. Über seinem Kopf konnte er dort Ausschnitte des nächtlichen Himmels erkennen, wo im Laufe der

Jahre die alten Dachschiefern verrutscht waren. Ein kalter Nachtwind pfiff durch diese Lücken, und Pfützen auf dem Boden bewiesen die Tatsache, dass der Dachboden alles andere als wetterfest war, wenn es heftig regnete. Tristan zitterte und zog das dünne Laken fester um sich.

Er war kaum weniger erstaunt gewesen, den Naba Scoor zu sehen, als Beatrice. Auch wenn er aus einer Welt stammte, wo solche Dinge nicht nur möglich, sondern auch wahrscheinlich waren, hatte Tristan niemals zuvor einen Scoor gesehen. Gerüchte von solchen Kreaturen hatten ihn erreicht, bevor er Soulis Mor verließ, von den wenigen Sidhe-Freunden, zu denen er hinter Regans Rücken noch Kontakt hielt. Mit bitterer Ironie erinnerte er sich nun an seinen Unwillen zu glauben, dass Regan solche Dinge billigte. Er wusste, dass es Jahls Werk war, doch seine Schwester … sicherlich hätte sie ihn abhalten können, wenn sie gewollt hätte. Und nun waren die Scoor aus irgendeinem seltsamen Grund in dieser Welt. Es schien offensichtlich, dass sie genauso wenig hierher gehörten wie er selbst.

Es schien auch, als handelte Knox allein. Als sie den Boden des Hauses betreten hatten, hatte er Tris durch eine Nebentür und eine schmale, dunkle Stiege hinaufgedrängt, voller Angst, dass man ihn sehen könnte. Gesang schallte von irgendwo her durch das Haus, doch niemand hörte oder beachtete Knox' Eintreten. Die Scoor waren offenbar verschwunden, kaum dass Tris im Van verstaut worden war; zumindest hatte er sie nicht mehr gesehen, seitdem sie Beas Haus verlassen hatten. Er wunderte sich über Bea, denn sie war vermutlich verängstigter als er gewesen, und doch hatte sie gekämpft, geschrien und alles, was sie in die Finger bekam, nach Knox geworfen. Als es Knox gelang, sie bei den Armen zu packen, spuckte sie ihm ins Gesicht, bevor sie ihm fest genug gegen das Schienbein trat, dass man ein krachendes Geräusch hören konnte. Es gab für Tristan kaum Zweifel daran, dass sie aus Kriegerinnenholz geschnitzt war, und hätte sie ein Schwert in den Händen gehalten, hätten sie vielleicht eine Chance gehabt.

Knox war fast noch beängstigender gewesen als die Scoor. Etwas Intensives umgab den jungen Mann, das Tris bislang nur einmal begegnet war; Jahl hatte ein ähnliches Auftreten, nur war hinter Knox' Blick noch etwas anderes … etwas Leeres, Zerbrechlicheres. Von einer Klippe zu stürzen … so etwas war es, so war Knox; schwebend, bereit, in Nichts zu treten.

Trotz der Kälte und seiner Angst fühlte Tris, wie ihm die Augen zufielen. Er besah sich noch einmal seinen Arm. Die seltsame Armschiene, die beim Kampf so hinderlich gewesen war, hatte er während der Stunden des Wartens gelöst. Er hatte seine Knochen abgetastet und keinen schweren Bruch fühlen können. So beschloss er, den Arm, so gut es ging, zu schonen und ansonsten auf die natürlichen Heilungskräfte seines Körpers zu vertrauen. Und nicht zuletzt war er seit seiner Kindheit daran gewöhnt, dass bei einem Wetter wie diesem seine Glieder schmerzten und rissen. Er rollte sich auf dem Boden zu einem Ball zusammen und spürte, wie seine Wimpern gegen die Haut an seinem Unterarm schlugen. Was hatte Knox gesagt?

Irgendetwas von Gott … er fragte sich, welchen Gott er wohl meinte. Es schien offensichtlich, dass es in dieser Welt nur einen gab. Ein Gott und all diese Menschen … Er musste ziemlich mächtig sein … Er würde wohl nicht auf Tris achten, eine winzige Seele aus einer weit entfernten Welt. Niemand würde nach ihm suchen.

Tris schlief, als sich der Frost der Nacht in Schnee verwandelte, das alte Haus bedeckte und den kalten Speicherraum in eine Decke aus einsamer Verzweiflung hüllte.

Am Ende fuhren sie die ganze Nacht durch die Dunkelheit und durch den Schnee. Es schien dafür gar keinen wirklichen Grund zu geben, denn die Stimmung im Auto war düster, und lange Zeit sprach niemand. Beas Gemütsverfassung war von Erleichterung und Angst in mürrische Erschütterung übergegangen. Sie rauchte drei Zigaretten in rascher Folge und füllte das Auto mit schmierigem gelbem Rauch. Die Stummel drückte sie im überquellenden Aschenbecher aus. Sandro hustete und versuchte, das Fenster zu öffnen, doch der Griff war abgebrochen; Bea öffnete wortlos das Fahrerfenster einen winzigen Spalt, ohne Sandro dabei anzusehen.

»Bist du böse auf uns, Bea?«, fragte Sandro schließlich stirnrunzelnd.

»Was glaubst du denn?«, fragte sie bissig.

Und wieder Stille. Talisker starrte trübsinnig aus dem Fenster, auch wenn es außer den silberweißen Spuren der Schneeflocken nichts zu sehen gab. Sie schienen von dem Auto wie leuchtende, kurzlebige Motten angezogen zu werden. Die Scheibenwischer des Autos erzeugten ein müdes, widerwilliges Geräusch, und Talisker merkte, wie er auf seinem relativ gemütlichen Rücksitz in den Schlaf hinüberglitt.

»… scheint, als wären wir einige Jahre fort gewesen …«

Sandros Stimme schwebte in warmen Wirbeln aus Rauch und frischer Luft in den hinteren Teil des Autos. Talisker nahm an, dass Sandro zu erklären versuchte; er erinnerte sich daran, was Sandro vorhin gesagt hatte. »Vertraue mir, Bea. Wir können das nicht erklären. Niemand wird uns glauben.« Sie hatte gesagt, sie würde es tun, und Talisker wollte auch wirklich gerne wach bleiben, um herauszufinden, ob das stimmte, aber …

»… Und so hast du dich einfach entschlossen, dort zu bleiben? Was war mit all den Menschen, die sich um euch beide gesorgt haben, Sandro? Was war mit …«

Sie klang verletzt. Was war mit mir, Sandro? Das ist es, was sie in Wirklichkeit meint, Sandro, du Idiot.

»Da gab es eigentlich gar keinen.«

Keinen. Das stimmt.

»Das kann ich so nicht hinnehmen. Was war mit deinem Job? Die ganze gute Arbeit, die du geleistet hast? Glaubst du, Diane hätte gewollt, dass du die Welt hinter dir zurücklässt?«

»Halt bitte Diane da raus …«

»Und für was? Irgendeinen sonderbaren, abgedrehten Platz, wo sie solche ... solche Dinger haben.«

»Warum bist du so wütend? Sutra ist ein wundervoller Ort. Ich habe dort ein gutes Leben. Duncan hat Kinder. Diese Dinger – Scoor – machen nicht Sutra aus.«

»Ich bin nicht wütend. Nun ja, nicht übermäßig. Vielleicht habe ich nur Angst um Tristan. Und um uns. Und da ich die erste Frau in der Welt bin, die den Scoor begegnet ist, würde ich sagen, habe ich allen Grund dazu, wütend zu sein ... oder etwas Ähnliches.«

»Kannst du nicht einfach sagen, dass du mich vermisst hast?«

»Arroganter Hund ...«

Ja, sie hat dich vermisst, Sandro.

»Ja, Kürbiskopf, ich habe dich vermisst.«

Er wachte in der Kälte auf, die seine Zehen verkrampfen ließ. Leises Schnarchen drang aus dem vorderen Teil des Autos; Sandro und Bea lagen unter einer Reisedecke aneinander gekuschelt. Im Schlaf sah Sandros Gesicht noch jünger aus, und die Linien über seinen Augenbrauen waren weicher. Bea, die zu viel geredet hatte und am Rande der Erschöpfung gewesen war, lehnte an seiner Brust, und ihre Hand lag wie selbstverständlich in dem dunklen Haar an der Öffnung seines Hemdes. Talisker lächelte und rieb mit dem Saum seines Plaids an der beschlagenen Fensterscheibe. Dies änderte jedoch nichts an der Aussicht, denn das Fenster war von außen zugeschneit. Er drückte die Tür auf und trat hinaus in eine blendend weiße Landschaft.

Ihm wurde klar, dass sie überall sein könnten. Er hatte in der Nacht zuvor den Straßen, die sie nahmen, nur wenig Beachtung geschenkt, die Bezeichnung »Straße nach Nirgendwo« schien niemals passender gewesen zu sein; überall um sie herum ließ das leuchtende Weiß des frisch gefallenen Schnees die Konturen der Landschaft weicher erscheinen. Sie befanden sich in einem lang gestreckten Tal, das bis zum Horizont reichte, und einige Fuß vom Auto entfernt schlängelte sich ein schmaler Fluss unbekümmert plätschernd durch den Talboden. Der Himmel war von einem klaren, frischen Blau; aller Schnee war augenscheinlich zu Boden gegangen. Sie hätten auch wieder zurück in Sutra sein können, wären da nicht die Hochspannungsmasten gewesen, die sich durch die Hügellandschaft zogen – Talisker wünschte, seine Stimmung würde der Frische des Morgens entsprechen. Er stolperte trostlos die Straße entlang fort vom Auto, sog die klare, fast stechende Luft tief in seine Lungen ein, und sein Geist arbeitete auf zwei Ebenen gleichzeitig: Instinktiv suchte er nach dem idealen, etwas geschützten Ort, an dem er seine Blase erleichtern konnte, und gleichzeitig, beharrlicher, sorgte er sich um Tris. Wie sollten sie ihn nun finden? Wie zur Hölle waren die Scoor hierher gekommen? Nach allem, was er wusste, könnte Tris inzwischen tot sein; sein einziger Trost war die Tatsache, dass sie ihn nicht unmittelbar getötet hatten. Vielleicht hatten sie ihn aus irgendeinem Grund lebendig gebraucht. Der drängende Wunsch, seinen Sohn zu sehen, ergriff ihn so plötzlich, dass er das Gefühl hatte, jemand habe ein stählernes Band um seine Brust festgezurrt.

Seine Gedanken wurden abgelenkt, als er seine Blase erleichterte; er starrte vor sich in die Schneewehen und beobachtete geistesabwesend die kleinen weißen Punkte, die stets, wenn er wütend war, durch sein Gesichtsfeld wirbelten wie umherziehende Kaulquappen. Als er fertig war, wollte er sich umdrehen, und bemerkte, dass er beobachtet wurde. Es war ein Hase, und ein Gefühl des Wiedererkennens pochte in Taliskers Erinnerung – er hatte an dem Tag, als sich alles veränderte, einen Hasen gesehen; an dem Tag, an dem er Malky traf. Und später, in Sutra, hatte ihn ein Hase zu Mirranon geführt, als sie tödlich verwundet war. Dieser Hase war eher weiß als braun, und sein Pelz war nur ein wenig cremiger in der Farbe als der Schnee. Er beobachtete ihn genau. Talisker fragte sich, ob alle Hasen im Winter weiß wurden oder nur einige Rassen.

»Hi«, murmelte er.

Der Hase blinzelte zweimal langsam, als ob er sich vergewissern wollte, dass Talisker ihm auch zusah, dann hoppelte er bedeutsam an der Schneewehe entlang. Für Talisker schien es offensichtlich, dass der Hase ihn zum Folgen aufforderte. Er warf einen Blick zurück zum Auto – immer noch kein Lebenszeichen. Langsam lief er hinter dem Hasen her und genoss dabei seltsamerweise das *Déjà-vu*-Gefühl, das dabei in ihm aufstieg. Der Hase wurde schneller, und Talisker musste sich so beeilen, dass er fast rannte. Gerade als er in Betracht zog, anzuhalten, weil er das Auto nicht aus den Augen verlieren oder orientierungslos werden wollte, schwenkte der Hase in ein angrenzendes Feld, wo sich die Schneewehen flacher bis zur Straße erstreckten. Talisker tat es seiner Jagdbeute nach und trat von der Straße, doch seine Füße versanken tief im Schnee, und so steckten seine nackten Beine bis zu den Hüften in dem eisig kalten Weiß. Er stakste einige Schritte voran, eher er sich entschied, es aufzugeben und zum festen Boden der Asphaltstraße zurückzukehren; der Hase war sowieso schon außer Sichtweite. Gerade jedoch, als er sich umwandte, bemerkte er, dass er mit dem Bein gegen etwas Massives, völlig in der Schneewehe Vergrabenes gestoßen war. Er bückte sich, fegte den Schnee fort und legte einen kleinen Ausschnitt auf der Oberfläche des Gegenstands frei, den er entdeckt hatte. Es war ein rauer Steinpfosten, ungefähr drei Fuß hoch, doch zu breit, um ein Zaunpfahl zu sein. Außerdem waren Buchstaben in die Vorderseite eingeritzt. Talisker wischte den Schnee weg, sodass die Buchstaben dort wie eine blasse Einlegearbeit herausstachen, wo die Flocken in die Furchen gedrungen waren. Talisker hockte sich nieder.

»Oh.« Er lächelte, leicht erstaunt und etwas traurig. Die Buchstaben ergaben »McLeod«. Es gab keine weiteren Erklärungen, kein bestimmter McLeod, kein Grund dafür, dass der Stein an dieser Stelle stand.

»Ist 'n Schlachtfeld, du Dummkopf.«

Talisker sah auf. Es hatte wieder zu schneien begonnen, und der Wind fegte die losen Schneeflocken von der frisch gefallenen Oberschicht auf. Die wirbelnden Flocken bliesen durch sein Gesichtsfeld und verfingen sich in seinen Wimpern, sodass er sich nicht sicher war, was er sah.

Ein Mann stand nur einige Fuß von ihm entfernt; er war ähnlich wie Talisker gekleidet, doch sein Plaid wäre für Touristen und ehemalige patriotische Schotten eher als »wahrer« Tartan zu erkennen. Er trug ein silbernes Kurzschwert in einer rauen Lederscheide, sein struppiges rotes Haar ergoss sich über seine Schultern auf den Rücken hinunter, und er stand dort mit den Händen in den Hüften und beobachtete Talisker mit stiller Besorgnis.

»Malky? Malk? Du bist es nicht wirklich, oder doch?« Talisker lachte. Er eilte voran, um seinen alten Freund zu umarmen, doch endete damit, irgendwie dünne Luft umfassen zu wollen, und fiel mitten aufs Gesicht in den Schnee. Als er wieder aufsah, stand Malky in exakt der gleichen Entfernung vor ihm, auch wenn er nicht bemerkt hatte, dass sich der Highlander überhaupt bewegt hatte.

»Tut mir Leid, Duncan. Ich bin's wirklich, aber ich kann nich' bleiben. Dieses Mal bin ich nämlich 'n richtiger Geist.«

»Oh.« Talisker fühlte sich über alle Maßen betrogen. Die flüchtige Idee, dass Malky durch irgendeine Magie seines unzähmbaren Geistes zurückgekehrt war – tatsächlich aus reiner Sturheit –, war wie eine tröstende Welle über ihn hinweggerollt. Wenn Malky hier war, würde alles irgendwie gut werden. Kindisch eigentlich, nur weil er, Sandro und Malk gemeinsam eine ganze Welt gerettet hatten …

»Was gibt es denn, Malk?« Er verzog das Gesicht. »Bist du diesmal ein Unglücksbote?«

»Ein was? Oh, ach so … nein, nich' wirklich.«

Talisker stand wieder auf und schüttelte den Schnee von seinem Plaid und seinem Umhang. »Hast du … Frieden gefunden, Malk?«

Malky grinste; die Zeit und seine außerweltliche Existenz hatten den Anblick seines Gaumens nicht verbessert.

»Ja, schon, Duncan … es is' schon friedlich.« Er hielt inne, als überdenke er die nächste Bemerkung, die eine Art Eingeständnis war. »Is' eigentlich manchmal 'n bisschen langweilig. Durfte kommen und dich besuchen, weil du und Sandro mal wieder in Schwierigkeiten steckt, was?«

»Ich habe das Gefühl, dass wir uns diesmal ganz schön was eingebrockt haben.« Talisker nickte zustimmend und lachte dann auf, als Malky völlig verständnislos auf diesen Ausspruch reagierte. »Ja, wir sind in Schwierigkeiten.«

»Jedenfalls nich' so schlimm wie eure Kinder …« Malky sah ernst aus. »Du musst ihnen helfen, Duncan.«

»Ich weiß, Malk. Das versuche ich ja.«

»Versuch es noch stärker, Duncan. Wenn du Tristan nich' schnell nach Sutra zurückbringst …«

»Was dann?«, fragte Talisker stirnrunzelnd. »Was weißt du, Malk?«

»Nur dass Jahl große Schwierigkeiten macht – du weißt, dass er dein Sohn ist, Duncan, nicht wahr – na ja, er zieht Macht aus dem, was du ›die Leere‹ nennst.«

»Und? Was bedeutet das? Die Leere ist doch genau das, nicht wahr … eben leer?«

»So leicht is' das nich'. Da gibt's alles Mögliche. So was wie die Scoor und den Dämon, den Corvus früher mal hierher geschickt hat. Da steckt einiges drin, was da absichtlich hingeschickt wurde, damit es nie wieder freikommt. Jahl weiß nich' richtig, womit er sich da einlässt. Aber bis jetzt weiß keiner so genau, was er vorhat.« Malky zuckte mit den Schultern.

»Ich hätte ihn einfach töten sollen, als ich die Gelegenheit dazu hatte. Es wäre so leicht gewesen.«

»Klar. Aber ich nehme mal an, du wolltest Regan nich' unglücklich machen. Ich sag dir, der Bursche braucht mal 'ne ordentliche Tracht Prügel.«

»Über eine Tracht Prügel sind wir längst hinaus, Malk.« Talisker seufzte. »Kannst du mir irgendetwas sonst erzählen, zum Beispiel wo Tristan steckt?«, fragte er hoffnungsvoll.

»O ja. Das ist der Hauptgrund, warum ich hier bin. Er befindet sich in einem großen Haus irgendwo in Edinburgh …« Talisker wartete geduldig und erinnerte sich voller Wärme an Malkys völliges Unvermögen, die wichtigsten Informationen an den Anfang zu stellen.

»… da sind diese Bäume im Garten, weißte, die in so komische Formen geschnitten sind …«

»Eiben.«

»Ja, ja, Eiben. Und es ist wirklich alt, ungefähr aus meiner Zeit wahrscheinlich. Und es hat einen Namen …«

»Einen Namen?«

»Die ›Arche‹. Ja, ich glaube so heißt's, die ›Arche‹ oder das ›Archenhaus‹.«

»Wunderbar, Malk. Brillant. Ich gehe jetzt los, hole Tris und bringe ihn noch heute nach Sutra zurück«, versicherte Talisker seinem Freund.

»Das is' keine schlechte Idee.« Malky sah ernst aus.

»Stimmt etwas nicht, Malk?«

»Nein, na ja, nicht wirklich. Denk nur an den Zeitunterschied, Duncan.«

»Wie lange sind wir schon fort?«

»Schon fast zwei Wochen.«

»Oh, verdammt. Ich gehe jetzt besser und kläre die Dinge.« Talisker wandte sich zum Gehen um, drehte sich dann aber noch mal zurück. »Danke, Malk. Es ist gut, zu wissen, dass du noch immer … um uns bist.«

Malky sah leicht verlegen aus. »Nun, wie ich ja schon sagte, du wirst mich nich' so leicht los. Oh, Duncan …«

»Ja?«

»Grüß Sandro von mir, ja? Dieser große Verrückte …«

»Werde ich machen, Malk.«

»Alsdann.«

Einige Momente lang blies der Wind stärker, und Talisker betrachtete den Ort, an dem Malky gestanden hatte, doch er war nicht in der Lage, den Moment auszumachen, als er verschwand. Er stand lange Zeit dort, als wäre er eingefroren, seine Hand ruhte auf seinem Schwertknauf, sein Kopf war gesenkt, und er starrte auf den Granitstein, der das Sterben weiterer Clansmänner anzuzeigen schien, die auf ihre Art genauso bemerkenswert gewesen sein mochten wie Malky. Dann drehte er sich um und rannte zurück zur Straße, wobei er ausglitt und über die unebene Fläche der Felder und Schneewehen taumelte. Als er den Wagen erreicht hatte, klopfte er gegen das beschlagene Fenster auf der Beifahrerseite.

»Sandro! Sandro, wach auf!«

Von innen kam ein leises Fluchen, als Sandro versuchte, das kaputte Fenster zu öffnen. Dann öffnete sich die Tür, und ein Schwall warmer Luft drang heraus.

»Was ist los?« Sandro blinzelte wie eine Eule in das gleißende Licht.

»Ich habe gerade Malky getroffen.« Talisker brach beim Gedanken daran in ein breites Grinsen aus.

»Malky?«

»Wer ist Malky?« Beas leicht verschlafene Stimme drang über Sandros Schulter.

Sandro nickte und rieb seine Augen, um die letzten Überreste des Schlafes zu beseitigen. »Was hat er gesagt?«

»Wer ist Malky?«

»Er ist ein Geist, Bea. Was hat er gesagt, Duncan?«

»Oh.«

»Tristan befindet sich in einem alten Haus, das die ›Arche‹ heißt, oder das ›Archenhaus‹. Wir müssen ihn zurückholen, Sandro, denn in Sutra braut sich Ärger zusammen. Und wir sind schon fast zwei Wochen fort.«

»Zwei Wochen!«

»Also, das Erste, was ihr jetzt tun müsst, ist, mich beim Revier abzusetzen.« Bea lächelte strahlend, als beide Männer sie verständnislos anblickten. »Denk doch mal nach, Süßer«, sagte sie zu Sandro, »wenn ich da nicht mit irgendeiner Erklärung auftauche, werdet ihr jeden Polizisten in ganz Midlothian auf den Fersen haben.«

»Aber niemand hat uns gesehen«, wandte Talisker ein.

Bea verzog das Gesicht und ließ ihren scharfen Blick an seinem Plaid hoch- und runtergleiten. »Vertrau mir, ihr werdet unterwegs schon einige Aufmerksamkeit auf euch gezogen haben. Außerdem kann ich euch dann vernünftige Kleidung besorgen.« Sie entzündete eine Zigarette und pustete den Qualm mit großem Genuss in die frische Morgenluft. »Steig ein, Liebling, ich glaube, wir können es noch rechtzeitig zur Morgenschicht in die Stadt schaffen. Ach ja, ich weiß übrigens auch, wo die ›Arche‹ liegt – es ist ein besetztes Haus –, und das weiß ich, weil mein Kumpel Knox da rumhängt. Er gehört einer religiösen Gruppierung an, die sich ›Kinder der Flut‹ nennt – Fundamentalisten – und die an die Entrückung, das Ende aller Tage und solchen Kram glauben. Haben bislang niemandem etwas zu Leide getan …«

Sie startete das Auto und trat das Gaspedal durch, um den zögernden Motor zum Leben zu erwecken. Der Wagen produzierte fast ebenso viel Qualm wie seine Besitzerin, doch nach einigen Besorgnis erregenden Geräuschen aus dem Auspuff setzte sich das Auto geschmeidig in Bewegung und schlängelte leicht auf den schneebedeckten Straßen.

»Vielleicht brauchen wir gar kein göttliches Eingreifen von eurem Geist, Duncan.« Sie sagte es im Scherz, und Talisker konnte nicht anders, er musste lachen.

»Ich glaube kaum, dass irgendjemand Malky jemals göttlich genannt hat.«

Knox' Gemütsverfassung schwankte wild zwischen Hochstimmung und Angst. Er glaubte nicht, dass Gott nun gerade seine Gedanken verfolgte; er konnte es spüren, wenn er in ihm war, eine Art prickelndes, juckendes Gefühl in seinem Hinterkopf. Vorhin, als er wie angewiesen losgezogen war und in einer dunklen Gassenecke der High Street die Scoor gefunden hatte, hatte sich das Bild plötzlich zusammengefügt. Dies waren die Kreaturen aus der Offenbarung, die Vorreiter der Armee, die Johannes zufolge die Menschheit fünf Monate lang solche Höllenqualen erleiden lassen würde, dass sie sich nach dem Tod sehnte. Abgesehen natürlich von jenen, die errettet waren, wie er selbst und die Kinder. Dies war der unwiderlegbare Beweis des Wortes Gottes und der Tatsache, dass die Zeit der Großen Trübsal und das Ende der Welt kurz bevorstanden. Dass er als Einziger auf Erden wusste, dass die Scoor (Gott hatten ihm ihren Namen verraten) hier waren, das war Macht. Er dachte an die anderen Alten und ihr strahlendes Eingestehen, ihr Glauben bedürfe keines Beweises, und er fühlte eine Mischung aus Verachtung und Mitleid. Ironischerweise verfügte Knox noch immer nicht über Gottesvertrauen oder Glauben; er hatte Gewissheit, und das war etwas ganz anderes.

Trotzdem jedoch war Knox weit davon entfernt, dumm zu sein, und nur ein Narr hätte keine Angst vor diesen Kreaturen, selbst wenn er sie offenbar befehligen konnte. Die Scoor konnten auf Kommando unsichtbar werden (Gott hatte es ihm gesagt, und Knox hatte es nur denken müssen, schon hatten die Scoor gehorcht), was auch gut so war, denn er hatte den Transporter fast eine halbe Meile von der Gasse entfernt geparkt. Es war dunkel gewesen, doch Knox rannte trotz allem zum Wagen und blickte von Zeit zu Zeit zurück, weil er die Spur der Scoor, die ihm folgten, spüren konnte. Dies war mindestens ebenso beängstigend, wie sie auch tatsächlich zu sehen. Die Kreaturen sagten nichts, auch wenn ihre Gesichter menschlich waren und sie theoretisch hätten sprechen können. Lediglich ein schwaches schrilles Geräusch kam aus ihren Mündern, wenn sie überhaupt einen Laut von sich gaben. Als die Scoor in dem Haus, in das sie Tristan entführt hatten, wieder sichtbar wurden, verlor Knox fast die Kontrolle, und durch seine natürliche Angst drohte ihm die Beherrschung der Situation zu entgleiten. Vielleicht die einzige Person, die keinerlei Anzeichen wirklicher Furcht zeigte, war das Ziel der ganzen Übung, nämlich Tristan. Aus irgendeinem Grund akzeptierte der kleine Mann die Vorstellung von etwas, das einzig als übernatürlich beschrieben werden konnte, mit stoischer Gelassenheit. Unerwartet stellte Knox fest, dass er Tristan dafür bewunderte, und als er ihn in den Wagen beförderte, geschah dies weniger ruppig, als es hätte sein können. Er wusste, dass er es hart gefunden hätte, wenn Gott ihm befohlen hätte, Tristan zu töten – aber natürlich würde er auch dies tun.

Schließlich war er wieder allein, die Scoor unsichtbar gebannt und Tristan auf dem klammen Dachboden der »Arche« gefangen.

Es klopfte an der Tür.

»Knox, ich bin's, Esther. Kann ich reinkommen?«

Ein dunkler Schauer durchfuhr ihn beim bloßen Gedanken an sie, und einen Moment lang überlegte er, ob er so tun sollte, als habe er sie nicht gehört.

»Knox, das hast du gut gemacht. Du begehrst sie doch, nicht wahr?«

»J-Ja, Herr«, flüsterte er.

»Du kannst sie nehmen. Hab keine Angst. Frauen verachten Schwäche. Hier, ich habe ein Geschenk für dich.«

Knox öffnete den Mund, um zu antworten, als eine Explosion von sinnlichen Eindrücken seinen Körper erschütterte; Energie schoss durch seine Venen, als transportiere sein Blut plötzlich etwas anderes als Sauerstoff. Innerhalb von Sekunden fühlte er sich verändert, irgendwie anders als er selbst. Er hielt vor dem Spiegel inne und starrte eindringlich sein Spiegelbild an; er schnappte nach Luft, und sein Körper schwirrte von wärmendem Feuer.

Als sich sein Atem beruhigt hatte, bemerkte er, dass etwas an seinen Augen anders war, vielleicht ein strahlendes Echo von Licht, das dort vorher nicht gewesen war. Ein langsames Lächeln breitete sich auf seinen Gesichtszügen aus, und er fuhr sich mit seinen langen Fingern durchs Haar. Plötzlich fragte er sich, warum er in der Vergangenheit so … so ängstlich gegenüber den

Frauen gewesen war. Ängstlich um ihre gute Meinung über seinen bleichen, weißen Körper und seine hageren Züge besorgt, von denen er immer geglaubt hatte, sie seien schwach, die aber in Wahrheit, wie er nun entschied, fein geschnitten und glühend waren.

Er grinste. »Ja, glühend …«

»Knox?«

»Esther. Warte einen Augenblick.« Er öffnete die Tür und lächelte in ihr aufgewühltes Gesicht. »Hi.«

»Ich – ich brauche … etwas, du weißt schon, bald und … geht es dir gut?«

»Mir ging es noch nie besser. Warum?«

»Du siehst so anders aus.«

Er lachte, doch nicht sein gewöhnliches selbstironisches Gießkannenlachen, sondern mit einem leisen, melodiösen Klang. Esther lächelte zurück, etwas verunsichert, doch die Pupillen ihrer Augen wurden immer größer, was wohl nur bedingt auf die Dämmerung in Knox' Schlafzimmer zurückzuführen war.

»Mir geht es gut, wirklich, ich bin nur guter Stimmung. Aber wie geht es dir, Esther?« Er streckte den Arm aus und drückte sie leicht an der Schulter. »Wie kommst du zurecht?«

»Mir geht … es auch gut, außer …«

»Nein, geht es dir nicht.« Er fixierte sie mit seinem durchdringenden Blick, und sie sah zur Seite; Unglück zeichnete sich auf ihren schönen Zügen ab. »Sieh mal, ich kann dir später etwas besorgen, das verspreche ich, aber warum kommst du nicht rein und redest eine Weile mit mir? Komm schon.« Er legte ihr den Arm um die Schulter und zog sie ins Zimmer.

»Bist du dir dabei sicher, Süßer?« Bea spähte über die Ränder ihrer Schildpattbrille zu Sandro hinüber. Sie saßen im Auto neben der östlichen Mauer der Gärten, die zur ›Arche‹ gehörten.

»Vielleicht gibt es noch einen anderen Weg.«

»Welchen denn zum Beispiel?«, fragte Sandro stirnrunzelnd.

Sie zuckte mit den Schultern. »Keine Ahnung«, gab sie zu.

»Vielleicht kann ich Sterling anspitzen, dass er bei ihnen eine Drogenfahndung ansetzt … und dann schleiche die Treppe hoch … nein, du hast Recht. Das klappt nie im Leben.«

Bea hatte einen harten Tag gehabt. Sobald sie wieder in Edinburgh waren, hatte sie in Ladyfield vorbeigeschaut und Cal »erklärt«, dass sie in der Nacht ein wenig durchgedreht sei, weil sie eine leichte Überdosis ihrer Antidepressiva eingenommen habe. Cal, der sich zu Tode gesorgt hatte, als er bei Beas Haus angelangt war und das Chaos dort vorgefunden hatte, verlor die Nerven und fauchte sie an, sie würde die Zeit der Polizei vergeuden und sich wie eine Verrückte benehmen. Ihr war klar, dass dies die normale Reaktion auf seine Sorge war, doch was schlimmer war: Sie fühlte auch, dass etwas sehr Zerbrechliches, das zwischen ihnen aufgekeimt war, nun unwiederbringlich verloren war. Vielleicht würde Cal nun die Dinge glauben, die man über sie sagte; unausgeglichen, nervös und Alkoholikerin. Vielleicht glaubte er auch, sie habe wegen ihres Tremors gelogen …

»Bea?«

»Wie bitte?«

Talisker sah sie erwartungsvoll an. »Kannst du mir das bitte noch mal erläutern, Kürbiskopf?«, fragte sie lächelnd.

Talisker seufzte. »Bist du in Ordnung, Beatrice?«

»Ja, bestens.«

»Na gut. Gib uns ungefähr dreißig Minuten. Wir werden die Feuerleiter hochklettern.« Talisker zeigte auf eine Route auf dem Plan, den Bea in der Bibliothek hatte kopieren können. Unglücklicherweise war er ungefähr dreißig Jahre alt, und von ihrem Beobachtungsposten aus war es offensichtlich, dass an das Gebäude angebaut worden war. Sie konnten nur hoffen, dass die Grundrisse noch stimmten. »Wenn wir bis dahin nicht wieder draußen sind, dann geh und klopfe an die Tür oder so. Lenk sie irgendwie ab.«

Sie nickte und sah ihnen nach. Fast musste sie lachen, weil Taliskers dunkle Hosen so weit waren, dass sie in der Taille beulten und auf den Hüften saßen, trotzdem jedoch kurz genug in den Beinen waren, um seine Fußknöchel der kalten Nachtluft auszusetzen. Sie hatte die schwarze Kleidung, die er trug, aus der Tonne der Heilsarmee am Bahnhof »beschlagnahmt«. Sie sahen aus und rochen vor allem definitiv wie Second-Hand-Ninjas.

»Seid vorsichtig«, flüsterte sie heiser. Sandro winkte abwesend zurück, und sie schlüpften durch das Hintertor, wo sie sofort von den Schatten verschluckt wurden.

Regan erwachte, ohne dass sie den Grund dafür hätte nennen können. Ihre Augen öffneten sich und richteten sich unmittelbar auf den leeren Platz neben ihr, auf das Polsterkissen, auf dem Fraser so häufig geschlafen hatte. Draußen hielt ein langsam kriechender Nebel die stille Stadt im Griff, und Regans Unruhe rührte zum großen Teil von einem durchdringenden Gefühl von Unbehagen her, das viele in Soulis Mor in den vergangenen Wochen verspürt hatten, das jedoch niemand in Worte fassen würde aus Angst, eben jenes Unglück heraufzubeschwören, welches man sich bislang nur ausmalte. Die Nacht war schmerzhaft still in diesen Stunden vor dem Morgengrauen; jenen Stunden, in denen die Trauernden ihre Pein neu spürten, wenn sie nicht mehr weiterschlafen konnten. Und es würde viele erstaunen, wenn sie wüssten, dass Regan um Fraser trauerte.

Es war gar nicht so, dass sie ihn wirklich geliebt hatte, sie war nicht mal in die Nähe von wahrer Liebe zu ihm gekommen, aber er hatte ihr das Leben etwas erleichtert. Das Leben als Thane von Soulis Mor war in vielerlei Hinsicht hart; ständig stand sie unter Beobachtung und war von Leuten umringt, die auf jede ihrer Bitten mit Ja antworteten. Tatsächlich war Fraser einer der ihren gewesen, eifrig bemüht, ihr zu gefallen, und ganz offensichtlich vernarrt in sie. Regan hatte keinerlei Skrupel, ihn in ihre Räume zu bestellen und dann in ihr Bett zu lotsen, denn sie wusste, dass es das war, was er wollte. Ihre einzige Bedingung war, dass er niemandem davon erzählte. Fraser war schlicht, im wahrsten Sinne des Wortes, er verlangte nichts von ihr und – was das Gleiche war – regte ihren Intellekt nicht an wie Jahl, forderte sie nicht heraus. Als Gegenleistung für gelegentliche Ausbrüche von Leidenschaft brachte er sie zum Lachen und zum Lächeln und nahm ihr den Stachel der Einsamkeit. Nun war auch er fort, wie Tristan; sein Tod stand in solch krassem Gegensatz zu seiner einst bezaubernden Schönheit: Er war eine abscheuliche und blutige Angelegenheit.

Sie seufzte und drehte sich, sodass ihre Hand auf dem Kissen zu liegen kam, denn sie fühlte sich fast wund vor Erschöpfung und Sorgen. Sie hatte nicht mehr ruhig geschlafen, seit der Nacht, als … sie schauderte. Nächtlicher Schweiß hatte ihre Laken kalt und klamm werden lassen, und als sie erwachte, fühlte sie sich wie eine Invalidin, und ihr Haar klebte auf ihren kalten Schultern. Jemand würde dafür bezahlen. Jemand nahm ihr nach und nach ihre Freunde und Geliebten und ließ sie allein zurück. Es war ihr aufgefallen, dass zwei ihrer bevorzugten Zofen in den letzten Wochen verschwunden waren. Vielleicht wäre Jahl der Nächste, sie sollte ihn warnen …

»Ich würde mir keine Mühe machen, wenn ich du wäre.« Die Stimme kam vom Fußende ihres Bettes, und sie setzte sich kerzengerade auf, ein Warnschrei zitterte auf ihren Lippen.

Ein alter Mann stand dort. Er war in zerlumpte graue Kleidung gehüllt und hielt einen langen, knorrigen Holzstab; der entblößte Arm, der den Stab hielt, war extrem dünn, und in der Dunkelheit des Zimmers glaubte Regan fast, er sei eine Seele oder ein Geist, der sie besuchte. Dieser Eindruck wurde jedoch sofort zunichte gemacht, als sich der Fremde auf ihrem Bettende niederließ und die Matratze etwas einsank, wo sein knochiger Körper zum Sitzen kam.

Regan traf plötzlich die gestochen scharfe Erinnerung an einen strahlenden Sommertag, als sie ein Kind und ungefähr zehn Jahre alt gewesen war. Sie hatte mit Tris gespielt und er hatte sie wirklich verärgert, weil er etwas von ihren Sachen zerbrochen hatte. So schlug sie nach ihm, weil es ihr nicht gelang, ihren Zorn zu zügeln. Tris verlor die Balance auf seinen stets unsicheren Beinen und fiel, wobei er sich schlimm verletzte. Der Mann, der nun an ihrem Fußende saß, hatte sie an diesem Tag besucht, und die weichen blauen Augen hatte den gleichen Ausdruck einer Weissagung gehabt wie jetzt.

»Du hast also meine Gedanken gelesen. Bist du der … von dem ich glaube, dass du es bist?«

»Und was glaubst du, wer ich bin?«

»Morias«, sagte sie. »Ich erinnere mich. Aber du siehst noch genau wie damals aus …«

»Ja, das tue ich.« Seine Stimme war leise in dem Raum, doch er gab kein Zeichen von Heimlichkeit. »Aber du, Regan. Du bist nicht mehr länger damit zufrieden, lediglich deinen Bruder zu verletzen. Nun befindet sich Sutra am Rande eines Abgrundes, an den du die Stadt geführt hast.«

»Pass auf, was du sagst«, bemerkte sie scharf.

Er lächelte, doch seine Augen blieben kühl. »Weißt du, wie viel magische Kraft es mich kostet, hierher zu kommen? Ich werde es dir verraten: mehr, als du es dir vorstellen kannst. Soulis Mor ist durch Barrieren und Abwehrzauber gebunden, sodass nichts von magischem Ursprung hier überleben kann. Nicht mal die schlichten, volkstümlichen Schutzmaßnahmen der Zauberunkundigen entfalten ihre Wirkung …«

»Ich weiß nicht, was du meinst«, sagte sie stirnrunzelnd.

»Nein. Das weißt du nicht. Regan, du bist eine Närrin gewesen …«

Morias brach plötzlich ab und sah sich im Raum um, als erwartete er, etwas in den Schatten zu entdecken. Es gab ein Geräusch draußen auf der Treppe und in dem Vorzimmer; es klang wie der Wind, der durch die Stadt fegt; leise zunächst …

»Was ist das?«, flüsterte sie, denn sie wurde von seiner Stimmung beeinflusst.

»Ich muss mich beeilen. Er sieht mich. Tristan lebt …«

»Ich weiß …«

»Nein. Du glaubst nur, dass du es weißt. Ich kann dir nicht sagen, wo er ist, für den Fall, dass *er* in deinem Geist liest. Doch deine Zofen – diejenigen, um die du dich gesorgt hast –, sie sind tot, also kannst du aufhören, nach ihnen zu suchen. Sie wurden von der gleichen Hand wie Fraser getötet. Nur große Zauberkunst ließ ihren Tod schweigend und unbemerkt in der Stadt vor sich gehen …«

»Wer?«, wollte sie wissen. »Wer könnte so etwas tun? Ich war hier. Ich sah es. In einem Moment lebte er noch, im nächsten … ich habe keinen Schlag gesehen und auch keinen Mörder. Es war, als sei das Messer einfach in seiner Kehle aufgetaucht …«

Morias hatte sich vom Bett erhoben, als bereite er sich darauf vor, zu gehen. Draußen wurde der Klang des Windes lauter, wurde zum Sturm. Er schaute zur Tür und dann zurück zu Regan; Ungläubigkeit und Zorn lagen in seinem Blick. »Wie kann es möglich sein, dass du es *nicht weißt*?« Er sah ihr eindringlich ins Gesicht, als versuchte er, ihren Ausdruck darauf zu lesen und dahinter in ihre Seele zu blicken. »Es ist …«

Die Tür wurde aufgestoßen, und ein mächtiger Windstoß fuhr in den Raum; doch es war nicht nur Luft. Auf dem Sturm ritten seltsame Insekten, käferartig, von der Größe einer Männerfaust. Ihre Deckflügel glühten in einem dunklen Zinnoberrot in dem dumpfen Licht, das vom Vorzimmer aus in den Raum drang, und sie machten ein surrendes Geräusch, das gleichzeitig ohrenbetäubend – aufgrund ihrer Anzahl – und erschreckend war. Regan schrie und zog ihre Bettdecke hoch über sich, doch die vereinte Kraft des Insektenschwarms war nicht auf sie, sondern auf Morias gerichtet; die Furcht einflößenden Kreaturen flogen im Luftzug am Bettende vorüber und auf den alten Mann zu, der in einer Ecke des Zimmers Zuflucht gesucht hatte.

»Weicht zurück!«, gellte er, und seine Stimme war überraschend laut und befehlend. Er hielt seinen Stab vor sich ausgestreckt, und ein schwaches blaues Licht war zu sehen, das Morias' Gestalt einhüllte. Der Wind und die Insekten machten davor Halt, prallten gegen einen unsichtbaren Schild, und innerhalb weniger Momente war die Linie von Morias' schützender Barriere drei oder vier Reihen tief in die Biester gedrungen, die weiterhin ihre winselnden, klackenden Geräusche erzeugten. Von der Stelle auf dem Bett, wo sie saß, konnte Regan sehen, dass die Anstrengung, die Barriere aufrechtzuerhalten, Morias einiges abverlangte; seine Gesichtszüge waren aschfahl, und Schweiß rann ihm das Gesicht, den Nacken und den Arm hinunter, der schaudernd und zitternd den Stab hielt, denn die betagten Muskeln verkrampften sich von der Macht, die er auf welche Weise auch immer lenkte. Sie wusste instinktiv, dass diese Stärke, sowohl die magische wie auch die körperliche, bald gegen den Ansturm versiegen würde. Doch sie konnte nichts weiter tun, als hilflos zuzusehen; sie wusste, dass die Kreaturen für den alten Magier geschickt worden waren, traute sich aber nicht, sie zu berühren.

»Morias ...«, stöhnte sie. Bald würde er versagen. Und verzehrt werden.

Er wandte ihr sein gequältes Gesicht zu. »Ich habe die Wahrheit gesprochen«, keuchte er. »Er hat dies vollbracht ... du musst das doch sehen ...« Als ob sie spürten, dass er sich anschickte, den Namen ihres Meisters auszurufen, wurde das Geschwirr der Insekten lauter, und Flammen flogen aus Morias' Stab, als sein Machtstrom zu versiegen begann.

»... es ist Jahl. Er ist dein ...«

Es gab einen plötzlichen Knall, und Morias war verschwunden. Die Mauer der Käfer fiel wie ein abgelegter Umhang zu Boden und breitete sich auf den Platten aus, wobei die Steine und der Vorleger mit einem zuckenden und zischenden Meer von Insekten bedeckt wurden. Regan schrie und sprang auf ihrem Bett auf; sie wickelte die Decken und ihr Nachthemd um sich, als versuche sie verzweifelt, sich selbst einzuriegeln.

»Majestät! Regan!« Jahl stand im Eingang, sein Gesicht bot das

Bild entsetzter Besorgnis, doch gerade als er hinschaute, verschwand die schimmernde Masse von Käfern in einem sanften Glühen grünen Lichts und hinterließ einen ungesund schwefligen Geruch und einen verstörten, ungläubigen Thane.

»Ich habe geträumt, Jahl«, sagte sie zitternd. »Bitte sag mir, dass ich geträumt habe.« Sie konnte das heftige Zucken als Reaktion in ihrer Magengrube spüren und ließ sich zurück auf ihr Bett sinken; ihre Augen waren noch immer weit aufgerissen vor Entsetzen, ihre Hände bewegten sich krampfartig und zupften an den Laken unter ihren Füßen, und ihr Blick schoss hin und her durch den Raum auf der vergeblichen Suche nach einer verräterischen Bewegung eines verbliebenen Insekts.

Hinter Jahl spähten zwei von Regans persönlichen Wachen und eine ihrer Zofen ins Zimmer, denn sie waren zu ihrer Hilfe herbeigeeilt, als sie von ihren Schreien aus dem Schlaf gerissen worden waren. Sie waren nach Jahl bei ihr angelangt, zu spät, um die mysteriösen Kreaturen zu Gesicht zu bekommen.

»Mit dem Thane ist alles in Ordnung«, knurrte Jahl. »Sie hatte einen schlechten Traum. Du da, geh und hol etwas Warmes zu trinken für deine Herrin. Ihr anderen seid entlassen. Ich werde mich um Thane Regan kümmern.« Die Leibwächter zogen sich sofort zurück, denn sie erkannten Jahls Autorität an, und so war Regan nur Augenblicke nach dem Verschwinden von Morias und seinen seltsamen Angreifern mit Jahl allein.

Er saß neben ihr und griff nach ihrer Hand; seine Berührung war kühl, und sein langer Daumen fuhr in einer stetigen und beruhigenden Bewegung über ihren Handrücken. »Du hast sie gesehen, nicht wahr, Jahl?«, flüsterte sie.

Er nickte und sah ihr tief in die Augen, verflocht seinen Blick mit dem ihren, sodass der Rest des Zimmers in Dunkelheit zu versinken und Regans gesamte Welt nur aus seinem Gesicht zu bestehen schien. Sein wunderschönes Gesicht …

»Aber höre, Regan …« Er hielt seine Stimme leise und weich.

Regan spürte, wie der winzige hysterische Krampf sich löste. »Manchmal können unsere Ängste Gestalt annehmen, real werden … du musst sehr müde sein …«

»… es ist Jahl. Er ist dein …«

»Ist mein was?«, fragte sie sich. Er fuhr fort, ihre Hand zu streicheln, und seine Berührung wurde wärmer, als stehle er ihr ihre eigene Hitze. Doch es war kein unangenehmes Gefühl.

»Nein«, sagte sie. »Meine Ängste … meine Ängste sind nicht …« Sie verlor den Faden und bemerkte, wie ihr Atem langsamer wurde. Ihr fiel auf, wie schnell Jahl sie von diesem namenlosen Entsetzen abgebracht hatte … zu schnell. Er legte die Stirn in Falten, doch es war ein gespieltes Stirnrunzeln von der Art, mit der man ein kleines Kind zum Lachen bringt.

»Das macht nichts«, sagte er. »Nichts macht mehr was.« Dann lächelte er.

Sie starrte ihn an. Etwas wie ein lautloser Schrei stieg in ihr auf; sie fühlte sich, als ob sie hilflos wäre, ertrinken würde. Sie wünschte sich heftig, er möge sie küssen; sie konnte schon beinahe das warme Gefühl auf ihren Lippen spüren. Doch sie wusste, er würde nicht …

»… es ist Jahl. Er ist dein …«

Sie war jetzt schläfrig. Konnte fühlen, wie ihr die Augen zufielen.

»Jahl?«

»Hmmm?«

»Kannst du hier bleiben?«

Daraufhin küsste er sie; ein langsamer, bedächtiger Kuss auf ihre Stirn. Trost … und noch etwas, etwas Beunruhigendes. Wieder entglitt ihr der Gedanke.

»Natürlich bleibe ich«, sagte er.

Kapitel Elf

Fast schien es zu leicht zu sein. Sie duckten sich gerade hinter die in seltsame Formen gestutzten Eiben, als Sandro Talisker zu der Stelle herüberwinkte, an der er stand.

»Duncan«, flüsterte er heiser, »sieh hinauf zum Dach.«

Talisker folgte stirnrunzelnd Sandros Finger. Zunächst war dort nichts zu sehen; die Silhouette des alten Schindeldachs war nichts als ein dunkler Fleck gegen den verhangenen Himmel. Doch dann begriff Talisker, was Sandro meinte. In scheinbar zufälliger Anordnung waren in wenigen Fuß Abstand die Dachziegeln verrutscht, denn Frost und Tau hatten im Laufe der Jahre ihre Befestigung gelockert; diese kleinen Risse und Lücken zwischen ihnen wären normalerweise unbemerkt geblieben – hätte nicht ein Licht auf dem Dachboden gebrannt.

»Das kann auch überhaupt nichts bedeuten«, flüsterte Talisker zurück, denn er wollte sich selbst keine falschen Hoffnungen machen. »Sie könnten auch einen ... wie nennt man das ... einen ausgebauten Dachboden haben.« Wie viele Worte der »richtigen« Welt, so klang auch dieser Ausdruck seltsam in Taliskers Ohren und ließ ihn unbewusst auf eine rasche Rückkehr nach Sutra hoffen.

»Wenn sie den Dachboden ausgebaut hätten, hätten sie doch wohl die Dachziegel befestigt«, beharrte Sandro. »Komm schon.«

»Ich wünschte, ich hätte mein Schwert dabei«, murmelte Talisker.

Quälend nah zitterte Tristan in der Kälte des Dachbodens. Neben seinen Füßen brannte eine Campinglaterne, und das Gas gab ein kaum hörbares Zischen von sich, das der junge Sutraner verabscheute und dem er misstraute. Die Decken, die Knox ihm gegeben hatte, stanken ebenso dumpfig und modrig wie der Dachboden selbst, doch Tris wickelte sie fest um sich. Er wusste, dass er fiebrig war, denn damit hatte er sich seit seiner Jugend geplagt, und er bemerkte die stechende, bissige Hitze, die bereits jetzt dafür sorgte, dass ihm kalte Spuren von Schweiß den Rücken hinabrannen. Dennoch war die Vertrautheit des Gefühls beinahe tröstlich, abgesehen von der Tatsache, dass diesmal niemand da sein würde, der ihn versorgte oder sich um ihn kümmerte, wenn das Delirium einsetzte. Er blickte sich auf dem Dachboden um, als leichte Anflüge von Panik aus seiner Magengrube aufstiegen, und er fragte sich, was aus ihm werden sollte und warum er nicht schon tot war. Als ihn die Müdigkeit übermannte, fielen ihm blinzelnd die Augen zu.

Ein Geräusch, das von der gegenüberliegenden Wand her kam, scheuchte ihn aus dem Schlaf auf und machte ihn hellwach. Tristans Augen öffneten sich mit einem Ruck, und seine Nackenhaare richteten sich auf. Das Geräusch klang, als kratze etwas an der Außenmauer, als klammere sich etwas fest und zöge sich selbst höher. Alle paar Sekunden gab es einen plötzlichen zischenden Klang, als ob das Ding den Halt verlieren und wieder zurückgleiten würde. Tristans erster Gedanke galt einem Scoor, und er blickte sich nach einer Waffe um, mit der er sich verteidigen könnte, denn er war sich sicher, dass die Kreatur es auf ihn abgesehen hatte. Er fand ein Werkzeug aus Metall – einen Schraubenschlüssel – in der Nähe des Wasserbehälters und stellte sich damit neben das winzige Flügelfenster, durch das das Biest offenbar einbrechen wollte. Trotz der Kälte des Raums fühlte er sich klebrig vom Schweiß, der durch sein Fieber hervorgerufen wurde, und so stand er dort, mit dem Schraubenschüssel hoch erhoben in der zitternden, zuckenden Hand, und ihm war grausig übel. Es gab ein anderes, leiseres Geräusch von draußen, das er als geflüsterten Fluch erkannte, während sich jemand an dem Riegel zu schaffen machte und dann das Fenster aufdrückte.

»Ich hoffe, du hast diesmal Recht.« Eine körperlose Stimme wehte durch die dünne, eisige Luft und wurde unmittelbar gefolgt von einem dunklen Umriss – der immerhin menschlich war. Jemand mühte sich ab, um durch den engen Spalt des Fensters zu gelangen. Tristan wich zurück, denn er war sich nicht sicher, ob ihn nicht seine Augen im Dämmerlicht trogen, oder ob er tatsächlich eingeschlafen oder ins Delirium gefallen war. Die Gestalt war in dunkle, weite Kleidung gehüllt und hatte eine seltsame wollene Mütze über den Kopf gezogen, die das gesamte Gesicht mit Ausnahme zweier Löcher für die Augen bedeckte. Unter weiteren Verwünschungen landete diese Gestalt als trauriger Haufen auf dem Boden. Dem ersten Eindringling folgte sogleich ein weiterer, der in gleicher Weise gekleidet war. Tristan wusste, dass er im Vorteil war, als das orientierungslose Paar sich aufrappelte, sich umsah und in das Licht der Laterne blinzelte. Trotzdem schlug er nicht sofort zu, solange die beiden so verwundbar waren. Etwas war an ihnen, das unglaublich vertraut wirkte …

Tris traf den Blick des ersten Mannes gerade in dem Moment, als ihn eine Welle der Übelkeit erfasste; er schwankte leicht und ließ dabei den Schraubenschlüssel sinken.

»Tris? Tris, ich bin's … wir sind's …«

Zur Antwort stöhnte Tristan und wurde all seiner Sinne beraubt, als das Fieber sich durchsetzte. Schweiß tropfte ihm in die Augen, die sich anfühlten, als ob die Augäpfel in Flammen stehen würden; er blinzelte rasch und stieß keuchend seine Antwort hervor; seine Stimme klang wie die eines geschwächten Kindes.

»Ich – ich weiß nicht …«

Der Mann trat einen Schritt nach vorne und nahm seine schwarze Gesichtsbedeckung ab. »Ich bin's, Tris. Talisker …«

»V-Vater?« Er starrte ihn an, grimmig entschlossen, an der seltsamen Vision festzuhalten, bevor ihn die Ohnmacht überwältigte. »Nein … du bist nicht er …«

»Duncan.« Auch der andere Mann entfernte seinen Gesichtsschutz, und obgleich es ebenso unmöglich war, hatte Tristan das Gesicht erst vor kürzerer Zeit gesehen und hatte die Züge deutlicher vor Augen als in der schwächer werdenden Vorstellung von seinem Vater.

»Seanachaidh?«

»Ja, Tristan«, sagte der Mann lächelnd. »Duncan – es ist die Geschichte mit dem Alter, erinnerst du dich? Tris glaubt, wir sollten ungefähr sechzig sein.«

Tris nickte und kämpfte noch immer gegen das Fieber an. »Ja«, stimmte er zu, »sechzig.«

Talisker sah ausgesprochen unglücklich aus, denn vielleicht hatte er sich ein anderes Wiedersehen ausgemalt. »Warum sollte er sich auch an mich erinnern?«, fragte er bitter. »Wie alt auch immer ich bin – er hat mich seit Jahren nicht gesehen. Tris ...« Er trat auf seinen Sohn zu. »Ich bin es. Beatrice ist bei uns. Wir sind gekommen, um ...«

Tris brach zusammen und bemerkte nur noch dunkel, dass sein Vater ihn auffing. Talisker zog seinen Sohn zu sich, und sein Gesicht war starr vor Verwirrung und Qualen.

»Er hat mich nicht erkannt, Sandro.«

»Er ist krank, Duncan.«

»Ich weiß, ich weiß.« Talisker nickte ernst. »Aber er hätte doch wissen müssen ...« Er starrte zu seinem Sohn hinunter und wünschte sich, dass die Dinge anders liegen würden, wünschte sich, er könnte zurückkehren und alles ändern. »Wir sind gekommen, um dich nach Hause zu bringen, Tristan«, flüsterte er.

Es begann zu regnen, als sie den Dachboden verließen, und das Geräusch des Wassers, das auf die Ziegel prasselte und durch die alte Regenrinne gurgelte, war überraschend laut. Regenwasser tropfte durch die Lücken im Dach und sammelte sich in kleinen Pfützen auf dem Fußboden.

»Man sollte glauben, dass Leute, die auf die große Flut warten, sich besser um ihr Dach kümmern würden«, bemerkte Talisker trocken und lud sich den halb bewusstlosen Tristan auf den Rücken.

»Sie glauben nicht, dass sie dann noch hier sein werden, um sich deswegen Sorgen zu machen, Duncan. Gott wird sie zu sich nehmen, bevor er das Ende aller Tage einläutet. Das ist es, was mit Entrückung gemeint ist.«

»Ich kann nur nicht erkennen, wie das Anwerben der Scoor und das Entführen von Menschen in das Szenario passt«, sagte Talisker stirnrunzelnd. »Es ist schon erstaunlich, an was die Leute so alles glauben, was?«

Sandro zuckte mit den Schultern, während er sich anschickte, wieder aus dem Fenster zu klettern. »Für mich scheint das gar nicht so unsinnig; Heilige, Engel, Wunder ... ist doch alles Teil des Glaubens. Das kannst du nicht beurteilen, Duncan.«

»Ja, aber ... vielleicht sollten wir das später besprechen.«

Sandro grinste daraufhin, gerade bevor er außer Sichtweite verschwand. »Er genießt das«, murmelte Talisker. »Er ist wieder ganz der alte Sandro ...«

»Halt dich gut fest, Sohn«, trug er Tris auf.

Der Abstieg – glücklicherweise war es nur ein kurzes Stück bis zum Flachdach des Anbaus und dann die Feuerleiter hinab – war schwerer mit dem zusätzlichen Gewicht von Tris auf dem Rücken, außerdem machte der Regen die Streben rutschig. Talisker verpasste einen Tritt und fiel die letzten Fuß hinunter, doch es gelang ihm, leicht auf der Seite zu landen und es so zu vermeiden, dass er seine halb bewusstlose Last verletzte. Glücklicherweise schienen der Regen und die kalte Luft Tris wieder etwas zu beleben, und er kletterte die geschmiedeten Eisenstreben der Feuerleiter mit wenig Unterstützung selbst hinab.

»Los, kommt ...« Sandros ängstliches Bühnenflüstern war kaum zu hören durch den Regen, der nun einer Flut gleichkam, die selbst für die Kinder der Beachtung wert sein durfte.

»Komm schon, Tris. Es ist nicht weit«, sagte Talisker. »Beas Auto steht gleich dort drüben ...«

Sie machten sich auf den Weg über den Rasen; Sandro ging vorneweg, Talisker folgte, der aber langsamer vorankam, denn er versuchte Tris zu stützen. Da Tristans Kopf nur auf Taliskers Brusthöhe war, gestaltete sich dies alles andere als leicht, und er war sich auch nicht sicher, ob sein Griff unter Tristans Arm besonders hilfreich war. Gerade als sie sich hinter den ersten gestutzten Eiben duckten – in die Form eines Pfaus geschnitten –, hörte Talisker Sandro wieder zu ihm zurückrufen, und es klang dringlich.

»Tris, bleib hier, bis ich dich rufe«, sagte Talisker warnend. Sandros Stimme ertönte erneut; diesmal war es fast ein Schrei, und als Talisker zu seinem Freund aufschloss, fluchte er laut. Scoor! Zwei von ihnen! Und Sandro wie auch Talisker waren unbewaffnet …

»O mein Gott!« Sandro hatte sich umgedreht und rannte auf Talisker zu, bevor dieser eine Chance hatte zu reagieren.

»Duncan, lauf! Wir haben keine …«

Es gab ein seltsam flaches, knallendes Geräusch, als der erste der Scoor Sandro erreichte und mit seinen oberen Armen nach ihm griff, ihn an den Schultern packte und zu sich heranzog, wobei er ihn wie eine Stoffpuppe von den Füßen riss. Talisker erstarrte sekundenlang voller Entsetzen. Der Knall war das Geräusch des Stachels der Kreatur gewesen, welcher sich in Sandros Rücken bohrte.

»Duncan!« Sandros gesamter Körper bog sich im Griff der Kreatur nach vorne, und sein Schrei war von Qualen und Schmerz erfüllt. Talisker war wieder handlungsfähig und rannte zurück in den Schutz der Eiben, seine Füße rutschten im nassen Gras. Hinter ihm war der Flügelschlag des ihn verfolgenden Scoor über dem Klang des Regens zu hören. Es schien, als hätten die Scoor Schwierigkeiten damit, zwischen den Bäumen zu fliegen; der Geräuschpegel stieg und fiel wie beim Motor eines schwankenden Doppeldeckers. Talisker lief im Zickzack zwischen den Eiben hin und her, weil er hoffte, sie so noch langsamer werden zu lassen, doch nach einer Minute hatte er selber völlig die Orientierung verloren. Er konnte nicht nach Sandro oder Tris rufen, ohne die Scoor auf seine Fährte zu locken, deshalb hielt er hinter einer Eibe, die in der Form einer Windmühle beschnitten war, an und schnappte nach Luft. Er beruhigte seinen Atem, horchte auf das Geräusch der Scoorflügel und versuchte, ihre Entfernung abzuschätzen, doch einen Augenblick lang war nichts zu hören, nur das Tosen des Sturms. Sie mussten gelandet sein – die Vorstellung von bizarren Kreaturen, die über das ordentliche Grün des Rasens in Richtung der Eiben hasteten, war Übelkeit erregend, und Talisker begriff, dass er sie trotz ihrer menschlichen Gesichtszüge als große Insekten wahrnahm. Noch immer gab es keinen Laut, kein Licht war im Haus angegangen, nur der Regen und das kriechende Gefühl einer Stille, die nicht gänzlich unbelebt war, umhüllten sie.

Als er seinen Blick wandern ließ, bemerkte Talisker, dass er fast wieder zurück an dem Ort war, an dem er Tristan verlassen hatte, lediglich etwas zu weit rechts – er schätzte, dass Tris sich ungefähr drei Bäume weiter zu seiner Linken befand –, doch was vielleicht noch wichtiger war: Knapp vor der Stelle, an der er sich befand, hatte jemand eine Schubkarre mit Werkzeug stehen gelassen. Kaltes Mondlicht wurde von der scharfen Klinge einer Baumschere zurückgeworfen und fand sein Echo im eisigen Humor von Taliskers Grinsen.

Er schlich vorwärts und rannte dann auf die Karre zu. Er schätzte, dass die Scoor auf seine Bewegung gewartet hatten, und er lag richtig. Im selben Augenblick, als er den schwarzen Schatten der Bäume verließ, erhoben sie sich wieder in die Luft; er verschwendete keinen Blick, sondern raste los. Doch kurz bevor er angelangt war – ein plötzliches Ausrutschen, und er lag im Gras, wo er die kalte Nässe einatmete.

»Lauf weiter. Lauf weiter.« – Der Satz kam aus dem Nichts und kreiste in seinem Geist wie ein körperloses Mantra; simpel und bedeutungslos, doch gut genug, um das blanke Entsetzen einen Herzschlag entfernt zu halten. Lauter wurden die Scoor und rückten immer näher; jetzt waren sie hinter ihm. Unmittelbar hinter ihm; ihre Flügel ließen die Regentropfen nach außen spritzen. Sie machten seltsame, fast traurige Geräusche, die durchdringender wurden, als er nur kurz vor ihnen die Schubkarre erreichte. Es blieb keine Zeit, eine Waffe auszuwählen; in gleitender Bewegung stürmte Talisker voran, rutschte beinahe erneut auf dem klammen Gras aus, griff jedoch nach dem nächsten Stiel, drehte sich um und schlug zu.

Es war eine Sichel. Der erste Scoor wurde schlicht in zwei Hälften gespalten. Während er starb, parierte er trotzdem den Schlag; sein Gesicht war in wilder Hilflosigkeit verzogen. Als Talisker erkannte, was er in den Händen hielt, packte er den Griff fester und stieß nach oben, wobei er den Unterleib des zweiten Scoor bis hoch zum metallenen Brustpanzer aufschlitzte. Dieser fiel zu Boden, seine Glieder schlugen um sich, und er gab erneut dieses stimmlose, schneidende Geräusch von sich; offensichtlich war er tatsächlich nicht in der Lage zu schreien. Seinen Vorteil nutzend und jedes auch nur entfernte Gefühl von Mitleid bezüglich der Notlage der Kreatur ignorierend, schnellte Talisker nach vorne und köpfte sie mit einem dritten Hieb. Es senkte sich wieder Stille über die Nacht, und lange Zeit starrte Talisker auf die gefallenen Körper seiner Feinde und auf die blutige Sichel.

»Wow«, flüsterte er. Es war so schnell gegangen. »Ich sollte mir eins von diesen Dingern zulegen …«

»Vater.« Das heisere Flüstern erklang genau vor ihm. Als er in Richtung der Stimme Tristans rannte, warf Talisker noch einmal einen Blick zurück und bemerkte, dass die Scoor verschwunden waren. Es gab kein Glühen von Licht oder sonst irgendetwas Bemerkenswertes, sie waren einfach nicht mehr da.

Tristan hatte den Weg zurück zu Sandro gefunden, der mit dem Gesicht im Schlamm dort lag, wo der Scoor ihn hatte fallen lassen. Obwohl er vom Fieber geschwächt war, hatte Tristan versucht, Sandro herumzudrehen, kämpfte jedoch gegen das Gewicht des größeren Mannes.

»O nein«, hauchte Talisker. »Hier, Tris … lass mich … Sandro, Sandro …«

Eilig kniete er sich ins matschige Gras und konnte relativ mühelos Sandro auf die andere Seit wenden. Er war erleichtert, als er bemerkte, dass sich die Augen des Sizilianers zuckend öffneten, denn er kämpfte darum, das Bewusstsein wiederzuerlangen. Da er Sandro an der Taille umfasst hielt, konnte es ihm nicht entgehen, dass er eine mächtige Geschwulst auf dem Rücken hatte, die eine feurige Hitze ausstrahlte.

»Er lebt«, murmelte er. »Tris, kannst du jetzt laufen?«

Tris nickte, denn die kalte Luft hatte ihn belebt, auch wenn er sich noch immer schwach fühlte.

»Komm schon, Sandro.« Talisker erhob sich etwas unsicher, denn er trug Sandros leblosen Körper in seinen Armen.

»Lass uns gehen.«

Sie rannten zurück durch das überdachte Tor zum Auto, wo Bea auf sie wartete und ängstlich durch den Regen nach einem Lebenszeichen Ausschau hielt.

»Tristan, Gott sei Dank«, sagte sie lächelnd. Doch ihr Lächeln verschwand, kaum dass sie Talisker bemerkte. »Was ist geschehen? Hat ihn jemand angeschossen? Lebt er noch? O mein Gott …«

»Bea, hör auf zu quatschen und hilf mir lieber, ihn ins Auto zu schaffen«, knurrte Talisker. Da der Wagen ein dreitüriges Modell war, war das leichter gesagt als getan, und es waren die vereinten Kräfte von allen dreien nötig, um Sandro auf den Rücksitz neben Tris zu verfrachten. Bea startete den Motor, und der Keilriemen kreischte, als das Auto widerwillig zum Leben erwachte. Talisker, tropfnass und zitternd von der Strapaze, lachte erschöpft und heiser.

»Was ist so komisch?«, fragte Bea stirnrunzelnd.

»Das macht mehr Lärm, als wir die ganze Nacht über verursacht haben. Und wir haben zwei Scoor getötet.«

»Tut mir Leid«, schniefte sie, offensichtlich getroffen von seiner Bemerkung.

»Nein, so habe ich das nicht gemeint, Bea … tut mir Leid, solcher Kram fällt einem einfach auf, wenn man gerade einen Kampf hinter sich gebracht hat, so 'ne Art … nicht so wichtig …«

Sie seufzte. »Sieht aus, als hätten wir hinten zwei Invaliden.«

»Ja.«

»Was ist dieses blaue Zeug an dir?«

»Scoor-Blut.«

»Himmel, zum Glück gibt es nicht mehr von diesen Dingern.«

Talisker warf einen Blick nach hinten auf seinen Sohn und Sandro. Tris war sofort eingeschlafen.

»Ich glaube, Tris hat nur Fieber. Als er ein kleiner Junge war, hatte er das andauernd. Sandro … ich weiß nicht.«

»Du meinst, er könnte sterben?« Beas Stimme überschlug sich fast vor Sorge.

»Es ist möglich, Bea. Tut mir Leid.« Er hielt den Blick stur auf die dunklen Straßen draußen gerichtet, denn er wusste, es wäre ihr peinlich, wenn er ihre unmittelbare Reaktion sehen würde. »Du hängst wirklich an ihm, nicht wahr?«, fragte er. »Es muss schwer für dich gewesen sein, als wir verschwanden.«

Sie zuckte mit den Schultern und wusste nicht richtig, was sie erwidern sollte, doch als sie ihm antwortete, war ihre Stimme tränenerstickt.

»Ja. Ja, das war es. Aber Sandro hat mir nie gehört … Du weißt von Diane, nicht wahr?«

»Diane …« Er schüttelte den Kopf. »Nun ja, ich glaube, es ist vorteilhaft, dass wir die letzten fünfundzwanzig Jahre fort waren. Er hatte ein ganzes Leben, um über sie hinwegzukommen. Ich sage dir, er hängt an dir, Bea, mehr, als es ihm bewusst ist. Du warst die erste Person, an die er dachte, als wir zurückkamen.« Er sah wieder nach Sandro und seufzte. »Ich würde sagen, du hast gute Chancen … wenn er überlebt.«

Regan erwachte, als das erste Licht der Dämmerung in ihr Zimmer drang. Ihre Erinnerungen an den vorherigen Abend waren verschwommen und unzusammenhängend. Sie wusste, dass sie einen Albtraum gehabt hatte … irgendetwas mit Käfern. Ein gestochen scharfes Bild von Insekten, die über den Fußboden krabbelten, kreiste in ihrem Gehirn und ließ sie nach Luft schnappen. Unschlüssig sah sie sich im Zimmer um, als ob sie nach Antworten suchte, doch da war nichts Außergewöhnliches in dem nebligen grauen Licht. Es fühlte sich seltsam an, zu wissen, dass etwas von ungeheurer Wichtigkeit in der letzten Nacht aufgetaucht war, doch ihre Erinnerung daran weiß wie der Himmel vor ihrem Fenster war; schwer vom Schnee und von Vorahnungen.

Regan war nie jemand gewesen, der geistig oder körperlich dem Ruf der Trägheit nachgeben hätte, und so hüllte sie sich rasch in ihre wärmste Kleidung, ohne ihre Zofe zu rufen. Sie musste nach draußen an die frische Luft, sie musste für sich allein sein und nachdenken.

Draußen war Soulis Mor still; nur das erste Werkeln der Diener und der Händler, die in den Küchen der Festung oder auf dem Marktplatz arbeiteten, störte die ausklingende Nachtruhe. Vielleicht lag es an dem trüben grauen Wetter, das die Stimmung der Menschen zu beeinflussen schien: Sie bewegten sich schweigend, niemand rief oder pfiff. Regan runzelte die Stirn, denn sie konnte sich die Stille nicht erklären. Sie schlüpfte durch ein verborgenes Tor, das sie und Tristan am Beginn ihrer Herrschaft entdeckt hatten, aus der Stadt hinaus, um durch ein kleines Waldstück zu spazieren, welches aus irgendeinem Grund an der Rückseite der nördlichen Stadtmauer klebte. Hinter dem Waldgebiet erstreckten sich die leeren Weiten der Badlands, der Kulisse der Schlacht um Soulis Mor vor fünfundzwanzig Jahren. Tris hatte gesagt, dass das Blut der getöteten Fine den Boden hinter den Mauern angereichert hätte, was den Wald habe sprießen lassen, obwohl dort zuvor nichts hatte wachsen können. Auf jeden Fall herrschte in dem kleinen Wäldchen immer eine leicht melancholische Atmosphäre. Regan, die von jeher etwas pragmatischer veranlagt war, war sich sicher, dass Isbister die Bäume gepflanzt hatte, um ihren Gefolgsleuten auf diese Weise Lebwohl zu sagen, auch wenn sie in ihren Unterlagen keinen Beweis dafür gefunden hatte. Heute übertrug sich die düstere Stimmung der Stadt auch auf das Waldstück; die nackten Zweige der Bäume ragten in den leeren Winterhimmel wie ein stummes, unbeantwortetes Flehen. Es gab keinen Weg durch den Wald, und so lief Regan ohne wirkliches Ziel zwischen den Bäumen entlang und ließ ihren Gedanken freien Lauf. Sie versuchte, die blassen Fäden einer Erinnerung an die Nacht zuvor zu fassen zu bekommen, welche auf die gleiche spöttische Art und Weise aus ihrem Bewusstsein entglitten waren wie Träume beim Aufwachen.

Eine Bewegung hoch oben in den Baumwipfeln zog ihre Aufmerksamkeit auf sich und versetzte sie augenblicklich in Alarmbereitschaft. In Bruchteilen von Sekunden wusste sie, was die Bewegung verursacht hatte, denn jeder Nerv ihres Körpers reagierte unmittelbar auf solche Regungen: Es war ein Vogel; ein großer schwarzer Vogel, eine Krähe oder ein Rabe. Regan erstarrte, ihre Finger verkrampften sich um die niedrigeren Zweige des Baumes, die sie Momente zuvor gleichmütig hatte beiseite schieben wollen, um sich das Fortkommen zu erleichtern. Sie starrte die Krähe lange und eindringlich an; der Vogel, durch mangelnde Erfahrung mit Menschen ermutigt, blickte zurück und hielt den Hals in dem seltsam krummen Winkel, den alle Vögel einzunehmen vermögen. Trotz der kühlen Frische der Luft fühlte Regan, wie sich Schweiß auf ihrer Stirn bildete. Sie hätte auch dann nicht unter dem Blick der Krähe weiterlaufen können, wenn ihr Leben davon abgehangen hätte. Ihr schien nichts anderes übrig zu bleiben, als den Vogel zum Wegfliegen zu bewegen, auch wenn sie den Flug des Vogels und den Klang seiner Flügel sogar noch mehr fürchtete. Sonst blieb ihr wohl nur die Umkehr.

»Nein«, flüsterte sie. »Meine Ängste sind nicht …«

Sie runzelte die Stirn und suchte in ihrer Erinnerung, froh, ihre Aufmerksamkeit von der Krähe abzulenken.

»Meine Ängste sind nicht die Insekten.« Das ist es, was sie hatte sagen wollen. Zu Jahl. In der vergangenen Nacht. Er hatte auf ihrem Bett gesessen, als sie einschlief ... plötzlich hatte sie das Bild seines Gesichts vor Augen; sein Blick unter den schweren Lidern war voller Sorge, seine Lippen bewegten sich – auch wenn sie die Worte, die er sprach, nicht ausmachen konnte –, als er sie tröstete. Doch sie hatte versucht, ihm etwas zu sagen – es hatte kein Wachtraum sein können, weil Insekten nicht ihre größte Angst waren, und es machte keinen Sinn, dass ...

... Es machte keinen Sinn, dass Morias gekommen war. Als sich der Gedanke in Regans Geist kristallisiert hatte, öffneten sich die Schleusentore ihres Unterbewusstseins, und sie erinnerte sich an alles. An jedes einzelne Wort, das der alte Mann gesprochen hatte. An alles, was danach geschehen war. Mit der Klarheit des Morgens sah sie, dass Jahl vor ihren Zofen und Leibwächtern an der Tür zu ihrem Zimmer erschienen war, was unmöglich sein konnte; es sei denn, er wäre bereits unterwegs gewesen, bevor Regans Schrei ihre Bediensteten geweckt hatte. Er war gekommen, um sicherzugehen, dass der alte Mann erledigt worden war, dass es gelungen war, Morias zum Schweigen zu bringen, bevor er Regan sagen konnte, weshalb er sie aufsuchte.

Doch er hatte es nicht geschafft.

»... es ist Jahl. Er ist dein ...«

Regan hörte ein seltsames Geräusch: eine Art von ersticktem, krächzendem Laut. Und dann begriff sie, dass sie es selber war. Sie war eine starke Frau, und es waren Jahre vergangen, seitdem sie diese Geräusche zum letzten Mal hervorgewürgt hatte. Sie weinte, keine sanften und damenhaften Tränen, sondern mit einem herzzerreißenden Schluchzen, das ihre Gestalt schüttelte wie eine körperliche Tortur. Denn nun verstand sie. Nicht was Morias ihr eigentlich hatte sagen wollen – dass Jahl ihr Feind war –, sondern dass sie ihn liebte. Es war die schmerzhafteste Erfahrung, die sie jemals machen würde; ungeachtet der Tatsache, dass sie beide Spielchen spielten und Masken trugen, trotz der Tatsache (oder vielleicht aufgrund dieser Tatsache), dass Jahl noch immer ein faszinierendes Rätsel war, liebte sie ihn leidenschaftlich.

Sie rang um Luft und ließ sich schwer auf einen schneebedeckten Baumstumpf sinken. Dort bemühte sie sich, wieder etwas ruhiger zu werden und auf ihren eigenen Atem zu lauschen, der nur stoßweise kam. Sie schloss die Augen und vergrub ihr Gesicht in den Händen, um die Laute ihrer Trauer zu ersticken, doch lange Zeit sah sie nichts als sein Antlitz vor sich; so voller Widersprüche, seine Gesichtszüge so zart und doch stark, seine dunklen Augen so warm und doch so durchdringend und schlau, die Tätowierung hoch auf seinem Wangenknochen, von der er ihr gesagt hatte, sie symbolisiere die Unendlichkeit. Es war so viel Zeit vergangen, seitdem er zum ersten Mal nach Soulis Mor gekommen war; er hatte ihr geholfen, er war der Einzige, der ihre Gefühle gegenüber den Sidhe zu verstehen schien, und nun begriff Regan, dass sie ihn vom Augenblick der ersten Begegnung an begehrt hatte.

Doch er war ein Verräter. Und Verräter mussten sterben.

»Das kann nicht sein. Ich kann hier nicht sterben.« Sandros Stimme war schwach und zittrig und strafte seine Aussage Lügen. Talisker beugte sich tiefer zum Mund seines Freundes, um die geflüsterten Worte zu verstehen.

»Es tut mir Leid, Sandro.« Taliskers Gesicht war von Müdigkeit und Trauer gezeichnet. Er trug noch immer die Kleidung ihrer nächtlichen Eskapaden und wusste, dass er nach Schweiß stank, doch das kümmerte ihn nicht; er hatte die ganze Nacht an Sandros Seite gewacht. Tristan schlief sich gesund, nachdem er das erste Aspirin seines Lebens gegen das Fieber genommen hatte, welches wundersam schnell in einem Körper wirkte, der noch nie chemische Medizin zu sich genommen hatte.

Auch Bea schlief, ihr Kampf gegen die Müdigkeit war nach einer halben Flasche Gin beendet gewesen. Talisker hatte nichts dazu gesagt, auch wenn er sich noch gut genug an seinen Vater erinnerte, um einen schweren Trinker zu erkennen, wenn er einen sah; Bea klammerte sich an ihr schmutziges Glas, als wäre es eine Rettungsleine, auch wenn man fairerweise zugeben musste, dass es das unter den gegebenen Umständen vermutlich auch war. Sie hatte Sandro ebenfalls nicht allein lassen wollen, doch sie war von der emotionalen Belastung, ihren Freund sterben zu sehen, schier überwältigt worden. Es musste ihr das Herz zerreißen, dachte Talisker, sich an einem Tag wieder zu finden, nur um sich gleich am nächsten Tag erneut zu verlieren. Vielleicht wäre es besser für Bea gewesen, wenn Sandro und er niemals zurückgekehrt wären, dann hätte sie wenigstens hoffen können.

Von der Seite des Stiches aus, wo der Stachel des Scoor in Sandros Rücken gedrungen war, ging eine seltsame Veränderung in seinem fiebergeschüttelten Körper vor sich. Die Haut auf Sandros Rücken und Oberkörper hatte sich kreisförmig verfärbt und eine andere Struktur angenommen; sie wurde dunkelblau und verdickte sich zu einer harten Chitinschicht. Diese Veränderung breitete sich langsam Sandros Brust hoch und bis hinunter zu seinen Hüften aus. Talisker hatte dies vor ungefähr einer Stunde bemerkt, als Sandro im Delirium seine Decken von sich geworfen hatte, doch er war sich nicht sicher, ob Sandro selbst die Veränderung, die mit ihm geschah, bemerkte.

Im Laufe der Jahre hatte Talisker viele Menschen verloren, die ihm lieb gewesen waren, doch Sandros offenbar unvermeidlicher Tod war einfach zu bitter, um ihn ertragen zu können. Unausgesprochen stand die einzigartige Erfahrung ihrer gemeinsamen Verbindung zwischen den beiden Männern, die Höhen und Tiefen einer Freundschaft, die anders war als jede andere. An irgendeinem Punkt in den langen Stunden vor dem Morgengrauen erinnerten sich beide Männer an ihr Verschmelzen zu einem vereinten Wesen, das die Niederlage von Corvus herbeigeführt hatte. Natürlich waren sie zu dritt gewesen, sie und Malky McLeod.

»Du hast gehofft, er würde kommen, nicht wahr?«, flüsterte

Sandro. »Du hast geglaubt, er würde wenigstens da sein, wenn ich sterbe.«

Talisker starrte Sandro verständnislos ins Gesicht und wusste sofort, von wem er sprach. Er fragte sich, ob Sandro irgendwie seine Gedanken lesen konnte.

»Ja …«, krächzte er.

»Duncan. Ich will dir etwas sagen …« Sandro strampelte, um sich aufrecht hinzusetzen, doch anstatt ihm zu helfen, sah Talisker leicht verärgert aus.

»Sandro, ich schwöre dir, wenn es schon wieder eine Entschuldigung wegen … früher ist, dann töte ich dich eigenhändig.«

Sandro lachte heiser, seine Kehle war trocken. Als die Decke zur Seite rutschte, bemerkte Talisker das zarte blaue Flechtwerk unter seiner Haut, das sich nach oben ausbreitete, und er wandte den Blick ab, denn er war nicht in der Lage hinzuschauen. »Es tut mir Leid, Sandro«, sagte er und versuchte zu lächeln. »Warte, ich hole dir etwas zu trinken.«

»Nein, nein, mir geht es gut …« Sandro zog bedächtig das Deckbett weg und starrte voll entsetzter Faszination auf seinen eigenen Körper; um seine Taille herum hatte sich ein Ring gebildet und Sandros Körper in etwas völlig fremd Aussehendes verwandelt. Es erinnerte an die harte Schale einer Wespe oder einer Libelle.

»Tut es … tut es weh?«, fragte Talisker. Er wusste, dass es eine dumme Frage war.

Einen Augenblick lang antwortete Sandro nicht, doch als er den Blick wieder Talisker zuwandte, war die Angst in seinem Gesicht unverhohlen.

»Duncan … du weißt doch, wenn aus Raupen Schmetterlinge werden, spinnen sie einen Kokon.« Er brach ab und ließ den Rest seines Satzes unausgesprochen, denn er konnte das, was mit seinem eigenen Körper geschah, nicht in Worte fassen. Er schloss die Augen, und Talisker dachte einen Moment lang, er wäre wieder zurück in den Schlaf gesunken, doch dann setzte er erneut zu sprechen an; seine Stimme war ein leises, krankes Stöhnen. »Sie werden weich im Inneren, nicht wahr …?«

»Hör auf damit, Sandro. Du darfst nicht mal daran denken.«

»Nur weil es Ekel erregend ist, ist es nicht weniger wahr.« Es schien, als gebe Sandro dem Zerren der Ohnmacht nach, was ein Segen war angesichts der Art, wie sein Gehirn arbeitete.

»Was wolltest du mir sagen, Sandro?«, murmelte Talisker. Er streichelte abwesend die Hand seines Freundes, die trotz der Hitze im Haus eisig kalt war.

»Es scheint nicht richtig … dass ich hier sterbe.« Sandro sammelte sich einen Moment lang, seine Augen öffneten sich, und es gelang ihm durch schiere Willenskraft, Talisker mit einem entschlossenen Blick zu fixieren. »Mein Tod … du trägst ihn. Er gehört nach Sutra.«

»Ja. Du hast Recht«, stimmte Talisker zu. Doch hier schien der Gedanke abzubrechen. Sandro sank zurück in seine Kissen, sein Gesicht hob sich aschfahl gegen das Scharlachrot und Lila des Kopfkissens und der Decke ab. Dieses Mal besaß er nicht mehr genügend Kraft, ins Bewusstsein zurückzukehren, und Talisker war erleichtert zu sehen, dass sich seine Brust noch immer bewegte, als er tief einatmete. Er nahm den Talisman vom Hals, öffnete den Beutel und starrte hinein. Der Stein ruhte zwischen den weichen ledernen Nähten. Sandro hatte Recht, Talisker trug seinen Tod in den Händen, doch es war sein Tod in Sutra, nicht in Edinburgh …

»Was'n los?« Bea stand im Eingang ihres Zimmers und sah nach einigen Stunden Schlaf kein bisschen besser aus. Sie trug ein lockeres orangefarbenes Nachthemd, und ihre langen, dünnen Haare fielen ihr statisch aufgeladen über die Schultern; ihr Gesicht war noch immer vom Weinen geschwollen. Talisker seufzte. »Ich glaube, wir verlieren ihn, Bea.« Nun, wo ihm diese Worte über die Lippen kamen, begriff Talisker, dass er sich niemals Sandros Tod gewünscht hatte – nicht mal während der Zeiten, in denen es leicht gewesen wäre, so zu denken –, und zwar weil er den Sizilianer bewunderte. Das hatte er schon immer, seitdem sie Kinder gewesen waren; Sandros Gelassenheit, sein natürlicher Charme und sein Selbstvertrauen (von einigen als Arroganz fehlgedeutet), eine gewisse stille Würde, die einzig in Sutra wirklich anerkannt worden war, als Morias ihn *Seanachaidh* geheißen hatte. Sandro – fast das Gegenteil von Malky – war ein Held. Sein Held, wenn er ehrlich war ... Er bemerkte, dass er lautlos weinte, er senkte den Kopf und drückte den Talisman in seiner Faust.

»Was ist das?« Bea hatte sich in dem Sessel am Kopfende des Sofas niedergelassen. Es war möglich, dass sie einfach nicht wusste, was sie sagen sollte, und deshalb hilflos nach etwas suchte, womit sie ihn ablenken konnte. Stockend berichtete ihr Talisker von dem Talisman und Sandros Todesstein. Halb erwartete er vernichtende Skepsis von Bea, die schließlich Wissenschaftlerin war. Er vergaß jedoch, dass er, was Bea anbelangte, offene Türen einrannte.

»Kann ich ihn sehen?«, fragte sie, als er geendet hatte. Er nahm den Stein aus der kleinen Tasche und legte ihn in ihre ausgestreckte Hand. Bea sah ihn sich genau an, doch es ließ sich nichts entdecken, was auf etwas Mystisches im Innern hinwies. »Was ist mit ...«, setzte sie an, runzelte dann jedoch die Stirn, als wäre sie nicht in der Lage, dem Einfall, der ihr gekommen war, Sinn zu verleihen. »Pass auf, wenn wir ihn Sandro in die Hand legen, was würde denn dann passieren?« »Er würde sterben«, antwortete Talisker dumpf. »Ihn würde der Tod ereilen, vor dem Morias ihn gerettet hat – offensichtlich ein unerträglicher, qualvoller Tod.«

»Aber was, wenn er doch bereits stirbt«, beharrte Bea. »Er stirbt doch, Duncan, nicht wahr?«

Lange Zeit starrte Talisker auf Sandros niedergestreckten Körper. Die bizarre blaue Muschel, die sich aus seiner verdickten Haut gebildet hatte, war nun auf der Höhe seiner Unterarme, und das blaue Gitterwerk erstreckte sich bis zu seinem Hals; gerade berührte es seine Wangen wie kalte blaue Flammen. Sandros Atem ging extrem flach, und Talisker hatte während seiner Zeit in Sutra genügend Sterbende gesehen, um zu wissen, dass seinem Freund das Ende kurz bevor stand. »Ich weiß nicht«, gab er zu. »Wahrscheinlich würde er entsetzlich sterben, statt … friedlich.« Er sah zu Sandro hinunter, während er sprach; wenigstens würde dieser Tod, so beängstigend er auch war, dem Sizilianer ermöglichen, einfach einzuschlafen.

»Nur mal angenommen, sie würden sich gegenseitig aufheben? Vielleicht könnten wir ihn retten, Duncan, vielleicht könnten wir …«

»Nein, könnten wir nicht …« Talisker erwartete irgendeine Antwort auf seine Worte, und als nichts kam, blickte er auf, gerade rechtzeitig, um zu sehen, dass Bea die Entscheidung in ihre Hände genommen hatte. Sie streckte die Hand mit dem Stein aus und hatte offenbar vor, ihn auf Sandros Brust zu legen.

»Nein!« Taliskers Hand schoss nach vorne, und er umklammerte Beas Faust. »Was fällt dir denn ein?«, schrie er. »Verdient er denn nicht, in Frieden zu sterben?«

Bea keuchte, und neue Tränen stiegen ihr in die Augen. »Du tust mir weh!«, gab sie bissig zurück. »Lass mich los.«

»Er ist mein Freund. Lass ihn gehen, Bea.«

»Nein.«

Talisker zog Beas ausgestreckten Arm zurück und zwang sie, ihre Finger zu öffnen. »Nein, Duncan«, stöhnte sie. »Er verdient, überhaupt nicht zu sterben.« Es gab einen kurzen, aussichtslosen Kampf, von dem beide wussten, dass Talisker ihn gewinnen würde. Auch wenn er Bea nicht verletzen wollte, konnte Talisker den Gedanken nicht ertragen, Sandro dem Tod zu übergeben, vor dem Morias ihn errettet hatte. Sie erkannte nicht, wie dieser Tod sein würde …

»Was ist denn los?« Tristan stand blinzelnd im Türrahmen des Schlafzimmers und beobachtete ihre Rangelei mit einem verwirrten und finsteren Ausdruck im Gesicht. Durch die Störung abgelenkt, drehte sich Talisker zu seinem Sohn und erkannte, dass es den Anschein haben musste, als griffe er Bea an.

»Es ist nicht, wonach es …«

Bea nutzte den Augenblick, schlug seine Hand beiseite und ließ den Stein auf Sandros Brust fallen.

»Nein«, brüllte Talisker, stieß Bea beiseite und streckte die Hand aus, um den Stein wieder von der Stelle zu reißen, an der er zwischen Sandros Rippen gelandet war. Doch es war zu spät; schon breitete sich strahlendes Licht von dem Stein aus und verschmolz sofort wieder mit der Oberfläche der Muschelhaut.

»Was hast du nur getan«, zischte Talisker, und seine Augen waren groß vor Entsetzen. Bea – deren Hände noch immer in der Wolle von Taliskers Pullover vergraben waren, weil sie versucht hatte, ihn so zurückzuzerren – erstarrte und blickte auf die Ranken purpurnen Lichts, die aus dem Loch in Sandros Haut erwuchsen und über die Oberfläche seines verwandelten Körpers glitten, wo sie begannen, ein glühendes Netz zu weben.

Ein leises Wimmern entfuhr Beas Kehle, als sie begriff, was sie entfesselt hatte. »Er hatte eine Chance verdient«, flüsterte sie. Alle Augen waren auf Sandro gerichtet, doch Taliskers Gesichtszüge waren von Wut und hilflosem Zorn verzerrt.

Es herrschte Schweigen in dem Raum, als Talisker, Bea und Tristan regungslos dort standen und die schimmernden purpurnen Stränge beobachteten, die ihr Netz um Sandros ohnmächtige Gestalt sponnen. Etwas an den Bewegungen des Lichts schien überlegt und empfindungsfähig; einmal aus dem Stein befreit, musste es die Aufgabe so verrichten, wie Morias es ihm aufgetragen hatte. Als Sandro von diesem Gitterwerk eingehüllt war, versiegte alle Bewegung – das Netz war vollendet. Die Beobachtenden hielten den Atem an; Bea und Talisker sanken zurück auf Sessel und Sofa und verschwendeten keinen weiteren Gedanken an ihre Auseinandersetzung.

Plötzlich, noch immer mit geschlossenen Augen und offenbar ohnmächtig, begann Sandro zu schreien, lange und laut. Der Klang, der nichts als Schmerz ausdrückte, war unerträglich. Sandros Körper, geschüttelt von unsichtbarer Folter, wand sich und zuckte, seine Gesichtszüge waren eine Maske haltlosen Leidens, und Spucke tropfte aus den Winkeln seines offenen Mundes.

Bea griff ein Kissen von ihrem Sessel und schluchzte hinein, außerstande, Talisker auch nur anzublicken. Tristan stand wie angewurzelt, sein Gesicht war aschfahl.

»Verdammt noch mal, Bea«, schrie er. »Verdammt noch mal, was hast du angerichtet?« Er holte aus und hieb seine Faust gegen die Küchentür, die wie ein Gewehrschuss gegen die Wand krachte; dann legte er die Stirn auf seinen Arm, der auf dem Türsturz ruhte. Bea antwortete nicht, sondern erstickte ihre unzusammenhängenden, schluchzenden Geräusche in ihrem Kopfkissen.

»Könnt ihr denn nicht sehen, dass er leidet?« Tristans Bemerkung schien sich an niemanden zu richten, und lange Zeit durchschauten weder Bea noch Talisker sein Vorhaben, als er in den Raum trat. Erst als er sich dem noch immer schreienden, zuckenden Sandro näherte und seine Hand an seine Hüfte legte, erregte etwas an der Bewegung Taliskers Aufmerksamkeit.

»Tristan! Nein!«, schrie er. Den Bruchteil einer Sekunde lang schien es, als ob Taliskers Herz und Geist in gegensätzlicher Weise reagierten: Als er zurück zum Sofa eilte, während Tristan sein Schwert hob, um Sandro von seinen Todesqualen zu erlösen, war ihm klar, dass die Reaktion seines Sohnes richtig war. Doch selbst wenn, konnte er es nicht zulassen, dass Tristan seinen Freund tötete.

»Nein, bitte, Tristan …«

Tristan wandte sich zu seinem Vater um, und Talisker war erstaunt, solch ruhige Stärke in dem gepeinigten Blick seines Sohnes zu lesen. »Es ist richtig, Vater. Das weißt du …«

»Das kannst du nicht tun.« Beas Stimme war durcheinander und aufgewühlt, ihr Gesicht rot vom Weinen. »Sag es ihm, Duncan. Sag es ihm. Wir tun hier so etwas nicht … er kann nicht einfach Leute töten. Bitte …«

Doch obwohl Sandros Stimme leiser wurde, seine Schreie fast unhörbar wurden, als seine beanspruchten Stimmbänder versagten, war es offensichtlich, dass der Mann seine Qualen nicht überleben sollte. Talisker blickte Bea kurz an und streckte seinen Arm aus, um sie fern zu halten. Dann warf er Tristan ein kaum merkliches Nicken zu und schloss dabei die Augen. Tristan hob erneut die Klinge.

Dann, bevor der Schlag sein Ziel erreichte, versiegten Sandros Schreie so abrupt, wie sie begonnen hatten. Tristan konnte seinen Hieb gerade so einen halben Inch vor Sandros Hals stoppen, und ein erleichterter Stoßseufzer entfuhr ihm. Über Sandros Gesicht, das noch vor einer Sekunde schmerzverzerrt gewesen war, hatte sich eine ruhige Heiterkeit gelegt; seine Augen blieben geschlossen, doch seine Gesichtszüge entspannten sich plötzlich, um seinen Mund spielte ein fast glückseliges Lächeln. Tristans Schwert fiel klappernd auf den Holzboden, als das Zittern eines Schocks ihn durchfuhr, denn er erkannte, wie nah er dran gewesen war, das Leben Sandros vor seiner Zeit zu beenden.

»Sieh nur, Vater«, flüsterte er. »Der *Seanachaidh* lebt.«

Kapitel Zwölf

Regan liebte das Tanzen; das war schon seit ihrer Kindheit so. Die Tänze der Fine waren wie kontrollierter Zorn, und ihre traditionellen Schritte wurden von Jahr zu Jahr weitergegeben. Innerhalb dieser Schranken äußerte sich die Energie reinster Freude. Regan hatte angeordnet, dass es in Soulis Mor jeden Monat ohne besonderen Anlass Tänze geben sollte – und zwar nicht nur innerhalb der Palastmauern – und dass die ganze Stadt tanzen musste. Sie verkündete, dies sei gut für den Körper und die Seele, und in der Tat war es einer ihrer beliebteren Erlasse.

Heute Nacht würde es schwer werden, das wusste Regan. Sie

saß auf ihrem Thron neben dem leeren Stuhl, auf dem Tristan hätte sitzen sollen und auf dem nun als symbolische Geste nur seine Diademkrone lag. Sie beobachtete, wie sich die Tänzer in der großen Halle versammelten und darauf warteten, dass die Flötisten, Dudelsackspieler und Paukisten ihre Musik anstimmten. Schon bevor der eigentliche Tanz begann, bewegten sich die Musiker in wirbelnden Farbstrudeln; die Frauen in ihren zarten, doch einfach geschnittenen Kleidern und die Männer des Clans in ihren dunkelgrünen Plaids in der Farbe des Clans von Soulis Mor.

Die Große Halle war ebenfalls herausgeputzt worden; riesige Immergrünzweige hingen von den Deckenbögen, und Hunderte von Laternen machten den Raum gleichermaßen gemütlich und warm. Trotzdem jedoch schwelte etwas in der Stadt; Regan wusste nun, dass sie es sich nicht eingebildet hatte, und fragte sich, warum sie es nicht schon früher bemerkt hatte.

Bevor sie in die Halle gekommen war, hatte sie einige Minuten lang vor ihrem Silberspiegel gestanden und nachdenklich die außergewöhnliche Frau angestarrt, zu der sie gereift war; sie hatte Jahl gestattet, jeden Part ihres Lebens zu beeinflussen, wie sie nun erkannte; er hatte in den vergangenen fünf Jahren an ihr geschnitzt, hatte sie aus dem Eis befreit, wie man sagen könnte. Sie war sich nicht sicher, doch sie glaubte, dass die Linien auf ihrem Gesicht sich zu strenger Zurückhaltung verhärtet hatten – das war es, was all diese Menschen sahen, wenn sie sie anblickten. Sie erkannte, dass sie ihr aus den völlig falschen Gründen Respekt entgegenbrachten: weil sie ihren Zorn und die Hinrichtung ihrer Angehörigen fürchteten. Sie war zu einem dunklen Thane geworden, wie sie die Legenden der *Seanachaidh* bevölkerten, auch wenn in diesen Tagen nur wenige nach Soulis Mor kamen: böse und rachsüchtig. In vergangenen Zeiten hatte sie Folter, Mord und zu einem gewissen Maß auch Völkermord an den Sidhe gebilligt, doch zu behaupten, dass sie dies bereuen würde, wäre eine Verkennung dessen, was Regan stolz und stark machte. Die geringe Reue, die sie verspürte, richtete sich vollständig auf Jahl, denn sie hatte zugelassen, dass er sie für seine eigenen Zwecke benutzte, und sie war sehenden Auges in einen Abgrund gestolpert, den seine und nicht ihre eigenen Taten aufgetan hatten.

Trotzdem pochte ihr Herz etwas schneller, als sie ihren Blick durch den Raum schweifen ließ und den Eingang und den Türbogen des Vorzimmers nach einem Zeichen seiner Ankunft absuchte. Sie klammerte ihre Finger fest um den Stiel ihres Weinkelches und grub die Nägel in die Handflächen, um sich selbst für ihre Reaktion zu bestrafen. Dann warf sie einen Blick nach rechts, wo sie eine kleine Gruppe von Sidhe-Angehörigen des Wolf-Clans bemerkte, dem sie früher an diesem Tag eine Audienz gewährt hatte. Sie war sich sicher, dass Jahl es inzwischen herausgefunden haben würde, und sie konnte sich die Verachtung ausmalen, die er empfinden würde, während er sich fragte, welche Ränke sie schmiedete. In Wahrheit war dies kein Spiel; der Status des Wolf-Clans als Ausgestoßene war nur zu wohl bekannt, und sie konnten fast als neutral gelten in dem drohenden Konflikt, der zwischen den Sidhe und den Fine kurz vor dem Ausbruch stand. Natürlich durfte Neutralität nicht mit Vertrauenswürdigkeit verwechselt werden. Hinter den Sidhe stand eine große Gestalt lässig an die Wand gelehnt und war in den Schatten, welche die Bögen der steinernen Türstürze warfen, fast verborgen. Nur eine Sekunde lang ruhte Regans Blick auf dem Mann, und er zeigte mit einem unmerklichen Nicken seinen Gruß und seine Bereitschaft an; sein Name war Finnbar, er war ein Händler weit aus dem Süden nahe der Länder des Thane Huw.

Und da war er: Jahl. Als er geradewegs über die Tanzfläche schritt, machten ihm die schon tanzenden Pärchen Platz, als wäre er eine Naturgewalt, ein Windstoß, der die Blätter und Zweige vor sich niederdrückte. Er lächelte und verbeugte sich, unauffällig und höflich, um einige Leute zu grüßen, und sein Blick flackerte hin und her, ehe er Regan traf.

Sie wusste, dass er wütend war; als er näher kam, konnte sie eine winzige Ader in seiner Schläfe pochen sehen. Nur für eine Sekunde sah sie, wie ihm die Maske der Zivilisation entglitt, und er blitzte sie mit einem eisigen Blick an, der der Tatsache, dass sie sein Thane war, nur wenig Respekt zollte. Als er sich dem Podium mit dem Thron näherte, streckte Regan gebieterisch die Hand aus, und er zögerte gefährlich lange, ehe er ihr die Ehre erwies, indem er ihr leicht die Hand küsste.

»Ist etwas nicht in Ordnung, Jahl?«, erkundigte sie sich.

»Nein, Milady. Wie immer erhebt deine Ausstrahlung meinen Geist.«

Sein Tonfall strafte seine Aussage Lügen, und sie überlegte rasch, ob er irgendwie von ihren Plänen erfahren haben konnte. Sie fragte sich, ob er ihre tiefsten Gedanken lesen konnte. Trotzdem hielt sie fest seinem Blick stand und starrte mit erhobenem Kinn zurück. Unerwartet lächelte er entwaffnend. »Ich habe dir ein Geschenk mitgebracht, Majestät. Darf ich es dir nun überreichen?«

»Natürlich.« Sie lächelte zurück. Sie sah sich um und beobachtete den farbenprächtigen Reigen der tanzenden Menschen; die Musik war laut und frohsinnig, und so schien es, als ob sie und Jahl trotz der Menge einen ungestörten Augenblick teilen konnten. Sie beugte sich vor, um ihr Geschenk zu betrachten, und war sich wohl bewusst, dass es sein erstes und einziges Geschenk an sie sein würde, da diese Nacht dazu bestimmt war, seine letzte zu sein. Trotzdem ließ sie sich von ihm mitreißen wie immer, genoss das Wallen ihres Blutes, das sie stets fühlte, wenn er in ihrer Nähe war; war süchtig nach ihm. Wenn diese Nacht sein Ende bedeutete, dachte sie, dann würde es eine Art von Ende für uns beide sein, denn ohne ihn werde ich als Schatten zurückbleiben. Die Freimütigkeit ihrer eigenen Gedanken erstaunte Regan, doch sie tat sie als ein Ergebnis von Müdigkeit und der Spannung ab, die beinahe greifbar in der Luft lagen.

Jahl streckte ihr ein kleines hölzernes Kästchen entgegen, welches er mit einer dramatischen Geste öffnete; im Inneren glitzerte etwas warm im Licht der Kerzenleuchter. Regan streckte die Hand aus, zuckte dann jedoch unvermittelt instinktiv zurück. Es war eine Feder aus fein gewundenem Weißgold mit einem großen Diamanten kurz vor dem Ende des Kiels. Wusste er es? Quälte er sie?

»Gefällt sie dir nicht, Thane Regan?« Sein Gesicht war der Inbegriff unschuldiger Besorgnis, und er nahm die Feder aus dem Kästchen, um ihr das feine Handwerk zu zeigen. Die Brosche war so zart und geschickt gearbeitet, dass es den Anschein hatte, sie sei so leicht wie der Gegenstand, den sie darstellte.

»Ich – ich ... Ja, Jahl. Sie ist wunderschön.«

»Wirst du sie tragen?« Er streckte die Hand aus, um sie an ihr Kleid zu stecken, und fast wäre sie ein weiteres Mal zurückgezuckt, doch sie unterdrückte den Impuls. Es ist schließlich nur eine Nachbildung, eine nachgebildete Feder; kein Vogel hat sie beim Mausern abgeworfen oder sie genutzt, um das Nest auszupolstern, sagte sie sich.

»Ja«, flüsterte sie. Doch einen Moment lang konnte sie seinem Blick nicht wie zuvor standhalten, und sie kämpfte darum, nicht zu zittern, als er ihr das abscheuliche Ding an ihr Kleid heftete. Wie bitter, dass sein letztes Geschenk so sonderbar unpassend war. Sie fühlte einen leichten Schmerz und bemerkte, dass er sie mit der Nadel gekratzt hatte, doch als sie mit einer Flut von Vorhaltungen auf den Lippen hoch und in seine Augen blickte, beugte er sich näher zu ihr, sodass sich ihre Wangen fast berührten. Sein Atem war warm und süß auf ihrer Haut, als er leise zu ihr sprach; in einem Anflug von Schwäche wünschte sie sich, sie hätte seinen Tod nicht für gerade diesen Tag bestellt, wünschte, sie könnte wenigstens einmal richtig mit ihm zusammen sein und neben ihm aufwachen.

»Du zitterst«, sagte er. »Du bist heute seltsamer Stimmung. Würdest du mir die Ehre erweisen, mit mir zu tanzen?«

Sie nickte, denn sie wollte nicht sprechen und ihre Furcht dadurch verraten. Jahl führte sie zur Tanzfläche und gab dabei den

Musikanten ein kaum merkliches, verabredetes Signal. Die Musik wurde langsamer und weicher, bis schließlich nur noch der hohe, gequälte Laut der *Feadan* und der Flöte zu hören war. Um sie herum machten die Pärchen Platz zum Tanzen für Regan und Jahl; es wurde eine langsame Weise gespielt. Jahl streckte die Hand aus, um sie sanft an der Hüfte zu umfassen, und sie begannen zu tanzen; es schien Regan, als seien ihre Schritte nur ein Echo ihres Herzschlags. Sie sah ihm ins Gesicht, ihre Gefühle drohten sie zu überwältigen, und sie war kurz davor, mit ihm zu sprechen, eine freundliche Hofunterhaltung zu führen, als eine Bewegung über ihnen ihre Aufmerksamkeit erregte.

Zuerst machte sie einen kleinen Sprung und dachte, ein Vogel sei in die Halle gelangt, obgleich sie Leute hatte, deren Aufgabe es war, sicherzustellen, dass dies niemals geschehen mochte. Doch dann bezwang sie ihren Schrecken: Es war eine weiße Feder, und sie trudelte langsam und anmutig zu Boden, recht weit entfernt von der Stelle, an der sie tanzten. Eine Sekunde lang entspannte sie sich etwas, doch dann bemerkte sie, dass weitere Federn folgten, Hunderte, Tausende …

Es war, als hätte jemand irgendwo über ihnen ein Federbett ausgeschüttelt – über der ganzen Halle ging ein weißer, lautloser Regen nieder. Regan versteifte sich in Jahls Armen, und ihr Atem blieb ihr in der Kehle stecken.

»Regan?«, fragte er leise. »Beunruhigt dich etwas?«

»Jahl, ich …« Sie konnte kaum atmen, ihre Brust war so eng, ihr Herz hämmerte zwischen ihren Rippen. Um sie herum tanzten die Leute weiter und bemerkten die fallenden Federn nicht, obwohl sie auf ihrer Kleidung landeten und sich wie noch nicht geschmolzene Schneeflocken in ihrem Haar verfingen. Sie verstand nicht, wie es sein konnte, dass die anderen Tanzenden sie nicht zu sehen vermochten. Sie wusste, dass sie wunderschön waren, dass wenigstens andere Leute dies so empfinden würden, und doch bemerkte niemand ihre seltsame Anwesenheit. Sie tanzten einfach weiter. Regan konnte nicht atmen, ihre Kehle war wie zugeschnürt, und ihre Augen brannten. Sie hörte ihren Atem in ihrer Brust rasseln, ein brüchiges, pfeifendes Geräusch …

»Regan?« Jahl hielt inne und rüttelte sie an den Schultern; sein Gesicht war voll aufrichtiger Sorge. Federn, die sich auf seinem dunklen Haar gesammelt hatten, wurden durch die Bewegung herausgeschüttelt und verfingen sich weiter unten in den Falten seines Hemdes. Sie wurde näher an ihn herangezogen, als er sie an den Schultern rüttelte, und sie geriet in Panik.

»Nein, nein, lass mich …« Sie wusste, dass sie auch in ihren Haaren hingen, sie konnte das kaum merkliche Kribbeln fühlen, als eine Feder sie im Gesicht berührte. Ein kurzer, hoher Schrei entfuhr ihrer Kehle, als sie es nicht länger ertragen konnte. Die Musik endete jäh, und jeder in der Halle erstarrte, um sich nach der Quelle des Geräuschs umzusehen. Sie keuchte nun vor Angst und Panik und versuchte, sich von Jahl loszureißen, der den Griff um ihre Oberarme verstärkt hatte.

»Regan, Regan, beruhige dich. Was ist denn los?« Das Weiß bedeckte ihn wie eine dünne Schneeschicht, und die ganze Halle schien nun fast gänzlich weiß, als wäre sie in die Klauen eines sonderbaren Winters geraten.

»Lass mich los, Jahl.« Er ließ sie nicht gehen, und so schrie sie noch einmal in sein unschuldiges, verwirrtes Gesicht. »Lass mich sofort los!« Ihre Stimme war hysterisch und hoch, und sie wurde durch die ganze Halle getragen, sodass es ihre Leibwächter auf den Plan rief. Jahl lockerte seinen Griff, und sofort fuhr Regan sich mit ihren Fingern in einer rasenden, besessenen Bewegung durch ihr Haar.

»Mach sie raus, mach sie raus«, schluchzte sie.

Ein besorgtes Raunen ging durch die Menge. Es schien, als stünde der Thane unter dem Einfluss irgendeines Zaubers oder wäre dem Wahnsinn verfallen, doch niemand bewegte sich, da kein wirklicher Angreifer auszumachen war.

»O ihr Götter«, stöhnte sie, und es klang leise und hilflos. »Sie sind auf meinem Kleid …« Sie machte kurze, blitzschnelle

Streichbewegungen auf ihren Röcken, hielt dann jedoch inne, als sei sie von der bloßen Zahl der Federn überwältigt. Aufgerieben von der Ungewissheit, was sie tun konnte, klammerte sie sich an den Halsausschnitt ihres Kleides, als überlegte sie einen Augenblick lang, ob sie es sich vom Leib reißen sollte; dann rannte sie durch das Schweigen der verblüfften Menge zu den Türen der Halle; ihre stoßweisen, atemlosen Schluchzer erfüllten die ganze Weite der großen Halle mit Verzweiflung. Als sie ging, stimmten die Musiker rasch gut gelaunte Weisen an, doch die geschockte Stimmung in der Halle ließ sich nicht verleugnen. Niemand hatte auch nur annähernd etwas gesehen; ihr Thane verlor wohl den Verstand.

Jahl rannte Regan hinterher, rief nach ihr, doch sie war schnell zu Fuß, denn ihre Angst verlieh ihr eine ungebändigte Kraft. Sie hastete durch die widerhallenden Korridore in die ersehnte Sicherheit ihrer Gemächer, wobei sie die Röcke raffte, damit sich ihre Beine ungehindert bewegen konnten; ihre Füße verursachten ein leises, klatschendes Geräusch auf dem Steinfußboden. Sie konnte hören, dass ihr jemand folgte, sie wusste, dass es vermutlich Jahl war, doch sie wollte nicht anhalten, auch wenn die Federn inzwischen verschwunden waren, auch wenn es kein Weiß mehr gab …

Als sich ihre Gedanken wieder sammelten, klang ihr Schock allmählich ab, auch wenn Regan noch immer zitterte. Ihre Bewegungen wurden ruhiger, und langsam fuhr sie nun mit der Hand durch ihre zerzausten Haare, bis sie gegen die Brosche stieß … die Federbrosche.

Sie wandte sich um, als seine Schritte näher kamen. Er stand nur einige Fuß von ihr entfernt, doch er versuchte nicht, weiter an sie heranzutreten oder ihr gar Trost zu spenden. Ein Blick wurde zwischen ihnen gewechselt, der ihnen beiden verriet, was sie wissen mussten. Regan riss die Brosche ab, die sie an ihrem Kleid an der Brust trug, zerbrach dabei die zarte Filigranarbeit und warf sie ihm vor die Füße. Es gab ein seltsam hohles Geräusch, als wäre es in Wahrheit ein billiges Stück Bronze oder Zinn und bar jeder magischen Kraft. Aus der Entfernung nahm sie wahr, dass sie noch immer weinte; ihr Gesicht und ihre Brust waren von ihrem hysterischen Anfall gerötet; dort, wo sie sich das Haar gerauft hatte, hatte es sich gelöst und war matt wie bei einer alten Frau. Trotzdem nahm sie ihr letztes bisschen Würde zusammen.

»Warum, Jahl?«

Er trat einen Schritt nach vorne in das hellere Licht eines Kerzenleuchters, und noch bevor er zu sprechen ansetzte, konnte sie sehen, dass er noch immer sein Spiel spielte, welche Art von Zerstreuung das auch immer sein mochte. Als sie spürte, wie ihr Atem langsamer wurde und der schwache, schleichende Anschein von Ruhe über sie kam, fragte sie sich, ob er gerade in diesem Augenblick einen weiteren Spruch wirkte, um sie zu beruhigen. Sie dachte, wenn er ihr nun alles gestehen würde und sich ihr um Gnade bittend zu Füßen werfen würde, würde sie vielleicht sein Leben verschonen. Doch sie wusste, dies würde nicht geschehen.

Es gelang ihm, niedergeschlagen auszusehen. »Es war ein Geschenk, nur eine kleine Beschwörung. Ich dachte … ich dachte, du würdest es mögen … es schön finden.«

Ihr Gesicht war in hässlicher Wut verzogen, ihre Lippen geschürzt, sodass die Zähne freilagen, und sie stieß ein tierisch anmutendes Knurren aus. »Lügner«, kreischte sie. »Du bist ein Lügner! Du wusstest es. Du musst es gewusst haben! Bleib mir vom Leib! Bleib mir einfach vom Leib.« Während sie sprach, war sie einige Schritte zurückgetreten, drehte sich dann auf dem Absatz um und rannte erneut davon.

Dieses Mal unternahm Jahl keinen Versuch, ihr zu folgen. Er zeigte einen sorgfältig gewählten reumütigen Ausdruck auf dem Gesicht, bis er ihre Schritte verklingen hörte; dann ließ er zu, dass ein boshaftes Lächeln über seine Züge huschte.

»*Warum*?« Sie hatte ihn gefragt, warum. Nun ja, falls sich der Thane nun mysteriöserweise von den Zinnen von Soulis Mor stürzen würde, würde niemand an der Tatsache zweifeln, dass sie wahnsinnig geworden war. Doch vor allem, weil Regans Unterwerfung nur umso süßer sein würde, wenn er sie vorher in den Wahnsinn getrieben hätte, dachte er achselzuckend. Es machte auf diese Art und Weise einfach mehr Spaß; er hätte gedacht, dass sie das besser als jeder andere verstehen würde. Zögernd jedoch musste er sich eingestehen, dass sich Regan dem Ende der Zeit näherte, in der sie für ihn noch von Nutzen war – es wäre nur gut, wenn sie sich nun für einige Tage in ihr Zimmer zurückzog.

Er setzte seinen Spaziergang zu seinen Gemächern fort und bemerkte fast geistesabwesend, wie ungeschickt sich der gedungene Mörder anstellte und wie laut seine gedämpften Schritte in der unnatürlichen Stille hallten.

Holyrood Park fror ein. Unter dem rachsüchtigen Starren eines Neumondes fegte eine beißende Kälte über die menschenleere Weite des sorgfältig gestutzten Grases, bis jeder Halm steif wie ein winziger geschärfter Dolch stand. Knox lief barfuß durch den schweigenden Park und bemerkte unbewusst, dass seine Beine die Kälte vom Boden aufnahmen und er jegliches Gefühl verlor. Er trug nichts als seinen grauen Baumwollkittel, der an ein langes, weit geschnittenes Nachthemd erinnerte, denn er hatte vergessen, den Gürtel umzubinden, bevor er die »Arche« verließ. Knox war in einem seltsamen Trancezustand; wenn ihn jemand gefragt hätte, wie sich eine solche Verfassung anfühlte, wären die Empfindungen dieses Wachtraums keine seiner Beschreibungen gewesen: Er konnte noch immer seinen eigenen Gedanken nachgehen; sie eilten mit der erschreckenden Klarheit eines silbernen Stroms hinter den *anderen* Gedanken her. Die anderen Gedanken waren auch nicht Gottes Einfälle, vielmehr war es, als habe Gott einen Samen in Knox' vertrauensseligen Geist gepflanzt, nachdem er erwacht war und bemerkt hatte, dass Tristan und die Scoor aus der »Arche« verschwunden waren. Gott war böse gewesen, sehr böse …

Knox stolperte leicht, hielt seinen Blick jedoch auf die vor ihm liegende Aussicht gerichtet; Salisbury Crags, das Gebiet bei Arthur's Seat, wo die Klippen aus den Weiten der Ebene wie die Läufe oder Pfoten eines riesigen Löwen aufragten. Hinter den Felsen erhoben sich die etwas weicheren, runderen Umrisse der über achthundert Fuß hohen Hügel, die von langem Gras und Heidekraut bedeckt waren und so einen freundlicheren Eindruck vermittelten. Nun, im hellen Licht des Vollmonds, war es fast möglich, die eiserne rötliche Tönung der blanken Felsen auszumachen, deren weite Fläche das Geheimnis dessen bedeckte, was einst ein aktiver Vulkan gewesen war. Das Gefühl des »Wahrnehmens«, das die Menschen von Edinburgh diesem großen Hügel entgegenbrachten, war etwas, das tief in die Psyche der Bewohner eingegraben war; seine Umrisse waren das Erste, wonach sie Ausschau hielten, wenn sie mit dem Auto oder dem Zug nach Hause zurückkehrten; ein Gefühl des Nachhausekommens, das nur solch ein Wächter vermitteln konnte. Knox jedoch wusste in seinen eigenen Gedanken, dass das, wozu ihn Gott ausgeschickt hatte, von jedem wahren Schutzgeist des Hügels missbilligt werden würde. So stellte er sich eine Wache vor, die weit weniger freundlich, ja wütend und rachsüchtig wäre, während er sich dem Hügel durch das nördliche Ende von Holyrood Park näherte.

Doch Knox wollte nicht und konnte nicht Halt machen. Im Innern seines geteilten Geistes befand sich in den anderen Gedanken das Bild eines Ortes, den er finden musste. Das war es, was Gott wollte. Gott hatte gesagt, wenn er diese Stelle fände, könnte er, Knox, in den Zeiten, die kommen sollten, die Kinder dorthin führen. Knox glaubte, dass Gott damit die Zeit der Großen Trübsal meinte, doch etwas störte ihn an der Tatsache, dass Gott gar nicht wirklich die Begriffe verwendete, die er erwartet hatte. Seine Füße bluteten inzwischen, und er hatte die merkwürdige Empfindung von heißem Blut auf gefrorener Haut. Außerdem schlug ihm die Taschenlampe, die er mitgebracht hatte und die sich in der geräumigen Tasche seines Kittels befand, beim

Laufen gegen die Beine. Er wollte gerne langsamer werden, doch Gott war böse. Tatsächlich so böse, dass er Esther etwas angetan hatte …

… Beim bloßen Gedanken an sie fühlte Knox einen warmen Adrenalinstoß. Sie war jetzt sein; ob sie sich ihm nun selbst hingegeben hatte, wie sie es sich wahrscheinlich selbst vormachte, oder ob er sie schlicht gegen ihren geringen Widerstand genommen hatte. In Daniels großem Bett hatte er sich jede Fantasie erfüllt, die er jemals in Bezug auf Esther gehabt hatte; er hatte sie gekratzt, gebissen und geschlagen, seine Finger in ihrem süß duftenden Haar vergraben und sie näher, immer näher an sich gerissen, bis er das Gefühl hatte, sie sei winzig und körperlos gegen ihn. Hatte Gott ihn dabei gesehen, fragte er sich?

Sie hatte geseufzt und gewimmert, als er ihr Schmerzen zugefügt hatte; fügsam und unterwürfig hatte sie Knox in eine Raserei selbstsüchtiger Leidenschaft gedrängt. Und doch, wenn er ehrlich war: Als er, kurz bevor er einschlief, in ihre weit aufgerissenen Augen blickte, die ohne Vorwurf waren, erkannte er, dass Esther die eigentliche Siegerin war. Nun barg sie das Geheimnis von Knox' Seele, sie wusste es nur noch nicht; seine Leidenschaft, seine Raserei in ihren Armen machte ihn ihr gegenüber schwach; der Kontrollverlust hatte ihn geängstigt und erstaunt. Das Letzte, was er sah, bevor ihn der Schlaf übermannte, war ihr Lächeln. Das ungute Gefühl, dass eine Spur von Selbstzufriedenheit darin lag, ließ ihn im Schlaf nicht los und machte seine Träume ruhelos. Als er erwachte, war das Gefühl noch immer da, und er beobachtete sie im Schlaf, verschreckt von ihrer unschuldigen Schönheit, beschämt von ihren Prellungen, mit denen er sie gezeichnet hatte. Er kämpfte gegen den Wunsch an, sie mit Knüffen und Schlägen zu wecken – die Bestrafung dafür, dass sie ihn entwaffnet hatte. Liebte er sie? Er wusste es nicht. Knox wusste nichts über die Liebe. Doch er wollte sie für immer verletzen und halten.

Aber Esther erwachte nicht. Zunächst bemerkte er dies nicht, dachte, sie würde nur schlafen, weil sie erschöpft war von der vorangegangenen Nacht. Als ihn die Erkenntnis traf, schüttelte er ihren leblosen Körper im erfolglosen Versuch, sie aufzuwecken, schluchzte und versprach, sie nie wieder zu schlagen. Es schien, als habe er sie irgendwie getötet. Doch dann trat Gott in seinen Geist …

»Dies ist eine Warnung, Knox. Wenn du mich je wieder enttäuschst, werde ich sie dir nehmen und dich zu einem Ausgestoßenen unter den Kindern machen …«

»Ent-enttäuschen? Habe ich dich enttäuscht, Herr?« Zunächst war er verwirrt.

»Tristan ist von diesem Ort verschwunden. Die Scoor sind zerstört.«

»Nein.« Er war bestürzt. »Das ist nicht möglich.«

»Es ist geschehen, Knox. Meine Feinde haben ihn verschleppt, während du geschlafen hast.«

Knox war auf die Knie gesunken und hatte um eine zweite Chance gefleht, und Gott hatte ihm die Möglichkeit geboten, sich selbst noch einmal unter Beweis zu stellen. Als er plapperte und sich vor und zurück wiegte, wie damals, als er noch ein Kind gewesen war, hatte eine plötzliche Qual seinen Geist erfasst, als habe Gott eine gezackte, giftige Blume eingepflanzt, die sich langsam zu einer Blüte aus schwingenden Schmerzen öffnete. Er lag ausgestreckt auf dem Boden, nicht mehr in der Lage, sich zu bewegen oder zu reagieren, nur verzehrt von der Pein. Dann, gerade als er glaubte, es nicht länger ertragen zu können, und Gedanken an den Tod hegte, ließ der Schmerz nach, und in dem Nachglühen seines Leidens schickte ihm sein vergebungsvoller Gott die Vision eines Ortes, den er nun finden musste. Er war ins Bewusstsein zurückgekehrt, als sich Esther über ihn gebeugt und ihn mit seltsamer Nüchternheit untersucht hatte.

»Esther! Danke – danke Gott …« Er streckte die Hand aus, um sie zu berühren, doch sie zuckte zurück. »Was ist denn los?«, fragte er stirnrunzelnd.

Als wolle sie ihm ihre Wunden vorführen, hob sie die Hand, um die Prellung an ihrer eigenen Wange zu befühlen; in ihren Augen lag ein dunkles Licht, das er noch nie zuvor darin gesehen hatte. »Ich werde es dich wissen lassen, wenn du mich berühren darfst, Knox«, sagte sie sachlich. Damit stand sie auf und verließ das Zimmer; nachlässig lief sie nur mit ihrem Morgenmantel bekleidet den Korridor zu ihrem Schlafzimmer hinunter und machte keinerlei Anstalten, Diskretion zu wahren. Sie war wütend, das wusste Knox, denn wahrscheinlich hatte sie beim Erwachen bemerkt, wie viel Schaden er an ihrem schmerzenden Körper angerichtet hatte.

Die Sache war nur: Sie würde ihm trotzdem verzeihen, das wusste sie so gut wie er; es war wie eine neue, seltsame Krankheit, die schließlich einen von ihnen beiden töten würde; Verlangen, Schwäche und Zorn. Knox war sich sicher, dass es nicht so sein musste. Das Problem war nur, dass er sich keine andere Art, wie es laufen könnte, vorstellen konnte – sie würde ihm vergeben, und dann würde er sich wieder dafür hassen …

Er befand sich jetzt auf den Felsen; die Empfindung von kalter Härte an seinen Füßen fühlte sich an, als gehöre sie jemand anderem, jemandem, dessen Schritte einem Pfad folgten, der durch die Gedanken bestimmt war. Der raue Lagergang der Felsen würde Knox auf die Ebene kurz hinter dem höher gelegenen Teil des Hügels bringen, der Löwenkopf genannt wurde; es musste noch einen leichteren Weg geben, denn sein Aufstieg war mühsam und gefährlich. Es war, als würde Gott die Bestrafung mit der Wanderung vereinen, und Knox konnte dagegen nicht wirklich etwas vorbringen; es war, was er verdiente.

Endlich stand er um Luft ringend dort und sah über die Landschaft, die Gott in seine Vision gepflanzt hatte; im fast harten Licht des Vollmonds wirkten die Farben der Felsen ausgebleicht und gedämpft; die vertikalen Furchen im Gestein erweckten den Anschein, als hätte jemand einfach die Felsoberfläche mit einem Rechen gekerbt.

»Hier gibt's keine Höhlen oder so was«, murmelte er. Obwohl er noch immer die Halskette trug, hüllte sich Gott in Schweigen, seitdem er ihm seine Vision geschickt hatte. Knox wusste, dass es diesmal ums Ganze ging: Sollte er diesmal versagen, würde er Gottes Stimme vielleicht nie wieder hören …

Er fluchte leise und ließ seine Finger über die Felsoberfläche gleiten, denn er suchte nach einer Spalte oder gar einem Hebel. Minutenlang fand er nichts; dann legte Knox eine Pause ein und blickte dorthin zurück, wo die erste schwache Dämmerung aufkam und sich über den Firth of Forth und die Stadt ausbreitete.

»Verflucht«, zischte er.

Als er sich zurückdrehte, rutschte er leicht aus, was seinen Sichtwinkel etwas veränderte. Und dann erblickte er es. Nicht weit rechts von der Stelle, an der er stand, befand sich eine schmale Öffnung in dem Felsen. Der Eingang wurde von struppigen Büscheln Heidekraut verborgen, die sich in den Furchen der felsigen Oberfläche angesiedelt hatten, wo sie höchst dürftige Mengen Erde vorfanden. Es war leicht erklärlich, warum die Öffnung zu übersehen war; die Felsen ragten nach innen und bildeten einen dünnen Spalt, der wie ein Ellbogen geformt war. Knox zwängte sich um die Biegung und wurde, nachdem er durch den ersten zerklüfteten Teil der Höhle gelangt war, in undurchdringliche Dunkelheit geworfen. Zunächst konnte er einige Augenblicke lang seine Taschenlampe weder finden noch benutzen; doch gleich darauf starrte er in eine flache Höhle, die nicht tiefer als zehn Fuß war.

»Aber das ist nicht gut …«, flüsterte er. Es hatte überhaupt keine Ähnlichkeit mit seiner Vision, und einen schwindelnden Moment lang überfielen ihn Zweifel; er glitt an der Wand der Höhle hinab und setzte sich auf den Boden; seine Knie waren bis zum Kinn angezogen. Seine Lippen bewegten sich, als murmelte er sich selbst etwas zu – eine Angewohnheit, die er seit seiner Kindheit nicht abgelegt hatte.

»Hey, Danny, ich wette, du lachst jetzt, wette, du lachst dir jetzt richtig ins Fäustchen ...« Er hörte auf zu flüstern und kroch über den gefrorenen Boden auf die andere Seite der Höhle, denn dort hatte etwas seine Aufmerksamkeit erregt.

An der Stelle, an der die Felsoberfläche im Boden versank, verwies eine dunkle Schattenlinie auf ein Gesims, wo sich eine Lücke unter der Mauer geöffnet hatte. Knox richtete seine Taschenlampe nach unten in das Loch; das Licht verschwand abwärts in einen darunter liegenden Raum.

»O nein«, stöhnte er, kletterte aber, ohne zu zögern, hinab in den schmalen Spalt und duckte sich unter dem Lagergang. Einen Moment lang war das gelbe Licht der Wolframlampe noch immer in der winzigen Höhle zu sehen, zitternd und flatternd wie eine verlorene Seele, dann war es verschwunden, verschluckt vom Vulkan, und über der Höhle senkte sich wieder stille Dunkelheit herab.

»Ich kann nicht zurück.«

»Was willst du damit sagen, du kannst nicht zurück?« Talisker starrte Sandro entsetzt an, der noch immer von Kissen gestützt auf Beas Sofas lag. Es war am Vormittag des Tages nach Sandros »Heilung«, und der Sizilianer sah fast wieder wie er selbst aus. Talisker hatte mit der Idee gespielt, an diesem Abend nach Sutra zurückzukehren, denn er war sich der Tatsache wohl bewusst, dass dort mittlerweile zwischen fünfundvierzig und achtundvierzig Tage während ihres kurzen Ausflugs nach Edinburgh vergangen sein mochten.

»Inzwischen kann alles Mögliche passiert sein«, betonte er.

»Die Dinge passieren hier, Duncan«, antwortete Sandro ruhig. Er reichte Talisker die Morgenausgabe der Zeitung Scotsman.

»Da ist nichts ...«

»Seite fünf«, seufzte er.

Zuerst war sich Talisker nicht sicher, über welchen Artikel Sandro sprach, und wollte ihm das gerade sagen, als ein kleiner, dreispaltiger Kasten am Ende der Seite seine Aufmerksamkeit erregte. Er war überschrieben mit: »*Fahrer macht Erscheinung von ›Monstern‹ für Busunfall verantwortlich.*« Der Artikel war in spöttischem Tonfall gehalten, doch für Sandro und Talisker gab es offensichtlich nichts zu lachen.

»›Es war wie in *Akte X*‹, schrie der fünfunddreißigjährige Graham Flockhart. ›Ich bin mir sicher, dass mir niemand glauben wird, doch ich weiß, was ich gesehen habe. Es waren ungefähr fünf dieser Kreaturen, und sie rannten halb und flogen halb über die High Street. Sie kamen aus der Richtung der Jeffery Street und waren unterwegs in Richtung Holyrood Palace. Sie sahen aus wie riesige Skorpione, die man mit Menschen gekreuzt hatte ... und sie hatten Flügel. Es war entsetzlich. Ich sah sie nur einige Sekunden, bevor sie verschwanden – ich meine nicht, dass sie hinter ein Gebäude rannten oder so, nein, sie lösten sich einfach in Luft auf.‹ Mr Flockhart räumte ein, dass er eine längere Schicht als üblich für die städtische Busgesellschaft gefahren und sehr müde gewesen sei. Es saßen drei Fahrgäste im Bus, als er in eine Steinmauer geschleudert wurde, doch keiner wurde ernsthaft verletzt ...«

»Noch mehr Scoor?« Talisker stöhnte verzweifelt. »Ich dachte, ich hätte sie gestern getötet. Wo zur Hölle kommen die alle her?«

»Das immerhin wissen wir«, sagte Sandro bitter. »Aber warum hat Jahl noch weitere geschickt? Wenn er sie gesandt hat, um Tristan zu töten oder wieder zu finden, warum braucht er dann noch mehr in Edinburgh? Es macht einfach keinen Sinn ...«

»Nein, aber du kannst ihn von hier nicht aufhalten, Sandro. Das ist umso mehr ein Grund, zurückzukehren und ihn zu stellen.«

Sandro seufzte noch einmal. »Ich habe viel darüber nachgedacht, Duncan. Bea und ich können hier nach Antworten suchen, und wenigstens sind wir in der Position, etwas dagegen zu unternehmen. Wenn die Scoor erst mal überall in der Stadt auftauchen, wird es eine Panik geben. Dieser Knox, der Sektenbursche, ist ein guter Anknüpfungspunkt, denn Jahl hatte ...«

»Du willst gar nicht zurück, Sandro, stimmt's?« Talisker ließ sich schwer auf den Sofarand sinken. »Alles, was du sagst, macht Sinn, aber du willst einfach nicht nach Sutra zurück. Ich verstehe.«

Sandro lächelte leicht beschämt. »Ich fühle mich, als ob ich wieder nach Hause gekommen sei, Duncan. Und diese Jahre geschenkt bekommen zu haben ist auch ein Pluspunkt. Versteh mich nicht falsch, ich liebe Sutra, aber ich bin dort eine andere Person, ich bin ein *Seanachaidh*, und das bedeutet Einsamkeit. Als ich das erste Mal dorthin kam, war es das, was ich brauchte: mich selbst wieder zu finden und stolz zu sein auf das, was ich war – ein ganz anderes, schöpferisches Ich, das Morias in mir schlummern sah. Doch nun weiß ich, dass mein altes Ich genauso seine Berechtigung hat ... ich habe mich nur selbst verloren, als Diane starb. Wenn ich nun wieder zurückgehe, werde ich mich fühlen, als sei ich im Exil.«

Talisker lachte leise. »Genau so fühle ich mich hier.« Er rieb sich die Augenbrauen, als wolle er jegliches Gefühl aus seinen Gesichtszügen vertreiben. »Denk einfach noch mal darüber nach, Sandro; ich bin mir ziemlich sicher, dass Tristan und ich dich auf der anderen Seite brauchen werden.«

Ein Schlüssel war im Schloss der Vordertür zu hören, und Bea kam herein, atemlos und gerötet. Sie war zurück ins Büro gegangen, wahrscheinlich um die Akten abzugeben, die sie Stirling zuliebe bearbeitet hatte, und vor allem um zu versuchen, mit Cal wieder Frieden zu schließen.

»Ihr werdet nie erraten, was geschehen ist«, sagte sie. »Ich glaube, die Scoor haben einen Mord begangen.«

Knox kehrte morgens um halb neun in die »Arche« zurück, erschöpft von den nächtlichen Ereignissen. Es war noch immer dunkel, und weil es ein Sonntag war, waren nur wenige Menschen im Haus, denn dies war der Tag, den viele der Kinder zu Hause bei ihren Familien verbrachten. Knox traf kurz mit James zusammen, einem der neueren und jüngeren Mitglieder der Kinder – Knox murmelte »Gott segne diesen Tag«, als er an ihm vorbeilief, und war dankbar, dass die Lichter der Eingangshalle unten nur ein schwaches Glühen zum Treppenabsatz hinaufschickten. James schien sowieso noch halb zu schlafen, was auch gut so war; Knox' Füße, die nun, wo das Blut zurückkehrte, kribbelten, waren aufgerissen und blutig, sein Kittel zerrissen und nass. Es war eine unvergleichliche Nacht gewesen; hart und aufregend, und sie bestätigte, dass Knox der Prophet für das Neue Zeitalter der Christlichen Herrschaft war ... sein Kopf brummte vor Müdigkeit und Besorgnis, und alles, wonach er sich nun sehnte, war für wenigstens eine Stunde die Wärme seines Bettes, damit er die Kraft sammeln konnte, die er brauchen würde, um die Kinder zu informieren ...

Als er die Tür zu seinem Zimmer öffnete, ließ ihn ein kaum hörbares Geräusch zu Boden blicken. Genau neben der Tür lag Esther und schlief, zusammengerollt in einem blauen Schlafsack.

»Was zur Hölle ...?«, murmelte er. Er beugte sich hinunter und betrachtete ihr schlafendes Gesicht; eine Seite war arg zerschlagen, das Auge sah zugeschwollen und wund aus. Knox ließ sich neben ihr auf dem Boden nieder und streichelte ihr das Haar von der Wange; sie bewegte sich leicht im Schlaf und öffnete dann ganz plötzlich die Augen.

»Knox«, flüsterte sie und schien in ihrem verschlafenen Zustand seinen verkühlten, unordentlichen Aufzug nicht zu bemerken. Sie lächelte traurig. »Es tut mir so Leid, dass ich dich wütend gemacht habe.«

Er starrte sie in sprachloser Ungläubigkeit an. »Ich weiß nicht, wieso ich so werde.«

»Du trägst viel Verantwortung, Knox. Ich verstehe das.« Sie streckte die Hand aus, um sein Gesicht zu berühren, und er küsste ihre Handfläche. »Vergibst du mir also?«, fragte sie lächelnd.

Etwas in Knox' Magen verkrampfte sich, als er instinktiv den Teufelskreis aus ihrer Verletzlichkeit und seiner Gewalt erkannte. »Natürlich vergebe ich dir«, sagte er. »Warum kommst du nicht ins Bett?«

»Ist es nicht schon morgens?«

»Erst seit etwa einer Stunde.«

Sie strampelte, um sich aus dem Schlafsack zu befreien, doch er hob sie hoch und trug sie ins Zimmer hinein.

»Wohin wolltest du denn gehen?«, fragte sie, nachdem er sich neben ihr im Bett zusammengerollt hatte. Seinen Kittel hatte er abgelegt und stattdessen seinen warmen Schlafanzug angezogen. Sie hatte fälschlicherweise angenommen, er wäre die ganze Nacht im Zimmer gewesen.

»Oh, ich wollte eine Bibel holen. Ich – ich glaube, ich muss noch mehr lesen. Aber das kann warten.«

Esther war noch immer schläfrig und kuschelte sich an ihn. Knox fühlte, wie er in den Schlaf hinüberglitt; sein Geist war fast taub. Seine Finger spielten in ihrem Haar.

»Knox?«

»Hmmm?«

»Denkst du oft an Daniel?«

»Die ganze Zeit«, hauchte er.

»Vermisst du ihn?«

»Ja.«

Doch der Schlaf wollte nicht zu Knox kommen. Während er auf den gleichmäßig ruhigen Klang von Esthers Atem lauschte, tauchten in seinem Geist Bilder auf, als würden sie in Schwarz und Sepia an die Rückwände seiner hilflosen Augenlider geworfen. Die Kammer, tief in den Hügeln verborgen, glühte von seltsamem, kaltem Licht. Er sah die Felsformation, die den Anschein erweckte, sie sei aus dem Boden hervorgebrochen, um zur Decke des Raumes zu streben wie ein zerklüfteter Racheschrei. Dort war der Altarstein, dort die riesige Fläche mit den gedrehten Säulen aus Basaltgestein, die sich hinter dem Altar wie eine seltsame Kirchenorgel erhoben und an deren Ende sich etwas befand, das entfernt an einen Thron erinnerte. Doch vor allem stand ihm noch deutlich vor Augen, wie ihn sechs Scoor erwartet hatten, als er mühevoll in die lautlose, beängstigende Welt kletterte; still und steif wie die Steine zu ihren Seiten standen sie dort.

»H-Herr?«, flüsterte Knox. Seine Stimme wurde durch die Weite des Raums getragen wie die eines schwachen, verschreckten Kindes. Die Antwort erfolgte wie schon zuvor durch die Halskette, doch sie wurde verstärkt und geschliffen durch die umliegenden Felswände, sodass Knox vollständig von der Stimme umgeben war.

»Ich werde schon bald kommen, Knox. Dies ist der Ort, an den du meine Kinder bringen musst. Ich werde ihnen als ein Zeichen meiner Liebe erscheinen.«

»Warum sind die Scoor hier?«

»Sie werden den Gläubigen nichts tun, Knox, sie verschonen diejenigen, die auf den Tag meiner Rückkehr warten ... Du wirst ihr Anführer sein. Befehlige sie, und sie werden tun, was du verlangst.«

Knox sah nervös zu dem nächsten Scoor hinüber; die Kreatur war gleichmütig und blickte starr geradeaus; das Phosphorlicht der Kammer wurde dumpf von seiner eisernen Brustplatte zurückgeworfen. »Werden sie wieder unsichtbar werden?«

»Wenn du es so befiehlst.«

Knox dachte einen Moment lang nach. Es erschien ihm aus irgendeinem Grund, als sollte Daniel hier sein, nicht er, denn schließlich war er selbst nichts als ein Hochstapler. Was würde Daniel tun, fragte er sich, wenn Gott ihm ein Mittel zur Rache an die Hand gäbe? Wahrscheinlich nichts – Daniel war ein Wesen aus Licht und Liebe –, und vielleicht war dies der Grund, warum Gott sich entschieden hatte, durch Knox zu wirken. Die Zeit der Großen Trübsal würde von den Leuten verlangen, rasche Entscheidungen zu treffen. Seine Gedanken kehrten zurück zu dem Tag, an dem er vor dem Museum die Halskette gestohlen hatte ... die Evolutionsausstellung ...

»Du«, sagte er zu dem nächsten Scoor, und dessen Blick flackerte zu ihm herüber. »Nimm zwei andere mit dir«, er gab zweien der anderen ein Zeichen, »und zerstöre Professor …«

»Du musst es nur denken, Knox.«

»Oh, ja.« In Knox Kopf formte sich ein Bild von Professor Ian Galbraith, wie er auf der Treppe vor dem alten Museum stand. »Zerstört diesen Mann. Seine Lehre richtet sich gegen das Wort eures Gottes.« Die Kreatur schien einen Augenblick lang zu zögern, verschwand dann jedoch unvermittelt mit zweien seiner Begleiter.

Knox ging auf den Thron zu; seine nackten Füße erzeugten ein dumpfes, klatschendes Geräusch auf dem ebenen Steinboden. Als er den Thron erreicht hatte, hielt er inne und blickte sich in der Kammer um, denn er erwartete eine Reaktion der Scoor. Keiner der drei verbliebenen bewegte sich oder schwenkte auch nur den Blick in seine Richtung, und so ließ Knox sich zögernd auf dem Sitz nieder, und langsam breitete sich ein Lächeln der Befriedigung auf seinem Gesicht aus. Trotzdem hatte er noch nicht genügend Mut, sich in den Tiefen des Sitzes zurückzulehnen, sondern hockte lediglich auf der Kante.

»Da sind noch andere, Herr«, sprach er in das felsige Schweigen. »Andere Wissenschaftler und Politiker, die gegen deine Wahrheit predigen. Wenn es mir erlaubt ist, werde ich die Scoor nutzen, um sie alle zu töten.«

»Es bleibt nur wenig Zeit für solche Zerstreuung«, donnerte die Stimme, *»doch es sei, wie du es wünschst, Knox. Wenn es deinen Zielen dient.«*

Knox nickte mit dem Kopf und machte eine kurze, schmeichlerische Verbeugung. »Mein einziges Ziel ist es, dich zu lobpreisen, o Herr«, sagte er etwas befangen.

Plötzlich erhellte ein grüner Lichtblitz die Kammer, und die drei Scoor erschienen wieder, nur einen Fuß von dem Thron entfernt. Der Mittlere der drei trug etwas in der klauenhaften Hand seiner obersten Gliedmaßen, das er auf den Boden zu Knox' Füßen warf. Ohne nachzudenken, schreckte Knox mit einem angewiderten Schrei zurück, als sich ein warmer Blutregen über seine eisigen Füße ergoss.

Der Gegenstand kippte leicht zur Seite, und eine zerbrochene Brille klapperte zu Boden; es war ein menschlicher Kopf, der wahrscheinlich ohne Zögern von den Schultern seines höchst unglücklichen Besitzers gerissen worden war: Professor Ian Galbraith. Der Ausdruck auf dem Gesicht war der unbeschreiblichen Entsetzens, und es schien Knox, dass der Tod so unmittelbar und so unlängst eingetreten war, dass etwas in dem sterbenden Kortex im Gehirn des Mannes sein eigenes Ende erkannt haben musste. Galbraiths Augen zwinkerten einmal, als sich die Augenlider verkrampften, und plötzlich fiel der Kiefer lose herunter, als setze er zu einem Schrei an. Ein dunkler, immer größer werdender Blutfleck sammelte sich um den üblen Haufen des abgerissenen Halses.

»O Gott«, stammelte Knox, und jegliche Selbstbeherrschung verließ ihn. »O Gott. Schafft es raus! Schafft es hier raus …« Er hob seine Füße auf den Thron, als ob ihn das Blut verfolge. Die Scoor, verwundert ob seiner seltsamen Reaktion auf ihre unmittelbare und wirkungsvolle Ausführung seines Befehls, sammelten sich um ihren Anführer. Einer von ihnen griff seinen Kurzspeer und spießte den Kopf von hinten auf, sodass er ihn anheben konnte. Erneut flammte für kurze Zeit ein grüner Blitz auf, und die Trophäe der Scoor auf der Spitze des Speers löste sich auf. Die Scoor nahmen wieder ihre seltsame Haltung schweigender Wachsamkeit ein.

Ein Lachen erschallte, ein grausames, spöttisches Lachen, das die Höhle erfüllte. Gott machte sich über seine Schwäche lustig, und Knox, der sich auf dem Thron vor und zurück wiegte, konnte nicht glauben, dass Gott tatsächlich so gehässig war.

»Hör auf!«, gellte er. »Hör auf, mich auszulachen!« Das Lachen verstummte, und das Schweigen breitete sich wieder aus.

Schließlich sprach Gott wieder, und sein Tonfall war entschuldigend und ließ Knox die Nackenhaare zu Berge stehen.

»Aber das ist doch erst der Beginn, Knox. Sei stark. Du musst dich selbst auf das Blut der Zeit der Großen Trübsal vorbereiten. Bald werden viele sterben.«

Tristan sah amüsiert zu; es musste ungefähr das zwanzigste Mal sein, dass sie sich »Auf Wiedersehen« sagten. »Du bist dir auch ganz sicher, Sandro?« Talisker machte Anstalten, wieder einmal Sandros Hand zu schütteln, und die Frage war rein rhetorisch. »Es ist ja nicht so, dass du einfach deine Meinung ändern könntest.«

Sandro blickte Bea an, die warm zurücklächelte. »Ich habe das Gefühl, dass wir hier zu tun haben, Duncan. Und ich hoffe, wir können die Scoor in Schach halten, denn sonst werden die Leute in Panik geraten. Magie ... gehört hier einfach nicht her.«

»Richtig.« Talisker grinste breit. »Und dann ist da noch der Rest, Sandro.« Sandro sah leicht verlegen aus, leugnete jedoch nicht die offensichtlich heftigen Gefühle, die zwischen ihm und Bea aufkeimten. »Wie auch immer, es wird Zeit, reinen Tisch zu machen, *Seanachaidh*.« Talisker klopfte gegen den Talisman, den er wieder um seinen Hals trug. »Ich nehme dies hier mit mir. Ich weiß nicht, ob noch irgendeine Macht übrig ist, aber dort kann dir der Stein wenigstens nicht schaden.«

»Nein.«

»Nein ...« Beiden Männern schien klar, dass nicht mehr viel zu sagen blieb; dieses Mal schienen sich ihre Welten für immer zu trennen, und sie, die ein gemeinsames Band verbunden hatte, hatten eine Wahl getroffen, die sie auf zwei verschiedene Seiten der Realität stieß.

»Du hast eine zusätzliche Lebensspanne.« Talisker nickte ernst. »Mach etwas Gutes daraus.«

»Vater, wir sollten gehen.« Tristan blieb freundlich.

Sie standen in der Dunkelheit des Hofes, und Talisker hatte bereits das Tor aktiviert, indem er den Stein benutzte, den Morias ihm gegeben hatte. Ein warmer Nebel wallte von der anderen Seite des Raumes herüber und trug den schwachen Geruch nach Holzrauch in sich. Keinem von beiden schwante, dass der Geruch eine Katastrophe anzeigen könnte; Tore schienen im Allgemeinen eine unsichere Sache zu sein.

»Ja. Mach's gut, Bea.« Talisker umarmte Bea erneut. »Leb wohl, Sandro.« Er wollte dem Sizilianer wiederum die Hand schütteln, doch Sandro zog ihn in eine Umarmung. »Sandro, du bist so ein eitler Kerl«, scherzte er unter Tränen und zog Sandro am Pferdeschwanz. Dann wandte er sich an Tristan, und das Lachen und die Tränen versiegten in seinen Augen.

»Sohn«, sagte er rau. »Wir sollten gehen und deine Stadt für dich zurückfordern. Sieht aber aus, als würde uns für unser Vorhaben ein Held fehlen ...«

Tristan erwiderte das Lächeln; es war eine schüchterne, doch zugleich gebieterische Miene. Er hatte sich bereits verabschiedet. »Du wirst das schon bewerkstelligen, Vater«, sagte er leidenschaftlich.

»Dann lass uns gehen.« Talisker blickte nicht mehr zurück, sondern winkte seinen Freunden zu, als er auf die Hitze des Tores zuging. »Pass auf ihn auf, Bea ... Sandro, vielleicht nimmt dich die Polizei wieder in ihren Dienst, was ...?«

Sie verschwanden in den Flammen.

Als die Schwärze der magischen Pforte sie umfängt, fällt Talisker ein, dass er Tristan nicht gesagt hat, was ihn erwartet. Tristan nahm einen anderen Weg, einen stärkeren, hatte Morias gesagt. In der Entfernung kann er wie damals eine Feuerwand sehen. Er dreht den Kopf und bemerkt dabei, dass sich wie beim Mal zuvor alles verlangsamt.

»Es wird dich nicht verletzen ...«, versucht er zu sagen, doch der Klang ist verzerrt und verstärkt; ein seltsames, flaches Brüllen, das von überall herzukommen scheint. Er kann Tristans Ge-

sicht nicht sehen, weil dieser seinen Kopf im Winkel hält – es scheint, als sehe er absichtlich von seinem Vater weg. Aus irgendeinem Grund will Talisker sein Gesicht sehen, bevor das Feuer sie beide umschlingt. Er weiß – erinnert sich – aus der Zeit, als Tristan noch ein Junge war, dass es schwierig und schmerzhaft für ihn ist, wenn er versucht, seinen Hals so zu bewegen, dass er über seine rechte Schulter schauen kann, und so tritt er zu seiner Linken hinter ihn.

»Hab keine Angst, mein Sohn – ich bin hier … ich …«

Doch dann sind die Flammen kurz vor seinem Gesicht, brennen lautlos, und ihre Hitze bildet eine massive Wand, die das Atmen verhindert.

Er erinnert sich; es schmerzt sehr wohl, es wird wehtun …

»Ich meine, es wird dich nicht töten …« Er dreht den Kopf, um Tristan anzusehen; seine Bewegung ist übertrieben langsam, fast als habe er die Behinderung seines Sohnes übernommen. Tristan ist verschwunden. Gerade war er noch an seiner Seite, nun ist er im Feuer verschwunden. Talisker öffnet den Mund, um seinen Namen zu rufen, und so kommt es, dass die Flammen ihn erfassen und ihr Glühen seine Kehle hinuntergleitet und bis in seinen Bauch gelangt.

Es ist wie Ertrinken. Im Feuer ertrinken. Doch dieses Mal sind die Flammen in ihm, und er ist ein Teil des Brennens. Er weiß, dass er sich noch immer bewegt, er kann fühlen, wie sich seine Beine vorwärts kämpfen in das Vergessen, das er wegen der Flammen nicht erkennen kann. Kurz vor ihm bewegt sich eine andere Gestalt durch das Feuer, und sein Herz weiß, dass es Tristan ist. Er versucht wieder zu schreien, doch die Furcht und das Feuer verschlingen alle Geräusche.

Nach einer langen Zeit verebben die Flammen etwas, und Talisker hofft sprachlos, alles habe nun ein Ende. Er kann die durchdringende Dunkelheit auf der anderen Seite des Feuers sehen und die schattenhaften Umrisse Tristans, der mutig vor ihm herläuft.

Doch dann tritt eine dritte Gestalt durch das Tor. Sie ist groß, so groß wie er selbst und vollständig mit einem weißen Umhang bekleidet, der aus Leder gefertigt ist. Vor dem Gesicht trägt sie eine Ledermaske, die so gestaltet ist, dass sie einer Sonne gleicht; der Ausdruck der Maske ist fremdartig und verweigert dem Träger das Zeigen jedweder Gefühlsregung. Bevor die Gestalt Talisker erreicht, dessen Flammenhülle verlöscht, bleibt sie vor Tristan stehen. In dem atemlosen Raum herrscht Schweigen, doch die zwei blicken einander an, und es scheint Talisker, als tauschten die beiden etwas aus. Schließlich nähert sich die Gestalt Talisker, dessen unablässige Schritte bewirken, dass sich ihre Wege kreuzen. Er versucht, in die Schlitze der Maske zu spähen, doch er weiß, er darf nicht länger zögern; sie könnten sonst zwischen den Welten verloren sein; stattdessen läuft er weiter, ohne sich jedoch zu bewegen – er geht übers Feuer statt übers Wasser. Irgendetwas an der Gestalt kommt ihm bekannt vor, doch sein Geist löst sich von dem Wissen, als wäre es das Rätsel eines Traums. Seine Brust ist eng und sein Herz ohne einen erkennbaren Grund wund.

»Danke«, dringt die Stimme in sein Gehirn, als sich ihre Wege kurz kreuzen, und instinktiv streckt er seine Hand nach der Gestalt aus, die, sich noch immer bewegend, bereits kurz hinter ihm ist. Auch die Gestalt streckt ihre Hand nach ihm aus, und einen winzigen Moment lang durchzuckt Talisker ein trauriges Gefühl, als sich ihre Fingerspitzen berühren.

Die Stimme ertönt wieder, fast erstorben diesmal: »Ich liebe dich.«

Er dreht sich daraufhin um, und sein Körper ist gefährlich nah daran, vom Pfad abzukommen. Doch die Gestalt hält nicht an, auch wenn ihre Haltung seltsam steif ist, als hätten sie die Worte Kraft gekostet. Die Vision des seltsamen Wesens wird von den Schatten geschluckt, welche das Weiß der Gestalt mit ihren verschiedenen Abstufungen von Dunkelheit auslöschen. Das Letzte, was Talisker sieht, ist eine große weiße Feder, die das Wesen in seiner rechten Hand hält.

»Was …?«

Keine Antwort. Er kann nun wieder seinen Herzschlag hören und weiß, dass er sich dem Ende nähert. Er bewegt sich jetzt wieder von der Stelle, begreift aber sogleich, dass er verloren ist. Es ist nicht so leicht, wie sich umzudrehen und einfach den Weg wieder aufzunehmen; indem er sich abwendete, hat er eine stillschweigende Übereinkunft zwischen sich selbst und dem Tor missachtet …

»Vater … Vater, kannst du mich hören?«

»Ja …« Sein Flüstern wird wie zuvor zu einem seltsamen, leise brüllenden Laut. Er dreht sich in die Richtung, aus der Tristans Stimme kommt.

»Lauf weiter, Vater. Nicht anhalten …«

»… nicht anhalten …«

Panik. Er gerät in Panik. Es hat nie so lange gedauert.

»Tristan … Tris…«

»Lauf weiter …«

Es endete unvermittelt. Talisker stolperte und fiel auf die Knie; er rang plötzlich nach Luft und begriff, dass das Tageslicht seine erschöpften Sinne blendete.

»Versuch, ruhig zu atmen und nicht zu tief, Vater. Es ist der Rauch.«

Trotz dieser vernünftigen Warnung machte Talisker einen tiefen Atemzug und brach daraufhin in einen Hustenkrampf aus. Endlich öffnete er wieder die Augen – sie stachen und waren mit heißen Tränen gefüllt. Tristan beobachtete ihn, sein Gesicht war voller Sorge.

Talisker wischte sich mit der Rückseite seines Ärmels das Gesicht ab und starrte in ängstlichem Unglauben um sich.

»Wo zur Hölle sind wir?«

Sandro starrte auf die bloße Wand des Raumes, wo Talisker und Tristan verschwunden waren. Er fühlte sich unerwartet traurig, fast leer. »Sandro«, Bea berührte ihn am Arm, »sie sind fort.«

»Ja.« Er nickte fast ein wenig zu heftig, als wolle er sich selbst aus seinem Trancezustand aufrütteln. Seine Gefühle jedoch hatten sich gegen ihn verschworen, und Tränen quollen aus seinen Augen. »Ja, ja, ich weiß. Es ist vorbei, Bea …« Im Moment fühlte er sich noch immer nicht in der Lage, den Blick abzuwenden. »Gott, du musst mich für so dumm halten.«

»Nein. Nicht dumm«, sagte sie achselzuckend. »Nur etwas sentimental. Und noch etwas, Sandro: Es ist nicht vorbei. Es ist, wie du schon gesagt hast; wir haben hier zu tun. Wir müssen sie loswerden, diese … Was ist denn?«

Sandro antwortete nicht, sondern nickte lediglich zur Wand hinüber, wo die Pforte gewesen war. Winzige Flammenzungen hatten sich wieder entzündet und breiteten sich aus.

»O nein«, flüsterte Bea. »Scoor … es können weitere Scoor sein, Sandro.«

Sandro nickte und blickte sich nach einer Waffe um, doch da gab es nichts. Talisker und Tristan hatten beide ihre Schwerter mit zurückgenommen, und Sandro hatte seines zu Hause gelassen. Instinktiv streckte er den Arm aus und stieß Bea sanft hinter sich, wobei er ihren verärgerten Gesichtsausdruck nicht bemerkte. Sie schimpfte und klopfte ihm auf die Schulter.

»Hier, das könnte helfen.« Sie reichte ihm ihre Pistole.

»Oh. Danke.«

Sie beobachteten schweigend, wie sich der Flammenherd weiter über die gesamte Mauer ausbreitete. Eine Gestalt erschien in der Mitte der Feuerzungen. Zuerst war nur ihre Silhouette zu erkennen, dann nahm sie Form an. Die Gestalt rannte auf sie zu, Funken stoben aus ihrer weißen Robe, als renne sie durchs Wasser; Perlen und Federn, die die Maske vor ihrem Gesicht geschmückt hatten, tanzten in den Flammen.

Nach einigen Sekunden gab es einen Stoß heißer Luft, der die Kammer erfüllte und Sandro und Bea an die gegenüberliegende Wand drückte. Die Gestalt trat durch das Tor und in ihre Realität; winzige Überreste des Feuers züngelten an den Rändern der

Maske und des Umhangs. Einen Moment lang sprach niemand; Sandro hob die Pistole und richtete sie auf den Fremden.

»Wer bist du?«

Zu ihrer Überraschung drang ein leises Kichern unter der Maske hervor; der Klang war eindeutig weiblich. Die Fremde griff nach oben, löste einen Verschluss und warf die Maske beiseite. »Ich bin im Exil, *Seanachaidh*«, sagte sie lächelnd.

Sandros Hand zitterte, und die Pistole polterte zu Boden.

»O mein Gott«, flüsterte er. »O mein Gott …«

»Sandro«, fragte Bea, »was ist denn los? Wer ist sie?«

Kapitel Dreizehn

Die Leere war gefährlich. Jahl war sich dessen bewusst, seitdem seine Mutter ihn im Alter von elf Jahren gewarnt hatte. Er hatte sie während einer seiner zwanglosen Lehrstunden gefragt, warum sie ihm nicht schon früher von dieser Leere berichtet habe. Ihre Antwort hatte sich ihm für alle Zeit ins Gedächtnis gegraben: »Weil es gefährlich ist, Jahl. Weil es alles und nichts ist. Alle Seelen werden diesen Ort im Laufe ihrer Existenz durchschreiten …«

Natürlich waren die meisten sterblichen Seelen bereits tot, wenn sie dorthin kamen, und zu irgendeinem anderen Zeitpunkt in die Leere zu gelangen zeugte von außerordentlichem Vertrauen oder besonderer Dummheit. Gerade konzentrierte sich Jahl darauf, was davon auf ihn zutraf. Er sprach leise und war sichtlich zermürbt von der Art und Weise, wie seine Worte von der Weite geschluckt wurden. Es war eine Beschwörung; die erste, die er seit dem schicksalsträchtigen Tag seiner Kindheit tätigen würde, doch Jahl hatte aus seinen Fehlern gelernt. Statt sich selbst in Gefahr zu bringen, indem er sich zu tief in die Leere hinabbegab, hatte er vor, eine niedere Kreatur zu beschwören, die als sein

Mittler dienen sollte. Er konnte diese von seinem Eingangspunkt aus lenken, ohne selbst in der Leere herumsuchen zu müssen, was große Geschicklichkeit und Selbstbeherrschung erforderte.

Etwas bewegte sich in der Dunkelheit vor ihm. Jahl stand stocksteif da, und Schweiß sammelte sich auf seiner Stirn. Er fuhr fort, auch als das Objekt deutlicher wurde und aus der Dunkelheit auftauchte wie die großen Silberwale aus dem Nordmeer. Zu Beginn sah es wie ein Haufen graubrauner Lumpen aus, doch dann, als die letzten Worte der Beschwörung gesprochen waren, regte es sich; eine krampfartige Bewegung, ein Zucken wie das Bein eines Insekts. Es gab ein hohles und rasselndes Geräusch, dann erhob sich die Kreatur: ein großes, menschenähnliches Wesen, dessen Haut in grauen Fetzen herabhing. Die Augen waren rot und hatten winzige schwarze Pupillen, die sich unablässig zusammenzogen und erweiterten, was den Anschein erweckte, es handele sich um einen Vogel. Dieser Eindruck wurde noch verstärkt, sowohl durch die klauenartigen Hände wie auch durch die schorfigen, entblößten Flügel, die aus seinem Rücken sprossen. Diese Schwingen konnten niemals zum Fliegen gedient haben: Man musste nur die bizarre Erscheinung des Dämons – und ein solcher war es – anschauen, um sicherzugehen, dass die Götter von Sutra Sinn für Humor hatten und ihn aus purer Boshaftigkeit geschaffen hatten. Trotzdem lag etwas Intelligentes in seinem Blick, und gerade als Jahl die nächste Strophe der Worte – den Bindungszauber – beendet hatte, setzte der Dämon zu sprechen an.

»Grell«, sagte er.

»Grell?« Es gab eine Pause, während der Jahl darüber nachsann, welche Formalitäten es erforderte, sich an einen Dämon zu wenden. »Grell. Ich – ich brauche deine Hilfe.« Grell antwortete nicht; die roten Augen blitzten und flackerten verwirrt. Sollte Jahl noch länger in der Leere verweilen, könnte er gefangen sein. »Ich werde es dir erklären … später. Komm mit mir.« Er wandte sich zum Gehen um, doch Grell bewegte sich nicht. Jahl spürte einen kurzen Anflug von Panik, doch er kämpfte ihn nieder. »Komm schon, Grell«, sagte er geduldig. Sein Herz raste, und Angst drohte die Überhand über seine Ruhe zu gewinnen.

»Grell«, sagte der Dämon erneut.

Dafür blieb keine Zeit. Wenn ihn die Kreatur nicht verstand, dann nützte sie ihm auch nichts. Zögernd drehte Jahl sich um, um die Leere zu verlassen. Er hatte versagt und eine Niederlage hatte er sich noch nie leicht eingestehen können.

»Ver-lassen. Grell ver-lassen.« Es klang wie die Stimme eines seltsam uralten Kindes; der gläserne, erstickte Ton kam von weit her. Jahl wandte sich um. Grell hatte einen Schritt auf ihn zugemacht, und auf seltsame Weise bewirkte dies seine Erlösung aus der Trägheit der Leere. Als die Kreatur den nächsten taumelnden Schritt machte, zuckten die tödlich aussehenden Klauen unwillentlich, öffneten und schlossen sich – Jahl unterdrückte einen Schauer und grinste.

»Ja. Grell verlassen. Ich habe eine Aufgabe für dich.«

Es war keine Zeit mehr für Lügen. Kein Vortäuschen mehr, dass sie alles unter Kontrolle hatte. Regan hatte sich selbst ein wackliges Kartenhaus errichtet, und als es zusammenbrach, bedeutete dies Schmerz und Feuer. Nachdem sie erwacht war und die Augen geöffnet hatte, fand sie etwas – irgendein Wesen – über sich stehen, so bizarr, dass sie für einen Augenblick glaubte, sie würde noch immer schlafen und befände sich in den Fängen eines Albtraums. Als sie ihren Mund öffnete, um zu schreien, hatten bereits schimmernde schwarze Klauen ihren Hals und ihre Taille umklammert und sie aus dem Bett gehoben. Die Kreatur hielt sie auf Armeslänge von sich gestreckt und starrte sie aus sonderbaren roten und schwarzen Augen an, die keinerlei Regung zeigten. Regan fühlte, wie ihr Atem in einem dünnen Angstgewimmer entwich, doch dann, als sie außerstande war, Luft zurück in ihre Lungen zu saugen, begann sie zu ersticken. Der Druck hinter ihren Augen und in ihrer Brust war enorm –

der Schmerz glich reißenden Dolchen in ihren Lungen. Vor ihren Augen verschwamm die Umgebung, als sie sich einer Ohnmacht näherte, doch sogar als sie die schwarze Hitze überwältigte, hörte sie eine Stimme, *seine* Stimme.

»Töte sie noch nicht, Grell …«

Und sie wusste alles. Die vollständige und unleugbare Erkenntnis der Wahrheit war so deutlich und bitter, dass Regan in lautloser Anklage die Lippen bewegte, weil sie keinen Atem mehr hatte. »Jahl. Du Bastard …«

Als sie wieder zu sich kam, befand sie sich in den tiefsten Verliesen von Soulis Mor, so tief im Innern des Berges, dass Wasser durch die Wände des Muttergesteins sickerte. Die Kälte war beißend. Das Bewusstsein kehrte zu Regan zurück, und sie erinnerte sich an die Kreatur. Fast glaubte sie, sie hätte noch immer ihre seltsamen Klauen um ihren Hals geklammert, doch das Gefühl wurde in Wahrheit von den Quetschungen hervorgerufen. Sie nahm einen langen, tiefen Atemzug, als sie die Augen öffnete. Eigentlich hätte sie sich diese Mühe nicht machen müssen, denn es gab fast überhaupt kein Licht, und es verging eine ganze Weile, bis sich ihre Augen so weit angepasst hatten, dass sie Schatten in der Dämmerung ausmachen konnte. Sie lag halb in einem zusammengesunkenen Haufen auf dem Boden, als wäre sie dorthin geschleudert worden, und sie war kaum überrascht, als sie beim Aufrichten bemerkte, dass sie Ketten um die Handgelenke trug. Regan stöhnte angesichts der Schmerzen von den Verletzungen, die die Kreatur angerichtet hatte: Sie versuchte, sich zu erheben; ihre Beine zitterten, ihre kalten Muskeln verkrampften sich, ihre tauben Füße verspürten keinerlei Kontakt mehr zum Boden. Schließlich stemmte sie sich empor und stand leicht taumelnd dort, in die Finsternis starrend. Es war denkbar, dass Jahl sie aus der dunklen Ecke des Raumes heraus beobachtete, doch es gab keine Möglichkeit, dies herauszufinden.

»Jahl? Jahl? Warum tust du das?« Ihre Stimme wurde von den

Felswänden zurückgeworfen, entlockte ihnen jedoch keine Antwort. Es öffnete sich jedoch fast unmittelbar eine Tür in der gegenüberliegenden Mauer – Licht strömte herein und ließ Regan zurückweichen, denn ihre geblendeten Augen brannten von Tränen. Jahl und sein seltsamer neuer Verbündeter traten ein.

»Regan. Mein Thane ...« Er machte eine spöttische Verbeugung, konnte den Ausdruck erfreuter Selbstgefälligkeit nicht verhehlen – in mancherlei Hinsicht konnte Jahl extrem kindisch sein. »Ich sehe, du hast Grell getroffen.« Die Kreatur schlurfte hinter ihm hervor; sie hatte einen unsicheren, schleppenden Gang, und etwas an der Bewegung verursachte bei Regan Übelkeit.

»Jahl ...« Regans Stimme entfuhr ihr als ein vibrierendes Seufzen; die Kälte in der Kammer ließ sie heftig zittern. »W-Warum tust du das?«

»Ach, komm schon, Regan. Es ist erst eine Woche vergangen, seitdem du den Befehl für meine Ermordung unterzeichnet hast. Er war übrigens nutzlos – ich bin erstaunt von dir. Es ist nur so, dass meine Pläne dich nicht mehr wirklich einbeziehen ...«

»Ist es Soulis Mor, was du begehrst? Du hättest es haben können, Jahl. Wir hätten zusammen herrschen können ... Ich verstehe nicht, warum du ...«

Er lachte. »Ist es das, was du denkst? Dass sich meine Pläne auf deine verdammte Stadt beschränken? Ich habe die Stadt wochenlang besessen, doch du hast meine Herrschaft verschlafen, und wenn du erst mal fort bist, wird sie für mich entbehrlich sein. Und das ist es, was ich tun werde, Ree ...« Er kam zu ihr hinüber. »Ich weiß, dass du das nicht verstehst, aber ich habe wenig Zeit oder Geduld, dir meine Pläne zu erklären. Doch lass dir gesagt sein, Ree – ich habe gelogen. Tristan liegt wahrscheinlich tot in einem Graben, und dein Vater ist inzwischen ...« Er stieß sie zurück gegen die Wand, und Regan, die auf den Stoß nicht vorbereitet gewesen war, prallte gegen den Felsen. Sie keuchte und war nicht in der Lage, mit den Händen ihren Kopf zu erreichen, um ihn zu reiben, wie es ihr Instinkt ihr sagte. Jahl zog sich zur Tür zurück.

»Ich mag dich, Regan, wirklich«, sagte er munter. »Wenn die Dinge anders liegen würden, wer weiß? Tatsächlich finde ich dich recht faszinierend. Und deshalb will *ich* dich nicht töten, sei unbesorgt …«

Statt sie zu trösten, strafte der drohende Tonfall vielmehr seine Worte Lügen. Regan spürte, wie sich ihr der Magen umdrehte, als die Angst ihren Griff verstärkte. »Sieh nur, was ich hier habe«, fuhr Jahl fort. »Schon seit Jahren versuche ich, etwas von diesem Zeug zu bekommen – es wird *Stiglame* genannt. Ah, ich sehe, du hast davon gehört – es wird von einigen Maden abgesondert – egal, ich habe endlich welches gefunden, und ich möchte sehen, wie es wirkt.«

»Nein!« Regan geriet in Panik und riss sinnlos an ihren Fesseln. Sie wusste, was *Stiglame* war: selbst verursachte Folter; es tat dem Geist von jedem, der es in sich aufnahm, etwas Abscheuliches an, rief entsetzliche Halluzinationen hervor, doch nicht nur das: Das, was man sich daraufhin vorstellte, wurde dem eigenen Körper angetan. Das Opfer starb unvermeidlich eines bizarren Selbstmords. »Nein, Jahl … gib es mir nicht …«

»Zu spät.« Er grinste boshaft. »Es wird durch die Haut aufgenommen.« Er hielt seine Hand hoch, um ihr den dicken Handschuh zu zeigen, den er trug.

Regan schrie. Es war zu spät. Sie würde sterben. Und wofür? Weil sie dumm genug gewesen war, einem Feigling zu vertrauen … Ihr Geist begann sich plötzlich zu drehen, als das *Stiglame* zu ihrem Gehirn vorgedrungen war; ihr Blickfeld verschwamm, und der gesamte Raum schien sich aufzubäumen und zu bewegen. »Nein, nein, nein …« Sie konnte ihre eigene Stimme hören, als gehöre sie jemand anderem. Sie fiel zurück auf die Knie und würgte trocken. Sie hob den Kopf und sah Jahl und Grell einige Fuß von ihr entfernt stehen – Jahl lachte, und Grell beobachtete sie regungslos, während er von einem Fuß auf den anderen trat. Regan schloss die Augen, um das Gefühl der Bewegung auszublenden, versuchte, ihre Gedanken zu beruhigen – wie schlimm konnte es werden? Wenn sie nichts dachte ... doch so funktionierte die Droge nicht. Ein Bild stieg in ihrem Geist auf, und sie schrie wieder, wobei sie Jahls Gelächter übertönte.

Sie war noch sie selbst. Doch sie veränderte sich; sie konnte die geröteten Schwellungen überall auf ihrer Haut sehen, auf ihrem Gesicht und ihren Armen – und kaum, dass der Gedanke aufgetaucht war, erblühte auch der Schmerz unter ihrer Haut wie tausend Nadelstiche, die pochten und pochten ... sie bäumte sich auf und brüllte vor Qual und Entsetzen. Sie öffnete die Augen (oder glaubte, es zu tun) und hielt die Hand so nah vor ihr Gesicht, wie es die Handschellen zuließen. Die Nadelstiche waren aufgebrochen, winzige wächserne Klingen bohrten sich durch ihre Haut. Ein winziges lausähnliches Tier krabbelte ihren Arm hoch zwischen den Stoppeln, die länger und länger wurden. Doch bevor sie Zeit hatte, darauf zu reagieren, brandete ein weiterer Schmerz herein; an den Unterseiten ihrer Arme waren die Stellen dichter, größer und der Schmerz verzehrend.

»Was geschieht mit mir?«, heulte sie. »Jahl ...« Doch das Geräusch veränderte sich und war entstellt; ihre Zunge war nicht mehr in der Lage, die Laute zu bilden. Innerhalb der nächsten paar Sekunden transformierte die gelähmte Regan, und auch wenn sie das ganze Entsetzen und die kranke Ironie, die darin lag, erkannte, war sie doch nicht in der Lage, ihr Ausdruck zu verleihen.

Regan war ein Vogel geworden.

Ihre Wahrnehmungen unterschieden sich: Jahl, der sich halb kranklachte, sah Regan zu, wie sie sich auf dem Boden der Kammer mit den schwarzen Steinen rollte, sich wand und schrie. Er sah, wie die Manifestation ihres hysterischen Geistes ihren Körper zerstörte; auf ihrem weißen Hemd blühten die blutigen Nadelstiche, als die Schwielen auf ihrer Haut aufbrachen; er sah die tiefen Blutrinnsale, die ein seltsames Muster in die zarte Haut ihres Gesichts brannten – ein tiefes, beinahe dreieckiges Mal, das die Umrisse ihres Schnabels andeutete. Er sah, wie sich ihre Beine wanden und verkrampften und ihre Zehen sich voller Qual streckten und zusammenkrümmten.

Was er jedoch *nicht* sah, war, was Regan erkannte: die Federn, schwarze Federn mit Läusen, der Schnabel und die Klauen. Er klatschte vor Vergnügen in die Hände und wandte sich um, um den Raum zu verlassen.

»Grell. Bewach sie. Komm und berichte mir, wenn sie sich erholt. Oder stirbt.«

Grell nickte, und sein Gesichtsausdruck war leer wie immer.

»Grell«, sagte Jahl noch einmal, hielt inne und warf einen Blick zurück auf die Kreatur.

Sie flog. Sie wusste, dass sie durch die Lüfte schwebte. Kein anmutiger, gleitender Flug, sondern eher ein Ankämpfen gegen ihre Gefangenschaft – ein panikerfülltes, angewidertes Aufbegehren. Sie war ein *Vogel*, ein *Vogel* ... Sie verschwendete keinen Gedanken an Jahl. Der Schmerz und der Schock beherrschten alles. Sie öffnete ihren grauen, knorpeligen Schnabel und schrie. »*Ein Vogel ...*« Und der Klang war der Laut einer Krähe. Irgendwo tief in ihrem Inneren herrschte ein doppeltes Bewusstsein, das Gefühl einer Erinnerung an ihren alten Körper, der zerstört und blutend war, Blut überall ... Sie schrie und schrie und schrie und schlug mit ihren Flügeln.

Und dann, als sie fühlte, dass ihr Herz beinahe erschöpft war, als der Schmerz sie zu überwältigen drohte, geschah etwas. Grell.

Er stand vor ihr und starrte sie auf seltsam abwesende Art an; seine Vogelaugen (*o ihr Götter, ihre mochten ebenso aussehen!*) blitzten, schwarz und rot, schwarz und rot. Konnte er den Vogel oder das Blut sehen? Es war unmöglich zu sagen. Er kam näher. Spähte sie an. Sie hörte auf, mit den Flügeln zu schlagen.

»Grell?«, sagte er.

Sie konnte ihren eigenen Herzschlag hören, der Schmerz, der Schmerz war ...

»Schmerzen, du?«

Das traurige, leere Gesicht wurde größer. Regan gab als Antwort ein Geräusch von sich – den Laut eines Vogels, kein Wort, starb denn ihr Körper? – »Grell, Schmerzen.« Er nickte sich selbst zu, als würde er sich seine eigenen Gedanken bestätigen. »Kennt Schmerz.« Das Letzte sagte er beinahe triumphierend, weil er es geschafft hatte, die Gedanken zusammenzusetzen: Sie hatte Schmerzen, und er wusste, wie sie sich fühlte.

Er streckte die Hand aus und berührte ihr Gesicht. »Geh«, sagte er traurig. Der Schmerz versiegte. Und was vielleicht noch wichtiger war: Die Auswirkungen des *Stiglame* ließen nach. Regan wurde wieder sie selbst.

Sie starrte an ihrem zerstörte Körper hinab. Ihr lockeres Nachthemd, das vormals weiß gewesen war, hing nun in blutigen Fetzen herab, und ihr ganzer Körper wies die Male von bald tausend Geisterfedern auf, die heftig bluteten. Ihr Gesicht war seltsam kalt, denn die eisige Luft linderte die Wunden um Mund und Nase. Sie bemerkte, dass sie auf dem Boden kauerte, und mühte sich ab, um sich auf ihre verwundeten Füße zu erheben.

»Grell«, flüsterte sie. »Ich danke dir so sehr.« Grell antwortete nichts, seine Gesichtszüge waren wieder in den gewohnten teilnahmslosen Zustand zurückgekehrt. Regan hinkte zur Tür und erwartete, dass der Dämon jeden Augenblick nach ihr greifen würde, doch er beobachtete nur ihren schmerzhaften Gang.

»Ich gehe«, murmelte sie. »Zurück nach …« Plötzlich setzte sich Grell in Bewegung. Er riss sie mühelos hoch und marschierte mit ihr überraschend schnell den Korridor entlang.

»Nein!« Sie trat sinnlos um sich, doch er beachtete sie nicht. Sie fühlte sich schwach und schwindlig und bemerkte vage, dass sie eine Blutspur hinter sich herzog. Sie hatte keine Ahnung, ob der Dämon sie einfach zurück zu seinem Herrn bringen würde, doch im Moment war sie zu schwach, um irgendetwas dagegen zu unternehmen, und das Nachlassen der schlimmsten Schmerzen war seltsam befreiend …

»Geh«, sagte Grell plötzlich. »Geh weg, Ree-gan.«

»Als der Schöpfer Lysmair schuf, sang er und tanzte. Er schritt durch die leeren Länder und schlug mit seinem Speer auf den Boden. So entstanden die Seen und Meere und alle Kreaturen der Sidhe. Mit einer Ausnahme. In der tiefen Dunkelheit des Himmels war ein neugieriger, strahlender Stern, der sehen wollte, was der Schöpfer vollbrachte. Der Stern fiel hinab zur Erde und gab sich selbst eine Gestalt, die es ihm ermöglichte, viele Meilen unermüdlich zu rennen und über den großen Weiten in die Ferne zu schauen. Auf diese Art kam der erste Sidhe-Wolf nach Lysmair; anders als die anderen Kreaturen und getrennt von ihnen; ein weiser Beobachter der Schöpfung …«

Die graue, blutige Schnauze von Eskarius Vermesh zuckte im Schlaf, als er von der Stimme seiner Mutter träumte. Sie galt als die Schönste im Wolf-Clan der Sidhe, und Eskarius' Vater als der glücklichste aller Männer, denn er hatte ihr Herz gewonnen. Als Eskarius Vermesh wieder auf den Wachzustand zutrieb, sah er die Weisheit seines Stammes mit einer freimütigen Klarheit, die mit dem Wohlbehagen des Schlafes kam. »… anders, getrennt von den anderen Kreaturen …« Dies war etwas, worauf der Wolf-Clan sehr stolz war: auf seinen Status als Einzelgänger und als weiseste Tiere Lysmairs. Doch Eskarius spürte eine gewisse Unruhe, als der Gedanke und die Stimme durch seinen Geist zuckten. Seine Mutter hatte von vergangenen Zeiten gesprochen; die Sidhe-Mythologie gehörte überhaupt in eine andere Welt … hier in Sutra schwanden die Sidhe dahin, verfolgt von Regan und Jahl, doch noch immer körperlich und gefühlsmäßig durch ihre verschiedenen Bündnisse mit den Fine getrennt. Auch wenn zwischen den anderen Sidhe eine gewisse Harmonie herrschte, war der einzige Versammlungsort, den alle anerkannten und der sie alle zusammenhielt – wie zart das Band auch sein mochte –, der Rat von Tema, und der war seit fünf Jahren bereits nicht mehr zusammengetreten …

Eskarius erwachte jetzt gänzlich, weigerte sich aber zunächst hartnäckig, die Augen zu öffnen, denn er wollte die Szene, die ihn dann erwarten würde, nicht sehen müssen. Eine tiefe Falte, die fast wie ein Knäuel wirkte, furchte seine Brauen und verlief von der Mitte seiner Schnauze bis über seine Augen. Seine Gedanken, wie unzusammenhängend sie auch sein mochten, schienen auf eine Lösung zuzusteuern, die er nur zögernd annehmen wollte; wenn nicht bald etwas unternommen würde, könnten die Sidhe für immer aus Sutra verschwinden, und die Fine würden den Verlust ihres »Schönen Volkes« betrauern, obwohl sie nichts unternommen hatten, um dem Verschwinden Einhalt zu gebieten.

Endlich öffnete Eskarius die Augen. Überall um ihn herum war das Land rot und schwarz. Rot vom Feuer, schwarz von der Asche und einigen verstreuten Leichen der Scoor. Rauch war über Nacht über das verbrannte Land gedriftet und hatte sich wie ein dicker, schmieriger Nebel einige Fuß über der Erde niedergelassen, wo er das Leben der Tiere, die in den Furchen und Löchern des Bodens lebten, erstickte. Keine erfrischende Brise war aufgekommen, und nichts bewegte sich zwischen den ausgefransten Umrissen der entlaubten Bäume. Zunächst schien es, als herrsche Stille, doch als Eskarius eingehender lauschte, konnte er ein winziges, durchdringendes Geräusch wie ein unterdrücktes Flüstern hören. Er wusste, dass dies der Klang des Feuers war, das unter der Oberfläche lief. Da sich meilenweit nichts befand, was es hätte verzehren können, bewegte sich das Feuer durch den Torf und brach gelegentlich durch die Oberfläche wie eine flammende Klaue, welche nach den Wurzeln und den niedrigen Ästen eines jeden bislang verschonten Baumes griff und ihn von innen zerstörte.

Der Wolf atmete langsam; seine Brust bewegte sich in einem flachen Rhythmus, mit dem er, so gut es ging, vermeiden wollte, den Rauch einzuatmen. Er erhob sich auf dem Granitsockel, auf dem er geschlafen hatte und der durch das Feuer in der Erde warm geworden war. Dann streckte er sich, buckelte und lockerte die steifen Muskeln unter seinem Fell. Als er langsam zu Boden glitt, spürte er das heftige Ziehen der Haut, die die Wunden an seinen Hinterläufen umgab; einer der Scoor hatte Glück gehabt und seinen Kurzspeer über den Rücken des Wolfes gezogen, als Eskarius gerade einen von dessen Begleitern niedergestreckt hatte und das faulig schmeckende Fleisch aus seiner Kehle riss. Es waren zu viele gewesen, als dass Eskarius sie hätte aufhalten können – zehn vielleicht –, und am Ende hatten sie den großen Wolf einfach ignoriert und ihren widerlichen Flug fortgesetzt.

Eskarius hielt inne; der Rauch beeinträchtigte nun seine Augen. Sie stachen und tränten, was den Anschein erweckte, er würde weinen; und tatsächlich war sein Herz wund. Vor ihm, unberührt von den Flammen, erhoben sich die schwarzen Umrisse der Steine der Fir Chrieg; Rauch kreiste um sie, und die ersten Strahlen des winterlichen Tagesanbruchs fingen die gelben Wirbel ein und ließen sie fast massiv erscheinen. Sie wirkten wie goldene Umhänge und Schlingpflanzen, welche die letzten aufgerichtet stehenden Steine des Kreises umzuwerfen suchten. Hinter den Steinen war der schweigende Spiegel des Lichts des Himmels von einer Rauchwolke verhangen. Or Coille, den Großen Wald, der das Land fast hundert Meilen Richtung Süden und Westen bedeckt hatte, gab es nicht mehr. Zerstört, verbrannt und verwüstet durch Legionen von Scoor und anderen seltsamen Kreaturen – etwas Ähnliches war noch nie in Sutra gesehen worden. Es war ein Tod, so vollkommen wie der Tod eines jeden sterblichen Dings, und Fine und Sidhe waren gleichermaßen in den ersten Stadien der Trauer. Es konnte keinen Zweifel daran geben, dass die Vergeltung schrecklich sein würde. »Wo sind sie?«, dachte Eskarius laut. »Bei Salkits Zähnen, wo sind sie?« Er hatte versprochen, bei den Steinen zu warten. Und ausharren würde er, doch er hätte sich nie träumen lassen, dass es so sein würde. Die Ballen seiner Pfoten waren bereits unangenehm heiß, und er starrte hinab auf die kleinen Rauchwölkchen, die nach und nach aus dem Fell zwischen seinen Pfoten aufstiegen. Er seufzte, nicht zuletzt um etwas mehr Luft in seine gequälten Lungen zu bekommen, und kletterte langsam zurück auf seinen eigenen Felsen, der zu den umgestürzten Monolithen gehörte. Er ließ sich auf seine Hinterläufe sinken, warf seine vernarbte, tränenüberströmte Schnauze zurück und begann zu heulen. Das trauernde Jaulen wurde über die erstickte Weite getragen und in der Ferne von einem anderen Angehörigen von Eskarius' Volk beantwortet. Nach einigen Minuten, erschöpft vom Mangel an frischer Luft, sank Eskarius zurück in eine liegende Position und wollte seinen Kopf wieder zum Schlafen senken, als in einiger Entfernung eine Bewegung seine Aufmerksamkeit erregte.

Ein Reiter zog langsam durch die verdorrte Landschaft. Instinktiv erstarrte Eskarius und verfolgte das Fortkommen, ohne zu blinzeln. Das Pferd – ein großer, anmutiger Brauner – kämpfte damit, sich seinen Weg durch die Asche des Waldes zu bahnen, und auch aus der Entfernung konnte Eskarius erkennen, dass sein Vorankommen bedächtig, doch zögernd war; immer mal wieder stolperte das Tier leicht, doch der Reiter machte keinerlei Anstalten, seinen Weg zu korrigieren. Es schien, dass der Reiter verletzt oder sogar ohnmächtig war. Die Gestalt war in einen schweren roten Umhang gehüllt, der an den Säumen zu glühen begonnen hatte, und war über dem Sattelknauf zusammengesackt. Jedes Mal, wenn das Pferd torkelte, glitt der Reiter bedenklich nach vorne oder zu einer Seite, und es schien einem kleinen Wunder gleich, dass er noch nicht in die schwelenden Überreste des Waldes abgerutscht war.

Lange Zeit tat Eskarius Vermesh nichts; die Haare auf seinem Rücken waren aufgerichtet, und sein sanftes Knurren war wie ein Flüstern. Schließlich, als der Reiter näher kam, besiegte seine Neugier die Vorsicht, und er sprang noch einmal von seinem Felsen hinab, kroch tief geduckt voran und gab ein langes, unablässiges Grollen von sich. Das Pferd hielt fast zehn Fuß von ihm entfernt an, und die beiden Tiere betrachteten einander. Ein Sidhe-Wolf, der an Größe einem kleinen Pony gleichkam, war eine natürliche Quelle der Furcht für das Pferd, und nur die Tatsache, dass es benommen vor Müdigkeit war, hielt das Reittier davon ab, zu scheuen und mit seiner bewusstlosen Bürde davonzugaloppieren; stattdessen stand es still dort, seine Augen quollen hervor, und die Ohren waren in Mitleid erregender Panik angelegt.

Gerade als Eskarius weiter nachforschen wollte, war von dem Reiter ein leises Stöhnen zu hören, dann glitt er wenig anmutig vom Rücken des Tieres, landete als zusammengekauerter Haufen auf dem Boden und lag dann reglos in der Asche des Unterholzes. Es war offensichtlich, dass die Kleidung des Reiters Feuer fangen würde, falls er sich nicht bald aufrappelte, doch er unternahm keinen Versuch, sich zu erheben.

Eskarius knurrte verärgert und nahm seine menschliche Gestalt an, um dem Reiter am Boden zu helfen. Er rannte hinüber zum ausgestreckten Körper und drehte ihn um; fast glaubte er schon, er sei tot.

Es war eine Frau; das war von dem Moment an unmittelbar deutlich, als er den zarten Körper berührte. Ihr Gesicht ließ sich kaum erkennen, denn ihr Haar war darüber gefallen und klebte an dem Schweiß und dem Ruß, die ihr Gesicht bedeckten. Eskarius hob sie vorsichtig hoch und trug sie zurück zu seinem erhöhten Felsbrocken; dort befeuchtete er ein weiches Ledertuch aus seinem Bündel und benetzte ihr Gesicht, nachdem er sie auf seine Knie gebettet hatte. Sie war vollständig von getrocknetem Blut bedeckt, das ihre dünne Kleidung an den Körper klebte. Er tunkte sein Tuch dreimal ins Wasser, und jedes Mal färbte das Blut aus den tiefen Wunden in ihrem Gesicht den Stoff rot. Sonderbarerweise war ihr Körper mit einem Gitternetz kleiner Pusteln bedeckt, von denen einige noch immer bluteten. Eskarius murmelte ihr sanft in beruhigendem Tonfall Worte in der Sprache der Sidhe zu, wie er es bei einem kleinen Kind tun würde, doch plötzlich, als er ihr Gesicht von Ruß und Asche befreit hatte, öffnete sie die Augen, die noch immer unstet waren, und er hielt inne. Er kannte sie.

Das letzte Mal, als er sie gesehen hatte, hatten diese kalten Augen ihn gestreift, ohne dass sie ihn in der Menge erkannt hätten. Es war vor zwei Jahren an Samhain gewesen, als Eskarius nach Soulis Mor gezogen war, um mit den wenigen Kontakten, die er noch zu den Sidhe-Stämmen unterhielt, Neuigkeiten auszutauschen. Sie war mit dem Krüppel Tristan während der Prozession, die die Winterfeuer entzünden wollte, an ihm vorbeigeritten. Es war Regan.

Eskarius zischte und bleckte dann die Zähne in einer instinktiven Imitation der Wolfsform, die er so oft annahm. Seine Hand fuhr zur Taille, wo sein Dolch in der Scheide steckte; in einer fließenden Bewegung zog er seine Waffe, um sie zu töten. Und hielt inne.

Sie beobachtete ihn. In ihrem Blick lag keine Spur von Furcht, nur traurige Fügung. »Mach schon«, flüsterte sie. »Töte mich. Ein schneller Tod ist mehr, als ich verdiene.«

Eskarius zögerte. Konnte es denn wirklich so leicht sein, fragte er sich, das Land von der Frau zu befreien, die so viel Verzweiflung hervorgebracht hatte? Und konnte es seine Aufgabe sein? Durfte ein Wolf-Sidhe über ihr Schicksal entscheiden? Sie hatte in einem Punkt Recht; wenn er sie jetzt tötete, wäre es ein zu leichter Tod. Die Sidhe, die Fine und das Land mussten von ihrem Tod erfahren, und warum sollte Vergeltung geübt werden, wenn niemand da war, um es zu bezeugen?

»Nein«, murmelte er dumpf. »Ihr habt Recht, Lady. Man muss den Rat informieren.«

Sie reagierte nicht darauf, dass ihr Leben nicht länger unmittelbar in Gefahr schwebte, als er den Dolch wieder in die Scheide steckte. Eskarius gab ihr etwas Wasser aus seiner Flasche, dann glitt sie zurück in den Schlaf oder in eine neue Ohnmacht.

Jahl starrte durch die gefrorenen Weiten der Großen Halle. Wenn er ehrlich zu sich selbst war, musste er sich wohl eingestehen, dass er die Dinge falsch angepackt hatte, doch Wahrheitsliebe gehörte nicht eben zu seinen hervorstechendsten Eigenschaften. Nun hatte er sich selbst in seinen Handlungsfäden verstrickt, die sich zu einem höchst unbefriedigenden Ganzen verwoben hatten. Regan war fort, aus ihren eigenen Verliesen entflohen, die Götter wussten, wie. Nach ihrem Entkommen hatte er die Festung wieder einmal in der Zeit eingefroren, um sich selbst mehr Gelegenheit zum Nachdenken zu verschaffen. Es war spät in der Nacht gewesen, und die Halle war angefüllt mit recht niederen Höflingen, die eigentlich nur trinken und der Musik lauschen sollten, tatsächlich jedoch wild darüber spekulierten, warum seit über einer Woche niemand mehr den Thane gesehen hatte. Zurzeit waren Soulis Mor und die Nordländer ohne Herrscher, was nicht lange gut gehen konnte. Jahl wusste, dass bereits Botschafter zu den Thane Ulla, Huw und Lachlan entsendet worden waren, und auch wenn er Scoor zur Verfolgung ausgeschickt hatte, hatte er doch noch keine Bestätigung, dass diese ihre Beute auch wirklich getötet hatten. Sollten die Reiter ihr Ziel erreicht haben, dann wäre es nur eine Frage der Zeit, bis die Clans aus dem Süden herbeigeritten kämen, um ihn zur Rede zu stellen.

Er seufzte. Der Verlust von Regan war bedauerlich und würde vermutlich weit reichende Konsequenzen haben, doch sie hatte ihn einfach so wütend gemacht; nach ihrem Zusammenstoß auf dem Ball hatte Jahl die Perspektive verloren – er wusste, dass sie ihn nun durchschaut hatte – sie hatte die wahre Macht und die Bedrohung erkannt, die er darstellte. Als er zurückkam, war sie durch ein Wunder verschwunden, und Jahl verspürte einen kurzen Augenblick lang eine gewisse Erleichterung darüber, dass er sie so nicht länger verletzen konnte. Daraufhin fror er die Stadt erneut ein, um seine Wunden zu lecken und weitere Zukunftspläne zu schmieden.

Er hatte nun neue Verbündete; während die Scoor zweckdienlich waren, weil sie die Fine verschreckten, indem sie an ihren grundlegenden Aberglauben pochten, waren sie doch in geschlossenen Räumen leicht zu töten. Grell hatte sich in dieser

Hinsicht als erstaunlich nützlich erwiesen. Jahl hatte kurz mit dem Gedanken gespielt, den Dämon nach Regans unerklärlicher Flucht zu entlassen, zügelte dann jedoch seine Wut; Grell war genauso simpel gestrickt wie einer von Jahls Hunden, und vermutlich hatte Regan oder ein Verbündeter ihn ausgetrickst, sodass er sie hatte laufen lassen. In den vergangenen Wochen war es Grell gelungen, viele seltsame und gefährliche Kreaturen aus der Leere zu verpflichten. Dies gelang durch eine Mischung aus telepathischen Drohungen und Versprechungen, von denen Jahl froh war, nichts Genaueres zu wissen; er nahm an, dass der Verlust der Seele zu den geringsten Übeln zählte … Sein einfaches Streben nach Macht hatte sich in etwas viel Schlimmeres, allerdings in Jahls Sinne auch weit Vielversprechenderes verwandelt.

Und dann war da noch die Sache mit seinem Ausflug in eine andere Welt. Die Macht, die er dort erlangt hatte, setzte gerade an, flügge zu werden – er hatte sich nur noch nicht entschieden, in welche Richtung er sie lenken würde. Knox war fanatisch und verschreckt genug, um außerordentlich nützlich zu sein. So viele lose Enden … Jahl seufzte noch einmal.

»Das kann nicht sein … Das kann doch nicht Or Coille sein.« Talisker starrte entsetzt um sich, seine Augen quollen von brennenden Tränen über. Einen Augenblick lang sagte Tristan nichts, doch der Schock zeichnete sich auch auf seinem Gesicht ab. »Vielleicht ist etwas in dem Tor geschehen«, sann Talisker. »Vielleicht sind hundert Jahre vergangen oder so etwas …«

»Das glaube ich nicht, Vater, es sei denn, die Scoor haben so lange überlebt.« Tristan deutete auf die schwelenden Überreste der Leichen in der Asche, die einst Scoor gewesen sein mussten; der Umriss ihrer seltsamen Körper und Flügel war eindeutig.

»Was ist Eskarius zugestoßen? Er hat versprochen zu warten.« Talisker dachte laut.

»Wer ist Eskarius?«

»Er stammt aus dem Wolf-Clan der Sidhe … Ich weiß, was du

denkst, aber er hat sein Wort gegeben, und ich hatte keinen Grund, ihm nicht zu glauben. Irgendetwas muss geschehen sein …« Tristan lachte beinahe laut auf bei dieser hinfälligen Bemerkung, doch der gequälte Gesichtsausdruck seines Vaters hielt ihn davon ab. »Ich meine, ich hoffe, es geht ihm gut«, murmelte Talisker.

»Ist er mit dem Eskarius verwandt, der …«

»Sein Sohn«, sagte Talisker nickend. »Aber er besitzt eine ganz eigene Integrität, Tris.« Er war überrascht, sich selbst so etwas sagen zu hören, denn schließlich hatte er einst die gleiche Ablehnung wie nun offenbar Tristan verspürt. »Der Wolf-Clan glaubte, er würde ehrenhaft handeln«, sagte er achselzuckend. »Inzwischen ist das eine strittige Frage …«

Tris sah aus, als wolle er tatsächlich darüber streiten, und Talisker erinnerte sich plötzlich daran, wie sein Sohn es liebte, über solche Angelegenheiten zu debattieren: Ethik, Moral, Gesetze. In jeglicher Hinsicht außer der körperlichen war Tristan wahrhaft der geborene Thane von Soulis Mor.

»Aber sie ermordeten …«

»Tristan«, unterbrach Talisker ihn sanft, »hast du noch jemanden gesehen, als wir durch das Tor gingen?«

Tris sah ob dieser Frage leicht erstaunt aus. »Nun ja, schon … aber ich weiß nicht, wer das war. Ich glaube, es könnte eine Frau gewesen sein – oder ein sehr zarter Mann.« Er kicherte; ein milder, angenehmer Laut in dem wüsten Land. »Vielleicht haben wir ja Glück, und Jahl hat sich in Richtung einer neuen Welt davongemacht.«

»Hat sie irgendetwas zu dir gesagt?«

»Ich bin mir nicht sicher … nicht wirklich mit einer Stimme. Ich hatte aber das sichere Gefühl von … Bedauern, würde ich sagen, mehr als alles andere. Was glaubst du, wer das war?«

»Ich weiß es nicht«, antwortete Talisker. Doch er wich dem Blick seines Sohnes aus, und seine Augen hatten einen besorgten Ausdruck.

Es begann zu regnen. Große, unglaublich langsame Regentropfen pladderten auf den Boden des toten Waldes. Talisker lehnte sich gegen den Fels zurück, als ob er ein Sonnenbad nähme; mit nach oben gerichteten Handflächen spähte er hoch in den Himmel und ließ den kühlenden Schauer seine Augen ausspülen. Nach einer Minute war ein seltsamer Laut zu hören; der Wald begann zu zischen und zu schwelen, als das Wasser in den Torfboden sickerte. Talisker, der noch immer nach oben in die Schwindel erregenden Regenströme blickte, konnte sich des Eindrucks nicht erwehren, dass das Land seufzte. Möglicherweise seufzte es, weil er Tristan zurückgebracht hatte … Er hatte wenig Lust, sich zu bewegen, denn er war seltsam fasziniert von der einfachen Ruhe der Flut. Erst als er in seiner regennassen Kleidung zu frieren begann, sah er den schwarzen Umriss eines großen Sidhe-Adlers von Westen auf ihn zufliegen.

»Tristan, sieh doch.«

Der Adler schien nach ihnen Ausschau zu halten, jedenfalls wirkte sein Flug zielgerichtet; er flog auf die erhobenen Steine zu, als peile er ein Ziel an. Talisker und Tristan erhoben sich beide und blickten ihm entgegen. Er ließ sich auf einem umgestürzten Steinpodest nieder, welches einst ein Teil des Steinkreises gewesen sein musste; es war riesig. Talisker war sich plötzlich deutlich bewusst, dass er schon seit langer Zeit keinen Kontakt mehr zu den Sidhe gehabt hatte, außer zu Eskarius. Er erinnerte sich an Prinz Makhpiyaluta; den Großen Grauen Jäger, wie Eskarius ihn genannt hatte, und an den qualvollen Konflikt, den er mit sich gebracht hatte …

Als der Adler zu glühen begann – ein vertrauter Übergang zwischen Tier und Mensch –, wurde sich Talisker bewusst, dass Tristan, der neben ihm stand, sich aufrichtete und seine Kleidung ordnete; er machte sich nicht wirklich zurecht, aber er hielt sich bereit – bereit, als Thane aufzutreten. Talisker verspürte einen Stich, als Stolz und Mitleid mit seinem Sohn miteinander rangen, denn er wusste, wie schwer es für ihn gewesen sein musste, sich

Respekt als Thane zu erwerben. Daraufhin trat er, kaum dass der Sidhe seine Umwandlung vollzogen hatte, einen Schritt zurück, sodass er etwas hinter seinem Sohn stand.

Der große, gebieterische Mann, der einige Fuß von ihnen entfernt stand, als wäre er auf einer anderen Insel gestrandet, verbeugte sich knapp vor Tristan; sein Blick flackerte kurz zu Talisker herüber, und ihm entging nichts. »Hoheit«, sagte er. Er erlaubte sich ein Lächeln, welches vorsichtig über seine Züge huschte, als sei es ihm eigentlich verboten. Tristans Antwort war herzlicher.

»Prinz Tecumseh. Es tut gut, Euch zu sehen.«

»Wer ist Euer Begleiter?«, fragte der Prinz stirnrunzelnd.

Tristan warf seinem Vater einen Blick zu, und in diesem Moment dämmerte es ihnen beiden, dass Duncan auf dem Weg zurück nach Sutra nicht gealtert war. »Dies ist mein Vater, Duncan Talisker. Ich bin mir sicher, Eure Legenden berichten von ihm. Er kam durch das Tor der Fir Chrieg in die andere Welt, um mich zu suchen, der ich verloren und eine Welt entfernt von der Gefahr in meinem Königreich war.« Seit ihrer Ankunft war Tristan wieder in seine förmliche Sprache zurückgefallen; er sprach mit der Würde eines Thane.

Prinz Tecumseh nickte Talisker erneut zu und betrachtete ihn diesmal eingehender. Talisker konnte sehen, wie dem Mann eine Frage auf den Lippen brannte, doch er zögerte noch einen Augenblick lang.

»Wo ist Eskarius vom Wolf-Clan?«, fragte Tristan. »Ein Eid band ihn daran, uns hier zu erwarten.«

»Er war es, der mich nach Euch ausschickte, Hoheit. Es hat viele ernste Entwicklungen gegeben, seitdem ihr fortgegangen seid, und die Sidhe versammeln sich zum Rat von Tema …«

Tristan sah sich in den dampfenden Überresten des Waldes um; es würde eine schwarze, äscherne Reise durch hundert Meilen Zerstörung werden. Tecumseh ahnte seine Besorgnis. »Ich werde Euch beide tragen, Hoheit.« Er verbeugte sich wieder, tiefer dieses Mal, als wollte er so das Opfer verdeutlichen, das dies für einen Sidhe-Adler bedeutete. Zudem war seine Stimme leise, fast als hoffte er sicherzugehen, dass niemand sein Angebot hören konnte. Tristan sah überrascht aus, denn so etwas hatte er noch nie gehört.

»Meinen Dank an Euch, Prinz Tecumseh.« Auch er verbeugte sich als Erwiderung. »Ihr erweist uns große Ehre. Lasst uns also diesen Ort rasch verlassen. Meine Lungen sind schon jetzt wund ...«

Der Prinz nickte zustimmend – auch wenn sein Gesichtsausdruck deutlich machte, sie sollten nicht etwa auf die Idee kommen, sich solche Art des Transports zur Gewohnheit zu machen – und verwandelte sich wieder.

Tristan hatte nicht geahnt, dass er unter Höhenangst litt, bis er sich zum ersten Mal tausend Fuß hoch in der Luft befand. Zuerst überwog die Erleichterung, der Glocke ätzenden Dampfes zu entkommen, die Or Coille noch für Wochen einschließen würde; die Luft dort oben war nahe am Gefrierpunkt, doch gerade deshalb so frisch und rein. Sie stiegen durch die Regendecke und die dunkle Bedrohung der Wolken hinauf in einen seltsamen, sonnengewärmten Ort, an dem die Oberseite der Wolken einen frostigen goldenen Boden bildete. Talisker hatte Tris vor der Kälte der Luft gewarnt, und so hatte er sich einen Teil seines Plaids über Mund und Nase gewickelt. Doch auch so fiel ihm das Atmen zunächst schwer, bis sich seine schmerzenden Lungen an den Luftwechsel gewöhnt hatten. Prinz Tecumseh war darauf vorbereitet gewesen, sie zu tragen – er hatte ein Seil mitgebracht, das sie hinter ihrem Rücken entlangführten und unter der Brust des Adlers kreuzten. Tristan klammerte sich an dem Tau fest, als er auf die darunter liegenden Wolken hinabstarrte und unter ihnen die Landschaft Sutras erschien; er stieß einen erstickten Stoßseufzer der Ehrfurcht und der Angst aus. Hinter sich hörte er seinen Vater leise kichern und fragte sich mit einer Spur Verärgerung, ob Talisker überhaupt jemals verängstigt war.

Tecumseh hatte einen warmen Strom gefunden, auf dem er nun ritt, und zu Tristans großer Sorge schlug er nur gelegentlich mit seinen riesigen Flügeln; es schien Tris unnatürlich, dass sie trotzdem in der Luft bleiben konnten; Fliegen war etwas, worüber er noch nie zuvor nachgedacht hatte, und es würde ihn jetzt auch nur wenig trösten, sollte es ihm jemand zu erklären versuchen.

Angst jedoch kann nur eine begrenzte Zeit lang auf ihrem Höhepunkt bleiben, und schon bald fühlte Tristan, wie er sich ein wenig zu entspannen begann. Bewundernd starrte er hinab auf das Land; sie flogen nach Südwesten, auf das Meer zu und dann die Küste entlang. Die wogende Eintönigkeit des toten braunen Farnkrauts, das dem winterlichen Frost zum Opfer gefallen war, machte einer zerklüfteten Landschaft von dunklen Felsen Platz – steilen Böschungen und Klippen, die Schwindel erregend tief in die stählernen Weiten des wintergrauen Meeres ragten. Hier und dort fügten sich Häusergruppen in die Landschaft ein, doch es waren nur wenige, und sie fristeten ein hartes, salzumwehtes Dasein; die meisten Bewohner Sutras suchten Schutz in den großen Städten, und diejenigen, die es nicht taten, waren ein zähes Volk. Weiter südlich, wo Huw und Lachlan herrschten – in den Flatlands, wie die meisten der Nördlichen Fine die Gebiete nannten –, war es wärmer, und mehr Menschen lebten in dieser milderen Landschaft.

Sowohl Tristan als auch Talisker wussten nicht, wo sich der Ort des Rates von Tema befand, doch gerade als es den Anschein hatte, ihre Reise würde sie weit genug gen Süden führen, um die Grenzen von Lachlans Reich zu sehen, steuerte Tecumseh scharf nach Westen, und bevor sie sichs versahen, waren sie über dem Meer, und die Küste Sutras verschwand hinter ihnen.

»Sorgt Euch nicht, Duncan Talisker. Es ist nicht weit … Eskarius sagte mir, Ihr habet die Gabe, die Gedankensprache der Sidhe zu hören …« Die Stimme Tecumsehs erreichte Taliskers Geist unerwartet; der Ton war entschieden und autoritär. Talisker war beruhigt und gab die Nachricht an Tristan weiter, der als Ant-

wort grimmig nickte und noch immer die Seilzügel fest umklammert hielt.

Tatsächlich erreichten sie schon recht bald den Rat von Tema; eine öde aussehende Insel aus rotem Gestein erhob sich aus den Tiefen des Ozeans; die Farbe der Steine wirkte warm, fast unpassend inmitten der grauen Wellen. An ihrem nördlichen Ende ragte ein Gebirge aus riesigen roten Pfeilern eine Meile hoch in die Wolken, und als sie weiter hinabstießen, konnten die Reiter sehen, dass die Felsoberfläche massiv war. Auf halber Höhe am Ende der flötenartigen Säulen befand sich ein Plateau mit einer Ansammlung von niedrigen, organisch wirkenden Gebäuden – Tecumseh richtete seine Flügel aus und kreiste sanft hinab zu Boden.

»Was ist dies für ein Ort?«, fragte Tristan verwundert. Als Thane hatte er umfassenderen Zugang zum Wissen als die meisten der Fine; er war sich sicher, dass sich diese Insel auf keiner der Landkarten des westlichen Meeres befand. Diesen Gedanken sprach er laut aus, ohne eine Antwort zu erwarten, doch nach einem kurzen Moment hob Talisker zu einer Erwiderung an. Es schien, als lausche sein Vater der Gedankenstimme von Prinz Tecumseh.

»Ja, richtig …«, murmelte Talisker. »Er sagt, sie sei magisch, Tris. Man nennt sie …« Es gab eine kurze Pause, während der die lautlose Unterhaltung fortgesetzt wurde. Aus irgendeinem Grund schnaubte Talisker höhnisch. »Haben denn die Sidhe nichts gelernt?«, fragte er fast bitter. »Man nennt es Lys, Tris – frage nicht …«

Als sie gelandet waren, kamen Sidhe in menschlicher und in tierischer Gestalt herbei, um sie zu begrüßen. Tristan erkannte zwei der Ratgeber der Alten aus einer Zeit, in der die Beziehung zwischen Soulis Mor und den Sidhe erfreulicher gewesen war: Markomete vom Bären-Clan und Tsali vom Clan der Luchse – beide im Moment in ihrer menschlichen Gestalt. Tristan lächelte leicht nervös und strich sich sein windzerzaustes Haar aus dem

Gesicht. Talisker klopfte ihm auf die Schultern, was eine wortlose Art der Bestärkung war.

»Willkommen, willkommen, Thane Tristan«, dröhnte Markomete in seinem volltönenden Tonfall. »Würde unser Treffen doch nur unter fröhlicheren Umständen stattfinden.« Er machte eine tiefe Verbeugung und stützte sein Gewicht auf einen langen Stab, den er vor sich in den Boden gerammt hatte.

»Wenn wir uns erst mal von den Strapazen der Reise erholt haben, könnt Ihr mir vielleicht die genauen Umstände erläutern«, sagte Tristan gewandt. Hinter ihm nahm Tecumseh wieder seine menschliche Gestalt an und trat vor. Seiner Haltung und seinem Auftreten zufolge führte er das Kommando über die Abgesandten der Sidhe.

»Markomete«, sagte er nickend. »Der Begleiter des Thane Tristan ist sein Adoptivvater Duncan Talisker … Tal-ees-ker.«

Die kleine Gruppe war verblüfft. »Nein, nein, das ist nicht möglich«, sagte Markomete stirnrunzelnd. »Meine Cousine Tayna Ashka rettete Tal-ees-ker und seine Gefährten vor über fünfundzwanzig Jahren aus dem Schneesturm. Dieser Mann mag nur etwa dreißig Sommer alt sein.«

»Vierunddreißig genau genommen.« Talisker verbeugte sich etwas steif. »Ich … ich bin in meine Welt zurückgekehrt, um Thane Tristan zu suchen, und meine wiedererlangte Jugend ist das Ergebnis.«

Er wollte wieder schweigen, damit er Tristan nicht die Aufmerksamkeit stahl, lächelte Markomete jedoch kurz zu. »Tayna Ashka war eine mutige junge Frau – und ich werde sie niemals vergessen. Euer Clan muss sehr stolz auf ihr Angedenken sein.«

Markomete lächelte, und seine blassblauen Augen verrieten seine Freude über Taliskers Kompliment an die Sidhe.

»In der Tat«, sagte er schroff und wandte seine Aufmerksamkeit wieder Tristan zu. »Ich fürchte, Euch bleibt keine Zeit, Euch auszuruhen, Hoheit. Das Zusammentreffen des Rates ist schon morgen. Das Urteil erfolgt bald darauf.«

»Urteil? Was für ein Urteil?«

Markomete warf Prinz Tecumseh einen Blick zu, in dem eine Mischung aus Wachsamkeit und Verärgerung lag. »Habt Ihr ihnen denn nichts erzählt?«

»Uns blieb kaum Zeit. Sie wären beinahe in Or Coille erstickt – was hätte ich tun sollen?«, fragte Tecumseh stirnrunzelnd. »Warten, bis sie tot sind, während ich ihnen Bericht erstatte?«

Markomete seufzte und blickte zu Boden, denn offensichtlich wollte er Tristans Blick nicht noch einmal kreuzen. Hinter ihm klopfte Tsali Markomete wie zum Trost auf die Schulter. »Ich – ich denke, Ihr solltet mit uns kommen, Hoheit«, murmelte er.

Sie betraten ein Labyrinth aus riesigen Kammern, die in den roten Fels gehauen waren. Tristan wusste, dass etwas nicht stimmte, behielt es jedoch erst mal für sich. Taliskers Gesichtsausdruck war grimmig, und als sie die Gefilde der Höhlenbewohner betraten, in denen sie im Vergleich zu draußen von Dunkelheit umhüllt wurden, schossen seine Augen unruhig hin und her und beobachteten die Schatten, die von nur wenigen Laternen vertrieben wurden. Er sagte nichts zu Tristan, hielt ihn jedoch in der Nähe und in Reichweite seines Schwertarms.

Als sie die Zimmerfluchten durchquert hatten, fiel Tristan vor ihnen ein anderes Licht auf, ein warmes, organisches Grün. Sie standen vor einer schmucklosen, schmalen Tür, die in einen weiteren Raum führte, und von dort ging auch das Licht aus. Davor saß ein riesiger Wolf, als wäre er ein Wachposten, doch als sie eintraten, schien es, als würde das Tier vor sich hin dösen.

»Eskarius?«, rief Talisker.

Eskarius blickte auf, seine Augen waren vor Überraschung geweitet. Als sie näher kamen, wurde offensichtlich, dass er in dem einen oder anderen Scharmützel viele Wunden davongetragen hatte. Tristan erinnerte sich an die Umrisse der Scoorleichen, die aus der Asche auf dem Waldboden hervorstachen.

Lautlos erhob sich der Wolf und verwandelte sich; Augenblicke später stand Eskarius in seiner Menschengestalt vor ihnen. Auch wenn er recht erfreut schien, Talisker zu sehen, wandte er sich nicht an sie, sondern sprach zu der Sidhe-Delegation, die aus Markomete, Tsali und Tecumseh bestand.

»Ich führe sie«, sagte er.

Tecumseh nickte. »Gut, gut. Wir werden später reden.«

Ohne weitere Diskussion verließen die drei Alten sie und ließen Tristan und Talisker mit dem Wolf-Sidhe allein zurück.

»Eskarius«, fragte Talisker, »was ist hier los?«

Dieser antwortete nicht sofort, sondern wandte sich an Tristan. »Ich werde Euch zuerst hineinführen, Hoheit. Talisker, Ihr müsst hier warten. Es darf immer nur einer eintreten.«

Taliskers Augen verengten sich gefährlich, und seine Hand öffnete und schloss sich vergeblich neben seinem Schwert.

»Wenn ich irgendwelchen Ärger dort drin höre, komme ich hinein, Eskarius …«

»Ich versichere Euch, dass dort keine Gefahr herrscht«, antwortete Eskarius.

Talisker nickte; er zögerte noch immer, einem Sidhe aus dem Wolf-Clan zu vertrauen, auch wenn die anderen Alten sie in der Obhut Eskarius' zurückgelassen hatten. Er sah zu, wie Eskarius und Tristan durch die schmale Tür drängten, doch obwohl er sich den Hals verrenkte, um über sie hinwegzuschauen, lag für kurze Zeit lediglich der grüne Schimmer aus Licht und Dunkelheit vor ihnen. Dann zog Eskarius einen verborgenen Vorhang zu und versperrte ihm die Sicht vollkommen.

Tristan schlurfte in dem wechselhaften Licht der Kammer voran. Wegen seiner Behinderung fühlten sich seine Beine an guten Tagen häufig nicht zusammengehörig an. Nun war die Dunkelheit jedoch so undurchdringlich, dass er seine eigenen Füße nicht sehen konnte, und das brachte ihn durcheinander. Vor ihm wurde das grüne Licht eine blendende Masse, in die er nicht direkt hineinschauen konnte, ohne dass seine Augen tränten und Nachbilder durch die Schwärze der ansonsten unbeleuchteten Kammer blitzten.

»W-Was ist das?« Er schirmte seine Augen ab und versuchte, in das Licht zu starren, um nach etwas Ausschau zu halten, das sich in der Mitte befand. Doch von seinem Standort aus war es unmöglich, irgendwelche Details auszumachen.

»Ihr müsst weitergehen.« Eskarius wies auf einen schmalen Pfad, der sich auf das Licht zu erstreckte. Als Tristan seinen Blick dort entlangschweifen ließ, bemerkte er, dass nach ungefähr den ersten zwanzig Schritten aus dem Pfad eine Brücke wurde – zu beiden Seiten brach der Boden der Kammer weg, und es öffnete sich ein Abgrund.

»Wenn Ihr die Steinstatue am Ende erreicht, müsst Ihr Halt machen«, fuhr Eskarius fort. »Ihr werdet dann alles wissen.«

»Nein. Ich kann nicht.« Tristan schüttelte den Kopf.

»Fürchtet Ihr Euch?«, fragte Esakarius stirnrunzelnd.

»Nein. Ich habe keine Angst.« Tristan blickte den Sidhe an, der ihn mit leichtem Abscheu beobachtete. »Es liegt an meinen Beinen, Eskarius, sie ... nun ja, sie sind nicht zuverlässig, und der Pfad ist sehr schmal.«

»Es tut mir Leid, Thane Tristan, es muss schwer für Euch sein.« Eskarius seufzte. »Ich werde Euch hinübertragen.«

»Ist es denn so wichtig, dass ich sehe, was sich dort befindet?«

Der Sidhe antwortete nicht, sondern nahm wieder seine Wolfsgestalt an, Vermesh. Tristan hatte das untrügliche Gefühl, dass ein Teil seiner Motivation der Wunsch war, weiteren Diskussionen zu entfliehen, doch er kletterte dankbar auf den Rücken des Sidhe-Wolfs, sobald die Wandlung vollzogen war. Tristans Beine zitterten noch immer – die Muskeln verkrampften sich und zuckten – von seinem Flug auf dem Rücken von Tecumseh. Eskarius war so breit wie ein Pferd, und Tristans Beine und seine Hüfte schmerzten, doch wenigstens hatte er Bodenkontakt. Solange er die Nerven behielt und nicht hinunterfiel, während sie die Brücke überquerten, war wohl alles in Ordnung. Tristan starrte entschlossen zwischen den weichen, struppigen Umrissen der Wolfsohren voraus, doch nichts hätte ihn auf das vorbereiten können, was er plötzlich inmitten des Glühens der Lichter sah.

Das grüne, blendende Gleißen wurde von drei vereinzelten Lichtstrahlen hervorgerufen, die unmittelbar auf einen riesigen Edelstein gerichtet waren, der von der Decke herabhing. Diese Strahlen vereinigten sich in dem Stein und wurden von ihm dort gebrochen, wo sie von Tausenden winziger Spiegel eingefangen und zurückgeworfen wurden. Dieser Effekt schuf einen lebendigen, glühenden Käfig aus Licht, und in diesem Gefängnis – mit den Armen hinter ihrem Rücken an einen Pfahl gebunden – befand sich ihre Gefangene. Ihr Kopf war gesenkt, ihr einst glänzendes schwarzes Haar fiel in verklebten Strähnen herab, das Kleid und der Umhang, den sie trug, waren halb verbrannt und zerrissen. Tristan brauchte jedoch das Gesicht der Gefesselten nicht zu sehen, um instinktiv jemanden zu erkennen, der ihm schon sein ganzes Leben lang vertraut war.

»Regan?«

Daraufhin hob sie ihren Kopf und musterte ihn mit festem Blick. »Tris? Dann bist du also doch zurückgekehrt …«

»Was ist geschehen?«, flüsterte er entsetzt. »Wer hat dies befohlen?«

Zu seiner Bestürzung flog ein anklagender Ausdruck über Regans Gesicht, und sie lachte bitter. »Komm schon, kleiner Bruder, lass uns keine Spielchen treiben. Als du fortgegangen bist, ranntest du Hilfe suchend zu den Sidhe. Meine Enthebung ist doch genau das, worauf du gewartet hast. Ich hätte mehr Respekt für dich übrig, wenn du Soulis Mor im Sturm erobert und mich auf ehrliche Weise gefangen genommen hättest …«

»Aber ich war es nicht, Regan – ich weiß nichts davon. Ich war in der Welt unseres Vaters und …« Er hielt inne; es gelang ihr immer wieder: Sie bewirkte, dass er sich schwach und wie ein Kind fühlte. Er spürte einen Stich des Unwillens und richtete sich so gerade auf, wie es ihm auf Eskarius' Rücken möglich war. »Du hast dir das selber zuzuschreiben, Regan. Die Sidhe haben schrecklich unter deiner Hand gelitten.«

Sie lachte ihn aus, weniger bitter dieses Mal, doch ebenso höhnisch, als würde sie noch immer einen versteckten moralischen Sieg erringen. So war Regan: mehr als in die Ecke getrieben und besiegt, doch noch immer trotzig. Als erblicke er sie zum ersten Mal, sah Tristan sie so, wie es die anderen taten, und er verstand, dass es so scheinen könnte, als sei ihre Stärke aus reiner Arroganz geboren. Ihr Gelächter verstummte abrupt, und ihr Blick flackerte unruhig über sein Gesicht. »Die Sidhe werden ihre Rache üben können, kleiner Bruder. Sie haben vor, mich zu töten, was auch immer geschieht. Die Verhandlung morgen ist nur ein Theaterspiel.«

»Es tut mir Leid«, sagte Tristan leise. »Aber wahrscheinlich gibt es nichts, was ich tun kann.«

Regan zerrte an den Lederbändern, die sie an den Pfahl fesselten; sie schien überrascht und erbost, doch Tristan blieb standhaft. »Es tut dir Leid? Das ist alles? Wann gedenkst du, mal wie ein Thane zu handeln, Bruder? Befiehl ihnen, mich zu befreien!«

»Sich wie ein Thane zu verhalten beginnt bei sich selbst, Ree«, sagte er. »Es kann nicht Gerechtigkeit für die einen und keine für die anderen geben. Es gehört zu den Aufgaben eines Thane, die Verantwortung zu übernehmen.«

»Aber Tris ... Trissy ...«

Er knurrte als Antwort darauf, dass sie einen seiner Kosenamen verwendete; seine Wangen waren gerötet, und aufwallende Gefühle verengten seine Kehle. »Kommt, Eskarius, lasst uns gehen.« Eskarius drehte sich auf dem engen Raum um. »Nein, wartet«, sagte Tris dann plötzlich. Er wandte sich zurück an Regan, indem er seinen Körper auf dem Wolfsrücken verdrehte. »Regan. Ist Grace noch in Soulis Mor?«

»Grace? Deine Hurendienerin?« Regan kicherte: ein unangenehmes, ironisches Geräusch. »Sie ist tot, Tristan. Jahl war eines Nachts gelangweilt von ihr, du weißt ja, wie das so ist mit Bediensteten … er sagte, sie habe geschrien … sehr lange. Also hat er ihr die Zunge herausgeschnitten.« Ihr Gesichtsausdruck veränderte sich, als sie Graces Schicksal schilderte, fast als erinnere sie sich ganz plötzlich daran, wie die junge Frau gelitten hatte und dass Jahl sich wie ein wilder Hund gegen sie gerichtet hatte, obwohl sie sich für seine Herrin gehalten hatte. Regans Augen wurden glasig und ähnelten schimmernden Perlen, wie immer, wenn sich jemand aus der Welt zurückzog.

»Du Hure!«, brüllte Tristan. Er konnte eine Welle von Trauer fühlen, die ihn zu überrollen drohte, doch er hielt sie lange genug in Schach, um in die Richtung seiner Schwester zu spucken. »Sie hat niemals jemandem etwas zu Leide getan! Jahls Hure, das ist es, was du bist …« Ein Schluchzer entfuhr ihm, und es schien, als könne sein Körper den Schock und seinen Zorn nicht länger zurückhalten; er beugte sich vor und vergrub sein Gesicht im Fell von Eskarius, dann ließ er seiner Flut von Gefühlen freien Lauf. Eskarius wartete nicht ab, bis Regan antworten konnte, deshalb sah Tristan ihre Reaktion nicht – und tatsächlich gab es auch keine, denn Regan hatte sich wieder in ihre dunkle, verletzte Seele zurückgezogen. Der Wolf eilte den Pfad zurück auf die erleuchteten Umrisse der Tür zu und hoffte, seine schluchzende Last wäre geistesgegenwärtig genug, sich festzuklammern.

»Regan?«

»Vater? Das ist eine Überraschung.« Sie lächelte strahlend, als stünde sie noch immer in der Tür zu ihrem kleinen Landhaus, mit einem Strauß Wildblumen in der Hand oder sonst einer kindlichen Beute, die sie während ihres Spaziergangs aufgelesen hatte. »Sie werden mich töten, das weißt du, Vater …« Der Ausdruck, den Talisker zu sehen gefürchtet hatte, als sie noch ein Kind war, kroch über ihr Gesicht wie ein habsüchtiger Mond, der das Strahlen der Sonne verdunkelte. Es war ein Blick, den er nicht zu sehen vorgegeben hatte, bis sie zu ihm gekommen war, um ihm von dem Unglück zu berichten, das ihre Mutter getötet hatte; verschlagen und böse, und es lag etwas darin, das Regan wie ein Krebsgeschwür verzehrte …

»Was hast du zu Tris gesagt? Warum ist er so aufgebracht?«

»Ich musste ihm sagen, dass eine liebe Freundin von ihm verstorben ist, während er von Soulis Mor fort war.« Sie schaffte es, betrübt auszusehen. »Er hat es nicht sehr gut aufgenommen. Tatsächlich glaube ich, dass er mich dafür verantwortlich macht. Die Menschen hassen immer den Überbringer der Botschaft, nicht wahr, Vater?«

»Ja.«

»Wirst du zum Prozess kommen?« Sie lächelte wieder, das strahlende, süße Regan-Lächeln. Es hatte den Anschein, als würde sie über das Wetter sprechen oder über eine bevorstehende Feier. Er nickte und wusste nicht, was er sagen sollte, denn widerstreitende Gefühle tobten in ihm. Vor sich sah er eine stolze, gehässige junge Frau, und er war sich dessen wohl bewusst, dass Regan nicht ohne Grund »nett« zu ihm war. Und doch … es war noch immer Ree; und was sie so mächtig und bedrohlich für die Menschen machte, war Teil der gleichen Persönlichkeit, die genug Mut hatte, einen wilden Eber nur mit einem Kurzspeer niederzustrecken, als sie erst zwölf Jahre alt gewesen war. Doch Talisker war zornig, und er konnte nichts dagegen tun.

»Ich habe dir gesagt, dass er Gift für dich ist, Ree. Verdammt noch mal. Warum hast du nicht auf mich gehört?«

»Weil es dazu schon zu spät war, Vater. Aber mach nicht Jahl dafür verantwortlich … jedenfalls nicht allein. Ich habe nur zu gerne mitgemacht …« Dieses Mal sah sie tatsächlich traurig aus. »Weißt du, wenn er mir ein Schwert in die Hand gelegt und gesagt hätte: ›Geh los, und töte einige Sidhe-Frauen und -Kinder‹ …« Sie hielt inne. »Ich glaube tatsächlich, dass ich es getan hätte – wenn Jahl mich selbst gefragt hätte. Ich kann nicht morgen zum Prozess gehen und vorgeben, ich sei schuldlos – ich nehme an, damit hat Tristan Recht.« Sie lächelte entwaffnend. »Verantwortung übernehmen. Ich kann nicht behaupten, ich hätte nicht gewusst, was er tat. Sich blind stellen bringt einen nur so weit …« Sie seufzte. »Man kann das Herz wohl zum Narren halten, doch nicht den Kopf.«

»Aber warum, Regan?« Taliskers Stimme hallte in dem Raum wider und klang traurig und verletzt. »Hilf mir zu verstehen. Ich muss es verstehen.«

Sie blickte ihn an, als habe er etwas so Grundlegendes gefragt, dass jeder Narr eine Antwort darauf hätte. »Sie sind nur Sidhe, Vater. Sie – sie sind schmutzige Tiere. Sie ersticken die Fine, ihre Bevölkerung wächst, manche mischen sich gar mit den Frauen der Fine. Wir müssen sie loswerden, das ist alles. Sieh dich um, diese Insel ist durch große Magie erschaffen worden … kannst du sagen, du bist beruhigt darüber, dass die Sidhe solche Macht besitzen?«

»Nur Sidhe?«, keuchte er. »Nur Sidhe? Ihr Götter, wie konnte ich solch ein hasserfülltes kleines Ungeheuer zeugen? Die Sidhe sind ein friedliches Volk … wie konntest du … Woher kommt dieser Hass, Regan?« Er brach ab, denn der Zorn ließ ihn nicht mehr klar denken. Regan beobachtete ihn mit einem Ausdruck von Überraschung und Belustigung, und plötzlich fühlte er sich nicht mehr in der Lage, noch länger mit ihr zu sprechen. Er wandte sich zum Gehen um.

»Vater, geh nicht. Lass mich hier nicht so zurück. Ich muss es wissen, ob du morgen beim Prozess für mich sprechen wirst. Wirst du ihnen sagen, dass ich eine gute …« Er drehte sich zurück, sein Gesicht war nass von unkontrollierten Tränen des Zorns. Lange Zeit antwortete er nichts, und Regan schreckte vor seinem Blick zurück. »Ihnen sagen, dass ich ein gutes Mädchen bin.« Es kam als ein Flüstern heraus, das wie ein Seufzen widerhallte. Sie starrte ihn an, ihre großen grünen Augen glänzten schließlich von ehrlichen Tränen. »Ich weiß es nicht«, flüsterte sie. »Ich weiß nicht, wie ich hierher gekommen bin, Daddy.«

Er schien geradewegs durch sie hindurchzuschauen. »Ich werde ihnen sagen, dass ich dich nicht kenne«, sagte er. »Ich werde ihnen sagen, meine Tochter …«, seine Stimme zitterte, »meine Tochter Regan ist tot.«

Als er die Kammer verließ, vernahm er etwas, das ihm das Herz gebrochen hätte, wäre dies nicht bereits geschehen gewesen. Es war der Klang von Regans Weinen.

Kapitel Vierzehn

Hoch, hoch im Norden, vorbei an den Badlands, vorbei an dem Punkt, wo die Legende der Fine starb, tobte ein Sturm. Der Sturm war grausam, ein mächtiger, leuchtender Tornado, der die wenigen Pflanzen ausriss, die dort wuchsen, und sie zu Staub verbrannte mit dem heißen Feuer seines eigenen Blitzes. Unterhalb der Mitte des Tornados herrschte eine »andersweltige« Struktur: ein Dom – errichtet aus etwas, das Glas gewesen sein mochte (unbekannt in Sutra) –, welcher den Zorn des Sturmes zurückwarf und ablenkte und welcher in Wahrheit zur milden Belustigung seiner Bewohner erbaut worden war. Wurde das Tosen des Orkans von einem Menschen vernommen, glaubte dieser, das Ende der Welt würde vorangetrieben; er brandete gegen den Dom in ohnmächtiger Wut, doch als wäre das runde Bauwerk tatsächlich die Iris des Auges des Tornados, herrschten innerhalb der Struktur Stille und Ruhe. Es sah wie eine Waldlichtung im Herbst aus – und genau das war es auch, denn Phyrr hatte ihren Lieblingsort hierher verlegt und ihn lediglich überdacht, um ihn zu schützen. Doch die Jahreszeit an diesem Ort veränderte sich niemals, die Blätter waren stets golden und rot und immer kurz davor, niederzufallen. Dieser Hauch von Endlichkeit befriedigte Phyrr.

Über die Weite der Lichtung flog ein großer schwarzer Vogel wie ein lautloser Schatten; seine Umrisse schienen vom Blauweiß des

Blitzes draußen wie mit Raureif bedeckt. Er landete auf einem Ast eines uralt aussehenden Baumes und beobachtete eingehend mit vorgerecktem Hals die unteren Äste, wo Phyrr stand und in einen Spiegel blickte, den sie an den Baum gehängt hatte.

Sie war von ihrer menschlichen Gestalt gelangweilt, hatte alle Erfahrungen ausgereizt. Lustlos starrte Phyrr ihr eigenes Spiegelbild an. Noch immer, nach bald zwanzig Jahren, war der Schaden in ihrem Gesicht zu sehen, den ihr Bruder ihr in einem Wutausbruch zugefügt hatte; sie lächelte abwesend und berührte ihre Wange kurz unter ihrem blinden Auge, welches in dem halbdunklen Licht wie ein schillernder Opal wirkte. Als Jahl jünger gewesen war, hatte er sie oft an Corvus erinnert; er hatte die gleichen dunklen Züge und die gleiche Gefühlsgewalt … und auch ihm konnte man nicht vertrauen. Doch Phyrr kümmerte sich nicht mehr um Jahl, denn sie hatte entschieden, was sie wollte – Frieden und Vergessen. Sie zog einen langen silbernen Dolch aus der Scheide an ihrer Seite und hielt den Blick gebannt auf die Spiegelung des Objekts gerichtet, als könne sie es nicht ertragen, sich der Realität des eigentlichen Gegenstandes zu stellen.

Sie hatte keine Angst. Für diejenigen, die das Blut der Götter besaßen, barg das Sterben nur wenig Schrecken. In der Tat war der eigenhändig zugefügte Tod, bei dem der fast unendliche Zauber der wahren Macht ein abruptes Ende fand, die häufigste Art ihrer Vernichtung. Diese Erkenntnis, dass nichts mehr irgendetwas bedeutete, ähnelte einer Geschichte des *Seanachaidh*, die mitten im Satz abbrach; alles wurde sinnlos …

»Ich kann dich sehen, Sluagh«, murmelte sie gedankenverloren. Sie blickte zu dem Raben auf und begegnete seinem kalten Blick mit der gleichen Mischung aus Verachtung und Mitleid wie immer. Sluagh, der langjährige Begleiter ihres Bruders, war ihr am Tag nach Jahls Geburt erschienen. Sie hatte den Raben immer gehasst, war immer ein wenig eifersüchtig gewesen auf die hohe Meinung, die Corvus von der armseligen Kreatur hatte, und doch war ihr Herz nicht ohne eine Spur von Mitleid. Sluagh war verloren und orientierungslos ohne seinen Herrn, und so kam es, dass sie ihn nicht getötet hatte, wie sie es sich immer ausgemalt hatte für den Fall, dass sich ihr jemals die Gelegenheit böte, sondern ihm zu bleiben gestattet. Sie hatte seine Gegenwart geduldet – vielleicht, weil er eine Erinnerung an ihren verlorenen Zwilling war. »Wenn ich gehe, musst auch du fort«, sagte sie und lächelte traurig. »Du hast keine Aufgabe mehr in dieser Welt, alter Vogel ... du und ich sind beide Überbleibsel eines einfacheren Zeitalters.«

Sie lief hinüber zu ihrem Trost verheißenden niedrigen Bett und legte sich hinein. Dann hob sie ihren Dolch und hielt die Spitze einen Moment lang von ihrem Körper weg. Phyrr war immer jemand gewesen, der die Vorfreude genoss, und sie sah keinen Grund, warum ihr Tod da eine Ausnahme bilden sollte. Sie sann darüber nach, dass sie ihr Leben bereits hätte beenden sollen, als ihr Bruder starb, auch wenn dieser nur widerwillig gegangen war; getötet von Talisker und den Kriegern, mit denen er sich umgab ... Phyrr seufzte und senkte die Waffe, legte sie für einen Moment beiseite.

Nach all dieser Zeit konnte sie sich mit einiger Zuneigung an Talisker erinnern; selbst jetzt, wenn sie die Augen schloss, konnte sie noch immer das leise Geräusch des Regens auf dem Dach des Zeltes hören; konnte noch immer die Kälte und das Feuer der Nacht fühlen. Er hatte mit ihr ein Band geknüpft in diesem schicksalsträchtigen Augenblick, als sich ihre Blicke während eines Kampfes um die Klinge, die sie trug, kreuzten. Sie hatte ihn eigenhändig töten wollen, um seinen Kopf zu nehmen und ihn Corvus zu Füßen zu werfen – stattdessen sahen sie sich in die Augen, und dort ... war etwas zwischen ihnen. Später war sie zurückgekommen, denn ihre Neugier war noch nicht gestillt, und sie verführte ihn mit Hilfe einer Täuschung: Sie tarnte sich als seine Geliebte, Una. Doch am Ende hatte er gewonnen, hatte ihr getrotzt und einen Samen in ihren Schoß gepflanzt, womit er es ihr ermöglichte, den einzigen Akt wahrer Schöpfung, der ihr je möglich sein würde, zu vollbringen. Talisker hatte ihren Sohn gezeugt, Jahl, doch wenn sie ehrlich war, dann hatte die wahre Essenz ihrer Verbindung in dem ersten Blick gelegen, diesem flüchtigen, unbestimmbaren Moment, und zu diesem Augenblick kehrte ihre Erinnerung jedes Mal zurück, wenn sie an ihn dachte. Talisker wäre geschockt und überrascht gewesen, wüsste er, dass die Göttin Phyrr im Laufe der Jahre häufig an ihn gedacht hatte.

Doch nun war es vorbei. Sie sprach die Worte, die notwendig waren, um dem Töten Macht zu verleihen, und sie nahm sich vor, ihre letzte Reise in Geistergestalt zu nutzen, um Jahl mitzuteilen, dass seine Mutter gestorben war; sie erwartete allerdings keine Tränen von dem Jungen. Loyalität und familiäre Gefühle waren nichts, worum sich die Götter – oder auch die Halbgötter – besonders scherten. Trotzdem fühlte sie einen entfernten Stich des Bedauerns, dass Jahl zu solch einem ehrgeizigen jungen Monster geworden war, und sie wünschte nun, sie wäre ihren ersten Instinkten gefolgt und hätte ihn in eine sterbliche Familie gegeben, bevor er auch nur die Gelegenheit hatte, mit Magie herumzuspielen. Nun als Erwachsener war Jahl noch immer ein Außenseiter in jeglicher Hinsicht.

Sie hob den Dolch und lächelte zur Klinge empor, als entbinde diese sie von der Verantwortung für das drohende Verbrechen. Geschnitten hatte sie sich schon zuvor: es schmerzte nicht lange. Sie musste nur mit einem einzigen Hieb die Kehle durchtrennen …

»Phyrr? Warum bist du noch nicht gekommen? Du sagtest, du würdest kommen …«

Sie ließ den Dolch mit einem wütenden Seufzen sinken. »Ich habe gelogen«, sagte sie. »Ich werde nicht nach Soulis Mor kommen, Jahl. Ich habe genug.« Sie blickte sich in der Kammer um, bis sie ihn sah; sein Abbild war scharf und detailliert, fast als stünde er tatsächlich vor ihr und nicht nur sein projiziertes Abbild aus der Festung. Einen Augenblick lang war Phyrr beeindruckt; seine Fähigkeiten wurden stärker. Sein Gesichtsausdruck – wie immer, wenn er mit Phyrr zu tun hatte – war verdrießlich.

»Aber du musst kommen und dir ansehen, was ich vollbracht habe«, berichtete er. *»Jetzt habe ich Soulis Mor, es ist nun für immer mein …«*

»Sehr gut«, seufzte sie. Sie hatte Soulis Mor bereits »gesehen«, hatte Jahl überprüft; die Stadt war in Eis gehüllt und von Dämonen bevölkert, die solcher Art waren, dass Jahl bald zu kämpfen haben würde, wenn er sie unter Kontrolle halten wollte. Er war nur ein Halbblut und hatte sich bereits jetzt übernommen … Phyrrs Gedanken wirbelten durcheinander, und sie stolperte plötzlich über einen Verdacht, der aus dem Nichts in ihr aufgestiegen war. Ihre Augen verengten sich, als sie sie auf die ätherische Gestalt ihres Sohnes richtete. »Sehr gut, Jahl«, sagte sie und bemühte sich, etwas begeisterter zu klingen. »Aber was willst du nun tun?«

»N-Nichts.«

Er hatte sie noch nie überzeugend anlügen können. Phyrr konnte nicht anders; sie lächelte zufrieden. »Nichts? Wie willst du denn existieren? Wie will sich denn Soulis Mor am Leben erhalten, wenn die Nahrung in den Vorratskammern verrottet ist, und was wird sein, wenn Cernunnos kommt, um die Seelen einzufordern, die du ihm verweigerst? Du kannst die Menschen nicht für alle Zeit in der Schwebe halten … Du wirst ihn zutiefst verärgert haben.« Sie beobachtete ihn eindringlich, um seine Reaktion abzuschätzen. Jahls Gesichtszüge erröteten in einer Mischung aus Bestürzung und Wut.

»Es ist für alles Vorsorge getroffen worden. Ich habe Pläne. Ich – ich habe Nachrichten an alle Thane geschickt und sie aufgerufen, sich zu ergeben und mir die Treue zu schwören, und ich …«

»Ja?«

»Nichts … nichts Wichtiges. Warum wirst du nicht kommen?«

»Ich habe genug, Jahl«, wiederholte sie. »Ich bin müde. Unsterblich und göttlich zu sein verliert am Ende seinen Reiz. Die Ewigkeit ist eine lange Zeitspanne.«

Er runzelte die Stirn, denn ihm war klar, was in ihrer Bemerkung mitschwang, doch er konnte nicht begreifen, wie sie etwas leid sein konnte, wonach er sich so verzehrte. *»Nein. Das werde ich nicht zulassen«*, rief er. *»Es sind aufregende Zeiten angebrochen, Phyrr. Du must kommen und meine Gefährtin sein. Wir werden über ganz Sutra herrschen – eine solche Herrschaft, dass …«*

Sie seufzte wieder und unterbrach seine begeisterten Phrasen. »Vertrau mir, Jahl, ich habe all dies schon einmal gesehen. Ich werde gehen.« Sie erhob den Dolch und bereitete sich darauf vor, zuzustoßen.

»Neeeeeiiin!« Sein Angstschrei überraschte sie – Jahls Stimme wurde zu einem Sturm, der um ihr Bett raste, ihre Haare, Kleidung und Laken peitschte und sie in seiner Kraft und seinem Zorn schockierte.

»Weiche zurück!«, schrie sie, doch der Dolch wurde von scharfen, spindeldürren Fingern aus ihrem Griff entwunden und durch den Raum geschleudert. Auch wenn das Tosen des Windes ohrenbetäubend laut war, wurde es von Phyrrs Zornesschrei übertönt; sie verlor die Kontrolle über ihre Gestalt, wuchs und erhob sich bis in die Baumwipfel, sodass der Sturmhauch lediglich um ihre Beine spielte.

»Ich entscheide!«, brüllte sie. »Ich entscheide, wann ich gehe – nicht du!« Sie hob ihr Bein und zuckte mit ihrem Knöchel, als sei Jahls geisterhafter Besuch nichts als ein ärgerliches Insekt. Jahl – dessen Essenz sich in pure Energie und Licht gewandelt hatte – wickelte sich um ihre Hände; Phyrr krümmte die Finger und starrte in den Lichtschein; ihre Wut verebbte etwas.

»Es ist nicht so, als ob es dich kümmern würde, Jahl. Uns ist es nicht gegeben, zu lieben. Das weißt du.«

»Ich bin kein Gott, Phyrr. Ich liebe, und ich verletze. Ich … ich brauche dich …«

Phyrr war einen Augenblick lang gerührt und schrumpfte wieder auf ihre gewöhnlichere Größe zusammen. »Warum?«

»Was meinst du?«

»Warum brauchst du mich?« Sie konnte spüren, wie erneut ein schwacher Anflug von Verdacht in ihr aufkeimte, hegte jedoch die Hoffnung, sich zu irren. Die Lichter lösten sich von ihren Händen, und das Bild ihres Sohnes formierte sich neu – der Anblick seines Gesichtsausdrucks war alles, was sie wirklich brauchte, um bestätigt zu sehen, was sie bereits vermutet hatte; Jahl plante, sie eigenhändig zu töten. Er brauchte ihre Energie für ein dunkles Vorhaben … Sie war sich dessen sicher, denn er hatte sein liebevollstes Lächeln aufgesetzt, und in diesem Augenblick glaubte sie, etwas von seinem Vater in seinen Zügen zu erkennen. Phyrr lächelte zurück und spielte das Spiel mit, auch wenn sein Verrat ein Herz berührte und verletzte, von dem sie überrascht war zu spüren, dass es noch immer solchen Schmerz empfinden konnte.

»Einfach so … Mutter. Mein Sieg bedeutet mir nichts, wenn du nicht hier bist.«

Sie wollte nach dem Dolch sehen, der auf dem Boden lag, um seine genaue Position abzuschätzen für den Fall, dass sie rennen musste, um ihn zu erreichen. Wenn ihr Sohn tatsächlich körperlich vor ihr gestanden hätte, wäre es leichter gewesen, dann hätte sie ihn mit einem einfachen Spruch binden können. Doch es gab nichts, was sie tun konnte, um seinem Bild etwas anhaben zu können: Sein Körper befand sich in Soulis Mor in Sicherheit. Phyrr kämpfte gegen den Impuls, mit den Augen nach dem Dolch zu suchen, beobachtete jedoch genau jedes kleinste Flattern in Jahls Blick und wusste, dass er ihre Bewegung vorausahnte.

»In Ordnung, Jahl. In Ordnung. Ich werde nach Soulis Mor kommen.«

»Wirklich?« Er lachte und klatschte vor Freude wie ein kleiner Junge in die Hände.

Phyrr lächelte nachsichtig. »Ich werde in drei Tagen dort sein. Ich muss mich zuerst noch um Angelegenheiten hier kümmern.«

»Oh. In Ordnung. Ich – ich werde alles für deine Ankunft vorbereiten; du kannst die besten Räume haben, Phyrr.«

Sie nickte als Antwort, denn sie fürchtete, dass ihre Stimme sie verraten würde, sobald sie sprach. »Dann auf Wiedersehen, Jahl.«

»Auf Wiedersehen.«

Das Bild von Jahl begann zu schwinden, und Phyrr sah zu, wie die letzten Lichtstäubchen zwischen den dunklen Umrissen der Bäume taumelten. Dann hastete sie durch die Kammer.

Schon als sie nach dem Messer griff, wusste sie, dass sie zu spät kam. Er war zurückgekehrt, genau wie sie es vorausgeahnt hatte; der Sturm toste erneut durch die Kammer, und sie erkannte den seelenlosen, hohlen Klang des Chaos, welches die Seele von Jahl verzehrte. Doch Phyrr war mächtiger als ihr Sohn, und als sie nach dem Messer griff, wandte sie sich dem Angesicht des Sturms zu.

»Weiche zurück, Jahl!«, schrie sie. *»Weiche zurück, oder ich werde deine Seele mit mir ins Vergessen nehmen!«* Dieses Mal konnte sie ihrem Ärger nicht durch ihre Erscheinung Ausdruck verleihen, denn sie musste in ihrer menschlichen Größe verharren, um sich selbst zu töten. Doch sie entlud einen wutentbrannten Energiestoß aus ihrer linken Hand auf das Zentrum von Jahls – nun gestaltlosem – Abbild. Überall um sie herum ertönte Wutgeheul, doch Phyrr beachtete das Geräusch nicht, sondern stieß sich, ohne zu zögern, den Dolch mit Macht in die Kehle.

Es tat weh, es schmerzte ungeheuerlich. Sie taumelte vorwärts, geblendet von der reißenden Qual, ihr Geist wirbelte von dem Schock; dies konnte nicht die Vernichtung sein … warum riss es so? Warum verließ sie nicht ihren gepeinigten Körper?

»Jahl …?« Als sie ihre letzten Worte sprach, wusste sie nicht, ob sie ihm vergab oder ihn verdammte, und es schien auch kaum einen Unterschied zu machen. Doch sie war noch immer zornig und hintertrieben, und der eisige Wind zerrte an ihrer Kleidung und ihrem Haar. Die Götter mögen dir vergeben, dachte sie. Sie schwankte zu ihrem Bett, als lockte es sie endlich mit dem Vergessen.

Es war nicht so, wie sie es sich vorgestellt hatte. Sie konnte ihre eigene Hand sehen, die reglos ausgestreckt auf dem Bett lag, und als sie sich in eine Wolke aus winzigen, wunderschönen Lichtteilchen aufzulösen begann, lächelte Phyrr. Es wird kommen. Frieden. Vergessen. Sie schloss ihre Augen, und der Schmerz verebbte. Es wird kommen …

Doch dann zog etwas an ihr, nicht an ihrem körperlichen Wesen, sondern an den körperlosen Lichtscherben, die die Seele einer Göttin ausmachten und die sich bald in den Äther auflösen würden. Irgendwo in der strahlenden Masse gab es noch immer einen winzigen Teil des Bewusstseins, das einst Phyrr gewesen war, und es erkannte, dass das zerrende Gefühl von Jahl hervorgerufen wurde, der seine finstersten Flüche herausschrie, um ihre Seele zu binden und ihre Vernichtung aufzuhalten. Mit ihrer letzten Klarheit riss sie sich, so heftig sie konnte, los, war gewillt, sich selbst zu zerstreuen, sich im Äther zu verlieren, aufzufahren und sich in der Schwärze des gleichgültigen Himmels zu verteilen. Dünner und dünner; die Lichtflocken breiteten sich aus, als seien sie der Widerhall des Strahlens der Sterne, doch noch immer war das Bewusstsein da, und so lange, wie es überlebte, wusste es, dass Jahl gewonnen hatte.

Die Lichter beendeten ihre Reise und schickten Blitze und glühendes Leuchten scharlachroter und goldener Strahlen über den nächtlichen Himmel. Unten, inmitten der Einsamkeit von Phyrrs Wald, war die einsame Gestalt Jahls zu sehen; sie brannte mit dem ätherischen Glühen einer Projektion. Jahl stand dort und beobachtete etwas, das vor ihm auf dem Bett lag; einen Gegenstand, der auf den ersten Blick wie ein gewöhnlicher Ast einer nahe stehenden Birke aussah. Bei genauerer Betrachtung war offensichtlich, dass der Ast von innen glühte, als kämpfe das dort eingeschlossene Licht noch immer darum, zu entkommen. Auf Jahls Gesicht malte sich der Schrecken ab ob der Erkenntnis, was er getan hatte; er war lediglich einem Impuls gefolgt, und das Ergebnis war mehr, als er sich erhofft haben konnte. Jener Hauch von Bedauern, den er vielleicht verspüren mochte, war sicherlich nicht auf seinem Gesicht zu lesen, als er sich bückte, um den Ast aufzunehmen. Zuerst hielt er ihn auf Armeslänge von sich gestreckt, unsicher, wie viel der Göttin im Innern gefangen war; dann wickelte er ihn sorgfältig in seinen Umhang; seine Lippen bewegten sich, und er sprach die Worte, die er benötigte, um als Projektion mit körperlichen Gegenständen umzugehen.

»Lass mich frei, Jahl. Bitte …« Aus weiter Entfernung flüsterte die Stimme durch die Baumwipfel wie ein Seufzen, und lange Zeit starrte Jahl durch den Wald, denn er fürchtete, Phyrr könnte ihn irgendwie bestrafen. Er wusste, dass sie ihn auf eine gewisse Art beobachtete, konnte noch immer ihre Anwesenheit spüren, ließ jedoch den Glauben zu, es wäre lediglich die Nähe zum Ast, die dieses Gefühl hervorrief.

»Leb wohl, Phyrr«, murmelte er geistesabwesend. Dann war er fort, und das Strahlen des Bildes flackerte kurz, bevor es verschwand. Im Himmel über ihm zuckten wie als Antwort die Überreste des Lichts, aus denen sich die Seele einer Göttin zusammensetzte. Es lag etwas Verzweifeltes in der pulsierenden Helligkeit, etwas Mitleiderregendes; es schien, als stießen die Sterne einen lautlosen, gequälten Schrei aus.

Tristan wollte mit seinem Vater sprechen, um ihn zu trösten, doch in Wahrheit wusste er, dass alles, was er zu sagen hätte, nutzlos sein würde. Beide Männer saßen schweigend und in Gedanken versunken in der Höhle, in die sie von Eskarius in der Nacht zuvor nach ihren Gesprächen mit Regan geführt worden waren, und verzehrten ihr Frühstück.

Talisker erweckte den Eindruck eines Mannes, der unter großen Schmerzen litt; es schien fast, als habe ihm jemand einen schweren körperlichen Schlag versetzt. Tristan, der noch immer zornig war und seinerseits um Grace trauerte, hatte versucht, ein Gespräch mit Talisker zu beginnen. »Was hat sie zu dir gesagt, Vater?«

Talisker hatte ihn angestarrt, und sein Gesicht war eine unnachgiebige Maske, die gleichermaßen Furcht einflößend wie kläglich war. Einen Moment lang bewegten sich seine Lippen lautlos, bevor er die emotionale Kraft zu finden schien, um laut zu sprechen. »Nichts«, flüsterte er. »Eigentlich nichts ...«

Sie hatten sich daraufhin zu einem kurzen Schlaf niedergelegt, doch beide blieben noch lange wach. Tristan drehte sich und zappelte, bis seine Decken sich schlangengleich um seine matte Gestalt wanden. Schließlich hatte er sich kurz vor dem Morgengrauen zu Taliskers Strohlager hin umgedreht und bemerkt, dass sein Vater stocksteif und reglos wie ein Leichnam dalag und ohne zu zwinkern, mit geröteten Augen an die Decke der Höhle starrte.

Der Morgen des ersten Tages von Regans Prozess war angebrochen. Tristan hatte sich entschlossen, für seine Schwester um Gnade zu flehen. Für ihn, der er sie besser als irgendjemand sonst kannte, schien es offensichtlich, dass Jahl Einfluss über sie gewonnen hatte. Es würde schwer werden, ihr zu verzeihen, doch Tris hatte in den kurzen Stunden der Nacht entschieden, dass er sich zumindest wünschte, sie würde am Leben bleiben. Er blickte wieder hinüber zu Talisker und war sich seiner Gefühle nicht sicher.

»Ich werde für sie sprechen, Vater«, sagte er.

Talisker nickte. »Ich kenne sie nicht«, sagte er erbost.

Tristan antwortete lange nicht, beobachtete jedoch den zuckenden Muskel im Kiefer seines Vaters. Als er sprach, hielt er seinen Ton so unbeteiligt wie möglich und beobachtete genau Taliskers Reaktion. »Sie wird vermutlich zum Tode verurteilt.«

Ein kleiner Funke flackerte kurz in Taliskers Blick auf, doch schon war er wieder verloschen. Er antwortete nichts, denn ihm war vermutlich klar, dass Tristan ihn zu provozieren suchte. »Sie ist deine Tochter.«

»Nein, ich habe keine …«

»Talisker!« Eine scharfe Stimme durchschnitt den Raum zwischen ihnen. »Sei vorsichtig, was du sagst.«

Sie sahen beide hinüber zum Eingang des Raumes: Es war Morias. Er sah so schwach wie immer aus, doch sein Gesichtsausdruck war eindringlich. Der Anblick des alten Mannes zauberte endlich ein leichtes Lächeln auf Taliskers Gesicht. »Morias. Es tut gut, dich zu sehen.« Er machte einen Schritt nach vorne und schüttelte Morias' Hand, dann umfasste er ihn, um ein wenig des Gewichts des alten Mannes zu tragen, als sie zurück durch den Raum gingen. Morias jedoch wartete nicht, bis er sich gesetzt hatte, bevor er fortfuhr.

»Ich verstehe deinen Ärger. Vielleicht machst du sogar dich selbst dafür verantwortlich, weil du ein Elternteil bist – weil du ein solches Scheusal gezeugt hast. Und es ist wahr, Duncan, alles ist wahr. Sie und Jahl haben gemeinsam viele, viele Menschen getötet. Nicht mit ihren eigenen Händen natürlich, doch ihre Verantwortung ist nicht zu leugnen … Aber sie ist noch immer deine Tochter, Duncan.« Er ließ sich leicht erschöpft auf dem Bett nieder und warf Talisker einen ernsten Blick zu. »Und du musst sie retten. Davon hängt viel ab.«

Talisker seufzte und rieb seine Augenbrauen. »Ich werde dich nicht einmal fragen, weshalb so viel davon abhängt, Morias. Denn dann werde ich wie gewöhnlich nur die Hälfte der Geschichte zu hören bekommen, und dieses Mal interessiert es mich nicht. Ich kümmere mich nicht mehr darum. Ich habe aufgehört, mir deswegen Sorgen zu machen. Sie …«, er wies in die ungefähre Richtung von Regans Gefängnis, »…diese Frau dort … ich möchte nicht wissen, wer sie ist.«

Auch Morias seufzte und setzte gerade zu sprechen an, als Tris ihn unterbrach. »Es ist Ree, Vater. Es ist noch immer Ree …«

Talisker sah hinüber in den besorgten Gesichtsausdruck seines

Sohnes. Einen Augenblick lang glaubte er, Tristan hätte ihn wörtlich genommen, begriff jedoch schon bald, dass Tris noch einmal versuchte, ihn dazu zu bewegen, seine Schwester zu verteidigen. »Ich verstehe, Tris. Es ist schwer für dich, ich weiß, aber sie ...«

»Ich werde mich nicht von ihr abwenden.« Tristans Tonfall verdeutlichte, dass er kein weiteres Argument mehr gelten lassen würde. Er und Morias starrten Talisker an, als hätte er ein schreckliches Verbrechen verübt.

»Wo ist Sandro?«, fragte Morias unvermittelt. »Er kam doch immer an dich heran.«

»Sandro?« Taliskers tiefe Verärgerung schwand augenblicklich. Ihm war klar, dass es hart für den alten *Seanachaidh* sein würde, seinen früheren Lehrling zu verlieren. »Sandro ist nicht hier. Er ist nicht mit uns zurückgekommen, Morias. Er ist in Edinburgh geblieben.«

»Oh.« Morias sah überrascht aus, nickte dann jedoch anerkennend. »Es ist gut so. Sein vorbestimmter Tod kann ihn dort nicht ereilen. Aber ich werde ihn vermissen ...«

Das schwere Fell, das den Eingang zu ihrer Kammer verhängte, wurde zurückgezogen, und Eskarius stand dort, prächtig gekleidet in seinen besten silbergrauen Umhang; er hatte die Haare mit geflochtenen Zöpfen aus dem Gesicht gebunden, was seine wölfischen Gesichtszüge unterstrich. Er verbeugte sich.

»Der Rat ist so weit, euch nun zu empfangen.«

Sowohl Tristan als auch Morias sahen erwartungsvoll Talisker an, der mit den Schultern zuckte. »Ich kann nur sagen, was ich in meinem Herzen fühle, alter Mann. Es tut mir Leid, Tristan.« Er wandte sich um, um den Raum zu verlassen, doch Morias streckte die Hand aus und packte mit festem Griff seinen Arm.

»Talisker«, zischte er. »Erinnere dich daran, wer dich aus deiner Abgeschiedenheit zu uns schickte. Es war Una. Ihre Seele hat keine Ruhe gefunden ...«

Talisker riss mit einem Ruck seinen Arm frei. »Wenn Regan nicht gewesen wäre, wäre Una noch immer am Leben ...«

Tristan stöhnte laut, als er seines Vater Stimme aussprechen hörte, was er immer vermutet hatte. »Nein, Vater … es war ein Unglück.« Talisker beachtete ihn nicht.

»Es war ein Unglück«, wiederholte Morias. Er hatte sich auf die Füße gemüht und stellte sich nun zwischen Talisker und einen recht verwirrten Eskarius, der im Eingang stand. »Hör mir zu, Duncan. Regan hatte keine Möglichkeit, Jahl zu widerstehen … Sie wurde im Mutterleib von ihm beeinflusst …«

»Geh mir aus dem Weg«, knurrte Talisker, dessen Geduld am Ende zu sein schien.

»Es war Corvus.« Morias streckte eine knochige Hand aus und legte sie auf Taliskers Brust, als wolle er ihn zurückhalten – auch wenn er wenig auszurichten vermocht hätte, wäre Talisker entschlossen gewesen, ihn beiseite zu stoßen.

»Corvus?« Er starrte Morias ungläubig an. »Das kann nicht wahr sein. Corvus war damals bereits tot. Ich selbst habe ihn getötet.«

»Der Rat erwartet euch«, unterbrach Eskarius. Talisker hob die Hand zu einer Geste, die dem Sidhe zu schweigen bedeutete.

»Die Götter sterben nicht so leicht, Talisker …«

»Leicht?«

»Ich meine, es dauert eine Zeit, bis sich ihr Geist aus dem Land zurückgezogen hat. Corvus war auf dem Höhepunkt seiner Macht, als du ihn tötetest. Stell es dir vor, wenn du kannst: die Möglichkeit, dem Mann, der ihn zerstört hat, ein letztes, gehässiges Leid anzutun.«

Taliskers Gesichtsausdruck war ernst. »Wenn das wahr ist, Morias, dann ist Regan böse. Sie ist wenig besser als Corvus und verdient zu sterben.«

»Nein«, stöhnte Morias. »Sie wurde mit dem Samen der Dunkelheit in sich geboren, Duncan. Ich habe sie beobachtet, als sie aufwuchs – und sorgte mich niemals – denn die Liebe, die du und Una ihr gabt, war nicht verschwendet. Doch sie würde immer eine leichte Beute für Jahls Einfluss sein … bitte vollbringe diese letzte Tat als ihr Vater. Bitte um Milde. Sie könnte verbannt werden …«

»Verbannt?« Während Talisker das Wort aussprach, weiteten sich seine Augen vor Überraschung.

»Ja, Duncan, verbannt … Ist etwas nicht in Ordnung?«

»Nein … es ist nichts.«

»Vater?«

»Lasst uns endlich gehen.«

»Was wirst du sagen, Duncan?«

»Wenn sie mich fragen, kann ich nicht lügen und behaupten, sie sei unschuldig. Ich schätze, sie wird sich in ihrem Hochmut selbst verurteilen. Aber ich werde um Milde bitten.« Er schob sich dieses Mal an Morias vorbei und ging zu Eskarius hinüber. »Das ist mehr, als sie verdient.«

Er hatte jetzt einen Plan. Und auch wenn es noch einige kleinere Probleme gab, so wusste Jahl doch, dass die augenblickliche Lage den Samen seines letztendlichen Sieges barg. Er blickte in der leeren Großen Halle umher. Die Tänzer, die Flammen der Kerzen in den Leuchtern und das Feuer, die Hunde, die vor dem Kamin lagen – sie alle waren nicht mehr länger nur in der Zeit eingefroren; sie waren wahrhaftig eingefroren, in Eis gehüllt. Etwas war mit seinem Spruch geschehen; die Auswirkungen, von denen er geglaubt hatte, er könne sie für immer in der gleichen Intensität halten, hatten sich zu verstärken begonnen. Soulis Mor war von Eiswänden eingeschlossen, die so dick waren, dass nicht einmal ein Geräusch von draußen hindurchbrechen konnte. Körperlich machte das Jahl nur wenig aus; er weigerte sich einfach, die Kälte zu spüren; die Beherrschung seines Körpers war fortgeschritten genug dafür, und doch war er über seinen Kontrollverlust verärgert und sicher, dass die Götter in irgendeiner Form daran beteiligt waren; er hätte geschworen, dass sie seine Pläne zu Gunsten einiger weniger bedeutungsloser Seelen durchkreuzten.

Trotzdem lag der Sieg zum Greifen nahe. Er besaß nun den gefangenen Geist seiner Mutter, um seine Magie zu verstärken, und er kannte den Ort des Artefakts, von dem er glaubte, es sei der Schlüssel zu allem. Schließlich näherte sich doch die wahre Göttlichkeit ... doch nicht hier ... Jahls ursprünglicher Plan war – unwissentlich – vollständig von Tristan durchkreuzt worden, als er das Artefakt in eine andere Welt schaffte ... Etwas bewegte sich und schreckte ihn aus seinen Träumereien auf. Er blickte zu Boden, wo das zarte Objekt seine Füße umspielte: Es war eine weiße Feder, die durch eine leichte Brise von irgendwo hereingetrieben worden war. Er lächelte kalt und hob die Feder auf; dann starrte er sie an, wie sie da so flach auf seiner Handfläche lag, und dachte an Regan.

Sie hätte vollkommen sein können, wäre da nicht ihre allzu menschliche Verletzlichkeit gewesen. Selbst ihre alberne Phobie hatte fast schon etwas Liebenswertes gehabt. Doch auch sie war nun fort, genau wie seine Mutter; sie hatte ihn verlassen, gerade als seine Pläne Früchte zu tragen begannen. So sei es – er blies eine Feder von seiner Handfläche und sah verächtlich zu, wie sie zurück zu Boden segelte –, er brauchte keine von ihnen. Frauen waren immer unzuverlässig, und in diesem Augenblick beschloss er, in Zukunft ohne sie auszukommen.

Es gab ein knackendes Geräusch auf der Tanzfläche, als eine der vereisten Tänzerinnen zusammenbrach; das Eis fraß sich allmählich durch ihr Fleisch und machte aus ihnen schwere Statuen, deren Gewicht instabil wurde. Als die Tänzerin umfiel, zerschellte sie auf dem schwarzen Schieferboden; ihre Körperteile waren nur noch scharfe rote Splitter. Die Tänzerin – eine junge Frau – hatte den Arm ausgestreckt, um die Hand ihres Partners zu ergreifen; nun wies der abgetrennte Arm mit der ausgestreckten Hand anklagend zu der Stelle, wo Jahl saß. Er blickte den Körper finster und voller Abscheu an und war erzürnt darüber, dass die Götter von Sutra es für nötig hielten, seine Pläne zu durchkreuzen.

»Grell«, gellte er. »Komm her.« Gehorsam erschien Grell. »Ich gehe für eine Weile fort«, sagte Jahl.

»Wohin gehen?«, erkundigte sich Grell sanft. Die Kreatur stand leicht vorgebeugt in einer Haltung, die tiefstes Interesse vermittelte; ihr Kopf war zu einer Seite geneigt.

»Einfach fort«, sagte Jahl schnippisch. »Ich werde bald wieder zurück sein. Während ich weg bin, beschütze du die Stadt. Du kannst so viele Kreaturen zu Hilfe nehmen, wie du benötigst. Ich werde dir zeigen, wie du mehr findest.«

»Mächtig ich?«

Jahls Augen verengten sich, und er starrte die Kreatur nachdenklich an. Es schien absurd, dass eine solche Kreatur über Ehrgeiz verfügte. Vor vielen Jahren hatte ihm seine Mutter gezeigt, wie man solche Wesen korrekt heraufbeschwor, doch hatte sie ihn auch gewarnt, dass sie gefährlich seien. »So lange, wie sie in unserer Welt existieren, leiden sie unter Schmerzen ... unter wahren Qualen. Viel kann erreicht werden, wenn man ihnen nur verspricht, sie wieder zu entlassen und sie ins Vergessen zurückzuschicken.« Es hatte den Anschein, als sei Grell irgendwie anders, doch hatte Jahl keine Zeit, sich darüber zu wundern. Er ging langsam zu der Kreatur hinüber, kämpfte seinen Abscheu bei ihrem Anblick nieder und starrte in die ausdruckslos zuckenden Augen.

»Ja.«

»Wohin gehen du?«, beharrte Grell wieder. Verärgert über Grells Hartnäckigkeit zischte Jahl durch die Zähne, antwortete ihm jedoch trotzdem.

»Ich gehe fort, um Seelen zu sammeln, Grell. Blut und Seelen. Für große Magie ... Du befiehlst bis zu meiner Rückkehr über die Scoor.«

Grell sagte nichts, schaukelte jedoch vor und zurück, als beglückwünsche er sich selbst.

Der Prozess dauerte fast eine Woche. Es schien Tristan seltsam, dass die Sidhe ihm selbst und Talisker noch immer mit solch schlichter Höflichkeit begegneten, während seine eigene Schwester wegen Massenmordes an ihrem eigenen Volk angeklagt war. Jeder Morgen verlief gleich: Eskarius führte sie hinaus in das große Amphitheater, wo der Prozess abgehalten wurde. Dann nahm er seine Position als Vertreter seines Clans ein. Genau in der Mitte des runden Komplexes saß Regan, mit Lederbändern gefesselt und in einen roten Umhang gehüllt, der als Symbol ihrer Anklage diente. Zu Beginn forderte man sie nicht auf, sich zu äußern, doch sie verfolgte offenbar aufmerksam die Aussagen der verschiedenen Zeugen, von denen die meisten es kaum über sich brachten, sie anzusehen. Sie trotzte ihnen, ließ ihren Blick auf ihren Gesichtern ruhen und sah so finster aus, als streite sie unablässig den Wahrheitsgehalt ihrer Schilderungen der Ermordung ihrer Kinder und Gefährten ab.

An den Rändern des großen Kreises saßen Gruppen verschiedener Clans, als wären sie nach einem bestimmten Muster angeordnet. Genau im Norden von Regan stand Eskarius allein; der Wolf-Clan, unvereint und über ganz Sutra ohne Zugehörigkeit verstreut, forderte keine Gerechtigkeit mehr ein. Weil man davon ausging, er sei dadurch neutral, schien Eskarius der geeignete Vermittler zu sein, auch wenn ihm die Macht, Recht zu sprechen, eigentlich nicht zustand; hinter ihm saß ein Sidhe, dem weder Tristan noch Talisker vorgestellt worden waren – eine große Gestalt, in die traditionelle Robe gehüllt und das Gesicht von einer großen Maske verborgen. Die Maske hatte das Antlitz eines Tieres, welches sich aus allen Clans der Sidhe zusammensetzte: Adler, Bär, Luchs und Wolf – alle fanden ihr Abbild in der merkwürdigen Maske, deren Ausdruck seltsam teilnahmslos war. In der einen Hand hielt der Richter der Sidhe die Feder eines Adlers, in der anderen etwas, das in weiches Leder gewickelt war; Talisker war sich sicher, dass es sich hierbei um Braznnair handelte, auch wenn er den Edelstein nie zu Gesicht bekommen hatte.

Zu Eskarius' Rechten und seiner Linken saßen Gruppen der Luchs- und der Bär-Sidhe – diese Clans hatten am meisten unter der Verfolgung zu leiden gehabt, denn sie teilten ihr Stammesgebiet mit den Fine aus Regans und aus Thane Ullas Clan weiter südlich. Auch die Sidhe-Adler waren geschädigt und saßen rechts von den Luchsen. Zeugen, wie Tristan und Talisker, saßen links von Regan am westlichen Punkt des Kreises.

Am dritten Tag, als noch immer weder Tristan noch Talisker zu sprechen aufgefordert worden waren und Regan keine Gelegenheit erhalten hatte, sich zu verteidigen, wurde Tristan zunehmend ungeduldiger. Er begriff, wie wichtig es für jeden der Sidhe-Sprecher war, seine Aussagen zu machen und seine Anschuldigungen vorzutragen; ihre Gefühle zeichneten sich auf ihren Gesichtern ab, als sie sprachen. Doch als eine entsetzliche Geschichte auf die nächste folgte und Regans herrischer, unbarmherziger Gesichtsausdruck ihr nicht zum Guten gereichte, wurde die Situation immer auswegloser. Ein Angehöriger des Adler-Clans hielt den mächtigen Stab, der verwendet wurde, um anzuzeigen, wer, ohne unterbrochen zu werden, das Wort führte. Er schüttelte den Stab zornig in Regans Richtung, als er beschrieb, wie Scoor einen Schwarm junger Sidhe-Adler angegriffen und sie vom Himmel gebrannt hatten – die Quasten und Glöckchen des Stabes klingelten bissig in der kalten, regungslosen Luft, doch Regan blieb ungerührt. Tristan konnte es nicht länger aushalten.

»Sollte es denn keine Verteidigung geben?« Er erhob sich. »Ist dies die Gerechtigkeit der Sidhe?«

»Thane Tristan, Ihr müsst Euch still verhalten, bis Ihr zum Sprechen aufgefordert werdet«, rügte ihn Eskarius. »Die Adler sind an der Reihe.«

Tristans Brauen zogen sich zu einem finsteren Blick zusammen, der seine normalerweise angenehmen Züge in etwas verwandelte, das dem alten Tristan kaum mehr ähnelte. »Bin ich hier ein Gefangener, Sir?«, fragte er. »Ich bin ein Thane, und ich kann doch wohl sprechen, wann es mir beliebt.«

»Tristan.« Talisker streckte die Hand aus und griff seinen Sohn am Arm. »Dies ist ein Gericht der Sidhe …«

»Das ist kein Gericht. Das ist eine Farce. Wir alle wissen, dass sie getötet werden wird. Wir alle wissen, dass sie es verdient hat … wo bleibt die Würde? Tut es doch einfach …« Er schluckte plötzlich schwer an seinen Worten. »Tötet sie einfach …« Seine Stimme zitterte, und was er nun sagte, konnte nur von Talisker und Morias, die nahe bei ihm saßen, gehört werden. »… meine Schwester …«

Morias erhob sich und stand so vor Tristan, dass er ihn wohlweislich vor den Blicken der verwirrten Sidhe-Beobachter abschirmte. Er flüsterte eindringlich und hielt seinen Blick fest auf Tristans Gesicht gerichtet, welches von Trauer gezeichnet war. »Der Prozess ist nicht für Regan. Verstehst du, Tristan? Der Prozess ist für ihre Ankläger … so kann Regan Reue zeigen oder vielleicht um Vergebung bitten …«

»Bevor sie stirbt?«

Morias nickte traurig.

»Dann kann ich es nicht mit ansehen, Morias. Ich werde nicht dabei zusehen.«

»Deine Loyalität in Ehren, Tris. Aber denke daran, du bist noch immer der Thane von Soulis Mor. Wenn dies hier … vorbei ist, könnten die Sidhe weiterhin deine Verbündeten sein oder auch nicht.«

Tristan richtete sich so gerade auf, wie er es vermochte. »Wenn du von mir glaubst, ich würde meine eigene Schwester aus taktischen Erwägungen heraus verurteilen, dann unterschätzt du mich gewaltig, Morias. Ich weiß, was sie ist. Doch ich werde ihren Tod nicht für meine Zwecke nutzen.«

»Du musst überhaupt nichts tun, Tristan. Bleib einfach sitzen, und sei ruhig«, sagte Morias bestimmt.

»Nein. Wenn sie sie sowieso verurteilen, mit mir oder ohne mich, dann können sie es auch ohne meine Anwesenheit tun.« Tristan wandte sich um und wollte das Amphitheater verlassen. »Begleitest du mich, Vater?«, fragte er.

Taliskers Stimme war vor übermäßigen Gefühlen belegt. »Es wird mir eine Ehre sein, mein Sohn.«

Schweigend liefen sie zurück zu den Höhlen, ohne sich von den Würdenträgern der Sidhe zu verabschieden. Hinter ihnen war das Gewisper von aufgebrachten Stimmen zu hören, doch keiner der beiden Männer beachtete es. Kaum waren sie in ihren eigenen Räumen angelangt, brach Tristan zusammen und warf sich schluchzend auf sein Bett. Talisker saß nutzlos daneben und streichelte seinem Sohn den Rücken, als wäre er noch immer ein Kind.

»W-Warum muss sie so sein, Vater? Warum kann sie sich nicht einfach ihrer Gnade unterwerfen? Hast du sie gesehen? Hast du die Art und Weise gesehen, wie sie einfach so dasaß?«

»Ja«, antwortete Talisker. »Das ist die einzige Art, sich zu geben, die sie kennt, mein Sohn.« Er konnte seine eigenen Gefühle nicht begreifen – das Bild von Regan, wie sie mit kerzengeradem Rücken würdevoll in ihrem Stuhl saß, war so absurd schmerzhaft. Auf eine nicht greifbare Art hatten seine beiden Kinder ihn in den letzten Stunden stolz gemacht, auch wenn, was Regan anbelangte, dieser tollkühne Stolz sie das Leben kosten würde.

Es musste eine Stunde vergangen sein, als Morias kam, um sie abzuholen. Er schien in gleichem Maße aufgeregt wie müde zu sein. »Nun ja, es scheint, als hätten wir so etwas wie eine Veränderung in der Tradition der Sidhe bewirkt«, strahlte er. »Mir ist die Erlaubnis erteilt worden, als ein Mittler zu fungieren. Ich werde dich heute Nachmittag zum Sprechen auffordern, Tristan, und dich morgen früh, Duncan. Regan wird ebenfalls die Möglichkeit eingeräumt auszusagen – auch wenn ihre Worte strengen Richtlinien genügen müssen –, es darf nicht den Anschein haben, dass sie ihre Taten rechtfertigt.«

»Was hat es für einen Sinn, wenn es am Ergebnis nichts ändern wird?«, fragte Tristan. »Welchen Unterschied können bloße Worte machen?«

»Fragst du dies einen *Seanachaidh*? Worte sind alles. Worte sind Erinnerung, junger Mann.« Morias lächelte ohne Groll als Antwort auf Tristans ablehnendes Achselzucken. »Diese Worte werden zählen, wie auch immer das Urteil aussehen wird – die Geschichte wird deine Schwester beurteilen –, doch der Rat der Sidhe hat auch zugestimmt, Gnade zu erwägen. Wenn wir ihn überzeugen können, dass Regan unter dem Einfluss Jahls stand und von einigen Schlüsselgeschehnissen … nichts wusste …«

Talisker lachte bitter. »Können wir ihnen diese Lüge verkaufen, Morias?«

»Und was macht dich so sicher, dass es eine Lüge ist, Duncan?«

»Ich bin ihr Vater, Morias, und mein Herz bleibt kalt, wenn ich sie ansehe. Ja, sie stand unter dem Einfluss von Jahl – sie hat geglaubt, sie würde ihn lieben – aber auch Liebe entschuldigt nicht so etwas … Regan hasst die Rasse der Sidhe, nur weil sie anders als die Fine sind. Es gibt keinen wirklichen Grund, abgesehen von Angst und Unsicherheit und …« Er hielt inne, und Morias runzelte die Stirn. »Siehst du, ich kann es noch nicht einmal dir begreiflich machen, vielleicht ist es einfach ein wahrlich menschlicher Fehler.«

»Nein, das glaube ich nicht; wenn, wie du sagst, solche ›rassistischen‹ Gefühle von Angst und Unsicherheit herrühren, dann haben Jahl – und vermutlich sein Onkel vor ihm – diese Furcht gepflanzt und geschürt, nicht du oder Una. Und sicherlich ist Regan eher zu bemitleiden, als dafür verantwortlich zu machen, nicht wahr?«

»O mein Gott«, sagte Talisker und lachte schwach. »Du hast keine Vorstellung von dem Schaden, den eine solche Ignoranz anrichten kann, Morias. Du musst eines Tages meine Welt kennen lernen.«

»Glaubst du, Regan könnte in deiner Welt überleben, Duncan?«, fragte Morias.

»Ja, sie … nein … warte mal eine Sekunde. Du meinst doch nicht etwa …«

»Was glaubst du?« Morias betrachtete ihn kühl. »Du sagst, dass dein Herz kalt sei, wenn du sie anschaust, doch ich kann nicht glauben, dass du ihr Leben nicht verlängern willst.«

»Was meinst du?«, fragte Tristan argwöhnisch.

»Es könnte für die Sidhe akzeptabel sein, insbesondere vor dem Hintergrund ihrer eigenen Umsiedlung, zuzustimmen, dass Regan in die Welt deines Vaters ins Exil geschickt wird.« Morias beobachtete Tristans Reaktion genau.

Tristan sog die Luft ein und starrte seinen Vater an, der wie zur Bestätigung nickte.

»Was denkst du?«, fragte Morias, der begriff, dass ihm etwas entgangen war.

»Nun ... ich glaube, das ist schon geschehen, Morias.«

»Was?«

»Vater und ich haben jemanden gesehen, als wir auf dem Weg zurück in diese Welt waren – sie trug eine Maske und einen zeremoniellen Umhang, doch ...«

»Sie war es. Regan«, beendete Talisker den Satz. »Ich war mir vorher noch nicht sicher, doch jetzt macht es natürlich Sinn. Es muss an der Zeitverschiebung zwischen Edinburgh und hier liegen – sie würde langsam in der Zeit zurückgehen – während wir vorwärts gehen ... relativ gesprochen ...« Er streckte seine Hände in die Luft, denn er war außerstande, die seltsame Verworrenheit einer magischen Pforte zu erklären.

»Oh.« Morias sah ernst aus. »Ich wünschte, ihr hättet mir das früher gesagt.«

»Ich dachte, du würdest dich freuen«, sagte Tristan. »Es bedeutet, dass wir gewinnen. Regan wird in Vaters Welt leben.«

»Es bedeutet nicht, dass wir gewinnen – zumindest nicht von vornherein. Es bedeutet, wir sollten besser gewinnen.«

»Nun, was passiert, wenn wir nicht siegen? Wenn Regan nicht durch das Tor kommt, wie wir es bereits gesehen haben?«

Morias zuckte mit den Achseln, sein Gesichtsausdruck war undurchdringlich. »Ich bin mir nicht sicher. So etwas ist noch nicht geschehen. Doch eine Zeitlinie solchermaßen zu verändern, dass ... es kann nur in einer Katastrophe enden.«

»Eine Katastrophe«, echote Tristan. »Na wunderbar ...«

»Wir sollten also unser Bestes tun, um sicherzugehen, dass wir gewinnen.« Morias warf Talisker einen Blick zu. »Egal, wie es um unsere Gefühle in dieser Angelegenheit bestellt sein mag.«

Am Ende bewirkten Tristans und Taliskers Aussagen kaum etwas. Später am selben Nachmittag rief Morias Tristan auf und bat ihn, die Veränderungen an seiner Schwester zu beschreiben, die mit ihr vorgegangen waren, seitdem Jahl nach Soulis Mor gekommen war. Dann erkundigte er sich nach dem Zusammenbruch ihrer Beziehung und inwieweit Tristan Regan für verantwortlich hielt. Tris, dem nicht klar war, in welche Richtung Morias' Fragen zielten, wurde immer aufgebrachter. »Du weißt, was ich nicht verstehe, Morias«, sagte er. »Ich kann nicht verstehen, warum nicht mir hier der Prozess gemacht wird, das ist die Wahrheit …«

Morias sah überrascht aus und warf Tristan einen strengen Blick zu.

»Bitte beantworte nur die Fragen, Thane Tristan.«

»Aber es stimmt. Ich bin derjenige, der in diesem ganzen traurigen Schlamassel etwas hätte tun können, bevor es überhaupt seinen Lauf genommen hat. Ich hätte Jahl verhaften lassen können, noch bevor er Einfluss über meine Schwester gewinnen konnte. Ich habe mich blind gestellt – ist das nicht schlimmer als alles andere? Gibt es nicht ein Wort dafür? Mittäterschaft! Ich habe Regan in allen Angelegenheiten des Königreichs ihren Willen gelassen, und dafür trage ich die Verantwortung. Ich habe mich nicht sonderlich dafür interessiert, und sie war gut darin … all die Gesetze, Ämter, das Leiten der Stadt … das lag ihr einfach.« Er lachte kurz und bitter, und Talisker spürte plötzlich, worauf Tristan hinauswollte. Er beugte sich auf seinem Sitz vor, und auf seinem Gesicht dämmerte Besorgnis. Unglücklicherweise stand Morias mit dem Rücken zu Talisker und bemerkte nicht ebenso schnell, dass Tristans Aussage außer Kontrolle zu geraten schien.

Talisker blickte zu Regan hinüber: Ihre Blicke kreuzten sich nicht, doch es lag ein seltsamer Ausdruck auf ihrem Gesicht, als ob sie darum rang, ihre Furcht im Zaum zu halten. Talisker fragte sich, ob Tristan klar war, dass er seine Schwester mit seinem Eingeständnis etwas beraubte, das ihr alles bedeutete?

»... und es ist wirklich ironisch«, Tristans Kehle war eng vor überschwänglichen Gefühlen, »denn sie trägt keinerlei königliches Blut in sich. Regan ist in Wahrheit die leibliche Tochter von Duncan und Una Talisker.«

Als er dies sagte, stand auch Morias die Erkenntnis ins Gesicht geschrieben – zu spät. Ein wachsendes Gemurmel der Bestürzung breitete sich im Kreis der zuschauenden Sidhe aus. Regans Kopf sank nach vorne auf die Brust, und auch wenn sie nicht sprach oder aufschrie, so schien es doch offensichtlich, dass sie zutiefst verletzt war. Morias wartete, bis sich der Tumult etwas legte, bevor er Tristan noch einmal ansprach. »Warum, Tristan? Was bringt dich dazu, so etwas zu behaupten?«

»Verdammt noch mal, Morias! Du weißt, dass es wahr ist! Regan ist eine Bürgerliche. Sie sollte mich beschützen – wir sagten, wir seien Zwillinge – weil ... weil ...« Er nahm sich, so gut es ging, zusammen, doch Talisker konnte sehen, dass Tränen unbemerkt seine Wangen herabliefen. »Sieh mich an«, sagte er leise. »Der Rat der Thane hätte mich niemals als Isbisters einzigen Erben anerkannt. Regan ... Regan hat die besten Räumlichkeiten in den oberen Etagen, weil ... weil ich die Treppen nicht bewältigen kann. Doch ich hätte das ändern können – mein Ansehen beim Volk, meine ich. Ich weiß, dass ich nicht dumm bin, nur weil ich nun mal so aussehe, wie ich aussehe. Ich hätte etwas tun können, irgendetwas, um das Geschehen zu beeinflussen.« Er warf Regan einen Blick zu und lächelte wild und freudlos. »Wenigstens hat sie etwas anderes aus ihrem Leben gemacht, als sich nur zu verstecken. Sie besitzt Leidenschaft und Feuer. Sie ist stark, sie war nur nicht stark genug, um Jahl zu widerstehen, von dem du selbst – das sollten wir nicht vergessen – glaubst, er sei der Sohn der Göttin Phyrr.«

Wieder regten sich Laute der Bestürzung unter den Sidhe. Morias beugte sich zu Tristan hinunter. »Müssen wir ihnen alles sagen?«, fragte er finster und voll offensichtlichem Unglauben.

»Ich habe wenig zu verlieren, Morias«, murmelte Tristan.

»Im Moment hast du noch ein Königreich.«

Morias versuchte, die Dinge wieder richtig zusammenzuführen, als Talisker am nächsten Tag seine Aussage machte. Es wäre unmöglich gewesen, Regans Charakter in einem gänzlich anderen Licht erscheinen zu lassen, denn ihr Gesichtsausdruck war noch ernster und abweisender als zuvor. Als Talisker herauskam, lächelte er nervös in ihre Richtung, doch sie beachtete ihn nicht, als sei sie entschlossen, ihm nicht den kleinsten Brocken ihrer zerbrechlichen Hülle zu opfern.

»Talisker, kannst du dem Rat erklären, warum du dich entschlossen hast, über Regans Abstammung zu lügen?«, begann Morias sanft.

»Es war, wie Tristan es geschildert hat. Es sollte Tris schützen. Damals waren sie beide viel jünger und verletzlicher. Aber du solltest wissen, dass es Regans Idee war. Sie wollte ihren Bruder immer beschützen. Als sie noch Kinder waren, passte sie ungefragt auf ihn auf – sie standen sich sehr nah.«

»Was es seltsam erscheinen lässt, dass sie Jahre später Jahl gestattet, ihrem Bruder seine Hunde hinterherzuhetzen, um ihn aufzuspüren und zu töten.«

»Ja … ich kann nicht glauben, dass Regan diesen Befehl gegeben haben soll.« Talisker blickte zu seiner Tochter hinüber, die kaum merklich den Kopf schüttelte.

»Und was ist mit dem Befehl, die Scoor zu schicken, um den Luchs-Clan der Sidhe auszulöschen?«

»Nein. Sie ist niemals so gewesen.« Talisker fühlte, wie sich seine Kehle verengte, als er schwer schluckte, und fragte sich, ob sie seine Unsicherheit spüren konnten.

»Du hast versucht, sie wegen Jahl zu warnen, nicht wahr?«

»Ja. Aber sie hat sich selbst etwas vorgemacht … sie glaubte ihn zu lieben. Was konnte ich sagen, um sie davon abzubringen? Damals wusste ich noch nichts über das Ausmaß von Jahls Verderbtheit – genauso wenig wie Regan, glaube ich.«

Die nächste Frage traf Talisker wie ein Blitzschlag. »Das Unglück, das Regans Mutter tötete – ihre wahre Mutter – deine Frau Una … glaubst du, deine Tochter hat die verhängnisvollen Umstände wissentlich herbeigeführt oder zum Tod ihrer Mutter beigetragen?«

»Wie bitte?!«

Morias blinzelte nicht. »Du musst die Frage beantworten, Duncan. Warum siehst du Regan dabei nicht an?«

»Ich kann es nicht glauben, dass du mich so etwas fragst. Was willst du damit bezwecken?«

»Ehrlichkeit. Das ist es, was der Rat von Tema verlangt.«

Talisker wandte sich um, um Regan anzuschauen. Zum ersten Mal während des ganzen Verfahrens zeichnete sich auf ihrem Gesicht blankes Entsetzen ab; sie starrte ihn an, ihre Augen waren riesig, ihr Mund stand offen, als habe sie gerade heftig um Luft gerungen.

»Nein … ich …« Er war sich plötzlich der Stille bewusst; niemand regte sich. Ein Sturm war vom Meer aufgekommen, und ein feiner rötlicher Staub wurde durch das Amphitheater gefegt. Regans roter und Taliskers eigener Umhang klatschten und peitschten im Wind. Es fühlte sich an, als wären sie allein, und Talisker erkannte, wie wenig Zeit ihnen noch blieb. Er wollte seine Gefühle verleugnen, wie er es mittlerweile viele Jahre lang getan hatte, doch er vermochte es nicht. »Wie konntest du sie loslassen? Du hast sie fallen lassen …«

»Nein.«

Er sah, wie Regans Mund die Worte formte, konnte jedoch ihre Stimme nicht hören, und so machte er einen weiteren Schritt in die Mitte des Kreises. Die zwei Sidhe, die Regan während des Prozesses bewachten, kreuzten ihre Speere vor ihm, um ihn zurückzuhalten, und blieben auch dann dort, wo sie standen, als Talisker sie beiseite winkte, um seine Tochter anstarren zu können. »Warum hast du nicht festgehalten?« Er stöhnte gequält auf. »Wenn ich dort gewesen wäre … ich hätte sie niemals fallen lassen … niemals …«

Regan weinte jetzt; die stillen Tränen hinterließen ihre Spuren in der dünnen Staubschicht auf ihrer Haut. »Nein«, wiederholte sie. »Nein … ich konnte sie nicht mehr halten …«

»Du hast sie getötet, Regan.« Talisker drehte sich um, denn er hielt es nicht mehr aus, sie noch weiter anzusehen.

»Nein … Daddy. Ich war doch noch ein kleines Mädchen, erst zwölf. Auch ich bin ausgerutscht … Ich hatte Angst. Ich wollte nicht, dass sie fiel – sie war meine Mutter …«

Regan beugte sich vor und wiegte weinend ihren Kopf auf den Knien.

Talisker verließ den Kreis. »Zufrieden?«, zischte er Morias zu. Morias sagte nichts, sein Gesicht war aschfahl. Wenn er vorgehabt hatte, zu zeigen, wie verletzlich Regan war, dann war es ihm gelungen, denn Regan weinte untröstlich.

»Bitte bleib, Talisker«, drängte er. »Ich glaube, wir erreichen noch etwas; die Sidhe müssen verstehen, dass die Schuld nicht bei Regan liegt …«

»Die Sidhe interessiert das nicht, alter Mann. Sie sehen eine Frau vor sich, die für den Tod derjenigen verantwortlich ist, die sie geliebt haben – sie interessieren sich nicht dafür, was für ein Mädchen sie mal war oder ob ihr Vater sie liebt. Sie werden sie verurteilen. Mir bleibt nichts mehr zu sagen.«

Er behielt Recht. Später an diesem Tag erließ der Rat von Tema sein Urteil: Regan sollte auf die traditionelle Weise der Sidhe getötet werden. Sie würde an einen Pfosten gebunden und von vielen Speeren durchbohrt werden. Reiter würden die tödlichen Waffen schleudern, die zuvor von Regans Anklägern ausgewählt wurden. Sie vernahm das Urteil ruhig, auch wenn Talisker nicht dabei war, es zu sehen – Tristan zitterte noch immer heftig, als er ihm später davon berichtete.

»Sie ist so tapfer«, flüsterte er. »Morias, kannst du bitte dafür sorgen, dass sie vorher einen Betäubungstrank erhält oder so etwas. Ich kann es nicht aushalten, daran zu denken …«

»Ich kann nicht, Tristan.«

Tristan blickte ihn verbissen an. »Dann beschleunige wenigstens ihren Weg in die nächste Welt, Morias.«

»Nun, genau das habe ich vor, Tristan. Sie darf nicht sterben. Wir müssen deine Schwester retten und sie durch das Tor schicken, wie vorausgesagt. Ich kann es nun sehen: Es ist von äußerster Wichtigkeit, dass sie nach Edinburgh gelangt.«

Kapitel Fünfzehn

Im Dämmerlicht der Kerzen warfen die hölzernen Stühle mit den hohen Rückenlehnen düstere Schatten. Von draußen her war der Abendverkehr zu hören, der ohne Unterlass die alte Straße Richtung Zuhause unterwegs war, doch hier, über den Sepiatönen und den Schatten der voll gestopften Versammlungsräume, lag ein Hauch der Erwartung. Knox war eine Weile lang nicht hier gewesen – sein Geist driftete unerwartet von dem Grund für seinen letzten Besuch davon –, und er hatte vergessen, wie die erstickte Ruhe des Ortes die Gedanken eines Mannes nach innen zwingen konnte. Er lief zur Spitze der Halle; seine Augen ruhten aus Gewohnheit auf der leeren, schmucklosen Kanzel. In einigen Stunden würde er von dort predigen und den Kindern von Gottes neuem Plan für sie berichten. Knox' unbehagliches Gefühl rührte nicht von der bevorstehenden Aufgabe her, sondern daher, dass jemand eine Nachricht unter seiner Tür hindurchgeschoben und darin verlangt hatte, man solle sich hier treffen. Die seltsam krakelige Handschrift hatte seinen Verdacht in eine bestimmte Richtung gelenkt, doch er war sich nicht völlig sicher und hatte außerdem keine Zeit mehr, die verschiedenen Handschriften der vielen Kinder zu überprüfen. Jemand hatte ihn während des letzten Tages beobachtet, da war er sich sicher, denn das Gefühl, überwacht zu werden, war ausgeprägt: Während er den Park in Richtung Arthur's Seat durchquerte, hatte er das Gefühl, dass die vergangenen zwei Nächte sich merkwürdig unzusammenhängend anfühlten – als wäre er ein Schauspieler in einem Kinofilm und beobachtete sich selbst …

»Knox.«

Da wusste er es mit einem Schlag: Es war LearnToFly – Gordon. Auch wenn er sich nicht sicher war, was LearnToFly zu wissen vermeinte, fühlte sich Knox etwas erleichtert – mit seinen Scoor-Verbündeten gab es kaum etwas, womit er nicht fertig werden würde.

»Was ist los, Bruder? Warum all diese Heimlichtuerei? Wenn es etwas gibt, das du mit mir vertraulich besprechen willst, kann ich dir meine Verschwiegenheit zusichern.« Er hielt seinen Tonfall bewusst leichthin und versöhnlich, da dies seinen alten Gegenspieler immer durcheinander zu bringen schien.

»Na, d-da b-bin ich mir sicher«, antwortete LearnToFly. Er stand kurz hinter den Stufen zur Kanzel, was der Grund dafür war, dass Knox ihn bei seiner Ankunft nicht gesehen hatte. »V-Verschwiegenheit muss sehr w-wichtig für dich sein.«

Knox seufzte. Die Kombination von Stammeln und einer fortwährend erbosten Sicht auf die Welt konnte außerordentlich ermüdend sein. »Sieh mal, ich bin sehr beschäftigt. Sag mir einfach, was du willst, LearnToFly.« Knox ließ sich auf einem der Versammlungsstühle in der vorderen Reihe nieder und betrachtete LearnToFly kühl.

»Ich habe den Teppich aufgerollt, Knox.«

Knox zögerte nicht. »Aha. Hast du mich deshalb hierher bestellt – du willst dabei helfen, den Teppich zu verlegen?«

Einen Augenblick lang starrte ihn LearnToFly an, und Knox

hielt eisern seinem Blick stand; dies brachte seinen Ankläger aus dem Konzept.

»Ich h-habe die L-Leiche gefunden.«

»Leiche?«

»D-Daniels Leiche.«

Es gab eine Pause, während der beide Männer ihre Positionen überdachten; das Selbstvertrauen von LearnToFly war erschüttert, doch es erforderte wenig Kombinationsgabe, um zu erkennen, dass Knox nur bluffte; schließlich war er die einzige Person gewesen, die irgendetwas mit dem Teppich zu schaffen gehabt hatte. Kurz dachte Knox darüber nach, die Scoor herbeizurufen, damit sie seinen Ankläger beiseite schafften, doch dann verwarf er diesen Einfall; man würde LearnToFly vermissen, sollte er plötzlich verschwinden.

»LearnToFly … wie würdest du dich fühlen, wenn ich sagen würde, ich könnte den unwiderlegbaren Beweis erbringen, dass Gott durch mich wirkt?«

»Ich kann nicht s-sehen, was das mit M-Mord zu tun hat«, antwortete LearnToFly ausweichend. »Unser Gott fordert doch nicht zum Mord auf.«

»Hasse die Sünde, doch liebe den Sünder, LearnToFly«, antwortete Knox. »Das ist es doch, was unser Gott verlangt, nicht wahr?«

»Aber D-Daniel … du hast D-Daniel getötet!« LearnToFly ließ sich schwer auf die Stufen sinken, die zur Kanzel emporführten; seine Augen waren von ernsten Tränen erfüllt.

Knox seufzte schwer. »Das ist so nicht richtig, LearnToFly. Wir alle haben Daniel geliebt, doch am Ende war diese Verantwortung einfach zu viel.«

»Willst du sagen, dass Daniel sich selbst umgebracht hat?«

Knox antwortete nicht sofort, vergrub jedoch seinen Kopf in den Händen; er war nicht so dumm, so zu tun, als ob er weinte, doch er rieb sich das Gesicht, als kämpfe er gegen die Emotionen. »Ich habe versucht, es in etwas Positives zu verwandeln, denn ich dachte, dass es das sei, was Daniel gewollt hätte … und dann, Gott vergib mir … Er schickte mir ein Zeichen, dass ich seiner Gnade noch immer wert sei und dass Daniel Recht damit gehabt hatte, wir würden in der Endzeit leben …«

LearnToFly sah alles andere als mitfühlend aus; die nächsten Augenblicke würden darüber entscheiden, ob er auf seinen rationalen Geist hören und ihn fragen würde, warum Daniels mumifizierter Leichnam einen eingeschlagenen Schädel hatte; doch – glücklicherweise, was sein Fortleben anbelangte – siegte seine Neugier. »W-Was für ein Z-Zeichen?«

Knox schnippte mit den Fingern, und ein Scoor erschien. Die Kreatur schwebte den Mittelgang des Versammlungsortes entlang; ihre Flügel summten mit halber Geschwindigkeit und schlugen gegen die hölzernen Stühle zu beiden Seiten des engen Raumes. LearnToFly schrie, seine Augen waren rund vor Entsetzen, und schließlich warf er sich auf die Knie. »Der Klang ihrer Flügel wird sein wie das Donnern vieler Pferde …«, murmelte er, »…Schwänze und Stachel wie Skorpione … Engel des Höllenschlundes … Abaddon …« Er brachte es nicht über sich, die Scoor anzusehen, und hielt den Blick zu Boden gesenkt. Als seine Erinnerung an die Beschreibung aus der Offenbarung erschöpft war, duckte er sich nur noch und flüsterte in einer sinnlosen Litanei: »O Gott, o Gott, o Gott.«

Knox spürte ein gewisses Maß an unerwartetem Mitgefühl für LearnToFly. Tatsächlich waren die Scoor entsetzlich furchterregend anzusehen, und Knox neigte dazu, sie nicht anzuschauen, wenn es nicht unbedingt notwendig war. Der Scoor hatte unterdessen kurz hinter Knox Halt gemacht und erwartete seine Befehle.

»Steh auf, LearnToFly. Du hast nichts zu befürchten von den Scoor. Sie sind lediglich Diener unseres Herrn, genau wie wir selbst.«

»S-Sie? Du m-meinst, davon gibt es viele? O Gott, ist die ganze Armee aus dem Höllenschlund gekrochen, während wir schliefen?« LearnToFly knetete in wahrlich biblischer Manier die Hände. »W-Warum sind wir denn nicht entrückt?«

»Niemand vermag die Stunde zu bestimmen, LearnToFly«, sagte Knox sanft. Er grinste böse. »So viel zur elendigen Prä- oder Post-Debatte, was die Zeit der Großen Trübsal anbelangt. Jetzt können wir sicher sein, dass das Ende kurz bevorsteht.« Er klopfte Bruder Gordon auf die Schulter und lächelte etwas tröstlicher. »Sieh nur, dies wird schwer für diejenigen Kinder, die nicht so stark in ihrem Glauben sind, wie sie sollten. Ich muss heute Abend über jeden Zeugnis ablegen. Kann ich auf deine Unterstützung hoffen?«

LearnToFly beruhigte sich etwas und rückte seine Brille zurecht, die er ungeschickt weggefegt hatte, als er sich in den Klauen der Angst befunden hatte. Einen Moment lang glaubte Knox, alles sei in Ordnung.

»Aber das ändert doch nichts an den T-Tatsachen, was D-Daniel anbelangt. Man m-muss es ihnen sagen.«

»Nein. Ich werde mich der Sache annehmen – es ist im Gesamtbild letztlich nicht wichtig, nicht wahr?« Er bewegte sich leicht zur Seite, sodass LearnToFly den Scoor wieder im Ganzen sehen konnte. Sofort wurde LearnToFly blass.

»Nein, wahrscheinlich nicht«, murmelte er. »Knox, bedeutet das, Gott hat vor, die Kinder durch dich in die Zeit der Großen Trübsal zu führen – ich meine, wir sind immerhin noch nicht entrückt?«

»O ja. Das hat er mir gesagt.« Knox lächelte erneut, ganz leichthin und süß.

»Er hat es dir gesagt?«

»Vetrau mir, LearnToFly. Sein Plan hat gerade erst begonnen.«

»So viel zur Wiedergutmachung der Wölfe«, murrte Eskarius. »Es hat den Anschein, dass jede Generation die Fehler der letzten wiederholt.«

»Das ist nicht wahr, mein Freund. Ich kann dir versichern, dass dies das Richtige ist. Irgendwann werden das auch die Sidhe verstehen.«

Sie standen auf einer kleinen Halbinsel, die das Ende der entlegenen Sidhe-Insel markierte, welche hier von der grauen Realität des Nordmeeres verschluckt wurde. Eskarius trug Regan, die einen Betäubungstrank erhalten hatte, bevor sie in ihr Gefängnis eindrangen – vermutlich von einem Angehörigen des Rates als Zeichen offensichtlicher Gnade. Sie trug bereits die Kleidung, in der sie hingerichtet werden sollte; weißes Wildleder und einen mit Perlen verzierten Umhang. Die Maske, mit der Tristan und Talisker sie bereits vor dem Gesicht gesehen hatten, als sie durch die magische Pforte schritt, hing lose hinter ihrem Kopf und erinnerte im Augenblick an einen seltsamen Sonnenhut.

Morias hatte einen Zauber gewirkt, dessen Stärke Tristan überraschte. Er hatte die Bewohner der Insel eingefroren, sie in der Zeit erstarren lassen. Dies war etwas, das Regan wegen der innewohnenden Ironie hätte zum Lachen bringen können, wäre sie wach gewesen und hätte es zu sehen bekommen. Jahl hatte sie wach gehalten, nicht eingefroren, während er vor ihrer Flucht seine seltsame Folter verübte, und so hatte sie flüchtig den Zustand ihrer Stadt erkennen können.

»Tatsächlich ist es nicht mein Spruch«, sagte Morias. »Der Magievorrat in der Welt ist begrenzt …«

Tristan runzelte die Stirn. »Was meinst du damit, Morias?«

»Ich habe … mir den Spruch geborgt – von Jahl, um genau zu sein –, und deshalb müssen wir uns beeilen …«

»Du meinst, die Menschen in Soulis Mor sind wieder ins Leben zurückgekehrt?«, fragte Eskarius. Er grinste, als er sich überlegte, was dies für Jahl bedeuten könnte.

»Das ist nicht unbedingt gut«, seufzte Morias. »Das Letzte, was ich gehört habe, ist, dass Soulis Mor von Dämonen und Scoor bevölkert ist – ich bin mir auch nicht mal sicher, ob Jahl noch immer dort ist. Nein, wir müssen rasch handeln und den Spruch ›zurückgeben‹ sozusagen. Je länger wir brauchen, umso mehr Leben verlieren wir.« Er drehte sich zu Tristan und Talisker um, die wie betäubt aussahen. »Es tut mir wirklich Leid, dass sie nicht wach ist, damit ihr euch verabschieden könnt«, sagte er. »Aber es sollte euch trösten, dass sie überleben wird.«

Tristan weinte lautlos, seine Tränen fühlten sich wie Eis auf seiner Haut an, und es war, als peitschte der Sturm Wasser von den Wellenrücken. Talisker legte ihm einen Arm um die Schulter, um ihn zu trösten. Er sprach leise, als er in Regans kaltes, todesähnliches Gesicht blickte. »Ich habe zu hart über sie geurteilt, zu schnell. Vielleicht hätte ich etwas bewegen können ... Ree, ich ...« Seine Stimme brach, als er ihren Kosenamen aus der Kindheit verwendete, und er und Tristan klammerten sich wortlos aneinander,

Morias beachtete ihre offensichtlichen Zweifel nicht und fuhr in seiner barschen Art fort: »Denkt daran: Wenn es möglich ist, müssen die Sidhe glauben, ich hätte allein gehandelt. Tristan, du musst fortreiten und die südlichen Clans treffen – ich weiß, dass sie kommen werden. Nun gib sie mir, Eskarius. Tretet zurück.«

Eskarius übergab Regans schlafende Gestalt, und Morias zitterte etwas in den Knien; dann jedoch sammelte er sich wieder und stellte seine Füße weiter auseinander, um das Gewicht besser zu verteilen.

»Ich werde ihr sagen, sie soll Sandro suchen, wie du es vorgeschlagen hast, Duncan. Lebt wohl.« Morias verschwand auf seine gewohnt undramatische Art und Weise; in dem einen Augenblick stand er noch dort und kämpfte mit dem Gewicht von Regans Körper, im nächsten Moment war er schon fort – die Beobachtenden blieben zurück und starrten auf die Trostlosigkeit des Meeres.

»Es wird nicht leicht werden«, stellte Tristan geistesabwesend fest, »den Sidhe zu erzählen, er hätte keine Helfer gehabt.«

Eskarius zuckte mit den Schultern. »Soweit wir wissen, ist die Graue Eiche weder den Fine noch den Sidhe zur Loyalität verpflichtet.«

Talisker sagte nichts, doch er erinnerte sich daran, dass die Göttin Rhiannon vor vielen Jahren über Morias gesprochen hatte und dass damals in ihrer Stimme liebevolle Zuneigung mitschwang; es schien, als sei Morias eine Art Naturgewalt.

»Komm, Vater«, drängte ihn Tristan, »uns bleibt nur wenig Zeit, um zurückzukehren, bevor sich der Bann wieder über Soulis Mor legt.«

»Geh schon mal vor, Tris. Ich komme gleich nach.«

Tristan runzelte die Stirn, tat jedoch, wie ihm geheißen worden war. Er und Eskarius liefen schweigend zurück über die Felsen. Lange Zeit blieb Talisker dort stehen und starrte hinaus aufs Meer, dessen ruheloser Sturm sich allmählich zu legen schien.

»Sie ist fort, Una«, flüsterte er. »Regan ist nicht mehr in diesem Land. Ruhe in Frieden, meine Geliebte.« Er sah lange in den tiefen, samtenen Nachthimmel, als erhoffe er sich ein Zeichen. Doch da war nichts; die Sterne waren so unveränderlich wie immer, und er empfand ein tiefes Gefühl von heiterer Ruhe. Vielleicht hatte er erwartet, Una würde kommen und ihm sagen, dass er das Richtige getan habe, vielleicht wollte er es einfach von ihr hören. Doch das schien jetzt nicht mehr so wichtig, denn schließlich war Regan auch seine Tochter, und er hatte sein Bestes gegeben. Er seufzte und folgte den anderen zurück zu den Schlaflagern.

Dies war also Edinburgh, die Stadt, von der Knox glaubte, dass ein großer, rachsüchtiger Gott sie zerstören wolle. Jahl lächelte leise in sich hinein; der Narr lag richtiger, als er es wusste, auch wenn das Wort »zerstören« vielleicht ein zu starker Ausdruck war – es würde einige unvermeidliche Verwüstungen geben, doch wenigstens würde Sutra dem Schlimmsten entgehen. In der Stille des Raumes standen um die zwanzig Scoor in statuenhafter Erwartung; das wenige Licht, das von den Kerzenleuchtern ausging, vermischte sich mit dem fahlen grünen Schimmer, der von dem Gegenstand in Jahls Armen ausging, und es spielte wie reflektierendes Wasser auf den Brustpanzern und den goldenen

Reifen, die die Scoor trugen. Jahl hatte Verstärkung mitgebracht, weil er sich nicht sicher war, was ihn in Knox' Welt erwarten würde. Bislang, hier eingeschlossen in den Hügeln, hatte es aber den Anschein, als würde er sie kaum brauchen.

Er machte einen Schritt auf den flachen Altarstein zu und legte das zarte Geflecht des Birkenastes, den er trug, in die Mitte. Einen Augenblick lang starrte er den Zweig an, als überdenke er etwas. Möglicherweise lag auch ein winziger Hauch von Bedauern in seinen Zügen, doch es konnte ebenso gut ein Spiel des Lichts gewesen sein. Er hoffte, dass die in dem Ast eingeschlossene Macht stark genug war, um nun mit der Anrufung zu beginnen; Knox würde bald mit der Halskette kommen, doch Jahl war viel zu ungeduldig, um zu warten. Er erklomm den flachen, kalten Altar und ließ sich dort mit gekreuzten Beinen nieder, strich sich dann seine schwarzen Haare aus dem Gesicht und rieb sich die Augen, wobei er sich selbst für seine Schwäche verfluchte, die ihn so stark ermüden ließ. Die Situation in Soulis Mor beschäftigte ihn noch immer, und er versuchte, die Gedanken zu verdrängen. Hätte irgendjemand Jahl gesehen, wie er dort auf dem Altar saß, hätte er gedacht, er sehe wie ein kleiner Junge aus, der sich auf ein Picknick vorbereitet; sein Gesicht war zu einer leeren, arglosen Maske geworden, und nur seine Augen mit den schweren Lidern verrieten die Erschöpfung, die er verspürte. Tatsächlich bereitete er sich darauf vor, ein Gott zu werden.

Er holte tief und lange Luft, dann begann er ohne weiteres Zögern mit der Anrufung.

Knox starrte aus dem Fenster in die kleine Gasse, die zur High Street hinaufführte; es hatte in den letzten paar Stunden geschneit, während der sie hier drinnen schimpften und stritten. Das stille Weiß draußen hinterließ fast das Gefühl, dass Gott oder irgendjemand sonst versuchte, sie mit einem weißen Dämpfer zum Schweigen zu bringen. Durch den alten braunen Fensterrahmen wirkte die Szene draußen wie ein Gemälde, in dem es eigentlich nichts zu sehen gab. Der Schnee war auf den schmalen Streifen zwischen den Wänden der angrenzenden Gebäude gefallen und führte als weißer Pfad von dem Versammlungshaus empor, bis er schließlich die High Street kreuzte, wo dann und wann ein Auto vorbeifuhr; die Lichter und der Lärm gedämpft vom Schnee. Das einzig Verräterische an dem merkwürdigen braunweißen Bild war die Spur von Fußabdrücken auf dem frischen weißen Weg, welche von dem Versammlungshaus fortführten. Dieses Detail enthüllte jedem sorgfältigen Beobachter, dass ungefähr zehn Menschen innerhalb der letzten Stunde aus dem Gebäude getreten waren und dass das unbelebte Bild in Wahrheit eine Geschichte des Verlassens erzählte.

Knox seufzte. Das nennt man wohl »Schisma«, dachte er. So bezeichnete man es, wenn sich kirchliche Gruppierungen aufspalteten – nur dass die fraglichen Gruppen gewöhnlich zahlenmäßig weit größer waren. Er blickte zurück auf die verbliebenen Gläubigen, die in kleinen, verstreuten Grüppchen beisammensaßen und in gedämpftem Tonfall miteinander redeten. Zweiundzwanzig der Kinder waren nach Knox' Ankündigung geblieben; die anderen waren zurück zur »Arche« gegangen, unerwarteterweise angeführt von einer Frau namens FaithWarrior – Glaubenskriegerin –, der Knox nie auch nur einen Funken Aufmerksamkeit gewidmet hatte. Die Frage, die jedem auf den Lippen brannte, war, ob sie in der »Arche« bleiben oder ob sie sie verlassen und Knox' gläubigen Anhängern überlassen wollten. Es schien unwahrscheinlich, dass diese die »Arche« freiwillig verlassen würden, und so war die fast lächerliche Situation wohl unvermeidlich, dass die zwei Splittergruppen um den Besitz des baufälligen alten Gebäudes wetteifern würden.

»W-Warum zeigst du sie ihnen nicht einfach, Knox?« LearnToFly sprach leise, während er sich gegen das Fenster auf der anderen Seite lehnte. Sein normalerweise offener Gesichtsausdruck war wachsam und ernst. Und noch etwas anderes lag in ihm – als ob das Wissen LearnToFly um eine unsichtbare Flamme gebracht hätte. Seine Inbrunst wurde nicht länger gebraucht – es hatte ihn irgendwie verändert, ihn gewöhnlich werden lassen. »D-Du hättest ihnen einfach einen Scoor zeigen können.«

Knox nickte müde. In der Tat hatte er sich bereits das Gleiche gesagt. »Es schien einfach nicht richtig«, sagte er achselzuckend. »Es war nicht der richtige Zeitpunkt ...«

LearnToFly antwortete nicht, nickte jedoch, als würde er eine solch hanebüchene Erklärung verstehen. Er ging zum nächsten Stuhl hinüber und ließ sich nieder; dann faltete er seine großen Hände und schloss die Augen. Einen Augenblick lang glaubte Knox, dass er lediglich tief in Gedanken war, doch als sich seine Lippen lautlos zu bewegen begannen, begriff er, dass LearnToFly betete. Die Erkenntnis versetzte ihm einen kleinen Schock, denn Beten schien Knox völlig überflüssig. Doch schließlich war er ja auch der Einzige mit einer direkten Verbindung zu Gott ...

»Er ist nicht Gott ...«

Die Stimme war laut und fest, keine geflüsterte Ahnung oder Andeutung. Es war auch sofort offensichtlich, wessen Stimme es war. Knox blinzelte heftig und schüttelte seinen Kopf, als müsste er ihn befreien. Da keines der Kinder reagiert hatte, schien er der Einzige zu sein, der die Worte hören konnte.

»Geh weg, Danny«, murmelte er. »Nicht jetzt.« Er sah hinaus aus dem Fenster, sodass niemand seine Verwirrung bemerken konnte. Draußen trieb Schnee wie schwache Schatten vorüber; durchscheinend wirbelte er durch sein Gesichtsfeld.

»Ich sage dir, Nathan. Er ist ein falscher Prophet ...«

»Hier. Ich habe Tee gekocht.« Esther stand neben ihm und hielt einen angeschlagenen Becher in der Hand. Sie lächelte leicht nervös, als Knox das Getränk entgegennahm, und er bemerkte, wie sie fast zurückzuckte, als sich ihre Hände berührten. Er hatte gewusst, dass ihre Beziehung von Beginn an aussichtslos war, und nun, wo er Esther benutzt hatte, war alles, was Knox bei ihrem Anblick fühlte, Selbstabscheu und Wut. Sie schien dies jedoch nicht zu bemerken und war ängstlich bemüht, ihm zu gefallen, sei es auch nur, um ihren nächsten Schuss zu sichern – es gab nur ein Paar Fußabdrücke im Schnee, die Halt gemacht hatten und zur Halle zurückgekehrt waren, und das waren die von Esther.

»Was passiert jetzt, Knox?«, fragte sie.

Gerade will er antworten, als »es« passiert. Das Undenkbare, Unglaubliche, das so außerhalb der Erfahrungswelt der Bewohner von Edinburgh liegt, dass es fast vorüber ist, ehe noch irgendwelche Lippen in der gesamten Stadt das Wort »Erdbeben« hauchen können. Es gibt ein Geräusch, ein tiefes, fast unterschwelliges Rumpeln, das lange Sekunden begleitet wird von dem ehrfürchtigen Unverständnis von Millionen von Seelen, die in der Reichweite gefangen sind. Es ist, als halte die Stadt die ersten Sekunden lang den Atem an; ein langes, aussichtsloses Verleugnen einer unsichtbaren Geißel, die über sie hereinbricht. Warten, warten, warten …

Dann der Schrei, die Stadt bewegt sich, teilt sich, bäumt sich auf; das Glas in Tausenden von Fenstern zerbirst, als der Druck die Gebäude mit unsichtbarer Hand umfasst und sie knarren und stöhnen lässt. Alarmanlagen an Autos kreischen. Die Menschen schreien vor Angst, doch der Klang geht fast vollständig unter in der Kakophonie der Stadt.

Im Versammlungsraum werden die Kinder auf dem Boden übereinander geworfen, als wären sie an Bord eines Schiffes im tosenden Sturm; die hölzernen Stühle liegen umgestürzt im Zimmer verteilt. Auch die Kinder kreischen und schreien Gebete heraus, in denen sie Gott um Vergebung bitten. Knox wird in den Türeingang geschleudert, sein Arm liegt verdreht unter seinem Körper, Schmerz schneidet durch seine Brust.

Sag mir nun noch mal, dass er nicht Gott ist, Danny, alter Junge, denkt er.

Dann, nach einem letzten, geringeren Zucken, beruhigt sich die Erde wieder. Erneut herrscht sekundenlange Stille, als jeder auf die Gewissheit wartet, dass es vorbei ist. Menschliche Laute kriechen zurück, und in ihnen schwingt Unglaube mit; gedämpftes Schluchzen, Stöhnen und Seufzen.

»Lieber Gott.« Knox hat die Worte ausgesprochen, bevor er noch darüber nachgedacht hat. Die Versammlungsräume sind zerstört. Die Stühle liegen ineinander verkeilt da und sehen aus wie ein Trümmerhaufen. Gips und die beiden alten Zweiarmleuchter sind von der Decke gefallen. Am bemerkenswertesten ist die Kanzel, die denkbar schlichteste und ernsteste Holzkiste, die von der Wand nach vorne weggekippt ist und durch Zufall dort, wo sie gelandet ist, den Boden zersplittert hat. Ein Riss durchzieht nun den Holzboden längs der Maserung und biegt die Bohlen nach oben. Die ausgefranste Linie des Risses endet dort, wo Knox unter dem Türsturz in den Rahmen gelehnt steht. Er starrt nach unten in den Keller und blickt dorthin, wo der Teppich liegt. Er weiß, dass jeder, der die Wahrheit wüsste, glauben würde, Daniel klage ihn an.

Esther ist auf die rechte Seite des Raumes geschleudert worden und hat sich den Kopf an der Wand aufgeschlagen. Sie setzt sich auf, ihr Gesichtsausdruck ist benommen und verängstigt, und sie blickt zurück zu Knox. Die anderen rappeln sich ebenfalls auf, niemand ist ernstlich verletzt, auch wenn es einige Schnitte und Prellungen zu beklagen gibt. Es ist jetzt dunkler, und sie alle sind von Gips und Staub bedeckt, was in dem Dämmerlicht einen gespenstischen Eindruck hinterlässt. Nach und nach tun es alle Esther nach; sie wenden sich um und sehen Knox an, auf dass er sie führen möge.

Knox ist lange Zeit sprachlos. Es ist real, denkt er. Scheiße. Es passiert wirklich …

»Ich d-denke, wir sollten beten«, flüstert einer der Gipsheiligen. Es ist LearnToFly. Knox, noch immer ebenso benommen wie die anderen, fühlt einen Stich der Verärgerung, weil LearnToFly ihm das Heft aus der Hand nimmt, und das bringt ihn wieder auf Trab.

»Ja«, sagt er. »Wir müssen für Stärke in den kommenden Zeiten beten. Und dann ...«, er sieht sich in der verängstigten, zusammengedrängten Gruppe um und bemüht sich, so viel Augenkontakt wie möglich herzustellen, während sein eigener Herzschlag verzweifelt versucht, wieder zur Normalität zurückzufinden. »... Und dann werde ich euch alle in Gottes Tempel führen ...«

In Grau gekleidet ziehen sie wie Schatten durch eine Szene der Zerstörung, die durch die Nacht und den Schnee wie eine Schwarzweißaufnahme wirkt. In der High Street befinden sich einige der ältesten Gebäude der Stadt; einige sind augenscheinlich dank ihres quadratischen Grundrisses und ihrer mächtigen Mauern von dem Erdbeben verschont geblieben, doch andere hatten weniger Glück und sind in sich zusammengefallen, wobei sie ihre ungläubigen Bewohner verletzten und töteten. Schon befinden sich Menschen auf den Straßen, die geschockt und zum großen Teil verwirrt sind. Vielleicht hätte es die Kinder befriedigt, zu bemerken, dass sie nicht die Einzigen sind, die glauben, dass Gottes Gericht über sie hereingebrochen ist. An der St.-Giles-Kathedrale macht Knox Halt, um sich umzusehen; überall um ihn herum herrschen Chaos und Wahnsinn, und der miserable Zustand der Gebäude wird noch betont durch die nächtliche Beleuchtung, die nun dazu dient, den Schaden aufzuzeigen. Der Hauptturm der Kathedrale ist verschwunden, ein Haufen Geröll liegt überall um das Gebäude verteilt; der übrig gebliebene Gebäudemantel ist zum Himmel hin offen, und der Schnee, der wieder zu fallen begonnen hat, treibt durch diesen geschändeten Ort, als wolle er dessen Wunden lindern. Feuer brennen in dem alten Gebäude des Sheriff's Court, und Glasscherben aus dem großen Buntglasfenster der Kathedrale liegen im Schnee verstreut und fangen das Licht des Feuers wie Juwelen ein. Knox bückt sich, um einen Splitter aufzuheben, auf dem das Gesicht eines Heiligen zu sehen ist; das Gesicht ist heiter, doch der Heiligenschein ist zerstört; er wurde durch die Explosion zerschmettert, als das Glas nach draußen geschleudert wurde, weil die Fenster sich verzogen und entzweibrachen.

Die Kinder laufen weiter. Knox hat ihnen eingeschärft, dass sie nirgendwo Halt machen dürfen, um jemandem zu helfen – *»Gottes Wille für die Heiligen der Zeit der Großen Trübsal ist weit wichtiger«* –, und so schauen sie nur stur nach vorne, während sie durch den Schnee stapfen, den steilen Abhang des uralten Hügels hinab, ihren Blick in die Finsternis am Ende gerichtet, wo die Umrisse von Holyrood Palace und dahinter von Arthur's Seat die Sterne verdunkeln. Kurz vor der Jeffrey Street wird ihr Fortkommen von einem zusammengestürzten Gebäude behindert, doch ohne zu fragen, klettern sie über das Geröll und folgen Knox, der nur kurz Halt gemacht hat, um etwas unschlüssig eine Tafel zu betrachten. Sie kennzeichnete das Haus eines Namensvetters und zeigt nun lediglich die Worte »Knox«.

»Was ist los, Knox?«, fragt Esther.

»Ich glaube, man könnte dies hier als ein Zeichen werten«, bemerkt Knox, und sein Mund verzieht sich zu einem seltsamen Ausdruck, der ein Lächeln hätte sein können. Er wirft die Tafel zurück auf den Haufen.

»Oh.« Sie scheint nicht zu verstehen, dass er es ironisch gemeint hat, und nickt schweigend; ihre müden Gesichtszüge sind fast leer, getrocknetes Blut klebt noch immer an ihrer Stirn.

Das ist das Problem der Christen, denkt Knox. Keinen Sinn für Humor …

Regan war wutentbrannt. Sie hasste diesen Ort. Er stank; sie konnte die Luft nicht ertragen, besonders, wenn diese »Auto«-Dinger in der Nähe waren. Missmutig stellte sie ihre Füße auf die Bank, zog die Knie unters Kinn und starrte trübsinnig in die Dunkelheit des Parks. Sie waren in die Grünanlage gegangen, um zu schauen, ob Knox hier noch einmal auftauchen würde, wie er es laut *Seanachaidh* früher bereits getan hatte. Doch sie war mit Beatrice in die Wolle geraten und einfach aus dem Auto gesprungen. Wenigstens war es im Park still, abgesehen von ein paar Hunden, die in einiger Entfernung wie rasend bellten, und sie konnte einige Minuten lang ihren Gedanken nachhängen. Sie war sich sicher, dass Sandro nach ihr suchen würde und sie dann zurück zu Beatrice gingen, wo sie sich bei ihr entschuldigen würde. Aber für wen hielt sich diese Frau eigentlich? Nur weil sie und Sandro sich noch aus der Zeit zu kennen schienen, als der *Seanachaidh* hier gelebt hatte, glaubte sie wohl das Recht zu haben, Regan herumzukommandieren, als sei sie ein Kind …

Es hatte zu schneien begonnen. Regan legte ihren Kopf zurück und starrte zu den weißen Flocken empor, die lautlos zu ihr heruntergetrudelt kamen. Wenn sie ehrlich war, schätzte sie sich glücklich, hier zu sein, denn wenigstens war sie so noch am Leben. Doch der Gedanke daran, hier den Rest ihres Lebens zu verbringen, erfüllte sie mit einem Entsetzen, das wie ein bleiernes Gewicht auf ihrer Brust lag. Die Menschen waren so seltsam; niemand wusste, wer sie war, oder interessierte sich dafür, und so behandelte sie niemand auch nur im Geringsten hochachtungsvoll. Sie wünschte sich, sie hätte ein Schwert oder wenigstens einen Kurzdolch, sodass sie das nächste Mal, wenn jemand sie in einem Laden mit »Fräuleinchen« anredete, demjenigen als Botschaft an alle anderen die Kehle durchschneiden könnte. Sie seufzte, denn auch das wäre nicht rechtens; Fragen der Ehre zählten hier nicht. Sandro verlor langsam die Geduld mit ihr, wie sie bemerkt hatte … Sie wünschte, sie hätte mehr Zeit dazu gehabt, mit Tris und ihrem Vater zu reden, bevor sie fortmusste; sie war jedoch so sehr auf ihre Haltung bedacht gewesen, wollte so gerne stark und stolz erscheinen, dass sie es abgelehnt hatte, offen zu sprechen – sie nahm an, es lag einfach in der menschlichen Natur, zu glauben, dass die Zeit dafür schon noch kommen würde, sogar am Abend des Tages vor der eigenen Hinrichtung, wenn sich die Minuten zu Stunden ausdehnten. Was hätte sie ihnen gesagt?

Bei Tris war es leicht; sie liebte ihn so innig wie eh und je und schämte sich dafür, dass es ihr nicht gelungen war, ihn vor Jahl zu beschützen – vermutlich hätte sie ihn um Vergebung gebeten, wenn sie ihm gegenüber wirklich ehrlich gewesen wäre. Ihrem Vater? Das war etwas anderes; sie würde niemals den Ausdruck auf seinem Gesicht vergessen, als Morias ihn gefragt hatte, ob er sie für Unas Tod verantwortlich machte …

»Wie konntest du loslassen? Du hast sie fallen lassen …«

Sie schniefte und wischte sich die Nase – mit einiger Befriedigung – am Ärmel der gefütterten Jacke ab, die sie sich von Beatrice ausgeliehen hatte. Wenn sie einfach deren Gefühlskälte ignorieren würde, könnte sie vielleicht die Tatsache verleugnen, dass sich Tränen mit den Schneeflocken auf ihrem Gesicht vermischten. Warum sollte es sie überhaupt interessieren, was er dachte …

»Regan?« Sandro stand einige Fuß von ihr entfernt, ein erschöpftes Stirnrunzeln auf seinen normalerweise sanften Gesichtszügen, welche sich aber glätteten, als er sah, dass sie geweint hatte.

»Bist du in Ordnung?«, fragte er.

Sie knurrte angesichts seiner Besorgnis. »Natürlich bin ich in Ordnung, *Seanachaidh*. Ich wollte nur allein sein – weg von Beatrices grässlichem Geschnatter …«

»Ich habe dir gesagt, du sollst mich hier nicht mit diesem Titel ansprechen.« Die Falten auf seiner Stirn vertieften sich. »Und du solltest Bea gegenüber auch nicht so feindlich sein, sie versucht dich nur dabei zu unterstützen, dich einzuleben. Sie versucht dir zu helfen, Regan.«

»Ich brauche ihre Hilfe nicht. Und deine auch nicht.«

»Und ob.« Er war zu ihr herübergelaufen, um sich neben sie zu setzen, als das Erdbeben einsetzte. Sandro fiel vornüber, weil er nicht vorbereitet gewesen war, und griff nach der Bank, um sich abzustützen. Das half jedoch nur wenig, denn die Bank machte einen Satz zur Seite und warf Regan zu Boden. Die Erde hob und senkte sich, als wären flüssige Wellen um sie herum.

»O mein Gott!«, rief Sandro. »Bea!« Er drehte sich zum Auto

um, wurde jedoch von den Füßen gehoben und lag einige Sekunden betäubt da, unsicher, wo oben und unten war, während die Erde noch immer schwankte. Bäume hinter ihnen wurden entwurzelt und fielen mit einem splitternden Kreischen um, das wie ein Schrei klang. Sandro sah sich um, doch Regan war nirgends zu sehen.

Es dauerte länger als anderthalb Minuten. Später sollten die Menschen herausfinden, dass es sich um ein Erdbeben der Stärke sechs auf der Richterskala gehandelt hatte und dass fünfhundertfünfunddreißig Menschen getötet worden waren, vor allem, weil es so völlig überraschend aufgetreten war. Zudem hatte es einen Schaden in Höhe von vielen Millionen Pfund angerichtet. Nun gerade, als die erste Schockwelle nachließ, gab es jedoch vordringlichere Angelegenheiten zu bedenken.

Sandro hatte sich beim Fallen irgendwie das Bein verdreht, war ansonsten jedoch unverletzt geblieben; er lag am Boden, wo er sich festklammerte. Den Geruch von Gras und Erde hatte er in der Nase, und in seinem Kopf herrschte ein heilloses Durcheinander; er war außerstande, einen klaren Gedanken zu fassen, also setzte er sich auf und sah sich um. In der Dunkelheit schien der Holyrood Park relativ unversehrt; die Bäume am Rande waren wie Dominosteine umgefallen, doch die Umrisse von Arthur's Seat erhoben sich unverändert in den sternenklaren Himmel. Nur der unablässige Klang von berstendem Gestein erinnerte daran, dass Holyrood Palace, ein jahrhundertealtes historisches Bauwerk, hinter ihnen zusammenbrach und polternd auf die nun reglose Erde fiel, die es verraten hatte.

Sie hatten darauf gewartet, ob sich Knox noch einmal blicken lassen würde, doch das schien nun kaum mehr von Bedeutung …

Sandro stand zitternd auf und versuchte seine Beine zu bewegen. Langsam belastete er sie mit Gewicht und zuckte zusammen, als ein warmer Schmerzensblitz durch seinen Körper fuhr. Einen Moment lang überlegte er, nach wem er zuerst schauen sollte, nach Bea oder nach Regan. Er konnte keine von beiden sehen. Bea hatte sich noch immer in ihrem Auto neben dem Holyrood Palace befunden, als das Erdbeben begann, und Regan schien verschwunden zu sein – die Bank lag ein Stück entfernt umgedreht auf dem Boden, doch Regan war nirgends in der Nähe zu sehen. Langsam, mit schmerzendem Bein, humpelte Sandro zu der Stelle, von der er vermutete, Regan könnte dorthin geschleudert worden sein. Er fand sie in einem der umgeworfenen Bäume verfangen; zum Glück hatte sie sich am Rande der Baumwipfel befunden und war lediglich von den kleineren Ästen niedergestreckt worden. Regan war ohnmächtig, doch Sandro ließ sie dort zurück, wo sie war, nachdem er ihren Puls kontrolliert hatte, denn er wollte nach Bea suchen. Ihm war klar, dass Regan im Falle eines Nachbebens durch die Äste gut geschützt sein würde, und mit seinem verletzten Bein sah er sich nicht in der Lage, sie zu tragen.

Ein Übelkeit erregender Schauder des Entsetzens durchfuhr ihn, als er die Stelle erreichte, an der er aus dem Auto gesprungen war: Beas alter Sierra lag auf dem Dach – ein Baum war quer über den umgedrehten Wagen gestürzt.

»Bea?« Er verfiel in einen humpelnden Laufschritt. »Beatrice!« Er konnte jetzt das gespenstische, abgehackte Heulen der Sirenen hören, das über die zerstörte Stadt hallte, als hätte man der Stadt eine Stimme verliehen, damit sie von ihren Qualen berichten konnte. Als er jedoch das Auto erreicht hatte, lachte er fast vor Erleichterung auf – Bea begrüßte ihn mit dem Kopf nach unten, war aber unverletzt; eigentlich sah sie sogar in erster Linie ärgerlich aus. Sie kurbelte das Fenster herunter und streckte ihre Hand heraus.

»Ich habe mir an diesem verdammten Gurt einen Nagel abgebrochen, Liebling.« Sandro war so verwirrt, dass er einen Augenblick lang glaubte, sie könne es ernst meinen, doch als er auf ihre ausgestreckte Hand hinunterblickte, bemerkte er, dass sie heftig zitterte und ihr umgedrehtes Gesicht vor Schreck kreidebleich war. Als Antwort lachte er sanft. »Komm schon, lass uns zusehen, dass du da rauskommst.«

Nach einem kurzen Kampf ließ der Gurt seine Gefangene frei, die wenig anmutig auf das umgedrehte Dach des Wagens plumpste. Bea kletterte heraus und fluchte, als sie sich die Hüfte anschlug und fast ihre Schuhe in dem Sammelsurium verlor, das aus dem Handschuhfach und den Fächern in der Tür gefallen war.

»Geht es Ihrer Hoheit gut?«, fragte sie, als sie sich aufrappelte.

»Ja, sie ist in Ordnung«, sagte Sandro nickend. »Sie ist da drüben.«

Langsam liefen sie zurück zu Regan. Die Geräusche der geplagten Stadt waren jetzt lauter – Sirenen, Stimmen, Schreie –, doch der schneebedeckte Park zu ihrer Linken war eine Oase der Stille und der Dunkelheit, und die umgestürzten Bäume, die ihn nun säumten, bildeten eine Mauer, hinter der das Chaos des Erdbebens keinerlei Macht besaß.

»Ich kann es nicht glauben«, sagte Bea schniefend und versuchte, ihre Tränen zurückzuhalten.

»Wir haben hier noch nie ein Erdbeben gehabt ... jedenfalls nichts in dieser Art ... nichts, was im Entferntesten daran erinnert ... Was ist denn los?«

Sandro war stehen geblieben. »Sie ist weg«, murmelte er. Er drehte sich einige Male im Kreis, warf prüfende Blicke um sich und versuchte sich zu orientieren.

»Bist du sicher?«

»Ja ... ja, sie war ... sie war dort.«

»Oh.« Bea schien nicht allzu besorgt. »Dann wird sie wohl ein bisschen herumgelaufen sein.«

»Nun ja, weit kann sie nicht gekommen sein. Ich war nur einige Minuten lang beim Auto. Bleib hier.«

Sandro durchsuchte die Gegend rings um den Palace, wo etliche Alarmanlagen heulten. Eine gebrochene Hauptwasserleitung schoss einen eleganten Wasserstrahl zwanzig Fuß hoch in die Luft, wo er inmitten des Schuttes der zerstörten Schlossmauern wunderschön funkelte. Einige Male rief er nach Regan, doch es war schwer, sich gegen den anschwellenden Lärm Gehör zu verschaffen. Schließlich kehrte er zu Bea zurück.

»Sie ist nicht d…« Er brach ab und starrte in Beas gebanntes Gesicht, dann wandte er sich um, um ihrem Blick zu folgen.

Von dort aus, wo sie standen, konnten sie den Lauf der High Street verfolgen, die sich hügelaufwärts bis zum Edinburgh Castle erstreckte, dem uralten Herzen der Stadt, das nun in Flammen stand. Während des Bebens waren Gasleitungen geplatzt und hatten das voll gestopfte Gebäude innerhalb von Minuten in Brand gesetzt. Und an der Spitze des Hügels, obgleich sie es von ihrem Standort aus nicht sehen konnten, streckte das größte und leuchtendste aller Feuer seine strahlenden Flammenzungen in den nächtlichen Himmel; das Schloss brannte lichterloh. Es schien, als hielten boshafte Salamander das mit Kopfsteinen gepflasterte Rückgrat der Straße umklammert und steckten die Gebäude in Brand, als sie sich weiter ausbreiteten. Der Himmel reflektierte die Feuersbrunst, sodass er in einer seltsamen, schweren Mischung aus Rauch und Asche erglühte.

»Ich glaube, wir sollten nach Hause laufen«, flüsterte Bea.

Regan war gut im Verfolgen; sie hatte Beas orangefarbene gefütterte Jacke ausgezogen, da sie nicht gerade als Tarnanzug herhalten konnte, bereute ihren Entschluss jedoch schon nach Minuten, als ihr Rücken und ihre Schultern taub vor Kälte wurden.

Vor ihr lief ihre Beute schweigend durch die offene Weite des Parks – Sandro würde sie um eine Minute verpassen. Die Menschen im Park wirkten verängstigt und unterwürfig, abgesehen von ihrem Anführer, der Knox genannt wurde. Einige von ihnen schienen Beschwörungen zu murmeln; ihre Augen waren niedergeschlagen, und ihre Lippen bewegten sich fast lautlos. Sie näherten sich nun dem Hügel, und Regan wusste, dass dies der Ort war, an dem Sandro Knox aus den Augen verloren hatte, als er ihm in der vergangenen Nacht gefolgt war; an dieser Stelle gab es kein Versteck mehr, da der Baumbewuchs aufgehört hatte. Sie ging bereits in gebeugter Haltung, denn die meisten der Bäume waren umgestürzt, und auch wenn die verschlungenen Wurzeln und die Erde, die daran klebte, fast genauso viel Sichtschutz boten, war an einigen Stellen die Deckung doch schlechter, als wenn die Bäume aufrecht gestanden hätten.

Knox führte sie zum Hügel. Regan beobachtete sie genau, und als sie sicher war, dass alle mit ihrem Aufstieg beschäftigt waren, sprintete sie über den schneebedeckten Boden und kauerte sich hinter einen großen Felsbrocken, der vermutlich bei dem Erdbeben gelockert worden war. Während sie sich bemühte, ihren Atem zu beruhigen, beobachtete sie Knox; von ihrem Versteck aus konnte sie ihn recht deutlich erkennen. Sandro hatte ihr von dem rätselhaften jungen Mann erzählt, doch er war nicht das, was sie erwartet hatte; er war auf eine ärmlich wirkende Art gut aussehend; die Not hatte seine Züge gezeichnet und seinen intelligenten Gesichtsausdruck zunichte gemacht, doch Regan war aus schmerzlicher Erfahrung zu klug, um nur nach dem Äußeren zu urteilen. Feine weiße Linien um seinen Mund und seine Augen und Silbersträhnen im Widerschein des Mondes und des Schnees sprachen ebenfalls von Bitterkeit und Grausamkeit. Sie duckte sich hinter den Felsen, als Knox direkt zu ihr herübersah, und bemerkte in diesem Augenblick, dass er die Halskette trug, die zu so viel Streit zwischen ihr und Tristan geführt hatte. Kein Zweifel, dieses Ding war verflucht. Sie hielt den Atem an, um sicherzugehen, dass kein verräterischer Nebel aus ihren Lungen in die Luft aufstieg, dann spähte sie zurück.

Es schien, als seien sie verschwunden. Sie hatten vor einer massiven Felswand gestanden, und nun waren sie einfach nicht mehr dort. Regan pirschte sich voran und fuhr mit ihren Händen über das eisig kalte Sandgestein; das jahrelange Leben in Soulis Mor hatte sie drauf vorbereitet, einen versteckten Eingang zu erwarten, und wo andere resignierten, machte sie sich einfach auf die

Suche. Selbstzufrieden grinste sie in die Dunkelheit, als ihre Hände hinter einem tiefen Spalt in dem Felsen verschwanden – Sandro hätte ihn niemals entdeckt.

Es dauerte fast drei Stunden, bis sie bei Beas Haus ankamen; es schien, als habe das Beben einen recht kleinen Radius von vielleicht drei Meilen gehabt, doch dies hatte ausgereicht, um den Stadtkern zu zerstören. Sandro und Bea kletterten mit ausdrucksloser Miene über den Schutt. Sandro war sich zunehmend sicher, dass er sich das Bein gebrochen hatte, und er wusste, wenn er stehen bliebe, um jemandem zu helfen, würde ihn der Schmerz übermannen. Seine vergleichsweise geringe Verletzung würde zu den kleinsten Problemen in den Krankenhäusern der Stadt zählen, und so hielt er es für das Beste, rasch Beas Haus zu erreichen, um dort einige Schmerztabletten einzunehmen.

An der Ecke zur Lothian Road hielt sie ein kleines Mädchen von ungefähr sieben Jahren an; es weinte nicht, doch sein Gesicht zeigte eine grimmige Anspannung, und seine kleinen braunen Augen schienen ihr Gegenüber förmlich zu durchbohren.

»Mister. Hey, Mister. Ich kann meine Mum nicht finden.« Mit dringlicher Verzweiflung packte sie seinen Mantel. Sandro drehte sich um, und ein seltsamer, hilfloser Zorn regte sich in ihm.

»Ich kann nicht …« Er brach ab. Sie sah ihn an, als müsste er eine Antwort für sie haben. Bea lächelte das Mädchen müde an. »Wo wohnst du denn?«, fragte sie.

»Dort drüben. Nummer fünf.« Sie wies auf einen niedrigen Wohnblock, der ziemlich mitgenommen aussah – die obersten zwei Stockwerke schienen eingefallen zu sein, und man brauchte nicht viel Fantasie, um zu erraten, welches die Nummer fünf war. Sandro kniete sich vor dem Mädchen hin.

»Wie heißt du?«

»Melanie.«

»Nun, Melanie, das ist jetzt sehr wichtig. Ich will, dass du genau hier bei der Treppe wartest, in Ordnung?« Sie nickte ernst als

Antwort. »Weißt du, ich bin mir sicher, dass bald die Polizei oder die Feuerwehr kommt und eure Wohnung untersucht. Und dann ist es sehr wichtig, dass du ihnen sagen kannst, in welchem Haus sich deine Mum befindet, stimmt's?«

»Ja.«

Sandro blickte zurück auf den brennenden Stadtkern. »Es könnte ein ganzes Weilchen dauern, aber sie werden kommen. Und so lange musst du warten, in Ordnung?«

»Hier, Melanie.« Bea wickelte ihren Kaschmirmantel um die Schultern des Mädchens. »Das wird dich warm halten, während du wartest. Vielleicht ist da sogar noch was Schönes in den Taschen.«

Melanie schlüpfte in die Ärmel und langte in die Taschen, die sich ungefähr auf Kniehöhe befanden. Und tatsächlich hatte Bea dort noch etwas Schokolade aufbewahrt.

»Danke schön, Missus.« Ohne weiteres Aufhebens drehte Melanie sich um und setzte sich fröhlich kauend in den Eingang zum Gebäude.

»Komm schon, Bea ...«

»Aber sie ist noch so klein. Was, wenn es ein Nachbeben gibt?«

»Wir haben unser Bestes getan. Sieh mal, sie sitzt doch jetzt im Eingang – dorthin soll man sich doch zurückziehen, nicht wahr? Sie isst Schokolade, das wird ihren Zuckerspiegel konstant halten, falls sie einen Schock erleidet ... Was sollen wir denn noch tun? Wir können nicht allen helfen ...«

Sie wusste, dass er Recht hatte, deshalb zogen sie weiter. Es gab nichts mehr zu tun.

Colinton war kaum betroffen. Der einzige sichtbare Schaden an Beas Häuschen war ein großer Spalt, der sich durch das Mauerwerk zog, vom Boden bis zur Decke. Keiner von beiden verlor ein Wort darüber, denn es war halb vier morgens, und die ersten Strahlen der Dämmerung berührten bereits den östlichen Himmel. Beide wollten sich einfach nur irgendwohin setzen. Kaum dass sie im Haus waren, gab Sandro den Schmerzen in seinen Beinen nach und nahm ein paar Tabletten, die er mit einem ordentlichen Schuss Whisky runterspülte.

»Soll ich dich mal durchchecken, Sandro?«, fragte Bea, die sich neben ihm auf dem Sofa niederließ.

»Nein, nein, ich komme schon wieder auf die Beine.« Er schüttelte den Kopf, als er sich einen weiteren Whisky einschenkte. »Hab schon Schlimmeres durchgestanden, viel Schlimmeres …«

»Ja, du bist wirklich ein schrecklicher Unglücksrabe.« Bea brachte ein kleines ironisches Lächeln zustande und kippte den Drink hinunter, den er ihr gereicht hatte. Sie zuckte leicht zusammen, als sie fühlte, wie sich der Alkohol seinen Weg durch die Kehle und in den Magen bahnte. »Glaubst du, dass viele Menschen umgekommen sind, Sandro?«

Er nickte müde. »Wir sind auf Erdbeben nicht vorbereitet. Einige der Gebäude … na ja, du hast es ja gesehen, sie sind einfach auseinander gefallen.« Er schloss die Augen und lehnte seinen Kopf zurück gegen die weichen Sofakissen. Wenig später hörte er, wie Bea aufstand, und dann, nach einigen Augenblicken, ging das Radio an. Bea kam zurück und schmiegte sich an ihn.

»… ein heftiges Erdbeben hat die Stadt erschüttert. Die Einsatzkräfte sind unermüdlich im Einsatz. Jeder, der diese Übertragung hört und sich Schnittwunden, Verstauchungen oder auch leichte Brüche von Gliedmaßen zugezogen hat, wird gebeten, bis mindestens morgen Mittag zu Hause zu bleiben. Die Feuerwehr und Rettungskräfte sind vollständig damit ausgelastet, Eingeschlossene aus den Trümmern zu befreien. Unschätzbar wertvolle Gebäude und nationale Schätze wurden bei diesem Ereignis unwiederbringlich zerstört, doch die Hauptsorge gilt nun der Lebensrettung …«

Die Erschöpfung überwältigte Sandro und Bea, als die instinktive Erkenntnis, im Warmen und in Sicherheit zu sein, ihre Sinne benebelte. Bea nestelte an der Decke, die über die Rückenlehne des Sofas geworfen war, und zog sie über sie beide. Der Schlaf rief.

»… vom Britischen Geologischen Dienst sagt, es habe keine Vorwarnung oder natürliche Anzeichen für diesen Vorfall gegeben … nicht an den Rändern der tektonischen Platten …«

»… das Epizentrum scheint bei Arthur's Seat zu liegen …«

»Wo ist Regan?«, fragte sich Sandro erschöpft.

»… ein kleines Baby, das wie durch ein Wunder überlebt hat … die Eltern wollen es Hope nennen …«

Er schlief.

Knox wusste nicht mehr, was er eigentlich fühlte. Es war eine seltsame Empfindung, die durch sein Bewusstsein waberte, wie schon in den letzten paar Tagen. Tief im Inneren wusste er, dass das Amulett daran schuld war; die Macht, die Gott auf diesem Wege ausschüttete, verwirrte seinen Geist. Er wusste, dass er sich fürchten sollte, dass es vernünftig wäre, sich zu fürchten, denn schließlich bedeutete dies für die meisten Menschen das Ende der Welt. Doch nicht für die Kinder, denn sie würden gerettet werden und bis zum Ende der Zeit der Großen Trübsal leben, wie Gott es versprochen hatte … einige von ihnen beteten nun, jauchzten, dankten Gott, doch Knox konnte auch diese Empfindung nicht teilen. Es war, als könnte er lediglich anderen Menschen dabei zusehen, wie sie die Dinge aufnahmen – vielleicht war es das, was wirkliche Macht ausmachte –, und wenn es so war, dann war es eine Täuschung. Er wollte die gleiche Bewunderung und Loyalität, die Daniel zuteil geworden war, nicht diese Gefühlsleere, in der er lediglich das Echo seines richtungslosen Hasses spüren konnte.

Er sah sich in dem Vorraum zu den Höhlen um und betrachtete die schmutzigen, durchnässten Menschen, die mit sich selbst sprachen; er begriff nun in seiner undurchdringlichen Betäubung, dass sie die ganze Zeit wie er selbst gewesen waren – verloren, missbraucht, ehemalige Abhängige, Aussteiger, Verlassene –, sie lebten nur ihren Schmerz aus, zeigten ihn den anderen Menschen wie eine Anstecknadel, die man trug. Knox verachtete sie. Doch trotz allem brauchte er sie, um sie zu führen, ebenso wie sie ihn brauchten, um sich führen zu lassen.

»Seid ihr bereit?«, fragte er.

»Sollten wir nicht noch einmal beten, Knox?«, fragte Esther leise.

»Nein.« Er schüttelte den Kopf. »Die Zeit für Gebete ist vorbei, denn ...« Er hielt inne, als seine Gedanken einen Moment lang abschweiften und sein Geist sich nicht mehr sammeln ließ.

»Knox?«

»... weil Gott ... Jesus ... wieder unter uns wandelt. Kommt. Folgt mir.«

So selbstbewusst wie möglich schritt er in die Höhle. Er glaubte zu wissen, was ihn dort erwartete, doch er irrte sich. Die Höhlen waren in eine eisähnliche Substanz gehüllt, die ein tiefes Grün ausstrahlte; sie bedeckte den Boden mit einem weichen, glitschigen Film und tropfte in ätzenden Bächen die Wände herab. Scoor – weit mehr, als Knox bislang gesehen hatte – waren ebenfalls in dieses grüne Eis gebannt und standen stocksteif eingefroren in ihrer üblichen statuenhaften Haltung. Es war kalt, kälter als draußen in der schneebedeckten Stadt; eine unnatürliche Kälte, die er beinahe schmecken konnte. Hinter sich vernahm er überraschtes Keuchen und Angstausrufe der Kinder, doch er schenkte dem keinerlei Beachtung und bewegte sich stattdessen durch den vereisten Raum auf den Altarstein zu; seine Schritte waren kurz und wohl gesetzt, sein Herz hämmerte in seiner Brust.

Was nun?, dachte er. Er hat versprochen zu kommen. Was, wenn er nicht kommt? Er blickte hinter sich, gerade noch rechtzeitig, um zu bemerken, wie eines der Kinder die Hand ausstreckte, um einen eingefrorenen Scoor zu berühren.

»Nicht anfassen! Ihr dürft sie nicht berühren!«, befahl er. Er wusste nicht einmal, warum er dies gesagt hatte.

»Er hat Recht. Ihr werdet sterben, wenn ihr sie anfasst!«

Zunächst kamen nur die Stimme und das Licht; ein blendendes Strahlen, das von einer Stelle oberhalb des Altarsteins ausging. Die Kinder drängten sich zusammen und klammerten sich an die Umhänge der anderen, bevor sie auf die Knie sanken. Knox blieb stehen, wo er war, und blinzelte wie eine Eule in das Licht. Er wollte auf keinen Fall wegsehen, auch wenn ihm Tränen das Gesicht hinunterliefen.

Also, dies war eine religiöse Erfahrung ... Müsste ich mich vielleicht ehrfürchtig fühlen?, ging es ihm durch den Kopf.

Da war wieder das gleiche leise Lachen, das Knox schon zuvor gehört hatte. Und dann erschien er. Jahl stand, oder besser, schwebte in der Luft über dem Altarstein und starrte gebieterisch herab. Er trug einen schlichten weißen Umhang, der an seinem Körper klebte und sich in Zeitlupe wellenförmig bauschte, wie in einem nicht vorhandenen Luftzug. Sein langes dunkles Haar war aus dem Gesicht gekämmt, und die einzige Überraschung, die Knox fühlte, war die Tatsache, dass Gott ein okkult aussehendes Symbol auf den Bogen seines rechten Wangenknochens tätowiert hatte. Er hatte dunkle Augen mit schweren Lidern, die im zurückgeworfenen Licht des grünen Eises glitzerten.

»Knox. Endlich treffen wir uns«, sagte er. Knox nickte schweigend als Antwort. »Du hast Recht. Ich habe oft das Gefühl, dass religiöse Erfahrung irgendwie überschätzt wird.« Jahls Augen flackerten zu den zusammengekauerten Kindern hinüber, und er lächelte schwach. »Wir wissen alle, wie es in unseren Herzen aussieht, nicht wahr ...?« Er machte einen Schritt nach unten, als steige er eine Treppe hinab, und stand schließlich barfuß auf der kalten Oberfläche des Altarfelsens. »Komm her, Knox.«

Knox ging auf ihn zu, bis er auf Armeslänge vor dem Altar stand, doch Jahl winkte ihn noch näher heran. Während Knox sich dem Stein näherte, ließ sich Jahl auf der Kante nieder. Schließlich standen sie sich Aug in Aug gegenüber. Knox' Herz pochte noch immer in seiner Brust, und die Angst – oder die Auswirkungen des Amuletts – schärfte seine Sinne; seine Gedanken verlangsamten sich, und seine gesamte Welt bestand nur noch aus Gottes Gesicht, dieses intensive, wunderschöne, grausame ... Gesicht.

»Wie kann Gott grausam sein?« Die Stimme, Dannys Stimme, flatterte durch sein Gehirn wie eine hartnäckige Mücke. Danny war hier ... in ihm ... »Sei still. Er wird dich hören ...« Knox' Augen weiteten sich in überraschter Unschuld, doch Gott schien Dannys Anwesenheit nicht zu bemerken – falls sie überhaupt real war und nicht ein Produkt von Knox' überzogener Fantasie.

Er konnte nun die warme Berührung von Gottes Atem spüren, und er betrachtete die trägen Strähnen von Gottes dünnem, schwarzem Haar, das sich wie eine Vision bewegte, als wäre es unter Wasser ... »Das hast du gut gemacht, Knox.« Gott lächelte.

Er wollte aufwachen. Etwas spüren. Etwas ... Erstaunliches geschah ... »Ich habe Angst.« Er hörte seine eigene Stimme, ohne zu wissen, dass er es war, der die Worte formte. *»Nein«*, tobte es in ihm. *»Sag das nicht ... Sag niemals, dass du Angst hast ... niemals ...«*

»Hab keine Angst, Nathan Troy.«

Dann passiert es. Gott streckt die Hand aus und greift nach der Halskette. Es sollte eigentlich keine Rolle spielen. Aber es ... es fühlt sich an ... als ob stählerne Finger, die in seinem Körper vergraben sind, aus seinem Fleisch gerissen werden. Knox stöhnt unwillkürlich. Es brennt.

»Friede.« Gott streckt wieder die Hand aus und berührt leicht seinen Kopf, nur mit einem Finger, und sofort verebbt der Schmerz. Knox, der das Abklingen des Schmerzes noch nicht wirklich begriffen hat, taumelt vorwärts und prallt fast mit Gott zusammen; im letzten Augenblick jedoch erlangt er das Gleichgewicht zurück. »Was bewirkt sie ...« Er blickt auf die Halskette, die um die langen Finger von Gottes Hand gewunden ist. »Sie hat mich verletzt ...«

»Das spielt jetzt keine Rolle mehr.«

»Doch, das tut es.« Wieder Danny.

Gottes nächster Wunsch trifft Knox völlig unerwartet.

»Ich brauche ein Opfer.«

Kapitel Sechzehn

»W-Wie bitte?« Seine eigene Stimme klang so dünn, so schwach in diesem Raum; ein vertrautes Ziehen in seinen Eingeweiden sagte ihm, dass sein Körper begriff, was seinem Verstand längst klar war: Er hatte die Kontrolle über die Situation verloren. Tatsächlich war er dumm genug gewesen zu glauben, dass er jemals die Fäden in der Hand gehabt hatte.

»Götter verlangen Opfer, Knox. Und ich brauche jetzt eines.«

Gottes Augen flackerten träge zu der Stelle, an der die Kinder standen. »Du triffst die Wahl.«

»Nein. Das ist nicht richtig. Sag es ihm, Knox. Sag es ihm!«

»Ich – ich kann nicht.«

Gott runzelte die Stirn und wedelte dann ungeduldig mit der Hand. »Nun gut.« Er schnippte mit den Fingern, und zwei der Scoor setzten sich in Bewegung; ihre Kokons aus Eis schmolzen rasch. Knox hörte hinter sich ein Handgemenge, drehte sich jedoch nicht um.

»Bitte … nicht. Diese Menschen glauben an dich. Es sind so wenige …«

»Es ist notwendig«, sagte Gott ablehnend. Er nickte den Scoor zu, die zu Knox aufschlossen und einen Körper halb mit sich zogen, halb ihn trugen. Ihr Opfer war vor Angst fast ohnmächtig geworden, doch sie hatten es zwischen sich aufgerichtet, als sie auf Jahls nächsten Befehl warteten. Es war Esther.

»Nein!«, schrie Knox.

Aber es ging so schnell. Ganz undramatisch. Und die junge Frau schien so verängstigt, dass sie fast besinnungslos war. In einem Moment noch lebendig und angsterfüllt – und im nächsten …

Sie schlitzten ihr mit grimmiger Geschäftigkeit die Kehle auf. Sie gab keinen Laut von sich, auch wenn es einen winzigen Augenblick der entsetzten Erkenntnis gab, bevor sie nach vorne auf den Altarstein sank; ihre Glieder verdreht und jeglicher Würde beraubt. Rotes Blut pulsierte auf den gierigen Altarstein und erschien in dem grünen, eisigen Licht braun. Esther zuckte einige Male – keine großen Krämpfe, doch genug, um zu zeigen, dass sie in den Sekunden, bevor sie ohnmächtig wurde, etwas gespürt hatte.

Ein Schrei durchschnitt den Raum; ein lang gezogener, gequälter Schrei, der aus den verstecktesten Tiefen von Knox' Seele zu kommen schien. Sogar als er nur noch wenig oder gar keine Luft mehr übrig hatte, erschallte das Geräusch noch weiter, bis es zu einem trockenen, brüchigen Laut wurde. Er griff nicht nach Esther, sondern klammerte sich viel mehr an sich selbst, schlang seine Arme um die Brust und sank erst auf seine Knie, um sich dann auf dem Boden wie ein Fötus zusammenzurollen. Die anderen Kinder waren über alle Maßen geschockt, setzten sich nun jedoch mit einem Ruck in Bewegung und eilten zu ihm, vielleicht, weil sie ihren Führer trösten wollten. Mit einem ungeduldigen »Halt« und einem Winken mit der Hand gebot Jahl ihrer Bewegung Einhalt und winkte die Scoor zurück, sodass er und Knox allein mit Esthers rasch auskühlender Leiche waren.

Knox war außer sich vor Trauer und Zorn. Es schien, als habe sich sein gesamtes Inneres die ganze Zeit, in der er nichts fühlen konnte, gegen ihn verschworen, denn nun fühlte er plötzlich *alles*: Esther, Daniel, seine eigene armselige, lieblose Existenz, die traurige Leere seiner Seele – es rollte in einer lähmenden, von Selbstmitleid erfüllten Welle über ihn hinweg. Er wusste nicht, was Jahl den Kindern angetan hatte, es hätte ihn auch nicht gekümmert, wenn es ihm bewusst gewesen wäre, so sehr war Knox mit sich selbst beschäftigt. Er weinte lange Zeit wie ein kleines

Kind, bis seine Rippen schmerzten wie nach einem wahnsinnigen Gelächter. Rotz und Spucke verschmierten seine Wangen, doch er machte keine Anstalten, es wegzuwischen; er hatte sich völlig aufgegeben; seine Augen waren offen, doch er sah nichts.

»Knox. Komm schon … Komm schon, Nathan.« Dannys Stimme, die ihren eigenen Mörder tröstete. *»Er ist ein falscher Prophet. Es ist nicht deine Schuld … er wurde vom Verführer selbst geschickt …«*

Knox antwortete nicht. Sogar seine Gedanken waren in Schweigen versunken. Aber er hörte auf zu weinen. Sein Geist schwebte in eine wohltuende Leere davon, doch er hörte Dannys Stimme. Er hörte sie …

… Schließlich nahm doch ein Gedanke Gestalt an – »Es tut mir Leid« –, doch er wusste gar nicht recht, was er bereute. Sogar nun, während sein momentaner Zustand des Wahnsinns ihm Trost spendete und wo jede Faser seines Körpers so unter Strom stand, dass er keinen klaren Gedanken mehr fassen konnte, brauchte er nur seine Hand auszustrecken und nach dem Saum von Esthers grauem und blutigem Kittel zu greifen. Diese Berührung brachte die Gewissheit, dass solche Worte hinfällig waren. Es war zu spät, viel zu spät, um irgendetwas zu bereuen.

In Sutra war mehr als eine Woche vergangen, seitdem Regan fortgegangen war. Der Rat von Tema hatte zähneknirschend Tristans und Taliskers vorgespielte Unschuld anerkannt, vor allem, weil Eskarius ihnen versicherte, er habe die ganze Nacht vor ihrer Tür geschlafen. In den ersten paar Tagen gaben sich Tristan und Talisker ihrer trüben Stimmung hin; sie wollten nicht über Regan sprechen, und beide behielten ihre Gedanken für sich. Nach dieser Zeit sah Talisker Tristan in ernste Gespräche mit Eskarius und Markomete vertieft, doch fragte er nicht, was los sei.

Talisker lief meilenweit allein an der Küste der Insel entlang und blickte hinaus aufs Meer in Richtung Sutra. In den Jahren, die er nun hier war, hatte er oft über die Tatsache nachgesonnen, dass das, was er als »Sutra« ansah, in Wahrheit eher ein Land weit draußen im Meer war denn eine ganze Welt. Es musste noch andere Länder in dieser Welt geben, und doch hatte er niemals zuvor den Wunsch verspürt, sie zu erkunden. Die Fine waren keine großen Seeleute; sie fischten in den Gewässern nahe der Küste, aber soweit Talisker wusste, trieben sie mit niemandem Handel. In einer Welt, in der sich »weit weg« darüber definierte, wie weit man zu Pferd in einem Tagesritt zu reisen vermochte, war das verständlich genug, doch Talisker wunderte sich dennoch über solchen tief verwurzelten Mangel an Neugier …

»Vater, Vater …« Talisker blinzelte in das Sonnenlicht und sah Tristan über den Strand auf ihn zueilen; der grobe Strandkies machte ihm das Fortkommen schwer, und trotz der frischen Luft rang er um Atem. Um ihm den mühevollen Weg zu verkürzen, ging Talisker seinem Sohn entgegen.

»Was ist denn los, Tris?«

»Nichts. Der Rat von Tema hat mir die Hilfe der Sidhe-Stämme zugesagt. Ich dachte, du würdest das wissen wollen.«

Talisker runzelte die Stirn. »Welche Hilfe? Wofür, Tristan?«

»Es ist ein Bündnis, Vater … du weißt schon …«

»Aber wofür?«, beharrte Talisker. »Ich dachte … nun ja, ich dachte, du würdest mit mir nach Hause zurückkehren.«

Tristan sah überrascht und verärgert aus, da sein Vater so offensichtlich nicht an ihn glaubte. Er richtete sich selbst so gerade wie möglich auf, und seine Antwort durchschnitt Talisker das Herz.

»Regan ist fort, und ich weiß, dass dich das ebenso schmerzt wie mich. Doch sie war nie wirklich Thane – ich bin der Thane von Soulis Mor, falls du es vergessen hast, und ich werde den Thron wiedererlangen, den deine Tochter mir abspenstig gemacht hat …«

»*Meine* Tochter?« Taliskers Tonfall war vorwurfsvoll, doch nicht zornig. »Sie ist auch deine Schwester, Tristan. Haben wir denn alles verloren, was uns verbunden hat? Ist unsere Familie mit Una gestorben?« Während er sprach, erkannte Talisker, dass er nicht wirklich eine Antwort von seinem Sohn erwartete. Man konnte Regan nicht verteidigen, und sie beide mussten sich damit abfinden. Seine Trauer war richtungslos, ohne Gestalt; der Vorwurf, den er Tristan machte, war vor allem aus Traurigkeit geboren.

Tristan schüttelte den Kopf. »Familie? Und was hat ihr das am Ende des Tages bedeutet? Vielleicht ist sie einst losgezogen, weil sie mich beschützen wollte, doch dieses Ziel hat sie aus den Augen verloren, kaum dass Macht und Gier von ihr Besitz ergriffen hatten. Dafür gibt es keine Entschuldigung, Vater. Wenn ich meinen Thron wiedererlangt habe, werde ich dafür sorgen, dass sie für immer aus der Geschichte der Fine ausgelöscht sein wird – kein *Seanachaidh* wird jemals Regans Geschichte erzählen.«

»Selbst Corvus ist in die Geschichte eingegangen, Tristan …«

»Dies ist meine Entscheidung …« Tristan starrte hinaus aufs Meer; seine normalerweise sanften Gesichtszüge waren nun in bittere Falten gelegt. Er nahm Regans Verrat schwerer, seitdem er ihr Lebewohl gesagt hatte, doch diese Traurigkeit schien in ihm eine neue Entschlossenheit geweckt zu haben. Es würde keine Tränen mehr für seine Schwester geben.

»Ja«, stimmte Talisker leise zu, »doch zunächst einmal musst du den Thron von Jahl zurückgewinnen. Wie bitte willst du das mit einer Hand voll Sidhe bewerkstelligen?«

»Ich mag ein Krüppel sein, Vater, doch ich bin nicht töricht …«

»Ich würde niemals …«

»Die Sidhe beobachten Soulis Mor seit einiger Zeit. Sie vermuten – wie übrigens auch Morias –, dass Jahl sich nicht mehr dort aufhält.«

»Was? Und wer ist jetzt dort? Wohin sollte Jahl denn gehen?«

»Wir wissen es nicht, wir kennen seine Pläne nicht. Wir wissen, dass er jemanden … nun ja, irgendetwas ausgewählt hat, um in der Stadt die Stellung zu halten. Außerdem ist die Armee, die Morias erwähnt hat – die südlichen Clans –, recht klein und besteht nur aus ungefähr zweitausend Mann. Wir glauben, dass die Thane Huw und Lachlan sie geschickt haben, aber auch das wissen wir nicht sicher …

»Zweitausend Mann«; wiederholte Talisker verzweifelt, »das reicht nicht aus, um Soulis Mor einzunehmen.«

»Nein«, stimmte Tristan zu, »ich weiß. Aber das ist das geringste meiner Probleme. Wenn ich die Armee nicht abfangen kann und Huw und Lachlan dazu bringe, meine Souveränität anzuerkennen, werden sie nicht mal für mich kämpfen. Wenn sie – durch ein Wunder – siegreich sein werden, dann nicht zu meinen Gunsten. Wahrscheinlich glauben sie, ich sei ebenso verderbt wie …«

»… Ja.« Talisker seufzte. »Sie könnten dich sogar angreifen, Sohn.«

Eine Weile schwiegen beide Männer und lauschten auf die Brecher, die unermüdlich gegen die Küste brandeten. Talisker lief zu einem großen Felsen hinüber und ließ sich nieder; Tris folgte ihm, und gemeinsam verbrachten sie einige Momente teilnahmslos damit, Steine ins Wasser zu werfen.

»Ist dir kalt?«, fragte Talisker schließlich. »Der Wind wird stärker …«

Tris lächelte durch das strahlende Sonnenlicht zu ihm empor. Er hatte sich entschlossen, die unbeholfene Art seines Vaters zu übergehen.

»Ich wäre sehr dankbar, wenn du bei mir bleiben würdest, Talisker«, sagte er sanft. »Die Sidhe und Fine haben großes Vetrauen in dich – du bist für sie ein Held … und für mich ebenfalls.«

Talisker wollte etwas erwidern, doch Tristan fuhr fort. »Mutter hat mir erzählt, welcher Natur mein wahrer Vater war, wie er versucht hat, mich zu töten, weil ich so aussehe. Du und Mutter – Una –, ihr wart die besten Eltern, die ich als Vorbereitung auf mein Amt als Thane hätte haben können. Ihr lehrtet mich alles, was mein eigen Fleisch und Blut mir vorenthalten hätte. Aber es ist noch nicht vorbei …«

»Nein, ich weiß. Ich glaube nicht, dass es jemals vorbei sein wird – die Elternschaft, meine ich.« Talisker lächelte matt und versuchte, nicht an seine anderen Kinder zu denken: an eines, das für ihn verloren war, und an das andere, das keine Ahnung hatte, wer sein Vater war, jedoch die gesamte Existenz Sutras bedrohte. »Natürlich werde ich dich begleiten, Tris. Es scheint, als ob ich für diesen ganzen Schlamassel verantwortlich bin. Wie lautet der Plan?«

Tris runzelte die Stirn und konnte nicht ganz folgen. »Nun ja, ich dachte, wir fliegen nach Soulis Mor zurück und sehen uns an, was dort vor sich geht ... und dann, sobald wir einen fantastischen Plan ausgeheckt haben, reiten wir los, um mit den südlichen Clans zusammenzutreffen.«

»Einen fantastischen Plan also«, wiederholte Talisker amüsiert. »Und schon irgendwelche Ideen?«

»Nicht ganz«, sagte Tris und zuckte mit den Schultern; auch er lachte, denn angesichts der Hoffnungslosigkeit der Situation schien nichts anderes übrig zu bleiben. »Ich hoffe einfach mal, dass ich eine Eingebung haben werde.«

»Wo eigentlich steckt der alte Morias, wenn man ihn braucht, he?«

»Ich glaube, die Sache ist die: Wir – oder besser gesagt, ich muss beweisen, dass ich auch ohne ihn zurechtkomme«, sagte Tristan. Seine Entschlossenheit war offenkundig, und Talisker wurde klar, dass er nichts sagen konnte, um ihn davon abzubringen, nicht einmal, wenn er es gewollt hätte.

»In Ordnung, Tris. Wann machen wir uns auf den Weg nach Soulis Mor?«

»Morgen früh. Es ist alles vorbereitet.«

»Du wärst auch ohne mich losgezogen, nicht war?«

»Wenn nötig, ja.«

Der nächste Morgen dämmerte, und grauer Nebel kroch vom Meer herein. Tristan war bereits draußen, als Talisker seine wenigen Besitztümer zusammengepackt und sich dem wartenden Tross der Kundschafter angeschlossen hatte. Tris sprach mit Prinz Tecumseh und einem anderen Sidhe, der einen Umhang in den gleichen Braun- und Grüntönen wie der Prinz trug.

»Oh, Vater, ich bin froh, dass du hier bist«, sagte Tristan lächelnd. »Lass mich euch miteinander bekannt machen; dies ist Prinz Tenskwa, der Bruder von Prinz Tecumseh. Er hat sich erboten, dich auf unserer Reise zu fliegen.«

Talisker verbeugte sich. »Meinen Dank, Prinz Tenskwa. Ich fühle mich tief geehrt.« Der Prinz erwiderte Taliskers Verbeugung, antwortete jedoch nicht.

»Mein Bruder hat der Sprache abgeschworen, Talisker«, erklärte Tecumseh eilig, bevor Talisker sich verletzt fühlen konnte. »Er ist in unserem Volk ein geistiger Führer und verwendet nur die Gedankensprache.«

Talisker versuchte einen Augenblick, seinen Geist zu sammeln. »Meinen Dank, Prinz Tenskwa. Ich fühle mich zutiefst geehrt«, dachte er. Ein Ausdruck des Erstaunens flackerte im Gesicht des Prinzen auf; dann brach er in ein breites, strahlend weißes Lächeln aus.

»Was ist so lustig?«, fragte Tristan, der leicht besorgt war, etwas verpasst zu haben.

Tecumseh lachte. »Euer Vater ist ein erstaunlicher Mann, Thane Tristan. Es ist höchst selten, dass ein Fine unsere Gedankensprache verstehen kann.«

»In der Tat«, antwortete Tristan etwas steif. »Sind wir so weit?«

Beide Prinzen der Sidhe verbeugten sich noch einmal und traten von Tristan und Talisker zurück, um ihre Umwandlung zu vollziehen. Talisker nutzte die Gelegenheit, um mit Tristan unter vier Augen zu sprechen.

»Kommst du zurecht, Tris?«

»Ja. Warum sollte es anders sein?« Tristan tat so, als würden sein Vater und er zu einem Picknick aufbrechen.

»Es ist nur ... ich weiß doch, dass du nicht gerne fliegst. Beim letzten Mal ...«

»Dieses Mal ist es etwas anderes. Wenn ich meinen Thron zurückerobern will, bleibt mit keine Zeit für Furcht.«

Talisker nickte und spürte, dass die Worte seines Sohnes in Wahrheit gespielte Tapferkeit waren. »Angst kann nützlich sein, Tris«, warnte er. »Sie schärft unsere Sinne und hilft uns zu überleben ...«

»Oder macht uns zu Krüppeln«, sagte Tris dumpf. »Los geht's.«

Der Nebel, der die Insel eingehüllt hatte, erstreckte sich noch viele Meilen lang, denn das winterliche Sonnenlicht war zu schwach, als dass es ihn hätte wegbrennen können. Als sie an der Küste des Festlands entlangflogen, konnte Tristan dann und wann braune und grüne Flecken erkennen, die der trostlosen Schwärze der Überreste von Or Coille Platz machten. Der Nebel lichtete sich, als sie weiter nach Norden zogen, und Tris machte die schwarzen Umrisse von seltsamen Reitern aus – einer Jagdgesellschaft und von Kundschaftern, die sich Richtung Süden durch das Moorland bewegten. Die Adler flogen von diesen Gestalten unbemerkt vorüber, denn ihre Höhe ermöglichte es ihnen, aus dem Schutz der Wolken niederzustoßen und wieder aufzusteigen.

Als sie sich Soulis Mor näherten, wurde es merklich kühler, und bitterkalte Winde peitschten die Federn der Adler, doch die Prinzen hielten ohne sichtliches Unbehagen ihren Kurs. »Sieh nur!«, gellte Tristans Stimme. Er war sich nicht sicher, ob Talisker ihn gehört hatte, doch als er zu seinem Vater hinübersah, bestätigte ihm dessen grimmiger Gesichtsausdruck, dass auch er die ersten Eindrücke von Soulis Mor erhascht hatte. Tecumseh und Tenskwa glitten weiter hinunter, um eine bessere Sicht zu ermöglichen.

Soulis Mor war nicht länger der »Schwarze Wächter« der Legenden. Die Stadt war eingefroren, in weißes, glänzendes Eis gehüllt, das so dick war, dass Tunnel vor den Toren freigehauen worden waren, als handele es sich nicht um Eis, sondern gewachsenen Fels. Tristan sog vor Überraschung die Luft ein und brach dann in Husten aus, weil die eisige Luft in seinen Lungen brannte; er konnte die Ställe und die Brauereien von seinem Aussichtspunkt aus erkennen, ebenso wie die Menschen, die in der Zeit eingefroren worden waren. Talisker, der in seinem früheren Leben solche Momentaufnahmen der Zeit bei den Personen auf Fotos gesehen hatte, war davon weniger schockiert als Tris; er war viel stärker wegen der Gestalten besorgt, die sich dort unten noch bewegten, denn er erkannte die Umrisse von Scoor – von hier oben aus erinnerten sie mehr denn je an riesige Skorpione. Doch da waren auch noch andere, die nach außen hin eine menschlichere Gestalt aufwiesen und von denen einige auf Pferden ritten. Konnte es sein, dass die Corrannyeid nach Sutra zurückgekehrt waren und die Körper der unglücklichen Opfer von Jahls Eiszauber annahmen?

»Fliegt uns tiefer, Tenskwa, vielleicht können wir auf dem Nordturm landen.«

»Es ist zu gefährlich, zu landen, Duncan Talisker. Wir können das Leben des Thane nicht aufs Spiel setzen. Seht dort drüben …«

»Wo?«

»In den Gärten nahe der Nordmauer. Ich werde uns näher fliegen.« Tenskwa wartete Taliskers Zustimmung nicht ab, sondern schraubte sich bereits nach unten. Als Talisker zurückblickte, sah er, dass Tecumseh und Tristan es ihnen gleichtaten, als befänden sie sich in ein und derselben Kurve.

Es war ein Körper. Doch was ihn von den anderen eingefrorenen Gestalten unterschied, war die Tatsache, dass dieses Mädchen fortgeworfen worden war wie ein Stück Abfall. Es war unmöglich, zu beurteilen, ob das unglückselige Mädchen bereits tot gewesen war, als es einfror, doch die ungelenke Haltung seiner gespreizten Glieder sagte ihnen, dass eine Ohnmacht das Beste gewesen sein mochte, worauf es hatte hoffen können.

Talisker hörte hinter sich etwas wie ein Heulen und wandte sich um, um einen Ausdruck schieren Zorns auf Tristans Gesicht zu sehen. *»Ich denke, wir sollten es holen«*, dachte er. *»Bittet Tecumseh zurückzubleiben, um den Thane vor allem Unheil zu schützen.«*

»Salkits Segen, Duncan Talisker«, antwortete Tenskwa. Dies schien Zustimmung zu bedeuten, denn ohne weitere Warnung legte sich Tenskwa steil in die Kurve und presste die Schwingen eng an seinen Körper. Es war, wie zu fallen, wie ein freier Fall, sanft wie Seide, kribbelnde Geschwindigkeit; Talisker stieß unwillkürlich einen Schrei der Begeisterung aus, der im Luftstrudel des Adlers verloren ging. Als finge er einen Lachs aus einem Fluss, packte Tenskwa den gefrorenen Körper mit seinen Klauen, hob sich ohne Unterbrechung wieder empor und schlug mit den Flügeln, um an Geschwindigkeit zu gewinnen. Hinter ihnen ertönte ein Geräusch, und Talisker blickte zurück, um zu sehen, was da kam.

»Fliegt, fliegt, fliegt«, schrie er Tenskwa laut zu. Angst lag in seiner Stimme, und das aus gutem Grund. Kein Corannyeid, kein Scoor – die Kreaturen, die sie soeben angriffen, waren in Sutra gänzlich unbekannt. Es waren extrem große Wesen, von der Gestalt her menschenähnlich, doch mit schwarzer Haut, die wie aus Horn schien, und gelben Zähnen, die wie Hauer wirkten. Die Bezeichnung, die Talisker in den Kopf schoss, war »Troll« – nur dass man damit die Geschwindigkeit außer Acht ließ, mit der sie rannten. Einige hasteten noch immer auf Tenskwa zu, obwohl er bereits vom Boden abgehoben hatte, doch andere waren stehen geblieben und spannten Pfeile in unförmige, notdürftige Bögen. Talisker warf sich nach vorne und vergrub sein Gesicht in den warmen Federn, als ein Pfeil von der Größe eines Wurfspeers an seinem Ohr vorbeizischte. Er konnte das neugierige, rasselnde Geräusch hören, das diese Kreaturen erzeugten, doch der Klang verebbte rasch, als Tenskwa höher und höher stieg.

Endlich blickte Talisker wieder auf. Es herrschte Stille, und er blickte in den klaren blauen Himmel. Ziemlich weit vor ihnen konnte er erkennen, dass Tecumseh gen Südwesten flog.

»Seid Ihr in Ordnung, Tenskwa?«

»Ich bin unverletzt, Duncan Talisker, doch ich befürchte, unsere Mitreisende könnte von einem Pfeil getroffen worden sein.«

Talisker versuchte nach unten zu sehen, konnte aber nicht unmittelbar unter den Körper des Adlers blicken. *»Wahrscheinlich ist es sowieso tot«*, dachte er. *»Armes Mädchen. Ich weiß gar nicht, warum wir es überhaupt aufgesammelt haben.«*

»Tecumseh sagte mir, dass es mit Thane Tristan bekannt ist.«

»Oh.«

Sie hatten Soulis Mor nun den Rücken gekehrt, flogen jedoch unterhalb der Wolkendecke. Alles, was nun geschah, konnte Talisker mit voller Klarheit sehen, auch wenn er zunächst buchstäblich seinen Augen nicht traute. Es war das Geräusch, das ihn dazu brachte, sich in Richtung Soulis Mor umzudrehen; ein leises Rumpeln, das sein Zentrum unter der Festungsstadt zu haben schien. Doch ihre Aufmerksamkeit wurde von einer Gruppe Scoor abgelenkt, die die Verfolgung der Sidhe-Adler aufgenommen hatte. *»Keine Sorge, Duncan Talisker. Sie sind nicht in der Lage, in großer Höhe zu fliegen: Ihre Flügel sind zu schwach«*, bemerkte Tenskwa höhnisch. *»Die Scoor haben noch keinen erwachsenen Sidhe-Adler getötet, und doch sind wir es, die Thane Regan fürchtet …«* Er brach ab. *»Es tut mir L…«*

Eine Explosion erschütterte die Ebene vor Soulis Mor – ein Strahl eisiger Luft schoss mit der Wucht eines Geysirs empor, und Tenskwa, der in den Aufwind geriet, wurde herumgewirbelt; seine Flugfedern wurden beschädigt, und Talisker klammerte sich an ihn, um sein Leben zu retten, als der große Adler darum kämpfte, das Gleichgewicht wiederzuerlangen. Sie verloren an Höhe, und Tenskwa stieß einen Warnschrei aus, denn er wusste, er würde seine Last fallen lassen müssen; der Körper des Mädchens behinderte seinen Kampf. Er ließ es los, als er herabstürzte, doch Tecumseh, der umgedreht hatte, um seinem Bruder zu helfen, fing sie in der Luft auf.

Sutra fiel der Zerstörung anheim, denn die Erde erbebte zunächst und spaltete sich dann mit einem gewaltigen Zucken. Aus den Tiefen des Erdbodens wurden riesige Stalagmiten aus Fels und Eis gewaltsam in die Luft geschleudert und von einer unnatürlichen Macht im Kreis gedreht. Eisige Kälte begleitete diese traumatische Geburt; die Felsen schrien, kreischten und splitterten. Soulis Mor selbst wurde auseinander gerissen, als ein enormer Spalt das Muttergestein durchschnitt. Zerklüftete Eisplatten stachen in chaotischen Winkeln aus dem Boden und bildeten Sockel und vorgeformte Miniaturberge.

Tenskwa hatte wieder zu einer ruhigen Flugbahn gefunden, doch nun glitt er inmitten einer Landschaft dahin, die sich gegen ihn wendete und die versuchte, seinen Weg abzuschneiden. Seine Klauen und die Unterseite seines Körpers waren bis auf die Knochen durchgefroren, und in seinem Hinterkopf fürchtete er, dass sein Tod unmittelbar bevorstand, entweder weil sein Herz so gut wie erfroren war oder weil er von einem der massiven Eiszapfen aufgespießt würde, die hoch in die Luft geschleudert wurden.

»Was zur Hölle geht hier vor sich?«, schrie Talisker.

Von Tenskwa kam keine Antwort, denn er schien mitten in der Luft zu bremsen, als sich eine riesige Eisbank vor ihnen erhob. Talisker schloss die Augen und machte sich auf den Aufprall gefasst, doch im letzten Moment lenkte der Adler zur Seite, wobei sein linker Flügel im Vorbeifliegen gegen das Eis prallte.

»Duncan Talisker – die Luft – ist zu dünn – kann nicht höher steigen – kann nicht länger fliegen …«

Talisker blickte zurück nach Soulis Mor, und es schien, als hätte das Erdbeben dort etwas nachgelassen. *»Dreht zurück, Tenskwa!«*, dachte er drängend. *»Fliegt nach Norden, hinter Soulis Mor …«*

»In die Badlands?« In Anbetracht der verzweifelten Lage war dies eine rhetorische Frage; Tenskwa versagte, seine Schwingen

waren eisgerändert. Ein weiterer Eisberg erhob sich vor ihnen, und sie wurden von einem frostigen Wirbel getroffen, der den Adler mit sich riss, als sei er nur eine einzige Feder. Nach einigen bangen Augenblicken, in denen Talisker fast das Herz stehen blieb, gelang es Tenskwa, sich wieder zu fangen und in Richtung Norden zu fliegen, wie es Talisker vorgeschlagen hatte. Unten ihnen, inmitten des sich verwandelnden blauen Weiß der Ebenen, lagen die Scoor, die versucht hatten, den Sidhe-Prinzen zu folgen, tot auf den Eisplatten; einer von ihnen war tatsächlich von einem emporschießenden Stalagmit aufgespießt worden, und sein Schwanz zuckte noch immer, während er starb.

Als sie die äußersten Türme der Stadt erreichten, versiegte das Rumpeln, welches das seltsame Eisbeben begleitet hatte, abrupt; der Klang von fallenden, zerberstenden Felsen hallte noch immer wie ein Echo, und nun waren Schreie aus der unter ihnen liegenden Stadt zu hören, als die Kreaturen, die sie bewohnten, ihrem Schmerz und ihrem Entsetzen Ausdruck verliehen. Als sie die nördliche Mauer hinter sich hatten, waren Tenskwa und Talisker der Eiswolke entkommen, welche die Eruption begleitet hatte, und Tenskwas Flügelschlag wurde immer stärker und entschlossener und sicherer. Hinter der Festung waren die Spuren der Verwüstung weniger offensichtlich, doch Tenskwa konnte nirgendwo landen: Alles war von dickem Eis bedeckt.

»Braucht Ihr eine Rast, Tenskwa?«, erkundigte sich Talisker.

»Nein, Duncan Talisker. Es wird schon gehen. Ich werde nach Westen abdrehen und in Richtung Meer fliegen. Meine Flügel erholen sich wieder.«

»Ich hoffe, dass Tecumseh und Tris in Ordnung sind. Ich habe nicht gesehen, was mit ihnen geschehen ist, nachdem Euer Bruder das Mädchen aufgefangen hat …«

»Was ist das?«

»Hm?«

»Seht dort drüben. Vor uns in östlicher Richtung … Seht Ihr dieses Ding?«

Zunächst konnte Talisker nicht erkennen, was die Aufmerksamkeit des Prinzen auf sich gezogen hatte; das Gelände ähnelte dem auf der anderen Seite von Soulis Mor – eine öde Weite – und war nun von Eis überzogen. Er wusste, dass dies die Ebene war, über die er vor vielen Jahren mit den Fir Chrieg, Sandro und Malky geritten war, um Corvus gegenüberzutreten, und es bereitete ihm kein Vergnügen, wieder hier zu sein. Die Landschaft war heute ebenso trostlos, wie es vor all den Jahren der Fall gewesen war. *»Lasst uns weiterziehen, Tenskwa«*, drängte er.

»Nein«, beharrte Tenskwa, *»ich will das sehen.«*

Vor ihnen *war* etwas. Als sie hinüberflogen, bemerkte Talisker die Ausmaße; es handelte sich um ein schwarzes, tellerähnliches Objekt von etwa einer Meile Durchmesser. Die Oberfläche schien Teer zu ähneln – sie schimmerte kühl im Licht, welches von den Eisplatten zurückgeworfen wurde –, und sie war umgeben von niedrigen Ausläufern von Felsen und Eis.

»Was zur Hölle ist das?«, murmelte Talisker. Tenskwa antwortete nicht, umkreiste jedoch den seltsamen neuen Geländepunkt und stieg höher und höher.

»Warum steigen wir hoch?«

»Ich dachte, vielleicht wäre es gut, sich einen Überblick zu verschaffen, Duncan Talisker.«

Unter ihnen bewegten sich die Felsen, die sich im Umkreis der Vertiefung befanden, langsam nach innen. Und plötzlich erschien etwas an den Bewegungen entsetzlich vertraut. Linien in den Felsen auf den beiden gegenüberliegenden Seiten der Vertiefung krachten und zerfielen in feine Falten, und ein dünner Film bewegte sich von links nach rechts über die Schwärze.

»O mein Gott«, zischte Talisker.

Es war ein Auge. Und es blinzelte.

Sandro erwachte von einem vertrauten Geräusch, welches überhaupt nicht in den Kontext passte: dem Klang von Pferdehufen. Ein Pferd kam den Pfad zu Beas Häuschen herauf. Als er wieder richtig zu sich kam, erinnerte er sich an das Erdbeben und setzte sich auf, das Gesicht in beide Hände vergraben. Wie viele Tote mochte es gegeben haben, fragte er sich. Bea hatte sich an ihn gekuschelt, und so stand er langsam auf und legte sie sanft zurück in die Kissen, ohne sie zu wecken. Dann ging er zum Fenster hinüber und sah zur Stadt hinaus. Zum Glück schien die Verletzung an seinem Bein doch weit weniger schlimm zu sein als befürchtet. Von hier aus konnte man fast glauben, dass das Beben gar nicht stattgefunden hatte. Das Epizentrum lag über der Altstadt, und das einzige wirkliche Anzeichen für eine Katastrophe war aus dieser Entfernung das unheilvolle Heulen der Sirenen und das Schwirren der Hubschrauber über ihren Köpfen. Rauchschwaden kräuselten sich träge an einem strahlend blauen Winterhimmel.

»Guten Morgen, *Seanachaidh*.«

Er wandte sich um. Regan stand im Eingang. Sie hielt ein dünnes Seilende in den Händen, welches sie am Zaumzeug des Pferdes hinter sich befestigt hatte. Etwas war mit ihr geschehen, sie sah … anders aus. Es schien seltsam, zu glauben, dass ein solches Trauma wie das, das über Edinburgh hereingebrochen war, jemanden zum Leben erwecken könnte, doch genau das schien mit Regan passiert zu sein. Sie grinste ihn an, und das Strahlen in ihren Augen war nicht zu missdeuten – Sandro hatte es zu oft in der Schlacht gesehen.

»Woher hast du das da?«, fragte er und nickte zu dem Pferd hinüber.

Regan klopfte dem Tier mit einem lauten Klaps auf die Flanken. »Oh, ich habe ihn aufgelesen, als er am Rand des Parkgeländes umherirrte. Er war ein bisschen durcheinander … was, alter Junge? Ich habe noch nie so ein Pferd gesehen. Schau dir diese Hufe an!«

Sandro nickte und lächelte dünn. Er war sich ziemlich sicher, dass das Pferd zur Brauerei gehörte, wo es eingesetzt wurde, um die alten Tafelwagen zu ziehen – als Touristenattraktion –, doch er interessierte sich viel mehr dafür, was in der letzten Nacht mit Regan geschehen war. Er verschränkte die Arme und versuchte sein Bestes, nicht wie ein nörgelnder Elternteil zu klingen. »Wo hast du gesteckt, Regan? Wir haben uns Sorgen um dich gemacht.«

»Das hättet ihr nicht tun müssen. Mir geht es gut. Aber Sandro ...« Das Pferd zerrte sie zurück. »Ich bringe ihn in den Garten, dann erzähle ich dir alles.« Sie marschierte davon, ohne seine Antwort abzuwarten. »Wir stecken in Schwierigkeiten ...«, sagte sie über die Schulter hinweg.

Sandro starrte auf die Silhouette der Stadt – ihm fiel nun auf, dass sie an ein vertrautes Lächeln erinnerte, bei dem einige Zähne fehlten – Gebäude, an denen die Menschen jeden Tag vorübergegangen waren, ohne sie auch nur zur Kenntnis zu nehmen; anonyme, niedrige Hochhäuser; Mietshäuser, die seit georgianischen Zeiten in der Stadt verteilt waren, historisch und doch unbemerkt. Einige waren einfach verschwunden, und mit ihnen die gleichermaßen unbekannten Menschen, die sie bewohnt hatten. »Das ist nicht witzig«, murmelte er.

Wie viele der Bewohner Edinburghs fühlte sich Sandro an diesem Morgen so betäubt von den Ereignissen, dass sein Kopf wattig und unkonzentriert war, beinahe als hätte ihm jemand eins über den Schädel gezogen; das Gefühl glich dem schlimmsten Kater, den er je gehabt hatte. Er schlurfte durch die Küche, um für sich und Bea einen Kaffee zu kochen, doch gerade als er damit beschäftigt war, richtete sich seine Aufmerksamkeit plötzlich auf den Stein, jenen Stein, den Morias ihm vor all den Jahren gegeben hatte, als Symbol dafür, dass er nun ein *Seanachaidh* war. Es handelte sich um einen großen, glatten Bergkristall, der in seiner Handfläche Platz fand. Als Jahl ihn gefoltert hatte, war er das Einzige, was ihm zu behalten gelungen war; Waffen und Schmuck wurden ihm abgenommen, doch dieser Stein, so glatt, so harmlos, war um seinen Hals gebunden geblieben, weil sein Peiniger vermutlich glaubte, er sei wertlos. Sandro nahm ihn in die Hand und streichelte gedankenverloren über die ebene Oberfläche, wie er es schon so viele Male getan hatte – es war einfach so beruhigend. Er ging eben hinüber zum Wasserkessel, als sich plötzlich sein Gesichtsausdruck veränderte. Ein warmes Gefühl strahlte seinen Arm herauf und bis in seine Brust: Es war etwas, womit er wohl vertraut war, etwas, das er in den letzten gut fünfundzwanzig Jahren viele Male gefühlt hatte, doch nie in dieser Welt. Der Stein war aktiv. Er sah stirnrunzelnd auf ihn hinunter. »Nicht hier«, murmelte er. »Hier gibt es keine Geschichten …«

Doch noch immer war das Gefühl in ihm stark; als er den Kessel auf die Herdplatte setzte und diese einschaltete – leicht erstaunt darüber, dass es in diesem Teil der Stadt noch Elektrizität gab –, genoss er das Gefühl, das mit nichts zu vergleichen war: eine körperliche Bündelung der Worte, die darauf warteten, herauszusprudeln, und die damit verbundene Befriedigung …

»Bea. Bea … wach auf.« Er stellte einen Kaffee neben ihr auf dem Tisch ab. »Ich muss dir etwas erzählen …«

Bea setzte sich auf und stöhnte leise. »Wie spät ist es, Sandro? O Gott, es ist wahr, stimmt's? Ich habe es nicht einfach geträumt, oder …?«

»Warte. Hör mir zu. Wir können in einer Minute über das Beben reden. Ich muss dir eine Geschichte erzählen …«

»Eine Geschichte? Eine Erzählung?« Bea hob die Augenbrauen und schlürfte ihren Kaffee. »Sandro, das scheint mir irgendwie unpassend. Ich will wissen, wie es den anderen geht … Cal, Stirling … Meinen Eltern geht es gut, die sind zu Besuch in Fife …«

»Bea, hör mir zu.« Sandro hockte sich vor sie und nahm ihre Hand. »Du weißt, dass ich ein *Seanachaidh* bin …«

»Ja, schon, mein Süßer, aber …«

»Es ist schwer zu erklären, Bea, aber manchmal kommen die Worte einfach und verlangen danach, ausgesprochen zu werden. Das ist es, was gerade geschieht. Ich muss dir die Geschichte erzählen, denn jemand muss zuhören.«

»Was, jetzt? Hier, in der realen Welt?«

»Kann ich auch zuhören, *Seanachaidh*?« Regan war aus dem Garten zurückgekehrt, wo sie das Pferd in Beas Laube untergebracht hatte.

»Du bist wieder da?« Bea lächelte müde und war außerstande, genug Energie aufzubringen, um den Streit, der sich in der vergangenen Nacht zwischen ihr und Regan entsponnen hatte, weiterzuführen – es schien so lange her zu sein. Regan warf ihr einen vernichtenden Blick zu, setzte sich jedoch trotzdem neben sie, denn sie wollte unbedingt Sandros Geschichte hören.

»Dies ist meine Geschichte«, setzte Sandro an. »Es ist die Geschichte von König Euan, dem ersten und dem weisesten Herrscher der Fine. King Euan erbte Sutra, als die Götter ihres Spiels müde waren. Viele seltsame und lästige Kreaturen waren in der Welt zurückgeblieben. Euan hatte kein Reich, über das er herrschen konnte, und so baute er mit der Hilfe seines Clans eine wunderschöne Stadt inmitten der üppigen Berge des Südens. So etwas hatte man noch nie gesehen; die Mauern aus weißem Marmor funkelten bei Tag, und bei Nacht erleuchteten Tausende von Fackeln den Nachthimmel. Verstreute Menschen, Künstler und Bauern gleichermaßen, zogen in die große weiße Stadt von Kirris Dira.

Nach zehn Jahren jedoch endete das Glück König Euans, als sich eines Morgens ein schrecklicher Lärm erhob. Es klang wie ein gehetztes, dröhnendes Heulen, und es hallte durch die Straßen von Kirris Dira und durch ganz Sutra. So entsetzlich war das Geräusch, dass sich viele Menschen selbst töteten, Frauen, die schwanger waren, Fehlgeburten erlitten und die sagenhaften weißen Türme der Stadt zu bersten begannen und zusammenfielen.

Das Geräusch riss nicht ab. Es dauerte viele Monate lang an, und die Menschen, die in Kirris Dira lebten, flüchteten in die äußersten Gebiete des Landes. Am Ende blieb König Euan allein in den verlassenen Straßen seiner Stadt zurück und erklomm voller Verzweiflung den höchsten Turm der Stadt, um sich in den Tod zu stürzen.

Doch dann kam die Rettung in der Gestalt eines kleinen, weißen Vogels. Er sah aus wie ein Spatz, dessen Federn vom Schnee gefärbt worden waren. Er saß dort und beobachtete Euan, wie er versuchte, genug Mut aufzubringen, um zu springen. ›Wen starrst du so an?‹, fragte Euan.

›Den Herrscher über das Nichts‹, antwortete der Vogel. Euan war so erbost über diese Antwort, dass er die Hand ausstreckte, den Vogel packte und ihn von dem Vorsprung riss, auf dem er saß, denn er hatte vor, ihm das Leben aus dem Leib zu pressen. Der Vogel bekam Angst und sagte: ›Verschont mich, weiser König, und ich kann Euch helfen, den Klang zu beseitigen, der Eure Stadt zerstört.‹

›Was kann ein kleiner Vogel ausrichten?‹, fragte der König, denn er war noch immer erzürnt wegen der Unverschämtheit des Tieres. Zu seinem Erstaunen verwandelte sich der Vogel in eine wunderschöne Frau. Es war die Göttin Brigantia. ›Ich werde Euch helfen, Euan‹, sagte sie. ›Doch zunächst müsst Ihr versprechen, dass Ihr mich mehr als alle anderen verehren werdet, sobald alle Menschen zurückgekehrt sind.‹

König Euan stimmte eilig zu. ›Sagt Ihr mir, was ich tun muss?‹, bat er.

›Das Geräusch, das Ihr vernehmt, wird von zwei Drachen namens Kivik und Hemmek hervorgebracht. Kivik ist ein roter Drache des Feuers und Hemmek ein weißer Drache des Eises. Sie hausen tief in der Erde und kämpfen unablässig gegeneinander, und ihr Ringen bringt die Jahreszeiten der Welt hervor. Sie sind so alt wie Menschengedenken, doch im Laufe der Zeit sind sie bis kurz unter die Erdoberfläche gelangt. Sie setzen ihren Kampf unter Eurer Stadt fort, ohne zu ahnen, dass jeder sie hören kann. Sie müssen gefangen und für alle Zeit gebunden werden …‹

Die Göttin entwickelte einen Plan: König Euan sollte tausend Männer zusammenbringen, die eine riesige Grube ausheben sollten – für die Dauer ihrer Aufgabe würde Brigantia den Arbeitern Taubheit schenken, damit sie nicht von dem Brüllen der Drachen erneut vertrieben werden würden. Euan tat, wie ihm aufgetragen worden war, und es dauerte drei Jahre, die Grube zu graben.

Als das Loch ausgehoben war, stellte sich Euan in die Mitte, und die Göttin Brigantia erschien mit einem silbernen Schwert in der Hand neben ihm. Vor den Augen der gaffenden Menge am Rand der Grube nahm Euan das Schwert entgegen und köpfte die Göttin mit einem einzigen mächtigen Hieb; die Menge hielt ungläubig die Luft an. Das Blut der Göttin ergoss sich als dunkle Flut über den Erdboden; mehr Blut, als ein menschlicher Körper je hätte fassen mögen. Euan floh aus der Grube – wie es ihm geraten worden war –, und ein Meer von sattem, dunklem Blut sammelte sich in seinen Spuren. Als er sicher eine Seite erklommen hatte, sah er hinab und bemerkte, dass das Blut die Felsen unter ihnen getränkt hatte und sie schwarz wie Kohle machte.

Er streckte seine Arme aus, um Ruhe zu erwirken, und sprach die Worte, die Brigantia ihm aufgetragen hatte. Und wie versprochen erschienen die Drachen in der Grube, wie immer im Kampf verstrickt, und wälzten sich hin und her. Flammen und Feuer entwichen dem roten Drachen und zischendes, knackendes Eis dem weißen, bis die Grube und der umliegende Boden glühten und flüssig wurden und die Betrachter am Rande gezwungen waren zurückzutreten.

Schließlich, nach vielen Tagen, wurde das Land wieder still, die Grube kühlte ab, und Euan und seine Männer kamen zurück, um nach den Drachen zu sehen. Dort fanden sie sie, für alle Ewigkeit verschlungen, weder verbrannt noch erfroren, sondern in glänzendes Metall gehüllt. Euan wusste, es war an der Zeit, die abschließenden Worte der Verbannung zu sprechen, um Sutra für alle Zeit von der Plage durch Kivik und Hemmek zu befreien. Die Drachen, noch immer von ihrer glänzenden Hülle umgeben, verschwanden in die Leere zwischen den Welten, wie Brigantia es versprochen hatte. Friede kehrte wieder in Kirris Dira ein und mit ihm die Fine. König Euan hielt sein Versprechen, das er der Göttin Brigantia gegeben hatte, und errichtete ihr zu Ehren einen großen Tempel. Der Klang der Drachen wurde nie wieder in Sutra gehört.«

Als Sandro geendet hatte, herrschte einen Moment lang verblüfftes Schweigen.

»Drachen?«, fragte Regan.

»Was hat das zu bedeuten, Sandro?«, fragte Bea unschlüssig. »Was soll ein solch schlichter Mythos mit uns zu tun haben? Tut mir Leid, mein Süßer, aber ich kann mir nicht denken, warum das für uns wichtig sein könnte. Ich will ja nicht die Traditionen Sutras beleidigen, aber die Vorstellung ist absurd. Vielleicht ist es ja eine Allegorie oder eine Metapher für irgendetwas.«

»Nein. Es hat etwas mit Jahl zu tun«, sagte Regan. »Er ist hier. Ich habe ihn gesehen.« Ihre Gesichtszüge verdunkelten sich in bitterer Wildheit.

»Hier? Wie kann er hier sein?« Sandro stöhnte ungläubig auf.

»Na ja, ihr seid schließlich auch beide hier«, stellte Bea richtig. »Warum sollte er nicht ebenfalls hier sein? Wo ist der Unterschied?«

Regan warf ihr einen verächtlichen Blick zu, nur weil Bea nicht auf dem Laufenden war, was Jahl betraf. »Nun, er ist zur Hälfte ein Gott – aus unserer Welt – und verantwortlich für den Tod von Tausenden der Sidhe und der Fine. Er hat sowohl Sandro als auch mich gefoltert; Sandro nicht eigenhändig, mich hingegen ... sehr eigenhändig.« Sie sah auf ihre Hände und dann durch die Wimpern hoch zu Sandro – in ihrem Blick lag die Bitte, Bea nicht sämtliche Details zu berichten. Sandro beachtete sie nicht, doch seine nächste Bemerkung war nicht ganz das, was sie erwartet hatte.

»Er ist ebenfalls Taliskers Sohn.«

»Wie bitte?« Regans gesamter Körper versteifte sich. »W-Was hast du gesagt?«

Sandro bereute seine Worte sofort. »Gott, es tut mir Leid, Regan. Ich – ich dachte, Talisker oder Tris hätte es dir inzwischen gesagt ... ich ...«

»Das ist eine Lüge.« Sie schüttelte den Kopf und stritt ohne weiteres Nachdenken alles ab.

»Warum sagst du so etwas, *Seanachaidh*?« Mit einer Geschwindigkeit, die ihre Verwirrung Lügen strafte, zog sie einen Dolch und zielte auf Sandros Kehle. »Sag mir, dass es nicht wahr ist«, zischte sie.

Sandro wich bei ihrer Reaktion nicht zurück, sondern hielt ihrem Blick stand. »Ich wünschte, das könnte ich, Regan. Duncan wurde von der Göttin Phyrr verführt. Sie ist die Mutter von Jahl.«

Regans Hand zitterte, doch sie zog den Dolch nicht zurück; ihr Gesicht war vor Zorn und Groll verzerrt. »Du willst mir erzählen«, sagte sie langsam, »dass dieser wertlose Bastard mein Bruder ist? Ich habe meinen Bruder geliebt ...«

»Es tut mir Leid.« Es schien sonst nichts zu sagen zu geben. Regan ließ den Dolch zu Boden fallen und erhob sich plötzlich. »Ich will allein sein«, befahl sie.

»Dann kannst du in mein Zimmer gehen«, antwortete Bea ruhig. Sie war zornig wegen Regans Reaktion, denn sie war an die Vorstellung von Waffen in ihrem Haus weniger gewöhnt als ihre Gäste. »Dies ist mein Haus.«

Regan antwortete nicht, sondern schlich in das Zimmer und schlug die Tür hinter sich zu.

Es war bereits wieder dunkel, als sie aus dem Raum zurückkam. Bea und Sandro sahen sich im Fernsehen die Übertragungen der Rettungsarbeiten nach dem Erdbeben an, die fast alle Programme verdrängt hatten. »Ich glaube ja Folgendes«, verkündete sie forsch. »Er hat hier irgendetwas vor. Ich weiß, dass er diesen armseligen Jungen benutzt ...«

Sandro und Bea setzten sich auf. »Meinst du Knox?«, fragte Sandro.

»Ja, Knox. Ich bin ihnen gefolgt und habe sie beobachtet, wie sie durch den Eingang zur Höhle verschwunden sind. Er brachte alle seine Anhänger zu Jahls Unterschlupf im Inneren des Hügels, und Jahl hat augenblicklich einen von ihnen geopfert. Er braucht Macht, magische Energie, für das, was er tut … ich weiß nur noch nicht, was es ist. Ich glaube … ich glaube, was auch immer er tut … es läuft nicht nach Plan.«

»Woher weißt du das?«

Sie zog die Augenbrauen zusammen und versuchte zu fassen, was ihr ihr Instinkt verriet. »Ich habe ihn gesehen. Etwas macht ihm zu schaffen – wenn Jahl unsicher ist, versteckt er sich hinter theatralischem Auftreten. Knox und seine Anhänger glauben, er sei ein Gott …«

»Ein Gott?«, fragte Bea zweifelnd.

»Sie haben ein ganzes Pantheon in Sutra, Bea«, erklärte Sandro. »Sie sind auch leibhaftig … Regan, ich glaube, sie haben die Vorstellung, dass dieser der Christengott ist – da gibt es nur einen.«

»Wie auch immer.« Sie tat es mit einem Wink ab, denn sie wollte sich in ihrem Gedankenfluss nicht unterbrechen lassen.

»Lebt Knox noch?«

»Ja, Jahl hat eine Frau getötet … ich weiß nur nicht, was das mit den Drachen von König Euan zu tun hat.«

»Und die Geschichte mit der Halskette«, fügte Bea hinzu. »Vergiss die nicht – sie muss wichtig sein, wenn er Tristan deswegen bis hierher verfolgt.«

»Es ist ein Zauberspruch, nicht wahr?« Sandro nickte bedächtig. »Die Halskette, der Ort …«

»Und er hatte noch etwas in der Kammer – irgendeine gebundene Energie«, ergänzte Regan. »Ich schlage vor, wir gehen zurück und sehen es uns noch einmal an.«

»Das ist unmöglich, Regan. Wir haben gerade die neuesten Berichterstattungen gesehen – ganz Arthur's Seat ist von Wissenschaftlern überlaufen, denn dort lag das Epizentrum des Bebens«, sagte Bea. »Sie könnten sogar Jahl finden, wenn er nicht vorsichtig ist.«

»Nein, er ist weit im Inneren des Hügels, und der Eingang ist gut versteckt.«

»Du hast ihn gefunden«, wandte Bea ein.

»Ja, aber ich bin Knox gefolgt.«

»Ich denke, wir müssen abwarten, bis sich wenigstens dieser erste Rummel ein wenig gelegt hat«, stimmte Sandro zu. »Vergiss nicht, er hat dort drinnen Scoor. Wir wollen nicht, dass noch mehr Menschen verletzt oder getötet werden.«

»Nein. Wir müssen bald gehen«, beharrte Regan. »Genau genommen sollten wir sofort gehen. Wir können es uns nicht leisten, zu warten. *Seanachaidh*, seitdem du wieder hier bist, bist du weich und einfältig«, sagte sie verächtlich.

»Vorsicht ist nicht das Gleiche wie Feigheit, Regan«, sagte Sandro ruhig. Bea sah über Regans Bemerkung verärgerter aus als er.

»Verstehst du denn nicht«, sagte sie und stampfte ungeduldig mit dem Fuß auf. »Wenn Jahl einen Spruch wirken will, wird er sich nicht von einem Erdbeben davon abbringen lassen …« Sie brach plötzlich ab und erbleichte.

»Was ist denn los?«

»Wahrscheinlich hat er das Erbeben verursacht …«

»Warum sollte er …«

»Die Drachen. Was, wenn er sie beschwört?«

»Hier? Drachen, hier?« Sandro war entsetzt. »Nein. Warum sollte er …«

»Vielleicht braucht er ihre Macht – oder vielleicht war es ein Versehen.«

»O mein Gott.« Sandro erhob sich und war nun nicht mehr länger auf Beas Seite. »Du hast Recht. Wir müssen sofort gehen. Wir müssen ihn aufhalten …«

»Halt, halt. Wartet eine Minute.« Bea packte Sandros Hand. »Regan, könntest du uns bitte eine Minute allein lassen?«

Regan sah sie funkelnd an, tat jedoch, worum Bea sie gebeten hatte, und ging zurück ins Schlafzimmer.

»Was ist los, Bea?«, fragte Sandro.

»Wo soll ich anfangen? Vielleicht bei seltsamen fliegenden Skorpiondingern, mit denen ich gerade so noch klarkomme – an die ich gerade so noch glauben kann, weil ich sie gesehen habe –, aber Drachen? Und Sandro, nehmen wir doch mal an, es stimmt – und wir haben nicht genügend Zeit, das auszudiskutieren –, was, wenn du wieder verletzt wirst?« Er runzelte die Stirn, denn er konnte ihr nicht recht folgen. »Hier gibt es keine Magie.« Beas Augen glitzerten vor unerwarteten Tränen. »Keinen Morias, keinen Todesstein. Wenn du verletzt oder getötet wirst …« Sie versuchte zu lächeln. »Hier gibt es nur das Gesundheitswesen. Hier geht's ums Ganze.«

»Ich weiß«, sagte er sanft. »Aber das ist es, Bea – warum ich das Problem nicht jemand anderem überlassen kann. Wenn wir das einem Menschen erzählen, brocken wir uns ganz schön was ein. Wir sind die Einzigen, die damit klarkommen können, Regan, ich und … du kommst nicht mit, oder?«

»Nein. Ich weiß nicht, ob ich dem gegenübertreten kann. In den letzten zwei Jahren, Sandro, wollte ich so gerne, dass Magie real ist. Ich habe mich an die Idee geklammert, dass du und Duncan durch irgendeinen erstaunlichen Zufall dem Feuer entkommen seid, denn ich hatte den Beweis, dass etwas Merkwürdiges vor sich gegangen war. Aber nun … es ist nicht so, wie ich es mir vorgestellt habe. Dieser Kram ist dunkler, und ich war naiv … es ist zu viel.«

Er nickte. »Das verstehe ich.« Sie sah leicht erstaunt aus. »Ich verstehe es wirklich, Bea. Aber Jahl – Drachen oder keine Drachen – muss das Handwerk gelegt werden. Ich sehe dich – ich sehe dich dann, wenn ich wieder zurück bin.«

»Ja.« Sie hielt noch immer seine Hand und starrte sie mürrisch an. »Ja, das wirst du.«

Es war Daniel. Er konnte ihn ganz deutlich erkennen. Was Knox wirklich aus der Fassung brachte, war die Tatsache, dass Daniel *noch immer* da war und an genau derselben Stelle stand, als Knox die Augen öffnete. Noch sagte er nichts, und darüber war Knox recht froh, auch wenn er nicht wusste, warum. Er stöhnte leise und bewegte seinen Kopf, der heftig schmerzte. »Esther?«, flüsterte er. Dann erinnerte er sich. Er wimmerte; ein leises, schneidendes Geräusch, ein abgehackter, brüchiger Laut, als wäre er verletzt.

»Knox?«

»Es tut mir so Leid, Danny. Du hattest Recht«, flüsterte er. »Christus kam, um uns zu sich zu holen. Aber er war ein rachsüchtiger Gott. Esther ... Esther ist tot ...«

»Ja, ich weiß, Knox«, antwortete Daniel. Es war nicht wie zuvor, nicht nur eine Stimme in seinem Kopf, dieses Mal konnte er Daniel sprechen sehen. *»Aber er ist nicht Gott, es ist nicht die Zeit der Großen Trübsal. Erinnerst du dich daran, was ich dir gesagt habe? Er ist ein falscher Prophet ...«*

Knox blinzelte, doch das Bild von Daniel blieb unverändert, wie das Nachglühen eines Blitzes beim Fotoapparat, das sich auf die Netzhaut gebrannt hat. »N-Nein, das ist nicht wahr. Sieh mal, Danny, du wolltest doch, dass ich gläubig werde, nicht wahr? Nun ja, jetzt glaube ich – und wünschte mir, es wäre anders. Ich glaube daran, dass Gott hier ist. Und nun sagst du mir, ich solle *nicht* glauben?« Erneut überwältigten ihn Verwirrung und Schmerz. »Also weißt du, zur Hölle mit dir, Danny. Du bist jetzt ein Geist. Und soll ich dir mal was sagen? Gott kümmert sich nicht einmal darum, dass ich dich getötet habe ...« Er dachte an das Messer, das er in seiner hinteren Hosentasche trug, und wollte sich wiederholt bestrafen, um Gott zu zeigen, dass er bereute – seine Arme juckten und brannten von dieser ganz besonderen Hitze unter der Haut, die befreit werden wollte. »Und es gibt auch nicht so 'n verdammtes Zeug wie Engel oder so ... nur Scoor ... W-Wo bin ich?«

»Sie haben dich rausgeworfen. Mit dem Rest des Abfalls.«

Danny klang verärgert. Einen Moment lang verschwand sein

Bild, und Knox konnte so klar sehen, wie es die Dunkelheit der Nacht erlaubte.

Daniel hatte Recht: Er war aus der Höhle geworfen worden, zusammen mit der Leiche Esthers, die in einem elenden Haufen zusammengekrümmt auf dem gefrorenen Boden lag. Er glaubte, sie seien noch immer inmitten des Hügels, denn überall um ihn herum erhoben sich steile rötliche Felswände hinauf bis zu einem kleinen Loch, durch das das klare Silber und Schwarz des Himmels zu sehen war. Es war kalt, und Knox war bis auf die Knochen durchgefroren. Er sank zurück auf die Knie und strich gedankenverloren Esther die Haare aus dem Gesicht; ihre klaren Augen – so leer wie ihre Seele – starrten ihn an. Daniel kam wieder zurück.

»Halte dich nicht zurück, Danny. Sag einfach, was du denkst«, knirschte Knox sarkastisch.

»Was ich meinte, war, dass Jahl glaubte, du und Esther wäret beide tot.«

»Das könnte ich auch genauso gut sein. Tatsächlich, eigentlich bin ich …«

»Was ist mit den Kindern?«, fragte Daniel eindringlich. *»Du kannst sie nicht einfach dort drin zurücklassen.«*

»Doch, das kann ich. Sie haben sich selbst in diese Schwierigkeiten gebracht.«

»Indem sie an dich glaubten.«

»Unsinn. Sie sind keine Kinder. Sie sind …« Knox starrte hinunter auf Esthers niedergestreckte Gestalt. Einen Augenblick lang glaubte er, er könne noch immer den schwachen Apfelgeruch in ihrem Haar wahrnehmen. Seine Stimme brach ab. »… Erwachsene.«

»Nathan.« Daniel klang erschöpft. *»Er ist nicht Gott. Doch das bedeutet nicht, dass er nicht mächtig ist. Etwas geschieht hier. Es könnte noch immer die Zeit der Großen Trübsal sein …«*

»Ja.« Knox hatte das Messer in seiner Hintertasche gefunden. Es glitzerte silbern – eine willkommene Klarheit in dieser seltsamen Nacht. Er führte es an seinen Unterarm, und die Kühle wirkte auf seiner juckenden Haut wie ein vergifteter Balsam. Jedes Ritzen wäre eine Erleichterung, und so schnitt er sich, ohne seinen Instinkt zu hinterfragen, mit dem Messer quer über seinen Arm – zunächst noch leicht –, in einem Zickzackmuster. Wenn er in diesem Zustand war, schmerzte es niemals. Das Blut war in dem Silber und Blau der monderleuchteten Höhle eine schwarze Flüssigkeit. Knox bemerkte, wie er selbst zu lachen begann.

»Nathan? Verdammt noch mal, was machst du denn da?« Daniels Gesicht war ungläubig, denn er hatte nie geahnt, dass Knox, der ganz offenkundig eines Mordes fähig war, außerdem am Rande des Wahnsinns wandelte. *»Hör auf. Hör sofort auf!«*

Knox lachte nur noch heftiger. Die Schnitte waren jetzt tiefer. Im Innern sagte ihm die leise, aber rationale Stimme seines Bewusstseins, dass dies die Wunden waren, die morgen wirklich schmerzen würden. Es sei denn natürlich, er setzte sich den letzten Schnitt, denn dann würde es gar kein Morgen mehr geben …

Er konnte Daniel noch immer sehen, auch wenn seine Augen bei dieser rituellen Verstümmelung halb geschlossen waren; Daniel schaffte es, überall gesehen zu werden, egal, wohin er seinen Blick wandte. Es war lustig, dass der Geist eines Mannes, den Nathan ermordet hatte, so entsetzt darüber sein konnte, wenn dieser sich selbst verletzte. Danny war jedoch noch immer erzürnt. Er kam näher und versuchte, ihn zu schütteln oder zu schlagen, konnte ihn aber natürlich nicht körperlich angehen – jedenfalls dachte Knox das. Er schrie etwas über Selbstsüchtigkeit – und wie typisch das für einen eigennützigen Hurensohn wie ihn sei.

Plötzlich schien es, als habe Daniel einen Weg zu ihm gefunden, denn eine Kälte erfasste Knox, die ihn augenblicklich wachrüttelte und ihn unmittelbar ernüchterte. Die Kälte ließ sein Blut in den Adern und die Spucke auf seinem Gesicht gefrieren, und er erkannte mit einem Ruck, was für ein einfältiges, geiferndes Tier er geworden war. Eine Welle von Scham, die ebenso eisig war, rollte über ihn hinweg.

»Lass mich allein, Danny«, keuchte er. »Lass mich allein. Ich verdiene es doch, zu sterben. Ich bin nur Abschaum. Sieh, was mit den Menschen geschieht, die mich lieben …« Er wies auf Esthers Leiche. Doch plötzlich war Daniel nirgendwo mehr zu sehen – es kam Knox nicht in den Sinn, sich zu fragen, warum er körperlich verschwunden war –, doch seine Anwesenheit war noch immer zu spüren. Und seine Stimme war zu hören, die ihn vollständig zu umgeben schien und die kalt und hasserfüllt war – etwas, das Knox verbittertes Herz unerwartet wund werden ließ.

»Du dummer, dummer Bastard. Nein, du verdienst es nicht, zu sterben. Das wäre zu einfach. Du wirst sterben, wenn ich es für gut und richtig befinde, dich gehen zu lassen. Steh auf.«

»Was?«

»Steh auf!«

Er erhob sich auf seine Beine, die sich wie Streichhölzer anfühlten. Er zitterte vor Kälte und Furcht.

»Du musst sie da rausholen, Knox. Hast du mich gehört? Du kannst nicht zulassen, dass sie wie Esther getötet werden. Es liegt in deiner Verantwortung …« Es gab eine kleine Pause, während der Knox einen erstickten Seufzer ausstieß. *»… und in meiner. Ich habe sie ebenso wie du hierher geführt. Hol sie da raus. Dann kannst du sterben. Ich werde dir sogar dabei helfen, du trauriger Abschaum.«*

Einen Moment lang herrschte Schweigen, während Knox über Daniels Zugeständnis nachsann. Wilde Hoffnung flackerte in der Leere seiner Seele. »Und wirst … wirst du bei mir sein, Danny?«

»Spielt das eine Rolle?«

»Ja.«

»Nun gut. Und, Knox … auch Gott wird mit dir sein.«

»Ich interessiere mich nicht mehr für Gott … lass uns gehen, um sie zu holen, in Ordnung?«

»Noch nicht, Knox. Da gibt es etwas, das du wissen solltest, bevor du da reingehst.«

»Oh.« Knox erwartete eine Art von Antwort, doch stattdessen

wurde sein Körper von einer unsichtbaren Macht in die Höhe gehoben. »Was zum …«, keuchte er.

»Schließe einen Augenblick lang deine Augen.« Er tat, wie ihm geheißen worden war, und fühlte, wie er weich und kühl durch die Luft getragen wurde, höher und höher. Doch noch etwas anderes geschah mit ihm; etwas fiel von ihm ab, etwas wie Licht oder Feuer. Vielleicht sterbe ich, dachte er. Vielleicht hat er Mitleid bekommen und mich gehen lassen. Er ist ein Engel …

»Öffne sie jetzt«, befahl Daniel. Er tat es.

»O mein G…«

Unter ihm lag die zerstörte Stadt – wunderschön in ihrem Schmerz. Feuer flackerten in den nächtlichen Himmel und brannten in den alten Gebäuden. Sie waren miteinander verbunden wie eine strahlende Kette mit Diamanten. Schnee hatte bereits einigen Schutt bedeckt, als hätte eine wohlmeinende Hand die Wunden versorgen wollen. Lichter flackerten mit einem Hauch von Verzweiflung, und anhand ihrer Farbe wusste Knox sogar aus dieser Höhe, dass es Löschfahrzeuge und Rettungswagen waren. Doch nichts davon war der Grund für sein Erstaunen.

Es schien, als könne er nun auch andere Dinge sehen. Dinge, die eigentlich körperlich nicht dort sein konnten, trotzdem jedoch zu erkennen waren. Überall über der Stadt bis weit in die Ferne reisten strahlende Lichter, denn die Seelen der Toten, die nicht gehen wollten, kreisten in der Luft und tanzten und bewegten sich in einem atemberaubenden Ballett. Es hätte ein wunderschöner Anblick sein können, doch unterhalb der Lichter, weiter unten, vielleicht bereits wieder auf dem Erdboden, konnte Knox sehen, dass die Stadt in weit größeren Schwierigkeiten steckte, als ihr das bewusst war.

Es war ein riesiges Biest. Das Biest der Offenbarung – er fühlte, wie sein Herz einen Schlag aussetzte, als er dies dachte – hatte sich in einem habsüchtigen Bogen um die Stadt gewunden, als sei Edinburgh sein Schatz. Rot und schuppig wie ein Reptil, die

Augen schwarze Löcher voller Niedertracht, Flammenzungen wanderten über den ganzen Körper und erhellten die Schuppen mit einem fröhlichen Feuer.

»Das ist … das ist …«

»Ja«, sagte Daniel. *»Das ist ein Drache. Siehst du es jetzt, Knox? Es geht nicht mehr nur um die Kinder.«*

Kapitel Siebzehn

Drei Tage lang lag das Mädchen in tiefem, kaltem Schlaf. Tristan saß voller Trauer an ihrer Seite und konnte nur mit dem Schlimmsten rechnen. Die Schamanen der Sidhe saßen um ihr Bett herum, in Sprechgesang vertieft, von dessen leisem, widerhallendem Ton Taliskers Kopf zu schmerzen begann, kaum dass er im Raum war. Die Luft war erfüllt von dem Rauch brennender Kräuter.

»Wer ist sie, Sohn?«, fragte er Tristan, als sie gerade wieder in Lys eingetroffen waren.

Tristan lächelte bitter. »Nur eine Bedienstete, Vater. Jemand Unwichtiges, wie du sagen würdest.« Er wollte fortgehen, doch Talisker packte ihn am Arm.

»Nein, das würde ich nicht, Tris. Warum bist du so zornig auf mich? Ich habe ihr dies nicht angetan.«

»Es tut mir Leid, Vater.« Tris blickte sich etwas nervös um und senkte die Stimme. »Um ehrlich zu sein, fühle ich mich völlig nutzlos. Sie – sie bedeutet mir sehr viel …«

»Eine Geliebte?«

»Ja. Jahl – oder Regan – hat sie gefoltert. Ihre Zunge wurde ihr herausgeschnitten, und sie hat Narben und gebrochene Knochen. Es muss schon eine Weile her sein, denn die Wunden haben sich schon recht gut geschlossen – die Knochen in ihrem rechten Bein sind schlecht zusammengewachsen. Wenn sie überlebt, wird sie wohl hinken.« Er schüttelte seinen Kopf. »Wir werden ein tolles Paar abgeben, was?«

»Ich bin sicher, das werdet ihr, mein Sohn.« Talisker hatte sich entschlossen, Tristans Sarkasmus zu übergehen, doch sein Zorn ließ sich nicht so leicht vertreiben.

»Ich wünschte mir, Regan wäre noch hier«, zischte er. Seine Finger klammerten sich um seinen Schwertgriff.

»Thane Tristan.« Prinz Tecumseh kam herüber. »Eure Freundin erwacht. Es scheint, ihr Geist ist stark, doch es verlangt noch viel Heilung und ...« Tristan hastete, ohne ein Wort zu verlieren, davon. »... und sie kann nicht sprechen«, murmelte Tecumseh. Trotzdem lächelte er Tris' verschwindendem Rücken hinterher.

»Wird sie überleben, Tecumseh?«, fragte Talisker.

»Ja, Duncan Talisker. Aber nur so lange wie wir anderen.«

»Was meint Ihr damit?«

»Das Biest. Ich nehme an, die Fine würden es als Drache bezeichnen ... Die Sidhe haben versucht, zu seinem Geist Verbindung aufzunehmen.« Er wies in Richtung des höchsten Gipfels des Hügels, wo sich die roten Felsen spalteten und in den Himmel ragten; zwischen ihnen stiegen weiße Rauchschwaden auf und entschwebten in die kalte Luft.

»Die Schamanen sind nun schon seit zwei Tagen dort oben ...«

»Ich habe nicht begriffen, was sie dort tun«, murmelte Talisker.

»... Doch sie haben nur wenige Erkenntnisse gewonnen. Das Biest ist zwischen zwei Welten gefangen. Irgendjemand, vermutlich Jahl, wie wir annehmen, hat einen Spruch gewirkt, der die Existenz der Kreatur in der Leere in ein körperliches Dasein verwandelt. Wir können es nicht töten. Doch es nimmt immer mehr an Stärke und Größe zu. In einiger Zeit wird es die Begrenzung der Erde abschütteln, und dieses Auftauchen wird Zerstörung über Sutra bringen.«

Talisker nickte und erinnerte sich an die Größe des Auges der Kreatur. »Alles, was wir erfahren haben, ist der Name der Kreatur – Hemmek. Es ist eine Kreatur extremer Kälte – und auch wenn die Clans der Fine seine Wiedergeburt überleben sollten, wird Sutra ein zerstörtes Land des Eises werden. Nur wenige werden einen solchen Übergang überstehen.«

»Wie viel Zeit bleibt uns noch, bevor dies eintritt, Tecumseh?«

Der Prinz zuckte müde mit den Schultern. »Das können die Schamanen nicht sagen. Im Moment ist der Geist der Kreatur zu gleichen Maßen aufgeteilt, doch wenn er erst mal zum größten Teil hier ist … niemand vermag zu sagen, wann dies eintreten wird.«

Talisker runzelte die Stirn. »Die südliche Armee reitet genau darauf zu. Sie muss gewarnt werden.«

»In der Tat. Doch dies ist das Land von Thane Tristan, und es hat den Anschein, als sei er gerade ziemlich beschäftigt.«

»Ich werde mit ihm reden«, versprach Talisker. Er blickte zum Eingang der Höhlen, durch die Tristan verschwunden war, um nach seinem verletzten Mädchen zu sehen. »Aber es kommt wohl nicht auf ein paar Minuten an.«

Tristan starrte in tiefes Brüten versunken auf Graces schlafendes Gesicht hinunter. Alle anderen hatten mit einer Verbeugung den Raum verlassen, als er eintrat, um ihn und Grace allein zu lassen. Wenn sie erwachte, wäre er die erste Person, die sie sah, und Tristan war sich nicht ganz sicher, wie sie sich dabei fühlen würde; schließlich hatte er sie verlassen – hatte das Königreich verlassen –, weil er nicht wusste, wie grausam seine Schwester werden würde. Wenn er doch bloß geblieben wäre, dann hätte er alles verhindern können, nicht nur, was Grace betraf, sondern auch all die anderen Menschen in seinem Clan, von denen die meisten noch immer in Soulis Mor begraben waren, ihre Seelen gefangen in einem Zwischenstadium. Konnten sie um sich blicken, fragte er sich? Sahen sie, wie ihre Stadt zerstört wurde? Er hatte die Hand ausgestreckt, um Grace das Haar aus dem Gesicht zu streichen, doch eine bittere Woge des Zorns durchfuhr ihn, und seine suchenden Finger ballten sich zu einer festen, ohnmächtigen Faust.

Er würde seinen Thron zurückfordern – er war sich dessen jetzt sicher, nicht auf eine bewusste Art, eher so, wie er sicher war, dass er atmete. Regan und nun auch Jahl waren offensichtlich nicht mehr in Soulis Mor. Er nahm an, dass Rache von Natur aus persönlich war, und ihm war diese Befriedigung verwehrt – also konnte er nur hoffen, dass sein Zorn in der Schlacht versiegen würde und das Volk es ihm vergeben würde, dass er es verlassen hatte …

Sie erwachte. Die blasse Haut ihrer Augenlider war fast durchscheinend, und winzige Adern pulsierten an ihren Schläfen, als sie ihre blauen Augen aufschlug.

»Grace?«

Sie keuchte und drehte dann ihr Gesicht in ihr Kissen, als wolle sie sich verstecken. In Wahrheit war ihr Gesicht fast unversehrt, abgesehen von einer dünnen Linie unter der Unterlippe, welche sich nach außen über ihr Kinn zog. Tristan nahm an, dass sie von einem Lederstreifen stammte, der verwendet worden war, um ihren Mund offen zu halten … er fühlte Tränen in seinen Augen stechen. »Es ist alles gut, Grace«, beruhigte er sie. »Du bist jetzt in Sicherheit. Niemand wird dir je wieder etwas tun – das verspreche ich …« Er sah die quälenden Bilder der eingefrorenen Menschen, denen ihre Tage und Nächte gestohlen wurden. »… keinem von euch«, murmelte er. »Niemand wird mehr jemandem aus meinem Clan etwas antun.«

Er lächelte zu ihr hinunter, und sie schlang ihre Arme um ihn; unter ihrem warmen Atem richteten sich die Härchen an seinem Nacken auf. Einige Augenblicke lang machte es nichts aus, dass Grace nicht sprechen konnte – es waren keine Worte nötig.

Talisker erwachte mit einem Ruck, und sein erster Impuls zu sprechen wurde von einer Hand auf seinem Mund erstickt. Er starrte mit aufgerissenen Augen in die Dunkelheit und konnte wenig mehr als die groben Umrisse seines Angreifers ausmachen, doch er erkannte etwas in dem scharf gestochenen Profil und der grazilen Haltung wieder. Als sich die Hand von seinem Mund löste und ein langer Zeigefinger gegen die Lippen gepresst wurde, erkannte er ihn sofort.

»Eskarius?«, flüsterte Talisker. »Bist du das?« Eskarius antwortete nicht, sondern bedeutete Talisker, mit nach draußen zu kommen. Talisker sah zu Tristan hinüber, der tief und fest schlief, doch Eskarius schüttelte den Kopf, um ihn davon abzuhalten, Tristan zu wecken.

»Was ist denn los, Eskarius?«, fragte er in leisem Tonfall, kaum dass sie draußen waren. Die Nacht war eiskalt, und ein seltsamer Frosthauch wurde vom Ostwind aus Sutra hereingetrieben. Im gedämpften Licht der zuckenden Fackeln erwarteten sie drei weitere Sidhe, und Talisker bemerkte erstaunt, dass sie wie Eskarius dem Wolf-Clan angehörten. Es dämmerte ihm, wie wenige er bislang von ihnen zu Gesicht bekommen hatte im Vergleich zu den anderen Clans. Diese Sidhe trugen Umhänge, die dem von Eskarius glichen – sie waren von mittlerer Länge, grau und von schwarzen und weißen Federn geschmückt. Ihre weichen grauen Kniebundhosen, Mäntel und Umhänge waren aus Tierhäuten gefertigt. Schweigend standen sie dort und warteten, doch es lag nichts Verstohlenes in ihrer Haltung. Sie zeigten die beiläufige Selbstsicherheit ihrer Totemtiere: Jäger an der Spitze der Nahrungskette. Talisker spürte, wie sich seine instinktive Ablehnung des Wolf-Clans regte, doch er erstickte dieses Gefühl; Eskarius hatte ihm keinen Grund gegeben, ihm zu misstrauen – noch nicht.

»Ihr müsst mit uns kommen, Duncan Talisker.« Eskarius sprach leise und spähte zu seinen Begleitern hinüber.

»Nun ja, das hängt davon ab, ob …«

»Von was?«

»Ob du mich bittest oder es mir befiehlst, Eskarius Vermesh.« Eskarius hatte nicht bemerkt, wie Talisker nach seinem Schwert gegriffen hatte, während er sein Plaid umlegte. In wachsamer Vorsicht kroch seine Hand zum Griff seiner Waffe.

»Bitte«, flehte Eskarius. »Ich gebe Euch mein Wort darauf, dass wir Euch alles erklären werden. Es ist kein Verrat geplant, falls Ihr das befürchtet ...«

Talisker nickte kurz, doch sein Gesichtsausdruck offenbarte seine Gefühle; wenn Tristan irgendetwas zustoßen sollte, würde es Ärger geben, und Eskarius wäre sein erstes Opfer. »Na schön«, sagte er ernst. »Wohin gehen wir?« Statt einer Antwort wies Eskarius nach oben, und Talisker sah zu der Stelle, auf die er zeigte: auf die Spitze des Hügels, wo die Schamanen ihrer Arbeit nachgingen. Die Felsspitze hob sich gespenstisch rot und glänzend gegen den nächtlichen Himmel ab.

Der Aufstieg dauerte länger, als er erwartet hatte, denn von unten aus war die Entfernung trügerisch, und auch wenn die Wege leicht zu begehen waren, hatte Talisker den Eindruck, dass die Luft dünn wurde, bevor sie ihr Ziel erreicht hatten. Eskarius' Begleiter hatten Talisker gegenüber kein Wort verloren, sondern sich nur mit ernsten Gesichtern verbeugt, bevor sie für den Aufstieg ihre Wolfsgestalt annahmen. Eskarius verblieb in seiner menschlichen Gestalt, und Talisker war froh, nicht der einzige Mensch inmitten dieses kleinen Rudels zu sein.

»Ist es den Schamanen gelungen, mit dieser Kreatur Verbindung aufzunehmen, Eskarius?«, fragte er atemlos. »Ich verstehe nicht, warum sie nach mir verlangen. Ich sollte besser schlafen – Tris und ich wollen uns morgen mit der südlichen Armee treffen ...«

»Es ist besser, wenn er ohne Euch geht«, antwortete Eskarius leise. Talisker machte Halt und packte Eskarius am Arm. »Einen Augenblick, Eskarius, wie lange soll das dauern? Ich habe Tris versprochen, ich würde ihn auf seinem Ritt begleiten, um Huw und Lachlan zu treffen.«

»Ich weiß nicht, wie lange es dauern wird, Duncan Talisker, aber es ist sehr wahrscheinlich, dass Tristan ohne Euch ziehen muss ...«

Talisker drehte sich um und wollte den Weg wieder hinunterlaufen. »Nein, so wartet doch«, sagte Eskarius. »Dies ist von äußerster Dringlichkeit.«

»Es ist ebenso wichtig, dass ich Tristan begleite. Ich kann ihn nicht im Stich lassen, Eskarius Vermesh. Ich bin sein Vater, das wirst du wohl verstehen!« Vor ihnen war der graue Schatten der Wölfe stehen geblieben, um das erregte Gespräch zwischen Talisker und Eskarius zu beobachten. In ihren Augen glomm dunkle Ungeduld.

»Ja, das verstehe ich«, sagte Eskarius nickend. »Und auch ich wäre stolz, könnte ich gemeinsam mit meinem Vater in die Schlacht reiten. Doch wisset, Duncan Talisker, als der Sohn eines Vaters, dessen Name in unserem Clan Legende ist, habe ich darum kämpfen müssen, mich selbst zu behaupten, ein Krieger und ein Sidhe nach meinen Vorstellungen zu werden. Ich wollte, dass mein Volk mich als mich selbst kennt – selbst wenn es meinen Namen verfluchen sollte. Ihr seid ebenso eine Legende wie mein Vater, und wahrscheinlich denkt Ihr, dass Euer Beweis der Unterstützung Tristan stärker werden lässt, doch das muss nicht so sein.«

»Aber hier liegt der Fall anders, denn Tristan … er ist …«

»Schwach? Ein Krüppel? Es scheint mir, als habe Euer angeborener Instinkt, ihn zu beschützen, Sutra in diese Lage gebracht. Wenn Regan nicht gemeinsam mit ihm den Thron beansprucht hätte …« Eskarius zuckte mit den Schultern. Er wusste, dass seine Worte Talisker verletzen würden, und doch wollte er sich nicht zurücknehmen und Talisker gehen lassen. »Ich habe ihn beobachtet, Duncan Talisker, er kann stark sein, wenn man ihm die Chance bietet – nicht körperlich, nein, aber«, er klopfte sich gegen die Schläfe, »er ist sehr klug – weise in Anbetracht seines Alters …«

»Das ist nichts, was man ihm ansehen würde, Eskarius. Huw und Lachlan haben ihn vor Jahren nach dem Aussehen beurteilt, ganz zu schweigen davon, dass sie glauben, er sei im Angesicht von Jahls und Regans Völkermord davongelaufen. Er braucht seine Verbündeten …«

»Ja, die braucht er. Und er wird sie für sich gewinnen. Morgen früh wird sich eine Wache von fast hundert Adlern der Sidhe zusammenfinden, um mit ihm zu fliegen. Auf ihren Rücken werden sich alle Stammesführer der Sidhe befinden, Markomete und Tsali unter ihnen. Ein solcher Anblick – Einigkeit der Sidhe-Stämme unter einem Thane – ist noch nie zuvor gesehen worden. Ich denke, es wird ihm gelingen, sie zu beeindrucken, was meint Ihr?«

Talisker grinste in die Dunkelheit, und Eskarius lächelte zurück. »Du willst mir also sagen, dass er mich dort nicht brauchen wird?«

»Ja. Das bedeutet allerdings nicht, dass er Euch nicht an seiner Seite sehen will. Doch für den Augenblick müsst Ihr Euch als einen ehrbaren Sidhe-Wolf betrachten.« Talisker drehte sich um und stieg noch immer gedankenverloren den Hügel weiter hinauf. »Die Wölfe gehen also nicht mit?«, fragte er stirnrunzelnd.

»Nein. Wir haben anderes zu tun.«

Auf der Spitze des Hügels waren weitere Wölfe versammelt. Ein Sidhe-Wolf hatte ungefähr die Größe eines Ponys, und Talisker schauderte, als er unerwartet an die Schlacht um Ruannoch Were vor vielen Jahren erinnert wurde. Damals hatten die Corrannyeid in der Verkleidung von riesigen Hunden angriffen. Die Felssäulen aus rotem Stein, die von unten viel kleiner erschienen waren, umsäumten ein großes Plateau. Der Wolf-Clan der Sidhe hatte hier sein Lager aufgeschlagen. Die Schatten, die von den Felsen verursacht wurden, wurden nach innen geworfen und vereinigten sich zu einer gemeinsamen Dunkelheit wie die verschränkten Finger einer wütenden Faust. Feuer flackerten zwischen den Säulen, und im Wind flatterten Banner an dünnen Stangen. Genau in der Mitte des Ortes war eine Hütte errichtet worden, die erstaunlich solide aussah für etwas, das Talisker als vorübergehendes Lager erachtet hatte – es gab nur kleine Zelte und Schuppen, die im Umkreis verstreut und leicht als Quartiere für die Krieger zu erkennen waren.

Eskarius schien Taliskers prüfenden Blick zu bemerken. »Die Mitglieder des Wolf-Clans der Sidhe haben keine langfristigen Behausungen, Duncan Talisker. Wir reisen frei umher.«

Talisker nickte als Antwort, erwiderte jedoch nichts. Es herrschte tiefes Schweigen in dem Lager, nur durchbrochen von dem Wind, der zwischen den Felsen pfiff, und dem leisen Geräusch der Hitze in den Feuern. Wortfetzen schienen von diesen Klängen hereingetragen zu werden, doch sie waren nicht genau auszumachen, und vielleicht war es auch das Meer …

Eskarius führte Talisker zur Hütte, und während sie liefen, reihten sich andere des Wolf-Clans ein und schritten schweigend hinter ihnen her. Er konnte das leise Klimpern ihrer Halsketten oder das Schnappen von ledernen Verschlüssen hören, doch niemand sprach mit ihm. Es erinnerte Talisker an ein Spiel, das sie damals in der Schule spielten, und er hätte beinahe laut aufgelacht. Dann jedoch schluckte er den Impuls hinunter, denn ihm war klar, dass er die Nerven zu verlieren drohte.

Gerade als sie die Hütte erreicht hatten, wurde der Türvorhang zur Seite gezogen, und ein hoch gewachsener, stattlicher Mann trat heraus. Er trug einen langen, geschmückten Stab, der an der Spitze einen Edelstein eingefasst hatte. Talisker drehte sich der Magen um, als er ihn sah – konnte es sich um Braznnair handeln? Als der Fremde sprach, erinnerte seine leise Stimme an Holzfeuer und Leder. »Willkommen, Tal-ees-ker«, sagte er. »Weltenwandler, wir, die wir für alle Zeiten allein umherziehen, haben Euch viel zu erzählen.«

Hamish war ein Axtkämpfer wie sein Vater vor ihm. Er zog auf seinen eigenen zwei Beinen in die Schlacht und lernte schon in jungen Jahren, dass Axtkämpfer die Edelsten unter den Kriegern waren und sich durch ihre Rechtschaffenheit und Wildheit auszeichneten. Doch die Krieger der südlichen Fine waren noch nie zuvor so weit gen Norden gezogen. Während Hamish durch das Moorland wanderte und auf schmalen Schafspfaden die felsigen

Schluchten hinabstieg, dachte er grimmig, dass auch noch nie ein edler Axtkämpfer so viel Zeit damit zugebracht hatte, auf das Hinterteil eines Pferdes zu starren. Seitdem sich das Wetter verschlechtert hatte, sprach niemand mehr in dem Zug der Männer, denn jeder konzentrierte sich auf die Willensanstrengung, deren es bedurfte, um gegen den Schnee und die alles durchdringende, nie zuvor gespürte Kälte anzukämpfen.

Zuerst dachten sie, dass das Wetter im Norden nun mal so sei – schließlich war der Norden berühmt dafür, trübe und gottverlassen zu sein –, doch als sie in Or Coille ankamen, oder besser bei dem, was davon noch übrig war, wurden die Krieger langsam unruhig. Thane Huw ließ seinen Zug anhalten, und sie kamen verzweifelt zum Stehen. Einige ließen sich sofort nieder, die Reiter saßen ab und kümmerten sich um ihre Pferde, was Hamish nicht weiter interessierte. Er setzte sich auf einen nahe stehenden Baumstumpf und nahm ein wenig getrocknetes Fleisch aus seiner Tasche, wobei er dem Reiter etwas blasiert zunickte, als er einen Streifen abriss.

»Hallo, junger Hamish, du tust wohl mal wieder, was du am besten kannst, wie ich sehe?« Dairmud kam herüber und zeigte ein zahnloses Grinsen. Hamish knurrte als Antwort, doch er hatte die vage Vermutung, dass sein Vater den alten Veteranen gebeten hatte, ein Auge auf ihn zu haben. Als wenn er diesen alten Narr brauchen würde … »Schlagen wir hier unser Lager auf?«, fragte er.

»Weiß nicht.« Dairmud räusperte sich und spuckte in die Büsche. »Will mal hoffen. Mein Magen hängt in den Kniekehlen. Dachte schon, wir machen gar keine Rast mehr, bis wir in Or Coille ankommen, aber … Schutz vor dem Schnee und so …« Er kratzte sich, als wäre dieser Gedanke sehr tiefschürfend gewesen. Der Reiter, den Hamish nicht kannte, drehte sich rasch um, als er Dairmuds Worte hörte.

»Red leiser, alter Mann!«

»Was? Wieso denn das?«

»Dies *ist* Or Coille …«

»Ach, komm«, sagte Hamish stirnrunzelnd. »Or Coille ist der größte Wald in ganz Sutra.«

»Ja. Und jetzt ist es der größte Holzkohlevorrat.«

Einstimmig fluchten Hamish und Dairmud; Dairmud spuckte schließlich noch einmal, um seinen Gefühlen Nachdruck zu verleihen. »Aber warum sollten sie denn so was machen?«, fragte sich Hamish laut. »Das ist ihr wahres Ich, was sie da verbrennen.«

»Manche Leute brauchen keinen Grund«, sagte Dairmud sanft. Sie starrten auf die trostlose Szene.

Schnee hatte die Schwärze der Feuer bedeckt und die ungeheuerliche Wirklichkeit eines ausgelöschten Waldes gedämpft. Doch nun, wo die Krieger Bescheid wussten, konnten sie die skelettartigen Umrisse der Bäume erkennen, die in der Landschaft verstreut waren, und sie sahen, dass sie genau dies waren: Skelette, schwarz verbrannt, ihre schlimmste Zerstörung vom Schnee versteckt. Unter dem kalten Stechen der Luft lag der schwache, doch untrügerische Geruch von verbranntem Holz. Wo der Boden von Füßen und Hufen aufgewühlt war, zeigte sich schwarze, teerige Erde. Immer mal wieder hatte ein Baum wie aus Trotz das Feuer überlebt, doch es waren nicht sehr viele.

Thane Huws Stellvertreter ritt die Linie zurück, sein Gesicht war grimmig und spiegelte die Stimmung der Krieger wider. »Ja«, wiederholte er immer wieder. »Dies ist Or Coille. Wir machen eine kurze Rast, dann reiten wir weiter …«

Hamish wollte gerade wieder aufstehen, als ein schneidender Schmerz sein Bein hinaufschoss und er zurückfiel. »Krampf?«, fragte Dairmud stirnrunzelnd.

»Nein … au, es tut so weh.« Hamishs Füße waren vor einigen Stunden wirklich unterkühlt gewesen, doch er hatte gedacht, es würde wieder besser werden, denn der Schmerz schien eine Zeit lang nachgelassen zu haben. Nun fiel ihm auf, dass er eigentlich überhaupt kein Gefühl mehr in seinen Füßen hatte. Schmerzerfüllt und verwirrt fluchte er laut. Ein Axtträger, der nicht mehr laufen konnte, konnte genauso gut auch tot sein – verflucht vom Gott Bann höchstpersönlich.

»Zeig mal deine Füße«, sagte Dairmud stirnrunzelnd. Er kniete nieder und zog vorsichtig Hamishs Stiefel aus, dann zischte er durch die Zähne, als er sich die Gliedmaßen ansah. »Nein, nicht hersehen«, warnte er, als Hamish sich bemühte, sich aufzurichten. »Wird dir gar nicht gefallen, mein Junge.«

Hamishs Füße waren schwarz und geschwollen, und die Haut fühlte sich an wie dunkles Leder. Überall den Zug rauf und runter erkannten die Krieger, dass sie das gleiche Leiden plagte, und entsetzte und verängstigte Schreie ertönten. Thane Huw selbst kam herbeigeritten, um zu sehen, weswegen alle einen solchen Aufstand veranstalteten. »Du meine Güte«, murmelte er, als er Hamishs Verletzungen sah. »Was ist denn das?«

»Ich weiß es nicht, Sir«, antwortete sein Stellvertreter düster. »Irgendeine Schneekrankheit. Bei einigen der anderen Männer beginnt es in den Fingern, doch die Männer zu Fuß sind am schlimmsten dran. Vielleicht wissen die Clansmänner von Thane Tristan Bescheid.«

»Sie werden es uns wohl kaum verraten«, sagte Huw bissig. Er blickte knurrend nach Norden. »Der ganze Boden ist verflucht. Thane Tristan wird sich dafür verantworten müssen, diese Plage ins Land gebracht zu haben. Setzt diese Männer auf Pferderücken – und wickelt ihre Füße ein mit …«, er winkte vage, »irgendetwas, das warm ist.«

»Ja, Sir.«

Der Thane hatte sich gerade umgewandt, um fortzureiten, vermutlich um mit Thane Lachlan zu sprechen, der sich noch immer an der Spitze der Reiter befand, als die Katastrophe über sie hereinbrach.

Es war ein Eisbeben. Derselbe Augenblick, der Talisker und Tenskwa fast fünfzig Meilen nordwestlich überraschte. Doch hier, in den entferntesten Ausläufern, nahm die Zerstörung einen anderen Verlauf; es gab ein lautes Zischen, ein reißendes Geräusch, als ob eine unsichtbare Kältefront über die Landschaft toste – ein Eissturm, der so schwer war, dass fast ein Viertel der südlichen Armee augenblicklich tot umfiel, bis auf das Mark ihrer Knochen erfroren, und es war ihnen nicht einmal Zeit zum Schreien verblieben. Der Erdboden hob und senkte sich wie in Soulis Mor, doch es schoss kein Eis hervor, nur Geysire aus gefrorener Luft, was schlimm genug war. Die Toten und die Lebenden wurden auf einen Haufen geworfen, Hufe wirbelten durch die Luft, während die Pferde vor Entsetzen wieherten. Zwei Minuten lang bestand die Welt aus taumelndem, schreiendem Entsetzen, und als alles vorüber war, war die Stille absolut.

»Irgendetwas stimmt nicht. Irgendwas ist mit der Stadt nicht in Ordnung.« Regan saß auf ihrem Pferd und ließ den Blick schweifen, während das Pferd langsam durch die dunklen Straßen trottete. »Kannst du es fühlen, *Seanachaidh*?«

Sandro, der hinter ihr auf dem breiten Rücken des Tieres saß, schnaubte beinahe höhnisch. Er machte mit der Hand eine wegwerfende Bewegung. »Du meinst, abgesehen von dem Offensichtlichen?«

»Ja. Es ist etwas anderes … Es fühlt sich an wie …« Sie schauderte unwillkürlich. »Ich kann es nicht erklären, irgendetwas befindet sich … hier.«

»Jahl?«

»Nein. Es hängt mit seinem Spruch zusammen, was auch immer das für einer sein mag. Diese Welt ist sehr resistent gegen Magie, nicht wahr?«

»Gewöhnlich bekommen wir davon nicht viel mit, nein.«

Eine Weile ritten sie schweigend weiter; die mächtigen Hufe des Pferdes waren zwar durch den Schnee gedämpft, machten jedoch ein trügerisch leises Klipp-Klapp-Geräusch auf dem Pflaster. Das Pferd hatte sich als nützlich erwiesen, denn es ermöglichte ihnen, auch dort herumzustreifen, wo Straßen blockiert waren und ein Auto keinen Wert gehabt hätte. Doch sie kamen nur langsam voran – Regan war es zwar einige Male gelungen, es zu einem widerwilligen Trab zu bewegen, doch es fiel rasch wieder zurück in sein Schritttempo. Sandro hatte einen Rundgang um Arthur's Seat angeregt, um einen Bogen durch die Vororte der Stadt zu schlagen, wo die Zerstörungen weniger schwerwiegend waren. In diesen Wohnvierteln wurden dann und wann die Vorhänge beiseite gezogen, wenn die Menschen sich davon überzeugen wollten, dass sie sich den Klang von Pferdehufen nicht einbildeten, doch es waren nur sehr wenige Leute unterwegs. Es war nur zu verständlich, dass die meisten Menschen in der Stadt von den Ereignissen der vorherigen Nacht erschlagen waren, und diejenigen, die die Zerstörung unbeschadet überstanden hatten, waren in tiefen Schlaf gesunken, als der Schockzustand von ihnen abfiel und die Erschöpfung einsetzte.

»Ich werde ihn töten, das sage ich dir.« Sandros Gedankenfluss wurde unterbrochen.

»Wie bitte?«

»Jahl wird sterben, und ich werde diejenige sein, die dafür sorgt.«

»Regan, wir können da nicht einfach reinplatzen und …«

»O doch, das kann ich. Ich habe jetzt eine Waffe …« Sie hob etwas hoch, und das scharfe Glitzern von Silber fing das Mondlicht ein. Sandro runzelte die Stirn, denn er wusste, dass die Sidhe sie ohne Waffen nach Edinburgh geschickt hatten.

»Woher hast du das, Regan? Es sieht nicht aus wie …«

»Ich habe es gefunden.«

»Wie das Pferd, meinst du?«

»Hmmm.«

»Ich glaube nicht, dass es echt ist, Regan. Hast du es zufällig in der High Street gefunden?«

»Vielleicht.«

»Dann ist es eine Nachbildung. Die Leute kaufen sich so etwas, um es sich als Dekoration an die Wand zu hängen.« Er konnte nun die Inschrift lesen – quer über die Klinge war das Wort »Excalibur« geschrieben.

»Das spielt keine Rolle«, sagte Regan dumpf. »Es wird schon reichen.«

»Nein«, seufzte er. »Das ist das Problem. Es wird nicht reichen, es ist nur aus Blech oder so. Du könntest ihn genauso gut mit einem Stock schlagen.« Sie fluchte, warf das Touristenschwert jedoch nicht fort, wie er es gehofft hatte. »Weißt du, wahrscheinlich werde ich es bereuen, aber … aber nimm das.« Er reichte ihr eine Pistole; das schwere Eisen glänzte dumpf im Vergleich zum trügerischen Strahlen von Excalibur. »Ich werde dir zeigen, wie man sie benutzt, wenn wir dort ankommen.«

Er konnte jetzt die dunklen Umrisse der Salisbury Crags erkennen. Bald würden Regan und er ihrem Folterer gegenübertreten – er fühlte, wie sein Mund trocken wurde –, und Regan hatte Recht, sie würden Jahl töten müssen. Was hatte er denn geglaubt, fragte er sich. Hatte er wirklich geglaubt, sie könnten einen abtrünnigen Halbgott einfach so festnehmen?

»Sieh nur, *Seanachaidh*.« Regan wies auf die Klippen. Geisterhafte Umrisse von seltsamen Kreaturen materialisierten auf der anderen Seite des Hügels, nahmen blitzend eine strahlende, durchscheinende Existenz an und verschwanden dann in Sekundenschnelle. Sie waren groß, und ihre Umrisse schienen selbst in dem winzigen Augenblick, in dem sie einen Blick auf sie erhaschen konnten, zu flackern und sich zu verändern. »Was glaubst du, was das ist?«

»Ich nehme an, das ist eine Art magischer Entladung.« Sandro runzelte die Stirn. »Jahl steckt in Schwierigkeiten. Ich schätze, er ist ausgebrannt.«

Regan trieb das Pferd voran, obgleich beide von dem lautlosen Schauspiel auf den Klippen wie gebannt waren. »Deine Welt braucht keinen von uns, *Seanachaidh*«, murmelte sie. »Sie widersteht ihm.«

Jahl weiß, dass der Spruch nicht so wirkt, wie er es geplant hat. Das beunruhigt ihn jedoch nicht allzu sehr, denn ihm stehen genügend Seelen zur Verfügung, aus denen er sich bedienen kann, um den Spruch zu vollenden. Er schaut hinüber zu den bewegungsunfähigen Kindern der Flut und entscheidet sich, zu warten und die verbleibenden acht bis zum letzten Moment aufzusparen, wenn die Intensität der Magie wie jedes Feuer nach Nahrung verlangt. Er wendet sich zum Altarstein; auf dem Sockel, der nun mit dem Lebensblut der drei Opfer getränkt ist, liegt der Ast, der den Geist der Göttin Phyrr bindet und der nun wie rasend pulsiert und glüht. Jahl nimmt die Halskette ab, die ihn an diesen seltsamen Ort geführt hat, und starrt sie einige Augenblicke lang an. Nun wird sich seine Vermutung, dass sie aus einem Fingerknochen seines Onkels Corvus gefertigt ist, bestätigen, oder der Zauberspruch wird Aufsehen erregend misslingen …

Als das Amulett in die Nähe des Astes gelangt, schlagen Flammen heraus, die die zarten Zweige umhüllen. Das Pulsieren versiegt für lange Zeit. Jahls Lippen ziehen sich zu einem höhnischen Lächeln zurück. »Jawohl, Mutter. Kannst du ihn sehen? Deinen Bruder, deinen Zwilling … nur diese winzige Erinnerung verbleibt, doch das Chaos lässt sich nicht verleugnen.« Er legt die Halskette neben den Ast; mit bedächtigen Bewegungen zeichnet er Symbole in das Blut, die nur für Sekunden sichtbar sind, bevor der noch immer warme Lebenssaft sich um die Umrisse schließt.

Unvermittelt vereinigen sich die Lichter vom Amulett und von dem Ast, schießen zur Decke des Raumes empor und sinken dann wie ein vergangenes Feuerwerk nieder. Jahls Blick ist einen Moment lang vernebelt, doch dann sieht er, dass die Lichter tatsächlich gute Dienste geleistet haben – dass die Seelen von Corvus und Phyrr nicht verschwendet sind. Über dem Altar schwebt der Schatten eines nackten Mannes, noch immer durchscheinend, sich verändernd und unstet schimmernd. Der Mann gleicht auf eine Art Jahl, wie man von einem Löwen sagt, er ähnele einer Katze. Er ist bronzefarben und muskulös, doch nicht das macht seine Erhabenheit aus; etwas an seiner Haltung hebt ihn heraus – er ist mehr als ein Mann. Er ist ein Gott oder wird noch einer werden. Im Augenblick jedoch ist er noch eine leere Hülle, denn seine wichtigste Ingredienz fehlt: Jahl.

»Hhmm, in jeder Hinsicht größer, wie ich sehe.« Die belustigte Stimme ertönt im Raum, und Jahl, der in ehrfürchtigem Staunen sein Handwerk begutachtet hat, wirbelt herum. Ein angsterfülltes und verärgertes Zischen entfährt ihm. Als er sie mit ihrem bezaubernd wilden Lächeln im Eingang stehen sieht, denkt er flüchtig, dass sie sich verändert hat – dass sie ihm ebenbürtig geworden ist. Er schüttelt ungläubig den Kopf und ist Augenblicke lang um Worte verlegen.

»… Regan?«

Draußen in den Hügeln am Fuße der Klippen kam Sandro mit einem Fluchen wieder zu Bewusstsein. Es war nicht das erste Mal in seinem Leben, dass er mit einer Pistole niedergeschlagen worden war, und doch hatte es ihn dieses Mal völlig überraschend getroffen. Seine Lippe blutete, und er spuckte mit etwas mehr Nachdruck als nötig in den Schnee. Regan machte Schwierigkeiten, egal in welcher Welt sie sich befand, dachte er säuerlich. Er konnte ihren Rachedurst verstehen – es war nachvollziehbar, dass ihr ihre offene Rechnung mit Jahl als das Einzige erschien, was in dieser Welt von Bedeutung war –, doch wieder einmal war es ihr Fluch, dass es ihr nicht gelang, die Dinge in einem größeren Rahmen zu sehen. Seine Welt, seine Stadt war durch Jahl und durch das, was er hervorzubringen versuchte, gefährdet. Aber für Regan war das alles nebensächlich – für sie zählten nur die persönlichen Angelegenheiten. Und in ihrer unerschöpflichen Weisheit hatte Regan beschlossen, dass Sandro sie nur bremsen würde oder vielleicht die Unerbittlichkeit ihrer Rache schmälern könnte. Ihn jedoch mit einer Waffe, die er ihr eben gereicht hatte, niederzuschlagen, fügte der Verletzung auch noch eine Beleidigung hinzu.

Er fluchte noch immer und rieb sich seine Lippe mit dem Ärmel; dann suchte er sich langsam seinen Weg auf dem Pfad, was gar nicht so leicht war – außerhalb der Stadt gelegen, war die Dunkelheit in den Hügeln beinahe absolut. Er kannte den genauen Ort des Höhleneingangs nicht, doch er hoffte, dass Regan in ihrem Eifer ihre Spuren nur nachlässig verwischt hatte. Nach einigen Minuten war es für Sandro jedoch offensichtlich, dass es viel zu dunkel war, als dass er etwas hätte finden können. Er setzte sich, lehnte sich gegen die Felsen und starrte in den Park. Nun erst bemerkte er, wie hell erleuchtet die Grünflächen außerhalb der Schatten rings um den Fuß des Hügels waren – und verantwortlich dafür waren Menschen. Viele der Altstadtbewohner schliefen im Park, denn sie hatten Angst vor Nachbeben; eine Zeltstadt war aus dem Boden gesprossen, deren Lichter von Hunderten von Kerzen und Laternen trotzig in die Dunkelheit leuchteten. Fetzen von Geräuschen, Musik und Hundegebell wehten zu den Klippen herüber. Wie bei den Pfadfindern sangen die Menschen alberne Lagerfeuerlieder – Sandro grinste in die Dunkelheit. Vielleicht könnte er sich ja eine Taschenlampe ausleihen …

»Sandro …?« Eine Gestalt eilte den Hügel herauf – sie trug eine Taschenlampe bei sich, die sie hin und her schwenkte, um ihren Weg zu finden. Sandros Bauchgefühl sagte ihm, es sei besser, sich hinter einem Busch zu verstecken, denn er brauchte nicht noch mehr Leute, die ihm Schwierigkeiten machten. Doch als er noch einmal zu dem huschenden Schatten blickte, fiel ihm etwas Vertrautes an ihm auf – es war eine Frau, und sie hatte einen eleganten Gang mit langen Schritten.

»Bea? Bea, hier drüben.« Er starrte ihr entgegen, und sie beschleunigte ihren Schritt; sie trafen sich auf dem Pfad genau an der Ecke, wo die Klippen in den Erdboden übergingen. »Was machst du denn hier? Wie bist du hierher gekommen?«

Sie beachtete ihn nicht. »Was zum Teufel ist mit deinem Gesicht passiert? Wo ist Regan – hat dieses elendige Miststück dir das angetan?« Sie nahm ein Taschentuch heraus und machte Anstalten, ihm das Gesicht abzutupfen, doch Sandro packte sie am Handgelenk. »Ich bin in Ordnung. Beruhige dich, Bea.«

Sie nickte und ließ ihre Hand in seine gleiten.

»Komm schon, wir können doch gemeinsam suchen.«

»Ich dachte, du hättest dich aus dem Fall zurückgezogen.«

»Dachte ich auch, aber ich konnte dir dann doch nicht den ganzen Spaß allein überlassen, nicht wahr? Sieh dir all diese Menschen an. Es ist erstaunlich ...« Er öffnete den Mund, um ihr zu antworten, änderte dann jedoch seine Meinung. Eine Zeit lang liefen sie gemeinsam um den Fuß des Hügels, doch nichts wies darauf hin, dass Regan hier gewesen war. Bea zündete sich eine Zigarette an und zog an ihr, wobei sie Rauchwölkchen hervorbrachte, die sich zu einem Nebel verdichteten.

»Ach du bist das. Du bist der Drache«, scherzte Sandro. Sie warf ihm einen bösen Blick zu, obwohl sie wusste, dass er es nicht sehr schätzte, wenn sie rauchte. Gerade setzte sie zu einer bissigen Erwiderung an, als ein leises rumpelndes Geräusch anschwoll, das von einer Stelle unterhalb des Hügels zu kommen schien.

»Ein Nachbeben!« Sandro zögerte nicht; er packte Bea und rannte vom Fuß der Klippen weg – gerade noch rechtzeitig, denn schon begann der Boden ein weiteres Mal zu schwanken. Es gab ein lautes, berstendes Geräusch, als Teile der Felsoberfläche abbröckelten und die Felsen ins Rutschen gerieten und gegeneinander krachten. Bea schrie auf, als ein riesiger Felsbrocken an ihnen vorbeischoss, aufschlug und sich drehte, als hätte ihn jemand über die Oberfläche eines Sees geschleudert. Sandro konnte spüren, wie seine Beine arbeiteten und eine enorme Hitze durch seine Muskeln und Venen strömte. Als er fiel, weil er über einen im Schnee verborgenen Stein gestolpert war, stieß er einen überraschten Schrei aus und zog Bea mit sich hinunter. Instinktiv deckte er dabei ihren Körper wie ein Schutzschild ab. Lange Zeit hob und senkte sich der Boden, dann brach die Bewegung abrupt ab. Sandro blickte vorsichtig auf, während Bea sich stöhnend und schimpfend unter ihm hervorrollte. Sie waren bis fast zu den ersten Zelten gerannt; jeder saß dort, wohin er sich geflüchtet hatte oder gefallen war; in diesem Schockzustand spielte persönlicher Raum keine Rolle mehr. Sandro packte Bea am Arm, um sie zum Schweigen zu bringen, und zeigte wortlos zurück zu den Klippen.

»Was zur Hölle ist denn das?« Sie rang noch immer nach Luft, denn sie war von ihrer Flucht völlig außer Atem.

»Magie, Bea. Du konntest doch auch nicht widerstehen, dir das anzusehen – deshalb bist du doch hier hochgekommen, oder etwa nicht?« Die geisterhaften Umrisse in Tiergestalt waren wieder zurück; wie eine lautlose grüne Welle rollten sie die Klippen herunter und verschwanden dann in der Erde. Bea holte tief Luft. »Ja. Dann können wir ja jetzt nach Hause gehen.«

Sandro stand auf und klopfte so viel Schnee wie möglich von seiner Kleidung. »Wir müssen Regan finden«, sagte er. »Sie braucht unsere Hilfe.«

»Nein, das glaube ich nicht«, antwortete Bea mit Bestimmtheit.

»Wie bitte? Das soll wohl ein Scherz sein!«

»Nein.« Beas Haar war von ihrem Sturz zerzaust, und mit einer leicht gereizten Bewegung warf sie es sich über die Schulter zurück. »Weißt du, ich sage das nicht einfach, weil ich sie nicht mag – was ich übrigens gar nicht abstreite –, aber denk doch mal darüber nach, Sandro. Vielleicht hat sie Recht. Vielleicht muss sie sich mit diesem Problem auseinander setzen, weil es eine Frage des ›schlechten Karmas‹ ist. Sie und dieser Jahl – sie haben noch einiges miteinander auszumachen, stimmt's?«

»Ja, aber …«

»Sie stammen beide aus Sutra und sind besser dafür ausgerüstet, um eine Art … magisches Duell auszufechten …« Vage winkte sie ab, während sie sich erhob. »Richtig. Also gehen wir jetzt einfach nach Hause und warten darauf, dass sie die Dinge geklärt haben, oder wie?« Sandro sah sie fragend an.

»Das ist es, was die Menschen in der wirklichen Welt tun, Sandro.«

»Muss ich dich daran erinnern, dass Regan Duncans Tochter ist? Sie hierher zu schicken war die einzige Möglichkeit, ihr Leben zu retten. Sollen wir sie jetzt einfach so sterben lassen? Ist es das? Weil es in Ordnung ist, Angst zu haben und …«

»Arrghh!« Bea hatte versucht aufzustehen, wäre jedoch um ein Haar wieder zu Boden gesunken, wenn sie sich nicht mit schmerzverzerrtem Gesicht an Sandros Jacke festgehalten hätte. »Ich glaube nicht, dass ich irgendwohin gehen kann, Sandro. Ich glaube, ich habe mir den Knöchel gebrochen.«

»Haben Sie sich verletzt, meine Liebe?« Eine ältere Dame, wohl die Matriarchin der großen Familie im Zelt, brachte die Menschen wieder in Gruppen zusammen, sodass sie ihnen helfen konnte.

Bea lächelte durch zusammengebissene Zähne.

»Mir geht es gut … wirklich …«

»Unsinn. Kommen Sie. Die Dame dort drüben ist von der St.-John-Feuerwehr.«

»Du solltest gehen«, sagte Sandro nickend »Halte einfach die Augen nach mir offen, in Ordnung?« Er drückte ihre Hand.

»Ich bin gleich wieder auf den Beinen. Du gehst und suchst Madam – bring sie wieder her, damit wir beide noch ein bisschen streiten können, ja? Ich werde derweil diese wunderschönen Lichter betrachten …« Sie nickte in Richtung des lautlosen Schauspiels auf den Klippen.

»Nun gut. Es wird nicht länger als eine Stunde dauern.« Er küsste sie auf die Wange und ließ sie allein.

Sandro fragte sich, was sie wohl tun würde, wenn er nie mehr zurückkehrte. Sie hatte niemandem, dem sie davon erzählen konnte – denn was Edinburgh betraf, war Alessandro bereits tot. Er versenkte seine Hand tief in seiner Tasche und stöhnte laut auf, als sich seine Finger um etwas Kaltes schlossen – es war die Munition für seine Pistole.

»Überrascht?« Regan genoss Jahls entsetzten Gesichtsausdruck außerordentlich. Drohend wedelte sie mit der Pistole in seine Richtung; sie hatte Leute etwas Ähnliches tun sehen – in Beas seltsamer Unterhaltungskiste.

Regan ließ den Blick durch die Kammer schweifen und bemerkte, dass wenigstens fünf Scoor anwesend waren – vermutlich deswegen reglos, weil sie Jahls Befehle erwarteten. In einem bizarr eingefrorenen Tableau zusammengedrängt saß eine Gruppe von acht Jugendlichen: Knox' Anhänger. Ihr Gesichtsausdruck war beinahe unerträglich verängstigt; Jahl hatte sie befreit, um die letzten beiden Opfer auszuwählen, und sie dann unverzüglich wieder eingefroren, sodass sie ihren Freunden nicht zu Hilfe kommen konnten. Die Mädchen schrien voller Panik; ihre Hände waren in so Mitleid erregender Geste in Richtung des Altars gestreckt, dass man nicht anders konnte, als davon gerührt zu sein. Einige Jungs in der Mitte der Gruppe bahnten sich ihren Weg in einem sinnlosen Versuch, ihre Freunde zu retten, andere hielten sie zurück, rissen an ihrer Kleidung. Da sie in dieser Momentaufnahme eingefroren waren, hatte es den Anschein, als seien sie eine Statue.

»Edel, nicht wahr?« Jahl kicherte. Seine Stimme war weich wie Samt. Er hatte sich schnell wieder erholt und nicht länger als Regan dafür gebraucht, die sich ein Bild über die Situation verschaffte. Er machte einen Schritt auf sie zu.

Regan zögerte nicht, denn sie war nicht hier, um zu diskutieren. Sie richtete die Waffe genau auf sein Herz und höhnte: »Stirb, Bruder.« Dann feuerte sie.

Nichts passierte, kein Knall, kein Blut, nichts, was sie erwartet hätte. Es gab ein hohles Klicken, doch das war schon alles. Trotzdem taumelte Jahl leicht zurück, als ob ihn tatsächlich eine unsichtbare Kugel getroffen hätte. »Bruder? Wovon sprichst du, Regan?«

Regan ließ die Waffe sinken, nahm sie zur Seite und schüttelte sie heftig, denn sie dachte, dass sich vielleicht etwas im Inneren verklemmt habe. Sie versuchte einen ruhigen Eindruck zu machen – es schien, als habe Jahl keine Vorstellung von der Bedeutung einer solchen Waffe, und tatsächlich hatte er sie momentan vergessen.

Sie spielte auf Zeit, denn sie hatte bemerkt, dass er einem der Scoor mit einer unscheinbaren, müßigen Handbewegung ein Zeichen gegeben hatte.

»Erinnerst du dich an meinen Vater? Derjenige, der mich davor gewarnt hast, dass du Gift für mich seist …« Sie lachte etwas zittrig. »Duncan Talisker, Held der Fine – nun ja, deine Mutter hat ihn verführt, was uns zu …«

»Nur Halbgeschwister. Nur einer von uns ist ein Abkömmling der Götter – nämlich ich.«

»Geht es darum?« Sie nickte in Richtung der schimmernden Hülle der leblosen Gestalt. »Dass du ein Gott werden willst?« Am Rande ihres Blickfelds sah sie, wie der Schwanz des am nächsten stehenden Scoor zuckte, als wäre die Kreatur soeben erwacht. »Bist du dir über die Verwüstungen im Klaren, die du hier und in Sutra anrichtest? Wie kannst du voller Triumph in eine Stadt zurückkehren, die du bereits zerstört hast?« Sie schüttelte wieder die Waffe, richtete sie – diesmal weniger selbstsicher – auf ihn und drückte ab. Und wieder geschah nichts. Diesmal warf sie voller Abscheu das nutzloses Ding zur Seite. Jahl lehnte sich an den Altar und verschränkte seine Arme. Auf seinem Gesicht lag ein Ausdruck von belustigtem Erstaunen, der so ausgeprägt war, dass er geradezu herablassend wirkte.

»Ich bin schon zum Teil göttlich«, sagte er grinsend, und das flackernde Licht in dem Raum blitzte auf seinen Eckzähnen.

»Diese Menschen glauben das sicherlich.« Er wies auf die Kinder. »Aber du hast Recht, Regan, der Spruch wird mich vollständig göttlich werden lassen. Ich werde die Energie von Phyrr und Corvus in mir vereinen, und ich werde der mächtigste Gott sein, den Sutra je gesehen hat – dieser Ort interessiert mich nicht, er diente nur dazu, mein Vorhaben vor Phyrr zu verbergen …« Er wedelte anmutig mit seiner Hand. »Ich bin bereits von der Macht des Spruches durchtränkt. Hast du geglaubt, deine merkwürdige kleine Waffe würde mich töten? Und nun, wenn du nichts dagegen hast, ich bin beschäftigt …«

Sie rechnet damit, dass er den Scoor Befehl geben würde, sie anzugreifen und zu töten – sie würde ihnen hilflos gegenüberstehen. Ungeschickt zieht sie die Schwertnachbildung aus den Gürtelschlaufen ihrer Jeans und bereitet sich auf ihren Tod vor; ihr Herz hämmert in der Brust. Jahl jedoch bringt sie aus dem Konzept – er winkt mit der Hand, und ein strahlender Energiestrom rast auf sie zu, dessen Schwingungen im Felsinneren ein dumpfes Grollen erzeugen. Bevor sie Zeit zu sprechen hat, trifft sie die gebündelte Kraft. Sie erwartet den Tod, doch stattdessen ist sie eingefroren wie die anderen; die Kälte kriecht von ihren Beinen empor und drückt ihr mit einem zischenden Seufzen den Atem aus den Lungen. Nun weiß sie es: Dies ist nicht der gleiche eingefrorene Schlafzustand, den Jahl über ihre Untertanen in Sutra verhängt hat. Diese Menschen, diese armen, eingefrorenen Statuen, bekommen noch alles mit; ihre Augen können sich nicht bewegen, doch sie können auch ihre Augenlider nicht schließen. Sie können alles sehen, was geschieht, und sie können denken. Sie haben gesehen, wie Jahl ihre Freunde abschlachtete, und sie wissen, dass sie als Nächstes dran sind.

Jahl kommt herüber und streichelt sehnsüchtig ihr eingefrorenes Gesicht; sie kann nicht einmal zurückschrecken. »Mir ist es egal, dass wir verwandt sind; solch zarte Moralvorstellungen gehören in die Provinz zu deinen geliebten Fine. Wenn ich alles beendet habe, meine kleine Schwester, wirst du mich nicht mehr verleugnen können. Ich werde dich zu meiner Gemahlin machen, ob du das willst oder nicht …« Sein Atem ist heiß, fast schmerzhaft auf ihren Wangen, und sie will ihm ins Gesicht spucken, will ihm widersprechen, will ihn dazu bringen, nicht weiterzureden, doch sie kann nicht. Einen Moment lang wird sein Gesichtsausdruck nachdenklich, während er ihr tief in die Augen blickt, als wolle er mit ihrer Seele Kontakt aufnehmen. »Vielleicht fand ich dich deshalb immer so bezaubernd, Schwester – vielleicht wird das Chaos am Ende immer von sich selbst angezogen. Vielleicht wollte ich durch dich nur mein eigenes Spiegelbild besitzen – dich zu foltern war … Energie spendend.«

Plötzlich lässt er von ihr ab, als wäre ihm ein Eingeständnis entschlüpft, das ihn in ihren Augen schwach dastehen lassen würde.

Er schlendert zurück zu der Gestalt, die über dem Altar schwebt, hebt in beschwörender Geste die Hände und murmelt leise Worte. Das Bild flackerte leicht, als die Energie es durchflutet; pulsierendes Licht wogt heraus und umhüllt Jahl mit einem glühenden Kokon. Er dreht sich herum, um die Scoor in Bewegung zu setzen, welche die gefangenen Opfer einkreisen, und als er seine Hand hebt, bewegt sich die Gestalt hinter ihm zum ersten Mal ebenfalls wie ein Spiegelbild seiner Gesten. Noch immer gibt es keine Anzeichen dafür, dass die Gestalt belebt ist, lediglich eine Verbindung zu ihrem Erschaffer ist zu bemerken, und es hat den Anschein, als finde eine riesige Umkehrung einer Puppenspieler-Aufführung statt. Von der Stelle aus, an der sich Regan eingefroren befindet, sieht sie alles und kann die Augen nicht davor verschließen.

Jahl befreit die Gefangenen, und der Raum, der vorher so still gewesen ist, ist nun erfüllt von Schreien und Flehen. Drei der jungen Frauen fallen auf die Knie, fassen sich an den Händen und scheinen zu irgendeinem Gott zu beten – es ist zu hoffen, dass es nicht Jahl ist. Zum größten Teil wird der hysterische Lärm von den anderen verursacht; zwei der Männer versuchen, nach vorne zu stürmen, doch die Scoor verstellen ihnen mit ihren Metallspeeren den Weg. Regan hat schon zuvor Menschen sterben sehen und weiß, dass ihre Panik ein Trick des Gehirns ist, eine Verzögerungstaktik, die bis zu den letzten Sekunden des Lebens ein Verleugnen zulässt. Der säuerliche Gestank von Angst hängt über dem Raum.

Die Scoor stoßen die Männer zurück in die zusammengedrängte Gruppe, und Jahl hebt gönnerhaft die Hände, um sie zum Schweigen zu bringen. »Kinder der Flut«, sagt er. »Ich bin euer Gott, und ich verlange euer Lebensblut für meine Himmelsfahrt.«

»Antichrist!«, schreit einer von ihnen. »Verführer!«

»Seid gesegnet.« Erneut hebt er die Arme und streckt seine Hände im rechten Winkel von seinem Körper weg; er hält für Sekunden inne und versinkt dann in einer tiefen, anmutigen Verbeugung. Auch wenn Regan nicht wissen kann, dass er ihren Gott parodiert, erkennt sie doch Jahls verschrobenen Sinn für Theatralik; hinter ihm hebt der Schattengott ebenfalls seine Arme und verbeugt sich; seine nachahmenden Bewegungen vermitteln nichts von der Jahl innewohnenden Niedertracht. Die Scoor ziehen lange Messer aus ihren Gürteln, warten jedoch noch auf Jahls Zeichen.

Ein Wutgeschrei ist zu hören; etwas betritt den Raum und bewegt sich sehr schnell. In einer Hitzewelle eilt es an Regan vorbei. Es ist ein Mann, und sie glaubt, Knox zu erkennen, doch es ist schwer zu sagen, denn er wirkt verändert. Ein blendendes, flackerndes Glühen umhüllt ihn; im Innern des Strahlens weist die schwarze, stockdünne Gestalt von Knox eine eigene Glut auf. Sein Gesicht ist eine Maske von ungeheurem Zorn, welchen Regan sofort erkennt – er wurde von Jahl getäuscht. Die beiden Scoor, die am nächsten stehen, bewegen sich, um ihn aufzuhalten, doch er verschwendet keine Zeit: Mit einem langen Stab holt er aus.

Was Regan nicht weiß, ist, dass Knox um seinen Triumph gebracht wird, denn den Kindern der Flut erscheint er als Daniel, der goldene Retter, der Engel. Durch seine Erscheinung ermutigt, greifen sie die drei Scoor hinter sich an; ein Höllenspektakel erhebt sich in der Kammer, und auch wenn die Kinder zahlenmäßig überlegen sind, glaubt Regan nicht, dass sie überleben werden. Ein dünner Schrei durchschneidet die Luft, als eine der Frauen gestochen und dann von dem größten Scoor getötet wird; ein Schlag auf ihren Kopf mit dem Metallspeer, den er trägt, bereitet dem Schrei mit entsetzlicher Plötzlichkeit ein Ende: Wenigstens sind die Kinder geistesgegenwärtig genug, nicht innezuhalten, und sofort wird der Scoor wieder angegriffen. Regan fragt sich, warum Jahl sie nicht einfriert, begreift dann jedoch, dass er sich nicht weit bewegen kann und dass sich seine Magie möglicherweise aus dem wartenden Gott speist. Der Spruch beginnt zu wirken, und er ist durch die Bande eingeschränkt, die ihn an sein Geschöpf fesseln. Wenn jemand nun darauf kommt, ihn anzugreifen ... ein leichter Anflug von Hoffnung wärmt Regans Bauch. Jahl beobachtet die Verwirrung, sein Gesichtsausdruck ist größtenteils undurchdringlich, auch wenn es nicht zu leugnen ist, dass eine leichte Verärgerung zu erkennen ist. Ein Freudengeheul erhebt sich, als es Knox/Daniel gelingt, einen der Scoor zu Boden zu werfen. Er hat sich dabei die Schwerfälligkeit der Kreatur in diesem beengten Raum zu Nutze gemacht und ihr die Beine weggetreten, um dann, ohne zu zögern, mit aller Macht durch den Nacken aufzuspießen. Sekundenlang schlägt der Scoor um sich, sein Schwanz zuckt wie ein aufgescheuchtes Insekt – dann stirbt er lautlos. Eine der jungen Frauen sieht das nutzlose Schwert, das Regan trägt, rennt zu ihr hin und entwindet es ihrem Griff, wobei sie die Haut von Regans Handflächen abschürft. Diese spürt jedoch nichts.

»Es tut mir Leid, aber danke ...«, stammelt sie. Sie widmet sich wieder dem Kampfgetümmel und rammt nach einer Sekunde des Zögerns dem am nächsten stehenden Scoor, welcher ihr den Rücken zukehrt, genau über dem Panzer das Schwert in die Brust. Der Hieb ist nicht kräftig genug und gleitet an der Stelle von der harten Knochenschicht ab, wo Wirbelsäule der Kreatur und Schulterbein aufeinander treffen; der Scoor wirbelt herum, doch die Frau ist derart von ihrer Furcht angetrieben, dass sie die Waffe wieder herauszieht und in hohem Bogen kräftig zuschlägt.

Mehr durch Glück als durch gutes Augenmaß trifft die Klinge den Nacken der Kreatur, und obgleich die Schneide stumpf ist, trennt sie den Kopf zur Hälfte ab. Die Frau schreit voller Abscheu auf, denn sie hat noch nie ein solches Blutbad gesehen.

Und wieder regt sich etwas an der Tür, und der *Seanachaidh* tritt ein. Beim Anblick der Szene, die sich ihm bietet, stöhnt er laut auf.

»*Seanachaidh*? Hier? Das wird ja immer besser!« Jahl ist erstaunt.

»Du da! Schaff sie hier raus – schaff die Leute hier raus!«, schreit Knox/Daniel. Sandro wirft Regan einen Blick zu, erkennt jedoch, dass er nichts tun kann. »Hier lang, los …« Er packt zwei der Mädchen in seiner Nähe an den Armen und stößt sie in Richtung des Ausgangs. Nachdem sie begriffen haben, dass ihnen jemand die Erlaubnis gegeben hat, dieses Entsetzen hinter sich zu lassen, rennen sie schluchzend los. Sandro kehrt zurück und greift sich ein anderes Mädchen und einen jungen Mann – doch der Mann will nicht mitkommen, denn er ist voll blinder Wut, und so reißt er sich los. »Komm schon, du dummer Bastard.« Sandro hat wenig Geduld übrig für Heldentaten und reißt mit Gewalt einen der anderen Männer aus dem Kampfgeschehen, den er zum Ausgang schubst.

Nun bleiben nur noch Knox/Daniel, Sandro und die drei restlichen Männer zurück, um gegen die Scoor zu kämpfen, die noch am Leben sind. Zwar ist nur Knox/Daniel bewaffnet, doch die Chancen stehen jetzt trotzdem besser; die Kinder sind allerdings keinerlei Gewalt gewöhnt, und auch wenn sie mit Wildheit kämpfen, die Regan vertraut ist, haben sie nur wenig Ausdauer. Knox/Daniel tötet erneut einen Scoor mit dem Speer, es hat den Anschein, als sei seine Hand von einer göttlichen Kraft gelenkt. Dieses Mal sind seine Mitstreiter zu atemlos zum Rufen oder Jubeln. Da nur noch zwei Scoor übrig sind, scheint es, als hätten die Kinder schließlich doch eine Chance. Aber gerade, als sich

Knox/Daniel wieder gesammelt hat und sich in den Kampf stürzen will, wird er von hinten am Kragen gepackt und quer durch den Raum geschleudert. Es ist Jahl; Knox/Daniel war in seine Reichweite gelangt. Als er zurückgestoßen wird, lässt er seinen Holzspeer fallen, welcher über den Fußboden auf Sandro zurollt.

Jahl ist jetzt zornig, und aus irgendeinem Grund wird der Kampf nun zwischen ihm und Knox/Daniel ausgetragen. Jahl drängt ihn bis zum Altarstein und wirft ihn mit einem triumphierenden Gesichtsausdruck darauf. Knox/Daniel hat gerade noch genügend Kraft übrig, um seinen Kopf zu den noch immer kämpfenden Kindern zu drehen und zu schreien: »Rennt! Raus hier!«

Sandro hat den hölzernen Speer aufgehoben und sticht mit ihm nach einem der Scoor. Es gelingt ihm, das Biest zu Regans bewegungsunfähiger Gestalt hinüberzuscheuchen. Die drei Kinder und der andere Scoor befinden sich in einer Patt-Situation – die Männer sind unbewaffnet und unfähig, eine Entscheidung zu treffen, und der Scoor braucht lange, um seine Wahl für das beste Ziel zu treffen.

»Rennt weiter! Lauft!« Sandro wiederholt Knox' Anweisung, und zwei der Männer setzen sich unverzüglich in Bewegung, wenden sich plötzlich ab und rennen zum Ausgang.

»Gott segne dich, Daniel!«, schreit einer von ihnen. »Gott segne dich …«

Der andere Mann ist Gordon – LearnToFly. Er hat wieder nach dem Schwert gegriffen, was ihm einen Moment lang eine Pause verschafft, während der er zum Altar zurückblickt. Seine Brille hängt schief, und er atmet schwer, doch er weiß, was er dort sieht. Zu müde, um die Illusion aufrechtzuerhalten, kämpft Knox in Jahls Griff. Und LearnToFly kann sehen, dass es Knox ist. Er erstarrt. Sekunden dehnen sich in die Unendlichkeit aus.

»Knox?« Ohne Stottern dieses Mal. Knox dreht seinen Kopf aus dem mörderischen Griff Jahls, gerade, als dieser nach einem Sichelmesser auf dem Altar greift.

»Gordon. Lauf ... sag ihnen ... sag ihnen, dass es Daniel war ...«

»O Gott.« LearnToFly lässt das Schwert fallen, als Sandro ihn von hinten packt. Er hat beschlossen, dass dieser Moment der richtige für den Rückzug sei. Sie rennen gemeinsam zum Ausgang, Sandro sieht Regan aus den Augenwinkeln, kann jedoch nicht anhalten, um ihr zu helfen. Es ist vorbei – sie ist verloren. Als sie den Durchgang erreichen, sind ein lauter Schrei und ein Fluch von Knox zu hören, als Jahl ihm das Messer ins Herz stößt. Was sie nicht wissen können, ist, dass auf seinen Lippen ein Lächeln ruht.

Im Inneren der Höhle beginnt es wieder zu beben, und die Wände erzittern, gerade als Sandro und LearnToFly durch den schmalen Spalt schlüpfen. Einen Welle aus reinem Licht folgt ihnen. Und es bleibt kein Zweifel, dass Jahl erfolgreich war. Der Klang des Erdbodens lässt sich nicht mehr von dem tiefen, volltönenden Lachen unterscheiden, das durch die Felsen hallt. Das Geräusch wird ohrenbetäubend, und es hat den Anschein, dass Jahl durch den Boden nach draußen gelangt. Als sie vom Hügel zu der wartenden Schar der Kinder rennen, fällt Sandro auf, dass sich die Lippen von LearnToFly unablässig bewegen, und er nimmt vage an, dass der Mann beim Rennen betet. Kurz vor den anderen Überlebenden bleiben sie nach Atem ringend stehen, und noch bevor LearnToFlys Freunde ihn erreichen und umarmen, kann Sandro hören, was er sagt: »Es war Knox. Es war Knox.«

Sandro begreift nicht, warum das wichtig sein soll. Das Zittern lässt wieder nach, und er starrt zurück zu den Klippen. Was nun?, fragt er sich. Nun befindet sich ein Gott unter uns ...

Kapitel Achtzehn

Und so kommt es, dass ein Bürgerlicher neben einem Thane sterben wird ... Hamish starrte die graue Gestalt Huws an, der nur wenige Fuß von ihm entfernt lag. Die Augen des Thane schienen halb geöffnet, doch es war schwer, zu beurteilen, ob sie noch immer etwas sahen. Einige der Männer waren von dem Schnee erblindet, doch das war in der Tat ihr geringstes Problem. Die Armee der südlichen Clans starb …

Nach dem Eisbeben vor einiger Zeit – vor drei oder vier Tagen, Hamish hatte jegliches Zeitgefühl verloren – hatten sich die wenigen Männer, die überlebt hatten, gesammelt und waren weitermarschiert; es waren vermutlich nicht mehr als siebenhundert Mann. Es hatte Meinungsverschiedenheiten und Meuterei gegeben, doch die Thane Huw und Lachlan waren ebenso wild und entschlossen wie jeder andere Flatlander in der Geschichte. Hamish lauschte den gemurmelten Unterhaltungen seiner Gefährten, blieb jedoch meist für sich. Für ihn war es genauso wie für die anderen aus dem Clan Huws undenkbar, seinen Thane zu verlassen, und auch wenn Huw sie auf eine verlorene Mission führen und nur zehn von ihnen übrig bleiben würden, um an die Tore von Soulis Mor zu schlagen, würde Hamish einer von diesen zehn sein wollen. Doch das Wetter – und auch die südlichen Soldaten hatten inzwischen begriffen, dass es keinen natürlichen Ursprung haben konnte – hatte ihnen einen Strich durch die Rechnung gemacht. Niemals zuvor war Sutra von solcher Kälte heimgesucht worden; der Schneesturm war schon überwältigend genug, doch der Boden war so hart gefroren, dass sich die Erde in einen gläsernen Felsen verwandelte und den Männern die Luft in der Kehle oder der Nase gefror. Die Armee hatte sich weiter vorwärts gekämpft, doch viele der Männer waren gefallen. Unbemerkt starben sie im Schnee, zum Teil wegen des Schneesturms, jedoch auch, weil ihnen niemand zu Hilfe kommen konnte, denn alle scheuten sich davor, anzuhalten. Niemand wollte verschwinden und von dem Weiß der Vergessenheit geschluckt werden.

Letzte Nacht – wenigstens glaubte Hamish, dass es die letzte Nacht gewesen war – hatte Huw die Armee noch einmal anhalten lassen; ungefähr sechshundert Mann waren noch am Leben, und vielen sagte ihr Herz, dass niemand mehr am nächsten Morgen erwachen würde. Trotzdem bauten sie die wenigen Unterkünfte auf, die sie auf dem gefrorenen Boden errichten konnten, und beschwerten sie mit Felsbrocken. Huw überwachte die Arbeit und befahl, dass die Verletzten, diejenigen, die am heftigsten unter der Schneekrankheit und Blindheit litten, in den Unterkünften schlafen sollten. Die übrigen Soldaten, die ebenfalls vor Erschöpfung fast im Stehen einschliefen, mussten im Schutz eines länglichen Felsvorsprungs im schwarzen Felsen nächtigen, welcher durch das Eisbeben entstanden war. Seine geringe Höhe bot nur wenig Schutz vor dem beißenden Wind, doch es war besser als nichts. Hamish lehnte es ab, im Zelt zu schlafen, denn abergläubisch meinte er, dass eine Nacht inmitten der Sterbenden ihm nur bestätigen würde, dass er selbst so gut wie tot war. Als er sich zur Ruhe legte, dachte er vage daran, dass er am nächsten Morgen seine Streitaxt benutzen würde, um sich sein Bein abzuschlagen, denn er hatte gesehen, wie sich die schwarze Krankheit in den Gliedern der Soldaten weiter ausbreitete, und glaubte, solch drastische Lösung könnte vielleicht sein Leben retten. Sein Kamerad Dairmud würde das für ihn tun … obwohl er Dairmud schon eine ganze Weile lang nicht mehr gesehen hatte … Sein Vater hatte ihm die Axt gegeben, bevor sie sich auf ihre verfluchte Mission begaben. Sie war speziell für Hamishs Größe und passend zu seiner Armlänge angefertigt worden; in die gebogene bronzene Klinge waren die Namen seines Vaters und seines Großvaters eingeritzt. Die Waffe war noch unbenutzt, und das erste Blut, das sie vergießen würde, wäre der Lebenssaft ihres Besitzers. Hamish starrte auf den Halbmond der Axtklinge, als er in einen Schlaf hinüberglitt, der einer Ohnmacht ähnelte und aus dem er vielleicht nie mehr erwachen würde. Aber er war viel zu erschöpft, um sich deswegen zu sorgen.

Er erwachte jedoch. Und nur eine Armlänge von ihm entfernt lag der Thane. Überall um ihn herum lagen die Soldaten wie Eisstatuen. Viele waren über Nacht gestorben; niedergestreckt nicht von einer Armee, sondern von einem lautlosen, unsichtbaren Schlächter. Das Weiß bedeckte alles; die Soldaten lagen eingerollt in die Umhänge ihrer Uniform, Pferde waren umgefallen, waren tot oder lagen im Sterben, ihre Mägen aufgequollen. Die Zelte, unter solchen Mühen und Schmerzen errichtet, waren unter der Last des Schnees zusammengebrochen, und es war verräterisch, dass niemand herausgekrochen war oder den Versuch unternommen hatte, sie wieder aufzurichten. Der Schneefall hatte nachgelassen – er hatte genug Schaden angerichtet. Der Morgen war klar und eisig – irgendwo spielte ein Überlebender ein Klagelied auf einer Blechflöte. Lange Zeit lag Hamish so da, bewegungsunfähig in seiner Schutzhülle, und seine Brust brannte von der Anstrengung, die es ihn kostete, weiter um Luft zu ringen. Sowohl er als auch der Thane waren durch eine Unregelmäßigkeit in der zerklüfteten Landschaft gerettet worden, die ihnen von der Brust ab Schutz geboten und es ihnen ermöglicht hatte, während des Schlafes zu atmen. Seine Gedanken waren ebenso trost- und richtungslos wie der Schnee. Hamish starrte in den Himmel empor, und vor seinen Augen tanzten schwarze Punkte. Tränen liefen ihm die Wangen hinab …

Zunächst hielt er auch sie für schwarze Punkte, so weit entfernt waren sie. Dann erkannte er Vögel – Krähen vermutlich, die wohl kamen, um sich an den Leichen der Gefallenen gütlich zu tun. Dann durchzuckte ihn ein Schauer des Wiedererkennens, und verdutzt blickte er den Vögeln entgegen. Sie waren groß. Er setzte sich auf – eine Bewegung, zu der er sich ohne einen plötzlichen Hoffnungsschimmer hätte mühsam durchringen müssen. Nie zuvor hatte er sie gesehen, doch von ihnen gehört, er wusste also, was sie waren …

»Adler«, murmelte er. »Sidhe-Adler … Thane Huw …« Er mühte sich vollends auf und schwankte unsicher voran, denn seine Beine fühlten sich wie Steinpfeiler an. Ungehindert rannen ihm Schmerzenstränen das Gesicht hinunter, als er verzweifelt versuchte, einen Fuß vor den anderen zu schieben, um die wenigen Schritte zu seinem Thane zu laufen. Er verlor das Gleichgewicht und fiel mit einem Aufschrei plump zu Boden. Jemand anders hatte die Vögel ebenfalls gesehen und schrie irgendetwas – doch Hamish wollte derjenige sein, der Huw davon berichtete. Er stöhnte vor Anstrengung und zog sich durch den Schnee, wobei er seine Axt benutzte, um sein Gewicht abzustützen. »Thane Huw …«, keuchte er. »Thane Huw, wacht auf, Mann!« Er war nun an Huws Seite, doch der Thane zeigte keinerlei Regung, und so krabbelte Hamish auf Händen und Füßen um ihn herum, bis es ihm gelang, ihn aufzurichten. Dabei war es zu viel verlangt, angemessenen Respekt oder Würde walten zu lassen, doch Hamish war sich sicher, dass der Thane dafür Verständnis aufbringen würde. »Seht nur …« Er hob Huws Kinn und versuchte, dessen Blick in den Himmel zu lenken.

Wohl hundert Adler nahmen den gesamten Himmel von Horizont zu Horizont ein. Sie kamen aus westlicher Richtung, und das Licht der soeben aufgegangenen Sonne tränkte ihre Federn mit Gold. Hamish konnte erkennen, dass sie Menschen und Gepäck auf ihren Rücken trugen; als sie sich noch weiter näherten, peitschten von ihren mächtigen Schwingen erzeugte Windböen Schneewirbel auf. In den Reihen des verstreuten Zuges erhoben sich vereinzelte Jubelschreie, doch zunächst landete keiner der Vögel – sie kreisten, als würden sie auf einen Befehl warten. Fast ohne nachzudenken, griff Hamish nach seiner Axt und wischte die Klinge ab, bis sie in dem kalten Licht funkelte. Er versuchte den Kopf der Axt so auszurichten, dass er das Licht der Sonne einfing und als Signal zurückwarf. So hoffte er, dass einer der Menschen auf den Adlerrücken die blinkende Nachricht verstehen würde: »Der Thane ist hier. Thane Huw ist hier.« Während er zugange war, entfuhr ein leises Stöhnen Huws Kehle und zeigte so, dass doch noch ein Lebensfünkchen in ihm steckte. »Schnell«, signalisierte er. »Schnell. Er stirbt.« Ein Krampf schoss seinen Arm empor, denn die unterkühlten Muskeln zuckten von der Überanstrengung. Hamish schrie auf und ließ die Axt fallen, dann beugte er sich über Huws ausgestreckte Gestalt, um seinen Schmerz zum Abklingen zu bringen. Vermutlich hatte er für kurze Zeit das Bewusstsein verloren, denn das Nächste, was er wieder mitbekam, war, dass jemand mit ihm sprach.

»Soldat … Soldat? Warst du es, der das Signal gegeben hat? Ist dies der Thane?« Er blickte auf. Überall um ihn herum landeten Adler; trotz ihrer mächtigen Größe geschah dies fast lautlos; einige warteten noch geduldig darauf, dass man sie ablud, andere hatten bereits ihre menschliche Gestalt angenommen. Ihre Fracht war in der Tat wertvoll: warme Tierfelle und Decken, von denen eine um Hamishs Schultern gelegt worden war, noch während er sich umsah.

»Soldat?« Der Mann, der ihn ansprach, hatte die Sonne im Rücken, und Hamish blinzelte zu ihm empor; seine Augen waren empfindlich und vor Erschöpfung gerötet. Er war sich sicher, dass dieser Mann ein Thane sein musste, denn er trug einen Kopfreif, der dem Huws sehr ähnlich war, und ein leichtes Kettenhemd um die Brust. Dort jedoch endeten die Ähnlichkeiten; der Thane von Soulis Mor war so verdreht und verkrüppelt, wie man sich erzählte, doch er zeigte eine solche Haltung, dass er mit jeder Faser ebenso nobel wirkte wie Huw oder wie Lachlan, der sich weiter unten im Zug befand. Tristan lächelte ermutigend, als er auf Hamishs Antwort wartete.

»Ja … Ja, Sir.« Hamishs Stimme war brüchig, und er wusste, dass er kurz davor stand, zusammenzubrechen. »Ich glaube, er liegt im Sterben, Sir«, krächzte er. Ohne zu wissen, warum, drückte er den erfrierenden Körper Huws näher an sich und wollte ihn nicht mehr loslassen. Tristan klopfte ihm tröstend auf die Schulter und beachtete die Tränenflut nicht, die wie aus heiterem Himmel losbrach.

»Wie alt bist du, Soldat? Wie heißt du?«

»Achtzehn, Sir. Mein Name ist Hamish, Sir.«

»Gut, Hamish. Siehst du den Adler dort drüben? Sie haben

Brühe in diesen Häuten dort mitgebracht, die bald heiß sein dürfte. Warum gehst du nicht rüber und holst dir etwas davon, während du Huw uns überlässt? Ich verspreche dir, wir werden uns um ihn kümmern …«

Hamish schüttelte den Kopf. »Ich kann nicht, Sir … Ich kann nicht laufen. Meine Beine …«

Einen Augenblick lang schien Thane Tristan erschüttert zu sein, doch dann beugte er sich, ohne zu zögern, hinunter und hob Hamish hoch – dessen Gewicht dem seinen fast gleichkam. Er trug ihn nicht weit, ließ ihn jedoch auf einem der großen Bodentücher nieder, die die Sidhe dazu verwendet hatten, ihre Luftgüter einzuwickeln. Dann ging er zu Hamishs Verwunderung, ohne auch nur ein Wort gegenüber der um Hamish gedrängten Menge zu verlieren, zurück, um Hamishs Axt zu holen und sie ihm zu bringen.

»Die darfst du doch nicht verlieren«, murmelte er und wirkte einen Augenblick lang fast schüchtern. »Die hat uns heute gute Dienste geleistet … so wie du.«

Einen Moment lang war Hamish sprachlos, und ein Ausdruck verwirrten Erstaunens musste sich auf seinem Gesicht gezeigt haben, denn Tristan lachte leicht auf, erstaunt wegen seiner Reaktion. »D-Danke sehr, Sir …«, sagte er.

»Nicht der Rede wert, Hamish. Wir Thane sind nichts ohne unsere Clansmänner. Ich bin sicher, Huw würde mir da zustimmen.« Er drehte sich um und ging zu der kleinen Ansammlung um Huw zurück, doch dabei gab er einem der nahe stehenden Sidhe ein Zeichen. »Stellt sicher, dass dieser Mann etwas Heißes zu trinken bekommt …«

In derselben Nacht, in der die südliche Armee an Unterkühlung starb, hatte Talisker das Gefühl, dass ihn ein ähnliches Schicksal ereilen könnte. Er saß im Schneidersitz auf einer der roten Steinsäulen rund um das Lager der Wölfe und starrte hinauf zu den blinkenden Sternen. In ihm tobte eine Mischung aus Ablehnung und Hilflosigkeit. Ein Stück weit hinter ihm saß Eskarius in seiner menschlichen Gestalt – er sang leise, fast lautlos.

Talisker war spirituellen Riten gegenüber zeit seines Lebens höchst skeptisch gewesen, auch wenn er den anderen das Recht zugestand, ihre »Spiritualität« auszuleben. Er wurde jedoch nie das Gefühl los, dass alles Schall und Rauch war. Selbst in Anbetracht der Ereignisse in seinem Leben – der Tatsache, dass er ein Teil der gemeinsamen Seele geworden war, als er vor Jahren Corvus schlug – misstraute er der Vorstellung, dass sein Geist etwas bewirken konnte, was über das Vermögen der Seele eines jeden anderen hinausgehen würde. Und doch beharrte der Schamane der Sidhe-Wölfe darauf, dass der Kreis der Schamanen seine Hilfe benötigte: Weltenwandler; er, der er zwischen den Welten gewechselt hatte. Er persönlich glaubte, dass Sandro besser dafür geeignet gewesen wäre, denn als *Seanachaidh* war er in all diese Dinge verstrickt … Seine Gedanken wurden etwas wirr, denn der Höchste der Schamanen hatte ihm Kräuter verabreicht, und er war nicht allzu erstaunt gewesen, als sein Schädel alsbald danach angenehm leicht wurde. Doch was er in seinem Kopf fühlte, galt nicht für den Rest seiner Glieder; sie waren bereits kalt und bleischwer, obwohl er erst seit einer Stunde hier saß.

»Duncan Talisker. Ihr müsst Eure Gedanken sammeln.«

Er drehte sich um, damit er Eskarius anblicken konnte. »Woher weißt du, was …«

»Nur eine Vermutung.« Eskarius grinste boshaft, seine Zähne blitzten weiß im Mondlicht.

Talisker kicherte leise. »Es tut mir Leid, Eskarius. Ich werde mich mehr anstrengen.«

»Nein. Versucht es nicht. Macht einfach gar nichts. Entspannt Euch einfach.«

»Enspann dich …«, echote er mit einiger Verzweiflung. Er starrte wieder vor sich hin, als Eskarius seinen Gesang erneut aufnahm. Auf den Spitzen der anderen Felspfeiler ringsum auf dem Plateau taten es ihm die übrigen Schamanen nach – man nannte es eine Bildqueste –, nur dass sie schon seit Tagen gefastet hatten und besser vorbereitet waren …

Friede legte sich über die Spitze der Hügelsäulen, und es herrschte ein Gefühl der Verbundenheit. Als seine Sinne schärfer wurden und sich anpassten, bemerkte er, dass er die anderen Schamanen in dem gleichen leisen Tonfall singen hören konnte wie Eskarius und dass es dieses Geräusch gewesen war, das er bei seinem ersten Besuch auf dem Plateau vernommen hatte. Es war wie Wind und Feuer, doch tiefer, unter der Oberfläche, das Geräusch war lebendig und … verängstigt.

Zuerst noch stockend fiel Talisker in den Gesang ein und war von der seltsamen Resonanz erstaunt, die in den Tiefen seiner eigenen Brust erzeugt wurde. Während er sang und sich leicht vor und zurück wiegte, entglitt ihm die Zeit. Vielleicht waren erst Minuten vergangen, vielleicht auch schon Stunden, als er sah, wie etwas über die rauen Steine neben ihm huschte. Es war eine kleine Eidechse, die sich flink auf Taliskers Fuß zubewegte. Talisker verabscheute Reptilien und streckte die Hand aus, um sie zu verscheuchen. In seltsamem Gegensatz zu der Schnelligkeit des Tieres bewegte sich seine eigene Hand in Zeitlupe und zog eine silberne Spur hinter sich her – es fühlte sich an, als ob er sie in völlig normalem Tempo bewegte, und so schüttelte er seine Hand verwirrt, als sei sie irgendwie beschädigt. Die Eidechse erklomm nun seinen Schuh und betrachtete ihn ernst aus ihren schwarzen Bernsteinaugen.

»Geh … weg«, sagte Talisker. Seine Worte klangen ungewöhnlich langsam und tief; der Klang wehte durch den leeren Raum vor ihm, und Talisker – dessen Gedanken in normaler Geschwindigkeit liefen – fragte sich unwillkürlich, was ihm das Schamanenoberhaupt wohl in sein Getränk gemischt haben mochte. Es schien ihm, als sei eine lange Zeit vergangen, bis seine Hand die Eidechse erreichte, doch anstatt sie zu vertreiben, berührte er ihren Kopf genau zwischen den durchdringenden schwarzen Augen.

Die Nacht explodierte in Farben. Die Sterne fielen herab, silberne Strahlen breiteten sich in dem plüschigen Blau des Himmels aus. Kein Fels mehr unter ihm, er war verloren in einem sich wandelnden, Schwindel erregenden Farbenreigen und inmitten von Umrissen, die dem Mondlicht zum Trotz aus dem Nichts entstanden und sich in seinem Unterbewusstsein sammelten. Er glaubte, er würde seinen Mund öffnen, um nach Luft zu ringen oder zu stöhnen, doch kein Laut kam heraus. So stellte er sich das Ertrinken vor, und Panik und Übelkeit griffen nach ihm, als wären sie zu Fleisch geworden, doch er kämpfte sie nieder – Versuche es nicht ... Entspann dich. Nach langer Zeit ließ die Schockwelle nach; die Farben schmolzen wieder dahin und versickerten in der Finsternis. Und dann ... gab es nur noch die Schwärze. Keine Sterne, keinen Himmel. Kein Anzeichen dafür, dass es außer dem alles durchdringenden Schwarz noch etwas anderes gäbe. Talisker stöhnte laut, und dieses Mal konnte er sich selbst hören. Ein anderer Mann würde dem Nichts dieses Ortes/dieser Zeit/dieser Verfassung verwundert gegenüberstehen, aber nicht Talisker. Er wusste, was es war, doch diese Erkenntnis brachte keinen Trost. Die Zeit-zwischen-den-Zeiten. Zwischen den Welten. Zwischen Leben und Tod. Er war in der Leere.

»Sandro ... hier drüben!« Über dem Gewirr aufgeregter Stimmen konnte Sandro Beas Stimme hören, auch wenn er Bea selbst zunächst nicht sah. Die Kinder versammelten sich in einer kleinen, tief geschockt aussehenden Gruppe. Zwei Frauen, die als Erste die Höhle verlassen hatten, sprachen leise miteinander und versuchten, einen Sinn in dem zu erkennen, was ihnen gerade zugestoßen war. Die anderen lagen sich noch immer in den Armen, weinten und beteten. In dem Park herrschte gespenstische Stille, wenn man bedachte, dass fast tausend Menschen innerhalb seiner Mauern nächtigten; alle Augen waren auf die Klippen gerichtet, wo das flackernde Lichtschauspiel andauerte. Die Menschen waren wie gebannt davon; in ihren Augen stand das unverhohlene

Strahlen ernsthaften Wunderglaubens; einige hatten Kerzen angezündet oder hielten ihre Feuerzeuge in die Luft, auch wenn es dafür keinen rechten Anlass gab. Sandro hatte einige Videokameras gesehen, und so schien es wahrscheinlich, dass die Diskussion um ein »Naturphänomen«, wie man es ohne Zweifel bezeichnen würde, einige Zeit anhalten würde. Die Kinder der Flut waren nicht die einzigen Menschen im Park, die beteten …

»Sandro!« Bea drängelte sich an einem der Kinder vorbei und umarmte ihn stürmisch. »Hast du Regan gefunden? Wo ist sie? Was ist geschehen?«, fragte sie atemlos.

»Nein.« Seine Kehle verengte sich, als er antwortete. »Sie ist noch immer dort drin … Jahl …« Er drehte sie von der Gruppe weg und senkte seine Stimme. »Jahl unternimmt etwas, um seine eigene Macht zu stärken – er wirkt einen Spruch, wie wir sagen. Ich glaube, er versucht, ein Gott zu werden. Vielleicht ist es ihm bereits gelungen …«

»Ein Gott«, wiederholte sie. Sie haderte noch immer mit der Vorstellung von Göttern in Menschengestalt. »Ist Regan tot?«

»Nein, das glaube ich nicht. Sie ist irgendwie eingefroren und bewegungsunfähig. Aber es sieht nicht so aus …«

»Sir?« Eines der Kinder unterbrach ihn. »Ich möchte Ihnen für Ihre Hilfe dort drin danken. Ohne Sie und Daniel hätten wir niemals überlebt.«

»Daniel?« Sandro sah das Mädchen fragend an. Wie Regan und LearnToFly hatte er Knox' Gesicht ganz deutlich gesehen.

»Daniel ist unser geistiger Führer. Gott hat ihn zu sich geholt, doch er kam in der Zeit der Not wieder zu uns zurück.« Andere Kinder drängten sich um sie. »Ja, ja.« Sie nickten und murmelten zustimmend.

»Was ist mit Knox?«, fragte Sandro unschuldig.

»Knox ist von dem falschen Propheten verführt worden. Wir werden für ihn beten …«

»Ich verstehe. Entschuldigt mich.« Sandro lächelte matt, dann entfernten sich Beatrice und er etwas von der Gruppe.

»Was ist denn los, Süßer?«, fragte Bea.

»Es scheint einfach nicht zu stimmen, Bea. Es war auf jeden Fall Knox – er ist tot, Jahl hat ihn umgebracht – er starb, um sie zu retten, doch sie haben etwas anderes gesehen, jemand anderen …«

»Vielleicht war es das, was er wollte«, sagte sie und zuckte mit den Schultern. »Schließlich müssen sie es auf ihre eigene Art und Weise begreifen. Und wer sind wir denn, sie deswegen zu verurteilen?«

»Wahrscheinlich …«, sagte Sandro und nickte. »Es könnte sein, dass alles nur zu bestätigen scheint, was sie glauben.« Er warf einen nervösen Blick zurück zu dem Lichtschauspiel auf den Klippen. »Das Ende der Welt«, murmelte er. »Doch Jahl gehört hier nicht her, in diese Welt – Magie und Religion geben ein sonderbares Paar ab.«

»Vielleicht auch nicht. Sie könnten einfach die zwei Seiten einer …«

Beas vernünftige Antwort wurde abgeschnitten, als ein weiteres Nachbeben einsetzte, doch dieses unterschied sich von dem vorherigen. Als das Beben begann, warf ein Lichtschein einen ätzenden Kreis kurz über dem Boden, der sich über dem Park ausbreitete. Die Menschen schrien, denn ihre Zelte wurden umgeworfen und sie selbst von den Füßen gerissen. Doch als die Lichtwelle sie erreichte, tat sie ihnen nichts, sondern bewegte sich einfach hindurch durch die Körper derjenigen, die noch immer auf den Beinen waren. Bea und Sandro wurden durch das Beben zu Boden geschleudert. Sandro rappelte sich auf und kroch auf Händen und Füßen zu Bea hinüber, die ein Stück weit von ihm weggerollt war. Gerade als er den Arm ausstreckte und ihre Hand ergriff, öffnete sich ein schmaler Spalt im Boden. Bea schrie und zog sich zu ihm herüber, doch der Riss weitete sich nicht, er klaffte nur etwa zwei Handbreit weit auf. Sowohl Sandro als auch Bea gelang es, in den wenigen Augenblicken, in denen sich der Boden unter ihnen auftat, einen Blick in den Abgrund zu erhaschen –

weit dort unten gab es eine Regung, die nicht aus ihrer Welt stammte. Etwas Rotes bewegte sich so rasch, dass es einen guten Augenblick dauerte, bis das großflächige Muster offensichtlich wurde: Schuppen, riesige Schuppen eines Reptils. In der einen Sekunde war das Bild noch dort, in der nächsten bereits wieder verschwunden, denn mit einem dumpfen Knall schloss sich der Riss im Boden. Augenblicke später war das Erdbeben vorbei.

»O mein Gott.« Sandro blieb auf dem Boden sitzen, als ob er nicht die Stärke aufbringen könnte, sich wieder zu erheben; sein Gesicht war vom Schock zu einer weißen Maske gefroren. »Hast du …?«

Bea nickte wortlos. Sie kroch zu ihm hinüber, und sie lagen sich in den Armen, ohne noch länger darüber nachzudenken, dass dies vielleicht tatsächlich das Ende der Welt war.

Ohne Vorwarnung pulsierte ein weiteres Lichtbündel über der Hügellandschaft. Dieses Mal gab es zwar kein Beben, doch ein Geräusch war zu hören, das das Licht begleitete – und das reißend war. Es war stärker und strahlender und wandelte sich flackernd von Grün zu Blau und dann zu Rot, bevor es wieder verschwand.

»Was, glaubst du, passiert dort drinnen?«, flüsterte Bea.

»Ich weiß es nicht. Und ich glaube, ich will es auch gar nicht wissen.«

Stille hatte sich wieder über den Park gesenkt. Das »Nachbeben« war nicht allzu heftig gewesen, und die meisten Menschen waren unverletzt geblieben. Trotzdem vereinten sich der Klang der leise weinenden Leute und das Geräusch von Sirenen in der entfernten Stadt zu einem gespenstischen Nachhall.

»Hört mir zu. Habt keine Angst. Gott steht uns allen bei, doch er hat uns ein Zeichen gegeben, dass er nicht für alle Zeit warten wird.« Eines der Kinder – der junge Mann, der sich geweigert hatte, den Kampf mit den Scoor aufzugeben – stand auf dem mittlerweile waagerechten Stumpf eines Baumes, der bereits während des ersten Bebens entwurzelt worden war. Er sprach voller Leidenschaft und Autorität, seine Augen glänzten von einem gewissen Eifer – nämlich dem eines Mannes, der gerettet worden war. Seine Stimme wurde weit über die Köpfe der Masse getragen.

»Und Jesus sprach zu ihm, erst wenn du die Zeichen und die Wunder schaust, wirst du glauben«, fuhr er fort. Die Kinder der Flut gaben Laute der Ermutigung von sich, und er schenkte ihnen ein warmes Lächeln. »Brüder und Schwestern«, rief er, »in allen Ländereien meines Königreiches erzittern die Männer aus Angst vor dem Gott Daniel: Denn er ist der Fleisch gewordene Gott, und er bleibt standhaft ewiglich. Sein Reich soll niemals zerstört werden, und seine Ländereien sollen erhalten bleiben. Er gibt und er nimmt und er wirket die Zeichen und die Wunder, im Himmel wie auf Erden, und er schickte uns Daniel …«

»Hört, hört«, schrien die Menschen. Ein ständiger Fluss von Leuten, die sich inzwischen selbst die Kinder Daniels nannten, bahnte sich seinen Weg zu dem jungen Mann. Einige machten Halt, um ihre Lichter und Kerzen neu zu entzünden. Wie Felsen in einem Strom blieben Sandro und Bea Arm in Arm dort sitzen, wo sie waren, denn sie wussten, dass sich diese Nacht noch vor der Dämmerung verdunkeln würde – vielleicht waren sie deshalb auch die Einzigen in dem Park, deren Augen noch immer auf die Hügel gerichtet waren, als der Ärger richtig losging.

Hinter ihm waren kaum hörbar Schritte zu vernehmen, eine Art leises, kratzendes Geräusch. Talisker hielt inne und drehte sich um. Hinter seinem Rücken befand sich wie erwartet Eskarius Vermesh in seiner Wolfsgestalt, die das Abbild seines Geistes war.

»Eskarius, du hättest nicht mitkommen müssen.« Taliskers Stimme klang matt und versickerte in der Vergessenheit. In Gedanken sagte er dann: *»Die Leere kann … gefährlich sein. Bist du mein Führer?«*

»Wie sollte ich das sein, wenn ich hinter Euch laufe, Duncan Talisker? Einander vertrauen bedeutet nicht, dass einer führt und die anderen folgen … Die Schamanen blicken durch meine Augen.«

Talisker machte Halt und wartete darauf, dass Eskarius zu ihm aufschloss. Der große Wolf reichte ihm bis zur Brust, und ohne nachzudenken, streckte Talisker die Hand aus und berührte das weiche Fell. *»Ihr könnt auf meinen Rücken klettern, wenn Ihr möchtet. Wir wissen nicht, wie weit wir gehen müssen.«* Eskarius setzte sich geduldig hin, und Talisker erklomm seinen breiten Rücken. So schritten sie voran in die Dunkelheit, die sich wie eine Flüssigkeit um sie schloss. Hier gab es keine Zeit, keine messbare Entfernung, die man zurücklegte, doch es schien Sinn zu machen, weiterzulaufen. Endlich vernahmen sie in einiger Entfernung ein Geräusch, das zunächst schwer einzuordnen war, doch etwas lag in ihm, das Taliskers Magen mit namenlosem Entsetzen füllte. In dem Moment, als er das Geräusch erkannte, fiel ihm ein, dass er keine Waffe trug. Jemand weinte. Es war eine Frau, die weinte. Die leichten, federnden Bewegungen von Eskarius Vermeshs Schultern wurden schneller, doch gleichzeitig nahm Taliskers Unbehagen zu. Er wollte nichts sehen ... er wollte nichts sehen ... warum?

Doch dann erblickte er sie. Und er erkannte den Grund für seine Furcht. Nach einem Vierteljahrhundert traf es ihn wie einen körperlichen Schlag, sie wieder zu sehen. Schweiß sammelte sich auf seiner Stirn, und Übelkeit stieg in seinem angespannten Magen auf. Ein Schrei von irrationalem Verleugnen lag ihm auf den Lippen. »Nein ...« Auch dieser Laut verebbte wie alles an diesem Ort, doch immerhin hörte die Frau auf zu weinen.

Etwas war mit ihr geschehen; ihre Seele hatte zu lange gezaudert, und nun verschlang sie die Leere. Dort, wo der schlanke Umriss ihres Torsos und ihrer Beine sein sollte, war nur Schwärze – es war eine scharf umrissene Schwärze, die ihre Gestalt erahnen ließ, doch nur zu bald würde auch dies verschwinden. Schwarze Ranken umspannten ihre Brust und reichten bis zu ihren Schultern hinauf, wo sie auf ihr rabenschwarzes Haar trafen. Die Frau blickte auf, als sie näher kamen; das kalte, ursprungslose Licht schimmerte in Augen, die schon vor langer Zeit zerstört worden waren: Das eine strahlte in tiefem Blau, das andere zeigte das durchsetzte Weiß eines Opals. Ein seltsamer Ausdruck lag auf ihren starren Zügen: Verwirrung, Angst und Überraschung. Doch keine Freude darüber, von Duncan Talisker in diesem Zustand gefunden zu werden.

»*Wer ist sie?*«, dachte Eskarius.

»Es ist die Lady Phyrr.« Mitleid regte sich in Taliskers Seele, als er sich an ihren Zorn und ihren Stolz erinnerte. Er glitt von Eskarius' Rücken und ging zu ihr hinüber, auch wenn er nicht wusste, was er sagen sollte.

»Ist es möglich, dass du es bist, Talisker?«, fragte sie ungläubig. »Du solltest doch inzwischen ein alter Mann sein.«

»Mit einem Mann können seltsame Dinge vor sich gehen, wenn er durch die magischen Pforten schreitet«, sagte er mit einem Schulterzucken. »Was ist geschehen, Phyrr?«

»Unser Sohn ist geschehen. Komm näher, Talisker, dann kann ich dir alles erzählen.« Doch er näherte sich ihr nicht, denn sogar solchermaßen gebunden traute er ihr nicht.

»Du weißt von dem Drachen?«, fragte er.

Sie sah aus, als erstaunte sie diese Frage etwas. »Drachen? Es gibt zwei Drachen: Kivik und Hemmek – Hemmek, der Eisdrache, bedroht Sutra. Sein Bruder ist woanders …«

»Es gibt noch einen anderen …«

»Er wird dort sein, wohin mein *geliebter Sohn* entschwunden ist.« Sie fauchte, und eine Wildheit spiegelte sich in ihrem Gesicht, die alles andere als mütterlicher Natur war. »Er plante fortzugehen, sodass er seine Magie vor mir verbergen und ich ihm keinen Einhalt gebieten konnte. Doch eigentlich wäre das gar nicht nötig gewesen – abgesehen von der Zerstörung, die er in Soulis Mor angerichtet hat. Ich hatte gar nicht vor, ihn aufzuhalten …«

»Warum solltest du auch? Dich kümmern weder die Fine noch die Sidhe – was hast du also damit zu schaffen?«

»Du bist sehr scharfsinnig, Talisker. Aber das warst du ja schon immer … Ich hatte meine eigenen Gründe dafür, mich nicht einzumischen. Ich wollte meine Vernichtung, doch er brauchte meine Seele für den Spruch.«

»Du wolltest sterben?«

»Überrascht dich das? Ewigkeit ist kein Gewinn, sondern eine Bürde, wie auch Jahl noch entdecken wird, falls das Undenkbare gelingt und er erfolgreich ist – doch …« Ihr Gesichtsausdruck veränderte sich plötzlich, und sie schien von Panik erfüllt zu sein. Ihr blaues Auge flackerte, und ihr Kiefer klappte herunter; Spucke rann ihr aus dem Mund. Die Schwärze um ihre Gestalt veränderte sich und quälte sie mit würgenden Bewegungen. Dünne, taugleiche Ranken wanden sich um ihren Hals, andere griffen nach Talisker, der einen Schritt zurück machte. Er war von den verstohlenen, fast empfindsamen Regungen angewidert.

»Phyrr? Phyrr? Was geschieht mit ihr, Eskarius?«

Der Wolf trottete voran und betrachtete Phyrrs Gesicht eingehend.

»Ich weiß es nicht, Duncan Talisker. Ich nehme an, sie erleidet Schmerzen, doch sie kann nicht sterben – ein Teil ihrer Seele fehlt …«

»Willst du sagen, dass sie für alle Zeit leiden wird – niemals sterben wird? Das ist ja entsetzlich.«

Eskarius betrachtete ihr Gesicht auch weiterhin. *»Damit wir es nicht vergessen, Talisker, dies ist die Lady Phyrr, die Morrigan, Verderberin der Seelen. Die meisten würden sagen, dass sie genau das verdient hat. Die Auflösung, von der sie gesprochen hat, wäre genau der Friede, den sie anderen verwehrt hat.«*

»Ja, aber …« Unerwartet stiegen Talisker Tränen in die Augen. »Sie … sie …«

»Vielleicht sollten wir weitergehen, Duncan Talisker. Vielleicht können wir die Kreatur doch noch finden.«

»Nein. Nein, wir müssen etwas anderes tun. Sieh mal, die Leere ist ohne Ort, ohne Zeit, sie zeigt dir, was du sehen musst, denn alles andere … zerfällt einfach.«

»Das verstehe ich nicht. Sie ist eine Feindin.«

»Ja, das ist sie. Aber lernen denn die Sidhe nichts von ihren Feinden?« Talisker wartete die Antwort des Wolfs nicht ab, sondern ging mit ausgestreckten Händen zurück zu Phyrr. Als er den schwarzen Nebel berührte, der sie umgab, ergriff ihn eine Kälte wie eine tödliche Weinrebe; Schwärze umfasste seine Handgelenke und zog ihn voran. Er riss an den Fesseln, als wären sie real und körperlich, und tatsächlich hatte er einen Augenblick lang Erfolg – er packte die eisigen Ranken um ihre Kehle und zog sie zurück. Phyrr tat einen tiefen Atemzug, und erneut trat ein schwacher Ausdruck des Erkennens in ihren Blick.

»Warum tust du das?«, flüsterte sie. »Warum hilfst du mir?« Talisker ignorierte ihre Frage, denn er wusste keine Antwort darauf. Stattdessen zerrte er weiter an den schwarzen Seilen. Als er jedoch bei der Taille angelangt war, stieß Phyrr einen hohen Schrei aus: Die Seile hatten sich bereits mit ihrem Körper verbunden und ließen sich nicht mehr von ihrem Fleisch lösen. Er starrte sie voller Angst und Abscheu an, doch in der Zwischenzeit hatten sich die schwarzen Ranken hinter seiner eigenen Taille gekreuzt und zogen an ihm – er lief Gefahr, selbst überwältigt zu werden! Talisker schrie und fluchte, als er ernsthaft zu kämpfen begann, wie wahnsinnig an den Fesseln riss und nicht zwischen sich und Phyrr unterschied. Plötzlich packte etwas sein Haar, und als er hinter sich griff, um sich davon zu befreien, erkannte er, dass es Phyrrs Finger waren. Er erhaschte einen kurzen Blick auf ihr Gesicht, das zum Teil von den Ranken verdeckt war, die sich nun in verzweifelten Bewegungen wanden – er dachte, sie wolle ihm etwas sagen, denn ihre Lippen bewegten sich –, doch dann zog sie ihn an sich in eine verräterische Umarmung.

Sie küsste ihn. Das war eigentlich schon alles. Nur ein Kuss. Doch er versuchte, sich freizukämpfen, sich zurückzuziehen, denn ihre Lippen waren wie eine eisige Blume, ihr totes Fleisch wie Gift. Sie saugte die Wärme und das Leben aus seinen Adern. Aus weiter Ferne erinnerte er sich daran, dass sein Körper tatsächlich noch immer auf der Spitze des Hügels saß und sie ihn auf diese Art nicht töten konnte – doch seine Glieder waren schwer, und sein Astralkörper strafte diesen Gedanken Lügen. Er spürte, wie er taub und schwer wurde, er schloss die Augen, um das gespenstische Weiß ihres Gesichts nicht mehr sehen zu müssen … er driftete davon …«

»Talisker?« Er spähte durch seine Wimpern – einen Augenblick lang glaubte er, er würde die Sterne am nächtlichen Himmel sehen, doch dann spürte er, wie etwas an ihm zog. Es war, als würde er aus einem Traum erwachen, in dem er hatte fliegen können. War es vorbei? Er erwartete, Eskarius zu sehen und dann zu wissen, dass sie versagt hatten. Er öffnete die Augen.

Phyrr stand über ihm. Sie war von ihren Fesseln erlöst und sah aus wie immer – wunderschön, doch gleichzeitig in höchstem Maße Furcht einflößend. Sie trug das leichte Kettenhemd, an das er sich erinnerte, sogar den schwarzen Umhang. Vielleicht hatte sie auch noch immer das Schwert bei sich, mit dem sie ihn fast getötet hätte …

»Ich danke dir«, sagte sie lächelnd; eine ungewohnte Erwärmung ihrer Gesichtszüge. »Deine Seele war schon immer etwas Besonderes, ›Weltenwandler‹. Ich musste deine Stärke nutzen, um den Fesseln zu entkommen, und ich werde deine Fähigkeit auch dann brauchen, wenn ich mich in der Welt von Edinburgh manifestieren will. Ungerechterweise ist das für unseren Sohn leichter als für mich, denn er ist zum Teil sterblich.«

»Es ist keine Welt …«, murmelte Talisker. »Edinburgh …« Er setzte sich auf und stützte sich auf seine Ellbogen. Zu seiner Rechten saß Eskarius, der ihr Gespräch verfolgte, seine Gedanken jedoch für sich behielt.

»Ich muss gehen«, fuhr Phyrr sanft fort. »Ich muss Jahl vernichten. Er wird zu mächtig und zu selbstsicher, wie Corvus.« Sie nickte zu dem Wolf hinüber. »Es scheint, als wären meine ersten Instinkte richtig gewesen. Ich wollte ihn den Wölfen überlassen, als er geboren wurde …«

Und vielleicht hätte ihn das zu einem anderen Menschen gemacht, dachte Eskarius. Er knurrte leise und tief in seiner Kehle, denn er war empört wegen dem, was in ihrer Bemerkung mitschwang. Phyrr schenkte ihm keine Beachtung, sondern drehte sich um, als ob sie gehen wollte.

»Warte, Phyrr – bitte … du weißt, wo er ist?«

»Allerdings. Er ist in deiner Heimatwelt, Talisker, und in diesem Augenblick ist der einzige Widerstand, auf den er trifft, deine Tochter Regan.«

»Wie bitte?!« Talisker war entsetzt, doch kaum hatte Phyrr die Worte ausgesprochen, machten sie auch schon Sinn; die Scoor, die in Edinburgh waren und nach Tristan suchten, konnten nur von Jahl geschickt worden sein … »Doch wie hat Regan in dieses erneute Ränkespiel verwickelt werden können?«

»Durch den *Seanachaidh*, nehme ich an. Talisker …« Phyrrs Gesichtszüge wurden etwas weicher. »Ich glaube, es gibt etwas, das du wissen solltest. Es könnte sein, dass ich Regan benutzen muss, um Jahl zu schlagen …«

»Benutzen? Was soll das heißen: benutzen?«

»Ihren Körper. Ich kann anderenfalls keine körperliche Existenz in deiner Welt annehmen. Durch Jahls Einschreiten ist mein Geist geschwächt, und so wäre ich in deiner Welt nur ein Schatten …«

Ihre Augen verengten sich, und sie beobachtete Taliskers Reaktion eindringlich. Ihre Hand war unter ihrem Umhang versteckt, wo sie zweifellos eine Waffe verbarg. »Es könnte sein, dass sie dieses … Ausborgen nicht überlebt, Talisker. Aber wenn ich versage, werden Tausende von Menschen in Sutra und in deiner Welt sterben. Ich glaube, dass schon etliche in deinem Land und in Sutra umgekommen sind – die Fesseln der Drachen sind durch Jahls törichte Magie gelockert worden …« Sie seufzte. »Er war schon immer ein ungeduldiger Schüler.«

Talisker hörte nicht mehr zu; auf seinem Gesicht zeichnete sich die nackte Erkenntnis ab. »Warte. Du bittest mich also um die

Erlaubnis, meine Tochter zu benutzen – und gegebenenfalls zu töten –, um deinen Sohn umzubringen.«

»Nein, ich werde deine Tochter benutzen, um *unseren* Sohn zu töten«, sagte sie leise. »Und eigentlich frage ich dich auch nicht um Erlaubnis. Ich dachte nur, du hättest das Recht, es zu wissen. Sie wird wahrscheinlich sowieso sterben. Jahl hat sie gefangen.«

»Oh.« Seine Stimme war brüchig, und heiße Tränen stiegen ihm in die Augen. »Wahrscheinlich sollte ich mich jetzt besser fühlen, wie?«

»Die Wahrheit ist, Talisker, dass nur wenige sie betrauern werden. Sie und Jahl, unsere Kinder, waren von Beginn an befleckt. Sie von Corvus und Jahl … von mir.« Er wusste, dass dies der Wahrheit entsprach, doch trotz allem leugnete es sein Herz.

»Ich werde es tun«, sagte er. »Ich werde sie betrauern. Und ich dachte, sie wäre dort sicher …«

»Ich weiß.« Ihr Tonfall war nicht mitleidig, denn Phyrr verachtete Mitleid, doch immerhin verstand sie ihn. »Ich muss gehen. Hier.« Sie warf ihm etwas zu, das in seinem Handteller landete; kalt und schwer wie ein silberner Barren. »Du wirst die Drachen finden, wenn du geradeaus weitergehst. Jede Kreatur, die sich im Zwischenstadium befindet, hat eine Existenz in der Leere. Wirf dies zwischen sie – du wirst wissen, wann … Auf Wiedersehen, Duncan Talisker.«

Den Bruchteil einer Sekunde lang trafen sich ihre Blicke, und plötzlich war es wie beim ersten Mal – das vollständige Begreifen des wahren Wesens des anderen. Und dann war es vorüber, und Phyrr wandte sich zum Gehen.

»Nein, warte.« Er war nicht sicher, ob er weinte oder nicht, und in diesem Augenblick war es ihm auch egal, ob er schwach erschien. Sie rannte voraus in die Dunkelheit; das Schwarz ihres Umhangs verlieh ihrem Bild den Anschein, sie wechsele zwischen Dunkelheit und Helligkeit, Dunkelheit und Helligkeit; der Klang ihrer leichten Schritte begann zu verebben. Talisker rannte ihr hinterher. »Warte!«, schrie er. »Sie wird sterben – sie wird in den nächsten fünf Minuten sterben – ist es das, was du mir sagen willst? Warte, Phyrr …«

Er rannte schnell, seine Beine arbeiteten kräftig. Er konnte seinen eigenen stoßweisen Atem hören und den weichen, erstickten Laut, den seine zugeschnürte Kehle hervorbrachte. Im Vergleich dazu erschien das Rennen von Phyrr mühelos, doch er schloss zu ihr auf. Als er nahe genug war, streckte er die Hand aus und packte sie am Umhang, wodurch er sie zum Anhalten zwang. Sie wandte sich um, in der Hand einen Dolch, den sie auf seine Kehle richtete. »Lass mich gehen, Talisker«, befahl sie. Einen Moment lang war er verwirrt und wusste nicht, was sie meinte.

»Ich – ich kann nicht«, flüsterte er. Sie seufzte schwer, doch gerade als er eine Antwort von ihr erwartete, war sie verschwunden.

Eskarius fand ihn auf dem Boden kniend, wie er in die Falten eines schwarzen Umhangs schluchzte.

Die Dinge standen schlecht. In der Höhle liefen die Dinge sehr schlecht. Regan konnte nun den Gott sehen – der noch immer Jahl war, wie sie annahm …

Als das Blut von Knox/Daniel in die Rinne des Altarsteins floss, warf Jahl mit einem Triumphschrei das Messer zur Seite. Der Lebenssaft war ihm bis übers Kinn und auf die Brust gespritzt, doch er machte keine Anstalten, ihn fortzuwischen. Der erschlaffte Körper von Knox/Daniel verkrampfte sich und glitt dann zu Boden; Jahl trat vor den Schattengott und warf mit einem wilden Schrei demütigen Flehens seine Arme empor. Es gab ein tiefes, leises Rumpeln, als die Höhle gewaltig zu schwanken begann; Stalaktiten fielen und zerschlugen auf dem Boden, die verbliebenen zwei Scoor und die Leichen der Getöteten wurden herumgewirbelt, und nur Regan – die am Boden festgefroren war – und Jahl blieben unbeweglich. Regan wusste, dass sie geschrien hätte, wenn es ihr möglich gewesen wäre, doch Jahl war zu unaufmerksam, um sich um die Nebeneffekte seines Spruches zu kümmern.

Und es schien, als ob der Spruch tatsächlich wirkte. Der Schattengott griff nach unten und packte Jahl bei den Schultern. Von dort aus, wo sie stand, konnte Regan Jahls Gesichtsausdruck nicht sehen, doch es schien, als ob eine Umwandlung vor sich ging. Das Gesicht des Gottes veränderte sich: Zunächst war es eine leere Maske, dann ein Abbild von Jahls Strahlen und schließlich, kurz bevor es seine eigenen Empfindungen zeigte, ein Spiegel des winzigen Augenblicks, den Jahl zweifelte. Während um ihn herum die Stalaktiten niederregneten und die Welt schreiend ins Schwanken geriet, wurde Jahl zum Gott. Auch er selbst schrie, als er in den Körper hineingezogen wurde, den er selbst erschaffen hatte. Dann gab es eine Welle von Licht, die von den vereinigten Körpern ausging und durch die Oberfläche des Felsens drang, wo sie von den verängstigten Menschen im Park gesehen wurde. Das Zittern verging nach einigen Momenten, doch nun waren der Gott und Jahl unzertrennbar, eingehüllt in eine strahlende Lichtkugel. Eine weitere Lichtwelle drang nach außen, und im Inneren der Höhle war Regan die Erste, die den neuen Jahl zu sehen bekam: den Gott Jahl.

Innerhalb der Lichtkugel war er gewachsen – er ragte nun vielleicht zwanzig Fuß auf –, und noch immer wuchs er, breitete sich unerbittlich in alle Richtungen aus. Regan konnte sein wahnsinniges Gelächter hören, als sein Kopf und seine Schultern außer Sichtweite gerieten und durch die Decke der Höhle brachen. Instinktiv wusste sie, dass er dadurch nicht verletzt werden würde, dass er wahrlich unverwundbar war – im Moment bedeutete seine Euphorie, dass er keinen Gedanken daran verschwendete, seine chaotische Inkarnation zu kontrollieren. In der Höhle wurde es still, als der bizarre Anblick der verschwindenden Gestalt des Gottes nach und nach aus dem Blickfeld geriet, bis immer weniger von seiner ursprünglichen Gestalt übrig blieb. Als Jahl solche Größe erreicht hatte, dass nur noch sein rechter Fuß und das Bein vom Knie abwärts in der Höhle zu sehen waren, begann Regan zu spüren, wie ihr Empfindungsvermögen zurückkehrte und sie sich wieder bewegen konnte. Ohne einen klaren Gedanken zu fassen, griff sie geradewegs nach einer Waffe, hielt dann inne, um zwischen der fallen gelassenen Pistole und dem Schwert zu wählen, und entschied sich schließlich für das Blechschwert. Die verbliebenen Scoor griffen nicht an; sie blieben unbeweglich und erwarteten Anweisungen von ihrem Herrn, der viel zu beschäftigt war, um sich um sie zu kümmern.

Kaum hatte Regan sich gebückt, um das Schwert aufzuheben, als ihre Aufmerksamkeit von einem anderen Licht als von dem Jahls gefesselt wurde. Genau hinter dem Altarstein lag ein Ast, der zarte, filigrane Muster auf die Wand dahinter warf. Der Ast pulsierte in einem drängenden, purpurnen Licht. Ohne Zögern griff Regan danach und wurde sogleich vom Licht gepackt. Dieses Mal konnte sie schreien. Und das tat sie auch.

Draußen im Park tobt das Inferno. Jahl schießt aus der Hügelspitze, eine massige Gestalt, die sich aus grünem Licht zusammensetzt und deren böswilliger Gesichtsausdruck sich auf Zügen ausbreitet, die bereits riesengroß sind. In kurzer Zeit wird Jahl sich beruhigen und anschließend eine weniger bedrohliche Gestalt annehmen. Im Augenblick jedoch hebt er mit einem Ausdruck überschäumender Freude auf dem Gesicht die geballte Faust in die Luft und lacht wegen der Macht, die ihn durchströmt. Die Menschen im Park beginnen zu fliehen, eine Welle der Panik ergreift sie, und sie rennen, ohne auf andere Rücksicht zu nehmen; einige stolpern und werden niedergetrampelt, Zelte werden zu Boden gerissen, Menschen, die gerade vorher wieder zur Ruhe gekommen waren, werden von dem verängstigten Tumult erneut aufgescheucht. In weniger als einer Meile Entfernung sind die Einzelheiten von Jahls Gesichtszügen schon nicht mehr zu erkennen – es hat den Anschein, als ob massive Säulen aus grünem Licht oder Gas aus den Hügeln emporstiegen, und jeder, der nicht anwesend ist, wird es später nicht glauben. Sandro und Bea bleiben still sitzen und sehen mit einer Mischung aus Ehrfurcht und dem Gefühl stiller Resignation zu.

»Wartet! Fürchtet euch nicht!«, ruft der junge Prediger. Doch seine Stimme geht in dem hysterischen Taumel unter.

Sie fühlt es. Zunächst ist es wie ein Schmerz, und sie schreit, weil sie nicht dagegen ankämpfen kann, doch dann verändert sich der Schmerz. Regan kann den Geist der Göttin spüren, und es fühlt sich an, als breiteten sich Wärme und Hitze in ihr aus.

»Hab keine Angst. Wir müssen ihn besiegen.«

»Ja.« Regan weiß es. Sie begreift, dass es der Geist von Jahls Mutter ist. Und sie versteht vollkommen, warum Jahl sterben muss. Sie beginnt, ebenso wie er zu wachsen, teilt seine Begeisterung, als die Macht ihren Körper durchströmt. Als sie emporgreift, um die beschädigte Decke der Höhle zu berühren, lacht sie voll kindlicher Freude, als ihre durchschimmernde Hand durch den Felsen fährt. Sie ist sich dunkel bewusst, dass irgendwo unter ihr, unten auf dem Fußboden, ihr Körper liegt, nutzlos und abgestreift, doch sie kümmert sich nicht darum. Sie öffnet den Mund, und ein Laut, halb Schrei und halb Seufzen, entgleitet ihr.

»J-aaaa-hl.«

Er dreht sich um und sieht sie. Schimmernd, wunderschön und rachsüchtig. Phyrrs Geist und Regan sind nun unzertrennlich: *ein* Wesen, *ein* Denken. Die Vorstellung, dass Jahl nur einfach ein ungezogener Junge gewesen ist, erscheint Regan bizarr, und sie wirft lachend den Kopf zurück; ein Laut, der durch den Park hallt und den einige für Donner halten. Sie wird ihn jetzt töten, er aber ahnt nichts von ihrem Vorhaben. Für Jahl ist sie das Abbild seiner Mutter. Er setzt zu einem Lächeln an.

»Aber du musst ihn wissen lassen, dass ich es war«, verlangt Regan. Phyrr versteht ihren Wunsch nach Vergeltung, und es scheint der geringste Gefallen zu sein, den sie Taliskers dem Untergang geweihter Tochter erfüllen kann. Das Bild verändert sich und schwankt – und zum zweiten Mal ist Jahl erstaunt darüber,

Regan zu sehen. Sein Gesicht ist ein einziges Bild der Verwirrung, doch nicht lange.

Sie sieht nach unten und erblickt das Blechschwert in ihrer Hand; es ist mit ihr gewachsen und ist von ihrer Macht durchströmt. Aber aus irgendeinem Grund hat es früher als sie aufgehört, größer zu werden: In dieser Dimension erscheint es mehr wie ein Dolch; die Geschichte seiner Legende ist winzig und unbedeutend in eine Seite geritzt, und sie denkt vage, dass sie nicht verstehen kann, was diese Welt zur »wirklichen« macht. Sie stößt das Messer geradewegs in Jahls Herz, als er die Hand ausstreckt, um sie an der Kehle zu packen.

»Regan?« Jahl verschwindet – das grüne Licht verschwindet wie eine Wolke. Das Letzte, was sie von ihm sieht, ist der Ausdruck des Erstaunens auf seinem Gesicht, als er die Wunde betrachtet, die sie ihm zugefügt hat. Rache ist etwas, woran sie sich gewöhnen könnte, denkt sie …

… Sie dreht sich um und blickt hinab zu den blitzenden Lichtern und winzigen Feuern im Park; die meisten der Menschen sind verschwunden, doch einige sind geblieben und sehen mit Ehrfurcht und Erstaunen zu ihrer mächtigen Erscheinung empor. Im Hintergrund erscheinen ihr die Lichter und die Sirenen der nächtlichen Stadt wie einladende Juwelen. Sie greift nach ihnen. Ein jeder braucht Götter in diesem Land – alle brauchen etwas zum Anbeten. Regan wird ihnen etwas geben, beschließt sie, sie wird ihnen begreiflich machen, dass sie ihre Retterin ist und dass sie mächtig und schrecklich sein wird. Sie wird ohne Jahl herrschen, doch sie wird mehr sein als er – sie wird die Gerechtigkeit und das Gesetz sein … sie wird …

»Nein!« Es hallt wie ein Schrei in ihrer Seele und flammt in ihr auf, als ob ihre Brust Feuer gefangen hätte. »Nein!« Und dann, als sie sich in plötzlicher Angst umsieht, ertönt die Stimme wieder, diesmal sanfter. »Es tut mir Leid, Regan.«

Und dann gibt es nur noch Schmerz und Flammen.

Er war sich nicht bewusst, dass er wieder auf Eskarius' Rücken geklettert war, doch sie rannten durch die Leere, als würden sie von Tausenden von Dämonen verfolgt. In der alles durchdringenden Dunkelheit war es schwer, zu beurteilen, wie schnell sie unterwegs waren, doch das Gefühl von Geschwindigkeit war untrüglich. Talisker wusste, dass er noch immer weinte – noch immer in unmittelbarer Trauer über einen unentrinnbaren Moment, der vielleicht noch kommen würde –, doch die Tränen waren lautlos und kalt auf seiner Wange. Er blickte auf den silbernen Barren hinab, den Phyrr ihm gegeben hatte; er war klein und passte in seine Handfläche, als wäre er dafür geschaffen, dort zu liegen. Eine glatte silberne Form, und dort, wo er magische Runen oder Einritzungen erwartet hatte, war nichts zu erkennen … Er erinnerte sich daran, wie sich Morias darüber beklagt hatte, dass die Menschen Knallen und Blitze bei ihrer Magie erwarteten, und er brachte ein grimmiges Lächeln zustande. Einen Augenblick lang sah er nach vorne und spürte eine Veränderung in der Leere. Als er dann wieder auf seinen Barren hinunterblickte, änderte auch dieser seine Gestalt, bewegte sich und wurde in seiner Handfläche flüssig.

»Schnell, Eskarius«, drängte er. »Die Zeit ist knapp …«

Der Wolf antwortete nicht, doch Talisker konnte eine neue Dringlichkeit in seinen Schritten spüren, der Herzschlag des Sidhe-Wolfs schien in Taliskers Ohren widerzuhallen und vermengte sich mit seinem eigenen. Vor ihnen … dort war etwas … es war jetzt heißer.

»Woher soll ich es wissen?«, quälte er sich. »Woher werde ich es wissen, wann ich ihn werfen soll?«

»Ich kann es Euch jetzt noch nicht sagen, Duncan Talisker.«

Der Boden wird plötzlich unebener, Eskarius erblasst, stolpert beinahe, fängt sich dann jedoch wieder. Doch der Untergrund hat sich verändert und bewegt sich unter seinen Füßen. Es scheinen Minuten vergangen zu sein, in denen Talisker und der Wolf hin und her taumeln, als befänden sie sich an Bord eines Schiffes. Die Hitze wird stärker.

»W-Was geschieht?«

»Es bewegt sich … der Boden … er ist lebendig …«

»Wa…«

Ein Licht schießt nach oben; eine lange Silberlanze aus Licht, die von dem Gegenstand ausgeht, den ihm Phyrr gegeben hat. Er scheint nun größer und füllt seine beiden Hände. Talisker starrt lange Augenblicke die Kugel an und ist von dem pulsierenden, metallischen Silber wie hypnotisiert – es sieht aus wie ein … es sieht aus wie ein silbernes Herz.

»Duncan Talisker.« Eskarius' Stimme ist leise und drängend.

Talisker blickt hoch.

»Gütiger Himmel.«

Kapitel Neunzehn

Sie befinden sich in einem grenzenlosen Raum. Und dieser Raum ist erfüllt von sich bewegenden, verschlungenen Drachen. Das silberne Licht der Kugel wird nach außen geworfen und ermöglicht es Talisker und Eskarius, einige Blicke auf das zu erhaschen, was sie umgibt. Sie sind, ohne es zu wissen, über die Kreaturen geklettert und stehen nun auf festerem Boden. So riesig sind die Drachen, dass sie eine Landschaft aus sich verändernden, schwankenden Geländeteilen bilden, welche in einer langsamen tektonischen Bewegung voller Erhabenheit übereinander gleiten. Ein leiser – fast unhörbarer – schleifender Laut begleitet diesen Prozess, und die Hitze und die Kälte der zwei Körper bringen Dampfwolken hervor, die mit einem langsamen Zischen entweichen. Außerhalb des Lichtpegels kann Talisker etwas ausmachen, das er für das Ende der Schnauze des Eisdrachen hält, Hemmek; riesige, flackernde Höhlen aus Eis bewegen sich mit der Langsamkeit eines Gletschers über den roten Boden der darunter liegenden Schuppen von Kiviks Schwanz.

»Wohin?«, flüstert Talisker. »Wohin soll ich dieses Ding werfen?« Der Klang seiner Stimme hallt wider, als würde er durch ein Gebirgstal getragen. Die Kugel wird größer und größer, der Kontakt mit den Drachen hat die Geschwindigkeit des Wachstums noch vorangetrieben. Das Licht wird zu strahlend, als dass es noch zu ertragen wäre, und Talisker hält die Kugel über seinen Kopf, sodass er und Eskarius sich darunter befinden.

»Ihr müsst sie bald werfen, Duncan Talisker. Ich glaube, die Drachen steuern darauf zu.«

»Was meinst du damit … o nein!«

Es ist wahr. Die Drachen werden von dem Licht der Kugel angezogen. Der Kreis von ebenem Boden wird schmaler, zieht sich zusammen, während sich die riesigen Biester nach innen wenden. Die Hitze der Flammen und der Windstoß des Eises rücken näher …

Sie weiß, dass sie stirbt. Sie wissen es beide. Der Schmerz tobt in Regans Körper, der nun nur allzu menschlich ist und aus verletzlichem Fleisch besteht. Sie vergießt aufrichtige Tränen der Qual und der Trauer.

»Es tut mir Leid.« Phyrr ist für einen Moment an ihrer Seite und zeigt die Facette einer Göttin, die niemand bislang zu sehen bekommen hat – Mitleid. »Dein Vater wäre so stolz auf dich, Regan.« Sie streckt die Hand aus und berührt Regans Wange. In diesem Augenblick gelingt die Auflösung, nach der sie sich so lange gesehnt hat. Als letzten Abschiedsgruß nimmt sie Regans Schmerz mit sich.

»Danke«, flüstert Regan.

… es wird bald so weit sein.

»Werft sie jetzt!«

»Phyrr sagte, ich werde wissen, wann …«

»Aber sie ...«

Ein Blitzschlag durchschneidet die Luft der Leere, versenkt sich in der Kugel und breitet sich dann als Bogen von dort wieder aus. Talisker ist unversehrt, doch er kann verbranntes Ozon riechen. Die Kugel und das Licht, das diese hervorbringt, verändern sich zu einem tiefen Purpur, als ob sich im Innern der Kugel Lebensblut in reines Licht verwandelt. Der Klang und das Licht sind gewaltig und Talisker bemerkt, wie er schreit, als ob die Energie seiner Stimme von der Kugel aufgesogen würde.

»Jetzt! Jetzt!«, schreit Eskarius in Gedanken zurück.

Er wirft die Kugel gegen das näher kommende glitzernde Dunkel, das Kiviks Auge ist. Ohne auch nur den Bogen der Flugbahn zu beobachten, beginnt Eskarius zu rennen. Aber er kann nirgendwohin. Der Kreis ist geschlossen, sie sind in ihm gefangen.

Es gibt eine mächtige Explosion. Talisker spürt, wie er durch die Wucht des Windstoßes von Eskarius' Rücken geworfen wird. Tiefrote Lichtblitze und Feuer brennen wie ein Nachbild auf seiner Hornhaut. Endlich verebbt der Klang, das Gefühl, alles ... alles hält inne ... und wird zu einer freudigen, stummen Schwärze.

Morgen. Der Park ähnelte den Schuttbergen nach einem Hurrikan – oder auch nach einem sehr großen Rockkonzert. Es schneite jetzt leicht, und die Menschen wanderten in unterschwelliger Betäubung umher und sprachen in gedämpftem Tonfall über die Ereignisse der vorherigen Nacht. Die Rettungsdienste hatten an den Rändern des Parkgeländes Erste-Hilfe-Zelte aufgebaut, und die Heilsarmee reichte Becher mit heißem Tee herum. Im Moment war es niemandem erlaubt, in den Park zurückzukehren, um nach Eigentum zu suchen; die Stadtverwaltung hatte alles abgesperrt, nachdem davon berichtet worden war, dass eine mächtige Gaswolke in dem Hügelgebiet entwichen sei. Sandro und Bea hockten auf einem umgefallenen Baumstumpf, hatten sich in die Aludecke gewickelt, die jemand ausgeteilt hatte, und schlürften Tee. Beide waren in stiller Übereinkunft zu der Erkenntnis gelangt, dass dies der beste Tee war, den sie jemals getrunken hatten.

Bea starrte aus müden, rot geränderten Augen zu Arthur's Seat hinüber. »Da haben wir wohl ein neues Roswell«, murmelte sie.

»Was?«

»Ach, nichts.« Sie sah nickend auf die Überreste der Kinder der Flut, eine Ansammlung von silbernen Heiligen.

»Ich glaube, sie werden ganz gut klarkommen.«

»Ja, nun ... man kann nicht behaupten, sie hätten sich nicht eine Pause verdient«, meinte Sandro und zuckte mit den Schultern.

»Ich kann es nicht glauben! Alessandro Chaplin!« Sie blickten auf und sahen Stirling vor ihnen stehen. Auf seinem Gesicht zeigte sich ein Ausdruck freudiger Ungläubigkeit, der nicht bemerkenswerter hätte sein können, wenn er Zeuge der Ereignisse in der Nacht zuvor geworden wäre.

»Stirling!« Sandro nickte müde. »Gut, dich zu sehen, Mann!«

Stirling jedoch hatte mehr Energie als Sandro zur Verfügung und klopfte ihm so heftig auf die Schulter, dass sein Tee aus dem Becher schwappte.

»Alessandro Chaplin ...«, wiederholte er immer wieder. »Ich kann es nicht glauben ...« Erst nach und nach beruhigte er sich und warf Sandro einen eindringlichen Blick zu. »Wo zum Teufel bist du gewesen, Mann? Die Leute haben sich zu Tode gesorgt – nach dem Feuer und all dem –, das arme Mädchen hier ist richtig krank davon geworden ...«

»Sir ...«

»Ist doch wahr, Beatrice.«

Für Sandro war das Feuer im Keller in Leith, das die Leiche von Finn Willis beseitigt hatte, über zwanzig Jahre her und eine weit entfernte Erinnerung. »Es tut mir Leid, Sir. Ich – ich war verwirrt und litt unter Amnesie. Als meine Erinnerung wiederkehrte, befand ich mich in Sizilien ... Ich bin gerade erst zurückgekommen.

Am Montag wollte ich in Ladyfield vorbeisehen …« Er brach ab, denn er war zu müde, um weiter darüber zu diskutieren.

»Sieh zu, dass du das hinkriegst.« Stirling klopfte ihm erneut auf den Rücken; diesmal jedoch war die Geste schon etwas versöhnlicher. Er kicherte leicht. »Ich nehme mal an, dass du deinen Job wiederhaben möchtest … Das wird gar nicht so leicht, Sandro …«

»Nein, Sir.«

»Aber komm mich besuchen, dann können wir darüber reden.«

»Ich meine – ich möchte meinen Job nicht zurückhaben, Sir.«

»Oh.« Einen Augenblick lang sah Stirling enttäuscht aus, doch dann nickte er weise. »Lass dir Zeit, Sandro – aber komm zu mir, wann immer du …«

»Danke.«

Stirling ging zurück zu der Gruppe von uniformierten Polizisten, die alle Hände voll mit den Auswirkungen der vergangenen Nacht zu tun hatten, doch als er einige Schritte entfernt war, drehte er sich noch einmal um. »Bist aber nicht besonders braun geworden …«

»Wie bitte?«, fragte Sandro stirnrunzelnd.

»In Sizilien.« Stirling wedelte abwesend mit der Hand und lief weiter. Bea hatte den Kopf an Sandros Schulter gepresst und unterdrückte ein Kichern.

Sandro grinste kläglich und strich sich über die Stoppeln an seinem Kinn. »Verdammt. Der Kerl ist wohl nie außer Dienst. Lass uns nach Hause gehen, Bea.«

Sie erhoben sich, noch immer steif von der Kälte; das Gefühl, dass dieser Morgen unwirklich war, ließ sich nicht abschütteln. Sandro warf einen Blick zurück auf die Klippen. »Sie ist dort drin, Bea … ihr Körper …« Er glaubte nicht, dass er jemals wieder so wie früher an seine Heimatstadt denken konnte, und in diesem Augenblick schien ihm der Gedanke daran, nach Sizilien zurückzukehren, recht verlockend. Bea drückte seine Hand, sagte jedoch nichts.

Sie waren gerade auf der Höhe der zusammengefallenen Mauer des Holyrood Palace, als sie LearnToFly sahen. Der große Jugendliche war ebenfalls in eine der Foliendecken eingewickelt und beinahe gleichmütig entfernte er sich vom Schauplatz. Er hatte wegen der Kälte die Schultern hochgezogen und auf seiner Brille sammelte sich der Schnee, der nun rascher fiel.

»Geht's dir gut?«, rief Sandro. Er hatte nicht mehr mit ihm gesprochen, seitdem sie zusammen aus der Höhle gerannt waren.

LearnToFly setzte seine schneebedeckte Brille ab und blinzelte Sandro einen Augenblick lang kurzsichtig an, bevor er ihn erkannte. »Oh, hallo«, sagte er lächelnd und nickte etwas verschüchtert.

»Gehst du gar nicht mit den anderen zurück? Scheint, als hättet ihr seit gestern lauter neue Anhänger gefunden.«

LearnToFly ignorierte Sandros Frage und platzte heraus: »Sie haben es auch gesehen, nicht wahr?«

»Ja, ich …«

»Es war Knox, nicht wahr? Sie sagen, es sei D-Daniel gewesen … Daniel, der von den Toten zurückgekehrt ist – aus dem Himmelreich –, um sie zu erretten. Das ist nicht wahr. Es ist nicht wahr …« Er wirkte gequält und blinzelte die Tränen aus seinen braunen Augen fort; sein Kinn zitterte.

»Spielt es eine Rolle?«, fragte Sandro vorsichtig. Er machte einen Schritt auf den Jugendlichen zu und klopfte ihm auf die Schulter, wobei er unbewusst eben jene tröstliche Berührung nachahmte, mit der Stirling erst vor wenigen Minuten ihn beruhigt hatte. LearnToFly nickte störrisch.

»Ich – ich dachte die ganze Zeit über, dass er böse sei – dass er nicht wirklich an die Zeit der Großen Trübsal und so glaubte –, aber er hat Daniel getötet.«

»Wie bitte?«

»Unseren ursprünglichen Führer, Sie wissen schon, von dem sie glaubten …«

»Ja …«

»Knox hat ihn getötet. I-Ich habe seine Leiche im Keller unter den Versammlungsräumen gefunden. Und deshalb konnte es nicht Daniel gewesen sein ... Gott hat ihn nicht zu sich geholt, wie Knox behauptet hat ... Es ist, nur so, dass ich trotzdem das Gefühl habe, ihn falsch beurteilt zu haben. Er war es.«

Sandro nickte. »Ja, ich weiß. Aber du kannst dir nicht selbst dafür die Schuld geben ... wie heißt du?«

»G-Gordon.«

»Knox hat seine eigenen Entscheidungen getroffen, Gordon. Und nur, weil jemand böse Dinge tut, bedeutet das noch nicht, dass er zu keiner guten Tat fähig ist ...« Sandro blickte wieder zurück zu der schemenhaften Hügellandschaft, deren Umrisse durch den Schneefall verwischt wurden. »Es bedeutet nicht, dass er abgefallen ist von ...«

»... von Gott?«, fragte Gordon.

Sandro schauderte es plötzlich, und er merkte, dass er den Tränen nahe war und dass er um Regan trauern würde. »Ja, was auch immer. Gehst du zurück?« Er wies mit dem Kopf zu der Stelle, an der sich die Kinder der Flut gesammelt hatten.

»N-Nein«, sagte Gordon sanft. »Sollen sie bei ihrer V-Version der Geschichte bleiben. Ich habe meine eigene – die ist viel ... ich weiß auch nicht ... ich arbeite noch daran.« Er brachte ein zittriges Lächeln zustande.

»Na, dann viel Glück.« Sie gaben sich die Hand, danach ging Gordon in die Richtung des neuen Parlamentsgebäudes zurück und zog dabei seinen silbernen Umhang fester um sich.

»Können wir jetzt nach Hause, Sandro?«

»Ja – weißt du was, wie wär's mit 'ner Mitfahrgelegenheit?«

Bea sah, wohin Sandro zeigte, und musste lachen. Das Pferd, das Regan gerettet hatte, stand am Ende des Parks und graste, als könne es kein Wässerchen trüben.

»Du machst wohl Witze. Ich bin noch nie geritten!«

»Na, dann wird es aber höchste Zeit, Madam, dass Sie es lernen!«

In einer anderen Welt war Talisker sich nicht sicher, ob er für die Reise, die er angetreten hatte, bereit war. Die Sidhe-Schamanen hatten ihr Bestes gegeben, um seine körperlichen Wunden zu versorgen. Die Explosion in der Leere hatte so schwere Verbrennungen verursacht, dass sie sich auf seinen in Trance gesetzten Körper ausgewirkt hatten; sie hatten die gesamte Rückseite seines Körpers von der Höhe der Knie ab bis zu den Schultern versehrt. Auch Eskarius war verkohlt und verbrannt, doch beide Männer würden überleben, und beide waren aus dem gleichen Holz geschnitzt: Sie wollten niemand anderem mit ihren Leiden zur Last fallen. Der Wolf-Clan war so stolz auf Eskarius …

»Müssen wir einen solchen Umweg nehmen?«, knurrte Talisker. »Können wir nicht geradewegs nach Soulis Mor ziehen?«

»Thane Tristan bat mich, Euch auf diesem Weg zu führen. Er wollte, dass Ihr es seht …«, antwortete Tecumseh.

»Dass ich was sehe?«

»Dort …« Tecumseh legte sich in die Kurve und kreiste nach unten, bis er durch den zarten, kalten Nebel einer Wolke stieß. *»Was seht Ihr?«*

»Warum? Or Coille natürlich … oh.«

Or Coille war wieder geboren – unter ihnen waren der weite schwarze Boden und der Schnee vom frischen, zarten Grün unzähliger Schößlinge übersät, die durch den Boden sprossen; die Hitze des Feuers und die Kälte des Eises hatten ein wundersames neues Wachstum angeregt, das in seiner Hartnäckigkeit atemberaubend war – das Herz Sutras, welches Jahl herausgerissen hatte, würde zurückkehren. »Aber einige sind schon so groß … Was ist geschehen?«, hauchte Talisker. »Das ist doch gar nicht möglich – ich meine, ich war doch nicht ein ganzes Jahr lang ohnmächtig oder so etwas – es ist doch nur eine Woche vergangen, nicht wahr?«

»Das ist wahr, Duncan Talisker«, stimmte Tecumseh zu. *»Die weisen Männer glauben, dass Hemmek, der weiße Drache, nicht mutwillig zerstörerisch war, sondern dass er in Wahrheit eine*

kreative Kraft war. Es scheint möglich, dass er die Heilung des Landes vorangetrieben hat, als er starb.«

»Das ist wundervoll.« Hier und dort erhob sich das Land unvermittelt in zerklüftete, niedrige Hügel – die Topographie hatte sich unter dem wundersamen Grün verändert – Hemmek hatte sie für alle Zeit geprägt, doch als Talisker auf die unglaublich in die Höhe geschossenen Schößlinge blickte, die nun in einer sanften Brise wogten, glaubte er, dass das Verzeihen nicht schwer fallen sollte. Zum ersten Mal, seit er aus seiner Bildqueste erwacht war, vergaß er seine Schmerzen und fühlte, wie sich sein Geist mit dem Adler in die Lüfte emporschraubte. Tecumseh schien seine erhabenen Gefühle zu spüren, und der Schrei des großen Vogels hallte durch den erneuerten Wald – Talisker lachte und ließ die Zügel los, an denen er sich festhielt. Er hob die Hände hoch in die Luft und stieß einen Freudenschrei aus.

Es war spät am Nachmittag, als sie in Soulis Mor ankamen. Die Veränderungen der Landschaft wurden in den Weiten vor der Festungsstadt noch offensichtlicher. Sowohl Tecumsehs als auch Taliskers Stimmung verschlechterte sich, als sie an das Erdbeben und den Anblick all der Kreaturen dachten, die Jahl aus der Leere heraufbeschworen hatte. Ungefähr eine halbe Meile vor der Stadt loderten riesige Scheiterhaufen, wo die letzten Überreste der Kreaturen verbrannt wurden. Schmierige Rauchwolken stiegen hoch in die Luft auf.

Als die Armee ankam, war sie auf wenig Widerstand gestoßen – ohne Jahls Befehl waren die Kreaturen orientierungslos und nicht mehr als ein Mob unintelligenter Biester, deren Tod ein erlösendes Zurücksinken in die Dunkelheit bedeutete. Nur eins wurde aufgegriffen, das der Sprache mächtig war und in Jahls Gemach auf dessen Stuhl mit der hohen Rückenlehne saß. In jeder Hinsicht war dies eine seltsam aussehende Kreatur, welche den anderen Kameraden wenig ähnelte. Als die Türen zu den Räumlichkeiten aufgestoßen wurden, sprach das Biest und verschwand dann, bevor ihm ein Schwert in den Leib gestoßen werden konnte.

»Ree-gan ist fort. Grell ist fooo-rt«, hatte es gesagt. Die Krieger durchsuchten die Zimmer, doch der Dämon war und blieb verschwunden. Alliierte von Thane Ulla von Ruannoch Were waren zu der südlichen Armee gestoßen, und als sie das Schlachtfeld erreichten, waren die Streitkräfte zahlenmäßig beinahe gleich stark. Einige sagten, es habe gar keine wirkliche Schlacht gegeben, sondern es sei eher ein Auslöschen von Kreaturen gewesen, die von einem Anführer verlassen worden waren, der sich nicht um sie sorgte und sie nur als Mittel zum Zweck genutzt hatte.

Nun war die vom Kampf gezeichnete, vom Rauch Hunderter von Feuern geschwärzte, vom Eisbeben auseinander gebrochene Stadt in Festlaune. Als sie auf dem Steilabbruch am Rande der Ebenen landeten, waren Fetzen von Musik und Stimmen zu hören, die vom Wind herübergetragen wurden. Lange, farbenprächtige Banner waren aus den vielen Fenstern gerollt worden und verbargen die Schwärze der Steine hinter Rot, Grün, Blau und Gold; in trotzigem Stolz flatterten die Fahnen im Wind.

»Seid Ihr sicher, nicht zu wollen, dass ich Euch bis in die Stadt fliege, Duncan Talisker?«, fragte Tecumseh. *»Es wäre mir eine Ehre.«*

Talisker, der abgestiegen war, lächelte und verbeugte sich leicht in Richtung des Sidhe-Prinzen. »Meinen Dank, Tecumseh. Aber Soulis Mor und ich ... nun, lasst uns sagen, ich muss die Stadt auf meine Weise betreten. Bitte meldet Tristan, dass ich schon bald da sein werde.«

»Nun gut. Ich hoffe, das Pferd sagt Euch zu.«

Talisker blickte hinüber zu dem wartenden Hengst, der für ihn geschickt worden war. Ein junger Stallknecht wartete auf einem weniger bemerkenswerten Pony und hielt die Zügel des unruhig aussehenden Tieres in den Händen. Talisker ahnte ganz richtig, dass Tristan selbst das Pferd ausgewählt hatte. Er lächelte dem

Stallburschen zu, der etwas nervös aussah. »Ich bin sicher, dass es genau das richtige ist.«

Ohne eine weitere Bemerkung flog Tecumseh davon. Talisker und der Pferdeknecht setzten sich in Gang und trabten ungefähr eine Meile über die Weite. Als sie näher kamen, wurde der Klang der Musik lauter. »Hört sich an, als würde die ganze Stadt ein Fest feiern«, bemerkte Talisker. »Wirst du heute Abend auch Bier trinken?«

»Ja, Sir«, antwortete der Junge begeistert. »Thane Tristan hat die Keller geleert, Sir.«

Sie näherten sich den Toren – Talisker musste sich eingestehen, dass er sich dieses Mal nicht so schlecht fühlte; seine Hände zitterten nicht, auch wenn ihm im Magen etwas flau war. Die Feststimmung half ihm sicherlich, seine Nerven zu beruhigen, obwohl ihm klar war, dass die Stadt, ob in Festkleidern oder nicht, noch immer derselbe Ort war – und für alle Zeiten bleiben würde …

»Duncan Talisker«, sagte er zu den Wachen. Er war leicht erstaunt, als der junge Soldat strammstand.

»Jawohl, Sir. Thane Tristan bittet Euch, geradewegs in den inneren Burgteil zu kommen, Sir. Jemand wird Euch Eure Gemächer zeigen.«

Talisker runzelte die Stirn. »Ich werde nicht bleiben, Bursche«, murmelte er. Er ritt durch die Straßen auf den Innenteil der Burg zu und bemerkte dabei, als er an den Ställen vorüberritt, dass die Farben aller Thane Sutras wehten – Ullas, Huws, Lachlans und Tristans eigene. Die Straßen waren voller Menschen, von denen einige zu denen gehören mussten, die Jahl eingefroren hatte – und die durch das Versiegen des Spruches und Verschwinden seines Erschaffers befreit worden waren –, doch sie holten die verlorene Zeit wieder auf. An allen Ecken und Enden spielten Musiker, und obwohl die eigentliche Festlichkeit erst in einigen Stunden beginnen würde, herrschte bereits die ausgelassene Stimmung hektischer letzter Vorbereitungen. Ein Jubelgeschrei brandete auf, und als sich Talisker nach der Quelle umsah, bemerkte er, dass überall entlang den nördlichsten Zinnenkränzen Feuer entzündet worden waren – keine Scheiterhaufen dieses Mal, sondern einfache Freudenfeuer.

Als er schließlich die Wohnviertel erreichte, übergab er sein Pferd dem Stallburschen und trat ungehindert ein; die Korridore waren mit farbenfrohen Wimpeln und hier und dort sogar mit Blumen geschmückt. Der Geruch von gebratenem Fleisch wehte von den Küchen hinauf, und wie draußen eilten die Menschen fröhlich und geschäftig hin und her. Einen Augenblick lang stand Talisker dort und fühlte sich etwas verloren.

»Talisker … Ihr seid gekommen!« Eskarius war aus einer Tür in die große Halle getreten und hatte einen leicht abwesenden Ausdruck auf dem Gesicht. Der Sidhe-Wolf in seiner menschlichen Gestalt war noch immer von ihrem gemeinsamen Schicksal in der Leere gezeichnet; Verbrennungen hatten eine Seite seines Gesichts, seine rechte Hand und seine Schulter mit Narben überzogen – sein Haar, das in der zeremoniellen Art und Weise zurückgebunden und mit Federn und Perlen geschmückt war, war ebenfalls auf der rechten Seite etwas spärlicher – doch der größte Teil des Schadens würde verheilen.

»Eskarius – ich wusste nicht, dass du hier sein würdest.«

»Ich bin gestern angekommen. Heute Nacht nach der Wiederernennung Tristans wird dieser den Wolf-Clan der Sidhe ehren. Die Thane haben zugestimmt, dass wir das Recht erhalten sollen, in allen Landen frei umherzuziehen …«

»Das ist wunderbar. Nach all dem, was Regan getan hat, ist das ein deutliches Zeichen sowohl für die Sidhe wie auch für die Fine.«

Eskarius nickte bedächtig. »Es ist ein Anfang, Duncan Talisker … aber Versöhnung braucht Zeit.«

»In der Tat. Doch nun, wo ist mein Sohn?«

»Ach ja, das könnte noch ein kleines Problem geben.«

Eskarius blickte sich ängstlich um und senkte seine Stimme.

»Niemand kann ihn finden. Wir hoffen, dass er wegen der Aufgaben, die auf ihn zukommen, irgendwo sitzt und meditiert. Aber es bleiben nur noch zwei Stunden. Einige Leute werden langsam unruhig«, vertraute er ihm an.

»Wer sucht nach ihm?«

»Nur einige wenige – wir wollen nicht alle aufscheuchen. Morias hilft … den Dienern ist unter dem Vorwand, wir müssten noch seine Umhänge ändern, aufgetragen worden, uns sofort zu benachrichtigen, wenn sie Tristan sehen …« Er zuckte mit den Schultern und lächelte etwas kläglich. »Ich bin sicher, dass er noch auftauchen wird. Aber zu was anderem: Lasst mich Euch Eure Räume zeigen, damit Ihr Euch waschen könnt. Ich verspreche Euch, ich werde Euch benachrichtigen, sobald ich etwas erfahre.«

Eine Stunde später – eine Stunde vor der Wiederernennung – hatte Talisker noch immer nichts gehört. Er stand am Fenster seines Gemachs, in sein bestes grünes Hemd und das zeremonielle Plaid gekleidet, und starrte hinaus in die dunkler werdende Stadt; die Lichter und die Musik schienen nun lauter und strahlender, und die Erleichterung über die hereinbrechende Dämmerung war zu spüren. Später würde es sicherlich Schnee geben … Ein Hauch freudiger Erwartung wurde vom Wind zu ihm herübergetragen. Keiner der Feiernden wusste bislang, dass ihr Thane vermisst wurde. Die Zeit wurde knapp.

Gerade als sich Talisker entschloss, selbst nach Tristan zu suchen, hörte er ein leises, schüchternes Klopfen an seiner Tür. Er wandte sich um und erwartete, Eskarius oder einen der Diener zu sehen, der ihm mitteilen wollte, der Thane sei gefunden worden. Aber es war Grace, Tristans junge Zofe, die sie aus der Stadt gerettet hatten. Für Talisker war es offensichtlich, dass sie dazu ausersehen war, Tristans Gemahlin zu werden – ob er sie nun vor dem Hof versteckt hielt oder nicht. Jedenfalls war sie für die abendlichen Ereignisse prächtig gekleidet und trug ein weiches blaues Kleid, das von winzigen silbernen Perlen glänzte – keine Zofe konnte darauf hoffen, jemals ein solches Kleid zu besitzen.

»Grace«, sagte er lächelnd und neigte den Kopf, denn er war mit den höfischen Sitten nicht sehr vertraut. Sie winkte ihn zu sich, und genau in diesem Augenblick erinnerte er sich daran, dass sie nicht in der Lage war, mit ihm zu sprechen. »Was ist denn …« Sie drehte sich um und stieg die Treppe hinunter, wobei sie sich umsah, um zu überprüfen, ob er ihr auch folgte. Talisker griff seinen Umhang vom Stuhl und ging ihr nach, ohne weitere Fragen zu stellen.

Er wurde misstrauisch, als sie das Hauptgebäude der Burg verließen und in Richtung der Nordmauer unterwegs waren, die an den Jauchegruben, den Räumlichkeiten der Bediensteten und den Hinterküchen vorbeiführte – warum sollte Tristan jemals hier entlanggehen? Er packte Grace am Arm und sah sie stirnrunzelnd an. »Was ist los, Grace?« Sie sah ein wenig erschrocken aus und zog ihren Arm zurück. »Es tut mir Leid«, sagte er. »Ich wollte dich nicht erschrecken. Weißt du, wo er ist?«

Sie nickte heftig und formte mit dem Mund die Worte »Kommt mit«.

Endlich erreichten sie eine kleine Treppe mit vier Stufen: Diese führte zu einer braunen Tür, die in die Burgmauer eingelassen war. Ohne zu zögern, stieg Grace hinab und stieß die Tür auf. Dann hielt sie inne und winkte Talisker näher. Er dachte, sie würde vorangehen, doch sie bedeutete ihm, als Erster durch die Tür zu gehen. Er duckte sich, um durch die Tür zu passen, und trat wachsam nach draußen …

… Er befand sich in einem kleinen Wäldchen. In der Abenddämmerung sangen Amseln in den Bäumen ihr heiseres Abendlied. Jemand hatte Papierlaternen angezündet und sie in die unteren Zweige der Bäume gehängt. Er folgte der Lichterreihe und bemerkte eine Art Pfad im Gras. Er ging auf eine Gestalt zu, die zusammengesunken und mit angezogenen Knien auf einem Baumstumpf saß.

»Tris? Bist du das?« Die Gestalt erhob sich und wandte sich zu ihm um. Es war in der Tat sein Sohn; er war mit dem fein gearbeiteten Brustpanzer und dem Plaid eines Thane bekleidet und hielt ein riesiges, unhandliches Schlachtschwert und eine silberbeschlagene Scheide in der Hand – und er hatte geweint. »Was ist denn los, Tris? Warum bist du hier? Alle suchen dich verzweifelt …«

Tris winkte abwehrend mit der Hand. »Die können warten, oder nicht?«, murmelte er. Dann lachte er zittrig. »Sieh mich an, Vater – hast du jemals eine Gestalt gesehen, die weniger an einen Thane erinnert?«

»Das ist nur für heute, Tris – ich weiß, dass du dich bestimmt unwohl fühlst, doch nach den Formalitäten kannst du auf deine eigene Art und Weise herrschen. Geht es nur darum …?«

»Nein.« Tristan schüttelte müde den Kopf und ließ sich wieder auf dem Baumstumpf nieder. »Du musst wissen, dass sie immer hierher kam. Da war ihr Platz … als wir ihn zum ersten Mal entdeckten, zog ich – zog ich sie ein wenig auf. Ich sagte ihr, die Bäume würden deshalb dort so rasch wachsen, wo vorher kein Grün sprießen wollte, weil der Boden von dem Blut der hier gefallenen Krieger angereichert worden war …« Seine Stimme brach ab, als er sich etwas verspätet daran erinnerte, dass sein Vater ein Veteran aus dieser Schlacht war. »Es tut mir Leid, Vater …«

»Schon gut, Tris.« Talisker setzte sich neben ihn und starrte gedankenverloren in die Bäume, die inzwischen zu tanzenden Schatten in der Dunkelheit geworden waren. »Wahrscheinlich hattest du Recht. Was hat sie gesagt?«

»Es war ihr egal. Es gefiel ihr hier, also kam sie häufig her. Sie würde sich von mir nicht davon abhalten lassen. Sieh nur.« Er wies auf den nächsten Stamm; Regan hatte ihren Namen dort eingeritzt.

»Sie ist tot, Tristan.« Talisker sprach so sanft wie möglich, aber nichts konnte die Wirkung dieser Mitteilung abmildern. Die Zeit wurde knapp, doch Talisker berichtete Tristan nach und nach, was ihm die Göttin Phyrr gesagt hatte. Lange Zeit konnte Tristan nichts erwidern, doch schließlich sagte er: »Du weißt, ich habe verkündet, dafür zu sorgen, dass kein *Seanachaidh* ihre Geschichte erzählen würde? Ich wollte nicht, dass sie ihr die Schuld zuschreiben. Sutra wird sich niemals voller Liebe oder Zuneigung an Regan erinnern …«

»Aber das bedeutet doch nicht, dass wir es nicht können«, antwortete Talisker. »Am Ende hat sie sich besonnen …«

»Was dennoch nicht die toten Sidhe zurückbringt …«

»Nein. Doch es muss für etwas gut gewesen sein. Wir können uns an sie erinnern als …« Talisker schluckte, und seine Stimme war belegt, »meine Tochter …«

»… und meine Schwester«, beendete Tristan den Satz.

»Ja.«

Noch eine ganze Weile lang saßen sie schweigend dort und schauten in Regans Bäume. Gesang erhob sich; die Sidhe feierten die Wiederernennung ebenso wie die Fine, denn sie waren erpicht darauf, den vergangenen Abschnitt der Geschichte hinter sich zurückzulassen. Der Klang war unvergleichlich: so rein und hoch wie das Sonnenlicht.

»Wir sollten gehen.« Talisker schüttelte sich. »Die Menschen dort sind voller Erwartung …« Tristan erhob sich zögerlich und lief den Pfad entlang.

»Tris!«, rief Talisker.

»Was?«

»Ich weiß, dass du sie geliebt hast, aber du hast sie nie gebraucht. Du wirst ein großartiger Thane sein, mein Sohn … das warst du schon immer … ich – ich bin sehr stolz auf dich.«

»Danke, Vater.«

Zusammen gingen sie zurück in die Stadt, während der Klang des Gesangs hoch in den Nachthimmel stieg.

Epilog

Nimah weint sich in den Schlaf. Sie hat beschlossen, nicht mehr länger ein *Seanachaidh* werden zu wollen. Wenn Morias zurück in das Tal kommt, wird sie ihm sagen, dass sie ihre Meinung geändert hat …

Nimah erwacht in der Dunkelheit der Hütte; ihre Sinne sind geschärft, und eine Bewegung hat sie aus dem Schlaf gerissen. Sie sitzt kerzengerade im Bett und hält den Atem an, um noch einmal nach dem Geräusch zu lauschen. Nach langen Augenblicken steht sie auf und tappt lautlos durch den Wohnbereich. Das Feuer ist niedergebrannt, der Raum warm und still, doch als Nimah die dunklen Umrisse einer Gestalt in dem großen, weichen Stuhl sitzen sieht, weiß sie augenblicklich, um wen es sich handelt.

»Mein Lehrer. Ihr seid zurückgekommen.«

»Ja, mein Kind.« Er klingt müde, doch zufrieden. »Willst du mir etwas sagen?«

»Ja.« Sie setzt sich, ohne ein Licht zu entzünden, in den Stuhl ihm gegenüber, zieht die Knie an und schlüpft mit den Füßen unter den Saum ihres Nachthemdes. »Ich glaube nicht, dass ich ein *Seanachaidh* werden kann, Morias«, sagt sie ernst.

»Und warum nicht, Nimah? Das Land hat dich erwählt.«

»Ich weiß … aber … es ist so traurig. Geschichten … das sind nicht nur Worte, nicht wahr? Sie stoßen Menschen zu.«

»In der Tat. Du hast in meiner Abwesenheit also in das Wasser geschaut? Glaubst du nicht, dass Tristan sein Glück verdient?«

»O doch. Aber Regan … und dieser seltsame Mann …«

»Knox?«

»Ja. Sie haben schlimme Dinge getan, Lehrer … schlimme, grausame Dinge …«

»Aber?«

»Woher wisst Ihr, dass es ein ›aber‹ gibt?«

»Ist es nicht so?«

»Ja. Aber sie waren …« Sie zuckt mit den Schultern; ihre Jugendlichkeit und Unerfahrenheit lassen sie im Geiste nach Worten suchen, die ihre Gefühle beschreiben.

»Traurig? Einsam? Ungeliebt? Nichts davon ist eine Entschuldigung, Nimah.«

»Nein.« Einen Augenblick lang ist sie niedergeschlagen. »Aber am Ende haben sie Gutes vollbracht, Meister – sie haben etwas Gutes getan –, und das zählt. Ich kann sie nicht *hassen*.«

»Ich bin froh, das zu hören, meine Kleine. Vielleicht willst du sagen, dass sie etwas verdient haben – Vergebung, eine zweite Chance?«

Sie lächelt. Das erste Licht der Morgendämmerung fällt durch die Fensterläden, und ein Vogel stimmt in der Ulme vor dem Fenster sein Morgenlied an. »Ja, vielleicht …«

Morias seufzt. »Du bist jung, Nimah, und vergibst leicht. Doch vielleicht können wir alle etwas lernen … uns von deiner Vergebung anstecken lassen. Sieh in meine Tasche, ich habe dir etwas mitgebracht. Bring sie her.«

Sie bringt seine Tasche vom Regal bei der Tür und schätzt kurz ab, dass es kein Schmuck oder etwas Schweres sein kann, denn die Tasche ist so leicht, als ob sie gar nichts enthielte. Sie reicht sie Morias; er zieht die lederne Lasche zurück und löst die Schnürung. Nimah stockt der Atem.

Der kleine Raum wird von strahlendem Licht durchflutet, welches sich über Morias' Gesicht ergießt und jede Linie in seinem zerfurchten alten Gesicht ausleuchtet.

»Hier.« Er greift in die Tasche und reicht ihr die Quelle des Lichts: Zwei schimmernde Kugeln rollen in ihren Handteller. Etwas Aufgeregtes haftet dem Licht an, etwas Lebendiges.

»Was ist das, mein Lehrer?«, haucht sie.

»Dies sind die Seelen von Knox und Regan. Ich habe sie für dich aufgehoben. Du musst über ihr Schicksal entscheiden. Bei

Sonnenaufgang kann ich sie freilassen. Oder ich kann sie unter meinem Fuß zermalmen«, endet er grimmig. »Was sagst du, nun, da die Entscheidung ganz in deinen Händen liegt?«

Nimah kann kaum atmen. Sie starrt die Lichter in ihrer Hand an und überdenkt die Dinge, deren sie Zeuge geworden ist. »Ich – ich kann das nicht entscheiden …«, stammelt sie.

»Du musst«, beharrt Morias. »Schon bald. Was sagt dir dein Herz, Nimah?«

Lange Zeit herrscht Schweigen, dann nimmt der Vogel sein Lied wieder auf, und Nimahs Trance ist durchbrochen. Sie geht zum Fenster und öffnet die Läden. »Muss ich einfach …?«

Morias nickt, und sie streckt ihre Hand nach draußen; ihre Finger sind noch immer geschlossen. Dann öffnet sie sie langsam. Die Kugeln sind wie Schmetterlinge – sie zittern in der lauen Morgenbrise, und dann lösen sie sich von ihrer Hand und schweben sanft davon, steigen höher und höher wie die Samen einer Blume, die im Wind tanzen. Und dann, als ob sie etwas spüren würden, huschen sie nach Osten davon in die aufgehende Sonne eines neuen Tages.

Nimah schaut wie gebannt zu, bis sie außer Sichtweite sind, dann dreht sie sich zu Morias um und lächelt schüchtern.

»War das ein Zauber, Morias? Habt ihr mich auf die Probe gestellt?«

Sie fragt so ernsthaft, dass Morias schmunzeln muss. »Würde ich das mit dir machen, Nimah …? Doch selbst wenn ich dich auf die Probe gestellt hätte, wäre ich nach wie vor sicher, dass das Land seinen neuen *Seanachaidh* wie immer gut gewählt hat.«

Danksagungen

DARK THANE ist das erste meiner Bücher, das als Auftragswerk entstanden ist – insofern rückblickend ein rasantes und oft turbulentes Ballspiel, das völlig anderen Spielregeln folgte, als das sonst der Fall ist.

Mein herzliches Dankeschön an das Team von Earthlight: John Jarrold (Editor und die Zuverlässigkeit in Person), Darren Nash und seine bessere Hälfte Michelle, Nigel Stoneman, Jane Ellis und alle anderen fleißigen Leutchen, die sich von mir nicht aus der Ruhe bringen lassen. Recht so! Meinen Dank auch an Mark Salwowski – für die hervorragende Umsetzung der Charaktere. Dank und alles Liebe an Stella Wilkins und meine »bezzie mate« Jessica Rydill (obwohl sie im anderen Team spielt), die mich gelegentlich aufgemuntert haben, wenn's mal nicht so recht weitergehen wollte. Hallo, all ihr A's und J's! Meine liebevollen Gedanken sind nach wie vor bei euch, auch wenn ich mich in letzter Zeit nicht allzu oft habe sehen lassen. Und zu guter Letzt: ein »millionenfaches« Dankeschön an David Gemmell – dies und jenes im Verlagsgeschäft mag vielleicht überall gleich gehandhabt werden, aber deine Freundlichkeit und deine klugen Ratschläge, David, sind etwas ganz Besonderes, das ich entsprechend zu schätzen weiß.